왜란종결자

왜란종결자

倭亂終結者

1권

이우혁 지음

엘릭시르

【차례】

난리

"은동아! 내 손을 놓치면 안 된다! 절대!"

캄캄한 어둠 속에서 은동 모자母子는 도망치는 다른 마을 사람들에 채고 부대끼면서도 안간힘을 다해 서로 마주잡은 손에 힘을 주었다.

왜군이 쳐들어왔다. 캄캄한 밤중이었다. 난리가 났다는 말은 들었으나 이렇게 빠르고 잔혹하게 닥쳐올 줄은 몰랐다. 마을이 불탔다. 마을 사람들은 어찌할 바를 모르고 도망갈 방향조차 가늠하지 못한 채 무작정 사방으로 내달렸다. 칼날이 번뜩일 때마다 허공에 뿌려지는 선혈. 죽이는 자와 죽는 자의 핏발 서린 눈동자들. 은동 모자도 다르지 않았다. 하나 몸도 편치 않은 아낙과 겁에 질린 열 살짜리 아이가 빨리 뛰기는 어려웠다. 사람들은 뒤를 돌아볼 엄두도 내지 못하고 무조건 앞으로만 내달렸다. 저 살겠다고 마구 내처 달려나가는 사람들 틈바구니에서 두 모자는 이리저리 채어 비틀거렸다.

"으, 은동아! 소, 손을……!"

여인은 마른 손으로 아이의 손을 잡고 안간힘을 썼지만 안 그래도 또래보다 작고 가냘픈 체구의 은동은 이리저리 차이고 밀려 중심조차 잡기 어려웠다.

누군지 모를 건장한 사내가 냅다 치고 부딪치며 달려나가는 통에 은동 모자는 엎어질 듯 비틀거렸다. 지금 넘어지면 사람들 발에 밟혀 죽는다는 것을 은동도 본능적으로 느꼈다. 하지만 아직 어린 은동은 이 아수라장에서 제대로 몸을 가누는 것조차 힘겨웠다. 결국 어떤 남정네에게 와락 떠밀린 순간, 그때까지 온 힘을 다해 쥐었던 어머니의 손이 미끄러졌다. 은동은 손을 놓치자마자 몸을 굽혀 어머니의 흙 묻은 치맛자락을 붙잡았다. 그러나 그마저도 거센 사람들의 파도에 휘말려 찌익 찢겨버렸다.

"어머니! 어머니!"

"으, 은……!"

어머니의 목소리는 잦아드는가 싶더니 더이상 들리지 않았다. 은동의 귀에는 공포에 찬 부르짖음과 단말마의 비명소리들만이 어지럽게 웅웅거렸다. 은동은 그 자리에 주저앉아 머리를 양팔로 감싸고 덜덜 떨었다.

"어머니…… 아버지……."

군관 신분으로 변방에 파견된 아버지가 돌아오실 때까지 경상도 상주의 외가에 머무르면서 마냥 평화롭게만 지내왔는데……. 걷잡을 수 없는 흐느낌이 은동의 몸을 뒤흔들었다. 그러나 아수라장이 된 주위는 자기가 소리를 내어 울고 있는지 그렇지 않은지조차도 느낄 수 없게 만들었다. 수없는 사람들의 발길이 은동의 몸을 치고 지나갔다. 은동은 귀를 틀어막고 몸을 더욱 웅크리며 이를 악물고 버텼다. 이대로 잠깐만 있으면 어머니의 굳은살 박힌, 그러나 한없이 따스한 손길이 다가오리라고 믿었다.

질끈 감은 눈 속에 어머니의 손이 어른거렸다. 감 서리를 하다가 동네 어른에게 잡혀 아버지께 종아리를 맞았을 때 은동의 붉은 회초리 자국을 가장 먼저 쓰다듬어준 것도 그 손이었고, 쥐를 잡으려다 간장독을 깨뜨리고는 겁에 질려 구석에 숨은 은동을 따뜻하게 감싸 안은 것도 그 손이었다. 은동은 어서 손이 다가오기만을 기다렸다. 어머니의 손길을 생각하는 동안, 은동은 뒤쪽에서 활활 타오르는 불길도, 어른들을 이렇듯 사납게 내모는 그 어떤 무서운 것도 생각나지 않았다. 아니, 생각하지 않으려 했다.

은동의 기다림은 오래 지속되지 않았다. 누군가가 또다시 정통으로 부딪혀왔다. 어찌나 호되게 부딪혔는지 은동의 몸은 붕 날아서 다른 사람의 몸에 걸려 앞으로 널브러졌다. 하지만 은동은 그대로 눈을 꼭 감고 머리를 양팔로 감싼 채 이를 악물었다. 몸 위로 묵중한 무엇인가가 짓누르고 지나치기도 했고 누군가의 발길이 가슴팍을 밟고 지나가기도 했다. 은동은 명치에 전해져오는 고통을 참느라 더욱 더 눈을 질끈 감았다.

'이까짓 거야 참을 수 있어. 얼마 안 있어 어머니가 와서 안아줄 거야. 그러면 다 괜찮아질 거야…….'

은동은 자기도 모르게 눈물을 주룩주룩 흘리면서 어머니가 반드시 그래주리라 굳게 믿었다.

시간이 얼마나 지났는지 알 수 없다. 비몽사몽간에 은동은 어느덧 자신의 몸을 차고 밟으며 지나던 것들이 없어졌음을 깨달았다. 그러자 오히려 불안해졌다. 치이지 않는 것은 좋지만, 그건 주변 사람들이 모두 없어졌다는 것 아닌가? 혼자란 말인가? 어머니는? 다른 사람들은?

소름이 등을 훑고 지나갔다. 당장이라도 일어나 주변을 살피고 싶었으나 몸이 잘 움직이지 않았다. 팔다리가 아예 다른 사람의 것이 된 양 둔했다. 온몸이 욱신욱신 쑤셔왔고, 날카로운 고통이 등골을 찌르듯 엄습했다. 눈을 떠보려고 했다. 끔찍한 무엇인가가 기다리고 있을 것 같아 무서웠지만 계속 눈을 감고 있는 것이 더 무서웠다. 은동이 애써 눈을 치켜뜨려는 순간, 무언가 굉장히 무거운 것이 몸 위로 풀썩 떨어졌다. 쌀자루 같은 묵직함에 한동안 숨도 쉴 수 없었다.

은동은 겁에 질려 꽉 내리누른 눈꺼풀에서 힘을 서서히 풀었다. 바로 앞에서 뻣뻣하게 굳은 중년 남자의 얼굴이 들어왔다. 마치 은동을 내려다보는 것처럼 코앞에 들이댄 얼굴. 눈이 흰자위만 보이게 뒤집혀 있었고 입가에는 핏줄기가 지렁이가 기어나오듯 흐르고 있었다.

낯익은 얼굴이다. 지금은 꿈에 볼까 두려운 몰골이지만, 분명 알아볼 수 있는 얼굴이다. 물방앗간 박 서방이다. 항상 허허 웃는 사람좋은 얼굴로 방앗간 뒤 짚더미에서 낮잠을 자던 바로 그 박 서방이다.

은동은 소스라치게 놀라 박 서방의 몸을 밀치려고 했으나 이미 생명의 기운을 잃어버린 어른의 몸은 꿈쩍도 하지 않았다. 은동이 벗어나려고 몸부림을 칠 때마다 박 서방의 입에서 흘러내린 피가 은동의 얼굴로 떨어졌다. 송충이가 붙은 것보다 끔찍했지만 닦을 경황도 없었다.

다음 순간, 은동은 움직임을 멈추었다. 박 서방의 얼굴 뒤로 시커먼 그림자가 다가오는 것이 보였다. 은동은 본능적으로 눈을 질끈 감았다가 조심스럽게 실눈을 떴다. 활활 타오르는 마을을 배경으로 시커먼 그림자가 고개를 숙이고 있었다.

울퉁불퉁한 갑옷에 괴상한 투구. 왜병임이 분명했다. 너울대는 불빛을 받아 피범벅이 된 갑옷이 번들거렸다. 귀신 같은 모습에 소름이 끼쳤다. 몸이 얼어붙는 것 같았지만 한편으로는 마음 깊숙한 데서부터 불끈 노여움이 치솟았다.

'저건 귀신이 아냐.'

은동은 자신을 설득하듯 속으로 중얼거렸다.

'도깨비도 아냐.'

왜병에 대해선 언뜻 들은 적이 있었다. 며칠 전, 마을 어른들이 향약에 모여 회의를 한다고 했다. 멀리 피란을 가야 하는가, 잠시 산속에 숨어 있어야 하는가를 결정하기 위한 자리였다. 왜병이 쳐들어왔다는 소문이 돌았기 때문이다. 부산포가 무너지고 연이어 동래성이 함락됐다는 소문이 꼬리를 물었다. 마을 사람들 대부분은 불안한 마음에 어찌할 바를 몰랐지만, 어떤 선비들은 전쟁일 리 없다고 호언장담했다. 그저 평소보다 약간 많은 정도의 왜구가 쳐들어온 것일 터이니 이곳 내륙까지 들어올 리 없다고 했다. 마을 전체가 술렁거리는 사이, 조정에서 파견된 관군 무리 몇이 여기서 약간 떨어진 마을을 거쳐 갔다. 비록 정연한 대오를 이루지 못하고 뿔뿔이 흩어져 지나갔지만, 다 합하면 상당히 많은 수의 군사였다. 은동의 눈에도 몇백은 넘어 보이는 대병력이었다. 그렇게 많은 수의 군사가 동원되었다면 왜구 따위는 문제없을 것이라고 은동은 믿었고, 마을 사람들도 안심하는 눈치들이었다.

그러나 하루. 조선군은 어찌되었는지, 단 하루 만에 왜병들이 마을로 들이닥쳤다. 그들은 귀신도 아니고 도깨비도 아니었지만 귀신이나 도깨비처럼 느닷없이 들이닥쳤다. 왜병의 생김새에 대해 들은 적은 없었어도 은동은 그들이 소문으로만 듣던 왜병임을 알 수 있었다.

해괴한 차림새들, 연신 지껄여대는 알아들을 수 없는 말들. 붉게 충혈된 채 번득이는 눈동자들. 그들은 도착과 동시에 마을을 불태우며 휩쓸어버렸고 참혹한 인간 사냥을 시작했다.

'왜병들이야. 왜놈들이…… 대체 왜 죄 없는 우리 마을을……'

다음 순간, 그림자가 억센 억양으로 지껄이면서 피 묻은 손을 뻗었다. 그 손이 자기에게로 다가오는 것 같아서 은동은 얼른 눈을 감았다. 죽음이 눈앞에서 어른거렸다. 허나 멱살을 잡혀 끌려 나가는 대신 은동의 얼굴에 축축한 것이 철썩 튀었다.

'이크……'

호기심이라기보다는 공포에 질려서 은동은 실눈을 떴다. 보일 듯 말 듯한 시야 속으로, 박 서방의 얼굴이 와락 뒤로 젖혀져 목줄기와 아래턱이 보였다. 그리고 서슬 퍼런 것이 얼굴 위를 왔다 갔다 하며 서걱서걱 소리를 냈다.

'윽!'

지금 무슨 일이 벌어지고 있는지를 깨달은 순간, 은동은 아찔해졌다. 뱃속이 뒤집히는 것 같았다. 왜병이 박 서방의 코를 칼로 베어내고 있었다. 칼이 오감에 따라 박 서방의 죽은 얼굴이 꺼떡꺼떡 움직였고 초점 없는 퀭한 눈이 칼날에 가려졌다 보였다를 반복했다. 코가 베이면서 아직 굳지 않은 시커먼 피가 은동의 얼굴로 쉴 새 없이 튀었다.

왜 죽은 박 서방의 코를 벨까? 이유는 알 수 없었지만 은동은 눈물과 함께 욕지기가 터져 나오려는 걸 이를 악물고 참았다.

다행히 왜병은 박 서방의 등뒤에서 머리카락을 잡아 고개를 위로 젖힌 채 코를 베어내고 있어 은동을 보지 못했다. 그가 박 서방을 땅에 눕혀놓고 그 짓을 했더라면 은동의 눈에 서린 반짝이는 빛을 보았을 터이고, 필경 은동은 살아남지 못했을 것이다.

물론 은동은 이러한 사실을 미처 헤아릴 틈조차 없었다. 다만 솟구쳐오는 슬픔과 욕지기, 천둥보다 더 크게 울리는 심장의 박동 소리를 죽이느라 이를 악물 따름이었다.

마침내 코가 잘렸는지, 흔들거리던 박 서방의 얼굴이 은동의 머리 위로 철썩 떨어졌다. 은동은 눈을 감지 않았다. 박 서방의 뒤집힌 눈, 썩둑 잘려 나가 민둥한 코에서 흘러내린 피가 은동의 얼굴로 떨어졌다.

은동은 더이상 참지 못하고 울컥 토악질을 했다. 그러나 행여 왜병이 알아챌까 봐 급히 손을 들어 입을 틀어막았다. 참으려 애썼지만 구토물이 자꾸만 악문 이빨 사이로 새어 나왔다. 시큼한 맛이 목을 아리게 했다.

'소리 내면 안 돼.'

은동은 자기 자신을 채찍질했다.

'소리 내면 안 돼. 박 서방처럼 될 거야.'

저벅저벅 발소리가 났다. 박 서방의 코를 베어낸 왜병이 저만치 걸어가는 소리였다. 얼마 되지 않는 시간이었지만 발소리 사이의 침묵 순간순간이 은동에게 무한정 긴 시간처럼 느껴졌다.

발소리가 잦아들 때쯤 은동은 조심스레 눈을 떴다. 더러운 오물과 피로 뒤엉킨, 끔찍하게 변한 박 서방의 얼굴이 먼저 눈에 들어왔다. 급히 고개를 돌렸으나 박 서방의 코 없는 얼굴이 자신의 시선을 따라 들이대는 것 같았다. 마음이 그려낸 상상이겠지만 더이상 버틸 수가 없었다. 왜병의 눈에 띄어 죽더라도, 더이상 송장 밑에 깔려 있기는 싫었다.

은동은 죽을힘을 다해서 박 서방의 송장을 밀어냈다. 한 번 용을 쓰자 송장이 움찔했다. 다시 힘을 주자 박 서방의 고개가 좌우로 휘청거렸다. 그럴 때마다 박 서방의 죽은 얼굴이 은동의 얼굴을 비볐다. 은동은 온 힘을 쏟아 위를 향해 팔과 다리를 뻗었다. 마침내 송장이 크게 흔들리더니 은동의 옆으로 엎어졌다. 은동은 몸을 짓누르던 무게가 사라지자 잠시 멍하니 누워 있다가 한숨을 내쉬고는 재빨리 주변을 살폈다. 왜병들은 보이지 않았다.

은동은 상반신만 벌떡 일으키고는 다시 주위를 둘러보았다. 저만치에 걸어가는 두 왜병의 뒷모습이 보였다. 그들의 손에는 잘라낸 코를 꿴 듯한 꾸러미가 들려 있었다. 주변에는 마을 사람들의 시체가 즐비하게 깔려 있었다.

마을은 이미 불바다가 되어 초열지옥 같았다. 온전한 집이라곤 몇 채 남아 있지 않은 듯싶었다. 불길이 비교적 거세지 않은 지점에서 많은 왜병들이 모여 떠들고 있었다.

그제야 은동의 귀에 주변의 소음이 들려오기 시작했다. 아까 채어 나동그라진 이후로 물 들어간 것처럼 윙 소리만 들리던 귀가 이제야 뚫린 듯, 시끌벅적한 소리가 한꺼번에 쏟아져 들어왔다.

그러나 듣고 싶지 않은 소리들뿐이었다. 잡혀서 한데 몰려 있는 여자들의 비명소리, 집들이 탁탁 불똥을 튀기며 타다가 이내 우르르 무너져 내리는 소리, 거센 억양으로 울리는 왜병들의 고함 소리, 그와 함께 밤하늘을 흔드는 잔인한 웃음소리…….

방금 전만 해도 온몸을 욱신거리게 했던 고통도 싹 달아나버렸는지 더이상 느껴지지가 않았다.

은동은 재빨리 다람쥐처럼 몸을 데구르르 굴려 가까이의 논두렁으로 뛰어들었다. 모내기가 끝난 논에는 은동의 몸을 가려줄 만한 것이 없었다. 은동은 논에 몸을 처박고서 진흙을 발랐다. 피와 토사물을 씻어내려고 얼굴에도 진흙을 사정없이 문질렀다. 나름대로 조심했지만 첨벙거리는 작은 물소리가 새나간 듯했다. 소리를 들었는지 왜병 몇이 술렁거리며 이쪽으로 다가오는 모습이 보였다.

은동은 망설이지 않고 진흙탕에 얼굴을 박고 납작 엎드렸다가 다시 위로 누웠다. 어둠 속에서 흙을 뒤집어쓴 자신의 모습이 잘 보이지 않을 것이라고 믿었던 것이다. 은동의 온몸은 점점 다가오는 발소리와 함께 부들부들 떨려왔고 심장은 물레방아처럼 쿵쿵거리며 뛰었다.

잠시 후 발소리가 논두렁 바로 위에서 멎었다.

은동은 눈의 흰자위가 빛에 반사되지 않도록 조심하면서 슬그머니 실눈을 떴다. 왜병은 둘이었다. 그중 한 놈은 왼손에 긴 칼을 들었고 다른 손으로는 사람들의 코를 잘라 꿴 것이 분명한 꾸러미를 들고 있었다. 다른 한 놈은 이상하게 생긴 기다란 막대기를 들고 있었다. 놈들은 뭐라 알아들을 수 없는 소리를 지껄이고 있었다. 목소리가 좀더 걸걸한, 막대기를 쥔 놈이 다른 놈을 야단치는 것 같았다. 목소리가 앙칼진 다른 녀석이 불만스런 어조로 중얼거리더니 손에 든 것을 내던졌다.

그 물건은 은동의 바로 앞에 털썩 떨어졌다. 은동은 순간적으로 터져 나오려는 비명을 꿀꺽 삼켰다. 그것은 방금 전까지 놈들이 들고 있던 코 묶음이었다. 십여 개가 넘는 코들이 칡덩굴에 꿰여 있었다. 곁눈질하는 은동의 시야에, 오른쪽 콧날 한쪽에 작은 점이 있는 코가 들어왔다. 은동의 숨이 턱 막혔다. 어머니의 오른쪽 콧날에도 작은 점이 보일 듯 말 듯 은은히 박혀 있었다.

은동은 마음속으로 고개를 절레절레 흔들었다.

'아냐. 어머닌 벌써 도망가셨을 거야.'

은동의 두 눈에서 새로운 눈물이 흘러내렸다. 점이 박힌 코가 자꾸만 눈앞에 어른거렸다. 은동은 눈을 감았다.

'어머니가 아니야. 절대 그럴 리 없어.'

은동은 주문이라도 외우듯 계속 마음속으로 부르짖었다.

머리 위로 들리는 왜놈들의 억센 억양이 은동의 머릿속을 온통 헤집었다. 잠시 후 그들의 말소리가 그치고 저벅거리는 소리가 멀어져 갔다. 왜병들의 발소리가 들릴 때마다 은동은 귀에 낙인이라도 찍히는 것 같았다. 은동은 기었다. 논바닥을 헤집으며 진탕 속을 서서히 힘 되는 대로 기었다. 도망친다기보다는 움직이지 않으면 미칠 것 같았기 때문이다.

다시 고요가 찾아들고, 철 이르게 튀어나온 개구리들이 낯선 침입자들이 물러간 것을 환영이라도 하듯 여기저기서 울어댔다. 한참을 기어간 은동은 눈을 떴다. 밤하늘에 가득히 깔린 별들이 눈물로 흐려진 은동의 눈망울에 잠겨들었다. 모든 신경이 눈과 귀로 몰리는 것 같았다.

은동은 눈물을 훔치고 밤하늘을 올려다보았다. 이 세상은 난장판이었지만 하늘만은 멀쩡했다. 초롱초롱 빛나는 별들 사이로 별똥별 하나가 기다란 꼬리를 달고 떨어졌다.

"어머니……."

은동은 무심코 소리를 내려다가 얼른 입을 다물었다. 다시금 온몸의 피가 눈과 귀로만 몰리는 것 같았다. 혹시나 자신의 말소리를 누가 듣지는 않았을까 하여, 은동은 조심스레 고개를 들고 마을 쪽으로 눈을 돌렸다.

왜병들이 줄을 지어 썰물처럼 빠져나가고 있었다. 개중에는 보따리와 곡식 가마를 진 자도 있었고, 여인네를 어깨에 짊어진 자도 있었다.

아직도 불타고 있는 한쪽에서는 반쯤 벌거벗은 왜병 하나가 반항하는 여자의 배에 칼을 꽂는 끔찍한 광경도 보였다. 여자는 비명도 지르지 못한 채 그 자리에 고꾸라졌다. 젊은 여자였다.

여자의 몸이 축 늘어지는 것을 보면서도 은동은 눈을 감지도, 외면하지도 않았다. 왜병의 비웃음 속에 칼을 맞고 죽어가는 여자. 불타는 마을. 눈을 뒤집고 죽은 박 서방. 잘린 코 묶음.

아, 어머니는 어떻게 되었을까? 그건 정말 어머니의 코였을까? 군관으로 나간 아버지는? 뒷집에 살던 계집아이 행희는? 글방 친구들은? 그들도 저런 꼴을 당했을까? 아니, 조선 팔도 전체에서 이런 일들이 벌어지고 있는 것일까? 아, 그 잘린 코는…….

'아냐……. 아닐 거야……. 아닐 거라구!'

은동은 눈물이 주르르 흘러내리는데도 눈 한번 깜빡이지 않았다. 어느덧 무서움은 달아나고 없었다. 왁자지껄 웃고 떠들며 사라지는 왜병들의 모습이 완전히 보이지 않을 때까지 은동은 눈을 부릅뜨고 그 광경을 뚫어지게 지켜보았다.

왜병들이 사라지자 은동은 목각 인형처럼 뻣뻣하게 일어섰다. 그러고는 상체를 굽혀 외갓집을 향해 무릎으로 기어가기 시작했다.

집은 반쯤 불더미가 되어 있었고, 마당에는 온갖 잡동사니들이 어지러이 널려 있었다. 외가로 향할 때 아버지가 소중하게 들고 왔던 책 궤짝도 뒹굴고 있었다. 그 안에 들어 있던 책들이 여기저기 흩어져 있다. 아마도 왜병들은 궤짝에 귀중한 것이 들은 줄 알고 끄집어냈다가 낡은 책만 있는 것을 보고는 그대로 팽개쳐버렸으리라.

책을 보자 아버지 생각이 났다. 아버지는 지금 왜놈들과 싸우고 계실까? 은동은 무의식중에 책 한 권을 집어 품속에 넣었다.

갑자기 바람이 불어왔다. 그러자 지붕이 무너지려는지 와르르 하는 소리가 났다.

은동은 재빨리 처음 몸을 숨겼던 논두렁으로 뛰어들었다. 저만치에 버려진 코 묶음이 다시 눈에 들어왔다. 아, 점이 박힌 저 코…….
아냐, 절대 아니야, 저건 어머니의 것이 아냐…….

부르짖고 싶었으나 목이 굳어버린 듯 목소리가 나오지 않았다. 아무것도 할 수 없었다. 그리고 동이 틀 때까지, 진흙투성이인 채로 그렇게 꼼짝도 하지 않고 눈을 부릅뜨고 있었다.[1]

흑호 黑虎

일만 이천 봉 모두가 빼어난 봉우리라 천하제일의 명산으로 일컬어지는 금강산이다. 굽이굽이 절경이라는 말은 험하여 사람 발길이 닿을 수 없는 곳이 그만큼 많다는 뜻도 된다. 그렇게 나무가 빽빽이 들어차 인적이라곤 전혀 찾아볼 길 없는 가파른 비탈 사이를 거대한 그림자 하나가 날듯이 뛰어올라가고 있었다.

햇빛이 들락 말락 한 반음반양半陰半陽의 산비탈만 즐겨 지나다니는, 거대하지만 날렵한 형체. 흔히 민간에서 코짤맹이나 개호주로도 불리는 호랑이였다.

호랑이의 체구는 믿어지지 않을 만큼 컸으나 노쇠해 보이지는 않았다. 낮인데도 형형히 빛나는 눈동자와 작은 소리 하나 내지 않고 한 발 한 발 내딛는 위엄 있는 걸음걸이가 산중왕山中王임을 과시하듯 무게가 있었다.

호랑이는 문득 걸음을 멈추더니 고개를 들어 빛나는 눈으로 주위를 둘러보았다. 미처 호랑이가 오는 것을 알지 못한 작은 동물들이 주변 풀숲으로 정신없이 숨어들었지만, 호랑이는 그런 사냥감들에게는 눈조차 돌리지 않았다.

호랑이는 정면을 응시했다. 저만치 앞에서 어떤 사람 하나가 길도 아닌 수풀 사이로 터벅터벅 걸어 내려오고 있었다.

호랑이는 날카로운 이를 드러내고 인상을 잔뜩 찌푸렸지만 으르렁거리지는 않았다.

잠시 이글거리는 눈으로 표적물을 쏘아보던 호랑이는 고개를 한 번 숙였다가 들고는 앞을 향해 걸어가기 시작했다. 사람 따위는 안중에도 없다는 듯한 몸놀림이었다.

앞에서 걸어오는 사람 또한 호랑이를 겁내는 것 같지는 않았다. 그 사람은 회색 장삼에 가사를 걸치고 손때 묻은 구불구불한 나무 선장을 든, 초로에 접어들기 시작한 비구승이었다.

승려는 호랑이가 바로 앞을 지나가는데도 전혀 놀라는 기색이 없었다.

호랑이는 다시 발길을 멈추고 뜻밖이라는 듯 옆을 지나는 승려를 돌아보았다. 승려의 얼굴은 평온하기 그지없었다. 오금이 저린다거나 놀라 발이 땅에 붙은 모습이 전혀 아니었다.

호랑이는 나지막하게 으르렁거렸다. 그러자 승려는 오히려 미소를 지으며 조용히 합장을 해보였다.

순간, 호랑이는 몸을 움찔했다. 승려에게서 느껴지는 기운이 예사롭지 않았기 때문이다. 승려도 마찬가지 느낌을 받은 듯했다. 승려는 조용히 합장한 채, 정신을 집중했다.

이윽고 둘 사이에 마음으로 공명되는 대화법인 전심법의 의사소통이 이루어지기 시작했다.

"스님 법력이 무척 깊으시우."

먼저 전심법으로 말을 건 것은 호랑이 쪽이었다. 승려는 빙긋이 웃으며 역시 마음속으로 대답했다.

"그쪽도 도를 깊이 닦은 것 같구려."

그제야 호랑이는 승려의 도력이 자신보다 못하지 않거나 오히려 훨씬 높을지도 모른다는 것을 깨닫고, 눈을 화등잔만 하게 뜨면서 마음을 전했다.

"언젠가 법을 듣고 싶수."

승려는 씁쓸하게 웃으며 고개를 갸웃해 보였다. 고아한 행동은 아니었으되 어딘지 모르게 무게가 느껴졌다.

"지금은 법法보다는 행行이 앞설 때. 조선 천지가 조용해지면 그럴 수도 있으련만……."

승려는 이 호랑이를 허수로이 대하지 않았다. 비록 금수일망정 사람과 의사소통을 할 수 있을 만큼 도력을 쌓은 영물인 것이다. 피차 우연히 만났을 뿐이고 둘 다 급한 볼일이 있는 터라, 승려는 다음과 같이 마음을 전해왔다.

"나는 이 산에 기거하는 유정이라 하오. 우리는 서로 연분이 있는 모양이니 또 만나게 될 것 같소이다. 아미타불……."

승려는 아무 일도 없었다는 듯 천천히 걸음을 옮겨 숲속으로 사라졌다.

승려가 사라진 후 한참 동안 생각에 잠겨 있던 호랑이는 문득 불안한 일이라도 생겼는지 서둘러 몸을 둥글게 만들더니 비탈길을 거꾸로 굴러 올라갔다.

무서운 속도였다. 말이 달리는 속도보다 훨씬 빠르게 비탈길을 올라간 호랑이는 벼랑 끝에 도달하자 몸을 펴면서 네 활개를 뻗은 채 아래로 떨어져 내려갔다.

벼랑 아래로 곤두박질치듯 내려가던 호랑이는 마치 허공에 보이지 않는 디딤돌이라도 밟은 것처럼 어느 한 지점에서 몸을 움츠렸다가 다리를 뻗었다. 그러고는 다시 공중을 박차더니 쏜살같이 벼랑 가운데에 뚫린 동굴로 몸을 날렸다. 동굴 안으로 네 발을 성큼 디디는 순간까지 호랑이의 동작은 소음 하나 없이 조용하고 매끄러웠다.

어두운 동굴 안에 들어선 호랑이의 눈이 화등잔처럼 활활 타올랐다. 동굴 벽이 환하게 빛날 정도였다.

호랑이는 콧잔등에 주름을 잡았다. 동굴 안에서 비릿한 피 내음이 풍겼던 것이다. 호랑이는 냄새가 역겨운지 코를 씰룩거리고는 불안한 눈초리로 서서히 안쪽을 향해 조심스레 걸음을 옮겼다. 터질 듯한 긴장감이 얼룩무늬 가죽 밑의 강철 같은 근육들을 팽팽히 당기고 있었다.

순간 호랑이가 걸음을 뚝 멈추고는 눈을 커다랗게 떴다. 동굴 안쪽이 피바다가 되어 있었다. 그곳에는 이런 동굴에 전혀 어울리지 않는, 커다란 늙은 노루 한 마리가 죽어 있었다.

노루는 따로 떨어져 있는 머리를 제외하고는, 한마디로 전신이 으깨어져 곤죽처럼 되어 있었다. 다른 짐승의 습격을 받은 꼴은 결코 아니었다. 도대체 어떤 힘이 이렇게 좁은 동굴 안에서 커다란 노루를 저토록 으깨어버릴 수 있을까.

호랑이는 위를 바라보며 길게 포효했다. 그의 얼굴엔 슬픔과 고통에 겨운 표정이 짙게 드리워져 있었다. 대호의 포효가 좁은 동굴 안을 메아리치자 마치 지진이라도 일어난 듯 동굴이 흔들리고 먼지와 작은 돌멩이가 천장에서 떨어져 내렸다.

그때 따로 떨어져 있던 노루 머리의 눈이 번쩍 뜨였다. 붉은빛의 눈에서 쏟아져 나오는 형형한 안광이 이상한 기운을 뿜어내고 있었다.

호랑이는 포효를 뚝 그치고 눈을 주시했다. 두 마리 영통한 동물 사이에서 생사마저 초월한 전심법의 대화가 이루어졌다.

"널신! 어쩌다가 이런 꼴이 되었수!"

"흐…… 흑호黑虎인가……. 어서 백두산으로……. 호군虎君 님께 알려주게……. 어서……."

"우리 증조부님 말이우?"

"…… 조선 땅에 전쟁만 난 것이 아니야……. 도력 있는 금수들까지 기습을 당해…… 모두…… 위…… 위험……."

"이미 보았수! 반달과 서더리…… 죄다 죽었수! 도대체 이게 무슨 일이우? 널신은 아시우?"

"…… 어서…… 아…… 알려야…… 대책을……."

"도대체 어떤 것들 짓이우? 인간들 짓이우?"

"……마……."

힘겹게 말을 이어가던 노루의 말이 끊어졌다. 그와 함께 노루의 눈에 떠돌던 붉은빛이 꺼지듯 사라지고 말았다.

대호는 다그치듯 전심법을 써보았지만, 이미 죽은 노루의 머리는 뼈와 약간의 살점이 붙은 시체의 일부분에 불과했다.

흑호라고 불린 대호는 노루 널신의 말을 끝까지 듣지 못한 것과 널신이 죽은 것이 원통하여 견딜 수 없다는 듯 길게 포효하면서 대가리를 동굴 벽에 들이받았다. 돌로 된 벽이 움푹 패면서 동굴이 흔들렸다. 흑호는 다시 한번 포효를 내지르고는 벽을 들이받았다. 요란한 굉음을 내며 동굴이 무너져 내리기 시작했다.

그와 동시에 흑호는 네 발로 땅을 미친듯이 파내 순식간에 땅속으로 스며들었다. 그 위로 바위 더미가 내려앉아 빼꼼 열려 있던 동굴을 아예 메워버렸다.

선가仙家에서 토둔술土遁術이라 불리는, 땅속으로 이동하는 도술을 부린 것이다.

흑호는 땅을 파 들어가면서 아까 만났던 이인異人을 생각했다. 유정이라는 그 승려라면, 법력이 높은 것이 필시 자신과 이야기가 통하리라 여겼다.

그러나 지금은 백두산으로 가는 일이 더 시급했다. 조선 땅의 도력 높은 금수들이 죄다 죽어가는 상황에서 과연 증조부인 호군도 무사할지 그 안위가 걱정됐다. 비단 그게 아니더라도 호군을 만나야 했다. 조선 팔도의 모든 금수 가운데 으뜸가는 존재가 바로 호군이 아니던가. 그를 만나면 이런 일이 어떻게 일어났는지 감을 잡을 수 있을 것 같았다.

태을사자 太乙使者

때는 선조 25년. 기원력으로는 1592년이다.

조선은 겉으로는 평화롭되 안으로는 연이은 사화士禍로 인해 나라가 멍들고 있을 때였다. 이러할 즈음 일본에서는 도요토미 히데요시가 오랜 기간의 싸움에서 얻은 제후들의 강력한 무력을 해외로 방출시켜 일본 국내의 통일과 안전을 도모하고 신흥 세력을 억제하고자 대륙 침략을 감행하였다. 도요토미는 정명가도征明假道를 구실 삼아, 마침내 4월 13일 부산포를 점령한 후 승승장구 북진을 감행하였다.

봄도 이미 중반으로 접어들어 따스한 햇살이 온 나라를 훈훈히 덥히고 있었다. 아련히 피어오르는 아지랑이에 화답이라도 하듯 들판 천지에 초록 풀들이 산들거리고 철 이른 꽃들은 봉오리를 맺었다. 한편으로 제철을 만난 들꽃들이 함초롬히 얼굴을 들이밀었다. 그러나 이러한 자연의 은총은 인간들에게 아무런 영향을 미치지 못하는 듯했다. 인간들은 살육으로 날을 지새우고 피비린내 나는 무질서와 혼돈의 자국만을 사방 천지에 흩뿌리고 있었다.

고니시 유키나가를 선봉으로 하는 제1군은 부산을 함락시키고 뒤따라 들어온 가토 기요마사, 구로다 나가마사 등과 합세했다. 그들은 다시 3군으로 나뉘어 제1군의 고니시는 부산, 밀양, 대구, 상주, 문경을 거쳐 충주에 이르고, 제2군의 가토는 울산, 영천을 거쳐 충주에서 제1군과 합세하여 서울로 진군할 계획을 세우고 있었으며, 구로다의 제3군은 김해를 지나 추풍령을 넘어 북상하고 있었다.

왜군이 지날 때마다 시산혈해의 눈 돌리기 어려운 아수라장이 펼쳐졌다. 사방에 깔린 시체는 누구 하나 수습해주는 사람 없이 까마귀밥이 되어갔다.

이에 조선 조정에서는 당시 명장으로 일컬어지던 신립을 도순변사로, 이일을 순변사로 삼아 일본군의 진로를 막게 하였다.

그러나 4월 24일, 이일은 상주에서 고니시가 거느린 대군과 싸워 대패하고 만다. 이에 신립은 남은 휘하 장병들을 거느리고 서울로 가는 마지막 관문이라 할 수 있는 충주를 지키기 위해 최후의 힘을 모으고 있었다.

바로 그 대패전이 있은 날의 경상도 상주의 밤. 갈가마귀의 울부짖는 소리만이 칠흑 같은 어둠을 갈랐다. 전화가 휩쓸고 간 벌판에는 시체들이 어지럽게 뒹굴었다. 숯덩이로 화하기 전에 마지막 불똥을 툭툭 튀기고 있는 허물어진 집채들이 풍경을 더욱 을씨년스럽게 만들었다. 이제 이곳을 배회하는 사람들은 하나도 없었고, 다만 매캐한 연기 냄새와 피비린내가 진동할 뿐이었다.

벌판 위 허공에 두 개의 그림자가 둥둥 떠 있었다.

그림자들은 무언가를 찾는 양, 잠시 멈추었다가 날기를 거듭했다.

인간의 눈에는 보이지 않는 그림자였다. 아니 단 한 번, 죽음 앞에 이르렀을 때 보게 된다는 그림자. 검은 갓에 검은 도포. 그리고 역시 검은색의 길게 늘어진 두루마기 자락을 휘날리면서 한 손에 든 검은 색 부채를 연신 투덕거리고 있는 창백한 얼굴의 두 남자. 바로 죽은 사람의 영을 저승으로 인도해 가는 저승사자들이었다.

"태을 사자太乙使者……. 벌써 여러 번 찾아보지 않았소? 더이상 지체하다가는 자칫 대왕의 노여움을 살까 저어되오이다. 조금 있으면 새벽닭이 운단 말이오."

한 저승사자가 풀이 죽은 듯한, 다분히 체념 어린 소리로 다른 저승사자에게 말했다.

"난들 급한 걸 왜 모르겠소? 하지만 이번 일은 아무래도 이상하외다. 도저히 이럴 수는 없는 것인데……."

"나도 태을 사자의 심정은 알겠소. 그러나 도대체 없어진 혼백을 어디 가서 찾는단 말이오? 혼백을 인도하여 저승으로 안내하는 것이 우리의 소관이거늘, 도리어 혼백의 행방을 찾지 못해 나 또한 암담하오. 허나 이렇게 무작정 헤매본들 무슨 소용이오?"

그의 어조에는 불평이 잔뜩 묻어 있었다. 그러나 그들의 대화는 보통 사람들처럼 목울대를 통해 나오는 소리가 아니라 영력으로 전하는 묘한 방법으로 이루어지고 있었다.

불평스런 투로 말하는 저승사자는 태을 사자와 생김새가 거의 비슷했지만, 체구가 좀더 작고 날렵해 보였다. 그리고 하관이 다소 길게 빠진 것이 상대적으로 유약한 인상을 주었다. 그에 반해 태을 사자는 체구가 장대하고, 얼굴은 역시 밀랍같이 희다 못해 파르스름한 빛을 띠고 있었다. 눈썹은 먹처럼 검었으며 입술은 연지를 칠한 것처럼 붉었지만 퍽이나 중후하고 신중한 인상을 주었다.

"내 흑풍 사자黑風使者의 말을 모르는 것이 아니오. 그러나 도무지 납득이 가질 않는단 말이오. 아무리 난리가 벌어졌고 빗방울 떨어지듯 목숨을 잃는 전쟁터라고 해도 사십 명에 이르는 혼백과 육신이 간 곳 없이 사라졌으니, 이를 대체 어찌 설명한단 말이오?"

"그건 나도 알지 못하오……. 그러나……."

흑풍 사자는 말하기가 난처한 듯 우물거리다가 기어들어가는 목소리로 말했다.

"그러나 없는 것을 어찌하오? 세상이 난세이고 보니 명부의 일도 흐트러지는 겐가 보지. 그러지 않고서야 망인첩亡人帖에 올라가 있는 인간들이……."

"그러니 포기할 수 없다는 거요. 아무리 수백 수천의 생명이 일시에 죽는다 하더라도 저승의 질서에 따르게 되어 있는 법. 어떤 인간도 저승의 눈을 피해 갈 수는 없소이다. 그런데 한둘도 아니고 사십 명에 이르는 인간들이 간 곳이 없다니……. 이건 도대체……."

"하지만 어찌하겠소. 사실이 그러한 걸……."

태을 사자는 대답 대신 길게 한숨을 내쉬었다.

저승의 망인첩에 나와 있기로는, 오늘밤 안으로 거두어 가야 하는 영혼이 삼천칠백일흔둘이었다. 거의가 왜병의 조총과 도검에 참살당한 조선 군관들과 백성들의 영이었다. 약간의 사망자가 발생한 왜인들은 이 저승사자들의 관할 대상이 아니었다.

사망자가 무더기로 나오는 전쟁중인 만큼 지금 이 자리에서 수습하여 올려 보낼 영혼의 숫자는 그들로서도 감당하기 벅찰 만큼 많기는 했다. 하지만 이런 일은 처음이었다. 태을 사자의 소관으로 된 영혼이 스물둘, 흑풍 사자의 소관으로 되어 있던 영혼이 열여덟, 도합 마흔 명의 영혼이 쥐도 새도 모르게 어디론가 사라져버린 것이다.

흑풍 사자는 조바심이 나는지 안절부절못했다. 머지않아 닭이 울

것이기 때문이었다.

이제껏 닭이 울고 동이 트는 시간까지 저승사자들이 인간 세상에 남아 있던 일은 없었다. 날이 밝은 뒤 죽은 사람들은 혼백이 구천의 중간에 떠돌게 된다. 그러면 저승사자들은 그 영혼을 데리고 오기만 하면 되기 때문에 오히려 쉬웠다. 반면에 날이 어두워진 후에 죽은 사람들의 영은 육신을 빠져나온 뒤 제정신을 차리지 못하고 얼떨떨해한다. 그동안 염라대왕에게 데리고 가면 된다. 하지만 이토록 많은 영혼들을 빠뜨리고 가는 일은 없었다.

태을 사자는 위기감마저 느끼고 있었다. 아무리 인간들이 사는 사바세계가 전쟁과 싸움이 끊이지 않는 반지옥의 상태가 된다고 해도 반드시 지켜져야 하는 법도가 있다. 그 저승의 법도가 깨어져 나가는 것 같아서 불안한 마음을 금할 수 없었던 것이다.

그러나 흑풍 사자는 그런 것보다는 당장 날이 밝은 뒤의 일이 걱정되는 모양이었다.

"태을 사자, 하나둘도 아니고 수십 명씩이나 되는 영혼을 제대로 건사하지 못한 책임이 얼마나 큰지는 나도 알고 있소이다. 아마도 하계로 가면 수장守將이나 나아가서는 대왕의 호된 꾸지람이 있을지도 모르지. 하지만 이대로 있다가 양기가 충만한 태양빛을 받는다는 것은…… 그것이야말로 있을 수 없는 일이외다!"

"나도 그것은 알고 있소……. 그렇지만……."

태을 사자는 무거운 표정으로 흑풍 사자를 바라보았다.

"우리가 이대로 그냥 돌아가면 사십 명의 영혼은 어찌될 것이오? 무릇 인간의 영혼은 중요한 존재외다. 몇몇은 극락에 머물 수도 있고 몇몇은 지옥에 떨어지기도 하겠지만, 어쨌거나 그들은 윤회를 거듭해야 하는 존재들이오. 힘은 없지만 가능성이 있는 존재들이란 말이오."

"그래서 어쨌단 말이오? 그것들을 데려오는 것이 우리의 임무인 줄은 알겠으나, 그런 하찮은 것들 몇몇 때문에 위험을 무릅써야 하느냔 말이오? 대왕의 꾸지람이 무섭다고 한들 태양빛을 받는 것만 하겠소?"

"지금 이렇게 그들의 자취를 찾아보자는 것은 꼭 대왕의 꾸지람이 무서워서가 아니외다. 그들을 안전하게 데리고 저승까지 인도하는 것은 우리의 임무고, 미천하나마 그들도 살아 있어야 할 가치가 있기 때문이오."

"살아 있어야 할 가치? 살아 있다는 게 뭐 그리 중요하오?"

"중요하다마다요……. 흑풍 사자는 살아 있을 때의 기억이 없소?"

"하하하……."

흑풍 사자는 큰 소리로 웃어젖혔다.

흑풍 사자의 웃음소리는 인간처럼 음파로 울리지는 않았지만, 돌연한 일진광풍이 되어 나뭇가지며 풀잎들을 휘말아 올렸다. 눈을 부릅뜨고 쓰러져 있는 시체의 얼굴 위로 바람에 날린 이파리 몇 개가 마치 얼굴을 가리듯이 덮였다.

"나는 지금이 더 좋소이다. 우리는 이제 완성된 존재란 말이오. 그 이상도 이하도 없소. 그러니… …."

태을 사자가 갑자기 고개를 돌렸다.

"그만둡시다. 지금은 시간이 없소. 그러나 나는 좀더 찾아봐야겠소이다."

"아직도 단념하지 않았소?"

"난 지금 묘한 생각이 드는구려. 그 생각이 맞다면…… 삽시간에 인간들의 영혼이 사라진 연고를 짐작할 수 있을 것도 같소."

"음? 그게 도대체 무슨 말이오?"

태을 사자는 손에 쥐고 있던 부채를 들어서 땅바닥의 한 지점을 가리켰다.

"저길 보시오."

"음?"

태을 사자가 가리킨 곳에는 거의 굳어버린 검붉은 피 뭉치가 도랑처럼 고여 있었다. 그리고 흙바닥에는 보일락 말락 하게 몇 가닥의 가느다란 홈이 패어 있었다. 마치 써레질이나 쟁기질을 한 것처럼.

"저게 뭐요?"

태을 사자는 조용히 그 앞으로 날아가서는 선 자세 그대로 뻣뻣이 몸을 엎드린 채 허공으로 떠올랐다. 좀더 자세히 자국을 관찰하려는 것이다.

"발톱 자국이오."

"발톱 자국?"

"그렇소. 폭이 넓구려……. 자국을 남기지 않으려고 아주 조심스럽게 행동했겠지만, 바닥에 쌓인 흙먼지 때문에 홈이 팬 것 같소. 여태 이 근방을 이 잡듯이 뒤졌지만 이것 하나밖에 발견하지 못했소. 그러니……."

"그러니 뭐란 말이오? 그러면 금수의 소행이란 말이오?"

"그렇게밖에 생각할 수 없소. 인간사에서 가장 무섭다고 하는 전쟁터요. 어떤 인간이 감히 전쟁이 채 끝나지도 않은 싸움터로 들어와서 이런 일을 꾸몄겠소? 이건 금수의 소행 같소이다."

"하지만…… 그 발톱 자국 하나로……?"

"금수도 그냥 금수가 아니오. 놈은 사십 명이나 되는 인간의 육신과 혼백마저 가져갔소이다. 그러면서도 아무런 흔적도 남기지 않고 기껏해야 작은 발톱 자국 하나를 남겼을 뿐이오. 놈은 머리가 좋소."

"머리? 머리라고 했소? 금수가 무슨 머리가 있고 지능이 있단 말이오?"

"있을 수 있소이다. 아주 오래 묵고…… 인간의 영향을 많이 받은 영물이라면……. 하지만 이건…… 이건……."

태을 사자는 발톱 자국을 유심히 들여다보더니 빙글 허공을 날아 원래의 선 자세로 돌아왔다.

"대호의 발톱 자국이오."

"대호? 그렇다면 이번 일이 호랑이의 소행이란 말이오?"

"아직 확실한 것은 없소이다. 발톱 자국 하나만 보면 그렇다는 것이지요. 남은 게 이 발톱 자국밖에 없는데 어쩌겠소? 그래서……."

"호랑이가 인육을 먹는 일이 종종 있고 산신들의 수하로 용맹을 떨치는 경우도 드물지 않다고 들었소. 하지만 호랑이가 사람의 영혼을 훔친다는 말은 금시초문이오."

흑풍 사자에게는 아무래도 태을 사자의 발상이 설득력을 갖지 못하는 것처럼 보였다.

그러나 태을 사자는 여전히 무표정한 얼굴에 미간을 더욱 찌푸릴 뿐이었다.

"나도 그런 일을 보거나 들은 적은 없소. 호랑이에게 당한 인간들의 영이 혹 창귀나 호귀가 되어 호랑이의 주변을 떠나지 않는다는 이야기는 있지만, 그것은 어디까지나 사람들이 지어낸 말이지 실제로 그런 일을 할 수 있는 호랑이는 거의 없소. 그건 졸지에 목숨을 잃은 인간의 영혼이 충격을 이기지 못한 나머지 호랑이 근처를 떠도는 것이지, 호랑이 자체가 그렇게 만드는 것은 아니란 말이오. 헌데……."

"간혹 바보 같은 인간들이 저승의 명령을 거역하는 일이 있는 것은 알고 있지만…… 아무리 영물이라 한들 호랑이와 같은 한낱 금수가 천리天理를 어기고 사십 명에 이르는 사람들의 영을 가져간다는 것은 상상하기가 어렵소이다."

"나도 믿어지지가 않소. 그렇지만……."

태을 사자는 또다시 생각에 잠긴 표정을 짓더니 고개를 쳐들고는 주변의 땅바닥을 가리켜 보였다.

"보시오. 이 주변은 먼지가 쌓여 있소. 이러한 곳에 몸뚱이를 지니고 걸어왔다면 발자국이 남아 있어야 하오. 그런데 놈은 발톱 자국을 남겼을 뿐, 발자국은 하나도 없소이다."

흑풍 사자는 태을 사자의 말에 섬뜩한 느낌을 받았다. 조금 떨리긴 했지만 태연을 가장한 목소리로 지체 없이 대답했다.

"그건 바람이 불어서 발자국을 덮어버렸기 때문이 아니겠소? 바람에 날린 먼지가 이곳에 쌓였을 수도……."

"그러면 발톱 자국은 어찌 남아 있소?"

"그건……."

뒷말을 잇지 못하는 흑풍 사자를 쓱 쳐다본 뒤에 태을 사자는 입술을 깨물며 주위를 빙 둘러보았다.

"틀림없소. 이놈은 마물이오. 너무 오래 살았거나, 아니면 무슨 연유로 그렇게 되었는지는 모르겠으나 신통력을 얻은 놈이 틀림없소."

"마…… 마물? 인간 세상에 말이오?"

"흑풍 사자는 잊었소? 사바의 시간으로 백이십 년 전 일어났던 홍두오공紅頭蜈蚣의 일을?"

"이번 일도 그와 비슷한 경우라는 것이오?"

흑풍 사자의 낯빛이 어두워졌다.

정확하게는 125년 전, 그러니까 단기 3800년에 일어난 괴사였다. 홍두오공, 즉 붉은 머리를 한 독지네는 1천 명의 사람을 죽이고 1천 세계를 도탄에 빠뜨리라는 암흑 대마왕의 명령을 받고 조선 땅에 모습을 드러내었다. 홍두오공은 180여 명을 학살하고 변방 여덟 개의 촌락을 폐허로 만드는 믿지 못할 힘과 신통력을 보였으나, 종국에는 조선의 이름이 알려지지 않은 무명의 장사에게 격살되었다. 인간계에 가끔 가다가 다른 세계의 괴수들이 나타나는 일들은 있었으나, 대부분은 계界 간의 결계를 방황하다가 흘러드는 것들로서, 인간들에게 잠시의 공포감은 주었지만 쉽게 물리칠 수 있는 것들이었다.

그러나 이 홍두오공은 대단한 놈이었다. 몇몇 지방의 산신들마저 제압해버리는 위세를 보였던 것이다. 놈이 격살된 후 인간 세상의 문제는 다 해결이 된 것처럼 보였다.

그러나 문제는 놈의 죽음 뒤에도 남아 있었다. 괴물 지네는 가공할 위력을 발휘하는 혼백을 지니고 있었던 것이다. 저승의 신장神將과 수장이 여럿 달려들었으나, 홍두오공은 상상을 초월하는 둔갑술과 독연무로 그들을 궁지에 몰아넣곤 했다.

한바탕 난리를 치른 끝에 지네의 영은 간신히 포박되어 지금도 저승의 규환지옥 구석에 토막으로 나뉘어 갇혀 있다. 당시 오공에게 당한 180여 인간의 영들은 구슬처럼 둥글게 뭉쳐져 오공의 머릿속에 숨겨져 있었는데, 이 일을 들은 지장보살마저 한숨을 내쉬었다고 한다.

"그…… 그렇다면 마계의 짓? 어떻게……?"

"아직 속단하기는 이르오. 그러나 한낱 금수가 이런 힘을 지니고 있다는 것도 믿지 못하겠거니와, 오랜 덕을 쌓은 영통한 영물이 이런 끔찍한 짓을 저질렀다고는 도저히 생각하기 어렵소이다. 그러니 결국은……."

"흠……."

안 그래도 파리한 흑풍 사자의 얼굴이 더욱 새하얗게 질려갔다.

마계…….

일반적으로 사바세계의 인간들은 저승이나 지옥을 인간계와는 다른 또 하나의 세계로 여기고 있으나 실제로는 그렇지 않다.

태을과 흑풍, 두 사자가 속해 있는 세계는 죽음의 세계인 사계死界였다. 사계에는 윤회부가 있고 그 안에는 여러 저승과 지옥이 있는데, 둘은 그중 조선을 관할하는 지옥에 속해 있다. 하지만 그들의 지위는 보잘것없었다.

그들은 언젠가 온 세상을 묘사한 노랫가락을 들은 적이 있었다. 사계에 나와 있는 지장보살이 윤회를 거치고 있는 인간들의 깨달음을 돕기 위해 직접 지은 노래라고 전해지지만, 열풍처럼 사계에서 회자되고 있는 이 노래를 누가 지었는지 자신 있게 말할 수 있는 자는 아무도 없었다.

우주는 팔계八界라네.
팔계이며 구계九界이고 또 무한계라네.
모든 것은 돌고 돌아 처음이 끝이 되고, 시작이 마지막이 되는 법이라네.
가장 중심, 우주의 중앙에 신계神界가 있으니,
신계의 모든 것은 신들 이외에는 누구도 알지 못하고 누구도 범접하지 못한다네.

세상의 흐름은 신들이 엮어내는 것, 신의 의도는 누구도 모른다네.
어질고 둥근 구球처럼 신계를 감싸고 성계聖界가 있으니,
성계에는 거룩한 덕과 지고한 이상만이 있다네.
성계의 어느 것도 실체가 없지만 성계의 모든 것은 또 다른 하나의 세계라네.
성계의 바깥을 둘러싸고 광계光界가 있다네.
빛과 기쁨과 복락만이 있다네.
모든 것이 빛이고 빛줄기가 되어 가득차 있다네.
광계의 바깥에서 생계生界는 땀을 흘린다네.
광계로 들어가 해탈하기를,
낳고 죽고 피고 지며 그들은 기다린다네.
기다린다네.
생계의 바깥은 사계死界가 싸고 있네.
산 것은 모든 것이 죽어야 한다네.
그리고 다시 태어나게 된다네.
사계는 어둡고 어두우며 슬프고 슬프다네.
그리고 항상 눈물을 흘린다네.
사계의 바깥에는 유계幽界가 있다네.
사계의 눈물이 유계에서는 감로甘露라네.
유계는 울부짖고 있다네.
처음도 끝도 없고, 여기도 저기도 없다네.
유계의 너머에는 환계幻界가 있다네.
나도 없고 남도 없고 정말도 없고 거짓도 없다네.
환계의 모든 것은 없는 것이고 있는 것이라네.
환계 그 너머에 마계魔界가 있다네.

마계는 분노한, 너무도 분노한 붉고 붉은 세상이라네.
모든 것이 타오르고 타오르고 또 타오른다네.
마계는 모든 것을 부수고,
그리고 자신마저 부수어 불살라버리네.
마계의 그 너머에는 신계神界가 있다네.
신계의 그 너머에는 성계가 있다네.
그리고 그 너머에는 광계가 있다네…….
세상은 끝이 없다네.
끝이 없다네.
그러나 마음으로 보지 않으면 아무것도 없다네.
아무것도 없다네.

태을 사자는 잠시 동안 공상에 빠져 있다가 습관적으로 눈을 질끈 감고 고개를 몇 번 흔들었다. 몹시 피곤했다. 자신의 영이 속해 있는 사계를 너무 오래 떠나 있었기 때문이리라. 사바세계의 사람들은 영을 육체와 정반대인 불사불멸의 존재로 알지만, 꼭 그런 것만은 아니다. 영도 쇠약해지고 피곤함을 느끼며 때로는 소멸되기도 하는 존재인 것이다.

"정말 마계의……?"

흑풍 사자의 목소리에 두려운 기색이 역력히 묻어났다.

태을 사자는 신경을 곤두세우고는 다시 주의 깊게 발톱 자국이 나 있는 피 웅덩이를 들여다보았다.

그 순간 새벽닭의 울음소리가 길게 이어졌다. 동틀 시간이 임박했음을 알리는 신호였다.

"태을 사자! 첫닭이 울었소! 더이상 지체할 수는 없소이다! 어서 사계로 돌아갑시다!"

"아아……. 이런……. 지금 이곳을 비워두고 그냥 떠나면 우리가 수습하지 못한 마흔 명의 영은 영원히 수습할 기회가 없어질지도 모르는데……. 흑풍 사자, 이런 흔적이나마 발견했을 때 무슨 조치든 취해야 하지 않겠소?"

"이거 보시오, 태을 사자! 조금만 있으면 동이 트고 날이 밝게 된단 말이오! 광계의 빛인 태양빛을 받는 즉시 우리 사계의 존재들은 소멸하고 만다는 것을 모르고 하는 말씀이시오?"

"아아……."

태을 사자는 흑풍 사자의 말에 안타깝지만 어쩔 수 없다는 듯이 한숨을 길게 내쉬었다.

하지만 순간적으로 태을 사자의 눈이 이상하게 빛났음을 흑풍 사자는 미처 알아채지 못했다.

태을 사자의 시선은 대호의 발톱 자국이 나 있는 피 웅덩이에서 얼마 떨어지지 않은, 한 그루의 커다란 아름드리나무 뒤를 향하고 있었다.

그 나무에도 전쟁이 휩쓸고 간 상처가 여기저기 새겨져 있었다. 부러진 화살대들이 몇 개나 꽂혀 있었고, 창이나 칼에 팬 자국으로 껍질은 만신창이가 되어 있었다. 그나마 무너지지 않고 버틸 수 있었던 것은 언뜻 보아도 인간 어른의 팔로 세 아름은 됨 직한 우람함 때문일 것이다.

그 뒤편에서 이상한 낌새가 느껴지는 것을 태을 사자는 놓치지 않았다.

태을 사자의 입술 끝이 살짝 말려 올라가 미소와 같은 표정을 지었으나 그것을 보지 못한 흑풍 사자는 다시금 태을 사자를 재촉했다.

"어서 가십시다. 더 지체하다가는 큰 변이 생길지도 모르겠소. 머뭇거릴 여유가 없어요. 그러니 어서……."

흑풍 사자가 채 말을 잇기도 전에 태을 사자는 체념했다는 듯이 온화한 말투로 말했다.

"좋소. 가십시다."

갑자기 변한 태을 사자의 목소리를 듣고 흑풍 사자가 눈썹을 치켜뜨는 순간, 태을 사자에게서 벼락같은 소리가 터져 나왔다.

"가더라도 이놈은 잡고 가야지요!"

태을 사자는 일갈과 동시에 신형을 날렸다. 그리고 순식간에 검은색의 안개 뭉치로 변화하여 아름드리나무를 향해 곧장 쏘아져 날아갔다.

흑풍 사자가 멈칫하며 어떤 행동을 취해야 할지 종잡기도 전에, 검은 기운이 번쩍하고 잔영을 남기면서 아름드리나무를 꿰뚫고 그 반대쪽으로 쏘아져 나왔다. 이어서 삽시간에 다시 형상으로 뭉쳐져서 태을 사자의 모습으로 되돌아왔다.

"이놈! 수목의 정精을 방패막이로 한다고 네깟 놈의 은신술隱身術을 내가 모를 줄 알았더냐!"

그제야 흑풍 사자도 눈치를 챘다.

태을 사자의 호통이 끝나기가 무섭게 이파리로 우거진 나무 윗부분에서 무언가가 번득이며 허공으로 솟구쳐 올랐다. 그것을 본 흑풍 사자가 오른쪽 소매를 휘저었다. 그와 동시에 흑풍이라는 이름에 걸맞게 새까만 구름이 빠른 속도로 날아올라 번득이는 형체의 위를 가로막았다.

위로 솟구치려던 물체는 뜻밖의 장애물에 부딪히자 잽싸게 방향을 바꾸어 옆으로 날아갔다. 흑풍 사자는 자신의 술수를 상대가 알아채고 피한 것에 노하여 벼락처럼 기합을 내질렀다.

"이위移位 천라지망天羅之網!"

흑풍 사자의 기합이 터져 나오는 순간, 나무 위를 뒤덮고 있던 검은 구름이 뭉치더니 검은색의 거미줄 같은 미세한 망으로 형태를 변화하여 화살처럼 달아나는 형체의 뒤를 좇아 날아갔다.

태을 사자도 공격의 고삐를 늦추지 않았다. 태을 사자가 손에 쥔 검은색 부채를 앞으로 향하여 손바닥에 탁 소리가 나게 튕기자 부챗살처럼 생긴 길쭉한 검은 막대기 하나가 튀어나갔다.

"묵학환출墨鶴幻出!"

태을 사자의 기합과 함께, 번개처럼 빠른 속도로 튀어나가던 검은 부챗살이 화르륵 펼쳐져 긴 날개를 뻗더니 곧이어 긴 부리와 날카로운 발톱에 긴 다리를 지닌 검은 학의 모습으로 바뀌었다. 묵학은 기다란 소리를 지르면서 그 형체를 향해 쏜살같이 덮쳐들었다. 두 저승사자의 신통력을 지닌 법기들이 곧바로 검은 형체를 둘러쌌고, 금세라도 그것을 잡아챌 듯이 보였다.

순간, 괴형체는 달아나기를 멈추고 방향을 바꾸더니 제자리에서 무서운 속도로 맴을 돌기 시작했다. 그러자 거센 돌풍이 회오리치면서 둥근 유리병 모양의 바람 벽을 눈 깜짝할 사이에 만들어냈다. 두 저승사자의 법기는 바람 벽을 향해 거칠게 쏘아져 들어갔으나 뚫지 못하고 뒤로 튕겨나갔다. 그러고는 다시 본래의 구름과 막대기의 모습으로 변하여 원래 있었던 소맷자락과 부채 속으로 재빠르게 스며들었다.

"아니!"

"괘씸한!"

태을 사자와 흑풍 사자의 목소리에는 똑같이 놀라움과 분노가 담겨 있었다. 상대의 응수에 허를 찔린 것이다.

사계의 물건은 이승의 것과 달리 물질적인 재료로 이루어지지 않고, 갖가지 영을 뭉쳐서 사용하는 것이 일반적이다. 물론 사계에도 땅이나 수목, 금속이나 물과 같은 것들이 있지만, 그것들은 아주 하급의 영, 그러니까 자연계의 정령이라고 할 수 있다. 자연계의 정령은 이승에서의 물이나 금속 등의 성질을 그대로 지니고 있어서 사계에 이르러서도 생계에서의 용도나 본질대로 쓸 수 있다.

그러나 사계에서는 다른 영을 부려서 물건으로 화하게 하는 기술을 주로 쓰는데, 저승사자들은 그처럼 특별한 영으로 만들어진 법기를 하나씩 지니고 다녔다. 이것들은 영을 포획하여 잡아들이는 쓰임새로 사용되곤 했다. 쓰는 사람의 기술에 따라 여러 가지로, 때에 따라서는 수십 가지의 형태와 크기, 기능을 가진 물건으로 변화하는 특이하고 귀중한 물건이었다.

그런데 이렇듯 신비한 힘을 지닌 두 법기의 합공을 회오리치는 형체가 간단히 되튕겨버렸다. 두 저승사자는 어안이 벙벙했다. 이제껏 듣지도 보지도 못한 일이 눈앞에서 벌어진 것이다. 사계와 유계의 접경에서 가끔 일어나는 유혼幽魂과의 충돌이나 마계에서 떨어져 나온 마물과의 싸움이라면 혹 모를 일이지만, 여기는 어디까지나 인간들이 살아가는 생계가 아닌가.

"마물이 틀림없소이다! 세상의 법도를 무너뜨리고 나타난 놈이니 속히 요절을 내야 할 것이오!"

흑풍 사자는 소리치면서 양 소매를 동시에 펼쳤다. 그러자 아까보다 세 배는 넘을 듯한 검은 구름이 솟아 나와 허공에서 뭉치더니 거대한 수레바퀴와 같은 형상으로 변했다.

태을 사자도 고개를 끄덕이더니 들고 있던 부채를 활짝 펴서 허공에 던지면서 소리쳤다.

"저놈이야말로 인간들의 영을 집어삼킨 놈이 틀림없소. 교활하게도 저놈은 인간의 몸과 영을 삼킨 뒤에 수목의 정을 방패막이로 하여 숨어 있다가 우리가 닭 우는 소리에 쫓겨 떠나기를 기다리고 있었던 것이오! 괘씸한 놈 같으니라고. 저놈은 반드시 잡아야 하오!"

흑풍 사자는 태을 사자의 놀라운 관찰력에 새삼 감탄하면서 소매를 크게 휘둘러 양손으로 무엇인가를 받드는 듯한 자세를 취했다.

태을 사자의 말대로라면 저놈이야말로 사십여 명의 영을 훔친 녀석임에 틀림없을 것이고, 보지 못했다면 모르되 꼬리를 잡은 이상 반드시 잡아야만 했다.

그러나 동이 트기까지 시간이 얼마 남지 않은 상황이었다.

태을 사자는 손가락을 세워 빙빙 돌리는 시늉을 해 보였다. 그러자 태을 사자의 부채가 미친듯이 빙글빙글 돌다가 검은 원이 되어 바람을 몰면서 가로로 누워 날아갔다.

"손에 정情을 둘 필요는 없소!"

"물론이오!"

흑풍 사자가 자세를 바꾸어 두 손을 박수 치듯이 앞으로 내밀자 큰 수레바퀴 형상의 기운이 세로로 굴러가기 시작했다. 흑풍 사자의 둥근 기운이 괴형체를 향해 거세게 굴러감과 동시에, 태을 사자의 부채가 만들어낸 둥근 원도 날카로운 파공음을 내면서 날아들었다.

"굉轟!"

"섬閃!"

두 사자의 고함소리와 함께 두 개의 검은 법기가 회오리의 바람벽으로 막 덮쳐들 찰나였다.

순간, 회오리가 휙 모양을 바꾸어 칼날과 같이 날카로운 가느다란 바람 줄기로 변하여 사방으로 뻗어나갔다.

"도망치는군!"

흑풍 사자는 자신의 수레바퀴와 같은 기운이 바위산과 충돌하려고 하자 손바닥을 활짝 폈다. 검은 바퀴는 검은 구름으로 변해 네 갈래로 갈라져서 바람 줄기를 쫓아갔다.

"화化!"

태을 사자가 외치자, 그의 둥근 원은 찢어지는 소리를 내면서 급히 방향을 틀어 허공으로 떠올랐다. 태을 사자의 눈빛이 번뜩하면서 갈라져 나간 바람 줄기의 수를 세었다. 모두 여덟 갈래였다.

"산散!"

태을 사자가 고함과 함께 양 손바닥으로 짝 하고 박수를 치자, 둥근 원에서 총알처럼 네 가닥의 부챗살이 뻗어 나와 흑풍 사자의 기운이 쫓아가지 못하는 나머지 네 개의 바람 줄기를 향해 일제히 쏘아 들어갔다.

허공에서 콰쾅 하는 소리와 동시에 여덟 곳에서 폭발이 일고, 바람 뭉치가 터져 나가듯 회오리가 맴을 돌면서 주변의 풀 이파리들을 휘날렸다. 영적으로는 엄청난 힘을 지닌 타격이었지만 물질로 이루어진 생계, 즉 이승의 존재들에게는 힘이 격돌하는 모습이나 저승사자의 모습은 보이지 않을 터였다. 다만 여기저기서 요란한 광풍이 일어나는 것과 음울하고 이상한 기운들이 마구 뻗치는 정도가 느껴질까?

잠시 후, 폭발의 소용돌이가 잦아들고 검은 기운들이 다시 본래의 모습으로 변해 주인들에게로 돌아오자, 두 저승사자는 허공에 우뚝 선 채로 날면서 회오리의 형체가 있었던 곳을 살폈다.

"허! 이런! 도망쳐버렸소!"

"보통 놈이 아니오. 십화변신十化變身으로 열 개로 변하여 도망쳤는데 그 수법이 놀랍소. 우리 눈을 속여 여덟 개로 보이게 하다니……. 우리가 본 여덟 개는 허상이었고, 나머지 두 개가 진짜인 것 같소이다! 하지만 멀리 가지는 못했을 거요!"

태을 사자가 급히 몸을 움직이는데 멀리서 또다시 닭 울음소리가 들려왔다.

"아니 되오, 태을 사자! 두 번째 닭 울음소리요!"

"어허……. 이…… 이런……."

태을 사자는 낭패라는 듯 미간을 찌푸렸다. 두 번째로 닭이 울었으니 곧 세 번째 울음소리가 들릴 것이다. 세 번째 닭 울음소리가 들리기 전까지 사계의 모든 존재는 생계를 떠나야 하는 것이 세상의 불문율이었다.

"저놈의 정체가 무엇인지 알아내지도 못하고 헛되이 돌아가야 하다니! 이건……."

"상심 마시오, 태을 사자. 적어도 저놈이 사계의 존재가 아니라는 건 확인했잖소. 저놈은 필시 마계의 존재일 터인데, 그렇다면 우리 둘의 힘으로 대적하기 힘들지도 모르오. 하물며 이렇게 날이 밝아오고 있소이다. 마계의 존재들은 양광陽光 아래서도 활동할 수 있지만 우리는 그렇지 못하잖소. 일단 돌아가서 이 사실을 알리고 지원을 받아 다시 오면 되지 않겠소?"

태을 사자는 습관적으로 부채를 툭툭 치면서 입술을 깨물었다. 그의 입술 사이로 무거운 한숨이 새어 나왔다.

그때 태을 사자의 눈에 기묘한 것이 잡혔다. 푸른 빛깔을 띤, 아주 가느다란 털 같은 것이었다.

"이건……."

태을 사자가 손바닥을 펴서 흡물공吸物功을 발휘하자, 털 오라기가 태을 사자의 손으로 빨려 올라왔다. 그런 광경을 본체만체, 흑풍 사자는 다급한 나머지 태을 사자의 옷소매를 당기는 동시에 영체를 전이하면서 외쳤다.

"어서…… 어서 갑시다!"

태을 사자도 하는 수 없이 고개를 끄덕이며 서서히 자신의 영체를 사계로 전이하기 시작했다.

유정

금강산에도 밤이 깊어가고 있었다.

달빛이 산굽이의 한 모퉁이에 세워진 작은 암자를 비추는 정경 속을 한 중년 승려가 걸어가고 있었다. 깎아지른 절벽의 모퉁이에 난 험한 소로를 중년 승려는 밤인데도 능숙하게 올라가고 있었다.

승려는 암자 앞에 다다르자 조심스러운 목소리로 말했다.

"부르셨사옵니까? 유정이옵니다."

중년의 승려는 작은 암자 앞에서 정중하게 고개를 숙이며 조심스럽게 방안의 기척을 살폈다. 그러자 암자 안에서 나직한 목소리가 흘러나왔다. 나이든 노인네의 목소리였다.

"늦었구나. 들어오너라."

승려는 공손한 몸짓으로 암자로 들어섰다.

호롱불도 켜지 않은 암자에는 나이 많은 노승이 앉아 있었다. 노승의 얼굴에는 주름살이 굵게 고랑 져 있고 수염과 눈썹이 희끗희끗했지만 눈빛만은 맑고 온화했다.

암자로 들어선 유정이 절을 올리려 하자, 노승은 손을 저어 말리며 합장을 했다.

"한시가 급한 일이다. 어서 이야기부터 해보아라. 승군 소집은 어찌되었는가?"

이 노승의 이름은 휴정, 후세 사람들에게 서산대사로 알려진 고승이다. 그는 유정의 스승이기도 했다. 휴정의 앞에 있는 중년 승려 유정은 훗날 사명당 또는 사명대사로 알려진 역시 당대의 고승이었다.

유정은 명망도 높았으나 스승인 서산대사 앞에서 한없이 공손하기만 했다.

"대부분의 사찰에는 승군에 참여하여 일어날 것을 설득할 수 있었습니다만 개원사, 망환사 두 도량은 주지승조차 만날 수 없었사옵니다. 그리고 진각사, 무수사, 소광사 세 도량은 출가하여 세속을 등진 승려의 신분으로 병장기를 잡을 수 없다고 완강히 거절하였습니다."

"오호라……. 승려의 행동에 있어서는 중생을 구하는 것이 무엇보다 첫째가는 일이거늘, 법을 논하고 계율을 따지면서 정작 가장 큰 본분을 잊고 있다니……. 아미타불……."

"하지만 대부분 사찰에서는 젊고 힘 있는 승려들로 승군을 조직하는 데에 동의하였습니다."

"그래그래. 암, 그래야지……. 백성과 중생의 위험이 지척지간에 이르렀는데 말로 염불을 논하고 불경을 외운다고 어찌 도움이 되겠는가. 선재라, 선재……."

서산대사는 혼잣말처럼 조용히 중얼거리다가 다시 입을 열었다.

"이번 난리는 보통 일이 아닌 게야. 천기에 어긋나는 일들이 수도 없이 벌어지고 있어. 조선의 국운이 아직 쇠하지 않았고 왜국 또한 이런 무모한 일을 벌일 것이 아니었는데 어찌하여 조선군이 일패도

지하는지 알 수가 없는 노릇이구나……. 석연치 않은 일들이 너무도 많아……."

유정은 고개를 숙인 채 아무 대답도 하지 않았다.

이번 왜란은 보통 일이 아니었다. 이유를 알 수 없는 일들이 연이어 벌어지고 있었으며, 조선군은 마치 마에 씐 것처럼 일패도지를 거듭하고 있었다.

서산대사가 계속 말했다.

"첫째로는 통신사가 다녀왔는데도 조정의 의견이 어찌하여 그렇게 정해졌느냐는 것이니라. 왜국의 국서는 어떻게 봐도 선전포고가 틀림없는데도 어찌 그리 잘못된 식견을 채택할 수 있었을까? 이상해도 한참 이상한 일이야."

유정도 그 내용은 알고 있었다.

왜국은 '명을 정벌할 테니 길을 빌려달라'는 내용의 누가 보아도 선전포고임을 알 수 있는 국서를 보낸 바가 있다. 그에 따라 통신사로 재작년(1590년) 3월에 왜국에 다녀온 상사 황윤길과 서장관 허성은 왜국이 반드시 난을 일으키리라고 보고하였다. 그런데 부사로 같이 갔던 김성일은 도요토미 히데요시의 눈이 쥐 같고 행동이 치졸하여 큰일을 벌일 인물이 못 된다고 주장했다. 거기서부터 일이 꼬이기 시작했다.

"서인과 동인의 의견 대립이 아니겠습니까?"

유정이 반대 의견을 이야기했다. 그것은 서산대사와 유정 사이의 독특한 문답법이었다. 서산대사의 의견을 유정이 받아들이지 못해서 반대 의견을 이야기하는 것이 아니라, 좀더 확실한 결론을 내리기 위해 그와 반대되는 의견을 내놓고 같이 상의하는 것이다.

서산대사는 고개를 저었다.

"아니지. 서장관 허성도 역시 동인이 아닌가. 그런데 조정의 공론이 어찌 그렇게 정해졌는지 모를 일이야. 김성일도 사려가 깊은 사람인데……. 서애 같은 이까지도 어째서 그렇게 보았는지 모르겠고……."

물론 황윤길은 서인이었고 김성일은 동인으로 당이 달랐으나 그 때까지만 해도 당파가 그토록 분열된 시기는 아니었다. 그러므로 이를 당파의 분열에 따른 상반된 견해 표출로만 보는 후대 사람들의 생각은 잘못된 것이다. 그리고 서장관 허성은 동인이었다.

그렇다면 그것을 당론에 의한 것으로 단정지을 수만은 없다.

더구나 뛰어난 식견으로 만인에게 인정받던 서애 유성룡도 김성일의 입장을 두둔하였으니, 조정의 공론이 왜에 대한 방비를 느슨하게 하는 쪽으로 기울어지는 것도 당연한 일이었다.

유성룡은 명석하고 인물을 보는 눈이 있어서 문관이었던 권율을 추천하고, 별로 이름이 없던 이순신을 천거하는 등 많은 일을 한 사람이었다. 유성룡과 김성일이 친구 사이기는 했지만, 유성룡이 공과 사를 구분하지 못할 정도의 인물은 결코 아니었으니 그 또한 이유가 될 수 없었다. 그런 인물들이 그렇게까지 정세 판단을 잘못한 것은 후세에 이르러서도 많은 논란이 있으며 '믿어지지 않는 일'로 연구되고 있다. 그렇다면 그렇게 된 까닭은 무엇일까?

"무언가가 식견을 흐리게 만든 것일지도 몰라. 상감께서도 밝은 분이셨는데 암울하기 이를 데 없이 되어버렸네. 확언할 수는 없지만 분명 알 수 없는 일이 벌어지고 있는 게야……. 아미타불……."

"어떤 일 말씀이옵니까? 잘못된 것이라 할지언정 그것은 조정의 공론이 아니었사옵니까?"

"결단을 잘못 내려도 너무나 잘못 내렸어. 사람의 심성이 흔들리지 않고서야 어찌 그럴 수 있겠는가? 내 짐작이 맞다면 알 수 없는 힘이 사람들의 심성에 영향을 주고 있어……."

유정은 막막한 느낌을 받았다.

상감(선조)의 행동이나 김성일의 행동에는 너무도 미심쩍은 면이 많았다. 특히 선조는 갈수록 잔혹해지고 두서없는 행동을 거듭하고 있었다. 정여립의 옥사를 일으켜 수많은 신료들을 학살하다시피 하고, 무능한 사람을 중책에 앉히는 대신 유능한 사람을 내치기를 밥 먹듯이 하는 판국이었다. 어째서 상감의 성격이 그토록 표변했는지 알 수 없었으나 조정의 신료들이 이를 두고 전전긍긍하고 있다는 사실은 조선 팔도에서 모르는 사람이 없었다.

하지만 유정마저도 그것이 알 수 없는 힘에 의한 것이라는 생각은 미처 하지 못했다.

"그렇다면 그 알 수 없는 힘이란 무엇이오니까?"

"인간의 힘은 아닐 테지……. 천기까지 어지럽히는 존재니 말이야. 경상도의 수군이 전멸한 것만 해도 어찌 그런 일이 있을 수 있단 말이냐?"

유성룡은 중론으로는 왜를 대비하지 않았지만 손이 닿는 범위에서는 많은 조치를 취해두었다. 부산성과 동래성의 방비를 강화하고 경상도의 수군을 대폭 증강한 것은 모두 그의 노력 덕분이었다. 부산성과 동래성의 성벽을 강화하는 한편 정발 등 유능한 장수들을 파견하여 그 성을 지키게 하였다. 또한 경상도 수군의 방비도 강화시켰다. 당시 전라좌수영과 전라우수영의 수군이 판옥선 25척씩으로 조직되었던 데 반하여, 경상좌수영과 경상우수영에 판옥선 75척씩으로 조직된 경상도 수군은 150척에 달하는 대군을 이루고 있었다.

그러나 아무리 많은 대군도 무능한 장수 밑에서는 무용지물이었다. 경상도를 지키던 박홍과 원균은 왜군이 부산포 앞바다에 나타나자마자 제대로 싸워보지도 않고 모든 배를 물에 가라앉히고는 1만이 넘는 수군을 해산시켰다. 박홍은 한동안 실종되었으며(훗날 박홍은 이 엄청난 실책에도 불구하고 선조의 아낌을 받아 그를 보좌하게 된다), 원균은 불과 전선 3척만을 거느리고 전라도로 도피했다.

제1진으로 몰려온 고니시의 병력은 90척에 불과하였고 그나마 대부분 전선이 아닌 수송선이었으므로, 본격적인 전투를 벌였다면 대포 하나 제대로 갖추지 못한 왜의 수군을 충분히 저지할 수 있었을 것이다. 그런데 왜 그들은 겁부터 먹고 이런 어리석은 짓을 했을까?

이 또한 유정이 의문을 품지 않을 수 없는 일이었다.

서산대사가 말을 이었다.

"인간의 본성이 강하고 절개가 대쪽 같다면 그 어떤 사마邪魔도 침범하지 못하지만, 본성이 약할 때에는 외력에 좌우되기 쉬운 법. 박홍과 원균이 설령 비겁자라 해도 그토록 나약한 태도를 취한 데에는 필경 곡절이 있을 것이다. 아무리 생각해도 천기가 어그러지고 있는 게야……."

유정은 서산대사가 능히 천기를 짚어 앞일을 예언할 수 있다는 것을 잘 알고 있었다. 그런 서산대사의 입에서 천기가 어그러지고 있다는 말이 나오자 새삼 긴장하지 않을 수 없었다.

"정말 그런 일들이 천기를 어그러뜨린 것이었사옵니까?"

서산대사는 고개를 끄덕였다.

"그런 일들은 사람의 힘으로는 할 수 없는 것들이니라……. 그러니 잘 살펴보아야 할 것이야. 승군의 참여는 비단 군사 수를 늘리는 데에만 의미가 있는 게 아니니라. 승려들의 힘이라야 될 일들이 있어. 그 알 수 없는 힘들에 저항하려면 일반인들보다는 그래도 도를 닦은 승려들이 낫지 않겠느냐?"

"정말 인간의 힘이 아닌 어떤 힘이 개입했다면…… 우리로서도 역부족이 아니겠사옵니까?"

"설사 그렇더라도 하는 데까지는 해보아야지. 내 이미 선가仙家와 도가道家에도 기별을 보냈느니라. 그쪽에서도 천기를 누설하지 않고 사람들에게 위기를 알리려 애쓴 모양이다만……."

"하기는 난리가 나기 전부터 징조가 많이 보였습니다만…… 사람들이 하늘의 소리를 듣지 않고 경계를 게을리하였으니……."

유정은 말꼬리를 흐렸다. 이미 왜란이 나기 전부터 난리의 조짐이라 할 만한 일들이 수도 없이 나타났다. 그 많은 일들 중 유정의 머릿속을 스치는 일이 있었다.

부친 태조대왕과 함께 조선을 건국하고 다스리는 데 전력을 다했던 태종은 임인년(1422년) 오월 초열흘, 한재旱災가 매우 심할 때에 붕어하였는데, 태종은 한재를 비관하여 매년 자신이 죽은 날에는 꼭 비가 내리게 하겠다고 하였다. 그 후 이백여 년이 지나도록 오월 초열흘이 되면 꼭 비가 내렸으나 임진란이 일어나기 직전인 선조 신묘년(1591년)에 이르러 비가 내리지 않더니 다음해에 왜란이 일어났다. 이것은 많은 조선 백성들이 알고 있는 유명한 이야기였다. 또한 선조 16년(1583년)에는 갑산 땅에 커다란 귀신이 백주에 나타났는데, 머리는 잔뜩 흐트러뜨리고 커다란 이를 드러내었으며 왼손에는 바가지를 들고 오른손에는 불덩어리를 들고 성안을 활보하니 사람들이 놀라 숨지 않는 이가 없었다. 성중에서 군대를 동원하여 북을 치고 활을 쏘았어도 쉬이 없어지지 않다가 글 잘 짓기로 이름 높던 허봉이 귀신 쫓는 글을 지어 겨우 쫓았는데, 역술에 능했던 수암 박지화가 이를 보고 십 년 내로 큰 난리가 날 징조라 예언했다. 유정은 수암을 만나 그가 탄식하는 것을 들은 바 있었다. 또 『초씨역림焦氏易林』이라는 책으로 점을 친 결과 다음과 같은 해석이 나왔다.

세상이 말세가 되어 모두 형식에만 흐르매 넘어진 시체는 삼대와 같고, 피는 흘러 절굿공이가 떠내려갈 것이며, 아이를 낳으면 어미만 알고 아비는 모르게 될 것이니 그다음에야 난리가 다할 것이다.

그 밖에도 많은 조짐들이 있었는데, 하나같이 불길한 것들이었다.

유정은 몸서리를 쳤다.

'백성들이 얼마나 많은 피해를 입은 후에야 난리가 끝날지 모르겠구나…….'

유정이 암담한 생각에 빠져 있는 것을 보고 서산대사가 물었다.

"그런데 해동밀교에서는 아직 기별이 없느냐?"

해동밀교는 신라 때부터 내려오는 밀교의 종파로 술법에 능한 비밀 종파였다. 이 종파와 교류가 있었던 서산대사와 유정은 그곳의 주술과 술법을 상당수 배우기도 했다. 후에 유정은 왜국에 사신으로 가서 많은 이적을 행하였는데, 그때 보인 신통력은 대부분 해동밀교의 주술에 의한 것이었다.

"해동밀교에는 무애를 보냈습니다만 아직 당도하지는 않았사옵니다. 아마 지금쯤은 충청도 변경에 도달하지 않았을까 싶습니다."

서산대사는 고개를 갸웃하고는 고개를 끄덕이며 말했다.

"조금 늦어졌구나……. 좌우간 승군의 조직부터 서둘러야 한다. 그리고 무애가 도달하면 반드시 나에게 알리도록 하여라."

"예."

유정은 서산대사에게 합장을 했다.

호유화 狐柳花

어디가 어디인지 도무지 종잡을 수 없는 공간. 아무것도 없고, 오직 어둠만이 모든 것을 지배하고 있는 듯한 깊숙한 공간의 안쪽이었다.

그 텅 빈 공간에 두 개의 그림자가 나타났다.

하나는 저승사자와 비슷한 복색을 하고 있었으며 다른 하나는 갑주에 대검을 찬 무사 차림의 신장神將 같았다. 특이하게도 그들은 둘 다 얼굴을 가면으로 가리고 있었다. 쓰고 있는 붉은 가면에서는 어딘가 모르게 요기가 풍겨 났다.

둘은 무릎 한번 굽히지 않고 뻣뻣이 선 채 텅 빈 공간 속을 스르르 이동해갔다. 폭과 길이를 알 수 없는 무無의 공간인지라, 그들이 어디를 목표로 하여 가는지, 얼마나 왔고 얼마를 더 가야 하는지 짐작조차 할 수 없었다. 그러나 그들은 어떤 느낌을 향해 계속 이동하고 있었다.

둘의 이동 속도는 엄청나게 빨랐지만 옷깃 하나 펄럭이지 않았고,

그것은 그들이 범상치 않은 영적인 존재임을 나타내고 있었다.

한참을 가다가 신장 차림이 입을 열었다.

"호유화가 술수를 부려놓았군. 분명 어느 지점엔가 들어갈 통로가 있을 터인데?"

그러나 저승사자 복장은 아무 대꾸 없이 어느 지점을 향해 이동해 가고만 있었다. 신장 모습을 한 자가 화가 나는 듯 말했다.

"언제까지 가야 하는 것이오? 시간을 끌려는 수작은 아니겠지?"

그제야 저승사자 복색을 한 자가 대답했다.

"계속 갑시다. 또다시 성화를 부린다면 나는 절대 안내해주지 않겠소."

신장이 코웃음을 치며 중얼거렸다.

"흥! 누구 마음대로? 그래봐야 좋을 게 하나도 없을 텐데?"

저승사자는 입술을 질끈 깨물며 몸을 부르르 떨었다. 무척 화가 난 듯했으나 이내 저승사자는 침착을 되찾고 말했다.

"시투력주時透力珠를 얻기 싫다면 마음대로 하시오."

"시투력주를 얻지 못한다면 그대야말로 각오하는 것이 좋을걸? 소멸까지야 되지 않더라도 영원히 고통을 받으며 지내야 하지 않을까? 결국 이렇게 하나 저렇게 하나 문제가 되는 쪽은 그대란 말이오. 핫하하……."

저승사자는 노여움에 또다시 몸을 떨다가 결국 체념한 듯 고개를 떨구었다. 신장이 다시 말했다.

"좌우간 이 점을 잘 명심하시오. 우리는 협력해야 한다는 것을……. 그렇지 않았다가는 둘 다 곤란한 지경에 처하지 않겠소이까? 허허……. 그나저나 호유화는 뇌옥에 갇혀 있는 죄수에 불과한데, 어째서 우리가 이토록 쩔쩔매야 하는 거지?"

저승사자가 고개를 저었다.

"이 뇌옥의 안은 호유화의 세상이나 마찬가지요. 뇌옥은 넓이나 깊이가 무한정이며, 하나의 거대한 세계라고 할 수 있소. 호유화를 나가지 못하게 하는 것만도 힘든 일인데, 그 안에서 우리가 무슨 행동을 취하거나 관여하기란 거의 불가능한 얘기란 말이외다."

"제길. 그래봐야 환계의 구미호 한 마리인데 저승의 뇌옥에 갇혀서까지 옥 안의 세계를 전부 지배한단 말이오? 어떻게 그럴 수 있지?"

"호유화의 환술幻術은 사계만이 아니라 성계까지 미칠 수 있을 정도로 고명하오. 호유화의 진을 돌파하는 방법은 나밖에 알지 못하오. 그런데 진을 또 바꾼 모양이오. 혹시 호유화가 우리를 만나고 싶어 한다면 또 모르지만……."

신장은 자신의 얼굴에 찬 붉은 가면을 만지며 중얼거렸다.

"정안면구精眼面具를 착용했는데도 진의 실마리조차 보이지 않다니…… 확실히 호유화의 환술은 대단하군."

그때 갑자기 낭랑한 여자의 웃음소리가 사방을 메웠다. 그와 동시에 주변이 온통 푸른색으로 물들면서 눈앞에 흐릿한 형체가 두 개 나타났다.

"그래. 대단한 줄 이제 아셨나? 호호호……."

신장과 저승사자는 둘 다 영적인 존재들이라 감정의 기복이 인간보다 훨씬 적은 편이었지만, 갑작스럽게 벌어진 상황 앞에서 깜짝 놀라지 않을 수 없었다. 그들 앞에 돌연 등장한 두 개의 형체는 붉은 정안면구를 쓰고 있는 저승사자와 신장의 모습이 아닌가. 거울에 비친 것처럼 자신들과 똑같은 형체가 나타나자 둘은 놀랄 수밖에 없었던 것이다.

"시투력주를 그렇게 갖고 싶나? 사백 년 뒤의 일밖에 볼 수 없는 물건인데 뭐가 그리 탐나는 거지? 아무튼 좋아. 내 그것을 그냥 내주기로 하지. 단, 두 가지 물건만 준다면 말씀이야."

분신들이 동시에 말했다. 그러자 본래의 신장이 다소 떨리는 목소리로 말했다.

"무엇을 주면 시투력주를 주겠느냐?"

간드러진 웃음소리와 함께 두 분신의 입이 동시에 열렸다.

"그게 뭐냐고? 멍청한 것들! 이 호유화 님에게 감히 무엇을 빼앗을 생각을 했다니, 내놓을 게 너희 두 놈의 목숨 말고 더 있겠느냐?"

말이 떨어지자마자 두 분신은 원래의 신장과 저승사자를 향해 덤벼들었다.

저승사자 분신은 가느다란 쇠털 같은 것을 시야를 가득 메울 정도로 빽빽하게, 그것도 무서운 속도로 쏘았다. 그리고 신장 분신은 자신의 법기인 듯한 거대한 쇠뭉치를 어느 결엔가 빼어 들고 원래의 신장을 덮쳤다. 실로 재빠른 동작이었다. 원래의 신장도 자신의 법기인 대검을 뽑아 위로 휘둘러 쇠뭉치를 막으려고 했지만, 쇠뭉치는 대검에 닿으려는 순간 휘청 부드러운 댓살처럼 휘어지면서 그대로 원래 신장의 머리에 박혀들었다.

"으아악!"

긴 소리와 함께 신장의 머리 부분이 깨어져버렸다. 물론 신장은 영적인 존재였으므로 피가 튀는 일은 없다. 그런데 놀랍게도 원래 신장의 머리는 박살이 나면서 녹색의 체액을 사방에 뿌렸다.

반면 저승사자 쪽은 녹록하지 않았다. 원래의 저승사자가 기합을 넣으며 소맷자락을 휘두르자 저승사자 분신이 쏜 가느다란 침들은 모조리 방향을 바꾸어 원래 저승사자의 소매 속으로 빨려 들어갔다.

다음 순간, 머리가 깨어진 원래 신장이 몸을 비틀면서 몸부림을 치자 신장의 모습은 갑주 차림의 인간 형태가 아니라 녹색의 털이 돋은 야수의 모습으로 변했다.

"마수魔獸! 마계의 더러운 것이 발을 디디다니!"

소리와 동시에, 분신인 신장과 저승사자는 원래의 저승사자를 향해 달려들었다.

분신 신장은 쇠뭉치 같은 법기를 휘두르며 덤벼들었고 분신 저승사자는 뾰족한 철간(쇠낚싯대) 같은 법기를 날카롭게 휘둘렀다. 그러나 원래의 저승사자는 법기를 꺼내지도 않은 채, 양손의 소맷자락을 휘둘러 쇠뭉치 같은 법기와 철간을 모두 막아냈다. 철간과 쇠뭉치는 소맷자락에 부딪히자 교묘하게 휘어지면서 두 번째 공격을 가했지만, 소맷자락은 둥글게 말리면서 그 교묘한 공세마저도 막아냈다.

순간, 원래 저승사자의 소맷자락 속에서 아까 거두어들였던 바늘들이 와르르 쏟아졌는데, 그것들은 바늘이 아니라 순백색의 털이었다. 털들은 쏟아져 나오자마자 자석에 쇳가루가 끌리듯 분신 저승사자의 철간에 달라붙었다가 다시 원래의 저승사자를 노리고 날아들었다.

소맷자락을 휘두르던 원래의 저승사자는 훌쩍 뒤로 몸을 날려 아슬아슬하게 날카로운 바늘들을 피했다. 원래의 저승사자가 경악한 듯 소리를 질렀다.

"미모침尾毛針이구나! 너희는 호유화의 꼬리들이군!"

목표물을 놓친 바늘들이 살아 있는 것처럼 공중을 선회하여 원래 저승사자의 뒤를 노리고 쏘아져 들어가다가, 원래 저승사자의 말이 끝나기 무섭게 방향을 틀어 분신 저승사자의 철간에 달라붙으며 흡수되듯이 사라져버렸다. 분신 저승사자가 의아하다는 듯이 입을 열었다.

"네가 어찌 내 수법을 알지? 내가 호유화의 꼬리 분신이란 걸 어떻게 눈치챘지? 그것은 사계에 있는 자들밖에 모르는데……."

원래의 저승사자는 아무 대답도 하지 않았다.

그때 분신인 저승사자와 신장 그리고 철간과 쇠뭉치가 스르르 녹아들더니 순식간에 네 여자의 모습으로 바뀌었다. 넷 다 똑같이 생겼는데, 길게 드리운 백발 사이로 비치는 얼굴은 화사하고 요염하기 그지없었다. 눈썹이 다소 치켜 올라가고 눈가가 푸르죽죽한 것이 요기를 물씬 풍기고는 있었지만, 퍽 아름다운 얼굴이었다.

"내 꼬리 넷의 합공을 받아낼 수 있을 정도라면 보통 실력이 아니다……. 너는 사계의 존재렷다? 그것도 꽤 높은 신분이고? 그런데 왜 일개 사자 따위로 변장했지?"

역시 저승사자에게서는 아무 대답도 나오지 않았다. 호유화는 계속 물었다.

"너의 도력은 보통이 아닌데 왜 저런 하잘것없는 마계의 졸때기에게 협박을 받고 있지? 시투력주는 사계의 존재에게는 쓸모가 없을 텐데 왜 욕심을 내는 거지?"

저승사자는 고개를 저었다.

"밝힐 수 없다. 지금은 이쯤에서 끝내고 다음에 다시 보기로 하자."

"잠깐……."

호유화가 말릴 틈도 없이 청아한 쇳소리가 울리더니 저승사자의 모습이 희미해지며 사라지기 시작했다.

호유화는 흠칫하였으나 저승사자가 도망치는 것을 막으려 하지는 않았다.

'시투력주는 천기를 읽는 성계의 보물이다. 내게 그것이 있다는 걸 저것들이 어찌 알았을까? 그리고 그걸로 뭘 하려고?'

호유화는 잠시 동안 고개를 숙인 채 생각에 잠겼다가 얼굴을 들었다. 괜한 생각들로 골치를 썩이는 일이 부질없다고 느껴졌던 것이다.

호유화는 지금 세상이 어떻게 돌아가는지 알지도 못했고 알고 싶지도 않았다. 다만 자신이 여기에서 지내야 할 시간이 생계의 시간으로 사백 년이라는 것만 염두에 두었다. 너무나 긴 시간이다.

호유화는 잠깐 동안이긴 했지만 후련한 기분을 느꼈다. 지루한 나날만 지속되던 중에 아까 벌였던 대결이 갑갑함을 달래주었던 것이다.

호유화의 눈초리가 번뜩였다.

이내 호유화는, 아니 호유화의 꼬리들은 누구도 알지 못하는 자신만의 은신처로 모습을 감추었다.

신립

남은 조선의 군병들을 이끌고 충주 방면으로 진군하던 장군 신립은 임시로 가설한 장막 안에서 부장들과 군사 회의를 진행하고 있었다. 신립을 비롯하여 모든 장수들의 얼굴은 하나같이 심각했다.

도순변사 이일이 지휘하던 근왕 부대가 괴멸적인 타격을 입고 무너진 지금, 신립이 거느리고 있는 7천의 군사들이야말로 도성까지 이르는 길에서 왜병을 저지할 수 있는 단 하나의 정예부대였다. 시급히 모병한지라 훈련이 제대로 되지 않았지만, 그나마 이 정도의 병사들을 모을 수 있었던 것도 기적적인 일이라 아니할 수 없었다.

조선은 애당초 군병의 육성에 큰 관심을 기울이지 않았고 적당한 수의 군사력을 보유해 내치에 치중했다. 따라서 전광석화처럼 밀어붙이는 왜병들을 상대할 만한 군사력을 금세 만든다는 것은 거의 불가능했다.

더군다나 철통의 요새로 믿었던 부산포와 동래가 너무도 간단히 왜적의 손에 떨어져버렸다. 왜란의 조짐이 충분히 감지되었을 때도 조정에서는 부산포나 동래의 병력만으로도 왜적을 충분히 저지할 수 있으리라 여겼다. 그만큼 부산포와 동래의 수비에 전력을 기울였던 것이다.

왜국의 상황을 살피고 돌아온 통신사들이 도요토미의 인물평을 했을 때 그 보고가 두 가지로 엇갈렸다는 것은 잘 알려진 사실이다. 그렇다고 조선에서 왜를 가벼이 여겨 방비를 하지 않았다는 것은 사실이 아니다. 다만 왜병의 침략이 그토록 신속하고 대규모로 행해질 것을 미리 예측하지 못했기에, 부산포와 동래성을 강화하면 그들을 충분히 저지할 수 있으리라 판단했던 것이다.

조선 측은 설사 10만 병력으로 침입해온다 하더라도 부산포와 동래를 함락시키는 데에는 보름 이상이 걸리리라고 계산했다. 그만큼 두 성의 방비는 충실했고, 조정에서도 이 두 성을 지원하는 데 아낌을 두지 않았다.

또 하나, 조선 측이 간과한 것은 왜병이 2백 보 이상 나아가는 조총을 주무기로 삼고 있다는 사실이었다. 당시 조선에는 승자총통이라는 신무기가 있었는데, 승자총통의 위력은 사거리나 위력 면에서 조총보다도 훨씬 뛰어났다. 그러나 조선 조정에서는 그 위력을 두려워하여 승자총통의 존재를 극비리에 붙였고 일반 병사들에게는 공개하지 않았다. 수량도 제한해 보유하였을 뿐, 집단 사격이나 탄막을 치는 등의 본격적인 총포류 전술은 아예 염두에 두지도 않았다.

그러나 조총은 명중률이 뛰어나다는 가장 큰 장점이 있었다. 성을 공격할 때면 대단한 위력을 발휘했다. 특히 사격술이 뛰어난 조총수들은 화살이 미치지 않는 거리에서 지휘관들을 명중시키곤 했다. 부산포와 동래성이 한나절 만에 함락된 것은 바로 이러한 요인 때문이었다. 성 위에 있던 장수와 지휘관이 의문의 굉음과 함께 보이지도 않는 탄환에 적중되어 피를 흘리면서 죽어가는 모습에는 제아무리 훈련이 잘된 정병들이라도 불안에 떨며 동요하지 않을 수 없었다. 병사들이 몸을 움츠리고 어찌할 바를 모르는 사이에 왜병들은 쉽사리 성문을 깨뜨렸다.

성문이 돌파되고 난 이후의 성은 방어의 면에서 아무런 이용 가치가 없었고 그곳에는 오로지 육박전만이 있을 뿐이다. 그러나 수성만을 전제로 하여 훈련받고 장비를 갖춘 조선의 군졸들은 육박전에서 왜병들을 당해내기 어려웠다. 더더구나 왜병의 숫자는 조선군의 다섯 배가 훨씬 넘었으니…….

부산포와 동래에서 파발마로 전해진 기별은 정식 정보가 아니었으나 신립은 이 정보를 무시할 수 없었다. 정보에 따르면 지금 왜군은 충주에서 이일의 군대를 무너뜨리고 계속 북상하고 있었다.

신립은 급히 작전 회의를 소집했다. 왜군을 어느 선에서 저지할 것인가를 논의하기 위해서였다.

설사 여기에서 왜적을 완전히 물리치지 못하더라도 최소한의 시간은 벌어주어야 했다. 그래야만 조정도 한숨을 돌리고 팔도에서 다시 근왕병을 모집하여 신병과 예비군 들로 군단을 편성한 다음, 왜병들에 대항하여 수도 한양을 지킬 방어막을 구축할 수 있었다.

현재 신립의 군대 말고는 군사의 편제를 갖춘 병사들이 거의 남아 있지 않았다. 당장 동원할 수 있는 병사는 모두 신립의 휘하로 편제된 것이다. 신립은 그만큼 조정의 신임을 받는, 조선 내에서 첫손 꼽히는 명장이었다.

"왜병들의 도착은 시간문제라고 봅니다. 적들이 도착하기 이전에 군사들을 몰아 급히 진을 펼 수 있는 곳으로는 두 곳이 있사옵니다."

부장인 강효식이 큼지막한 눈을 부라리면서 말했다.

강효식은 계급은 별로 높지 않은 일개 고참 군관에 불과하였지만 이미 신립과 더불어 북방을 누빈 바 있는 경험 많은 용장이었다. 강효식에 대한 신립의 신임은 아주 돈독했다. 그래서 정식 공직을 받은 다른 장수들과 함께 작전 회의에 참석시켜 동등하게 의견을 개진할 수 있게 하였다. 강효식은 단순한 용장이 아니었다. 그는 우람한 겉모습과는 달리 그동안 수많은 전투에서 계획을 수립하고 작전을 성공으로 이끈 지모 있는 장수이기도 했다.

강효식의 말이 끝나자 신립은 고개를 끄덕이며 책상 위에 펼쳐진 지도로 눈을 돌렸다.

신립은 눈을 지도에 두고 있었지만, 강효식에 대한 일로 마음이 아파왔다. 이곳으로 오기 전, 강효식으로부터 들은 이야기가 떠올랐던 것이다. 강효식은 집을 떠나올 때 처와 하나밖에 없는 아들을 상주에 있는 처가로 보냈다고 했다. 그런데 이일의 군대가 상주 지방에서 대패했으니, 그 가족이 왜병들에게 어떤 끔찍한 일을 당했을지 아무도 모르는 일이었다. 하지만 정작 강효식 본인은 거기에 대해 아무 말도 하지 않고 담담한 태도를 보였다. 조선 땅의 어떤 백성도 안전을 도모할 수 없는 마당에, 나라를 지키는 군관으로서 가족의 일만을 걱정하는 것은 사사로운 짓이라고 여겼을 것이다. 신립은 그러한 강효식이 안타까웠으나, 자신으로서도 지금 누군가를 특별히 편들거나 동정해줄 수 없는 형편임을 뼈저리게 느끼고 있었다.

그래, 지금은 그런 일에 마음을 쓰지 않는 것이 좋다. 오직 군사를 부리는 일에만 온 신경을 집중시켜야 한다. 신립은 위로 차원이나마 그런 이야기를 꺼내지 않는 것이 좋겠다고 판단했다. 그러나 마음은 강효식을 어떻게든 위로하고픈 심정으로 가득했다. 마음이 그쪽으로 쏠려서인지, 이왕이면 강효식의 의견을 존중해주고 싶었다.

이심전심일까? 그 순간, 강효식의 뇌리에도 상주에 두고 온 아내와 자식의 일이 스치고 지나갔다. 조금 전 파발이 들고 온 패전 소식은 강효식의 마음을 덜컥 내려앉게 했다. 왜병들은 상주 싸움에서 이기고 난 후 바로 충주 쪽으로 진군해오고 있는데, 점령한 마을마다 대소를 불문하고 처절한 약탈을 자행하고 있다고 했다.

강효식은 겉으로는 드러내지 않고 속으로만 고개를 설레설레 저었다.

'아냐, 아마 잘 피신했을 게야……. 틀림없이 그랬을 거야.'

강효식은 어금니를 깨물었다. 마음을 굳게 다져 먹으려고 애를 썼다. 지금은 살벌한 전투가 벌어지려 하고 있는 진영 안이다. 이럴 때 대전을 코앞에 둔 군관으로서 사사로운 일에 마음을 빼앗겨서는 안 된다. 하지만 눈앞에 아내 엄씨와 열 살밖에 안 된 아들 은동의 얼굴이 자꾸만 어리는 것은 어쩔 수 없었다.

강효식은 애써 그런 생각을 떨쳐버리고, 입술을 일자로 굳게 다물며 시선을 지도로 돌렸다. 그러고는 손가락으로 지도의 한 지점을 가리켰다. 신립을 비롯한 다른 장수들의 눈도 지도에 쏠렸다.

"우리가 진을 쳐서, 한양으로 올라가는 왜병의 침공로를 끊을 수 있는 장소는 두 곳뿐이옵니다. 문경새재의 험한 언덕길을 이용하는 것과 탄금대에 진을 치는 것입니다."

그 사실에는 아무도 이견이 없는지, 신립과 여타 장수들은 고개를 끄덕였다.

남은 문제는 하나, 두 곳 중 어느 곳에 진을 치느냐를 결정하는 문제였다. 실로 어려운 선택이었다.

장수들의 시선이 일제히 강효식의 입으로 모아졌다. 그의 입에서 나올 다음 말을 기다리고 있는 것이다.

"문경새재에 진을 치면 험한 지형을 이용할 수 있습니다. 우리의 병력이 왜병의 병력보다 적은 이상, 이 지형은 방어하기에 최적의 장소라 할 수 있사옵니다."

강효식의 말에 부장 배윤기가 반대 의견을 표했다.

"문경새재에 진을 치면 부대를 작은 단위로 나누어야 하옵니다. 그러면 작은 단위별로 유기적인 행동을 할 수 있어야 하는데, 지금 우리 병사 가운데 전투 경험이 있는 정예 군사는 매우 적사옵니다."

"그 말은……?"

"감히 말씀드리자면 병사들은 지금 겁을 집어먹고 있사옵니다. 보이지도 않게 사람을 쓰러뜨리는 조총이라는 무기가 필요 이상으로 군사들의 공포감을 자아내고 있습니다."

"조총의 위력은 어떠한가?"

"그렇게까지 강한 것은 아닙니다. 탄환이 날아가는 거리가 대략 이백 보가량이니 활보다는 멉니다만, 위력은 화살만 못하옵니다. 급소만 맞지 않으면 죽지 않을뿐더러 튼튼한 갑옷을 입으면 탄환이 꿰뚫지 못합니다. 우리가 사용하던 승자총통보다 위력은 약하옵니다."

"그렇다면 크게 문제 삼을 것은 없는 일 아닌가?"

"하지만 일반 병사들이 그러한 것을 잘 모르고 있다는 데 문제가 있사옵니다. 소장은 일전에 화통도감에서 일한 바 있어 그것에 대해 조금 알고 있습니다만, 백성들이 화약이나 총포에 대한 내용을 아는 것은 법으로 엄격하게 금지되어 있는 일 아니옵니까?"

"알겠네. 그런데 그 조총을 상대하는 것이 문경새재에 진을 치는 것과 어떤 관계가 있다는 말인가?"

"문경새재에서 소단위로 군사를 배치하면 병사들이 조총의 위력에 놀라 제자리를 지키지 못하고 뿔뿔이 도주해버릴 위험이 있다고 봅니다. 훈련받은 정예병이 아닌 이상, 죽음을 무릅쓰고 제자리를 지킨다는 보장이 없사옵니다."

"흠……."

장수들은 일제히 심각한 표정을 지었다.

문경새재는 천험의 지형으로, 한 명의 군사로도 천 명의 적을 능히 막을 수 있는 요새지이기는 하다. 그러나 적이 조총과 같은 무기를 지니고 있는 한, 제대로 훈련되지 않은 병사들이 거기에 효과적으로 맞서리라는 보장이 없었다. 집중된 대단위가 아니라 분산된 소단위로 편성된 까닭에, 겁을 집어먹은 병사들이 오히려 뿔뿔이 도망칠 수도 있다는 점이 큰 걸림돌로 작용할 우려가 있는 것이다.

배윤기의 이러한 발언은 사실 위험한 것이었다. 당시의 엄격한 시대 상황으로 볼 때, 정부군의 약점에 대해 이처럼 신랄하게 비판하는 것은 모험에 가까운 일이었다. 그러나 신립은 그러한 점에서 상당히 트인 사고를 가진 사람이었다. 그는 항시 부하들이 의견을 자유롭게 개진하도록 하고, 옳다고 생각되면 적극적으로 수용했다. 그것이야말로 신립을 명장으로 남게 한 요인이었는지도 모른다.

배윤기는 다소 들뜬 말투를 가라앉히면서 한마디 덧붙였다.

"더구나 우리의 병력 가운데 정예들은 북방에서 말을 달리며 싸우는 데 익숙한 병사들입니다. 그들이 문경새재와 같은 험준한 산악 속에서 과거의 전투에서처럼 능숙하게 활동할 수 있으리라고는 장담하지 못하옵니다."

신립이 인상을 쓰자 눈가에 깊은 주름이 잡혔다.

아쉬운 것은 시간이었다. 석 달, 한 달, 아니 달포의 여유만 있었더라도 평야 및 기마 전술에 능한 병졸들을 다시 조련하여 산악 방어전에 걸맞게 편제하고 거기에 필요한 훈련과 장비를 갖출 수 있었을 것이다. 그러나 신립은 병사들을 모집하여 이리로 끌고 내려오는 것만도 화급을 다투어야 했다. 그에게는 전투를 전투답게 치를 수 있는 시간이 주어지지 않았다. 기가 막히게도 믿었던 여러 유능한 장수들이 왜군과의 단 한 차례의 싸움에서 모래성처럼 허무하게 무너져버려, 도저히 전투 능력을 갖출 여유가 없었던 것이다.

신립은 조선에서 제일가는 용장 가운데 한 사람이었다. 이미 여진족과의 싸움을 통해 명장의 이력을 쌓은 신립은 아무리 하찮은 정보도 허술히 넘기는 사람이 아니었다. 가장 믿음직스러운 점은 신립의 휘하에 수천 년의 역사를 자랑하는 조선 기마병의 마지막 군단이 있다는 것이었다.

신립은 자신을 아는, 지략이 있는 장수였다. 조선 제일의 명장이라는 소리를 듣는 그였지만, 신립은 앞서 허무하게 무너져버린 다른 장수들을 무조건 무능하다고 평가 절하하지만은 않았다. 조정에서 믿었던 다른 장수들의 기량과 병사들의 전투력을 삽시간에 허물어버린 그 무엇인가가 왜병에게 있다고 보았다. 그것이 조총인지 아니면 용병술을 기막히게 구사하는 왜장의 능력인지는 알 수 없는 일이었다. 어쨌든 신립은 크나큰 부담을 느꼈다.

신립은 잘 모르고 있었지만, 조선군을 일패도지하게 만들었던 것은 왜병이 구사하는 일제 사격이라는 전술이었다.

왜란이 일어나기 전, 일본에서는 치열한 통일 전쟁이 벌어졌다. 그때 오다 노부나가는 당시 일본 최강이라던 다케다 신겐의 기마 부대에 맞서, 3천 명의 조총수를 3단으로 나누어 번갈아 발사하게 하는 일제 사격의 전법을 세계 최초로 구사하여 다케다 신겐의 부대를 전멸시킨 바 있었다. 그 일은 일본 전토에 충격적인 소문으로 널리 퍼져나갔고, 이는 조총에 대한 왜병들의 전술 개념을 통째로 바꾸어놓았다. 물론 그러한 일제 사격이 필요할 만큼 많은 총이 동원된 대규모 전투는 적었지만, 현재 조선에 상륙한 왜병들은 그 전술을 응용하여 사용하고 있었다. 부산포나 동래성이 순식간에 함락된 데는 그 전술에 기인한 바가 컸다.

이때까지 조선군은 그러한 전술적 내용을 제대로 파악하지 못하고 있었다.

"조총의 위력이 갑주를 뚫지 못한다면, 완전 무장한 철기鐵騎 군단에게는 무용지물이 아니겠는가?"

"그렇다고도 볼 수 있습니다. 탄환이 갑주의 틈이나 얼굴과 같은 열린 곳에만 맞지 않는다면 말입니다."

"앞서 패한 장수들을 잊어서는 아니 된다. 그 장수들은 수성전을 펼치다가 전몰했다. 우리가 문경새재에 진을 친다면 그 역시 천험의 지리를 이용한 일종의 수성전이라 할 수 있다. 부산포나 동래성이 불과 한나절 만에 무너졌다는 것은 수성전에 문제가 있다는 것을 의미한다."

"또 다른 진터인 탄금대는 개활한 곳이라서 기마 군단을 이용하기에는 유리하지만 배수의 진밖에 칠 수 없는 곳입니다. 뒤에는 큰 강이 버티고 있으니 작전상 후퇴를 할 수도 없습니다. 여차하면 전멸할 수밖에 없사옵니다."

"더구나 걸리는 것이 없고 시야가 넓은 벌판이라면 저들이 지닌 조총의 위력이 훨씬 강해지옵니다."

"그곳에서라면 우리 기마 군단의 위력을 제대로 발휘할 수 있사옵니다. 조선의 철기를 당해낼 정예는 명明이나 왜에도 없습니다."

"부하들을 엄히 다스려 문경새재에 진을 치는 것이 옳습니다."

"어차피 잘 훈련되지 않은 병졸들이라면 물러설 곳이 없는 탄금대에 진을 쳐, 배수의 진으로 필사의 항전을 하는 것이 더 효과적일 것이옵니다."

장수들의 의견은 분분하여 하나로 통일되지 않았다. 모두 일리가 있는 의견들이라, 신립으로서도 어느 것을 택해야 할지 갈피를 잡기가 어려웠다.

신립은 잠시 자신의 휘하에 있는 기마 부대를 떠올렸다.

조선은 고래로 만주와 드넓은 북방에 자리를 잡고 활동하였던 기마민족이었다. 예로부터 조선족의 말 타는 법과 활 쏘는 법은 널리 알려져 있었다. 조선족의 기마 부대는 고대의 중화족에게는 공포의 대상이었다. 신라가 삼국을 통일하여 좁은 한반도 안으로 국세가 줄어든 이후 수많은 산악과 험로로 인해 기마 부대의 필요성이 점점 적어졌지만, 그래도 기마 부대의 전통은 아직도 과거의 영광을 되새기면서 최강의 부대로 인식되어오고 있었다.

실제로 오늘날 남아 있는 조선 시대의 무술에 관한 문헌을 보면 각종 기마술을 설명하는 도해가 나온다. 이를 보면 기마술의 수준이 지극히 높아서 칭기즈 칸 이래 전설이 된 몽고족의 말 타는 술수에도 결코 뒤지지 않고 어느 부분에서는 오히려 능가하는 바가 있음을 알 수 있다. 달리는 말 위에서 뒤로 돌고, 말의 배 밑에 몸을 숨기고 그곳에서 활을 쏘고 칼을 휘두르는 등 지금으로 보면 묘기라고밖에 할 수 없는 기술들이 조선 기마병의 당연한 기본 전술로 명시되어 있는 것이다.

더구나 신립이 거느린 철기대는 완벽한 철갑 갑주로 무장하고 있어 웬만한 화살이나 탄환으로는 꿰뚫을 수 없었다. 그들은 그처럼 무거운 갑주의 무게에도 적응할 만큼 고된 훈련을 받아온 터였다. 또한 말도 그러한 갑주로 둘러싸여 있어서 적진 깊숙이 돌입하더라도 크게 피해를 받지 않는 일종의 특수 전투부대였다.

신립은 눈을 감고, 자신의 기마 부대가 웅장하게 일렬로 대오를 형성한 채 적진을 향해 거침없이 돌격하던 과거의 기억을 회상했다.

'총은 움직이지 않고 쏘아야 제대로 조준이 될 것이다…….'

신립은 기마 부대를 일종의 노림수로써 사용할 방안을 구상하고 있었다. 조총 부대는 겨냥을 해야 하는 이상, 움직이지 않고 조총을 발사할 것이다. 그렇다면…….

'일단 두터운 철갑을 벗게 해 몸을 가볍게 한다. 그리고 날랜 속도를 이용하여 기마 부대를 적진 속으로 돌입시켜 조총의 대열을 흐트러뜨린다. 아울러 창을 사용하지 말고 긴 환도를 사용한다면…….'

지금 신립의 머리에 떠오르는 생각은 훗날 나폴레옹 시대부터 제1차세계대전 직전까지 사용되었던 경기병과 비슷한 것이었다.

보병의 표준 장비가 총으로 바뀐 이후에도 가벼운 칼을 든 경기병은 계속 중요한 부대로서 편제되어왔다. 그들의 역할은 재빨리 적진에 뛰어들어 가볍고 예리한 칼을 사방에 휘두름으로써 밀집된 대열로 총을 쏘아대는 보병의 방진을 허물어뜨리는 것으로 아군 보병의 공격을 용이하게 하는 것이었다. 나폴레옹 시대 이후로는 기마병이 적의 포병을 공격하는 일도 중요한 임무가 되었다. 무려 수백 년 후에 본격적으로 사용될 전술의 개념이 이미 신립의 머릿속에서는 싹트고 있었던 것이다.

이처럼 신립은 걸출한 면을 지니고 있는 장수였다. 하지만 새로운 이론은 안타깝게도 당장 써먹기에는 장점보다 더 많은 문제점들을 내포하고 있었다.

'왜병은 적게 잡아도 그 수가 삼만에 달한다. 그런 대군을 상대로 이 작전을 쓰기에는 우리 기마 부대의 수가 너무도 적다. 지금 거느린 기마대의 정예는 겨우 오십여 명. 아무리 정조준이 되지 않더라도 많은 수의 왜병이 한꺼번에 조총을 쏘면 기마대는 전멸당하고 만다. 그것을 막기 위해서는 철갑을 입어야 하는데, 그러면 속도가 둔중해진다. 속도가 느려지면 긴 창을 든 부대에게 앞을 차단당한다.'

얼추 계산해보아도, 이 작전을 실행에 옮기려면 아무리 적게 잡아도 최소 오백 명 이상, 그러니까 지금의 열 배 이상 되는 기마 부대가 있어야 했다. 그래야 최초의 집중사격과 화살을 벗어나서 적에게 타격을 가할 수 있었다.

경장을 한 기마대에게는 장창을 든 부대가 가장 위협적인 존재였다. 기다란 창을 일렬로 세워 눕히면 기마대는 달려오는 속도를 이기지 못하고 그에 찔려버린다. 그것을 극복하기 위해서는 어느 정도 타격을 입어도 계속 그 뒤를 밟고 돌진할 후속 기마 부대가 필요하다.

하지만 그러기에는 현재 조선의 기마 부대의 숫자가 턱없이 모자랐다. 아무리 기마 부대가 일당백의 용사들이라고는 하나 문제성이 있는 전술이었다.

신립은 머릿속에서 뭉게구름처럼 피어오르던 새 구상을 애써 지워버렸다.

"더이상 논의할 필요 없다. 일단 문경새재로 나아가 그곳에 진을 친다."

신립은 잘라 말하고 자리에서 일어서려다가 비틀했다. 주위에 시립해 있던 부장들이 놀라면서 신립에게 손을 뻗치려 하자, 신립은 금세 중심을 잡고는 괜찮다는 듯 다시 자리에 앉으며 손을 저어 보였다.

그 순간, 강효식의 눈이 휘둥그레졌다. 자리에서 일어선 신립의 머리 위로 흰 연기 같은 것이 뭉쳐져 있는 것이 언뜻 보였기 때문이었다. 강효식은 얼른 눈을 부비고 다시 신립의 모습을 바라보았다. 그러나 그 형체는 이미 사라지고 없었다. 강효식은 의아했다.

'무엇일까? 내가 잘못 보았을까?'

그러나 헛것이 아니었다. 범상하지 않은 기운이 순간적이나마 분명히 느껴졌다.

강효식의 몸에 소름이 돋았다. 아주 잠깐이지만 그 이상하기 짝이 없는 것은 눈에 보였을 뿐 아니라 기운으로도 느껴졌다. 착시 현상으로는 그처럼 생생하게 기운을 느낄 수 없는 법이다. 특히 일반 사람이 아닌 강효식이라면 더욱더 그렇다.

다른 사람들에게는 숨기고 있었지만, 강효식의 집안에는 윗대부터 무당의 핏줄이 이어져오고 있었다. 무당은 천출로 치부되는지라, 자신의 출신 비밀을 알리지 않기 위해 내색은 하지 않았지만 자신에게도 그러한 능력이 조금씩 나타남을 느끼고 있었다.

그 능력이 이 순간 발현된 것이다. 하지만 지금은 몹시 곤궁했다. 자신이 존경해 마지않는 신립의 머리에 그러한 요기가 서려 있는 것을 본 이상, 그것을 감추기도 말하기도 곤란했다.

강효식은 어찌해야 좋을지 잠시 고민했다. 그러다 마침내 결심하고는 신립에게 말을 걸려고 하는데 장막 안으로 군관 하나가 들어오는 것을 보고는 입을 다물었다.

그는 강효식도 아는 인물이었다. 일전에 순변사 이일을 따라 상주에 파견되었던 군관이었다.

강효식은 다시 한번 장막을 둘러보고 신립의 머리 위를 올려다보았으나, 이상하게 빛나던 흰 기운은 사라지고 없었다.

'그래, 내가 잘못 본 게야. 아마 그럴 거야…….'

강효식은 자신이 잘못 본 것이라 단정하고 그냥 넘어가기로 했다.

더구나 지금은 말을 할 수 있는 계제도 아니었다.

상주에서 돌아온 군관이 나직하게 뭐라고 말을 하자 신립이 고개를 끄덕였다.

신립은 아직 자리하고 있는 장수들을 향하여 다시 입을 열었다.

"상주에서 패한 이일이 이곳으로 왔다고 한다. 어찌하는 것이 좋겠는가?"

이일이 무사하다는 소식이 들리자 몇몇 장수들은 다행이라는 듯 안도의 한숨과 탄성을 내질렀고, 그저 고개를 끄덕이는 장수들도 있었다.

상주에서 패전하기는 했지만, 이일은 과거에 신립과 함께 여진의 장수 니탕개를 토벌할 적부터 용맹을 떨쳤던 장수였다. 지략적인 면에서는 그리 뛰어나지 않았지만, 용맹스럽고 충직한 성품을 지니고 있었다. 그런 장수가 한 사람이 아쉬운 이때에 생환했다는 것은 반가운 일이 아닐 수 없었다. 하지만 신립의 입에서는 뜻밖의 말이 터져 나왔다.

"이일은 순변사로서 막중한 책임을 지고 많은 근왕병을 거느리고 나아갔다가 단 한 번의 싸움에 패하여 풍비박산이 나고 말았다. 막중한 책임을 진 장수로서 이는 부끄러운 일이 아닐 수 없으니, 군령으로 다스려 참수함이 어떨까 하는데 장수들의 생각은 어떠한가? 어서 의견을 말해보라."

큰 싸움에서 패하여 벌을 받는 것은 당연한 일이다. 그러나 이번에는 경우가 달랐다. 애당초 승산이 없는 싸움이 아니었던가? 그것은 신립 자신도 잘 알고 있을 터였다. 하물며 한 사람이라도 더 필요한 이때에 패배의 대가로 참형을 내리는 것은 아무리 봐도 지나친 처사라 하지 않을 수 없었다.

장수들이 웅성거리는 사이, 신립은 전에 없던 날카로운 어조로 장막 밖을 향해 소리를 질렀다.

"게 누구 없느냐?"

"예!"

"패장 이일을 어서 들게 하라!"

"예!"

잠시 후 흙먼지를 뒤집어쓴 비참한 몰골의 이일이 오랏줄에 묶인 채 들어왔다. 이일은 생기가 없어 보였지만 침착한 안색에 입을 굳게 다물고 있었다.

"그대는 순변사로 왜적을 막아야 하는 막급한 임무를 띠고 파견되었음에도 단 한 번의 싸움을 버티지 못하고 부하들을 전멸시켰으니 군법에 의거하여 단죄됨이 마땅하다. 그대의 죄는 참형밖에 없음을 잘 알고 있으렷다."

신립은 전혀 다른 사람이 된 듯 무표정하게 이야기를 진행했다.

예전과 사뭇 다른 신립의 그러한 태도는 장수들의 등골을 서늘하게 만들었다. 마침내 한 장수가 나서서, 이일의 재주가 아까우니 참형만은 말아달라, 한 사람이 아쉬운 이때에 유능한 장수를 처형하는 것은 다시 고려해달라고 간곡하게 말하자, 다른 장수들도 우르르 매달렸다. 고집을 꺾으려고 하지 않는 신립을 향해 장수들도 끈질기게 탄원했다.

그러는 동안, 김여물이 들어왔다.

김여물은 신립이 도순변사에 임명되어 충주 지방으로 파견될 때 특별히 선조에게 주청하여 데리고 온 장수였다. 김여물은 선조 10년에 무과가 아닌 문과에 응시하여 벼슬길에 올랐던 사람으로, 의주목사를 지낸 바 있었다. 그는 비록 무에 능하지 못한 병약하고 호리호리한 선비였지만, 지략이 뛰어나고 군의 통솔에 남다른 재주를 보였다. 과거 북방에서 니탕개와 싸울 때에 김여물의 그런 점을 눈여겨보아 두었던 신립은 이번 싸움에 그를 직접 데려다가 자신의 부관으로 삼았던 것이다.

그런데 김여물은 행군 도중에 증세를 알 수 없는 고열에 내내 시달리며 많은 고생을 했다. 종국에는 자리에 눕는 신세가 되어 작전회의에 거의 참석하지 못했다. 하지만 이번 전투에 대한 그의 주장은 단호했다. 새재에 진을 쳐 적을 하루라도 더 저지해야 한다는 것이었다.

김여물은 오늘의 작전 회의에도 참석하지 못했다. 그러나 이일이 도착했다는 기별을 듣고는 고열을 무릅쓰고 장막으로 달려온 모양이었다.

다른 장수들은 김여물이 나타나자 속으로 안도의 한숨을 내쉬었다.

신립의 신뢰를 한몸에 받는 부관 김여물이 나서서 이일의 목숨을 구해줄 것을 탄원한다면 신립도 고집을 꺾을 것 같았다.

김여물은 고열에 시달려온 터라 병색이 완연했으며 몹시 지쳐 보였다. 지금도 땀을 비 오듯 흘리고 있었는데, 목소리만은 여전히 카랑카랑했다.

김여물은 이일이 비록 패장이라고는 하나 그만 한 장수감을 찾아보기도 어려운 일이며, 더구나 왜군과 실전을 치른 소중한 경험을 지니고 있으니만치 이일을 지금 당장 처단하는 것은 시기적으로도 옳지 못하다고 주장했다. 강효식과 배윤기를 비롯한 부장들의 의견도 일치했다. 결국 신립은 이일을 엄히 꾸짖고 몇 계급 강등시키는 선에서 그치기로 하고, 처벌을 훗날로 미루고 종군하게 하기로 결정을 내렸다.

이일에 대한 처리 건이 일단락되자 회의의 화제는 자연스럽게 내일의 진세 배치로 옮겨갔다. 신립은 새재에 진을 치는 것으로 대략적인 결정을 내렸던 참이었으나, 배윤기를 비롯한 일군의 장수들이 여전히 불가하다고 주장하였다. 반면에 김여물은 새재에 진을 쳐야 적은 군사로 많은 적을 막을 수 있다고 역설하였기 때문에 논의는 길어졌다.

이미 밤이 깊어 군사들은 휴식을 취하도록 조치하였으나, 작전 회의는 끝날 기미조차 보이지 않았다. 신립은 골치가 아픈지 고개를 숙이고 침통한 표정을 지었다.

그때 강효식의 눈에 또다시 이상한 것이 보였다. 신립의 머리 위에서 예의 흰 구름 같은 것이 뭉클거렸던 것이다.

강효식이 재빨리 주변 사람들의 얼굴을 돌아보았다. 다른 사람은 아무것도 느끼지 못하는 듯 무덤덤한 표정들이었다. 강효식의 가슴이 쿵쾅거리기 시작했다.

'내가 왜 이러지? 지금 내 눈에 보이는 게 헛것이란 말인가?'

그사이에도 김여물과 다른 장수들은 여전히 팽팽히 의견 대립을 하고 있었다. 이일은 자신이 방금 목이 떨어질 뻔했던 패군지장의 몸이라는 자각이 있어서 목소리 높여 의견을 내놓지는 못했다. 다만 이일은 자신이 패전한 경위를 변명조로 아뢰면서, 새재에 진을 치는 쪽이 좋을 것이라는 말을 덧붙였다. 김여물을 은근히 바라보는 그의 눈빛을 보건대 김여물이 좀더 강력하게 주장해주기를 바라고 있는 듯했다. 그래서 새재에 진을 쳐야 한다고 강력하게 주장하는 것은 주로 김여물이 되었다.

"새재에 진을 쳐야 하옵니다."

김여물은 칼로 자르듯 단호하게 의견을 내세웠으나 다른 장수들의 의견도 만만치는 않았다.

"소장이 판단하기로, 이일 장군이 패전한 것은 군병들의 사기 저하가 가장 큰 요인인 듯하옵니다. 그런데 하물며 숲이 우거져 긴밀한 연락을 취하기가 수월치 않은 새재에 진을 치다니요. 그랬다가는 안 그래도 훈련이 덜 된 군병들을 일사불란하게 다스리기가 더욱 어려울 것이옵니다. 기마 전술로 정면 돌파를 하는 것만이 승승장구, 사기가 올라갈 대로 올라간 왜병들의 기세를 꺾는 가장 좋은 전략일 듯싶사옵니다."

"조총의 위력은 기마 전술로 돌파될 성질의 것이 아니오. 문제는 조총이란 말씀이외다."

"그 수가 많다 뿐이지 우리의 승자총통과 다를 바가 없소이다. 또 갓 징집된 일반 병사들이 화약 무기의 내용을 잘 몰라서 지레 겁을 집어먹는 것뿐이지, 조총이라는 무기의 질을 제대로 알게 된다면 두려움을 떨칠 것이외다. 문제는 군병들의 집중된 전투 행동에 있는 것이지, 그깟 조총이 아니외다."

"우리가 도성을 출발하기 전, 서애(유성룡) 대감께서 염려하여 당부하신 말씀을 못 들으셨소? 유 대감께서도 조총의 위력에 어떻게 대처해야 할지 걱정하고 계셨소이다. 지금 새재를 버리면 탄금대 앞의 벌에 진을 칠 수밖에 없는데, 그렇게 탁 트인 곳은 조총을 쓰기에 그야말로 최상의 장소외다. 적은 군사로 보다 유리하게 싸울 수 있는 곳이 있는데, 왜 구태여 사지死地로 뛰어들어야 한다는 말입니까?"

"탁 트인 벌이 아니면 기병을 운용할 수 없소이다. 우리가 지금 저들보다 나은 것은 오로지 정예 기병뿐이외다!"

김여물은 도성을 출발하기 전 유성룡이 신립에게 말했던 내용까지 끄집어내면서 열을 올렸으나 그것은 오히려 실책이었다. 사실 신립은 여진족과 싸울 때에 승자총통을 비롯한 조선의 앞선 화약 무기들을 사용하여 전과를 올린 바가 있었지만, 그 자신은 그러한 무기의 성능을 탐탁지 않게 여기고 있었다.

강선이 없는 단순한 원통형의 총열을 지닌 당시의 화약 무기들은 명중률이 극히 낮았다. 따라서 그러한 무기들은 살상용이라기보다는 위협용 또는 적의 진격을 저지하려는 목적으로 주로 사용되었다.

조선군이 사용하던 화약 무기들은 천자, 지자총통 등의 대형 화포와 현자, 황자총통 등의 중형 화포, 그리고 승자총통과 세자총통 등 개인용 화기에 이르기까지 다양했다. 세자총통은 지금의 권총에 해당하는 무기로서 그 길이가 겨우 일곱 치(15센티미터 정도) 정도밖에 되지 않는 초미니 화기였으니, 이를 봐도 조선군이 얼마나 다양한 화기를 사용하고 있었는지 쉬이 짐작할 수 있다.

이처럼 다양한 화기를 보유하고 있음에도 조선군이 대량으로 사용하지 않았던 이유는 다른 데에 있었다. 그것은 화약이 절대적으로 부족했기 때문이다.

당시의 화약은 현재 흑색 화약으로 불리는 초보적인 단계의 화약으로서 유황, 목탄, 염초의 세 가지 성분으로 만들어졌다.

이 중 목탄은 가장 흔한 재료였고, 유황은 다소 비싸기는 하지만 자연 상태 그대로를 사용하는 것이라 큰 문제가 없었다. 그러나 가장 중요한 염초는 민가의 오래된 구들 밑 먼지나 지붕 밑의 먼지를 긁어 제조하는 것밖에는 알려진 방법이 없었다. 이 염초에는 질산 성분이 들어가는데, 공기 중의 질소가 산화되어 정착되려면 먼저 오래 묵어 썩어가는 나무 주변에서 암모니아로 변한 다음 다시 질소산

화물로 변하는 단계를 거쳐야 했다. 당시에 질소를 얻어내는 방법은 자연 상태의 채취밖에 없었다. 당연히 염초는 상당히 희귀했고, 따라서 이처럼 귀한 화약을 대량으로 사용하여 작전을 행하기란 매우 어려운 일이었다. 이러한 질소의 정착법은 근래에 와서야 공중질소 정착법이라는 공정으로 가능해지는데, 그 이전 제1차세계대전 때만 해도 칠레 초석(칠레 부근에 많은, 수천 년에 걸쳐 새의 배설물이 쌓여 이루어진 바위들. 새는 질소 성분을 요산으로 만들어 배출하기 때문에 그 배설물이 뭉쳐 이루어진 바위는 질산 성분이 강하다)은 주요한 군수 물자 중의 하나로 꼽히기도 했다.

아마도 세계 최초로 염초를 대량 생산한 사람은 임진왜란 당시 남해에서 수군을 운용하던 이순신이었을 것이다. 이순신은 나무 먼지에서 얻어지는 염초의 원리를 궁리하여 나뭇가지와 잎을 끓여 처리하는 방법으로 염초를 수천 근씩 대량 생산하는 방법을 찾아내었는데, 이 방법은 지금도 사용된다. 이순신의 함대가 화포를 능란하게 사용하여 아군에 거의 피해 없이 전과를 올릴 수 있었던 것도 이 염초의 대량 생산이 밑받침되지 않았다면 불가능했을지도 모른다.

"대단히 실례되는 말씀이오나, 우리 조선군이 여진족을 물리친 것과 지금 왜군을 상대하는 것은 입장이 정반대올시다. 날랜 기병 중심의 여진족을 우리가 화약 무기를 써서 격파한 것은 주지의 사실입니다. 그러나 앞선 화약 무기를 대량으로 보유한 왜군에게 기병 전술로 상대하겠다는 것은 우리가 여진족의 입장으로 바뀌어 스스로 패배를 자초하는 것이 아니고 무엇이겠습니까?"

김여물이 말하자, 배윤기가 화를 내며 큰 소리로 말했다.

"여진은 미개하여 철 화살촉조차 쓰지 못하는 군대였소! 그러나 우리는 수천 년의 역사를 지닌 정예 기마병이 아니오! 어떻게 같은 맥락에서 생각할 수 있겠소이까!"

논쟁이 계속되는 동안, 강효식은 신립의 머리 위만 쳐다보고 있었다.

신립은 묵묵히 장수들의 열띤 토론을 듣고 있었는데, 그의 머리 위에 서린 기운이 꿈틀거리면서 조금씩 모양을 변화시켜가고 있었다.

하지만 그 해괴한 모습을 보고도 강효식은 입을 열 수가 없었다. 군막에서 한창 회의가 진행되고 있는데, 믿어주지도 않을 이야기를 꺼냈다가는 핀잔을 당할 것이 뻔했다. 강효식은 두려움에 벌벌 떨리는 마음을 추스르면서, 그 모습을 주시하고 있었다.

다음 순간, 놀라운 일이 일어났다. 신립의 머리 위에 모여 있던 기운이 공처럼 둥글게 뭉쳤다가 훽 하고 길게 쏘아져나간 것이다.

강효식은 자기도 모르게 자리에서 벌떡 일어섰다.

그 기운은 한참 언쟁을 벌이고 있던 김여물에게로 곧장 날아들었다. 그와 함께 소리를 높여 무슨 말인가를 외치려던 김여물은 끙 하는 신음 소리와 함께 그 자리에 풀썩 엎어졌다.

장수들이 우르르 김여물 옆으로 달려왔고, 그중 한 장수는 급히 종군 의원을 찾았다. 의원이 도착하고 진맥이 시작되었다. 의원은 김여물이 안 그래도 열이 높은데 언쟁을 벌이느라 흥분하여 열이 머리로 쏠렸노라고 간단히 진단했다. 김여물은 병사의 등에 업힌 채 그의 막사로 실려갔다.

다른 장수들이 제자리에 앉은 뒤에도 강효식은 몸을 부르르 떨면서 서 있었다. 아까까지만 해도 강효식은 자신의 눈이 잘못된 건 아닌가 하고 의심했다. 그러나 김여물이 쓰러지는 순간, 두려운 생각은 사실로 확인되었다. 신립의 머리에 도사리고 있던 정체 모를 기운이 김여물을 공격하는 광경이 똑똑히 보였던 것이다.

괴이한 기운이 분명히 존재한다는 것을 확신하게 되자, 강효식은 김여물이 행군을 떠난 직후부터 갑자기 이상한 병에 시달리게 된 것도 의심하지 않을 수 없었다. 저 이상한 기운의 정체는 무엇일까? 무엇을 바라고 저러는 것일까?

불안과 두려움에 사로잡힌 강효식의 귀에 다른 장수들의 목소리는 들려오지 않았다. 그의 머릿속은 불길한 예감이 시커먼 뱀처럼 똬리를 틀고 있었다.

김여물이 실려 나간 후 이번에는 이일이 나서서 새재에 진을 치기를 강하게 주장했다. 그가 자신의 경험을 바탕으로 조목조목 이야기하자 많은 부장들이 그의 의견으로 쏠리기 시작했다.

그러나 신립의 입에서는 뜻밖의 말이 터져 나왔다. 한시바삐 진군하여 탄금대에 진을 치기로 한다. 그는 이렇게 결론을 말하고는 곧바로 회의의 종결을 선언했다.

강효식은 차마 입을 열 수 없었다. 이미 내려진 지휘관의 결론을 뒤집을 수 없는 법. 이제는 그에 따르는 도리밖에 없었다. 강효식은 불안과 두려움에 심장이 쿵쾅대는 것을 억누를 수가 없었다. 전투라면 이골이 난 그였다. 싸움터에 임하여 목숨이 아깝다는 생각은 해본 적이 없었다. 아무리 많은 적과 상대하더라도 용기를 갖고 죽기로 싸운다면 결국 승리할 수 있다는 신념이 있었다. 그런데 지금은 아니었다. 끔찍한, 도무지 정체를 알 수 없는 괴이한 존재가 두려웠다.

김여물은 새재에 진을 치기를 가장 강력하게 권했으며 탄금대에 진을 치는 것을 극력 반대했다. 그런데 알 수 없는 기운이 습격하여 그의 입을 틀어막았다. 그 이유는 대체 무엇이란 말인가?

잡귀도 그것이 속한 나라의 중대사와 위대한 사람의 권위에는 굴복한다고 했다. 그런데 아까의 그 기운은 도순변사이자 왕실의 부마인 조선 최고의 명장 신립의 머리 위에서 계속 감돌았다. 왜일까? 현재 벌어지고 있는 불길한 상황들은 무엇 때문에 벌어지고 있는 것일까?

강효식은 아까의 괴이한 기운이 신립만이 아니라 조선 전체에 감돌아 결국 파국의 구렁텅이로 몰아가는 것은 아닌가 하고 생각했다. 그러나 강효식은 애써 그런 불길한 예감을 황당한 망상으로 일축하면서 떨쳐버리려 했다.

그럴 리는 없다. 하늘이 엄연히 있는데 그런 일은 생길 수 없다.

강효식은 애써 믿으려 했다. 그리고 신립을 직접 찾아가 이야기를 나누어보기로 했다. 그에게 무슨 연고라도 있지 않을까? 만에 하나, 그 기운이 귀신과 같은 것이라면 그것을 퇴치하는 것은 부장으로서 당연한 의무다.

강효식은 깊이 숨을 들이마시면서 용기를 다졌다.

마계의 마수

생계에서 사계로의 여행은 늘 같다.

일렁거리는 여러 가지의 빛깔들. 그리고 어떠한 형체도 갖추지 않은 채 빠르게 스쳐지나가는 그림자와 구름 같은 것들.

그런 것들로 이루어진 길고 긴 통로 사이를 두 사자의 영이 날아가고 있었다.

아마도 생계의 공간으로 따진다면 수천억 리의 거리가 될 것이다.

그러나 공간에 대해 속박을 느끼는 것은 생계의 존재들뿐이다.

인간들은 생계의 공간이 마치 전부인 양 여기지만 우주 팔계에서 보면 아주 미미한 것에 지나지 않는다. 생계의 바깥에는 또 다른 세계가 존재하고, 생계의 공간 다음에는 또 다른 공간이 존재한다. 각 공간에서의 활동은 생계에서의 활동과 별로 다를 바가 없되, 생계가 아닌 다른 세계에서 존재하는 것들은 공간의 면에서 상상력의 제한을 받지 않는다. 그러나 우주 팔계 중에서 가장 깊은 연관을 갖고 있고, 비교적 자유롭게 오갈 수 있는 곳은 생계와 사계의 경계밖에는 없었다.

전해지기로는 신神, 성聖, 광光, 생生의 네 계를 정正 사계라 하고 사死, 유幽, 환幻, 마魔의 네 계를 사邪 사계라고 한다.

이렇듯 정사 양 계로 팔계를 나누면, 그 둘의 경계는 생계와 사계가 된다. 그리고 생계와 사계는 쉼 없이 낳고 죽고 다시 태어나기를 반복하여 정사 양 계를 순환시킨다고 한다.

생계의 존재들은 누구나 죽으면 사계로 가며, 대부분은 윤회하여 다시 생계에 태어나게 되어 있었다. 또한 사계의 존재들은, 비록 엄격히 금지되어 있긴 하지만, 어느 정도의 힘을 쌓으면 생계로 들어가 활동하는 것도 가능했다. 사실 임무를 맡은 사자나 신장 이외에는 사계에서 생계로의 자유로운 출입이 금지되어 있었다. 그러나 실제로는 죽은 존재들이 생계에서의 원을 풀기 위하여 또는 살아생전의 집념이나 사랑 등을 잊지 못하여 생계로 비밀리에 발걸음을 하는 수가 많았으니, 생계의 사람들은 그들을 귀신이니 망령이니 원혼이니 하는 말로 부르며 무서워했다.

생계의 존재들이 그들에 대해 특별히 공포감을 가질 이유는 없는지도 모른다. 그러나 생계의 모든 존재들은 사계의 존재들을 의식 깊숙한 곳에서부터 두려워할 수밖에 없었다. 왜냐하면 사계의 존재들은 생계의 존재들이 가장 두려워하는 '죽음'과 연결되어 있기 때문이다.

이렇듯 생계와 사계 사이의 교류는 정해져 있었지만, 다른 계들과의 경계는 그렇지 않았다. 각각의 계들은 양파의 껍질 모양으로 이루어져 있어서 자기 안쪽의 계를 휩싸고 있는 한편으로 자기 바깥쪽의 계에 에워싸여 있었다. 그 각각의 계에서는 자기와 맞닿은 두 곳의 계를 제외한 다른 계로 직접 이동할 수 없었다.

사계의 존재들은 생계와 유계를 오고갈 수 있지만, 그들은 유계를 천대하고 생계만을 선호했다. 실상 생계와 사계는 각각의 특수한 목적에 의해서 만들어진 곳이나 다름없었다. 두 곳의 피조물들은 두 계가 가지는 특이성으로 말미암아 다른 곳의 피조물들에 대해 별반 관심을 갖지 않게끔 적응되어 있었다. 물론 하나의 계만 해도 몇천억의 유순(불교에서 말하는 거리 단위. 약 10킬로미터)으로 이루어졌으니, 다른 세계들을 일일이 돌아본다는 것이 무리이기도 했지만…….

잠시 동안 어지러운 생각에 잠겨서 본능에 맡긴 채 계 사이를 여행하던 태을 사자는 어느덧 낯익은 풍경 속으로 들어왔음을 깨달았다.

사계의 접경에 위치한 관문인 황천관黃泉關이었다.

사계의 이 가장자리에는 수많은 관문이 있었다. 영들은 생계에서 각자가 믿은 결과에 따라 각기 다른 관문으로 들어가게 마련이었다.

그래서 생계 인간들의 사상이 변함에 따라 저승에서도 새로운 관문이 생기거나 거대한 지옥계가 따로 만들어지기도 했고, 반대로 철거되어 없어지기도 했다.

황천관의 옆에는 태을 사자가 익히 알고 있는 거대한 두 명의 신장이 서 있었다. 두 신장은 금빛 갑옷을 걸치고 거대한 장창을 들고 있었다.

저 거대한 창이 천변만화의 위력을 발휘한다는 것은 이미 들은 바가 있었다. 유계와의 경계에서 백골령들이 난동을 부리는 사건이 벌어졌을 때, 임시로 파견된 신장 두 명의 합공만으로 칠백 백골령들이 혼비백산하여 달아난 적이 있었다. 물론 그때의 신장과 이 신장이 같은 존재인 것은 아니지만, 그들이 들고 있는 창만은 비슷할 게 분명했다.

두 신장들은 다가오는 두 명의 저승사자를 보고서도 알은척도 하지 않았고 표정의 변화도 없었으며 움직이지도 않았다. 다만 조각상처럼 버티고 서 있을 뿐이었다.

흑풍 사자는 문을 지날 때마다 저렇듯 냉랭한 자세로 서 있는 신장들을 보고는 늘 툴툴거렸다. 이번에도 역시 마찬가지였다.

"내, 참……. 다른 데서 온 것들이 잘난 척하는 꼴이라니, 원……."

신장들은 정확히는 사계의 존재가 아니었다. 사계의 존재는 대부분 죽은 영이 윤회를 포기하고 사계에 머무름으로써 이루어진다. 이에 반해 신장들은 어디선가 홀연히 나타나 사계의 중요한 일들을 감독하고는 했다. 일설에 의하면 그들은 광계에서 왔고 빛으로 이루어진 존재라고 했으나, 정확한 내력은 밝혀진 것이 없었다. 간혹 친숙해져서 말을 주고받는 신장들일지라도 그것에 대해서만은 절대로 가르쳐주지 않았다.

황천관의 옆에는 급한 용무를 지닌 저승사자들이 이용하는 번뇌연煩惱淵이라는, 연못이라기보다는 깊은 수렁에 가까운 곳이 있었다. 두 저승사자는 자신들의 일을 급히 아뢰기 위해 번뇌연 속으로 뛰어들었다.

번뇌연에서 형체를 줄여 공간 이동을 한 두 저승사자는 목적지인 명부의 현관 앞에 순식간에 도착했다.

거대하기가 인간 세상의 웬만한 성문보다도 훨씬 큰 번뇌연 문의 양쪽에 명부의 수문장 격인 울달과 불솔이 서 있었다. 이 두 거인들의 키는 저승사자의 다섯 배는 족히 될 정도로 컸는데, 둘은 아름드리나무만큼이나 커다란 철퇴를 들고 있었다. 두 거인은 항상 험상궂은 얼굴을 하고 있고, 맡은 임무가 임무인지라 언제나 땅이 흔들릴 정도로 호통을 쳐대서 죽은 영들의 오금을 졸아들게 만들다. 하지만 사실은 머리가 약간 모자라고 마음씨가 매우 착하며 온순한 존재였다.

"늦었구먼……."

불솔이 먼저 두 사자를 보고 입을 열었다. 불솔은 두 저승사자의 뒤로 따라오는 죽은 영들이 없는 것을 보자 스르르 얼굴을 풀었다. 거대한 입이 씨익 웃음을 띠자, 우스꽝스러운 표정이 드러났다. 역시 모자라기는 마찬가지였지만, 울달이 이상한 낌새를 눈치채고는 입을 열었다.

"그…… 그런데…… 이…… 이상하네……. 왜…… 왜…… 둘이는…… 그…… 그냥 둘만 왔지?"

울달은 평소처럼 그렇듯이 말을 더듬으면서 사람 어른의 키만큼이나 큰 손가락을 들어 두 저승사자를 가리켰다.

태을 사자는 한숨만 쉬고 말을 하지 않았으나 흑풍 사자는 불만을 터뜨렸다.

"큰일이야. 틀려서는 안 되는 명부의 일이 왜 자꾸 흐트러지는 건지, 원……."

두 수문장의 눈이 반짝하고 빛났다. 울달이 걱정스러운 말투로 입을 열었다.

"너…… 너희도…… 영…… 영을 이…… 잃어버렸니?"

두 저승사자는 깜짝 놀랐다. 울달은 분명 '너희도'라고 말했다. 그렇다면 자신들 말고도 누가 또 영을 잃어버리고 왔단 말인가?

태을 사자는 마음이 조급해져서 서둘러 명부의 문안으로 서둘러 발걸음을 옮겼다. 태을 사자가 한줄기 검은 안개로 화해서 명부의 안쪽으로 쏘아져나가자, 흑풍 사자도 황급히 검은 안개로 변해 그 뒤를 쫓아 들어갔다.

• • •

명부의 뜰 앞에는 벌써 많은 수의 저승사자들이 두 갈래로 갈라서서 정중하게 허리를 굽힌 채 읍하고 있었다. 중앙에는 몇몇 사자들이 무릎을 꿇고 머리를 조아리고 있었다. 중앙 앞쪽의 상단에는 명부의 판관 가운데 한 명인 이李 판관이 서슬 퍼렇게 소리를 질러대고 있던 참이었다.

사계의 존재가 생계로 갔을 때, 생계의 존재는 그들의 소리를 듣지 못한다. 그러나 생계의 존재가 사계로 오게 되면 사계의 존재가 말하는 소리들을 생계의 인간이 말하는 것처럼 생생히 들을 수 있다.

태을 사자는 명부의 문을 들어서자마자 이 판관의 모습을 발견하고는 재빨리 몸을 돌려 게걸음을 치듯이 옆으로 천천히 걸어 중앙으로 미끄러져 들어갔다. 뒤를 따라온 흑풍 사자는 명부의 안쪽 문을 지키는 근위 무사에게 고개를 돌리라는 호통을 들은 후에야 역시 태을 사자처럼 옆으로 고개를 돌리고 나아갔다.

흑풍 사자는 옆으로 나아가면서 언뜻 명부의 뜰에 무릎을 꿇고 고개를 숙인 저승사자들을 보았다. 분명 저들은 뭔가 잘못을 저질렀기에 저러고 있을 것이다. 아까 울달과 불솔이 한 말로 미루어보건대, 저 저승사자들도 영을 잃어버렸을 것이라는 짐작이 들었다.

상황이 안 좋은 것이, 상단에 나와 있는 이 판관은 평소에도 저승사자들에게 엄격하기로 소문이 난 판관이었다. 필경 불호령이 떨어지리라. 흑풍 사자는 저절로 몸이 떨려오는 것을 느꼈다.

태을 사자 역시 같은 짐작을 하고 있었다. 하지만 그의 뇌리에는 다른 생각들이 스쳤다.

'하나둘도 아니고 이렇게 많은 수의 사자들이 영을 놓치는 실수를 범하다니. 한 명의 저승사자가 나처럼 이십여 명의 영을 잃어버렸다고 한다면 벌써 여기에 있는 사자들만 헤아려도 이백여 명의 영혼이 사라진 셈이 되는구나. 도대체 세상이 어찌되려고 이런 일이 생기는 것인가.'

이따금 사자의 실수로 다른 사람의 영을 데리고 오거나 놀란 영이 도망을 쳐서 유계의 이름 없는 망령이 되는 일이 있기는 했다. 다른 사람의 영을 데리고 온 경우는 시간만 약간 지나면 원래의 사람이 죽을 터이니 큰 문제는 없었다. 물론 사자의 실수로 영문도 모른 채 먼저 죽게 된 사람은 억울함이야 남겠지만, 잘 설득하면 넘어갈 수도 있는 일이었다. 그것이 안 되어 염왕에게 가서 다시 살고 싶노라고 간절히 요청하는 혼령도 있는데, 보기보다 인자한 마음을 지닌 염왕은 간혹 그런 혼령을 풀어주곤 했다. 그런 자들은 매장되기 전에 살아나 사람들을 깜짝 놀라게 하거나, 혹은 이미 몸이 화장되어 들어갈 육신이 없을 때는 다른 사람의 몸에 대신 들어가거나 아니면 부유하는 영이 되었다. 그리고 영이 제 발로 도망을 쳐서 유계로 들어가는 경우는 스스로 윤회할 기회를 차버리는 것이니, 이는 경계가 불완전한 것을 탓할지언정 사자가 책임질 일은 아니었다.

이렇듯 영들이 대량으로 실종되는 사태는 처음이었다. 이는 저승의 법도가 흔들리고 있는 표시라고 태을 사자는 생각했다.

'삶과 죽음의 법도가 깨어지면 사계의 존재들은 차치하고라도 생계의 모든 존재들이 그 기반을 잃게 되는 것 아닌가.'

그때 이 판관의 호통 소리가 귀를 쩡쩡 울렸다. 태을 사자는 급히 상념에서 빠져나왔다.

"게 있는 것이 태을, 흑풍 두 사자가 맞느냐!"

두 사자는 호명을 받자 대답하기 전에 얼른 자리에 엎드리고 머리를 조아렸다.

"예. 그렇사옵니다."

두 사자의 대답이 채 떨어지기도 전에 이 판관이 다시 고함을 질렀다.

"듣자 하니, 너희들 둘은 수습해 오라는 영을 수십 명씩이나 놓치고 왔다는데, 그 말이 사실인고?"

흑풍 사자는 몸을 떨었으나 태을 사자는 낮은 목소리로 대답했다.

"송구스럽지만 그러하옵니다."

흑풍 사자는 조금도 겁을 먹은 것 같지 않은 태을 사자의 얼굴을 힐끗 보았다. 태을 사자가 평소에도 침착하고 절대로 놀라는 일이 없다는 것은 알고 있었으나, 이렇게 불호령이 떨어지는 판국에도 태연할 수 있다는 것이 놀랍게 여겨졌다.

"뭣이? 이런 뻔뻔스러운 것들! 도대체 왜들 이러는 것이냐! 하나둘도 아니고 이 많은 숫자가 한꺼번에 수십 명씩 영을 놓치고 와? 제아무리 이승이 전쟁으로 인해 난장판이 됐을지라도 어떻게 그런 일이 있을 수가 있단 말이냐! 도대체 명부의 법을 무엇으로 알기에 그리도 뻔뻔스러운 말을 입에 담을 수가 있는 것이냐!"

"아뢰옵기 황송하옵니다만……."

태을 사자가 말을 하려고 했으나, 푸념과 흥분이 뒤섞인 이 판관의 말이 계속 쏟아져 나왔다.

"허! 도대체 이게 무슨 일이란 말인고. 한둘도 아니고 이백여 명의 영이 하룻밤 사이에 간 곳이 없이 사라지다니……. 이 일을 어떻게 염왕께 아뢴단 말이냐. 답답하도다, 답답해……."

"한말씀 아뢰겠사옵니다."

태을 사자가 더욱 목소리를 높여서 이 판관의 목소리 속으로 파고

들었다. 감히 상상할 수 없는 행동이었다.

이 판관이 말을 뚝 멈추자 주변에 있던 다른 저승사자들과 근위 무사들 사이에 싸늘한 정적이 흘렀다. 상하의 법도가 이를 데 없이 엄격한 저승의 명부에서, 상관의 말이 끝나기도 전에 중간에 끼어드는 것은 중벌로 다스려질 수도 있는 불경이었다.

처음에는 놀라 어안이 벙벙해 있던 이 판관은 이내 화가 나는지 얼굴을 잔뜩 찌푸리다가 긴장한 빛을 띠었다. 그것을 본 태을 사자는 속으로 안도의 한숨을 내쉬었다. 이 판관의 잔소리를 멈추게 하고 속히 자신이 보고할 바를 말하기 위해서는 이 방법밖에는 없다고 판단되어 비상수단을 사용한 것인데, 이 판관의 저런 표정은 이야기를 들을 준비가 되어 있다는 표시로 여겨졌던 것이다.

"소관은 비록 이십여 명의 영을 놓쳤사오나 그 흔적은 발견했사옵니다……."

"흔적을 발견했다? 그게 무엇이었는가?"

"영들을 데리고 간 것이 분명한 것으로 보이는 괴수 하나를 보았사온데……."

태을 사자의 입에서 의외의 이야기가 흘러나오자 사자들이 수군대기 시작했다. 시커멓고 굵은 이 판관의 눈썹 끝도 꿈틀하면서 위로 솟구쳐 올라갔다.

"그놈을 잡고자 여러 합 겨루었사오나 날이 밝아오는지라 시간도 부족했고, 또한 저희들의 힘으로는 역부족이었사옵니다."

"겨루어보았다?"

"그러하옵니다."

"너 혼자였느냐?"

"아니옵니다. 여기 흑풍 사자와 함께 잃은 영들을 찾아 헤매다가 요기를 느끼고 대적하게 된 것이옵니다."

이 판관은 이번에는 흑풍 사자 쪽으로 판관필判官筆을 내밀어 가리키며 말했다.

"여기 태을의 말이 맞느냐?"

흑풍 사자는 몸을 떨면서 고개를 땅에 박고는 말했다.

"틀림이 없는 줄로 아뢰오."

"너희 둘 다 저승사자의 신물信物인 법기를 지니고 있었겠지?"

"그러하옵니다."

그러자 이 판관은 탁자를 탁 하고 내리치고는 몸을 일으키려는 자세를 취하며 소리쳤다.

"도대체 생계의 어떤 괴수였기에 법기를 지닌 두 사자의 합공을 막을 수 있다는 말이냐? 그 말을 나보고 지금 믿으라는 게냐?"

"황공하옵니다만 그 괴수는 생계의 존재가 아니옵고……."

"생계의 존재가 아니라고……?"

이 판관의 눈에 놀라움이 스쳤다. 태을 사자는 고개를 들고 이 판관의 얼굴을 정면으로 응시하면서 말했다.

"아마도 마계의 존재가 아닐까 싶사옵니다."

"마…… 마계라고? 그럴 리가 있느냐! 너는 지금 무슨 증거로 그리도 허황된 말을 하는 것이냐?"

"생계의 존재는 분명 아니었사옵니다. 껍질은 괴수의 형태를 하고 생계의 존재와 비슷한 모습을 하고는 있었지만 생계의 존재는 물物로 이루어져 있으니 바람으로 화해 도망칠 수는 없다 사료되옵니다."

태을 사자는 말을 마치고는 고개를 숙였다.

이제 주변은 사자들과 근위 무관들의 웅성거리는 논쟁 소리로 가득찼다. 이 판관도 얼떨떨한지 잠시 생각에 잠겨 있다가 고개를 설레

설레 흔들며 외쳤다.

"모두들 조용히 하라!"

이 판관의 명이 떨어지자 다들 입을 다물고 읍하는 자세를 취했다. 이 판관은 다시 태을 사자에게 물었다.

"너는 그 괴수의 모습을 보았느냐?"

"놈은 회오리바람으로 온몸을 둘러싸고서 저희 두 사자의 합공마저도 되튕겨내었사옵니다. 비록 모습은 보지 못하였으나 그 괴수의 발톱 자국은 보았사옵니다."

"발톱 자국?"

"대호의 발톱 자국으로 보이는 것이었사옵니다. 그러나 그것의 진짜 주인이 무엇인지는 알 길이 없사옵고……."

"좀더 자세히 이야기해보거라."

태을 사자는 이 판관에게 자신과 흑풍 사자가 겪었던 이야기를 자세히 보고하고는 마무리를 지었다.

"괴수가 죽은 자의 육신까지 끌고 간 것이 단지 저희 사자들의 눈을 속이기 위해서 그런 것인지, 아니면 실제로 죽은 자의 몸과 영이 필요해서 그런 것인지의 여부는 아직 알지 못하옵니다. 어쨌든 그 괴수가 전쟁의 와중에서 영들을 대량으로 이끌고 간 것만은 틀림없는 것으로 여겨지옵니다."

"그런데 왜 다른 사자들은 그런 보고가 없단 말이냐?"

"황공하옵니다만, 저희 둘은 두 번째 닭이 울 때까지 영들을 찾아 헤매고 다녔사옵니다. 그래서 닭이 울면 모든 사계의 존재는 생계를 떠나야 한다는 규율을 본의 아니게 어기게 되었사옵니다만, 잃어버린 영들의 행방이 궁금하였기에 그리한 것이오니 통촉해주시옵소서."

"흠……. 마계의 존재라……. 믿어지질 않는구나."

"그러나 생각해보시옵소서. 지난번 홍두오공의 난 같은 예도 있었지 않사옵니까?"

태을 사자의 말을 듣고 이 판관의 얼굴이 창백해졌다.

홍두오공의 난. 조선 땅에 나타나 산신들을 물리치고 180여 명을 학살하여 그 영을 뭉쳐 구슬처럼 지니고 돌아다녔던 괴수.

마물이 생계에 나가 영을 빼앗으며 마음껏 설치고 다녔으나, 사계는 그것을 막지 못했고 결국은 이승의 무명 장사에 의해 해결이 나고 말았다. 그 후 사계의 치부처럼 여겨져오고 있었다.

"흠……."

이 판관의 안색이 침울해지자, 태을 사자는 품에 갈무리해두었던 것을 꺼냈다. 괴수와 싸움을 벌이고 난 자리에서 얻었던 푸른 털이었다. 태을 사자는 그 털을 조심스럽게 이 판관에게 올렸다.

"이건 무엇이냐?"

"그 괴수의 털이옵니다."

이 판관은 태을 사자가 지니고 온 털을 조심스럽게 바라보았다.

"이건 분명 네 발 달린 길짐승의 털인 듯한데……. 생계의 네 발 달린 짐승 중에서 푸른 털을 지닌 동물이 있더냐?"

"그래서 더욱 수상하다는 것이옵니다. 소관이 보았던 대호의 발톱 자국과 이 털……. 세밀히 조사하심이 옳은 줄로 아옵니다."

이 판관은 침울한 안색으로 그 털을 꼼꼼히 보고 있다가 근위 무사에게 명하여 증거물을 엄중히 보관토록 했다. 그러고 나서도 한참을 생각에 잠겨 있다가 다시 입을 열었다.

"태을과 흑풍 두 사자는 잠시 남아 있어라. 그리고 다른 사자들은 평소와 같이 오늘밤의 일을 준비하도록 하라. 영을 잃은 허물은 후에 추궁할 것이로되, 근래 생계의 조선 땅에 전화戰禍가 심하여 일이 많으니 다시는 어제와 같은 사고가 없도록 만전을 기하여 행하렷다."

이 판관은 조선 땅에서 오늘 낮과 내일 밤 사이에 큰 싸움이 벌어진다고 덧붙였다.

"오늘은 조선의 장수 신립이 문경새재에 진을 치고 왜군의 고니시와 전투를 벌이게 되어 있는바 승패는 반반이니라. 쌍방에서 많은 전사자가 날 것으로 예정되어 있으니 이번과 같은 일이 또 생기지 않도록 엄중히 조치하렷다!"

명을 받은 다른 저승사자들은 총총히 명부를 나섰고, 태을 사자와 흑풍 사자는 이 판관의 뒤를 따라 명부의 뒤쪽에 있는 자비전慈悲展으로 향했다.

자비전은 이 판관 등 여러 판관들이 사적인 대화를 나누는 용도로 사용되는 곳이었다.

명부의 서열로 볼 때 판관의 지위는 그렇게 높지는 않지만 직급으로 따지면 6품 정도는 되는 것이라, 명부의 뜰을 거닐자 자비전으로 향하는 길들이 이 판관을 알아보고 보통의 흙길에서 잘 정비된 돌길로 스스로 바뀌었다. 또한 근처에 서 있는 나무들도 가지를 움츠리며 길을 넓게 내주려 하였다. 그러나 이 판관은 가벼운 미소를 띠며 손을 내저었고, 길과 돌은 원래의 상태로 돌아갔다.

태을 사자는 이 판관을 힐끗 쳐다보았다. 이 판관의 얼굴은 다소 긴장되어 있기는 하지만 아까의 서슬 퍼렇던 모습은 어느 겨를엔가 사라지고 자애로운 미소가 감돌았다. 저승사자들에게 추상같은 불호령을 내리기 일쑤인 이 판관이 공석을 나서자마자 금세 부드러운 표정이 되는 것을 보자 태을 사자는 마음 한구석이 따스해졌다. 죽은 자들이 들끓는 엄한 사계이기는 하나, 오히려 그럴수록 자비심이 더더욱 넘쳐나는 것인지도 모른다는 기분이 들었던 것이다.

자비전의 문은 이 판관이 성큼 앞으로 다가들자 여덟팔 자로 활짝 열렸다. 이 판관과 두 저승사자는 안으로 들어섰다.

겉과는 달리 안은 매우 수수해 보였다. 팔선탁八仙卓 하나와 네 개의 의자가 놓여 있고 기이한 형태의 난초 화분 하나가 자리하고 있을 따름이었다.

셋이 안에 들어서자, 난초는 부끄럽다는 듯 줄기를 가볍게 꼬는가 싶더니 이내 꽃망울을 활짝 터뜨렸다. 모든 것이 사념과 정신에 좌우되는 사계에서 저 난초의 직분은 손님이 오자마자 꽃을 피우는 것인 듯했다. 흑풍 사자는 저 난초를 어디서 한 번 보았다는 생각이 드는지 잠시 고개를 갸웃했고, 이후로도 힐끔힐끔 난초를 쳐다보고는 했다.

이 판관은 둘에게 눈짓으로 앉으라고 권했다.

사실 저승의 존재들이 앉거나 눕는다고 해서 서 있는 것보다 더 편할 까닭은 없다. 그러나 이것은 일종의 인사치레로, 생계의 습관을 그대로 따르는 것에 불과했다. 자리에 앉으면서 태을 사자는 생계의 생명들을 주관하는 사계에서 어째서 생계의 관습을 그대로 따라 하는 것인지 이유를 알 수 없다는 생각을 잠깐 했다.

태을 사자와 흑풍 사자가 자리에 앉고 난 후에도 이 판관은 여전히 생각에 잠겨 있는 모습이었다. 그러더니 잠시 후 허리에 차고 있던 방울을 딸랑딸랑 흔들었다. 태을 사자에게 부채라는 법기가 있듯이 이 판관도 묘진령妙震鈴이라 하는 방울을 법기로 갖고 있었다.

방울이 흔들리자마자 금세 조그마한 두 시동이 기척도 없이 이 판관의 좌우에 나타나서 시립했다.

"너희 중 한 명은 근위 무사 윤걸에게서 증거물을 도로 받아오도록 하고, 다른 한 명은 장서각藏書閣의 노 서기를 불러오거라."

두 시동은 고개만 꾸벅해 보이고는 자취도 없이 사라졌다. 비록 사람의 모습을 하고 있었으나, 두 시동은 이 판관의 사념이 만들어 불러낸 허상이었다.

저승에서의 사념력은 모든 것을 만들거나 변화시킬 수 있는 힘을 가지고 있다. 그러나 그 크기에 대소가 정해져 있고, 신분에 따라 법도가 정해져 있다. 예를 들자면 태을 사자 같은 이는 아무리 사념력이 높더라도 인간형의 허상을 만들 권리가 부여되지 않았다.

이 판관은 또다시 골똘히 생각에 잠겨 있다가 입을 열었다.

"너희 둘은 비록 직분을 제대로 이행하지 못하였지만, 대단히 중요한 증거를 가지고 온 것만은 분명한 듯하구나. 내 아까는 마계라는 말을 듣고 섬찟한 생각에, 그런 이야기를 좌중이 있는 곳에서 하는 것이 저어되어 입을 막았던 것이니라. 이젠 우리들만 있으니 이야기를 좀더 자세히 들어보아야 하겠다."

"황송하옵니다만 감히 한말씀 여쭙자면……."

태을 사자가 조심스럽게 입을 열었다. 그런 자신을 보는 이 판관의 눈길이 아까처럼 사납지가 않다고 판단한 태을 사자는 용기를 내어 진즉부터 하고 싶었던 말을 꺼냈다.

"감히 제 생각을 말씀드리자오면, 혹시 마계와의 분쟁이 시작되는 건 아닌지요?"

옆에 있던 흑풍 사자는 안 그래도 파리한 얼굴이 그야말로 납빛처럼 하얗게 질렸다. 마계와의 분쟁이라니! 그야말로 상상도 할 수 없는 일이었다.

그러나 놀라운 일이 아니라는 듯 이 판관의 표정은 담담하기만 했다.

"어찌하여 그런 생각을 하게 되었는가?"

"그건……."

태을 사자는 머릿속에 어지럽게 늘어놓은 생각을 정리했다. 물론 자신의 이러한 추측은 비약도 이만저만한 것이 아니었다. 생계에서 수십 명의 영혼이 사라지고 거기에 이상한 요물이 하나 나타났다고 해서, 그것을 마계와의 본격적인 대결의 시발로 보는 것은 지나친 비약이었다.

그러나 태을 사자는 일련의 사태가 결코 심상치 않게 돌아가고 있음을 절실히 느끼고 있었다. 이제껏 알고 있었던 몇몇 사소한 사건들, 그러니까 경계를 우연히 넘어선 마계나 환계의 존재들과 어떤어떤 싸움이 벌어졌다는 것은 기껏해야 풍문으로 들었던 데 불과한 것이었고, 따라서 마계와의 전쟁 운운하는 것은 무리한 추측일 수 있었다. 하지만 이상하게도 태을 사자의 생각은 한쪽으로만 쏠리는 것이었다. 감히 상상하기도 어려운 불길한 쪽으로…….

"첫째로, 마계의 존재가 생계에 발을 들여놓고 있는 것도 이상하지만, 생계의 모든 영혼을 관장하는 것은 사계에만 주어진 고유한 임무이옵니다. 하온데 그러한 대전제를 깨뜨리고 마계의 존재가 생계에서 가장 소중한 것이라 할 수 있는 인간의 영을 거두어 간 것은 일종의 선전포고나 다름이 없다고 여겨지옵니다."

"하나……."

이 판관은 인상을 쓰고 있기는 했으나 태을 사자의 말에 신경을 쓰고 있음이 역력했다. 아니, 태을 사자의 말에 귀를 기울여 듣는다기보다는 태을 사자를 시험하고 있는 듯한 눈치였다.

"도대체 마계가 어느 계에 선전포고를 한다는 것이냐?"

"본래 환계, 유계, 마계가 하나이고 신계, 광계, 성계가 또 하나나 다름없사옵니다. 즉 계는 구분되어 있지만, 각 계의 고유한 속성은 어둠과 빛으로 크게 양분되어 있다는 말씀이옵니다. 아시다시피 빛의 극단은 신계이고 어두움의 극단은 마계입니다. 그런 고로 일단 빛의 계 측에서 이러한 일을 꾸민다는 것은 생각할 수조차 없는 일이옵니다. 더욱이 생계와 사계에서 그러한 일을 벌일 수도 없는 것이고요. 그러면 유, 환, 마계 중의 한 곳에서 이 일을 벌인 것으로 볼 수밖에 없사온데 유계와 환계에서 벌인 일이라면 저희 사계에서 짐작을 못 하지는 않으리라 사려되옵니다. 그렇지 않사옵니까?"

"네가 우주 팔계에 대해 얼마나 알기에 그런 소리를 하는가?"

"제가 들은 바대로, 그리고 제 미천한 소견으로만 말씀드린 것뿐이옵니다. 틀린 점이 있다면 깨우침을 주십시오."

"지금은 너를 가르치는 것이 중요한 게 아니라, 작금에 벌어지고 있는 일들의 전모를 밝혀내는 것이 중요하다. 너는 필시 과거에 있었던 홍두오공의 일을 염두에 두고 있는 모양이구나."

"예. 그렇사옵니다. 홍두오공이 당시에 잡은 인간의 영들을 즉각 자신의 힘으로 돌리지 않고 뭉쳐서 환을 만들어 머릿속에 저장했다는 사실은 어딘가로 가지고 가려 한 것이라고밖에 볼 수 없사옵니다."

"가지고 간다? 어디로?"

"사계로 들어가는 인간의 영들은 윤회를 거치게 되옵니다. 그러나 다른 계로 간다면요? 인간의 영들을 가지고 무슨 일인가를 꾸미려는 것이 틀림없사옵니다. 더구나 공공연히 생계 내에 잠입하여 영을 훔쳐가는 것은 모험을 감수하는 도발적인 행위입니다. 저희 사계와 생계를 제외하고 모든 계들은 그 자체로 완성된 계라 알고 있사옵니다. 즉 다른 계의 존재인 인간의 영이 필요한 일이 없다는 말씀이옵지요. 그런데도 다른 계의 존재를 가져간다는 것은……."

"무엇이란 말인가?"

"다른 계의 존재가 필요한 이유는 단 하나, 다른 계를 침공하여 영향을 미치려는 의도로밖에는 판단할 수 없사옵니다."

태을 사자가 거침없이 말을 하는 동안, 흑풍 사자는 아연실색한 표정으로 서 있을 뿐이었다. 몸마저 가늘게 떨고 있었다.

이 판관은 입을 꾹 다문 채 태을 사자의 얼굴을 물끄러미 바라보았다. 태을 사자가 말을 이었다.

"인간이란 극도로 미약한 존재이옵니다. 하지만 각성하여 깨달음을 얻는다면, 그 영들은 어느 계를 막론하고 마음껏 다닐 수 있는 존재들로 변한다고 들었사옵니다. 모든 계에서는 바로 그러한 존재를 원하지 않겠사옵니까?"

"그렇지는 않다. 우리 사계를 제외한 다른 계에서는 인간의 영이 그리 큰 비중을 차지하지 않는다. 아니, 계를 벗어날 수 있다면 그것은 이미 인간의 영이 아니라 해야겠지."

"그렇다면 이렇게 생각할 수도 있지 않겠사옵니까? 인간의 영은 미약하고 어리석은 존재지만, 그 하나하나는 부화되기를 기다리는 알과 같은 것이라 비유하면 어떨까 싶사옵니다. 사계를 비롯해 다른 계의 존재는 모두 이미 완성된 존재라 할 수 있사옵니다. 하지만 인간의 영은 그렇지 않사옵니다. 그러한바 이 미숙한 영들을 가지고 갔다면, 그 계가 어떤 계인지는 몰라도 뭔가 일을 꾸미고 있음이 분명하옵니다."

이 판관은 이번에도 아무 대답이 없었다.

이윽고 앞서 물러갔던 시동들이 나타나면서, 괴수의 털을 보관하였던 근위 무사 윤걸과 장서각의 노 서기가 함께 모습을 드러내었다.

"수고했다. 너희들은 물러가거라."

이 판관이 시동들을 향해 말하자 두 시동의 모습은 바람처럼 사라졌다. 이 판관은 두 저승사자에게 잠자코 있으라는 듯한 눈짓을 보내고는 윤결에게 명했다.

"증거물을 노 서기에게 보이라."

윤결은 씩씩한 태도로 허리를 굽혀 이 판관에게 읍해 보이고는 양손을 벌렸다. 손바닥 위에 태을 사자가 바쳤던 푸른 털이 나타났다.

그러자 이름 그대로 늙어서 얼굴에 주름살이 가득한 노 서기가 양 눈을 가늘게 치켜뜨고는 오랫동안 푸른 털을 노려보았다.

"생계의 것이옵니까?"

노 서기가 한참 만에 묻자 이 판관이 답했다.

"생계에서 가지고 온 것이네."

노 서기는 고개를 끄덕거리며 잠시 생각에 잠기더니 이윽고 고개를 휘휘 저었다.

"이상한 일이옵니다……. 생계의 냄새가 나는 것만은 분명하지만…… 생계에 이런 종류의 축생치고 푸른 털을 지닌 동물은 없사옵니다."

"큰 발톱을 지닌 네발 달린 괴수일 것으로 추측되옵니다."

태을 사자가 끼어들었다. 이 판관이 지그시 태을 사자를 쳐다보자, 태을 사자는 주제넘은 짓을 했다 싶었는지 얼른 고개를 숙이고는 뒤로 물러섰다.

노 서기는 여전히 납득하지 못하겠다는 듯이 연신 고개를 가로저었다.

"분명히 조선 땅에서 찾아낸 것이라 했사옵니까?"

"그러하다네."

"제 부족한 견문으로는 무어라 말씀드릴 게 없사옵니다. 다만 털의 질을 보니…… 이와 가장 비슷한 짐승은……."

"비슷한 짐승이 있는가? 그럼 그 짐승의 돌연변이일지도 모르겠군."

"글쎄올습니다. 좌우간 제 소견으로는 조선 땅에 서식하는 대호의 털과 형태가 매우 흡사하다는 것밖에는……."

"대호? 호랑이 말인가?"

"예."

"음……."

이 판관은 턱을 쓰다듬으며 생각에 잠겨들었다. 태을 사자도 노 서기의 진단이 자신의 의견과 흡사하자 자기도 모르게 고개를 끄덕였다.

한참 후 이 판관이 다시 노 서기에게 물었다.

"대호는 영통하여 도를 깨우칠 수도 있고, 환생하여 인간으로 변할 수도 있는 존재다. 조선의 신령들은 대호를 수하에 부리는 것을 즐긴다고 하니, 이형환위의 술법을 배우는 것도 가능한 이야기겠군. 그렇다면 한 군데 알아볼 곳이 있지. 조선 땅 대호들의 우두머리는 어디에 있는가?"

"백두 영봉靈峰의 호군이 뭇 호랑이들의 우두머리인 줄로 아뢰옵니다. 호랑이들은 대개 인간을 해치며 짐승으로 살고 있습니다만, 도를 깨치어 영통한 동물들도 많이 있다고 들었사옵니다. 그리고 이 호군은 도를 수련한 지 오래되어 뭇 호랑이들의 우두머리라 칭하기에 부족함이 없다 하옵니다."

영통한 동물들에 대한 이야기는 태을 사자도 많이 알고 있었다.

옛날 중국에서 견융씨의 선조가 된 것은 임금이 기르던 개였는데,

그 개는 적장의 목을 벤 대가로 공주를 아내로 맞아들이기까지 했다.

조선 땅의 시조인 단군의 부친 환웅도 비록 천신天神의 힘이기는 하지만 호랑이와 곰을 사람으로 변하게 하는 시험을 주었다가 곰이 성공하여 웅녀로 변하자 그녀와 결혼하여 단군을 낳게 하였다. 호랑이는 시련을 견디지 못하여 도망쳤지만 오히려 사람들로부터 영물로 통하고 있었다. 또한 신라 때의 김 아무개는 사람으로 변신한 암호랑이와 사랑에 빠졌고, 암호랑이는 사랑하는 사람의 출세를 위해 저잣거리로 나와 연인의 손으로 자신의 목숨을 끊게 했다.

"태을, 흑풍은 들어라. 내, 두 사자에게 별도의 임무를 주겠다. 오늘밤 데려올 영들의 일은 다른 사자에게 분부할 것이니, 둘은 날이 저무는 대로 생계의 백두 영봉으로 가서 호군에게 이 일을 묻도록 하라. 알겠느냐?"

"예!"

태을 사자와 흑풍 사자는 깊이 고개를 숙였다.

두 사자는 일종의 흥분 같은 것을 느끼고 있었다. 매일처럼 반복되던 영을 데려오는 일에 비하면 이번 일은 확실히 색다른 것이었다.

이 판관은 아직 시립하고 있는 윤걸에게 명하였다.

"만일을 대비하여 너도 같이 가도록 하라. 만약 그 괴수를 다시 만나게 되면 이번에는 놓치지 말고 반드시 포획해 오도록 하라. 두 사자들의 힘만으로는 부족할지도 모르는 일. 그래서 너를 함께 보내는 것이니라. 알겠느냐?"

"예!"

윤걸은 씩씩하게 읍했다.

이윽고 이 판관은 모두 물러가라는 손짓을 했다.

자비전의 내부가 텅 비자 이 판관은 남이 알 수 없는 깊은 눈빛으로 화분에 피어 있는 난꽃을 쓰다듬어주었다.

다가오는 새벽

하늘의 한쪽 가장자리가 희부옇게 밝아오고 있었다.

밤새 우르르 쏟아질 듯 어둠을 수놓았던 많은 별들도 가물가물 사라져가고 붐해진 하늘과 함께 사물들이 점차 모습을 드러냈다.

휘잉 하고 불어오는 한줄기 바람에, 거의 다 타버린 집의 잔해들이 불똥을 툭툭 튀긴다. 겉에 붙어 있던 재가 벗겨지고 그 속으로 빨간 불꽃이 마치 똬리를 튼 뱀의 혀처럼 이글거렸다.

바람 소리와 나무들이 불에 타면서 딱딱 하고 갈라지는 소리를 제외하면, 사방은 적막하기 그지없었다. 바람에 실린 불똥들이 반딧불처럼 떼를 지어 사방을 날았다.

아름다웠다.

빨갛게 물들었다가 얼마 안 있어 스러져버리는 불꽃 떼들이 처연할 만큼 아름다웠다. 그것은 핏빛 나비 떼였다. 이리저리 날아다니며 군무를 추는, 수도 없이 많은 나비 떼였다.

가느다란 두 줄기 바람이 맞부딪쳐 회오리바람을 일으킨다. 작은 회오리바람은 땅을 쓸고 지나가다가 논바닥에 멍하니 앉아 있는 소년의 뺨을 살짝 때렸다. 마치 어서 정신을 차리라고 재촉하기라도 하는 듯이…….

은동은 정신을 차렸다.

얼마나 오랫동안 이렇게 넋을 잃고 앉아 있었던 것일까?

문득 어머니 생각이 났다. 손을 놓치지 말라고 외치던 어머니의 음성이 먼 옛날 일처럼 느껴졌다.

아, 어머니는 어디로 가버린 것일까? 내 손을 놓치고 사람들에게 떼밀려서 어디로 가버린 것일까? 왜 나를 찾으러 오지 않는 것일까?

은동은 힘없이 고개를 돌려 주변을 둘러보았다.

불빛 아래 참혹한 모습으로 흩어져 있는 시체들이 보였다.

은동은 몸을 부르르 떨었다. 무섭다. 근방에 살아 있는 것이라곤 있을 것 같지가 않았다. 왜병들마저 가버린 지금, 논바닥 여기저기 쓰러져 있는 시체들이 두렵게 보였다.

은동은 조심스럽게 논두렁에서 몸을 일으켰다. 흙탕에 뛰어든 지 꽤 지난 까닭에 몸에 잔뜩 엉겨붙은 흙들이 말라서, 은동이 몸을 움직일 때마다 와사삭거리며 부서져나갔다.

은동은 코를 찌푸렸다. 이제껏 느끼지 못했던 두엄 냄새가 몸에서 지독하게 풍겼다.

은동은 몸을 일으키다가 논두렁에 엎어질 뻔했다. 너무 오랫동안 쪼그리고 앉아 있던 탓인지 오금이 저려 다리가 말을 듣지 않았다. 비틀거리다가 간신히 손을 짚어 넘어지는 것을 면했다.

추웠다. 그러나 몸이 덜덜 떨리는 것은 추위 때문만은 아니었다. 문득 귀신과 죽은 송장에 대한 이야기가 떠올랐다. 시체들이 벌떡 일어나 달려들 것 같았고, 하얀 귀신의 손이 금세라도 뒷덜미를 잡아챌 것 같았다. 은동은 후들후들 떨었다.

하지만 여기 이대로 있을 수는 없다. 어머니를 찾아야 했다. 진즉 그랬어야 하는 건데……. 왜병이 물러가자마자 일어나서 찾아다녔어야 했는데…….

어젯밤 자신의 몸을 짓눌렀던 박 서방의 엎어진 시체가 눈에 들어왔다. 하얗게 뒤집혀 있던 눈동자는 얼굴이 땅에 처박혀 보이지 않았지만, 잘린 코에서 흘러나온 피가 논바닥에 굳어 엉겨 있었다. 은동은 부들부들 떨면서 뒷걸음질을 쳤다.

숯덩이로 화한 집들 사이로 왜병에게 찔려 죽은 여인의 시체가 널브러져 있었다. 어제 낮만 해도 살아 있던 사람들. 제기차기와 병정놀이를 하며 놀던 친구들……. 그들은 이제 숨을 쉬지 않는다. 말을 걸어도 대답을 할 수 없는 주검이 되고 말았다.

은동은 시선을 돌렸다. 그곳에 왜병이 버리고 간 코 묶음이 있었다.

은동의 눈에 작은 점이 박힌 콧날이 크게 확대되어 보였다. 저건 어머니의 코가 아닐까?

은동은 눈을 질끈 감았다. 그리고 자신을 달래기라도 하듯 속으로 중얼거렸다.

'무섭지 않아. 난 무섭지 않아. 이건 꿈이야. 그래, 이건 전부 꿈이야. 어머니는 살아 계셔. 어머니가 날 깨워주실 거야. 틀림없이 깨워주실 거야…….'

은동은 눈을 떴다. 그러나 눈에 들어오는 광경은 아까와 똑같았다.

은동은 다시 눈을 감고 크게 소리를 내어 중얼거렸다.

"이건 꿈이야, 꿈! 이건 사실이 아냐! 사람들도 다시 깨어날 거야! 벌떡 일어설 거야!"

은동은 이를 악물고 감은 눈에 더욱 힘을 주었다. 두 눈에서 눈물이 펑펑 솟아 나왔다. 후들거리는 몸을 제대로 버티기가 힘들었지만, 작은 주먹을 꼭 쥐고 두 무릎을 뻣뻣하게 세웠다.

은동은 눈을 번쩍 떴다. 그러나 세상은 여전히 꿈속이었다. 눈앞에는 아직도 피투성이가 된 마을 사람들의 시체가 널려 있었고, 숯더미가 된 집들이 하나둘 무너져갔다. 그 옆에는 코 묶음이 놓여 있었다.

"꿈이야!"

은동은 크게 소리를 질렀다. 그러고는 더이상 서러움을 견디지 못하고 목을 놓아 흐느껴 울었다. 은동은 자리에 풀썩 쓰러져서 땅에 얼굴을 박았다. 주먹으로 땅을 치다가는 흙이며 잔돌들을 주워 닥치는 대로 사방에 던졌다. 하늘이 쩡쩡 울리도록 울부짖었다.

"꿈이야! 꿈이란 말야! …… 어머니! 엉엉……. 어머니!"

그때 누군가가 은동의 어깨를 잡았다.

은동은 소스라치게 놀랐으나, 잠시 얼굴을 땅에 댄 채로 움직이지 않았다. 따스한 손길이었다.

"어……머……니……?"

은동은 반가운 마음에 눈물 젖은 얼굴을 홱 돌렸다.

하지만 거기에는 어머니 대신 자기처럼 온통 흙투성이가 된 젊은 남자가 서 있었다. 더러운 옷차림에서 그가 누구인지 알아볼 수는 없었으나 빡빡 깎은 머리를 보아 승려인 것 같았다.

승려의 눈에는 짙은 슬픔이 드리워 있었지만, 입은 억지웃음을 짓고 있었다. 그가 은동을 내려다보며 말했다.

"얘야……. 살아 있었구나."

은동은 자신의 어깨를 잡은 사람이 어머니가 아닌 것을 깨닫자,

경계의 빛을 띠면서 뒤로 주춤주춤 기며 물러났다.

다시 바람이 불어와 불똥과 재 먼지가 뒤섞여 날아왔다. 눈물에 재 먼지와 불티까지 뒤범벅이 되어 눈이 쓰린 은동은 흙투성이가 된 소맷자락으로 눈가를 닦아내려 했으나, 소매에 묻은 흙이 들어갔는지 눈은 더 아프기만 했다.

"가만있거라……. 나는 무애라고 하는 화상이란다. 놀라지 말거라……."

무애 화상은 은동을 번쩍 치켜올려 품에 안았다. 아무 저항도 하지 않고 승려에게 몸을 맡기자 은동은 편안해짐을 느꼈다. 그러나 곧 머릿속에 암담한 생각이 번져왔다. 어머니의 코……. 어머니는 돌아가셨을지도 몰라. 인정하고 싶지 않았지만, 은동은 왈칵 울음이 터져 나왔다. 저건 어머니의 코야.

"어머니…… 어머니가…… 어머니가……."

"저런, 쯧쯧. 아미타불……. 어머니가 어디에 계시니?"

은동은 부들부들 떨리는 손가락으로 저만치에 떨어진 잘린 코 묶음을 가리켜 보였다. 그것을 보고 무애는 눈살을 살짝 찌푸렸으나, 곧 은동을 안은 채 그리로 가서 코 묶음을 집어 들었다. 무애의 손도 떨리고 있었다. 은동은 그것을 낚아채듯 빼앗아 들고는 점이 박혀 있는 코를 보며 목청 높여 울기 시작했다. 무애도 주르륵 눈물을 흘리면서 길게 한숨을 내쉬고는 중얼거렸다.

"아미타불……. 도대체 왜 이래야만 한단 말인가……. 이승의 업보는 깊고도 깊구나……. 아미타불……."

무애는 은동을 끌어당겨 자신의 어깨에 머리를 기대게 하고는 품 안에서 흰 천을 한 조각 꺼내어 은동의 얼굴을 닦아주면서 등을 다독거렸다.

비록 기대하던 어머니의 품은 아니었지만, 은동은 어른의 품에 안기자 온몸이 나른해지면서 거역할 수 없는 수마睡魔가 엄습해오는 것을 느꼈다. 잠 속으로 아득하게 떨어지는 동안에 무애의 중얼거리는 소리가 들려왔다.

"가엾은 것……. 어차피 이건 꿈이란다. 세상만사가 모두 꿈이니라. 푹 자거라. 아미타불."

무애는 지쳐 잠든 은동을 지그시 내려다보았다. 그리고 걸치고 있던 흙투성이 가사를 벗어, 흙이 묻지 않은 안쪽을 위로 하여 땅에 깔고 은동을 거기에 눕혔다.

은동의 품에서 책이 툭 하고 떨어져 무애는 그 책을 집어 들었다. 진흙으로 범벅이 되어 제목조차 알아보기 힘들었다. 겉장을 소매로 훔치자 『녹도문해鹿圖文解』라는 제목이 보였다. 무애도 책을 꽤 읽은 편이었지만, 이런 제목은 처음 보는 것이었다. 무애는 별생각 없이 그것을 다시 은동의 품에 넣어주었다.

그런 다음, 무애는 몸을 일으켜 여기저기에 널려 있는 시체들을 끌어다 놓고, 그들을 매장하기 위해 꼬챙이로 땅을 팠다.

무애 화상은 눈에 보이는 참혹한 정경을 못 본 체 지나칠 수 없어, 밤에도 잠을 자지 않고 송장들을 수습하며 오던 중이었다. 아무리 금강산으로 가는 길이 급하다 할지라도, 영문도 모른 채 죽어간 이들을 까마귀밥으로 내던져둘 수는 없었다.

그렇게 시신을 수습하다 보면 동이 트기 일쑤였고, 무애는 시신이 정리되고 나서야 다시 길을 떠나곤 했다. 이러기를 며칠째, 금강산에 도달하기로 한 날짜는 이미 지킬 수가 없게 되어버렸다. 그러나 나중에 들을지도 모르는 책망 따위는 걱정되지도 않았다. 무애는 중생에 대한 자비심이야말로 부처님의 가장 중요한 가르침으로 믿었다.

충분하지는 않지만 어느 정도 구덩이가 파이자 무애는 그곳에 시체들을 함께 모아 넣고 흙과 잔돌, 낙엽으로 덮어주었다. 한 사람 한 사람씩 따로 묻을 여유는 없었다. 무애는 합장을 하고 불경을 외운 뒤 돌아와서 잠든 은동을 바라보았다. 악몽이라도 꾸는지 은동의 입에서 가느다란 신음 소리가 새어 나왔다.

'쯧쯧, 불쌍한 것…….'

안 그래도 늦었는데 아이를 데리고 가면 더더욱 지체될 것이 뻔했다. 하지만 아이의 잠든 모습이 너무도 가련해 코끝이 찡해오는 것을 어쩔 수 없었다.

'어찌 이 어린것을 혼자 내버려두고 가랴. 아무리 일이 급하다 해도 그건 인간으로서 할 짓이 아니지. 이 아이를 그냥 두고 가면 하루를 견디지 못하고 죽고 말 것이다. 이 난리통에 집안 식구들도 적몰되었을 터, 차라리 절에라도 데려가야겠구나. 이게 이 아이의 운명인 걸 어쩌랴.'

무애 화상은 눈물을 흘리면서 은동을 들쳐업었다. 잠도 못 자고 시신을 매장하느라 무척 피곤했지만 개의치 않았다. 은동은 이따금 신음 소리를 내었으나 잠에서 깨지는 않았다.

그들이 접어드는 소로로 짙은 밤안개가 서서히 장막처럼 깔리기 시작했다.

흑호는 있는 힘을 다하여 달리고 있었다.

토둔법을 쓰다가 이젠 목둔법으로 바꾸어 바람처럼 달려갔다.

조선의 구석구석에서 해괴한 일들이 벌어지고 있었다.

금강산의 널신 말고도 지리산, 설악산 등지의 영물들이 모두 죽음을 맞았다. 그런데 산신들은 아직 그러한 사실을 알지 못했다. 아니,

지키는 산신마저 없어진 산도 있었다.

흑호는 경악하지 않을 수 없었다.

홀로 틀어박힌 채 도를 닦아 인간으로 환생하려던 흑호였다. 하지만 괴이하게 틀어지는 기운이 흑호로 하여금 밖으로 뛰쳐나오게 만들었다.

조선 땅에 난리가 났음을 확인하고 동굴로 돌아왔을 때, 흑호는 잔혹하게 찢긴 널신의 주검을 목격했다. 비통에 절어 포효하는 순간, 마지막 생명을 끌어모은 널신의 당부를 들었다.

호군을 찾아가야 한다. 이 땅 모든 영물들의 우두머리이자 자신의 증조부인 호군을 찾아가야 한다.

널신은 마지막 말을 맺지 못하고 숨을 거두었다. 그래서 누가 이 참혹한 사태를 빚었는지 알아내지 못했다.

어쨌든 영물 중의 영물인 호군을 한시바삐 찾아가야 했다.

물론 호군은 흑호가 도행道行을 파기하고 온 것을 꾸짖을지도 모른다. 그러나 호군은 알고 있으리라. 지금 흑호가 도를 닦는 것보다 더 급한 일이 조선 천지에 벌어지고 있음을…….

흑호는 확신했다. 조선 팔도 전체의 금수들의 왕인 호군을 만나면 일이 풀리리라 굳게 믿었다.

흑호는 백두 영봉을 향해 젖 먹던 힘까지 다 짜내 달리고 있었다.

바람처럼 스쳐지나가는 조선의 아름다운 절경들은 눈에 들어오지도 않았다.

그곳까지는 오백 리가 넘는 먼 길이다.

그러나 하루 남짓이면 도달할 수 있으리라. 그러면 모든 일의 전모를 알 수 있을 것이다.

흑호는 다시 한번 포효하며, 앞으로 내딛는 발길에 속도를 더했다.

신립의 과거

생계의 밤은 소리 없이 다가오고 있었다.

낮 동안에는 활동할 수가 없어서 생계의 밤이 오기를 기다리고 있는 태을과 흑풍, 근위 무사 윤걸은 명부의 뒤뜰에 위치한 저승사자들의 휴식 장소인 유휴원遊休院의 한방에 말없이 서 있었다. 태을 사자는 자비전을 나올 때부터 줄곧 그 정체불명의 괴수에 대한 일로 골똘히 생각에 잠긴 모습이었다. 그리고 흑풍 사자는 곁눈질로 윤걸의 모습을 훑어보고 있는 중이었다.

윤걸의 용모는 근위 무사여서인지 보통 사자들과 달랐다. 그는 금빛과 은빛이 섞여 빛나는 비늘 갑주를 입고, 한 손에는 흰색으로 된 검집과 칼자루가 달린 본국검 한 자루를 꼭 쥐고 있었다.

검집의 한쪽 구석에는 검의 이름이 새겨져 있는 듯했는데, 앞의 한 글자는 보이지 않고 뒤의 '아牙' 자 한 글자만이 보였다. 윤걸은 입을 굳게 다물고 한참 동안을 같은 자세로 묵직하게 서 있었다.

흑풍 사자는 망설이다가 조심스럽게 말을 붙였다.

"근위직에 오르신 지는 오래되시었소?"

"조금 되었소이다."

무척이나 딱딱한 말투였다. 흑풍 사자는 무안해졌지만 다시 입을 열었다.

"무예가 대단한 듯하오."

"조금 아오."

말투만 들어도 재미라고는 조금도 없을 듯한 딱딱하고 고지식해 보이는 무인이었다. 그러나 저렇게 생각에 빠져 있는 태을 사자에게 말을 걸자니 좀 그렇고, 가만히 있자니 답답하기 짝이 없는 노릇이었다. 흑풍 사자는 누구하고라도 이야기를 나누어야 직성이 풀릴 것 같아서, 이번에는 은근히 화제를 바꾸어 말을 건네었다.

"그 검…… 아주 좋아 보이는구려."

원래 자식 칭찬하는 것을 싫어하는 부모가 없고 예쁘다는데 싫어할 여자가 없듯이, 전형적인 무인이라면 자기가 지니고 있는 무기를 칭찬하는데 싫어할 리가 없다. 역시 흑풍 사자의 짐작은 맞았다. 딱딱하게 굴던 윤걸은 그제야 슬그머니 미소를 띠면서 칼을 약간 들어 보였다.

비로소 흑풍 사자는 그 검에 새겨진 이름을 자세히 볼 수 있었다.

그 검의 이름은 '백아白牙'였다.

"이름도 매우 좋소이다. 유래가 있는 보검인 듯하오."

흑풍 사자의 말에, 윤걸은 씨익 웃으면서 입을 열었다.

"유래가 깊은 물건이오. 내 직위는 근위 무사에 지나지 않지만 이 검은 다르오."

"어떻게 다르다는 것이오?"

"사자께서도 법기를 지니고 계시지요?"

"그렇소이다. 내 법기는 척尺이라오. 이름을 취루醉漏라고 하지요."

"그러하군요. 취루척은 사계의 물건이니 영기로 뭉쳐져 만들어진 법기겠지요?"

"물론이오."

"저쪽에 계신 태을 사자께서 지니고 계신 법기도 비슷하겠지요?"

"그렇소이다. 태을 사자의 법기는 묵학선墨鶴扇이라는 부채입니다."

"이 백아검은 영기로만 만들어진 것이 아닙니다."

"예? 아니 영기로 만들어지지 않은 물건이 어찌 사계에 있을 수 있소?"

"이야기를 하자면 깁니다. 좌우간 이 검은 특별한 것이지요. 생계에서 긴 인연이 있던 검이랍니다."

"생계의 것이라니 더더욱 놀랍구려. 생계의 물物이 어찌 영으로만 이루어진 사계에 올 수 있다는 말씀이오?"

"물론 생계의 것 그대로는 아니지요. 그에 대해서는 차차 알려드리리다."

그때 계속 딴생각만 하고 있는 줄 알았던 태을 사자가 불쑥 끼어들었다.

"대단히 좋구려, 윤 무사. 제게 그 검을 견식시켜주실 수는 없겠소이까?"

흑풍 사자는 다른 생각에 골똘히 빠져 있는 줄 알았던 태을 사자가 느닷없이 말을 하자 놀랐다. 원래 태을 사자는 이상할 만큼 생각이 많고 이해할 수 없는 면이 많은 동료인데, 그런 그가 평상시의 신중한 태도와는 달리 불쑥 끼어든 것이 의외다 싶었다.

하지만 그런 것을 알 리 없는 윤걸은 선뜻 백아검을 태을 사자에게 건넸다. 태을 사자는 검을 양손으로 받쳐들고 잠시 이리저리 훑어보다가 조심스러운 손놀림으로 아주 느리게 칼을 검집에서 뽑았다.

백아라는 이름에 걸맞게 희게 빛나는 검날은 섬뜩하다 못해 아름답게까지 보였다.

그런데 태을 사자가 서서히 검을 뽑아드는 모습을 보던 윤걸의 표정이 조금씩 침중해지더니 급기야는 놀라는 기색을 보였다. 하지만 태을 사자는 눈길 한번 주지 않고 하루 종일 걸릴 것처럼, 눈에 띄지 않을 만큼 아주 느린 속도로 칼을 거의 다 뽑았다가 탁 하고는 순식간에 칼집에 꽂아 넣었다. 그러고는 윤걸에게 칼을 건네주었다.

"아주 좋은 검이오. 생명의 기운이 깃들어 있어서 더더욱 좋소이다. 살인殺人이 아니라 활인活人까지도 할 수 있는 드문 검이구려."

윤걸은 멍한 표정으로 칼을 받아드는 것도 잊어버린 듯 태을 사자의 손을 보고 있다가, 표정을 풀지 않은 채 칼을 받아들었다. 그러더니 놀라운 기색으로 한마디했다.

"저승사자 중에 그대 같은 분이 있는 줄은 몰랐구려! 오늘 내 크게 눈을 넓혔소이다."

태을 사자는 미소를 지은 채 고개만 한 번 끄덕였다. 그런 그의 얼굴은 지금껏 드리워져 있던 어두움이 가시고, 무슨 구원이라도 만난 것처럼 환하게 밝아져 있었다. 뭐가 뭔지 알 길이 없어 어리둥절해진 흑풍 사자는 윤걸만 들을 수 있게 조그만 소리로 마음을 전했다.

"무엇을 보고 그리 놀라셨소이까?"

윤걸은 여전히 감탄스럽다는 듯 고개를 끄덕끄덕하다가, 역시 흑풍에게만 들리도록 마음으로 이야기를 전달하였다.

"쾌검을 할 줄 아는 사람은 오히려 찾아보기 쉽지만, 만검慢劍을 할 줄 아는 검의 달인을 보기란 여간 어려운 일이 아니라오. 그런데 내 오늘 그런 분을 보았소이다그려."

"우리는 저승사자요. 구태여 검을 휘둘러 싸울 필요는 없소. 뜻하는 대로 움직이고 싸워주는 법기를 지니고 있는데, 무엇 때문에 검술을 사용하겠소?"

"하긴 그렇소이다. 그건 그렇고…… 태을 사자도 살아생전에 사람이었을 터인데, 혹 그의 전력에 대해서 아는 것이라도 있소이까?"

"그거야 모르지요. 생전의 기억을 가지고서야 어찌 저승사자의 직분을 수행할 수 있겠소? 모두가 세심천洗心川의 물을 마시고 생전의 기억을 잊게 된다오. 나의 전력도 기억하지 못하는데 어떻게 남의 전력을 알 수 있겠소이까. 만에 하나 안다고 해도 서로 물어보는 것은 있을 수 없는 일이지요."

"그렇겠지요……. 좌우간 대단하오. 태을 사자가 미소를 띤 의미를 이제야 조금은 짐작할 수 있겠소이다. 심계가 대단히 깊은 분이오."

"무슨 말이오?"

"법기가 그 자체로 좋다고는 하지만, 법기의 운용은 정신의 도력道力에 직접적으로 비례하오. 즉 자신보다 도력이 높은 상대에게는 아무리 좋은 법기를 사용한다고 해도 절대로 이길 수 없다는 말이지요. 그렇지 않소이까?"

"그야 물론이오. 그러나 생계에서는……."

"내 듣기로 지난번 그 괴수는 두 분의 법기의 합공을 받고도 무사히 도망쳤다고 하는데, 맞소이까?"

"그렇소이다. 잡을 수도 있었는데……. 분한 일이오."

"생각해보시오. 그 괴수가 비록 도망을 쳤다고는 하나, 두 분의 합공을 버텨낸 것은 사실이 아니겠소? 괴수의 도력이 두 분 개개인의 도력보다 높지 않고서야 어찌 그럴 수 있겠소이까? 내 말은 두 분의 실력을 폄하하자는 것이 아니니 이해해주시구려."

"그도 그렇구려. 아니, 그 말이 맞소이다."

"그렇다면 생계에서 만약 그놈을 다시 만나더라도 일대일로 겨루어서는 당해내지 못할 게 아니겠소이까?"

"그럴 일은 없을 것 같소이다. 우리는 같이 다니기로 되어 있으니 말이오."

"실제의 일은 어떻게 흘러갈지 모르는 것이오. 법기를 사용하는 겨룸에서는 도력의 높낮이를 벗어난 결과란 결코 나오지 않소. 그러나 생계의 무술이나 무기를 이용하는 싸움은 종종 그렇지 않은 결과가 나오기도 하지요."

"그렇군요……. 허면……?"

"바로 그것이외다. 태을 사자는 최악의 경우까지 염두에 두는 모양이오. 그럴 경우, 이 백아검이 있으면 한번 해볼 수 있다는 생각으로 얼굴빛을 밝게 편 것일 게요."

"그건 너무 비관적인 예상이 아니겠소? 둘의 합공도 이기지 못하는데 셋의 합공을 어찌 괴수가 버텨내겠소?"

"그야 모르는 일이지요. 어쨌든 나는 태을 사자의 견해에 전적으로 동의하오. 싸움이라는 것은 뚜껑을 열어보기 전에는 아무도 예측할 수 없는 것이오. 만에 하나, 십만에 하나를 모두 계산해서 대비하고 또 대비해도 충분히 조심했다고는 말할 수 없지요. 물론 방금 내가 한 추측이 틀린 것이라면 모르되, 맞는다면 저 태을 사자는 정말 대단한 분이오. 깊은 심계와 생계에서의 무술 실력까지 그대로 지니고 있으니 말이오."

그 말을 끝으로, 윤걸은 눈을 감고 사색에 잠겼다.

흑풍 사자는 그의 말을 듣고 보니 놀랍기도 하고, 평상시 그저 생각이 조금 깊다고만 여겼던 태을 사자가 새삼스럽게 느껴져, 눈을 크게 뜨고 태을 사자를 바라보았다.

태을 사자는 여전히 깊은 생각에 빠진 채 조용히 서 있을 뿐이었다.

꽤 늦은 시각이었지만, 진을 옮기기로 결정을 내린 이상 마음놓고 병사들을 쉬게 할 수는 없는 일이었다.

이미 숙영에 들어간 병사들도 군복을 입고 군막 밖으로 나왔다. 각 부장과 군관은 자기 휘하에 있는 병사들 중에서 파수를 서는 자들을 제외하고는 나머지 모든 병사들을 동원하여 나무로 진채를 얽어 세우고 내일의 싸움에 필요한 병장기들을 손질하게 했다. 개인 장비의 손질을 끝마친 병사들은 막사를 뜯어내고 기물들을 챙기느라 부산하게 움직였다.

그러는 와중에도 장수들은 교대로 짬짬이 휴식을 취하기로 했다. 지루할 만큼 긴 시간 동안 이어졌던 작전 회의 탓에 몹시 지친 까닭이다.

하지만 강효식은 쉴 생각도 하지 않고 막사에 들러 김여물의 병세를 살폈다.

놀랍게도 병세는 거의 호전되어 있었다. 김여물은 깊은 잠에 빠져 있었는데, 군의의 말로는 열도 거의 내렸고 한잠 자고 일어나면 자유롭게 활동할 수 있을 것이라 했다.

다른 사람들은 기뻐하였으나 강효식은 그렇지 않았다. 오히려 의심스럽고 불안한 마음이 더욱 증폭될 뿐이었다. 아까 자신이 보았던 알 수 없는 기운이 정말 김여물을 공격하여 작전 회의에서 발언을 하지 못하도록 방해한 것이라는 의구심이 더욱 짙어졌다.

다만 그런 이야기는 내놓고 발설할 성질의 것이 아니었다.

"차도가 있어 다행이오. 그럼 이만……."

의외로 밝지 않은 말투에 의아한 표정을 짓는 다른 사람들을 뒤로 하고, 강효식은 김여물의 장막을 나서서 신립의 막사로 향했다.

"장군, 소인 강효식이옵니다."

"어서 들게."

강효식이 불안한 마음으로 막사 밖에서 자신이 왔음을 아뢰자 신립은 쾌히 그를 안으로 들게 하였다.

안으로 들어가 신립의 얼굴을 살펴보니, 아까의 그늘진 모습은 찾아볼 수 없고 평상시처럼 활달하고 호쾌한 표정으로 돌아와 있었다.

강효식은 속으로 안도의 한숨을 내쉬었다. 이 분위기라면 이야기해도 지장이 없으리라.

"그래, 어쩐 일인가?"

"장군. 아니…… 도순변사 나으리."

"왜 이러시나? 허허……. 정색을 하고서……."

신립은 마냥 태연한 얼굴이었다. 그러나 강효식은 신립의 말처럼 정색한 얼굴을 풀지도 않고 숨을 한 모금 들이마셨다가 입을 열었다.

"논의에서 결정된 일을 왈가왈부하는 것은 외람되옵니다만…… 어찌하여 탄금대에 진을 치기로 결의하셨는지요?"

신립은 대수롭지 않다는 듯, 펼쳐놓은 문서와 필묵을 치우면서 말했다.

"자네도 내내 회의에 참석하지 않았는가? 다른 생각이 있었다면 그때 발언을 하지 그랬나."

"그것이 좀……. 김 목사께서 혼절하시는 바람에 이야기할 기회를 놓치고 말았사옵니다."

김여물은 전에 의주목사를 지낸 일이 있고 강효식이 김여물을 알게 된 것이 그 시절이었기에, 아직도 그를 김 목사라고 부르고 있었다. 신립은 김여물의 이야기가 나오자 새삼 정색을 하면서 말했다.

"그래, 김 공의 상태는 어떻던가? 좀 나아지기는 했는가?"

"많이 좋아지신 것 같습니다. 방금 그곳에 들렀다 오는 길이옵니다."

"오오, 그래. 그것 참 다행이로군."

신립은 김여물이 쾌차했다는 말을 듣자 금세 미소를 띠면서 고개를 끄덕였다. 신립은 기분이 좋을 때면 수염을 꼬는 버릇이 있었는데 지금도 그러했다. 그것은 본 강효식은 마음이 안정되는 것을 느꼈다. 말을 할까 말까 망설이다가 마침내 결심했다.

"그런데 도순변사 나으리."

"그냥 편하게 부르게나……. 허, 이 사람, 무슨 이야기를 하고 싶어서 이러는 겐가? 허허허……."

"근자에 혹 별일은 없으셨는지요?"

"별일이라니?"

"나으리의 안색이 어째 좀 창백해 보여서 드리는 말씀이옵니다."

신립의 얼굴은 마냥 태연했다.

"안색이? 허, 그런 일은 없는데? 전쟁을 앞둔 장수가 기가 빠져서야 되겠는가."

"몸이 허하신 것이 아니라……. 음, 나으리."

"왜 그러나?"

"제가 나으리를 몇 년 모셨습니까?"

"허, 오늘밤엔 별걸 다 묻는군그래. …… 벌써 십 년이 되어가지, 아마?"

"예, 그렇사옵니다. 소인은 이날 입때껏 나으리의 큰 은혜를 잊지 않고 있사옵니다. 그리고 죽어서라도 나으리의 명을 따를 것이며, 나으리의 은덕을 결코 잊지 않을 것이옵니다."

강효식은 본디 성정이 다소 급하고 누구에게도 말을 듣기 싫어하는 한낱 병졸 출신이었다. 특히 그는 자신의 핏줄 속에 각인되어 있는 무당이라는 천민 핏줄에 대해 신경질적인 반응을 보이곤 했다.

신립이 여진 장수 니탕개의 난을 진압하러 갈 때의 일이었다. 출정군의 일원으로 참가한 강효식은 동료와 사소한 말다툼을 벌이게 되었는데, 자신의 출신 성분에 대한 비난을 듣고는 참지 못하고 상대를 다치게 하고 말았다.

전장을 코앞에 둔 진영 안에서 동료와 사사로운 싸움을 벌여 군기를 흐트러뜨리는 일은 참형에도 처할 수 있는 중죄였다. 하지만 신립은 진즉부터 강효식이라는 병사에 대해 주목하고 있었다. 그래서 강효식이 매우 충성스럽고 용맹하다는 것, 그러나 조상 가운데 무당이 있는 탓에 툭하면 천민의 자손이라는 빈정거림을 당하고 있다는 사실을 잘 알고 있었다.

신립은 싸움의 당사자들을 엄중히 문책하는 자리에서 강효식으로 하여금 자신을 변론할 기회를 주었다. 그러나 강효식은 변명을 일절 하지 않고 죄를 달게 받겠노라고만 했다. 신립은 싸움이 벌어진 이유를 내심 짐작하고 있었으나, 공정을 기하기 위해 목격자들로부터 증언을 듣는 절차를 밟았다. 그런 다음에 강효식의 잘못을 꾸짖고 다시는 그런 일이 일어나지 않게 하겠다는 다짐을 받는 선에서 사건을 마무리지었다. 그리고 밤에는 그를 개인적으로 불러 따뜻한 위로를 덧붙이는 것도 잊지 않았다. 그때부터 강효식은 신립의 관대한 성품에 감격하여 죽기를 마다하지 않고 싸웠고, 그 결과 숱한 전공을 세워 오늘날 어엿이 기마 부대를 통솔하는 부장의 자리에 오르게 되었던 것이다.

그러나 그것도 이미 오래전의 일.

신립은 강효식이 새삼스레 그런 이야기를 꺼내는 이유가 무엇일까 싶어 허허 웃고만 있었다.

"새삼스럽게 왜 그러는가. 허허허……."

"아니옵니다. 저는 진정으로 드리는 말씀이옵니다."

강효식은 그것만으로도 모자라 신립에게 큰절을 올렸다. 장난기가 조금도 없는 엄숙한 인사였다. 신립은 그제야 정색을 하고 강효식의 얼굴을 바라보았다.

"무슨 일인가, 자네?"

"소인, 진중陣中에서 드릴 말씀은 아니라고 생각되옵지만, 감히 목을 걸고 여쭙겠사옵니다. 도순변사 나으리께서 과거 소인에게 은혜를 베푸실 적에 소인의 조상에 대해서 들으신 바가 있을 것으로 아옵니다."

"조상이라니?"

"……소인의 조상 중에 무당이 있사옵니다. 삼대 전의 할머님입지요. 소인은 천출임이 부끄러워 이제껏 그 일을 극구 부인하여 왔습니다만 그것은 사실이옵니다. 솔직히 말씀드리면, 소인도 할머님의 핏줄을 받아서 그런지 종종 묘한 것을 보곤 하옵니다."

신립은 눈을 둥그렇게 뜨고 강효식의 얼굴을 계속 들여다보았다. 그러나 강효식은 눈도 깜박거리지 않고 조용히 말했다.

"소인, 장군의 주위에 이상한 기운이 있음을 느꼈사옵니다. 물론 장군의 기개는 백귀가 침범하지 못할 만큼 강건하오나, 세상일은 누구도 알 수 없다고 하였사옵니다. 특히 이번 전쟁은 유달리 고약한 징조가 많았고 이상한 소문이 많이 돌고 있사옵니다."

신립은 아무 대답 없이 잠자코 강효식의 말을 듣고 있었다.

조정의 관료들은 대부분 그러한 징조를 부인하였지만 괴변이 많았던 것은 사실이었고, 신립 또한 그런 사정을 잘 알고 있었다.

전라도 운봉 고을 팔량치라는 곳에 태조 대왕이 소년 왜장 아지발도를 죽여 붉게 물들었다는 피바위라는 돌이 있는데, 그 바위에서 피가 줄줄 흘러내린 것이 왜국이 난리를 일으킬 징조라는 이야기도 있었고, 대궐 종묘에서 한밤중에 통곡 소리가 흘러나왔다는 소문도 있었다. 그리고 평양 서쪽 의주 가는 길의 한 고개에 석장군이라는 오래된 돌이 있는데, 거기서 피가 흘러 맞은편의 부산마루라는 고개까지 흘러내렸다는 이야기도 있었다.

신립은 자신과 동서지간인 이항복에게서 괴이한 이야기를 듣기도 하였다. 이항복은 신립과 같이 권율 대장의 사위로, 젊을 때부터 가까이 지내는 사이라 그런 이야기를 스스럼없이 들려주었다. 그의 말에 따르면 신묘년(1591년), 그러니까 난리가 나기 바로 전해의 겨울이었다. 이항복이 나갔다가 집에 돌아오자 흉측하기가 이를 데 없이 생긴 사람이 기다리고 있었는데, 자칭 백악산의 도깨비라 하면서 내년에 큰 난리가 날 터인데 누구 하나 대비하는 자가 없어 알려주러 왔다고 말하고는 종적도 없이 사라져버렸다는 것이다. 그때는 신립도 심상하게 듣고 넘겼으나, 막상 왜란이 일어나자 그 일을 상기하지 않을 수가 없었다.

또한 한양을 떠나올 때 길거리에서 아이들이 노래를 부르는데 노래 가사가 영 수상했다. "경기감사京畿監司 우장직령雨裝直嶺", 즉 경기감사와 비옷을 노래 부르는데, 그것이 무슨 뜻인지 상감조차도 궁금하게 여겼으나 아무도 풀어 맞히는 자가 없었다.

"장군께서는 지금 막중한 임무를 띠고 조선군의 남은 정예를 모두 이끌고 왜구를 상대하시고 계십니다. 송구스러운 말씀이오나, 이번 싸움에 임하여 만에 하나라도 차질이 있으면 도성까지는 허허벌판, 무인지경이옵니다."

신립은 고개를 끄덕였다.

강효식의 말이 옳았다. 만일 신립이 거느린 군사가 패한다면, 도성까지 왜병을 저지할 만한 병력이 남아 있지 않았다. 그 때문에 상감(선조)은 보검까지 하사하며 신립을 격려해주었던 것이다.

"책임이 막중하다는 것은 잘 알고 있네."

"그래서 허튼 일로 생각하실지도 모르겠지만, 제 마음에 걸리는 것을 확실히 알아두는 것이 좋겠기에 이렇게 여쭙는 것이옵니다. 망언이라고만 여기지 마시고 고려해주시옵소서."

신립은 가만히 강효식을 바라보다가 서서히 미소를 지었다. 쓸쓸해 보이는 미소였다.

"자네가 그런 것까지 알고 있을 줄은 몰랐네. 내, 이야기를 해줌세."

신립이 의외로 선선히 나오자, 강효식은 오히려 깜짝 놀랐다.

"그러면 정말 무슨 일이 있었사옵니까?"

"이걸 보게나."

신립은 장막 한구석에 놓인 궤짝을 열고 천에 싸인 물건을 꺼내 풀어 보였다. 천으로 싸인 것은 깨어진 병의 조각들이었다. 강효식이 물었다.

"그것이 무엇이옵니까?"

신립은 담담하게 대답했다.

"귀신이 들었던 병이지."

"예?"

"오늘 이 병이 깨어졌다네."

강효식은 그 말만 듣고는 짐작 가는 바가 없어서 고개를 갸웃했다. 신립의 얼굴이 찌푸려졌다.

"자세히 말씀해주시옵소서."

"어디 한번 들어보게나. 이미 오래전 일일세. 나 자신도 거의 잊고 있었던 일이네만……."

신립은 막사의 천장을 올려다보고는 뭔가를 회상하는 듯하다가 천천히 젊었을 때의 이야기를 꺼내기 시작했다.

신립이 과거에 응시하기도 전인 아주 젊을 때의 일이었다.

신립은 훗날 명재상이자 '오성과 한음'의 오성으로도 알려진 백사 이항복과 함께 노재상인 권철의 문하에 있었다. 그런 연유로 하여, 신립과 이항복은 권철의 손녀들, 그러니까 권율 대장의 딸들을 아내로 맞이하게 되었다.

어느 날 권율 대장은 둘을 불러서 젊은 시절의 호연지기를 키우기 위해 여행을 할 것을 권유하였다.

스승의 말대로 여행길에 나선 신립은 어느 깊은 산중에서 길을 잃고 헤매다가 마침내 민가를 찾게 되었다. 그 민가에는 젊고 아름다운 여인 한 명이 살고 있었다.

그런데 집의 분위기가 수상했다. 신립이 여인을 불러 추궁한 결과, 그 집이 포악한 도둑이 사는 집이고 그 여인은 도둑에게 잡혀 와 강제로 수발을 들며 도둑질에 협조하고 있다는 것을 알아냈다. 여인이 객을 안내하여 약을 탄 밥으로 깊은 잠에 들게 하면, 도둑이 뛰쳐 들어와 사람을 해치고 재물을 약탈한다는 것이었다. 그러나 도둑의 기운이 어찌나 세고 포학한지 여인은 달아나고 싶어도 달아날 수 없다고 했다.

이에 비분강개한 신립은 자신의 무예를 한껏 발휘하여 도둑과 일전을 치르다가 활로 쏘아 죽였다. 이에 여인은 기뻐하면서 이제 도둑이 죽고 자신은 갈 곳이 없으며, 또한 신립을 연모하는 마음이 짙어진지라 신립을 따라가겠다고 애원하였다. 신립은 남녀가 유별함을 들어 한사코 여인이 따라오는 것을 거절하였다.

여인은 상심하여 신립이 집을 나서자마자 집에 불을 질렀는데, 비명 소리를 들은 신립이 놀라 돌아가보았으나 여인은 양손을 내민 채 이미 불에 타 죽은 뒤였다.

"저런……."

강효식은 깊은 한숨을 내쉬었다. 그러나 신립은 씨익 웃으며 다음 이야기를 들려주었다.

유람을 마치고 돌아온 신립은 이항복과 함께 권율 대장을 만났다.

그런데 권 대장은 크게 놀라면서, 예전에는 이항복의 관상이 좋지 않고 신립의 관상은 비할 데 없이 좋았는데 어쩐 일인지 지금은 신립의 얼굴에 요기가 돌고 이항복은 오히려 신수가 훤해졌다고 말하는 것이었다. 이에 신립이 자신이 겪은 이야기를 하자 이항복도 자신이 겪은 일을 이야기하였는데, 이항복의 경험은 신립과 정반대였다.

이항복도 산중에서 길을 잃고 헤매다가 어느 민가에 유숙하게 되었다. 밤이 되자 덩치 큰 여인이 들어와 다짜고짜로 이항복을 품으려 했다. 이에 놀란 이항복이 연유를 물으며 꾸짖자, 여인은 자신의 용모가 너무도 추해서 어떤 남자도 자신을 돌아보려 하지 않으매, 생전에 단 한 번만이라도 운우의 정을 나눌 수 있다면 죽어도 원이 없다고 했다. 이항복은 여인의 용모가 정말 이를 데 없이 추악함에도 불구하고 하룻밤 정을 나누었는데, 그 여인은 정을 나누자마자 크게 웃고는 그대로 죽어버렸다는 것이다.

이 이야기를 들은 권 대장은 일부함원一婦含怨이면 오월비상五月飛霜이라는데 신립은 여인의 원을 매몰차게 거절함으로써 한이 서리게 한 대가를 치르게 될 것이요, 이항복은 죽기를 불사한 여인의 필사의 원을 풀어준 공덕이 있으므로 관상이 뒤바뀌게 되었다고 말하였다.

"그 뒤 대장께서는 내게 호리병 하나를 주시며 나를 침범한 요기를 잡아 병에 가두었으니 잘 간수하라고 당부하셨네. 하지만 난 그걸 간수하고 있다는 사실조차 잊고 지내다가, 오늘 아침 군장을 꾸리다 잘못하여 그 병을 깨뜨리고 말았네그려. 이게 바로 그 병의 조각들일세."

그 말을 듣자 강효식은 몹시 불안해졌다.

"그랬군요……. 그런 병을 깨뜨리시다니……."

"더더욱 희한한 일은, 그 병에는 아무것도 없고 웬 흰 연기 같은 기운이 나오더란 말일세. 그러고는 귓가에 '탄금대로…… 탄금대로……' 하는 소리가 세 번 들리더군. 괴이한 일이라 생각하였으나 입 밖에는 내지 않고 있던 참이네만, 마침 자네가 와서 이야기를 하고 보니 기분이 개운해지는 것 같구먼. 이 이야기는 절대 다른 사람에게는 발설하지 말게나. 안사람이 알면 좋을 게 없으니 말야. 허허허……."

신립은 허물없이 웃으며, 반농조로 강효식에게 당부를 하는 것으로 말을 마쳤다. 왕실의 부마인 신립에게 그런 소문이 도는 것이 좋을 턱이 없었다.

그러나 장본인인 신립과는 달리 강효식의 얼굴은 심각하기만 했다.

강효식은 직접 만나본 일은 없었으나, 권율 대장과 그의 부친인 권철 대감에 대해 어느 정도 소문을 들어 알고 있었다. 권철 대감은 재상이자 거유巨儒였으며 심산에 들어가 도를 닦은 적이 있는 사람이었고, 권율 대장이라면 조선에서 둘째가라면 서러워할 무인이었다. 그런 권율 대장이 요기를 잡아 가두었다면 결코 허황된 이야기만은 아닐 것이다. 그런데 병이 깨어졌고, 거기에서 이상한 기운이 나왔다니……. 절대로 가벼이 넘길 일이 아니었다.

"장군, 이는 그냥 웃어넘길 일이 아니옵니다."

신립은 고개를 저었다.

"나도 아침나절에는 우울한 기분이 들었네. 탄금대에 진을 쳐야 할지 말아야 할지 걱정이 되더군. 그러나 마음을 고쳐먹었네. 사람의 운명은 하늘의 뜻에 달려 있지, 그따위 잡귀에 달려 있지는 않을 것이야. 내 귀에 헛것이 들렸다고는 보지 않네만, 그렇다고 탄금대가 아닌 다른 곳에 진을 친다면 잡귀의 말을 듣고 피하는 꼴이 되지 않겠는가?"

강효식은 고개를 설레설레 저었다.

"그렇지 않사옵니다. 그 여인은 장군께 한을 품은 것이 분명할 터, 노대감께서도 여인의 기운 때문에 장군의 얼굴에 요기가 끼었다고 말씀하시지 않겠습니까? 귀신의 예언은 장군을 파멸로 이르게 할 계책인 것이 분명하옵니다."

"나는 그렇게 생각하지 않네."

신립은 웃음기를 거두고 어두운 얼굴이 되어 말했다.

"그 여인은 나를 간절히 원하던 여인일세. 더구나 조선 여자였고. 아무리 한을 품은 귀신이라도 국운이 걸린 일에 헛된 예언을 했으리라고는 보지 않네. ……어쩌면 반대로 생각하는 게 옳을지도 모르지. 갇혀 있던 병을 내가 깨뜨려 풀어주니 고마운 마음에 올바른 말을 해주었다고 봐도 좋지 않겠는가?"

강효식은 고개를 숙이고는 사색에 잠겼다.

신립의 말에도 일리가 있다. 병에서 나온 기운이 그러한 말을 했고, 더구나 그 소리가 무당의 핏줄인 자신과는 달리 귀신과 통하는 능력이 없는 신립의 귀에까지 들렸다면, 그것을 일종의 예언으로 볼 수도 있다.

두 가지 가능성 사이에서 강효식은 오락가락하고 있었다. 알쏭달쏭하기만 했다. 그 기운의 진정한 의도는 무엇일까? 정말 사악해서 조선군을 파멸시킬 작정이었다면 김여물을 죽일 수도 있었을 것이다. 하지만 김여물을 죽이지는 않았다. 작전 회의에서 발언을 하지 못하게 막았을 뿐이다. 그렇다면 그 기운의 의도를 선의로 해석하는 신립의 뜻이 옳을 수도 있지 않은가.

한참을 더 고심한 끝에 강효식은 조용히 입을 열었다.

"장군, 저를 믿어주소서."

"말해보게나. 내 젊을 적의 비사秘事까지 이야기한 것은 자네를 믿는 까닭에 그랬던 것이네."

"소인은 무당이 아니니 굿을 할 능력까지는 없습니다. 그러나 소인에게도 어느 정도의 능력은 있습니다. 기왕 그 여인의 귀신이 풀려났다고 한다면, 그 귀신의 의중이 어떤 것인지 엿볼 수는 있사옵니다."

신립은 그 말에 은근히 구미가 동하는지 안색이 밝아졌다. 본래 신립은 무속 따위를 천박한 것으로 믿어왔지만, 자신이 그런 일을 당하고 보니 꺼림칙한 느낌을 떨쳐버리고 싶은 마음이 컸다. 게다가 수족같이 믿는 강효식에게 그러한 능력이 있다니 귀가 솔깃할 수밖에 없었던 것이다.

"정말인가? 하지만 지금은 진을 치는 중일세. 시간이 많이 걸려서는 곤란한 일이야."

"예, 그리 오래 걸리지는 않을 것이옵니다. 그러나 이 일은 반드시 조용한 곳에서 하여야 합니다. 그러니 장막에 아무도 들지 못하게 하시고 주위를 조용히 하라 영을 내려주시옵소서. 여기에서 지금 당장 하겠사옵니다."

"많은 준비가 필요한 것이라면 불가하겠지만 그 정도라면 문제없겠네. 좋으이."

신립은 당장 파수병들에게 영을 내려, 다른 지시가 있을 때까지 주변에 절대 정숙을 기하며 아무도 들지 못하도록 하였다.

강효식은 다시 한번 신립에게 당부하였다.

"장군, 하늘의 운세를 잡귀가 거스르지는 못하리라 생각하옵니다. 그러니 이것은 어디까지나 장군의 불안감을 없앤다는 의미에서 하는 것이라 여기시고 마음을 편히 가져주시옵소서."

"알겠네. 자네를 믿지 못하는 것은 아니네만, 이미 결의된 군의를 뒤집을 뜻도 없네. 단지 마음 편하게 내일의 큰 싸움을 맞기 위해 하는 것으로만 해둠세."

말들은 그렇게 했으나 둘의 눈빛에는 은연중 두려운 기색이 감돌고 있었다.

둘은 곧 자리에 정좌하여 앉았다. 강효식은 집안에 전해지는 비법대로 영을 찾아 의사를 소통하기 위하여 무아지경에 들어갔고, 신립은 그러한 강효식을 긴장된 눈빛으로 지켜보고 있었다.

강효식은 한 가지 신립에게 말하지 않은 사실이 있었다. 살아 있는 사람이 접신하여 영과 대화하는 것은 자칫하면 대단히 위험한 일이 될 수도 있다는 점이었다.

그러나 강효식은 신립이 자신을 말릴까 봐 위험을 무릅쓰고 접신을 시도했다. 그 사실을 신립은 전혀 알지 못하고 있었다.

흑호 합류

보통 사람들의 걸음으로 하루 사이에 백두 꼭대기까지 오르는 것은 말도 되지 않는 일이다.

그러나 사계에서 온 영적인 존재들인 태을 사자와 흑풍 사자 그리고 근위 무사 윤걸에게는 백두 영봉의 꼭대기로 가는 것쯤은 아무 일도 아니었다. 공간을 초월할 수 있는 능력을 가진 그들은 마음만 먹으면 어느 곳이라도 한순간에 도달할 수 있었다.

그런데 지금 그들은 그렇게 이동하지 않았다. 밤이 되기를 기다려 백두산 아래의 기슭에 닿았다가 다시 위쪽으로 거슬러 올라가는 수고로운 방법을 택했다.

번거로운 줄 알면서도 굳이 그렇게 하는 이유가 있었다. 영적인 존재들이 순간 이동을 할 때에는 공간에 구속받지 않기 때문에 다른 존재들의 눈에 띄지 않지만, 동시에 그 자신도 아무것도 살펴볼 수 없다. 그래서 수상한 기운의 자취를 수색하는 의미에서, 그들은 백두산 기슭에 일단 착지한 다음 위로 날아가기로 한 것이다.

솟구쳐 날아가던 근위 무사 윤걸이 탄성을 내뱉었다.

"허, 과연 명산 절경이구려. 경치도 경치지만 여기서 느껴지는 기운은 웅장하고 장엄하기 이를 데 없소이다."

흑풍 사자가 윤걸의 말을 듣고는 미소를 지었다.

"이런 경치와 기운은 생계에서도 드문 것이라오."

"두 사자께서는 생계의 출입이 잦으시니 이런 광경을 자주 목도하셨겠소이다. 하지만 저 같은 경우는 정말 놀랍기만 합니다. 생계의 존재들은 이처럼 좋은 곳에서 지내면서도 어째서 호연지기를 지니지 못하고, 명리니 이익 따위에 집착하면서 허우적거리는지 도대체 알 수 없소이다."

윤걸의 자못 풍류객인 양 하는 말을 듣던 태을 사자가 조용히 입을 열었다.

"우리야 그런 것에 연연하지 않는다고 하지만, 그들에겐 그들 나름대로의 삶이 있는 것이겠지요. 한편으로 보면 우리도 그렇게 살아가던 시절이 있었을 터이고요."

"허……."

그 말을 들으니 윤걸도 마땅히 대꾸할 말이 없었다.

사계의 존재들 또한 거의가 생계에서의 삶을 지내본 적이 있었다. 다만 그들은 특이한 인연으로 말미암아 윤회의 길을 중지하고 사계에서만 지내게 된 존재였다.

물론 과거 기억은 세심천의 물을 마심으로써 깔끔히 없어졌으나 그들은 생계의 인간들과 같은 모습을 하고 있었고, 영력을 자기 몸 주위에 두른 것이긴 해도 같은 형태의 옷을 입고 있었으며, 비슷한 환경에 비슷한 풍습을 지니고 있었다. 그 이유가 어디에 있는지 정확하게 아는 자는 없지만, 대강 알려진 바로는 사계가 죽은 사람들의 영혼을 관리하는 곳이니만큼 그 영혼들이 지나친 이질감을 느끼지 않고 적응해나가게 하기 위해서 사람들의 풍습에 맞추어 사계를 바꾸어나간 결과라 하였다.

아주 먼 과거에서부터 지금에 이르기까지 사계의 모습도 인간 세상의 모습과 비슷하게 변모되어왔다. 인간 세상에서 통나무집, 돌집만 지어지던 시절에는 사계에서도 그러한 모습의 건축물이 주를 이루었고, 기와집이 많은 요즈음에는 사계의 건물들도 기와집이 눈에 띄게 늘었다.

셋은 그런저런 생각들과 그런저런 이야기들을 나누며 위로 솟구쳐 올라갔다.

그러는 동안에도 태을 사자는 사방을 빈틈없이 살피기 위해 주위에 집중했다. 윤걸도 겉으로는 아무런 신경도 쓰지 않는다는 듯이 호방하게 이야기하고 있었으나 속으로는 신경을 곤두세워 경계하고 있었다. 오직 흑풍 사자만이 속 편하게 보였다. 그는 세상지간의 그 어떤 것도 사계의 존재를 놀라게 할 수는 없다는 소신을 지니고 있기 때문인지, 태평한 얼굴을 하고 있었다.

흑풍 사자가 윤걸에게 말을 걸었다.

"호랑이들의 기운이 많이 느껴지는군요."

"그렇군요. 백두산이야 본래 호랑이가 많은 곳이니까요."

"저들도 우리의 기색을 느끼고 있을까요?"

"글쎄요. 호랑이야 금수에 불과하니 모든 호랑이가 그런 것은 아니겠지요. 지금 있는 호랑이들은 모두 다 미물들뿐인 것 같소이다. 그러나 이곳의 지리가 영험하니 영물로 변한 호랑이들도 꽤 있을 것입니다. 우리가 찾는 호군도 그러한 영통한 존재라 할 수 있지요."

말하는 것으로 보아, 윤걸은 호군에 대해 잘 알고 있는 것 같았다.

출발하기 전에 노 서기와 이 판관으로부터 호군이 영통한 영물이라는 것은 들어 알고 있었지만, 윤걸의 말은 그가 더 많은 것을 알고 있음을 내비치고 있었다.

흑풍 사자가 윤걸의 얼굴을 보며 궁금한 마음을 전달하자 윤걸은 씨익 웃으며 말했다. 이들이 보내는 웃음이나 궁금한 마음은 생계의 인간들과 같은 방식으로 표출되지는 않지만, 마음에서 마음으로 전달되는 내용은 그러한 뉘앙스를 담고 있었다.

"호군은 수령이 이미 팔백 년을 넘어섰다는 대호외다. 조선 북부 산맥에 사는 뭇 호랑이를 위시하여 많은 영물들의 대장이라고 할 수 있지요."

"팔백 년이라……. 그렇다면 도력도 상당하겠군요."

"팔백 년의 도를 닦았으니 범상하지야 않겠지요. 하지만 아무리 그래봐야 근본이 금수인 것은 어쩔 수 없는 일이지요. 일반 사람의 성정을 갖게 되기까지는 족히 삼사백 년은 소요되었을 것이고, 또 인간과 같은 가르침의 혜택을 받지 못하고 대부분 스스로 깨우쳐야 했으니 말이나 기타의 것들을 깨우치는 데도 백여 년은 실히 걸렸을 겁니다. 그러니 아무리 팔백 년을 수련했다 해도 산신령의 수하 정도에 불과하겠지요."

"하지만 그 정도 도력이라면 생계에서 큰 힘을 발휘할 것이오. 그렇다면 우리가 찾는 괴수의 정체를 알아내는 데에도 큰 도움을 얻을 수 있겠구려."

흑풍 사자의 말을 듣자, 태을 사자는 미간을 찌푸렸다.

"흑풍 사자, 우리는 지금 그 괴수가 대호와 흡사하다는 말을 듣고 호군을 찾아가는 길이오. 물론 그 괴수가 호군과 아무 상관이 없다면 큰 도움이 될 수도 있겠으나, 만약 그 괴수가 대호임이 밝혀지고 또 호군과 관계가 있다면 어찌하겠소이까?"

흑풍 사자는 당황하는 표정을 지었다. 태을 사자가 말을 이었다.

"흑풍 사자께서도 그러한 사정을 잘 알고 계실 터인데, 어쩌자고 호군이 무조건 도움이 될 것 같다는 말씀을 하시는지 모르겠소이다. 우리는 알아보러 가는 것이지 호군에게 조력을 구하러 가는 것이 아닙니다. 조력을 구하는 것은 호군과 그 괴수가 아무런 연관이 없다는 것이 밝혀진 이후에나 할 수 있는 일이외다. 그렇지 않소이까?"

흑풍 사자는 태을 사자의 말에 아무런 대꾸를 못 하고 고개만 끄덕거렸다.

이후로 셋은 거의 말을 하지 않은 채, 백두산 정상을 오르는 일에만 신경을 집중했다.

이제 조금 더 가면 백두산 꼭대기에 있는 신령스러운 호수 천지天池가 나타날 것이었다.

듣기로, 호군의 거처는 천지의 가에 있는 숨겨진 동굴이라고 했다.

한 굽이만 더 올라가면 바야흐로 천지의 정경을 한눈에 볼 수 있는 것이다.

"도착이오!"

흑풍 사자가 가장 먼저 올라가면서 소리쳤고, 바로 뒤로 윤걸이 솟구쳐 올라갔다.

널따란 천지가 신령스러운 기운을 뿜으며 펼쳐져 있었다. 흑풍 사자와 윤걸의 입에서 동시에 탄성이 터져 나왔다.

"오호……. 과연 천하의 절경이오."

그러나 태을 사자는 올라온 뒤에도 아무런 말을 하지 않고 한곳을 유심히 주시하고 있었다. 그러더니 무거운 소리를 내질렀다.

"경치를 볼 때가 아니오. 저쪽을 보시오."

태을 사자의 말에 흑풍 사자와 윤걸은 태을 사자가 가리키는 곳으로 고개를 돌리고는 안력眼力을 모았다. 안력이 집중되자 멀리 있던 사물들이 주욱 앞으로 당겨지듯이 눈앞에 펼쳐지며 지나갔다. 이윽고 그들의 눈에도 자그마한 노란 점들이 보이기 시작했다.

"저…… 저것은……."

흑풍 사자가 놀란 듯이 소리쳤고 윤걸도 어깨를 흠칫했다.

그들의 눈에 이미 죽어서 여기저기 널브러져 있는 수십 마리의 커다란 호랑이 시체들이 들어왔다. 호랑이의 시체뿐 아니라 주변의 나무와 돌도 마구 부러지고 부서지고 깨어져, 한마디로 엉망진창의 풍경을 연출하고 있었다.

"가봅시다! 호군의 거처가 저런 꼴이 되다니!"

셋은 누가 먼저라고 할 것도 없이 힘을 집중하여, 호랑이들의 시체가 흩어져 있는 쪽을 향해 우뚝 선 자세 그대로 눈 깜짝할 사이에 날아갔다.

사방에 널린 호랑이의 시체들은 비록 사람이 아닌 금수일망정 흉악하고 끔찍하기 이를 데 없는 형상을 하고 있었다. 셋은 호랑이들의 시체를 하나하나 살피는 한편, 주위의 상황도 유심히 살펴보았다.

처음으로 만난 호랑이의 시체는 뛰어 달아나려다가 뒤에서 공격을 받은 듯 앞발을 쭉 뻗은 채 쓰러져 있었는데, 등에 깊은 상처가 나 있었다. 그것은 칼이나 기타 병장기로 그어진 것이 아니라, 날카로운 물체에 맞아 으깨어진 후에 주욱 찢어진 듯한 상처였다. 상처를 살피면서 윤걸이 한숨을 내쉬었다.

"사람의 짓은 아닌 것 같은데……."

그러자 태을 사자가 긴장된 어조로 말했다.

"평범한 사람이 어찌 이렇게 많은 호랑이들을 해칠 수 있겠소이까? 아무리 병장기를 지닌 사람이라도 대호 한 마리를 보면 오금이 저리고, 어지간한 간담을 가진 자가 아니고서는 감히 마주보고 서지도 못할 텐데 말이외다."

그 이야기를 듣고 윤걸은 고개를 끄덕일 뿐 달리 말하지는 않았다.

다른 호랑이의 시체들도 엇비슷했다. 그렇게 하나하나 살펴가다가 더욱 끔찍하게 죽어 있는 시체를 발견했다. 거대한 힘을 지닌 어떤 것이 호랑이의 사지를 붙들고 주욱 찢어버린 것 같았다. 두 토막이 난 호랑이의 시체가 석 자 정도의 사이를 두고 떨어져 있었고, 내장이 참혹하게 흩어져 있었다.

흑풍 사자가 말했다.

"이건 금수가 할 수 있는 짓이 아닌데?"

윤걸이 인상을 찌푸리며 말했다.

"필경 사람의 형체를 지닌 것이 한 짓이오. 양손으로 잡고 당겨서 찢어버렸구려. 오우분시五牛分屍나 거열형車裂刑 같은 방법이오."

"하지만 사람의 짓이 아닌 것은 분명하오. 사람이 호랑이를 잡는 것은 가죽을 탐내어서일 것이오. 이런 식으로 호랑이를 죽일 리 없소."

흑풍 사자는 아까 태을 사자가 했던 것처럼 인간을 변호하는 말을 했다.

태을 사자는 주의 깊게 호랑이의 시체를 살폈다. 그런 모습을 보고 윤걸이 태을 사자에게 말을 건넸다.

"무얼 그리 꼼꼼히 보시오?"

"적의 크기를 재는 중이오."

"크기를 잰다고요?"

"무엇인지는 알 수 없지만……. 좌우간 이 호랑이들을 해친 자는 양손으로 부욱 찢은 것 같소. 그러고 난 다음에 손을 털듯이 그 자리에 시체를 버렸을 테지요. 그렇다면……."

"아하!"

그제야 윤걸은 태을 사자의 의도를 깨달을 수 있었다. 태을 사자의 말대로라면 호랑이를 찢은 자의 어깨 넓이를 알 수 있을 것이었다. 그러나 다음 순간, 윤걸은 미심쩍다는 듯 고개를 가로저으며 말했다.

"하지만…… 폭이 너무 좁은 것 같소이다."

"나도 그 생각을 했소이다. 폭이 석 자밖에 안 됩니다. 그래서 더욱 무서운 것이오."

"무슨 말씀이오?"

"그놈은 아주 작다는 뜻입니다. 같은 힘을 지녔다면 작은 것을 상대하기가 훨씬 어렵지 않소이까."

윤걸은 나직하게 신음 소리를 냈다. 호랑이를 양손으로 찢을 만한 힘을 지니고 있으면서도 이렇게 작은 것이 무엇인가. 윤걸은 자신도 모르게 백아검을 쥔 손에 힘을 주었다.

"불길하군요. 인간 세상에 그런 것이 있다니……."

"그대는 아시는 바가 없소? 아주 작으면서도 매우 강한 힘을 지닌 짐승을?"

"호랑이를 이길 수 있는 짐승은 거의 없소이다."

"그렇다면 마수는?"

"마수?"

윤걸이 흠칫 긴장하는 빛을 보였다.

"인간 세상에 마수가 나와 설치다니, 그런 일은 있을 수 없소이다."

"과거 홍두오공의 경우는 어떻소이까? 그리고 이번에 흑풍 사자와 내가 맞붙어 싸웠던 괴수도 결코 인간 세상의 것이라고는 볼 수 없는 것이었소."

"허어……."

윤걸은 탄식할 따름이었다.

"마수의 종류에 대해서는 나도 잘 알지 못하오. 나는 아시다시피 사계의 근위 무사일 뿐이오. 마수와는 아직 한 번도 대적해본 일이 없소이다."

윤걸과 태을 사자가 이야기를 나누는 사이, 동굴 안을 엿보던 흑풍 사자가 크게 소리를 쳤다. 흑풍 사자의 목소리 또한 살아 있는 것들처럼 음파로 표현되는 것은 아니었지만, 그 마음이 하도 급박한지라 주변 일대에 쏴 하고 작은 바람이 몰아쳤다.

"이리 와보시오. 여기 호군이 있소!"

윤걸과 태을 사자는 급히 신형을 이동하여 동굴의 입구로 몸을 날렸다.

과연 동굴 안에는 거대한 늙은 호랑이 하나가 쓰러져 있었다. 태을 사자와 윤걸이 들어오자 흑풍 사자가 망연한 듯이 중얼거렸다.

"이미 숨이 끊어졌소."

윤걸은 찬찬히 호군의 시체를 살폈다.

팔백 년 동안 살면서 도를 닦아 영물의 경지에 들어섰다는, 조선 땅 금수들의 왕 호군의 최후치고는 너무도 비참했다. 호군의 머리에는 커다란 구멍이 나 있었는데, 거기에 선혈과 뇌수가 뒤엉킨 채 말라붙어 끔찍한 형상을 하고 있었다. 그런데 호군의 얼굴은 왠지 평안해 보였다.

"이치에 맞지가 않소."

호군의 시체를 보던 윤결이 소리쳤다. 흑풍 사자와 태을 사자의 시선이 윤결에게로 향했다.

"호군이 이렇게 평안한 얼굴로 죽다니……. 다른 호랑이들이 무참히 격살당하는 것을 보고도 호군이 가만히 있었을 리는 만무하오. 그런데 이 얼굴이라니……."

윤결은 말이 나오지 않는지 잠시 멈추었다가 다시 소리쳤다.

"호군이 이런 평안한 얼굴로 죽었다는 것은 절대로 말이 되지 않소이다."

"하지만 현실이 그렇지 않소이까? 이렇게 된 데에는 뭔가 내막이 있을 것이오."

그때 동굴 안쪽으로 잠깐 시선을 돌렸던 흑풍 사자가 큰 소리로 외쳤다.

"저것 보시오!"

태을 사자와 윤결은 흑풍 사자를 바라보았다. 흑풍 사자는 동굴 한쪽을 가리켜 보였다.

"저기 뭔가 씌어 있소."

그곳에는 기이한 형태의 자국이 남아 있었다. 글씨 같기도 하고 그림이나 기호 같기도 했다.

"뭐지?"

"알아볼 수 있겠소?"

셋은 서로를 쳐다보며 말했지만, 이내 모르겠다는 듯 셋 다 고개를 가로저었다. 글씨는 한문도 아니고 언문도 아닌 기묘한 것이었다.

"호군이 죽기 전에 마지막으로 무언가를 알리기 위해 써놓은 것일까?"

태을 사자가 중얼거리자 윤걸이 고개를 갸웃했다.

"사람도 아닌 호랑이가 문자를 알 리 있겠소?"

"호군은 보통 호랑이가 아니오. 영통한 영물이니 그 정도는 할 수 있을 것이오. 그나저나 이게 무슨 뜻인지 알아볼 수 없으니……."

"혹, 이건 호랑이들만의 글씨가 아닐까요?"

흑풍 사자가 말했으나 태을 사자는 고개를 저었다.

"호랑이가 자기들만의 문자를 만들어 쓴다는 것은 있을 수 없는 일이오. 호군처럼 영통한 호랑이가 많은 것도 아닌데, 한낱 금수에 불과한 호랑이들이 문자를 만들어 소통하고 지낸다는 것은 말이 되지 않소. 이 글자들이 호군이 적은 것이 맞다면, 그건 사람에게 배운 글자들일 것이오. 호군은 수명이 수백 년에 달했으니 과거의 기인이사奇人異士에게 우연히 배웠을 수도 있지요."

그때 먼발치에서 산이 우르르 흔들릴 정도로 요란하게 울부짖는 소리가 들려왔다. 어찌나 힘이 있고 기운이 강한 소리였던지 동굴의 내벽에서 흙먼지가 우수수 떨어졌다.

"뭔가 있소!"

윤걸은 재빨리 백아검을 뽑아 들었다. 백아검에서 나오는 하얀 광채가 동굴 안을 채 비추기도 전에 태을 사자와 흑풍 사자도 묵학선과 취루척을 뽑았다.

다음 순간, 셋은 어느새 몸을 이동시켜서 동굴 밖으로 나와 품品자 형으로 대열을 이루어 섰다. 그러나 대열이 완전히 갖춰지기도 전에, 그들 앞으로 거대한 그림자 하나가 달려들었다.

대형을 이루기도 전에 거대한 그림자의 습격을 받은 두 저승사자와 근위 무사 윤걸은 어쩔 수 없이 품 자 형의 진형을 포기하고 제각기 세 방향으로 몸을 날려 피했다.

몸을 피함과 거의 동시에, 그들이 서 있던 자리에 거대한 물체 하나가 박혔다.

그것은 괴수가 아니라 커다란 나무 한 그루였다. 뿌리째 뽑혀 던져진 듯, 무성했던 가지들이 땅에 반쯤 틀어박혀 풀썩 옆으로 쓰러지는 동안 나무의 뿌리께에서는 아직도 젖은 흙덩어리가 떨어지고 있었다.

셋은 크게 놀랐다. 저 나무를 집어던진 자는 분명 생계에서의 힘을 그대로 사용하고 있었다. 그런데 어떻게 그들을 알아볼 수 있었을까?

그러나 다음 생각을 할 틈도 주지 않고 이번에는 사람의 머리통만 한 돌멩이들이 우르르 날아왔다.

흑풍 사자는 돌멩이들을 보고 냉소를 지으며 앞으로 나서려 했다.

"이놈! 사계의 존재에게 그런 물건이 통할 줄 알았더냐!"

그 순간, 태을 사자가 날아와서 흑풍 사자를 밀쳤다. 둘은 물론 걸어 다니거나 뛸 필요가 없는, 허공에 떠다니는 영적인 존재들이었으므로 비틀거리거나 넘어지지는 않았지만, 엉겁결에 밀쳐진 흑풍 사자는 뒤로 주욱 밀려났다. 흑풍 사자를 맞히지 못한 돌멩이 우박은 그 뒤의 땅과 언덕배기의 바위에 부딪쳐 돌가루와 먼지를 휘날리면서 부서지거나 깊이 박혔다.

"그냥 돌이 아니오!"

태을 사자가 몸을 돌리면서 흑풍 사자에게 소리쳤다.

"그럼……?"

"백魄을 감련感連시켜 물건을 부리는 것이오. 맞으면 영적으로도 타격을 받소!"

영靈이란 것이 여러 단계가 있고 또한 여러 가지로 이루어져 있음은 사람의 육신을 이루는 것이 여러 가지인 것과 다를 바 없다. 그중에서 중요한 것이 혼魂과 백魄인데, 혼은 보다 정신적인 기운이 강한 일종의 기氣이며, 백은 보다 물질에 가까운 성질을 지니고 있다. 따라서 백은 물질계와 정신계를 잇는 중간 단계의 성격이 짙은 까닭에 영력을 백에 모아 힘을 쓰면 물건을 움직인다거나 조종하는 등의 일도 가능했다.

조선의 선비들은 사람이 죽으면 몸은 다시 흙으로 돌아가고 혼은 하늘로 올라가며 백은 매장한 자리에 몇 년 이상 남아 지기地氣에 영향을 미친다고 믿어왔다. 즉 묏자리에 남아 있는 죽은 자의 백이 좋은 지기를 타면 후손에게도 복을 줄 수 있다는 발상이다. 이는 당시의 관점으로 보면 단순한 미신이 아니라 나름대로의 과학적 근거를 지닌 이론이었다. 조선 사회에서 풍수나 묏자리에 대한 관심이 높았던 것은 바로 이러한 백의 존재에 대한 믿음에서 비롯된 것이었다.

그런 백을 물건에 감련시켜 상대를 공격하면 물리적인 타격뿐만 아니라 물건에 깃들어 있는 백에 의해 영까지도 타격을 받게 된다는 것을 태을 사자는 눈치채고 있었던 것이다.

태을 사자가 흑풍 사자를 돕는 사이, 윤걸은 크게 소리를 지르면서 백아검을 겨눈 채 나무와 돌이 날아온 방향을 향해 몸을 날렸다. 신장인 윤걸이 몸을 날리자 마치 은빛 화살이 쏘아져 나가는 것으로 보일 만큼 그 행동이 빨랐다. 그리고 몸에서도 전에 보지 못한 은은한 빛이 떠도는 것 같았다. 그와 더불어 윤걸의 손에 들려 있는 백아검이 일순 윤걸의 손과 하나로 합쳐지는 것을 태을 사자는 언뜻 보았다.

윤걸이 검을 휘두르며 뛰어든 방향은 태곳적부터 그 자리에 있었던 울창한 침엽수림 속이었다. 윤걸이 숲속으로 뛰어듦과 동시에 두 그루의 거대한 낙락장송이 스르르 허물어지듯 미끄러져 내렸다. 윤걸이 휘두른 백아검에 베인 것이다. 그것을 보고 흑풍 사자는 혀를 찼다.

"저런저런……. 영력으로 싸우지 않고 검의 기를 빌려 휘두르다니. 아무리 수목樹木에 불과하다지만 산 것들을 해치면 나중에 징계를 당할 터인데……."

"지금은 그런 것을 따질 계제가 아니오. 우리도 가서 도와야 합니다!"

태을 사자는 흑풍 사자의 대답을 기다리지도 않고, 자신의 법기인 묵학선을 펴 들면서 윤걸이 몸을 날린 방향으로 훌쩍 신형을 이동시켰다. 흑풍 사자도 법기인 취루척을 손안에서 빙그르르 돌리면서 뒤를 따랐다.

태을 사자와 흑풍 사자가 숲으로 뛰어들려고 하는 순간, 윤걸이 숲에서 스윽 빠져나왔다. 그와 동시에 베인 두 그루의 나무가 지축을 뒤흔드는 요란한 소리를 내면서 넘어졌다.

윤걸은 뒤로 신형을 물리면서 다시금 백아검을 든 손에 힘을 주었다. 방금 전 숲속에서 세 합을 겨루어보았으나, 사계의 근위 무사인 윤걸조차도 검은 그림자의 힘에 밀려 뒤로 물러설 수밖에 없었다.

더 놀라운 것은 검은 그림자의 모습을 윤걸이 아직도 제대로 포착하지 못했다는 점이었다. 언뜻 스쳐지나가며 보기로는, 인간의 형체와 흡사하기는 하나 인간이 아닌 것은 분명했다. 인간의 힘이나 인간이 쓰는 무기로는 영靈으로 신체를 이루고 있는 신장의 힘을 막거나 상처 줄 수가 없다. 그렇다면 검은 그림자도 영체이거나 아니면 도력이나 불력, 공력 등과 같은 내적인 힘을 깃들여 윤걸을 공격했다고밖에 볼 수 없었다. 그림자가 쏟아내는 힘은 생계의 물리력을 동반한 막강한 위력이 있었다.

윤걸이 뒤로 물러선 틈을 타서, 흑풍 사자가 신형을 검은 수레바퀴 모양으로 변환시키며 날아들었다.

흑풍 사자는 생계의 힘을 사용하지 않았으므로 근처의 수목이나 자연물에는 영향을 주지 않았으나, 역시 영적인 존재인 윤걸의 눈에는 흑풍 사자의 기세가 자못 대단해 보였다.

흑풍 사자가 덮쳐오자 검은 그림자는 몸을 흠칫 세우면서 거대한 몸을 펴고는 길게 포효했다. 그러자 어헝 하는 소리가 산을 우르릉 울렸다. 흑풍 사자는 기합성에 타격을 받고 물러나, 방향을 튼 후 원래의 모습으로 돌아와 윤걸의 옆에 앉았다.

그때 태을 사자의 묵학선이 묵학환출의 수법을 펼쳐 검은 학의 모습으로 화하더니 하늘을 뒤덮을 듯한 기세로 날아들었다. 검은 그림자는 인간처럼 서 있다가 갑자기 짐승처럼 몸을 웅크리더니 위로 몸을 솟구쳐 올려 묵학선의 기운을 피했다.

그제야 셋은 상대의 정체를 볼 수 있었다. 키가 일 장에 가까운 거한으로 인간과 같은 육체에 낡고 찢어져 밧줄로 얼기설기 엮은 검은 옷을 걸치고 있었지만, 얼굴은 분명 호랑이였다. 그리고 팔과 손등 또한 형태는 인간의 그것과 같았으나 호랑이 특유의 얼룩무늬가 그려져 있는 기이한 괴물이었다.

"네놈은 마계의 괴수렷다!"

태을 사자가 마음으로부터 전달되는 소리를 크게 내지르는 사이, 윤걸은 백아검에 기를 모아 검과 손이 하나로 합쳐진 상태에서 몸을 빙그르르 돌렸다. 그러고는 공중에서 아래로 떨어져 내리려고 하는 괴물을 향해 곧바로 쏘아져나갔다. 그 뒤에서 흑풍 사자가 취루척의 기운을 불어 윤걸의 몸이 나아가는 것을 도와 힘껏 밀어붙였다. 윤걸은 아찔할 정도의 속도로 신형을 소용돌이처럼 회전시키면서 괴물에게로 쏜살같이 날아들었다.

그 순간, 아래로 떨어져 내리던 괴물은 허공에 대고 팔을 휙 휘둘렀다. 그러자 괴물의 방향이 틀어져, 윤걸은 아슬아슬한 차이로 빗나가고 말았다.

윤걸이 다시 방향을 돌리는 사이, 태을 사자는 눈을 감고 양손을 짝 하고 마주치면서 잘 사용하지 않던 묵학선의 기법 중 '환換' 자의 법을 사용했다. 공중에서 날아들던 묵학선이 팍 하고 사라졌다. 그러자 떨어져 내리던 괴물은 놀랐는지 잠시 주춤하다가 때마침 부근에 있던 높은 나무의 꼭대기에 사뿐히 내려앉았다. 괴물은 긴장된 표정을 지으며 날카로운 송곳니를 드러냈다.

그때 '환' 자 법에 따라 사라졌던 묵학선이 괴물의 바로 옆에 나타나면서 삽시간에 다시 검은 묵학의 모습으로 변하여 괴물을 감싸 안 듯이 둘러쌌다.

"잡았다!"

흑풍 사자가 취루척을 던지려다 말고 기쁨의 소리를 질렀으나, 괴물은 묵학에 잡힌 것을 개의치 않고 한쪽 팔을 쑥 빼더니 학의 날개를 잡아 가볍게 쩌억 벌렸다.

흑풍 사자는 자신의 눈을 믿을 수가 없었다. 도대체 저 괴물의 힘은 얼마나 엄청나기에 사계의 사자 중에서도 결코 약하지 않은 영력을 지닌 태을 사자의 법술을 단지 힘만으로 깨부순단 말인가.

"저…… 저럴 수가!"

묵학을 조종하던 태을 사자는 자신의 술법이 엄청난 힘에 의해 봉쇄당한 것을 깨달음과 동시에, 학과 정신적으로 일치되어 있는 자신의 팔이 확 벌려지는 것을 느꼈다. 순간, 태을 사자의 술법이 깨어지면서 묵학선은 부채로 화하여 괴물의 손아귀에 움켜쥐어졌다.

태을 사자는 타격을 입고 잠시 주춤하였으나 곧 자세를 가다듬었다.

그사이, 아까 공격을 실패했던 윤걸이 몸을 돌려 괴물 쪽으로 쏘아져 왔다.

괴물은 마치 날렵한 고양이처럼 나무 위에서 아래로 몸을 날렸다.

그리고 아래로 막 떨어지려는 찰나, 등뒤로 왼손을 뻗어 자신이 방금까지 올라타고 있던 나무의 기둥을 붙잡았다. 순간, 푸직 하는 소리와 함께 날카로운 손톱이 나무속으로 푹 파고들었고, 괴물은 떨어지다 말고 그 자리에 정지했다. 곧바로 괴물은 다리를 튕겨 나무를 밟았다.

그 엄청난 힘을 받고, 괴물이 발을 튕긴 부분이 우지직 소리를 내며 순식간에 부러졌다. 괴물의 힘이 정말로 무시무시한 것은 아무리 윗부분만 부러졌다고는 하나 두께가 한 뼘 반은 넘을 정도로 두껍고 가지가 많이 달린 무거운 나무라는 사실에서도 알 수 있었다.

괴물은 아래로 떨어져 내림과 동시에 자기 쪽을 향해 쏘아져 들어오는 윤걸을 향해, 자신이 방금 통째로 분질러버린 두꺼운 나무를 마치 도끼로 장작을 패듯 휘둘렀다. 다음 순간 놀라운 결과가 벌어졌다. 보통 나무를 휘둘렀다면 사계의 존재인 윤걸의 몸을 투과하여 그대로 지나쳤을 터인데, 부러진 나무는 날아오는 윤걸의 몸을 맞혀 땅으로 떨구어버렸다.

흑풍 사자는 괴물의 무시무시한 힘을 보고는 달려들 엄두도 내지 못한 채 믿기지 않는다는 듯한 눈으로 멍하니 보고만 있을 따름이었다.

"저런 힘을 지닌 괴물이 있다니……!"

윤걸이 아래로 떨어지는 찰나, 몸을 날린 태을 사자가 윤걸을 받아들고는 훌쩍 몸을 띄워 흑풍 사자가 있는 곳까지 단숨에 날아왔다.

그러자 거대한 호랑이 얼굴의 괴물도 나뭇덩이를 내던지고 가볍게 땅 위에 내려섰다. 괴물이 착지한 뒤로, 괴물이 집어던진 나뭇덩이가 와지직 소리를 내며 다른 나뭇가지들을 부러뜨리고는 땅에 떨어졌다. 푸른 이파리들이 가을 낙엽처럼 사방에 어지러이 휘날렸다.

흑풍 사자가 취루척을 던져 다시 괴물을 공격하려는 순간, 태을 사자가 말렸다.

"왜 그러시오?"

"저자는 마수가 아니오. 생계의 영통한 생물일 것이오."

"무슨 말씀이오?"

"저자는 방금 나무를 꺾어 윤 무사를 내리쳤소. 그러나 흑풍 사자도 잘 알다시피 나무 같은 물질적인 것들은 우리의 몸을 맞힐 수 없소이다. 그런데도 윤 무사가 저것에 맞고 쓰러졌다는 것은 나무에 깃든 정령이 저자의 힘에 감련되어 도움을 주었다고밖에 설명할 수 없소. 그렇다면 저자는 마수가 아니라 생계의 영통한 자일 게요. 정령이 마수의 의식에 동조할 리는 없으니까. 더구나……."

말로는 길지만 영적인 존재들의 의사소통은 마음으로 직접 전달되는 것이라 시간이 얼마 걸리지는 않았다. 태을 사자는 말을 끊고 호랑이 형상의 괴물 쪽으로 눈짓을 했다. 흑풍 사자의 눈에 호랑이 괴물의 머리와 어깨 위로 나뭇잎이 수북이 쌓이는 모습이 보였다.

흑풍 사자는 태을 사자의 말을 인정하지 않을 수 없었다. 만약 저 괴물이 진짜 마수라고 한다면 나뭇잎 같은 물건들은 통과되어 땅바닥에 쌓이지 저렇게 머리와 어깨 위에 쌓일 리 없기 때문이었다.

흑풍 사자는 의아하다는 듯 물었다.

"그렇다면 저자가 우리를 공격하는 까닭은 무엇일까요?"

"너희는…… 어째서 우리 일족을 해쳤는가?"

흑풍 사자가 중얼거린 소리는 전심법에 의해 마음으로 전달한 것이었는데, 놀랍게도 호랑이 괴물은 그 말을 알아듣고 똑같은 전심법으로 물어왔다. 그러자 태을 사자가 한 발자국 나서면서 말했다.

"전심법을 할 줄 아는가?"

"이 빌어먹을 놈들아. 어째서 우리의 일족을 해쳤는지부터 말해라!"

그제야 태을 사자는 호랑이가 뭔가 오해하고 있음을 깨달았다.

비록 인간의 몸처럼 모습이 변해 있지만, 저자는 호랑이의 일족임에 분명했다. 그는 호랑이들이 죽어 있는 광경을 보고 태을 사자 일행을 범인으로 오해하고 무작정 달려든 것이 틀림없었다.

"누가 너의 일족을 해쳤단 말인가?"

"너희 말고 여기 누가 있다는 말이냐? 어헝……. 낌새가 좋지 않아 인간으로 탈태하는 것을 중도에 포기하고 와보았더니 이런 끔찍한 일이……. 이놈들아, 도대체 왜……!"

자세히 보니 호랑이의 눈빛은 분명히 불타오르고 있었지만, 그것은 분노의 빛만이 아니라 슬픔의 빛도 띠고 있었다. 태을 사자는 길게 한숨을 내쉬었다.

"우리가 한 일이 아니다. 우리도 지금 막 도착해서 이 광경을 보고 놀라는 중이었다."

"너희가 아니라고……? 거짓말!"

"우리가 그랬다는 증거가 있는가?"

태을 사자가 단호한 목소리로 외쳤다. 호랑이는 태을 사자를 한 번

노려보고는 잠시 머뭇거리다가 말했다.

"나는 동족이 위급하다는 소식을 듣고 달려왔다. 그런데 일족이 모두 처참하게 죽어 있고…… 그 자리에 너희가 있었다. 나는 인간을 결코 믿지 않는다."

"허, 우리가 한 일이 아니라고 해도 그러는구나. 그리고 우리는 인간도 아니다."

"인간이 아니라고……? 응……?"

호랑이는 그제야 태을 사자를 찬찬히 뜯어보았다. 그리고 셋의 발이 허공에 떠 있음을 깨달았다. 호랑이는 그래도 믿기지 않는다는 듯 코를 쫑긋거려보았다. 체취를 맡아보려는 것이다. 그러나 영적 존재들인 그들에게서 냄새가 날 리 없었다.

호랑이는 비로소 긴장이 풀렸는지 표정을 누그러뜨렸다.

"나는 명부의 사자인 태을이고 이분은 흑풍 그리고 저분은 사계의 근위 무사인 윤 무사이시다. 우리가 무슨 이유로 생계의 존재들을 해치겠는가?"

"명부? 사계? 인간의 영혼을 다루는 곳 말인가?"

태을의 옆에 있던 흑풍 사자가 대신 말했다.

"그렇다."

그러나 호랑이는 아직도 석연치 않은 표정을 지었다.

태을 사자는 저승사자들의 일과 명부에 대해 비교적 자세히 설명을 해주었다. 명부는 사람의 영을 다스리는 곳이고 짐승이나 정령은 자연스럽게 윤회가 되기 때문에, 호랑이가 명부에 대해 잘 알지 못하는 것은 당연한 일이었다. 태을 사자의 설명이 끝나자, 호랑이는 그제야 납득이 가는지 고개를 끄덕였다.

"그랬군……. 그것도 모르고 다짜고짜 덤벼 미안허우."

"괜찮다. 그런데 네가 인간으로 탈태하려고 하다가 포기했다는 것은 무슨 말이냐?"

"나는 팔백 년 동안 도력을 쌓았수. 증조부 호군님의 당부셨지. 인간으로 변하여 앞으로 일족을 위해 뭐든 이로운 일을 하라고 그러셨거든. 그래서 개골산(금강산)에서 도를 쌓아 거의 마무리가 되는 참이었는데 화급한 기운이 느껴져서……."

"화급한 기운? 여기 백두산에서 개골산까지는 꽤 먼 거리인데 어떻게 그런 것을 느꼈지? 천안통天眼通의 법이라도 익혔는가?"

"변괴가 있었수. 개골산의 구백 년 묵은 노루인 널신이 나에게 변괴가 있다고 말했수. 그러니 얼른 증조부를 찾아보라구 했수. 증조부는 조선 천지의 자연과 금수를 관할하는 분이시지. 증조부는 조선 땅의 모든 금수와 정령들과 통해 있거든."

"그랬구나. 하긴 네 힘은 정말 대단했다."

태을 사자는 고개를 끄덕였다.

역시 이 호랑이는 보통의 존재가 아니었다. 조선 땅 정령의 우두머리라면 필시 호군을 지칭하는 것일 터이고, 그렇다면 이 호랑이는 호군의 증손자뻘이 분명했다. 머리는 그리 잘 돌아가는 것 같지 않지만, 놀라운 괴력이 이를 증명하고 있었다. 그래서 호군은 이 호랑이로 하여금 도를 닦아 인간으로 탈태하게 한 뒤 일족이 인간에게 해침을 당하는 일을 막으려고 했을 것이다.

"네 이름은 뭐냐? 이름은 있는가?"

"있수. 흑호라고 하우."

드디어 호랑이는 자신의 이름을 밝혔다. 보통의 금수들은 이름 같은 것을 지니지 않지만, 흑호는 일족을 대표하여 도를 닦던 존재이니만큼 이름이 있었다. 이제 와서 보니 걸치고 있는 검은 옷도 실제의 옷이 아니라 도력으로 막을 친 것이었다.

태을 사자와의 대화에 정신을 놓고 있던 흑호가 경황을 되찾았는지 물었다.

"그런데 댁들은 왜 여기 왔수?"

"호군에게 물어볼 것이 있어서니라. 우리는 공식적으로 사계의 임무를 띠고 온 것이다."

호군이라는 이름이 나오자, 갑자기 흑호는 호군의 안위가 생각났는지 큰 소리로 외쳤다.

"아참, 이런! 내 증조부님은?"

"증조부님이라면…… 호군을 말하는 것이냐?"

흑호는 크게 고개를 끄덕였다. 태을과 흑풍, 윤걸은 생사를 초탈한 사계의 존재들이었기 때문에 감정의 기복이 거의 없었으나, 이 순간 상당히 안쓰러운 느낌이 드는 것만은 사실이었다.

흑풍 사자가 묵묵히 고개를 옆으로 젓자, 흑호는 돌연 얼굴이 울상이 되더니 어헝 하고 큰 소리를 지르면서 호군의 거처인 동굴 쪽으로 뛰어들어갔다.

은동은 잠에서 깨었다. 잠꼬대를 하다가 퍼뜩 정신이 든 것이다.

"우왓!"

은동은 눈을 뜨자마자 비명을 질렀다. 어스름 밝아오는 새벽길을 자신의 몸이 휙휙 앞으로 내닫고 있는 것을 느꼈기 때문이었다. 어찌나 빠르게 움직이는지 정신이 하나도 없고 멀미가 날 지경이었다.

"어…… 어……."

"깨어났느냐?"

무애는 은동이 깨어난 것을 알고 잠시 걸음을 멈추었다. 은동은 피곤과 공포 때문에 아직 제정신이 아니었다.

"어…… 어디로 가는 거예요?"

"염려 말고 푹 쉬어라."

은동은 비몽사몽의 상태로 말을 이었다.

"왜 이렇게 빨리 가는 거죠? 어떻게……?"

"내 걸음이 조금 빠르긴 하지? 하지만 할 수 없구나. 멀미가 나더라도 참아라. 한시라도 빨리 가야 하니까……."

"너…… 너무 빨라서……. 제가 지금 꿈을 꾸는 건가요?"

무애는 은동을 내려놓고 피식 웃으며 말했다.

"축지법이란다. 나도 아직 서툴러서 그리 빠르진 않아."

"축지법도 재주인가요?"

"그래."

"축지법 말고 또 무슨 재주들이 있나요?"

"많지. 도력이 극에 달하면 귀신을 부리고 천지조화를 바꿀 수 있는 신통력을 지니게 된단다."

"무예는요?"

"도력을 무예에 응용하면 천하무적이 될 수도 있겠지."

"저도…… 저도 그런 것을 배울래요."

무애는 또다시 씩 웃었다.

"도를 닦는 이유는 그런 능력을 가지기 위해서가 아니란다. 그런 능력은 도를 닦는 중에 부수적으로 얻어지는 것이지. 오직 능력만을 얻기 위해 도를 닦는 사람은 결국 심성을 버려서 몹쓸 사람이 되기가 쉽단다."

"아니에요. 아니에요. 몹쓸 사람이 되지는 않을 거예요. 전 왜병들에게 원수를 갚아야…… 꼭 그래야…… 흑흑……."

은동은 말하다 말고 흐느껴 울기 시작했다.

무애는 코끝이 시큰해지는 것을 느끼며 묵묵히 봇짐에서 돌처럼 딱딱해진 마른 떡 한 조각을 꺼내어 은동에게 주었다. 미숫가루라도 있으면 냇물을 떠서 풀어주고 싶었으나 가진 것은 그것밖에 없었다.

"울지 마라. 배고프면 그것을 먹으렴."

"배고프지 않아요."

"그래도 먹어야 산단다."

그러나 은동은 마른 떡을 쥔 채 계속 울기만 했다. 닭똥 같은 눈물이 떡 위로 떨어져 내렸다.

할 수 없이 무애는 은동을 등에 업고 다시 발걸음을 옮기기 시작했다. 금강산까지는 아직 멀었다. 무애는 등에 업힌 채 축 처져서 흐느껴 우는 은동이 한없이 측은했다. 무애는 자기도 모르게 노래를 흥얼거렸다.

가세가세 어서가세
만밖의 우리님께
만길이 멀다지만
십백리 헤아리며
가가면 언젠가는
그우신 임의 품에
언가는 다가겠지

사실 이 노래는 세속을 버린 승려가 부를 만한 내용의 것은 아니었지만, 무애는 어릴 적에 불렀던 가사가 얼핏 떠올라 은동을 달랠 겸 흥얼거렸던 것이다. 한참 흥얼거리며 가고 있는데 등뒤에서 장난기 섞인 은동의 목소리가 들려왔다.

"스님에게 어떻게 임이 있나요?"

"어이쿠, 들켰구나. 내가 땡초란 걸 노스님께 이르면 안 된다. 허허허……."

"이를 거예요. 꼭 일러서 혼나게 해줘야지."

"허허허……. 한 번만 봐다오."

무애는 웃으면서 등뒤의 기척을 살폈다. 은동은 단단하게 말라 돌처럼 딱딱해진 마른 떡을 조금씩 먹고 있었다. 무애는 흐뭇해져서 고개를 끄덕였다.

'그래. 힘을 내라. 어려운 일이 많더라도 꼭 참고 살아야 하느니라…….'

한참을 달리다 보니, 은동은 다시 잠이 들어 있었다. 무애는 이마에 흐른 땀을 소매로 씻으며 먼 산을 바라보았다. 금강산까지 아직도 갈 길이 먼데, 이렇게 시간을 많이 소모하였으니…….

'내가 늑장을 부려서 대사에 차질을 주는 것은 아닐지 모르겠군. 『해동감결』을 어서 노스님께 전해야 하는데…….'

등에 업은 은동이 무겁게 느껴졌지만, 무애는 자신의 중요한 임무를 떠올리며 다리에 더욱 힘을 주었다.

흑호는 산이 흔들리도록 대성통곡을 했다. 금수는 눈물을 흘리지 않는다고 하지만 인간으로 탈태하기 직전이었던 흑호는 감정 표현이나 기타 등등의 면에서 인간과 많이 흡사해져 있었다. 단, 인간에 비유하자면 성품만은 어린아이에 더 가까웠다.

흑호가 호랑이들의 시체를 수습하는 동안 흑풍 사자와 태을 사자, 윤걸은 조용히 그 광경을 지켜보기만 했다. 흑호는 퉁방울 같은 눈에서 하염없이 눈물을 쏟고 있었다. 그러나 사계의 존재인 셋은 그것을 보고도 아무런 슬픔을 느끼지 못했다. 그들이 이 자리에 온 것은 호군에게 금수에 대한 것을 묻기 위해서다. 하지만 이미 호군이 죽고 없어진 지금, 푸른 털의 괴수에 대해 물어볼 대상은 흑호밖에 없었다. 그래서 이렇게 마냥 기다리는 것이다.

그들은 기다리는 일에는 익숙했다. 죽은 자들의 영혼들 가운데는 살아생전의 일에 깊은 미련을 갖고 있거나 원한을 품은 자들이 꽤 있었다. 그런 영들은 대개 저승에 가지 않겠다고 고집을 부리거나 사자들에게 쓸데없는 애원을 하곤 했다. 그러나 사자들은 어떤 상황에서도 냉정을 잃지 않게끔 훈련된 자들이었다. 그들 역시 죽었던 경험이 있고, 다른 이들의 죽음을 벗삼는 일이 임무인지라 웬만해서는 감정이 흔들리지 않았다. 그렇더라도 시간이 급하지 않다면, 영혼이 현실을 제대로 인식할 때까지 차분히 기다려주는 미덕은 지니고 있었다.

그래서 흑호가 동족의 죽음을 슬퍼하며 뒷수습을 하는 동안에도 끈기 있게 서서 기다려줄 수 있었던 것이다. 그들은 별다른 이야기를 하지 않았다. 다만 흑풍 사자가 머릿속에 떠오른 궁금증을 중얼거렸을 뿐이었다.

"이상하오."

"뭐가요?"

"증조부인 호군의 수령이 팔백 년이라 하였는데, 흑호도 팔백 년 동안 도를 닦았다고 하지 않았소? 그렇다면 연차가 너무 적은데?"

"흑호는 사람이 아니라 호랑이요. 이삼 년이면 새끼를 낳아 세대가 갈린단 말이오."

"아하……."

흑풍 사자는 고개를 끄덕였다. 그러다가는 또다시 의아한 표정을 지으며 중얼거렸다.

"그렇다면 죽음을 당한 저 보통의 호랑이들은 흑호보다 백 대 내지는 이백 대 뒤의 후손들이란 말이 아니오?"

"아마 그럴 거요."

흑풍 사자는 영적인 존재이기는 했지만, 그 자신이 사람에서 비롯되었고 또한 사람을 주로 상대해온지라 호랑이의 세계가 얼른 이해되지 않는 모양이었다. 하긴 이해가 쉽지 않기는 태을 사자도 마찬가지였다.

"허허……. 그렇다면 후손들을 일일이 기억할 수도 없겠군요."

"호랑이들의 세계에서 그런 것을 일일이 따질 필요가 있겠소?"

"하긴 그렇소이다."

두 저승사자가 이런저런 이야기를 나누고 있는 사이, 윤걸은 입을 꾹 다문 채 손에 쥔 백아검만을 내려다보았다. 슬픔이야 느끼지 못하지만, 비통해하는 흑호가 안쓰러운 것은 사실이었다.

이윽고 흑호가 호랑이들의 시체를 모두 수습하여 인간의 눈에 띄지 않는 바위산 골짜기에 버린 뒤에 돌아왔다. 호랑이들의 세계에서 매장 따위의 의례는 없다. 동물의 세계는 어쩌면 인간의 세계보다 훨씬 현실적일지도 모른다. 낳고 움직이고 먹고 살아가는 것만을 중요하게 여기는 동물의 세계에서는 형이상학적인 부분이 개입할 여지가 전혀 없다. 눈앞에 있는 흑호도 인간의 성정을 많이 지녔다고는 하지만 동물임에는 변함이 없었다.

잠시 후 흑호는 어느 정도 슬픔이 가셨는지, 얼굴이 다소 침통하기는 했으나 본래의 모습을 거의 되찾았다. 그러나 슬픔을 대신하여, 동물이 지닐 수 있는 많지 않은 의지 가운데 한 가지가 흑호를 지배하고 있었다. 복수의 의지였다.

"이제 우리 일족은 전멸했수. 먼 친척들은 무사하겠지만, 이 천지 부근에 자리를 잡았던 일족은 모두 죽고 나만 남은 것 같수. 그러니 내가 지금부터는 호군의 후계자요. 사계의 임무인지 뭔지 물어볼 게 있으면 어서 물어보슈."

흑호는 퉁명스럽게 태을 사자에게 말했다. 격식이 없고 거친 말투였지만 순박한 느낌이 전해져왔다.

"우리는 지금 괴사건의 흔적을 뒤쫓고 있는 중이네."

"괴사건?"

흑호는 반문하기는 했지만 여전히 시큰둥한 표정이었다. 일족이 전멸한 마당에, 아무리 큰일이라도 다른 일에 관심을 둘 수 없다는 표정이었다.

"그렇다네. 우리는 인간의 죽은 영혼들을 저승으로 인도하는 임무를 띤 사자들일세. 그런데 그 영혼들을 무언가가 가로채버렸어. 육신도 없어지고……."

"그래서 짐승들을 의심하는 거요?"

"아니. 마수가 그랬을 것이라 생각하고 있네."

"마수?"

비로소 흑호가 퉁방울 같은 고리눈을 부릅떴다.

"그래. 마계의 괴수들 말이네."

"마계가 어딘인데?"

"자네가 사는 이 세상을 생계라고 하고, 우리가 있는 저승을 사계라고 한다네. 그리고 마계는 훨씬 더 암흑에 가까운 또 다른 세계일세. 사계 너머에 유계가 있고 그 너머에 환계가 있으며 다시 그 너머에 마계가 있는 걸세."

흑호는 이해가 잘 안 간다는 얼굴이었지만, 한참 생각을 한 연후에 입을 열었다.

“난 인간들을 별로 좋아하지 않수. 인간들은 우리 일족을 사냥하고 죽이지. 물론 우리 일족도 때로 인간을 해치기도 하지만, 간혹 산신들의 명을 받아 인간을 도와주기도 하지. 어쨌든 인간도 이 세상에서 나름대로 의미를 가진 존재일 텐데……. 영혼을 빼앗겼다면 그건 좋은 일은 아니로군.”

“그렇다네. 심각해도 아주 심각한 일이지. 자네도 지금 일족이 죽음을 맞았으니까 하는 말인데, 만약 자네 일족이 이 일로 인해 영원히 소멸되어 영혼마저 없어진다고 하면 자네 기분은 어떻겠나?”

“그런 일이 있어서는 안 되지!”

흑호가 큰 소리로 외쳤다. 태을이나 흑풍 사자에게는 전심법으로 흑호의 말이 들려왔지만, 아마도 생계에서는 호랑이의 커다란 포효 소리로만 들렸으리라.

“그래. 그런 일은 절대로 있어서는 안 되는 것이야. 세상의 조화를 깨뜨리는 일이지. 지금 마계에서 뭔가를 꾸미고 있다고 짐작하네. 그것은 꼭 막아야 해.”

“무슨 말인지 알겠수. 그런데 내가 해줄 수 있는 게 뭐유?”

“나와 여기 흑풍 사자는 전에 마수로 짐작되는 어떤 괴수와 겨룬 적이 있네. 결국 놓치고 말았는데, 그 정체를 알 수 없단 말야.”

흑호의 말투는 태을 사자의 정연한 설명을 들으면서 차츰 부드러워지고 있었다.

“조선 땅에서 겨루었수?”

“그렇다네.”

“조선 땅에 사는 금수 중에는 인간이 모르는 것도 많지. 나는 다 알고 있수. 어디 소상히 설명을 해보슈."

"설명보다 먼저 이것을 보게."

태을 사자는 품 안에 소중히 갈무리해두었던 푸른빛의 털을 꺼내어 흑호에게 건네주었다.

"이게 바로 그 마수의 털로 짐작되는 것일세. 어떤가?"

흑호는 잠시 동안 그 털을 가만히 살펴보고 냄새를 맡아보고 절굿공이 같은 두꺼운 손가락으로 문질러보기도 하다가, 고개를 갸웃거리면서 도로 돌려주었다.

"모르겠수……. 보아하니 네발 달린 길짐승의 털 같은데?"

"우리 생각도 그러하네. 자네들 호랑이의 털과 가장 흡사하다고 추측했지. 그래서 호군을 만나러 왔던 걸세."

흑호는 고개를 저었다.

"가끔 백호, 흑호는 나오는 경우도 있지만 푸른색의 호랑이가 난 적은 없수. 그리고 이것에서 풍기는 냄새는 호랑이의 냄새가 아니우."

"그러면?"

"이건 살아 있는 것의 내음이 아니라는 말이우. 살아 있던 것이면 흙냄새나 풀 냄새 같은 것이 조금이라도 배어 있어야 하는데, 여기서는 그런 냄새가 전혀 나지 않수. 다만……."

"다만 뭔가?"

"바람 기운이 느껴지우."

"바람의 기운?"

"글쎄. 꼭 집어 말할 순 없지만 그런 기운이 느껴진단 말이우."

모두 생각에 잠겼다. 자연의 내음이 배어 있지 않은 터럭. 바람의 기운이 배어 있는 터럭. 도대체 그런 동물은 무엇일까? 아무리 생각해보아도 생계의 동물 같지는 않았다.

잠시 침묵이 흐른 후 흑호가 말했다.

"그런데 이상한 느낌이 드우."

"무슨 말인가?"

"난 처음 당신들을 보고 당신들, 아니 인간들이 우리 일족을 해쳤다고 믿었수. 그런데 일족의 시체에서 인간 내음은 하나도 나지 않더란 말이우. 쇠 냄새도 헝겊 냄새도 없고……."

흑호는 말을 끊었다가 다시 이었다.

"아무래도 인간들이 한 짓은 아닌 것 같고……. 왠지 그 터럭과 흡사한 기운이 느껴지는 것 같수."

그 말을 듣자 흑풍 사자는 자신도 모르게 신음 소리를 냈고, 태을 사자는 짐작이 간다는 듯 고개를 끄덕였다. 물론 태을 사자 자신은 그런 체취를 맡을 만큼 후각이 뛰어난 것은 아니지만, 호랑이들의 시체를 보았을 때 이상한 기미를 느꼈다. 그런데 흑호도 비슷한 느낌을 말했다. 그렇다면 호랑이들이 떼죽음을 당한 사건도 자신들의 일과 연관이 있지 않을까? 태을 사자는 흑호에게 물었다.

"조선 천지에서 대호를 단숨에 두 토막 낼 수 있는 힘을 지닌 동물이 있는가?"

"없수. 조선 땅의 호랑이는 금수의 왕이우. 사람 외에는 어림도 없지."

흑호는 단언했다. 하긴 그것은 태을이나 흑풍 사자의 의견과도 일치하는 것이었다.

"그러면……? 사람의 짓이 아니라면 필경 마수……?"

흑호는 잊고 있었던 뭔가를 문득 기억해낸 듯 큰 소리로 외쳤다.

"마수라……. 맞어. 그러고 보니 개골산 널신이 마지막으로 남긴 말이 '마……' 뭐라고 했어. 마수가 자길 해쳤다는 말이었나 보군!"

흑호는 눈을 빛내면서 말했다.

"당신들이 말한 마수라는 것이 진짜 있다면…… 그놈들일지도 모르겠수. 그런 힘을 지닌 놈은 이 세상에 없으니……."

"그러나……."

흑호의 말에 윤걸이 이견을 제시했다.

"고깝게 듣지는 말게. 자네도 보통의 호랑이와는 달리 도력이 이만저만한 것이 아니잖은가. 그러니 다른 조선의 동물이 오랜 시간 도를 닦아 자네처럼 도력을 지니게 되었다고 생각할 수는 없는가?"

"날 의심하는 거유?"

"물론 아닐세. 그럴 가능성은 없는가 하고 물어보는 것뿐이네."

흑호는 고개를 세차게 저었다.

"도를 닦은 동물들은 나 말고도 여럿 있수. 여우도 있고 족제비나 너구리도 있고, 드물게는 사슴이나 거북이 등등도 그렇수. 짐승들도 오래 살아서 자연의 정기를 듬뿍 받다 보면 자연히 도를 깨치게 되는 법이우. 하지만 그 으뜸은 우리 증조부셨수. 그것도 그냥 되는 게 아니라서, 도를 닦다 보면 가장 도력 높은 자에게 알려질 수밖에 없는 법이우. 조선 땅에는 도력을 지닌 동물이 많지만 우리를 공격할 놈들은 없수. 내 그것만은 장담하우."

"그러나 다른 누군가가……."

윤걸은 여전히 미심쩍다는 말을 하려고 했지만, 흑호는 고개를 휘휘 젓고 솥뚜껑만 한 손을 휘두르며 단언했다.

"아니우. 절대 그럴 수 없는 이유가 또 한 가지 있수."

"그게 뭔가?"

"조선 땅에서 도를 닦던 동물들은 요 근래 모두 죽어버렸수. 우리 증조부처럼 말이우."

"뭐…… 뭐라구?"

흑호의 말에 흑풍 사자와 윤걸은 물론 태을 사자까지도 경악을 금치 못했다. 호군뿐만이 아니라 조선 천지의 도력 있는 짐승들이 모두 죽었다니.

"그건 또 무슨 말인가?"

태을 사자가 긴장된 어조로 묻자, 흑호는 흥 하고 코웃음을 쳤다.

"이미 수십 차례 산신을 통하여 기별을 전했는데 관심도 두지 않으셨던 게로군. 하긴 고귀한 인간 나리들을 다루는 분들이 한낱 미물들의 일에 어찌 관심이 있으시겠수?"

"관심이 있고 없고의 문제가 아니네. 우리는 관할이 달라. 인간의 영혼만 관할하는 우리가 명부를 거치지 않고 바로 환생이 되는 동물들의 일을 어찌 알 수 있겠는가?"

흑풍 사자가 타이르자 흑호는 그제야 코를 쓱 부비면서 말했다.

"지리산 사슴 외뿔이하구 태백산 곰 반달이, 칠갑산 너구리 서더리와 묘향산 여우 금기리……. 그리고…… 금강산 노루 널신……. 그들 모두가 영문 모르게 죽어 없어졌수."

"그들은 모두 도력이 있는 짐승들이었나?"

"그렇수. 처음에는 나도 누군가 도를 닦으려는 인간이 쓸개나 뭐 그런 것을 얻으려고 전문적으로 사냥질을 하는 줄로 알았수."

"자네 정도의 도력을 가진 짐승들이라면 인간을 무서워할 필요도 없을 것 같은데?"

"인간들이 떼거지로 덤비면 별수 없을 거유. 나야 원래 세상에 나가지 않고 도력을 쌓아 힘을 길렀지만, 다른 이들은 둔갑이나 할 줄 알았지, 뭐, 힘은 없었을 테니 말이유."

"자네는 얼마 정도 도를 닦았나?"

"나면서부터 바루 닦았수."

흑풍 사자가 자못 놀라면서 말했다.

"그러면 팔백 년 동안을?"

"그렇수. 나는 원래 태어나면 안 될 놈인데 태어났수. 그래서 증조부께서는 겨우 말귀나 알아들을까 말까 한 나에게 동료들과 어울리지 말고 줄곧 틀어박혀 도력을 쌓아서 사람으로 탈태하라 하셨수. 그게 다 내 운명이라는 말씀만 하시면서……."

"운명이라?"

"그래서 사백 년 동안은 단 한 번도 동료들이나 일족을 만나지 못하고 지냈수. 어느 정도 도력을 갖춘 담에야 몰래 조금씩 나다녔지. 증조부께서는 왜국이 쳐들어와 난리가 일어날 것두 알고 계셨수. 그래서 백악산 산신을 시켜서 높은 양반에게 고하기도 했다는데, 아무 소용없었던 모양이우."

태을 사자들이 그런 것을 알 리는 없었지만, 이항복이 만났던 백악산의 도깨비란 바로 호군이 보낸 산신이었던 것이다.

"호군이 천기를 알았다? 금수의 몸으로 과연 천기를 짚을 수가 있단 말인가?"

"증조부는 과거 어느 기인에게서 인간들이 쓰는 문자를 배운 다음 무슨 비결인가 뭔가 하는, 좌우간 천기를 짚은 책이라는 것을 배운 적이 있다고 들었수."

"책을?"

"그렇수."

"자네도 그 책을 아는가?"

"나는 모르우. 그런 거 배울 틈이 어디 있겠수? 다만 증조부께서 하신 말 중 한마디는 생각날 듯 말 듯한데……. 그 뭐드라……?

녹…… 녹…… 그래, 녹도문鹿圖文이라는 글자로 쓴 것이라 하셨수."
"녹도문이라……. 그것이 무엇이지?"
"나도 모른다구 했잖수? 좌우간 무지 오래전의 글자라고 했수. 언문하고두 조금 닮았는데……."
흑풍 사자가 외쳤다.
"저 토굴 안의 글자가 혹시 녹도문이 아닐까?"
흑호가 고개를 갸웃하며 말했다.
"글자?"
"자네 아까 증조부를 뵐 적에 그 안에 씌어 있는 글자를 보지 못했는가? 증조부께서 새긴 것 같던데."
흑호는 고개를 저었다.
"난 못 봤수."
"그럼 한번 가서 보세나."
넷은 다시 토굴로 가서 호군이 새겨둔 글자를 보았으나 그 글자는 흑호도 알아보지 못했다. 태을 사자와 흑풍 사자는 천기와 통해 있다는 호군이 남긴 글자를 해독하지 못하는 것이 아쉬워 발을 동동 굴렀으나 별다른 수가 없었다.
"아니, 자네 지금 뭘 하는가?"
흑풍 사자가 흑호를 보며 말했다. 흑호가 자신의 손톱을 세워 그 글자를 자신의 팔에 각인하고 있었던 것이다. 날카로운 손톱이 지나간 자리에 핏방울이 맺혔다.
"증조부가 남기신 것이니 무슨 뜻이 있을 거유. 나중에 현인을 만나면 알아봐야지."
흑호는 일전에 만났던 유정이라는 승려를 생각하고 있었다. 도력도 높고 학식도 깊어 보이던 그 승려라면 이 글자를 해독할 수 있을 것 같았다.

넷이 토굴을 나오자, 잠시 침묵을 지키던 태을 사자가 입을 열었다.

"왜가 난리를 일으킨 것은 하늘의 정해진 이치. 그러나 왜군은 곧 지쳐 물러가고 강화가 체결될 것이네. 도성은 함락되지 않을 것이야."

"뭐, 나도 증조부한테 그렇게 들었수만…… 영 심상치가 않수."

"무슨 말인가?"

"나는 본래 산천의 모든 정기와 직접 교감할 수가 있수. 그래서 아는데, 기이한 일이 있수."

"그게 뭔가?"

"내일 날이 밝으면 아마도 신립이란 장군이 왜군과 싸우게 될 거유. 나도 난리가 터진 후에는 심심풀이로 괘를 풀어서 어디어디에서 싸움이 벌어질지 알아보곤 했다우. 난 원래 인간을 싫어해서 말이우. 인간들이 죽는 게 고소하거든. 헤헤헤……."

흑호는 실없이 웃다가 곧 정색을 하며 말했다.

"괘에서 짚은 바로는 신립이란 장군이 분명 새재에서 싸울 거로 나왔는데, 갑자기 싸움터를 옮기는 것 같수. 그래서 그 근처의 지신들이 모두 놀라고 있수."

태을 사자는 크게 놀랐다. 이 판관이 다른 사자들에게 하는 말을 기억해낸 것이다. 이 판관은 신립과 왜군의 고니시가 내일 문경새재에서 싸울 것인바 승패는 반반이니 영혼을 잃지 않도록 주의하라고 당부했다. 그런데 신립이 새재를 버리고 다른 곳에 진을 친다니……. 믿을 수 없는 일이었다.

"새재를 떠나? 그럼 어디로 간단 말인가?"

"나도 잘 모르겠수. 인간의 대화를 직접 들은 게 아니라서, 새재에서 벗어나는 것밖에는 알지 못하우."

"그러면 산신이나 다른 누구에게 그런 사실을 사계나 다른 곳에 고했나?"

"아까도 말했지만 말이우."

흑호는 한숨을 쉬면서 말했다.

"산신이 부리는 수하들이 죄다 변괴를 당해 경황이 없는 모양이우. 더구나 문경새재의 산신은 어디론가 사라져버린 듯하우. 그 바람에 지신들이 난리를 피워서 나까지 알게 된 거지."

흑풍 사자가 몸을 가늘게 떨면서 말했다.

"그 사실에 틀림은 없겠지?"

"틀림없을 거유. 아니, 정 뭣하면 직접 가보면 될 것 아니우. 도력 높은 사자들이 그게 어렵겠수? 날이 밝으려면 아직 시간도 좀 남았는데……."

그 말을 듣자 흑풍 사자는 태을 사자 쪽으로 시선을 돌렸다.

"이거 보통 일이 아니구려. 천기에 내정되어 있는 일이 어찌 흔들릴 수 있다는 말이오? 이건 영혼이 몇몇 없어지는 것보다 훨씬 더 큰 문제외다."

"그렇소. 이건 보통 일이 아니오."

"가만, 가만……."

윤걸이 입을 열었다.

"우리는 마수의 정체를 캐기 위해 이리로 온 거요. 하지만 지금은 그것을 신경쓸 시기가 아닌 듯하오. 천기가 어그러지다니! 이건 있을 수 없는 일이오. 당장 그리로 가서 확인해봅시다."

그러자 흑풍 사자가 심각한 얼굴로 대답했다.

"왠지 불안합니다. 이거, 일이 뭔가 잘못되어가고 있어요."

태을 사자가 침울한 어조로 말했다.

"내 짐작으로는…… 아직 확실한 것은 아니지만, 이 모든 일들이 서로 연관을 가지고 있을지도 모른다는 생각이 드오. 영혼이 사라지고…… 조선의 신통한 동물들이 죽어 없어지고…… 산신마저 사라지는데다가, 조선의 장수는 천기를 어기고 다른 곳으로 진을 옮기려 하고 있소. 천기가 흔들리는 것이오. 이건 단순한 문제가 아니라 누군가 세상의 질서를 흩뜨리고 있는 것이오."

"세상의 질서라면 생계를 말하는 것이오? 아니면?"

"이미 사계에서도 문제가 발생하기 시작했소. 아직 확증은 없지만 마계가 개입하는 것 같은데……. 그렇다면 조선 한 나라의 문제만이라 할 수 없소. 딱히 뭐라 말할 수는 없지만 마음이 무겁구려."

태을 사자가 침중하게 이야기하자 흑호가 눈을 번득이며 말했다.

"나도 같이 가겠수. 아까 당신들이 보여준 터럭은 아무래도 이 세상 물건이 아닌 듯하고…… 또 우리 일족이 죽은 흔적에서도 비슷한 느낌이 드는 걸 보면 뭔가 연관이 있을 것 같수. 나도 일족의 복수를 해야 할 몸, 괜찮다면 당신들을 따라다니고 싶은데, 괜찮겠수?"

아무리 도력이 높다고는 하지만 한낱 정체 모를 금수에 불과한 흑호가 동행하겠다는 말에 흑풍 사자와 윤걸은 거절하려고 했다.

그러나 태을 사자는 고개를 끄덕이며 조용히 말했다.

"우리 편의 수가 많으면 많을수록 좋은 것 아니오? 더군다나 흑호는 우리가 못 가진 재주를 지니고 있는 듯하니 크게 도움이 될지도 모르는 일이오."

태을 사자의 주장에 흑풍 사자와 윤걸도 결국 동의했다. 윤걸은 태을과 흑풍의 도움을 받으면서까지 흑호를 이기지 못한 것에 자존심이 상하여 동행을 꺼렸으나, 태을 사자의 말에 수긍하지 않을 수 없었다.

“자시가 지났으니 날이 밝으려면 두 시진(4시간)밖에 남지 않았소. 거기까지 가는 데에는 한 시진이 훨씬 넘게 걸릴 것이니 서둘러야겠소.”

이렇게 말한 흑풍 사자가 신형을 날려 이동하기 시작하자 태을과 윤결도 뒤를 따랐고, 흑호는 사람의 눈에 보이지 않게 토둔술을 부려 그들의 뒤를 따랐다. 태을 사자는 흑호가 따라올 수 있을까 걱정하며 뒤를 돌아보았지만, 흑호가 상상 외로 술법에 능한 것을 보고는 고개를 끄덕였다.

어그러진 천기

"어떤가? 피곤해 보이는데 괜찮겠나?"

강효식이 눈을 감고 무아지경에 들어간 지 한 시진 이상이 지나도록, 신립은 그에게서 한순간도 눈을 떼지 않았다. 얼마 걸리지 않을 것이라던 애초의 말과는 달리, 강효식은 상당히 오랜 시간 동안 땀을 비 오듯 흘리면서 안색을 여러 차례 바꾸었다. 혼이 나간 것처럼 무아지경에 빠져버린 강효식의 안위가 신립은 내내 걱정이었다.

마침내 해쓱하게 질린 채 강효식이 눈을 번쩍 뜨자, 신립은 반가운 마음에 그렇게 물었던 것이다.

"장군……."

"그래. 땀을 많이 흘렸네. 괜찮은가?"

"예……. 괜찮습니다. 그리고……."

강효식은 말을 더듬거렸으나, 신립은 그가 기氣를 몹시 사용하여 그러려니 하고 별생각 없이 넘어갔다.

"뭔가?"

"그 일…… 심려치 마옵소서. 그다지 적대적이지는 않은 듯하옵니다. 악의를 가지고 탄금대에 진을 치라 권한 것은 아니오니, 오히려 복으로 보시는 편이 옳을 것 같사옵니다."

"호, 그래? 그거 다행이로군. 내내 마음에 걸렸는데……. 정말 수고가 많았네."

"천만의 말씀이옵니다."

"피곤하지는 않은가?"

"이 정도는 문제없사옵니다. 좌우간 별문제가 없을 것 같아 다행이옵니다."

"그래, 그래."

신립은 두어 번 고개를 끄덕거려 보이며 빙긋 미소를 짓고는 일어나 강효식의 어깨를 두드렸다.

"이제 우리도 출진 준비를 하세. 새벽까지는 탄금대에 진을 쳐야 할 것이니 말일세."

"예. 그러면 소장 물러가겠사옵니다. 아무튼 심려 놓으시옵소서."

"그래. 우리 내일 멋지게 싸워서 왜구들을 모조리 도륙 내고 상감께 승전보를 전하도록 하세. 주상께서 왜구들 때문에 심려가 이만저만이 아니시네."

"예. 소장, 신명을 다하겠사옵니다."

정중하게 인사를 올린 후 강효식은 신립의 장막을 물러 나왔다.

군막 앞을 지키던 군졸은 강효식의 얼굴이 달빛에 비쳐서인지 몹시 파리하게 보인다고 생각했다. 강효식은 군졸의 의아해하는 눈길에는 아랑곳하지 않고, 무표정한 얼굴로 뚜벅뚜벅 걸어서 자신의 막사로 들어갔다.

점호가 시작되는 시각이었다. 병사들은 눈을 비비며 밖으로 나와 대오를 맞추고 막사와 진채의 기물을 수레에 싣는 등 이동할 준비를 마무리하고 있었다.

백두산 천지에서 촌각을 다투어 달려온 태을과 흑풍 사자, 윤걸과 흑호가 조선군의 진영에 도착한 것은 준비가 거의 끝나가는 바로 그 시점이었다.

"나는 아무리 둔갑을 한대두 사람들이 저렇게 모여 있는 곳은 별루요. 게다가 내가 싫어하는 쇠 냄새도 너무 많이 나구."

조선군 진영에 도달하자 흑호는 사람들과 직접 마주치기 싫다고 말했다.

"나는 토둔술을 써서 땅속에 있다가 사람들의 이야기를 들으면 어떻겠수? 귀가 밝은 편이니 땅속에서도 이야기를 들을 수 있수."

아무리 둔갑술을 쓴다고 해도 신체가 있는 흑호로서는 병사들이 득시글대는 진중으로 들어가긴 어려울 것이다. 그래서 흑호는 토둔술을 써서 땅속에 들어가 병사들의 동정을 살피도록 놓아두고 태을 사자와 흑풍 사자, 윤걸은 조선군의 진중을 직접 탐방하기로 했다.

이들 셋은 저승의 기운으로 몸을 싸고 있었기 때문에 조선군 진영의 칠천여 명에 달하는 병사 누구에게도 보이지 않았다. 또한 사람의 몸에 부딪힌다 하더라도 저승사자의 몸은 사람의 몸을 그대로 통과해버리기 때문에 눈치채일 염려도 없었다. 다만 사람도 영이 있는 존재라 저승사자가 통과하게 되면, 왠지 모르게 소름이 돋거나 진저리를 치거나 재채기를 하거나 했다. 다른 존재가 몸을 통과하는 것에 대해 신체도 약간이나마 반응을 하는 것이다.

저승사자들은 그런 일을 흔하게 겪어온 까닭에 조금도 신경을 쓰지 않았다. 그들은 이곳저곳을 돌아보며 정말 이들이 진을 옮겨 다른 곳으로 갈 것인지 어떤지를 살폈다. 잠시 돌아다니며 정보를 수집

한 결과, 조선군이 탄금대로 진을 옮기려 한다는 것을 확실하게 알 수 있었다.

그들은 훌쩍 몸을 날려 한 막사의 뾰족한 지붕 위로 올라섰다.

천으로 된 가벼운 막사였지만, 무게가 없는 것이나 마찬가지인 이들은 아무 곳에라도 올라설 수 있었다.

"정말로 진을 옮기려나 보오."

흑풍 사자가 인상을 찌푸리며 말했다. 그러자 윤걸도 고개를 끄덕였고, 태을 사자는 한숨을 내쉬었다.

"뭔가 잘못되어가는 것이 틀림없소. 조선군의 대장은 어쩌다가 이렇게 천기를 거스르는 결정을 내리게 되었는지 모르겠소."

윤걸이 태을 사자에게 물었다.

"이들이 다른 곳에 진을 치게 된다면 어떤 영향이 있을 것 같소? 저승사자들이 영혼을 회수하는 데 곤란을 겪으리라는 것은 차치하고 말이오."

"영혼을 회수하는 건 별문제가 되지 않소. 그보다는 천기로 정해진 전쟁의 운명 자체가 바뀔까 봐 그것이 더 저어되는구려."

"전쟁의 운명이?"

태을 사자가 여전히 긴장된 목소리로 말을 이어갔다.

"흑풍 사자도 들었겠지만 어제 이 판관은 명을 내리셨소. 알다시피 이 판관은 천기를 전달해주는 분이오. 그분은 분명 날이 밝은 후 왜군과 조선군의 전투가 문경새재에서 이루어지며 승패의 비율은 반반이라고 하시었소. 그런데 조선군은 어찌된 일인지 천기를 어기고 탄금대에 진을 친다고 하고 있소. 그렇다면 승패의 비율도 완전히 달라질 것이 아니겠소?"

윤걸이 다시 물었다.

"그렇다고 승패의 결과가 달라질까요?"

"정해져 있는 싸움터가 바뀌었다면 싸움의 결과도 천기와 다르게 흘러가지 않겠소? 우린 이미 수백에 이르는 영혼을 상주 싸움 때 잃어버렸소. 그리고 내 짐작에는……."

"짐작에는?"

"이 전쟁의 결과가 많이 달라질 것 같소. 그래서 죽지 않아도 될 사람들이 죽는 경우가 생길지도 모르오. 아니, 분명 그렇게 될 것 같은 예감이 드오. 그렇게 해서 더 많은 영혼이 실종될지도 모르는 일이오. 아니, 그편이 훨씬 쉽겠지. 죽지 않아도 될 자들이 죽으면 저승사자들도 당황하게 마련이고, 그러면 영혼들을 빼앗을 기회가 더더욱 많아질 테니."

"그…… 그럼, 이 일도 마수들이 꾸민 것이라는 말씀이오?"

태을 사자는 대답하지 않고 잠시 동안 생각에 몰두했다가 입을 열었다.

"지금 이 진중에는 조선 팔도의 병사들이 모두 모여 있을 뿐 아니라 한양의 근왕병들까지 와 있는 것 같소. 그렇다면 이 부대는 마지막 보루라 할 수 있을 것이오. 만일 이 부대가 무너지면 한양이 점령되는 것은 불을 보듯 뻔하고, 그래서 조선이 패하면……."

그러자 흑풍 사자가 부르짖듯이 말했다.

"명국이오! 왜국은 명국에 쳐들어가기 위해 조선에 길을 빌려달라고 말했다고 했소."

윤걸은 놀란 표정을 지었고, 태을 사자는 고개를 끄덕였다.

"그렇소. 명국은 조선보다 수십 배나 크고 인구도 수십 배 많소. 그곳에서 또다시 이처럼 천기에 어긋나는 전투가 벌어진다고 상상해 보시오. 상주 싸움에서 잃은 수백의 영혼, 여기 탄금대 싸움에서 잃을지 모르는 수천의 영혼과는 비교도 되지 않는 수만, 수십만의 영혼들이 어디론가 사라질 것이오."

윤걸의 안색이 하얗게 질렸다.

"명국은 대국인데 왜국이 과연 이길 수 있을까요? 대적하는 명국의 병사가 수십만이 넘을 것이고, 보급로는 갈수록 길어져서 싸움이 어려워질 텐데요?"

태을 사자는 그 말에 고개를 갸우뚱했다.

"그건 알 수 없지요. 그러나 만약 정체 모를 힘이 있어서 천기를 어긋나게 만들고 전쟁의 향방을 바꿀 수 있다면, 명국과 왜국의 전쟁 결과도 바꿀 수 있을 것이오."

흑풍 사자는 한숨을 내쉬었다. 태을 사자의 추측이 맞다면 이건 정말 어마어마한 일이었다.

"그래서 무엇을 하자는 것일까요?"

"나도 잘 알 수는 없소이다. 하지만 생각해보시오. 왜국과 명이 전쟁을 치르게 된다면 조선의 장병도 징집되어 나갈 것이고, 그러면 지금처럼 일이만이 아니라 수십만의 군세가 맞닥뜨리는 전쟁이 될 것이오. 그렇다면 죽어 사라지는 영혼의 숫자도 몇십만, 몇백만에 이를 것이 아니겠소?"

"몇십만, 몇백만의 영혼으로 무엇을 한단 말이오?"

"그것은 나도 짐작할 수 없소이다. 어쨌거나 마계의 괴수들이 인간의 영혼을 훔쳐간다는 것은 반쯤 확실해진 일이 아니겠소?"

윤걸은 얼굴빛이 질린 채 아무 말도 하지 못했고, 흑풍 사자는 한숨을 내쉬며 말했다.

"도대체 어떻게 천기를 어지럽히는 짓을 할 수 있을까요? 아무리 마계라도 그것은 곧……."

"그것이라니?"

"그것은 계界 간의 전쟁을 각오하지 않고서는 할 수 없는 일이 아니겠소, 그렇지 않소?"

흑풍 사자의 말에 윤걸만이 아니라 태을 사자의 낯빛까지도 질려버렸다. 생계의 일에 대해서는 감정 기복을 드러내지 않는 사계의 존재들이었지만, 자신이 속해 있는 사계의 안위에 대해서 걱정하는 것은 생계의 존재들과 다를 바가 없었다.

"저…… 전쟁이라니! 어찌 그러한 일이……!"

윤걸은 놀라움에 소리를 쳤지만, 태을 사자는 침착한 태도를 잃지 않고 얼굴빛만 조금 변한 채로 고개를 끄덕였다.

"일리 있는 말씀이오."

마계가 이런 식으로 생계의 질서를 깨뜨리고 천기를 어지럽혀간다면, 사계도 가만히 보고 있지만은 않을 것이다. 그러나 마계로 가는 법을 아는 자가 없을뿐더러, 가더라도 유계와 환계를 통과하여야 할 것이다. 그러기 위해서는 성계와 광계, 신계의 도움을 청해야 한다. 그것은 계 간의 전쟁이 유발될 수도 있다는 결론이 된다. 그래서 종국에는 우주 팔계 전체의 전쟁으로 번진다면…….

태을 사자는 자신도 모르게 한숨을 내쉬고는 부근을 다시 한번 살펴보며 말했다.

"일단 우리의 할 일을 상의하기로 합시다. 물론 이 일을 사계에 보고해야 하겠지만, 그전에 좀더 상황을 정확하게 알아볼 필요가 있을 것 같소."

흑풍 사자가 말했다.

"우리 중 하나는 일단 사계로 올라가서 보고를 올리고, 나머지 둘은 동이 틀 때까지 동정을 살피는 것이 좋겠소이다."

"흑풍 사자께서 먼저 가시오. 아무래도 일이 화급하게 돌아갈 것 같소이다. 정말로 조선군의 장수 신립이 마계의 영향을 받아 진을 옮겨 패배를 자초하는 것이라면 한시바삐 이것을 바로잡아야 하지 않겠소?"

윤걸도 맞장구를 쳤다.

"맞습니다."

흑풍 사자가 둘의 얼굴을 잠시 쳐다본 다음에 말했다.

"진을 옮기지 말도록 신립을 설득한다면 우리도 천기를 어기게 되는 것이 아니오?"

저승사자를 비롯한 사계의 존재들은 생계에 영향을 주는 행위를 하는 것이 엄격히 금지되어 있었다. 그들은 약간이나마 천기를 짚어 알 수 있는 존재들이므로, 그러한 행동을 한다면 그 영향을 받아 천기가 다른 방향으로 흘러갈 소지가 있기 때문이었다. 천기를 누설하거나 거스르는 행동을 하는 죄는 그야말로 무거웠고 엄격하게 금지되어 있었다. 흑풍 사자가 주저하는 것도 어쩌면 당연한 일이었다. 그러나 태을 사자는 고개를 저었다.

"우리는 천기가 어긋나는 것을 바로잡으려는 것일 뿐, 천기를 어그러뜨리려는 것이 아니외다. 홍두오공이 나타나 인명을 해칠 때 그것은 곧 천기를 어그러뜨리는 일이었으므로, 사계와 다른 계의 존재들이 그것을 잡으려 하지 않았소? 우리가 신립에게 알려 전쟁의 향방을 원래 정해진 천기대로 흘러가게 하는 것도 그와 하등 다를 바가 없다고 보오. 이건 잘못을 저지르는 것이 아니란 말이오. 다만……."

태을 사자가 말을 끊었다가 다시 이었다.

"우리 임의대로 하는 것은 곤란하니 상부의 허락을 받아야 하겠지요."

흑풍 사자가 고개를 끄덕이며 말했다.

"그러면 태을 사자께서 먼저 가서 사정을 고하시오. 그런 것을 나로서는 잘 설명할 수 없을 것 같구려. 수고스럽더라도 언변에 능하신 태을 사자께서 가주시면, 우리는 신립의 주변에 있다가 허락이 떨어지는 즉시 신립에게 현몽을 하거나 아니면 다른 방법을 강구하여 싸움이 벌어지기 전에 진을 바꾸도록 해보겠소."

윤걸도 한마디 거들었다.

"날이 밝으면 이들은 곧 왜군과 맞닥뜨릴 것이오. 허락이 떨어지기만 한다면 나는 왜군 진지로 가서 고니시의 진군 속도를 느리게 만들어보겠소이다. 탄금대에서 진을 거두기도 전에 왜병이 내습해온다면 막을 수조차 없지 않소이까?"

윤걸의 말에 태을 사자도 동의했다.

"좋소이다. 그러면 각자 그렇게 하도록 합시다. 흑호에게도 누군가가 알려주는 것이 좋겠소."

윤걸이 말했다.

"내가 토둔법을 써서 흑호에게 알리리다. 나는 근위 무사라 토둔법을 알고 있소이다."

흑풍 사자가 한 가지를 덧붙였다.

"조선군이 진영을 옮기기 전에 윤 무사와 흑호는 나와 함께 이 근처를 좀더 둘러봅시다. 아직 해가 뜨려면 반 각 정도 남았으니 한 번 둘러보는 데에는 지장이 없을 듯하오."

"그러면 각자 행동에 들어갑시다. 시간이 별로 없소."

마지막으로 태을 사자가 말하자, 셋은 각자의 역할을 하기 위해 몸을 움직였다. 흑풍 사자는 신립의 막사로 향하고 윤걸은 토둔술을 써서 땅속으로 들어갔고 태을 사자는 사계로 몸을 전이시켜 갔다.

진영을 돌며 장병들의 동정을 살피던 흑풍 사자와 흑호, 윤걸 셋은 조선군이 신립 등의 급작스러운 결정에 따라 새재를 떠나 탄금대에 진을 치게 되었다는 사실을 확신하게 되었다.

병사들은 진영을 옮기는 의미에 대해 전략적인 판단까지야 하지는 않았지만, 늦은 밤중에 갑자기 이동하는 것에 대해서는 불만스러워했다. 그리고 신립의 북방 전투에 참여했던 부대나 전쟁 경험이 많은 고참병들의 부대는 별말이 없었으나, 후방의 한직에 있던 군사들이나 급히 모집된 신병들은 불안감을 감추지 못했다.

"조총이란 거, 쏘는 사람은 보이지도 않는데 땅 소리만 나면 사람 하나가 고꾸라진다면서? 왜병이 그런 무기를 가지고 있다는데, 우린 다 죽는 거 아냐?"

"아따. 그런 걱정 허들 말드라고잉. 그건 아무것도 아닝께. 우리 조선 진영에도 승자총통이라는 무시무시한 병기가 있대야. 원래 신 장군이 승자총통 운용에는 귀신이라고 헝께 걱정 붙들어 매소. 다 방책이 있지 않겄는가."

"왜병들은 수십 년 동안 싸움질만 했다 안 카나? 그런 놈들하고 붙으면 워데 힘 한번 써보기나 하겠나?"

"길고 짧은 건 대봐야 하는 것이지유."

돌아다니면서 듣는 병사들의 말투로 보건대, 북도 쪽의 병사들은 거의 없는 듯했다. 경상도의 패잔병에서부터 전라도의 군관, 한양의 포졸들에 이르기까지 병사들은 제각각의 사투리로 틈만 나면 걱정이 담긴 이야기들을 나누고 있었다. 경상도의 수군이었다가 이곳에 합류하게 된 어떤 경상도 병사는 박홍과 원균이 겁에 질려 백오십척에 달하는 전선을 일부러 가라앉혔으며 일만이나 되는 수군을 해산해버렸다는 이야기를 동료에게 들려주었다. 그 이야기를 듣자, 윤걸은 의아한 표정을 지었다.

"거참, 이상하군. 이곳에 진을 친 병사가 칠천 정도인데, 바다에서 백오십 척이나 되는 전선에 일만의 수군을 거느리고 있었다면 지금보다 훨씬 유리한 입장이 아니겠는가? 그런데도 싸움 한번 해보지 않고 도망쳤다니, 정말 해괴한 일이군."

그러자 윤걸과 흙 속에서 동행하고 있던 흑호가 퉁명스럽게 말했다.

"인간들이 원래 그렇지, 뭐. 나는 저들이 뭔 소리를 하는 건지 하나도 이해가 안 되우."

한편, 그들과 떨어져 공중으로 다니던 흑풍 사자는 어느 막사 부근에서 이상한 기척을 느꼈다.

싸움이 벌어지기 전이니 중상자나 죽은 자들이 나온 것도 아닌데, 죽은 지 꽤 오래되었으나 승천하지 않은 듯한 영의 느낌을 받았던 것이다. 그것도 전쟁터에 어울리지 않는 여자의 영혼 같았으니, 해괴한 일이 아닐 수 없었다.

'이상하군……. 그런 영이 왜 군의 막사 안에 있는 것일까?'

저승사자인 흑풍 사자는 본능적인 느낌을 놓치지 않았다.

지금의 흑풍 사자는 이 일에 직접 관여할 이유가 없지만, 죽은 자들을 거두어 데려가는 것을 소임으로 하니만치 그냥 지나칠 수는 없었다. 아마 상황에 맞게 논리적인 사고를 하는 태을 사자였다면 지나칠 수도 있었을 것이다.

어쨌든 흑풍 사자는 천으로 된 장막을 스르르 통과하여 막사의 안쪽으로 들어갔다. 거기에는 여자는 없고 군관 한 사람이 피곤한 얼굴로 앉아 있었다. 그런데 바로 그 남자의 몸안에서 죽은 지 오래된 여자 영혼의 느낌이 풍겨 나오고 있었다.

'이런 일이 있나? 남자, 그것도 내일 결전을 앞둔 장수의 몸에 여자의 혼령이 씌어 있다니.'

흑풍 사자는 괴이하게 생각하며, 남자의 몸에 손을 대어 안에 숨어 있는 영을 뽑아내려고 하였다.

흑풍 사자가 막 남자의 몸에 손을 대려는 순간, 홀연히 나타난 강력한 요기가 뒤로부터 흑풍 사자의 등을 꿰뚫고 지나갔다.

장막 밑의 땅속을 돌아다니던 윤걸은 요기를 느끼고 번쩍 고개를 치켜들었다.

근위 무사라는 본래의 직분상 요기에 민감한 본능을 갖고 있는 윤걸은 떨어져 있는 흑풍 사자의 신상에 좋지 못한 일이 생겼다는 느낌을 퍼뜩 받았다.

"뭔가 일이 벌어졌네!"

윤걸은 옆에 있는 흑호에게 전심법으로 외치고는, 몸을 위로 솟구쳐 흙 밖으로 나섰다. 그러나 흑호는 위로 올라오지 못했다. 흑호는 몸을 지닌 존재였기 때문에 군사들이 득실대는 곳에 모습을 내보일 수 없었던 것이다. 할 수 없이 흑호는 지금껏 하던 대로 토둔술을 써서 윤걸이 가는 방향으로 따라 움직였다.

윤걸은 흑호가 따라오고 있는지 확인할 겨를도 없이, 신형을 흑풍 사자가 있는 곳으로 이동시켜갔다. 중간에 몇몇 조선군 병사들과 마주쳤으나, 윤걸은 피할 생각도 하지 않고 곧장 그들의 몸을 통과하여 지나갔다.

• • •

사계로 떠난 태을 사자는 항상 보아오던 황천관에 도달하였다.

태을 사자의 마음은 매우 다급했다. 날이 밝을 시간이 다 되어가고 있었기 때문이었다.

'이제야 도달했구나……. 어서 가서 알려야 한다. 판관에게 아뢰서 무슨 조치를 취해야 할 것이다.'

막 번뇌연에 들어가려던 태을 사자는 평소와 다른 것을 느꼈다. 황천관은 사계에 들어가는 관문으로, 항상 신장 두 명이 커다란 신창神槍을 들고 지켜 서 있었는데, 그 모습이 보이지 않았던 것이다. 다만 을씨년스러운 빈 관문만 떡 하고 버티고 있었다.

'왜 신장들이 없지……?'

태을 사자는 행여나 잘못된 일이 벌어진 것은 아닐까 싶어 마음이 불안해졌다. 그러나 어쨌든 신립이 천기를 어기고 탄금대에 진을 쳤으며 그 배후에는 마계가 있다는 중요한 사실을 명부에 알려야 했다.

태을 사자는 주위를 둘러보며 찾아보았으나 결국 신장은 발견하지 못하고 의아한 마음을 남겨둔 채 번뇌연으로 몸을 날렸다.

번뇌연을 빠져나와 명부 앞에 선 태을 사자는 다시 한번 이상한 것을 느꼈다. 황천관 앞에 신장들이 없었던 것처럼, 명부 앞에도 항상 그곳을 지키고 있던 울달과 불솔이 보이지 않았던 것이다. 그리고 주변에는 다른 저승사자나 판관, 하다못해 귀졸 하나 보이지 않았다.

'이게 도대체 어떻게 된 일인가……. 사계가 텅텅 비어버렸단 말인가?'

자신이 인간이라면 차라리 꿈을 꾸고 있다고 생각할 수도 있을 테지만, 저승사자인 태을 사자로서는 그럴 수도 없었다. 그저 답답하고 궁금할 따름이었다.

태을 사자는 현관을 통과하여 명부 안으로 들어섰다. 그곳에는 기척이 있었다. 여기저기서 전심법으로 이루어지는 대화가 들려왔다. 뭔가를 찾거나 부탁하면서 부지런히 정리를 하고 있는 모양이었다.

비로소 태을 사자는 마음을 놓았다. 분주하게 움직이는 쪽으로 신형을 이동시켜서 보니, 소란을 피우고 있는 자들은 저승사자들보다 몇 계급이 낮은 귀졸鬼卒이었다. 그들은 서류들과 책자들을 한아름 안고 창고에서 나와 화수대라 불리는 전대에 집어넣고 있었다.

화수대는 사계에서 사용하는 유용한 물건으로, 집어넣어도 집어넣어도 또 집어넣을 수 있는, 무한정의 내부 공간을 갖고 있는 부대였다. 인간 세상에도 화수분이라는 이름의 그릇이 있다고 하는데, 산을 깎아 만든 그 물그릇에 물을 채우고 나면 아무리 퍼내도 줄지 않는다고 한다. 화수대도 그 이름을 따서 지어진 것이 아닌가 하는 추측이 있었으나 분명치는 않았다. 물론 화수대에 아무것이나 집어넣을 수 있는 것은 아니었다. 생계의 물건을 담을 수는 없고, 무게가 느껴지지 않는 사계의 영기로 뭉쳐진 물건만을 담을 수 있는 부대였다.

태을 사자는 귀졸들에게 다가갔다. 귀졸들은 일에 열중하느라 자신들보다 몇 계급 위인 사자가 오는 것도 모르고 있었다. 그리고 태을 사자를 발견한 다음에도 주춤거리며 가볍게 목례를 했을 뿐, 일에서 손을 떼지는 않았다.

"무엇을 하고 있는 게냐?"

태을 사자가 묻자 화수대의 주둥이를 벌리고 있던, 소머리의 흉하게 생긴 귀졸 하나가 대답했다.

"창고를 비우고 있습니다. 판관의 분부입니다."

"내 황천문을 통해 오는 길이다. 그런데 신장이나 명부의 문지기들이 보이지 않던데, 모두 어디로 갔는지 아느냐?"

"급한 일이 있다 하여 소집되어 갔습니다."

"문지기까지 소집해야 할 일이 있었단 말이냐?"

"저희들은 잘 모릅니다. 저희 같은 것들이야 사계 뇌옥에 갇힌 죄수 신세나 마찬가지인데 무엇을 알겠습니까. 다만 이곳의 일이 바쁘다 하여 서둘러 돕고 있는 중입니다."

귀졸들은 불가에서 말하는 일종의 야차이며, 민간에서 이야기하는 두억시니나 도깨비이기도 했다. 그들은 말하자면 인간 세상의 노비와 흡사한 존재들로, 대부분 인간의 형체를 지니고 있기는 했으나 머리는 소나 말, 돼지나 개 등의 형상을 하고 있었다. 그들은 뇌옥을 경비하거나 지옥에서 죄지은 영혼들에게 벌을 가하는 등 말단의 일을 하는 존재들이었다. 그러니 그들에게 물어봤자 뭔가를 알아낼 수 없는 것은 당연한 일이었다.

태을 사자는 더 캐물으려다가 마음을 돌려 다른 것을 물었다.

"판관들께서는 모두 어디 계시느냐?"

"거의 나가신 것 같고…… 이 판관은 계십니다."

"이 판관이 계시다고? 그거 다행이로구나. 어디에 계시느냐?"

"아마 뒤쪽의 자비전에 계실 겁니다."

"자비전이라고? 알겠다. 수고들 하여라."

"예!"

태을 사자는 귀졸들을 뒤로하고, 급히 신형을 이동시켜 명부의 뒤쪽에 있는 자비전으로 향했다. 자비전은 이 판관이 자주 드나드는 곳으로, 이번 임무를 진행하기에 앞서 이 판관과 이야기를 나누었던 장소이기도 했다.

자비전에 도달하니 과연 안에서 기척이 느껴졌다. 원래 자비전은 판관, 그러니까 6품 이하의 계급을 지닌 자들은 마음대로 출입하지 못하는 곳이었으므로, 태을 사자는 밖에서 고했다.

"아뢰오!"

"태을인가? 안으로 들게."

안에서 이 판관의 목소리가 들려왔다. 태을 사자는 허락을 받자 신형을 가볍게 이동시켜서 자비전 안으로 들어갔다.

이 판관은 예의 난초를 묵묵히 바라보며 생각에 빠져 있었는데, 안색이 별로 좋지 않았다. 어차피 사계의 존재인 판관이나 사자의 안색이 혈기 띤 좋은 색일 리는 없지만, 이 판관의 얼굴에는 짙은 수심이 깃들어 있었다. 태을 사자는 고개를 조아리며 긴장된 어조로 말했다.

"아뢰옵니다. 생계에 큰일이 일어났습니다."

"그러한가……."

태을 사자의 긴장한 어조에도 이 판관은 시큰둥하게 대답하며 여전히 난초를 바라보고 있을 뿐이었다. 태을 사자가 놀라 고개를 들었을 때, 이 판관의 입에서는 태을 사자가 깜짝 놀랄 말이 튀어나왔다.

"여기도 큰일이 벌어졌네. 유계의 마물들이 사계 변경에 집결하고 있네."

"유계의 마물들이라 했사옵니까? 그들이 어째서……."

이 판관은 고개를 설레설레 흔들며 말했다.

"모르겠네. 전쟁이라도 벌이려는 것인지……."

생계도 아닌 사계에 전쟁이라니……. 태을 사자는 깜짝 놀라서 자칫하면 신형을 가누지 못하고 뒤로 넘어질 뻔했다. 태을 사자가 놀란 가슴을 쓸어내리고 있는 동안, 이 판관이 혼잣말을 하듯 중얼거렸다.

"지금 사계의 신장들을 비롯하여 도력을 지니고 싸울 수 있는 자들은 모두 변경에 투입되어 경계를 강화하고 있네. 생계의 영혼을 관리하는 아주 적은 수만 여기 일을 보고 있는 중이라네."

"작은 분쟁이 아니옵니까? 유계의 마물이라면 그다지 도력이 높지 않을 터인데……."

"집결한 마물의 수가 얼마나 되는지 아는가? 자그마치 육백만일세."

"육백만 마리요?"

태을 사자는 놀라서 자기도 모르게 큰 소리로 말했다.

이 판관이 고개를 저었다.

"육백만 마리가 아니고 육백만 무리일세. 한 무리를 대략 일 초哨(초는 조선 시대 때 군사의 숫자를 세던 단위. 100여 명의 부하와 몇 명의 장교로 편성된다)로 잡아도 육억이 넘는 숫자라네."

태을 사자는 입을 다물 수가 없었다.

저승의 무관과 신장, 사자, 기타 도력 있는 자만 싸움에 참여했다고 하였으니, 자신이 아는 범위에서 그 숫자는 약 팔만가량이 될 것이다. 조선을 관장하는 명부에 속해 있는 저승사자를 합치면 이천, 무관은 약 천 명 정도, 신장과 판관 등 여타 존재를 합치면 오백 정도쯤 되니 그들이 모두 동원되었다고 해도 삼천오백의 군세에 불과하다. 그리고 조선 외에 각 나라를 관리하는 명부가 삼백 곳 정도 흩어져 있는 것으로 태을 사자는 알고 있었다. 명부 중에서도 인구가 많은 중원(중국)을 다루는 곳이나 천축(인도)을 다루는 곳은 훨씬 규모가 크겠지만 훨씬 작은 곳도 있으니, 조선을 평균으로 볼 때 동원될 수 있는 군세는 대략 백만 정도라는 결론이 나온다. 그렇다면 비록 유계의 마물들이 환계나 마계와는 달리 대부분 도력의 경지가 낮고 약한 것들이라고 하나, 그 수가 육억이라면 거의 육백 대 일의 싸움을 하게 되는 셈이다.

물론 사계는 이보다 범위가 더 넓었으나, 사계의 다른 부분들은 즉각적 통솔할 수 있는 곳이 아니었다. 동물을 다루는 곳이나 다른 행성을 다루는 곳까지 합치면 사계 전체의 명부 수는 헤아릴 수 없이 많지만, 그러한 영역들은 별도의 차원에 있으므로 아무리 사계 내에 속한다 하더라도 소통이 어렵거니와 지원을 바랄 수도 없었다.

태을 사자가 긴장하여 말했다.

"저승 내의 귀졸들까지 모조리 모은다면 수가 몇억은 되지 않겠사옵니까?"

"그렇다고 하여 본연의 일을 중단할 수는 없지 않은가. 하물며 아직은 전쟁이 벌어진 것도 아닌데 말이야. 윤회를 관장하는 일조차 버리고 모조리 싸움에만 뛰어들면 세상이 어찌되겠는가. 이미 광계와 성계에도 지원을 요청하였으나, 사계 본연의 임무를 중단해서는 아니 된다는 염왕의 분부가 떨어졌다네."

그것은 이 판관의 말이 맞았다. 귀졸이나 기타 하급의 존재는 도력이 별로 없으니 제대로 싸울 수도 없을 것이며, 영혼을 관리하는 업무를 중단한다는 것은 있을 수 없는 일이었다.

현재 사계에서는 수억의 인간 영혼들이 윤회 과정을 거치고 있거나 아니면 지옥에서 벌을 받고 있었다. 그러한 영혼들을 관리하고 벌을 주고 판가름을 내리려면 역시 수억의 귀졸이 필요했다. 그 일을 중단한다면 세상의 조화는 깨어지고 말 것이다.

아직 충격에서 벗어나지 못한 태을 사자에게 이 판관은 백두산에 갔던 일은 어찌되었는가 하고 물었다. 그제야 태을 사자는 정신을 차리고 그간의 경위를 간략하게 설명했다. 백두산에 도달하였으나 호군을 비롯한 호랑이들이 주살되었다는 것, 흑호라는 도력을 지닌 호랑이를 만났고 그로부터 조선 땅의 도력 있는 짐승들이 모두 사라져 버린 사실을 알게 되었다는 것, 신립이 천기를 벗어나서 새재에 진을 치지 않고 탄금대에 진을 쳤다는 것 등을 알렸다. 그리고 천기를 바로잡기 위해서 뭔가 조치를 취해야 한다는 말로 보고를 끝마쳤다.

이 판관은 도무지 믿기지 않는다는 표정을 지었다. 태을 사자가 말을 마치자, 이 판관은 심각한 얼굴로 난을 쓰다듬으며 생각에 잠겼다. 여기저기서 천기가 어그러지고 있는 탓에, 이 판관으로서도 선뜻 판단을 내리기가 어려운 모양이었다.

"흠……. 그러나 결정적인 증거는 하나도 없지 않은가?"

"신립이 탄금대로 진을 옮긴 것 자체가 천기를 어긴 것이 아니옵니까? 그러한 일이 있다면 천기를 바로잡아야 하지 않겠사옵니까?"

이 판관이 답답하다는 듯 말했다.

"생각해보게나. 지금 여기도 문제가 많다네. 유계와 지금 험악한 국면에 접어들었다는 말일세. 그런데 신립이 다소 그릇된 행동을 하고 있다는 이유만으로 천기를 건드리는 일을 해서야 되겠는가. 신립이 왜 그러한 행동을 한 것인지에 대한 내용도 자네는 아직 모르지 않는가? 모든 것을 추측으로만 해결할 수는 없는 일이네."

태을 사자는 기가 꺾였다. 자신이 경솔했다 싶기도 했다. 하기야 자신의 판단만 믿고 상부에 이런 보고를 올려서 좋은 결과를 바란 것도 무리거니와, 사계에서도 상당한 혼란이 벌어진 마당에 이 판관이 난색을 표하는 것은 당연했다. 그러나 이대로 물러설 수는 없었다. 태을 사자는 다소 불손한 어조로 말했다.

"하오면 신립에게 영향을 미쳐서 탄금대의 포진을 바꾸게 할 수는 없다는 말씀이옵니까?"

"증거가 없는 상황에서는 아니 되네. 생계와 사계가 교통하여 나아가는 방향을 간섭하게 하는 것은 내 권한 밖의 일이야."

"염왕께 품을 올리는 것은……."

"답답하구먼. 이보게, 태을. 증거도 없이 염왕께 어찌 품을 올린단 말인가? 사실 말이네만……."

이 판관은 더욱 침울한 안색으로 태을 사자에게 말했다.

"과거 왜란이 발발하던 날, 박홍과 원균이 경상도의 조선 수군을 모조리 해산한 것에 대해서도 천기를 어긴 것이 아니냐는 의견이 올라온 바 있다네. 그 이야기는 들었는가?"

"알지 못하옵니다."

"좌우간 괴이한 일이었지. 더욱 기가 막힌 것은 당시 원균의 행동이었어. 그는 자신의 수군 전함 일흔다섯 척, 박홍의 함대까지 합쳐 총 백오십 척이나 되는 군선을 모두 구멍을 뚫어 물에 밀어넣고는 두세 척의 배만 거느리고 싸운답시고 전라도로 갔다네. 전라좌수사 이순신과 힘을 합쳐 싸운다고 말이네."

그 말을 듣자 태을 사자도 어안이 벙벙해졌다.

"아니, 싸움이 두려워 겁을 먹었으면 그대로 숨어버릴 노릇이고, 싸우러 갈 것이면 자신의 함대를 모두 끌고 나가서 왜군과 싸울 것이지 어찌 그런 행동을 했답니까?"

"그래서 원균의 행동에 뭔가 석연치 않은 점이 있다는 이야기가 돌았지. 이건 왜국 측 명부에서 전해준 이야길세. 왜국 측은 당시 수군의 싸움으로 인해 전사자가 많이 나올 것으로 알고 그에 대비했더군. 천기에 그렇게 정해져 있었다는 거야. 그런데 막상 결과가 딴판으로 나와서 왜국 측 저승사자들이 허탕을 칠 수밖에 없었다네. 그래서 그 행동을 납득하기 어렵다는 의견이 올라오게 된 거지. 이건 생계의 시간으로 이미 여러 날 전의 일이네."

"그래서 어찌되었답니까?"

"결국 흐지부지되고 말았네. 인간은 스스로의 선택에 의해 어느 정도 천기를 변화시킬 수 있는 권한이 부여되어 있으니까."

태을 사자는 깜짝 놀랐다.

"아니, 인간이 어떻게 천기를 변화시킨다는 말입니까?"

"인간이라는 존재는 팔계를 통틀어 힘이 지극히 약하고 수도 많지 않으며 죽고 나는 과정을 반복하게 되어 있는 미약한 존재일세. 허나 바로 그 점이 인간들을 세계의 근간으로 만드는 이유라네. 우리 사계만 보더라도 그들이 있음으로 해서 존재하는 것 아닌가? 비록 미약하고 힘이 없다 하나 인간의 영혼을 그토록 존중하는 것도 다 그런 이유 때문이지."

"인간의 영혼이 윤회를 거듭하여 점점 발전하면 성계나 광계, 나아가서는 신계의 존재들로도 바뀔 수 있다는 것이 사실인가 보군요."

"그렇다네. 그래서 원균 스스로가 천기를 어긴 것으로 결론이 나고 말았어. 증거가 없었기 때문이지. 더욱이 죽기로 된 자가 죽지 않기는 했지만, 그자들도 언젠가는 죽을 것이기 때문에 결국 흐지부지되어버리고 만 것이네."

태을 사자는 이 판관의 말을 듣고는 생각에 잠겼다. 이 판관의 말대로라면 왜란이 일어난 후 그와 유사한 천기 변동의 사건들이 여러 차례 있었던 모양이었다. 아무리 그렇더라도 이번 일은 도무지 이해가 가지 않았다.

"허나 이번 상주 싸움에서 대량의 영혼이 분실된 일은 그것과는 다르옵니다. 죽을 자가 죽지 않은 것이야 언젠가 때가 되면 그 영혼을 회수할 수 있으니 문제가 작겠지만, 이번 일은 죽지 않을 자가 죽었고 그 죽은 자의 영혼마저도 사라진 것이 아닙니까? 어찌 같은 차원으로 볼 수 있겠사옵니까?"

"그래서 자네와 흑풍, 윤 무사까지 보내어 이 일을 조사하도록 한 것이 아닌가. 나도 자네의 생각에 동조는 하네. 그러나 증거가 필요하단 말일세. 심증만 가지고는 지난번 왜국에서의 일과 같이 흐지부지되기가 십상이야. 그러니 확실한 증거를 가지고 오라는 얘기일세."

"이제 곧 날이 밝사옵니다. 조금만 더 시간이 지나면 저희는 생계의 양광 아래에서 더이상 행동할 수 없을 것이며, 신립은 탄금대에 진을 친 채로 왜군과 맞부딪칠 것이옵니다. 그래서 또 수천 명이 죽고 그 영혼들이 사라지게 된다면 어찌합니까?"

"그저 최선을 다할 수밖에……. 증거를 획득하여야 하네. 그러지 않고서는 일이 안 돼. 나도 이 일이 깨끗이 처리되기를 바라고 있어. 흐지부지되는 것은 나로서도 결코 바라지 않는다는 말이네. 알겠는가?"

태을 사자는 더이상 할 말이 없었다. 태을 사자는 착잡한 기분으로 이 판관에게 읍하고는 자비전을 나서려 했다. 아주 짧은 순간, 태을 사자는 자비전에 있는 난초에서 이상한 기운이 나오는 것을 느꼈지만, 이 판관의 앞에서 무례를 범할 수도 없는지라 잠자코 자리에서 물러났다.

그리고 태을 사자는 자신이 낼 수 있는 최대한의 속도로 생계를 향해 몸을 전이시켰다.

얼마 동안이나 이렇게 꿈도 꾸지 않고 잤을까?

은동은 몽롱한 상태에서 잠을 깼다. 금세라도 어머니의 그리운 목소리가 들려올 것 같았다.

—우리 은동이 잘 잤니? 날이 이렇게 밝았는데 늦잠 잤구나.

은동이 게슴츠레하게 눈을 뜨자, 자기 방의 누렇게 바랜 벽지 대신 동이 막 트기 시작한 새벽하늘이 보였다.

은동은 다시 눈을 감았다. 어젯밤의 끔찍한 기억이 진짜 현실일까 봐 두려웠던 것이다. 그것은 어디까지나 자고 나면 잊히는 꿈이어야 했다.

'꿈이야, 꿈…….'

은동은 잠시 후 질끈 감은 눈을 떴다. 그러나 여전히 맑은 하늘만이 펼쳐져 있을 따름이었다.

은동은 후다닥 상체를 일으키고 주위를 둘러보았다. 그곳은 어느 산비탈의 외딴길 옆이었다. 수양버들과 소나무가 미풍에 한들한들 가지를 흔들고 있었다. 사방은 희부연 새벽빛이 들고 있었지만 아직은 어두웠다.

은동은 자신의 몸을 내려다보았다. 낡고 흙이 묻은 승복이 덮여 있었다. 그리고 옆에는 다 타서 재가 되어가는 모닥불 터가 남아 있었다.

'여기가 어디지? 내가 어째서……?'

순간, 어젯밤 벌어졌던 일들이 주마등처럼 은동의 머릿속을 스치고 지나갔다. 죽어 넘어진 박 서방, 불타는 마을, 무애라는 승려, 어머니의 잘린 코…….

은동은 승복 자락을 걷고 일어나 고개를 들고 사방을 둘러보았다.

저만치에, 이야기를 나누고 있는 두 명의 승려가 보였다. 한 명은 어제 보았던 무애였고, 다른 한 명은 처음 보는 승려였는데 중년으로 보이는 것이 무애보다 어른인 것 같았다.

이야기를 나누던 두 사람 중 은동이 일어난 것을 먼저 알아챈 중년 승려가 손가락으로 이쪽을 가리켜 보였다. 그리고 둘은 천천히 은동에게로 걸어왔다. 중년 승려가 따스한 미소를 지으며 말했다.

"이름이 무엇이냐?"

중년 승려의 얼굴은 그야말로 인자해 보였고, 나이에 비해 풍채가 비할 데 없이 준수했다. 그러나 알 수 없는 위엄이 느껴져, 은동은 말을 더듬었다.

"본명은…… 강…… 강은호라고 하고…… 아명은 은…… 은동이라고 합니다."

중년 승려가 고개를 끄덕이며 말했다.

"그러면 은동이라고 하마. 달리 갈 곳이 있느냐?"

은동은 그 말에 가슴이 꽉 막혀오는 것을 느꼈다. 이제 비로소 은동은 어머니가 죽음을 당했다는 것을 믿게 되었다. 어머니는 은동을 놓치자 인파를 헤치면서 다시 마을 쪽으로 갔을 것이고, 왜병을 만나 변을 당했을 것이다.

외갓집 동네는 불바다가 되어버렸으니 그리로 갈 수는 없었다. 한양에 있던 집은 아버지가 변방으로 가시기 전 처분해버렸고, 가까이 지내는 친척도 거의 없었다. 아버지가 계신 병영 말고는 아무 데도 갈 곳이 없었다.

은동은 눈물을 줄줄 흘리면서 말했다.

"아버님이…… 군관이십니다. 신립 장군을 따라 변방에 나가 계신 것으로 아는데……."

그 말을 듣자 중년 승려는 미간을 조금 찌푸렸다.

"저런저런……. 아미타불. 신립 장군은 지금 변방에 계시지 않단다."

놀란 은동은 눈물에 젖은 눈을 들어 중년 승려를 올려다보았다.

"신립 장군은 왜병을 막기 위해 급히 군사를 몰아 충청도로 내려가셨다. 신립 장군의 부장인 이일이 상주에서 적을 막으려 했으나 일패도지했다고 하더구나. 너희 집도 상주에 있지 않았느냐?"

은동은 그 말에 대답은 않고 중년 승려에게 물었다.

"신립 장군이 패했습니까?"

"아직 패하지는 않았다만…… 문경새재에 진을 치면 패하지는 않을 것이요, 탄금대에 진을 쳤다면 전멸하기 십상일 것이야. 어찌 천기가 이 모양이 되는지…… 아미타불."

중년 승려가 불호를 외우자 은동을 데리고 왔던 무애가 눈을 크게 떴다.

"천기라니요? 그리고 탄금대에 진을 치면 전멸이라는 말씀은 또 무엇이옵니까?"

중년 승려가 고개를 저으면서 말했다.

"어젯밤 노스님(서산대사)께서 다시 기를 짚으시고 무엇인가 크게 잘못되었다는 것을 알아내셨다. 조선 천지의 기가 흔들리고 있고 천기가 어지러워지고 있어. 원래대로라면 신립 장군은 새재에서 적을 며칠 막다가 한강으로 진을 옮겨 도원수 김명원과 합세하게 되어 있었지. 그건 병법상으로나 이치상으로나 당연한 수순이야. 그러면 왜군도 기세가 꺾일 것인데, 어찌된 일인지 신립 장군이 갑자기 진을 탄금대로 옮기는 것 같다 하셨다."

은동은 그들이 하는 말이 도무지 믿기지 않았다. 앉은자리에서 천리 밖의 일을 어찌 내다볼 수 있단 말인가? 노스님이라는 분은 사람이 아니란 말인가?

무애는 놀라서 안색마저 변하더니 다시 물었다.

"탄금대에 진을 치면 왜 안 되는지요?"

"천기를 어기는 짓이지. 천기를 거슬러서 제대로 되는 일이 없느니……. 좌우간 큰일이다. 어떻게 이런 일이 벌어지는 것인지……. 참, '감결'은 잘 가져왔는가?"

"예. 해동밀교는 찾기가 워낙 까다로웠습니다만, 애써 찾은 보람이 있었습니다. 해동밀교에서는 노스님과 유정 스님의 이름을 듣고는 곧 빌려주셨습니다."

"다행한 일이군. 좀 보여다오."

무애는 깊은 품속에 천으로 동여매두었던 책 한 권을 꺼내어 유정에게 건네주었다. 겉에 『해동감결』이라는 네 글자가 씌어 있는 것을 은동도 볼 수 있었으나 은동은 그런 책 따위에는 아무런 관심이 없었다. 다만 신립 장군을 따라 전쟁터에 나가 있을 아버지 생각뿐이었다.

중년 승려는 책을 펴보고는 안색을 흐렸다.

"허허……. 알아볼 수가 없군. 고문자로 되어 있으니 말이야."

무애가 물었다.

"스님께서도 모르시옵니까?"

"이것은 실전된 지 오래된 조선의 옛 문자다. 흠……. 혹 노스님은 아실는지……."

중년 승려는 불호를 한 번 외우고는 무애에게 『해동감결』을 건네주며 말했다.

"무애, 너는 몹시 지쳤으니 감결을 지니고 이 아이와 함께 일단 금강산으로 올라가도록 해라. 나는 충주로 가서 신 장군의 전황을 알아봐야겠다. 아마 네가 금강산에 도착하는 시간과 비슷하게 도착할 것이다."

그 말을 듣자 무애는 부끄러운 듯 합장을 하고 깊이 고개를 숙이며 말했다.

"빈승이 재주 없어 대사께 누를 끼치게 되었습니다."

중년 승려는 고개를 설레설레 흔들며 말했다.

"네가 밤잠을 자지 않고 난을 당한 사람들의 시신을 수습하느라 늦은 것은 잘 알고 있다. 칭찬을 받아 마땅한 일이지. 그리고 내가 가는 것은 신 장군의 승패 여부에 따라 이번 전쟁이 크게 영향을 받을 것이기 때문이야. 어제 노스님께서도 그리 당부하시기에 오늘 새벽 일찍 금강산을 내려온 것이란다."

은동은 다시 한번 믿기지가 않아서 눈을 크게 떴다. 자신은 어제까지 경상도 상주에 있었으니 무애가 아무리 걸음이 빠르다고 해도 기껏해야 이곳은 충청도 부근일 텐데, 오늘 새벽에 금강산에서 떠난 중년 승려가 어떻게 이곳까지 눈 깜짝할 사이에 도달했단 말인가? 그러나 유정은 은동이 무슨 생각을 하는지 아랑곳하지 않고 계속 말했다.

"아울러, 가는 길에 이 아이의 부친에 대해서도 알아볼 수 있으면 알아보도록 하겠다."

중년 승려는 은동을 내려다보며 미소를 짓고 말했다.

"은동아, 나는 금강산에 있는 유정이라고 한다. 네 부친의 함자는 어찌되시느냐? 내 가능한 한 알아보고 오마."

은동은 고마운 마음에 고개를 끄덕이며 말했다.

"저의 부친의 함자는 강, 효 자, 식 자 쓰십니다."

"그래, 총명하구나. 허허허……. 선재라, 선재라. 은동아, 너는 갈 곳이 없으니 일단 금강산으로 가도록 해라. 만약 네 부친을 만나게 된다면 내 전갈을 해줄 것이고 그렇지 않더라도 금강산에 있으면서 서서히 부친을 찾아보도록 하자꾸나."

그 말에 은동은 스스로 건방진 행동이라 생각했지만 참지 못하고 말대꾸를 했다.

"금강산에 있으면서 어찌 부친을 찾습니까?"

유정이 껄껄 웃고는 말을 이었다.

"우리는 금강산에만 있을 것이 아니란다. 승병을 조직하여 팔도를 누비게 될 것이니 우리를 따라다니는 것이 너 혼자 헤매는 것보다 훨씬 낫지 않겠느냐?"

말을 마치고 나서 유정은 합장을 한 후 귀엽다는 듯 은동의 머리를 한 번 쓰다듬어주고는 등을 돌리려 했다. 그때 은동이 갑자기 소리쳤다.

"스님! 스님!"

유정은 막 걸음을 떼다가 은동이 부르는 소리에 미소를 지으며 뒤를 돌아보았다.

"왜 그러느냐?"

"스님, 제발 저를 데리고 같이 가주세요. 아버님을 만나 뵙고 싶습니다."

은동은 눈물을 주르륵 흘렸다. 유정은 잠시 놀란 표정을 짓더니 이내 고개를 저었다.

"아니 될 말이야. 전쟁터에 어찌 어린 몸이 들어간단 말이냐?"

"스님께서 법력이 높으셔서 금강산에서 하루 만에 여기까지 오실 정도라면 그런 것은 문제가 되지 않을 것 아닙니까? 그리고 전쟁터가 그리 위험하다면 스님은 어찌 혼자 가려 하십니까?"

무애는 은동이 당돌하게 말하자 입을 막으려 하였으나, 유정은 그냥 두라며 무애를 제지하고는 빙긋이 웃었다. 은동은 그 자리에 엎드려 절을 하며 계속 애원했다.

"전쟁터에 나간 아버님이 걱정되어 죽을 지경입니다. 제발, 제발 부탁입니다, 스님. 제발……."

말을 하다 말고 은동은 목을 놓아 울음을 터뜨렸다. 서럽디서러워서 죽을 것만 같았다.

잘 참고 따라오던 은동이 갑자기 목을 놓아 울자 무애는 당황스럽기도 하고 불쌍하기도 하여 어쩔 줄을 몰라 유정만 쳐다보았다. 유정은 염주를 굴리면서 눈살을 살짝 찌푸렸다. 그러다가 할 수 없다는 듯 고개를 저으며 중얼거렸다.

"제 부모를 보고 싶다는 마음을 내 어찌 막으랴. 우리가 만난 것도 인연일 터이니……. 울음을 그치거라. 아미타불."

그러나 은동은 금방 울음을 멈추지 못하고 한참 동안을 흐느끼다가 간신히 고개를 들었다. 유정이 인자한 미소를 머금으며 말했다.

"나를 따라가려면 두 가지 약속을 해야 한다. 그럴 수 있겠느냐?"

"흑흑……. 무엇이라도…… 하겠습니다. 꼭…… 꼭 데리고 가주세요. 흑흑……."

"그래그래. 우선 내 전장으로 가기는 간다만은 이미 싸움이 시작되었으면 네 아비를 찾지 못할 수도 있느니라. 그것을 꼭 단정지어 약속할 수는 없구나. 그래도 가겠느냐?"

"가겠습니다. 가겠어요!"

"그래. 그리고 내 축지법을 써서 갈 것인데 이는 금기이니 남의 눈에 뜨이면 안 되는 법. 가는 동안 절대 소리를 내어 다른 사람이 보게 하면 안 되고 이후에도 그러한 법력을 쓰는 것을 누구에게도 말하면 안 되느니라. 그럴 수 있겠느냐?"

은동은 심지가 굳은 아이였다. 보통 아이들 같으면 하고 싶은 일을 위해서라면 일단 약속부터 하고 보겠지만, 은동은 자신이 정말 그 약속을 지킬 수 있을 것인지 차분히 숙고해보고, 각오를 단단히 한 연후에 대답을 하였다. 유정은 도력이 높았기 때문에 이 아이가 숨김이 없고 또한 의외로 심지가 굳은 것을 단번에 알아보았다. 유정은 은동이 점점 더 마음에 들었다.

"좋다! 그러면 우리 가도록 하자!"

"자…… 잠시만…… 기다려주십시오."

"왜 그러느냐?"

"무애 스님이 저를 구해주셨습니다. 인사를 드려야……."

유정은 감탄한 듯 웃으며 말했다.

"네 성정이 지극히 착하구나. 그래, 갈 길이 아무리 급해도 도리를 잊어서는 아니 되겠지. 어서 인사드리고 오너라."

그 말과 동시에 유정은 은동에게 보여줄 겸, 무릎도 놀리지 않고 축지의 법을 써서 순식간에 저편으로 몇 장 물러섰다. 뛰어오르지도 않고 몸을 옆으로 이동해간 것이다. 은동은 하도 놀라 유정이 가는 모습을 멍하니 쳐다보고만 있다가 잠시 후 무애에게 물었다.

"저…… 저 스님의 거…… 걸음이……."

무애는 빙긋 웃으며 대답했다.

"축지법이란다. 유정 큰스님은 밀법의 진전을 이어받아 법력이 고명하기 이를 데 없으시지. 내가 곧장 금강산으로 간다고 해도 탄금대를 들렀다 오시는 유정 스님보다 더 늦을 게다."

"세상에 그런…… 그런 재주도 있나요?"

"더 놀라운 재주도 많단다. 불도를 닦는 분 외에 도가 쪽 수련을 하는 분들 중에도 고명하신 분들이 꽤 많지. 너는 복이 많구나. 유정 큰스님을 가까이서 뫼시게 되다니 말이다. 그렇지만 유정 큰스님께 폐를 끼치면 안 된다."

"아까 노스님이 계시다고 한 것 같은데 그분의 법력은 더 고명하신가요?"

"노스님은 서산대사라고 하는 분이신데 유정 큰스님의 스승이시지. 나에게는 사조師祖가 되시는 셈이니 그분의 법력을 나로서는 짐작조차 할 수 없단다."

은동은 몹시 기뻤다. 저렇게 도통한 분을 따라다니다가 때를 보아 재주를 익힌다면 왜병들을 자기 손으로 때려잡아 복수를 할 수 있을 것 같았다.

은동은 무애에게 서둘러 인사를 하고는 유정에게로 갔다. 유정은 은동을 옆구리에 끼고는 날듯이 산을 누비는데, 그 속도가 무애의 등에 탔을 때에 비할 것이 아니었다. 은동은 유정에게 말을 붙여보기는커녕 까무러치다시피 하였다.

흑풍 사자는 흩어져가는 몸의 기운을 바로잡으려 애쓰면서 반사적으로 신형을 위로 이동시켰다. 그러나 요기에 기습을 당한 상처는 짐작보다 깊었다. 흑풍 사자는 아득해지는 정신을 추스르면서 떨리는 손으로 취루척을 꺼내 들고 다음 공격에 대비하였다. 아니나 다를까 첫 일격에 이어 두 번째의 요기가 바람처럼 흩어져서 쏘아져 들어왔다. 흑풍 사자는 간신히 공격을 취루척으로 막았으나 더 버티기가 힘들었다. 금방이라도 전신이 무로 변해 흩어질 것만 같았다.

틈을 주지 않고 세 번째의 공격이 이어졌다. 이번에는 요기가 여덟 가닥으로 갈라져 팔괘의 방위에서 한꺼번에 쏘아져 들어왔다.

흑풍 사자는 죽을 각오로 입술을 깨물고는 취루척에 자신의 모든 기운을 쏟아 넣어 허공에 원을 그렸다. 취루척은 둥근 구球가 되어 흑풍 사자의 몸을 보호하는 막을 형성했다. 그러나 여덟 가닥의 요기가 차례로 부딪침에 따라 흑풍 사자를 둘러싼 막은 점점 강도가 약해졌다.

마침내 일곱 번째의 공격이 가해지자, 취루척은 힘을 잃고 원래의 막대 모양으로 변해 빙글 돌며 흑풍 사자의 손으로 돌아왔다. 연이어 흑풍 사자의 어깨 부근에 강렬한 통증이 왔다. 한 가닥의 요기가 적중된 것이다. 원래는 목을 겨냥하고 들어온 것이었지만 흑풍 사자가 있는 힘을 다해 신형을 이동시킨 덕에, 저승사자의 급소라 할 수 있는 인후 부근은 피할 수 있었다.

저승사자는 영기로 이루어진 존재라 상처를 입어도 영기만 잘 다스리면 사람의 상처가 아무는 것보다 훨씬 빠른 속도로 몸이 회복된다. 하지만 그러한 영기의 몸에도 급소는 있었다. 인후에는 영기의 통로가 있어, 다른 영기로 그곳을 적중당하면 사람이 목을 가격당할 때와 비슷한 충격을 입는다.

'이…… 이놈……. 전에 겨루었던 괴수와 비슷한 수법이구나…….'

흑풍 사자는 상처가 심해서 지금 당장 영기를 수습하지 않으면 자칫 신형이 흩어지고 만다는 것을 알았지만, 오기를 내어 요기가 뿜어 나오는 쪽으로 먼저 취루척을 날렸다. 그러나 요기가 또다시 흑풍 사자의 몸으로 엄습해 들어오자, 이번에는 신형을 옮겨 피할 엄두도 낼 수 없었다.

아슬아슬한 순간, 번쩍이는 흰빛 한줄기가 흑풍 사자의 주위를 둥글게 맴돌며 막을 치듯 흑풍 사자를 보호했다. 요기가 흰 영기에 맞고 튕겨나감과 동시에, 윤걸이 장막 안으로 뛰어들어 흑풍 사자를 붙잡아 올렸다. 저승사자의 영은 무게가 없기 때문에 손바닥을 대는 것만으로도 몸을 들어올릴 수가 있다. 죽음 직전에 간신히 구출된 흑풍 사자에게 윤걸이 재빨리 말했다.

"사람이 많은 곳에서 싸우면 이롭지 못하오. 밖으로 놈을 끌어냅시다."

"저 안에 수상쩍은 여자의 혼이 있소. 그놈이 아무래도……."

전심법으로 대화를 나누며 몸을 빼는 사이에도 요기가 두 번씩이나 윤걸의 뒤를 노리고 날아들었다. 윤걸이 백아검을 등뒤로 날리자, 백아검은 마치 살아 있는 생물처럼 윤걸의 등에 바싹 붙어서 그 요기를 일일이 막아내었다.

법기를 쓰는 영력 간의 싸움이라 서로가 뿜어내는 영기들이 물건에 직접적인 피해를 주지는 않았지만, 장막 안은 돌개바람 같은 광풍에 휘말려 엉망진창이 되었다. 와장창하는 소리에 바깥에서 파수를 보던 병사들이 놀라 뛰어들어오려다가 겁을 먹고는 밖에서 흠칫거리고 있었다.

윤걸은 장막 밖으로 몸을 이동시킨 후 허공으로 떠올라 공중에 머문 상태에서 흑풍 사자를 내려놓았다. 그런 다음 기합을 크게 내지르고는 백아검을 허공에 던져 부상을 입은 흑풍 사자를 둘러싸 보호하게 하고 자신은 양 소매를 활짝 펼쳤다. 기세는 좋았지만 완전히 무방비의 상태인 윤걸을, 흑풍 사자는 자신도 모르게 말리려고 했다.

"이놈! 썩 나서거라!"

윤걸의 일갈이 떨어지자마자, 아래쪽에서부터 푸른색의 돌개바람 같은 기운이 치솟아 윤걸을 덮치려 했다. 다음 순간, 옆에서부터 붉고 날카로운 기운이 솟구치며 푸른 기운을 치고 지나갔다.

윤걸은 백아검 외에도 또 하나의 법기를 지니고 있었던 것이다. 그것은 육척홍창六尺紅槍이라는 이름의 장창처럼 생긴 법기였는데, 윤걸의 원래 법기는 이 육척홍창이었고 백아검은 기연奇緣에 의해 얻게 된 두 번째 법기였다.

영적인 존재들 중 여러 개의 법기를 지니고 다니는 자는 거의 없다. 법기는 곧 자신의 영력의 집결체이니만큼, 수효가 많은 것보다 정심하게 하나로 힘을 모을 수 있는 것이 유리하기 때문이다. 바로 그 점을 노리고 윤걸은 일부러 허세를 부려 괴수를 유인한 다음 또 하나의 법기를 떨쳐냄으로써 정체불명의 적을 기습한 것이다.

홍창에 적중된 푸른 기운이 급히 휘몰아치다가 비틀거리며 진로를 바꾸자, 윤걸은 육척홍창을 양손에 쥐고 흑풍 사자를 보호하기 위해 남겨두었던 백아검을 회수하고는 괴수를 향해 돌진했다. 부상을 당한 몸이긴 했지만, 흑풍 사자도 힘을 내어 취루척에 온 영력을 실은 다음 괴수에게로 날렸다.

무사인 윤걸의 법기답게, 육척홍창은 마치 번갯불처럼 붉은빛을 무섭게 번득이며 숨이 막힐 듯한 영기로 주위를 압도했다. 흑풍 사자의 손에서 날려진 취루척도 무섭게 회전하며 검은 원반처럼 쏘아져갔다.

그러자 푸른 돌개바람 같은 괴수는 힘을 양쪽으로 나누어 둘의 합공을 막았다. 셋의 힘이 부딪히자 영력이 아우성치듯 회오리치며 위로 솟아올랐다. 괴수는 윤걸에게는 조금 밀렸으나, 취루척은 조금씩 밀어내고 있었다. 괴수의 영력은 놀라워서 힘을 둘로 쪼개었음에도 윤걸과 흑풍 사자의 공세에 팽팽히 맞섰다. 일전에 태을 사자가 말했던 것처럼 일대일로 싸운다면 도저히 이길 수 없을 상대였다.

그때 생각지도 못한 세 번째 방향에서 공격이 있었다. 윤걸이 회수했던 백아검이 위에서 아래로 내리꽂히며 팽팽한 국면을 깨뜨렸던 것이다. 괴수는 그것까지 방비할 여유가 없었다. 순식간에 푸른 돌개바람 같던 기운이 두 토막으로 갈라졌다. 그와 동시에 놈을 밀어붙이던 윤걸과 흑풍 사자의 영력이 달려들었고, 놈은 몇 조각으로 박살이 나고 말았다. 여러 토막이 난 괴수의 잔해가 스르르 흩어져 바람결에 날아가는 것을 보고서, 흑풍 사자는 눈을 감고 한숨을 내쉬었다.

"끝났소이다. 위험했소."

윤걸은 백아검을 받아들면서 흑풍 사자를 걱정했다.

"부상이 심하지는 않소이까?"

"기습을 당하기는 했지만 그리 큰 상처는 아닌 듯싶소."

그러자 윤걸이 씩 웃으며 말했다.

"어떤 놈인지 정체를 알아내지는 못했지만 놈의 영력은 대단했소. 태을 사자의 조언이 없었다면 이기기 힘들 뻔했소이다."

"태을 사자의 조언?"

"우리가 처음 길을 떠나기 전, 태을 사자가 괴수에 대해 고민하다가 백아검을 보고 안심하는 눈빛을 보이지 않았소이까? 그때 태을 사자가 왜 안도의 표정을 지었는지, 제가 짐작하는 바를 말씀드렸는데 기억하시겠지요? 자신의 영력이 통하지 않는 법기를 사용하면 영력이 밀리더라도 대적할 수 있다는 것을요."

"기억하다마다요."

"사실 방금 전의 방법은 그 점을 순간적으로 떠올린 덕에 가능했던 것이오. 이 백아검은 그 자체로도 심령에 통해 있는 대단히 희귀한 법기인데 적이 내력을 알 리 없지 않소이까? 그래서 이를 이용하여 기습을 한 것이 다행히 성공한 것이외다."

윤걸은 매우 기뻐했다. 강적을 머리를 써서 쉽게 물리쳤다는 사실이 무척이나 흡족한 모양이었다. 흑풍 사자는 상처 자리가 몹시 쑤셨으나 자랑스럽다는 듯 고개를 끄덕였다.

"그렇군요. 요행히 적을 물리치긴 했지만 무척이나 위험했소. 마계의 마수의 힘이 그토록 무섭다니……"

"내가 영력을 조금 넣어드리리다. 잠시나마 상처를 조섭해야 할 듯하오."

"아니, 지금은 그럴 때가 아니오. 장막 안에 수상쩍은 여자 영의 낌새가 있어서 그것을 살피려다가 기습을 받았소. 빨리 그 영을 조사해보아야 할 것 같소."

그러자 땅 밑에서부터 전심법을 통해 말이 울려왔다. 흑호였다.

"내가 하겠수. 두 분은 싸우느라 힘의 소모가 크실 테니 쉬시구려. 밖으로 나가지 못해 미안허우."

"괜찮네. 그런데 자네도 영을 다룰 수가 있는가?"

"호랑이는 백귀를 잡아 누르는 산중왕이우. 염려 말고 조섭이나 잘 하시우."

땅속에서 상황을 지켜보던 흑호는 사장이 급박해지면 이것저것 가릴 것 없이 뛰쳐나가 마수라는 것과 붙어보려고 했으나 어이없을 정도로 간단하게 괴수를 물리치자 흑풍 사자가 하려던 일을 대신하기로 마음먹었다. 흑호도 흑풍 사자의 말에서 수상한 느낌을 받았다. 우연의 일치일 수도 있겠으나, 왠지 여인의 영을 마수가 보호하고 있다는 느낌이 들었던 것이다.

흑호는 상처 입은 흑풍 사자를 윤걸에게 맡기고 아까 흑풍 사자가 들어갔던 장막 안으로 토둔술을 사용하여 신형을 이동시켰다. 그러나 여자의 혼이 깃들어 있다는 남자는 괴수와 싸우는 동안 밖으로 나가버리고 없었다. 흑호는 땅속에서 올라와 장막 안을 휙 둘러보았다. 벽에 걸린 갑주에는 '별기총군관 강효식'이라는 이름이 씌어 있었다. 흑호는 토둔법으로 강효식이라는 군관을 찾아 땅속을 헤집고 다니기 시작했다.

윤걸은 흑풍 사자의 상처를 자세히 살펴보았다. 잔 상처는 많았지만 심하게 상한 곳은 없어서 저승으로 돌아가 영기를 잘 조섭하면 오래지 않아 완치될 것 같았다.

"다행이오. 그리 심하지는 않은 듯하오. 이제 날이 밝을 시간이 얼마 남지 않았으니 태을 사자가 돌아오는 대로 속히 명부로 전이하여 조섭을 하도록 하십시다."

윤걸의 친절한 말에 흑풍 사자는 고마움의 표시로 목례를 보내고는 중얼거렸다.

"이거 내가 너무 방심한데다가 무력한 꼴을 보여 창피할 따름이외다. 그런데……."

쑥스러운 듯 조그맣게 말을 하다가 흑풍 사자는 돌연 흠칫 놀랐다. 윤걸의 뒤쪽에 푸른색의 기운이 모여들고 있었다. 흑풍 사자는 급히 윤걸에게 경계를 취하라고 소리치려 했으나, 한 덩어리로 뭉친 푸른 기운은 그보다 앞서 방심하고 있는 윤걸의 등을 덮쳤다.

"으윽!"

기습을 당한 윤걸은 휘청이면서도 육척홍창을 꺼내어 휘두르려 했으나 푸른 기운은 호랑이와도 흡사하고 표범과도 흡사한 푸른색 동물의 모습으로 바뀌면서 육척홍창의 끝을 입으로 물었다. 윤걸이 창을 빼어 괴수를 공격하려 했지만 괴수의 입에 물린 창은 꿈쩍도 하지 않았고, 오히려 괴수의 앞발에 윤걸은 옆구리가 강하게 찍히고 말았다. 흑풍 사자가 이를 악물고 취루척을 휘둘러 괴수를 쳤다. 그러나 괴수는 기다란 꼬리에 요기를 집중하여 칼처럼 흑풍 사자의 취루척을 막았다.

"이…… 이 고얀 놈!"

흑풍 사자는 처음 보는 괴수의 모습에 경악하면서도 이를 악물고 혼신의 힘을 다하여 괴수를 쳐 윤걸을 놓게 하려고 하였다. 하지만 괴수는 꼬리의 미검尾劍을 능란하게 다루었기 때문에, 부상을 입은 흑풍 사자로서는 그를 이기기는커녕 상대하기도 벅차 여러 합 초식을 교환하는 정도에 머무를 수밖에 없었다.

그러는 사이 괴수의 앞발이 윤걸의 옆구리를 파고들었다. 윤걸은 차츰 의식을 잃으면서 형체마저 서서히 흐려져갔고, 흑풍 사자는 손의 힘이 빠지면서 취루척에 주입했던 영기가 점점 소진해감을 느꼈다.

흑호는 여인의 묵은 영혼을 찾아 군중을 떠돌고 있었다.

장막 안에서 영력 싸움이 벌어져 소란스러운 틈을 타고, 강효식의 몸에 숨은 여자의 영은 어디론가 피하려 한 모양이지만 오랜 세월 도를 닦아온 흑호에게 얄팍한 술수는 통하지 않았다.

흑호는 기마 부대의 중앙에 서서 훈시를 하고 있는 장수의 몸에서 여인의 영기가 느껴지는 것을 보고 거리낄 것 없이 장수가 서 있는 땅 밑으로 다가갔다.

"내일 날이 밝으면 탄금대에서 진을 치고 왜구들과 결전을 행할 것이다. 그때 우리의 기마 부대는 최전선을 돌파하여 왜구들을 쳐부수는 선봉의 역할을……."

강효식의 말이 뚝 끊겼다. 도열한 말과 함께 서 있던 병사들은 강효식의 몸에 숨은 여인의 혼을 흑호가 번개같이 앞발로 제압하여 땅속으로 끌어들였다는 사실을 알 수가 없었다. 병사들은 이상하다는 듯 강효식의 얼굴을 멀뚱히 쳐다볼 뿐이었다.

"너는 누구여? 어째서 이승을 방황하면서 중요한 직분을 수행할 장수의 몸에 씌어 있는 거여?"

여인의 영은 흑호의 일갈에 대답을 하지 못하고 도망치려고 버둥댔으나 흑호는 우람한 체구로 여인의 탈주로를 제압하여 꼼짝 못하게 했다. 그래도 여자가 뭔가를 기다리는 듯한 눈치를 보이며 도망갈 구멍을 찾자 흑호는 이 영혼이 마수를 기다리고 있음이 틀림없다고 여겨 일갈했다.

"네 이년! 너를 지켜줄 마수는 없어! 그 괴수는 우리가 해치워버렸단 말여!"

그제야 영은 화들짝 놀란 듯 새파랗게 질려버렸다.

"풍…… 풍생수風生獸를 어떻게……."

"그 괴수의 이름이 풍생수냐? 그런 놈은 너희 같은 존재에게나 무섭지, 우리의 상대가 되지 못혀! 이제 달아날 길도 없으니 순순히 불어! 말을 듣지 않으면 저승사자들을 불러 지옥에 처박거나 아니면 내 당장 집어삼켜버리겠어!"

가뜩이나 귀신을 잡아먹는 능력이 있다는 호랑이가, 게다가 모습도 험상궂기 이를 데 없는 호랑이가 앞에 서서 윽박지르자 여자의 영은 비로소 부들부들 떨며 고분고분해졌다.

여자의 영이 마음을 열자 흑호는 속을 들여다볼 수 있었다. 이 영은 거의 제정신이 아닌 듯 생각이 혼란스럽고 갈피를 잡을 수 없어서 단순한 흑호로서는 모든 내막을 얼른 알아내기가 어려웠다. 그러나 찬찬히 훑어보는 동안 차츰 영의 사정이 드러났다. 이 영혼은 생시의 감정이 남아 승천하지 않았으며, 그러던 차에 마수의 꼬임을 받아 무슨 일을 수행하는 중이었다.

'흠……. 생전에 신립에게 연정을 품었다가 이루어지지 못하자 자

결하였던 여인이군. 그런 후에도 신립의 곁을 떠돌다가 도력을 지닌 권 대장에게 봉인되었고……'

그러나 다음 생각을 읽은 흑호는 깜짝 놀라고 말았다.

'봉인된 이후에도 신립을 잊지 못하고 있다가 마수의 꼬임을 받았구나. 신립과 영원히 있게 해줄 테니 탄금대에 진을 치게 하라……? 마수가 탄금대에 진을 치게 하라고 했단 말여?'

흑호는 기가 막혔다. 이 여인은 정세가 어떠한지, 전쟁이 어떤 것인지조차 몰랐다. 젊어 죽어 잠시 원귀가 되었다가 병 속에 봉인되는 신세가 되었으니 아무것도 모르는 게 당연했지만 이건 너무하다고 흑호는 생각했다. 인간사에 대해 그리 잘 알지 못하는 흑호로서도 어이없는 일이었다. 오로지 이 여인이 생각하는 것은 신립에 대한 연모의 정뿐이었다. 이 영은 신립과 함께하기만을 고대하고, 그것만이 가장 좋은 일이라는 바람을 가지고 있었다. 더 기가 막힌 것은 그럴 기회를 준다고 약속한 풍생수에게 진정으로 감사하고 있다는 사실이었다.

"이런 바보 같은 년! 그것은 곧 신립을 죽이라는 뜻이여! 아울러 조선군의 씨를 말리자는 거구! 지지 않아도 될 전쟁에서 지게 되고, 결국엔 도성 한양도 함락된단 말여! 얼마나 많은 사람이 죽을 것이며 얼마나 많은 집들이 불탈 것인지, 그런 것은 생각도 해보지 않았단 말여?"

"저는…… 저는……."

"그것은 천기를 어기는 짓이여! 천기를 어긴 인간이 어떤 신벌을 받는지 알어? 그것도 사사로운 일도 아니고 일국의 수많은 생명이 걸린 일을 어그러지게 한다면 그 벌은 수십만 년, 수억 년을 받아도 모자랄 것이여!"

"그러나 저는…… 아무것도…… 아무것도 바라지 않습니다……. 오로지 신 장군…… 그분만…… 그분을……."

흑호는 더이상 화가 치밀지도 않았다. 이 여인의 영에게는 이성理性이 없는 것 같았다. 오랜 시간 동안 연모의 마음만 곱씹고 곱씹어서 그것 외에는 아무것도 생각할 수 없게 된 것이다.

그렇게 여기자 흑호는 오히려 여인이 가련해졌다. 도대체 연모의 정이 얼마나 깊었으면 스스로의 이성마저도 버릴 수 있단 말인가? 아무리 중한 벌을 준다고 한들, 이 여인에게는 대수로운 일이 아니리라. 오로지 신립과 같이 있을 수만 있다면…….

"아……. 이 바보 같은 여인네야……."

흑호는 깊은 한숨을 내쉬었다.

법도대로라면 이 크나큰 죄를 저지른 여인의 영을 당장 요절내거나 저승사자에게 일러 사계로 송환하여야 했다. 하지만 그러기에는 너무도 가련했다. 이 여인은 벌을 받을 만큼 받은 것이 아닐까? 흑호는 저승사자도 아니고 심판을 내리는 판관도 아니었으니 당연히 그들에게 넘겨야 마땅할 것이지만 이번만은 이대로 넘어갈 수가 없었다.

"너를 그냥 놓아줄 수는 없어. 소행을 보아서는 당장 잡아먹어야 되겠지만…… 좀더 두고 볼 것이여. 일단 내 꼬리에 들어가 찍 소리 말구 있어. 사자들한테는 내가 잡아먹었다고 할 테니깐."

"신 장군을…… 신 장군을 뵐 수 있을까요?"

"아, 얼빠진 소리 작작해! 나한테 맡기구 들어가 있으라구! 안 그러면 정말 잡아먹고 말 거여!"

영통한 호랑이들은 호귀, 창귀와 같은 작은 귀신들을 거느릴 수도 있었으며, 영을 제압하여 가두어둘 수도 있었다. 원래 호랑이는 사람을 해치면 영을 굴각이나 창귀로 만드는 것이 보통이지만, 흑호는 도를 닦느라 한 번도 사람의 목숨을 해친 일이 없었다.

흑호는 여인의 영을 꼬리에 가두기로 했다. 귀신을 가두고 다닌다는 것에 약간의 흥미가 일기도 했고, 가여운 여인에게 뭔가 해주고 싶었다. 물론 흑풍 사자나 판관들이 이 일을 알게 되면 불벼락이 떨어질 것이다. 그러나 흑호는 신립이 죽은 후에라도 그와 여인을 꼭 대면시켜주고, 그런 연후에 벌을 내리든 말든 해야 한다고 보았다.

물론 신립의 이번 패전만은 어떻게든 막아서 천기를 지켜야 했다.

그러나 이 여인의 영만은 별개의 것으로 해두고 싶었다. 그러면서 흑호는 문득 자기가 자기답지 않다는 생각이 들었다. 인간의 사사로운 마음과는 관련이 없는, 아니 오히려 인간을 싫어하는 자신이 왜 이런 행동을 하게 되었는지 이해가 되지 않았다.

"그런데 풍생수란 뭐여?"

"저도 모릅니다. 다만 불사不死의…… 불사의 마수라고만……."

"불사의 마수?"

흑호는 불안해졌다. 불사의 마수라니? 천지간의 어떤 것도 완전히 불멸인 것은 없다. 그러나 '불사'라는 말을 붙였다면……. 윤걸과 흑풍 사자가 불의의 기습을 성공시켰다고는 하지만 풍생수가 너무 쉽게 무너진 것이 마음에 걸렸다.

그런 의심이 들자, 흑호는 윤걸과 흑풍 사자의 기운이 느껴지는지 반사적으로 정신을 집중시켜보았다. 놀랍게도 윤걸과 흑풍 사자의 기운은 쇠잔해서 느껴질 듯 말 듯했다.

'위험하다!'

태을 사자의 기운도 지척에서 느껴졌다.

뭔가 일이 이상하게 꼬여간다고 생각한 흑호는 여인의 영을 꼬리에 봉인하고는 급히 신형을 이동시켜 위로 떠올랐다.

영이 빠져나가자 강효식은 정신을 잃고 땅바닥에 쿵 하고 쓰러졌고, 놀란 기마 부대의 병사들이 강효식의 주위로 와르르 몰려들었다.

태을 사자는 사계에서 이 판관에게 청원한 것이 거절당하자 한시바삐 증거를 수집하고자 흑풍 사자가 있는 곳으로 몸을 전이하여 왔다.

그런데 놀랍게도 그곳에는 흑풍과 윤걸 외에 다른 존재가 있었다.

그 존재는 흑풍과 윤걸을 초죽음 상태로 만들고 있었다. 전이를 마친 태을 사자는 믿기지 않는 광경을 보고 그 자리에 멈추어 서고 말았다.

태을 사자 앞의 허공에서 푸른빛이 전신에 감도는 커다란 괴수 한 마리가 바람을 타고 유유히 나부끼듯 떠 있었는데, 앞발에는 윤걸의 몸이 축 늘어진 채 들려 있었고 꼬리에는 흑풍 사자가 목이 감긴 채 역시 송장처럼 늘어져 있었다. 둘 다 기운이 아주 쇠약하게 느껴지는 것이, 커다란 상처를 입어 금방이라도 영기가 흩어져버릴 것 같았다.

"네 이놈! 감히 마수 놈이……!"

태을 사자는 눈에서 불똥이 튈 만큼 분노했고, 한편으로는 이 기막힌 장면 앞에 어이가 없었다. 애당초부터 마계의 괴수 소행임을 눈치채고는 있었지만, 눈으로 확인하고 보니 어떻게 이런 일이 생길 수 있는지 얼떨떨하기만 했다.

마계의 괴수들이 가끔 생계에 출몰하는 일은 예전부터 있어왔다.

홍두오공이 그런 예였다. 하지만 마계의 괴수가 생계의 일에 직접 관여하여 음모를 꾸민다거나, 생계에서 저승사자나 저승의 근위 무사를 선제공격하여 소멸에 이르게 한 일은 전무후무했다. 마수도 영적인 존재인 만큼 영혼의 존재를 소중하게 여기는 바가 있어, 마수와 신장이 겨룰지라도 서로가 서로의 영을 다치지 않도록 포박하여 가두거나 힘을 빼앗는 등의 조치만 취하는 게 상례였다. 그래서 사계에서도 수천 년 동안 잡아둔 마수들을 소멸시키지 않고 저승의 십팔층 뇌옥 깊숙한 곳에 가두어두지 않았는가? 그런데 이렇듯 저승의 존재들을 거리낌 없이 해치는 광경은 눈으로 보았기에 망정이지 보지 않았으면 믿기 힘든 일이었다.

그때 놀랍게도 괴수가 전심법을 사용하여 의사를 전달해왔다. 이것만 보더라도 보통의 괴수가 아니라 높은 지능을 지닌 괴수임을 알 수 있었다.

"일전에 감히 나를 추적했던 놈이로구나. 흐흐……."

인간의 형상조차 하고 있지 않은 괴수에게서 음산한 어조의 말이 전달되어오자 태을 사자는 몸을 흠칫 떨었다.

몸뚱이는 호랑이와 흡사하였으나, 어울리지 않게 큰 눈은 파충류의 그것처럼 생겼고, 목이 상당히 긴 것이 생계의 짐승과는 달랐다. 전체적으로는 푸른색을 띠고 있었는데 등에도 푸른색의 표범 얼룩무늬 같은 반점이 있었다. 그리고 네발 부근에는 구름 같은 기운이 엉켜 있었고, 몸뚱이 주변에서도 보이지 않는 기류 같은 것이 소용돌이쳤다. 태을 사자는 전에 얻었던 정체불명의 푸른 털이 바로 이놈의 것이라는 사실을 확인할 수 있었다.

언뜻 허공에 버려져 있는 윤걸의 백아검이 눈에 들어왔다. 백아검도 법기이니만큼 무게가 없었고, 그래서 허공에 버려지면 그 공간에 그대로 떠 있게 된다. 태을 사자는 이를 갈면서 백아검을 흡물공으로 빨아들여 손에 쥐었다. 이 괴물과 일대일로 대적하기 위해서는 도움이 될 만한 것이면 뭐든지 거두어들일 필요가 있었다. 그것을 보면서도 괴수는 코웃음을 칠 뿐 저지하려 하지 않았다.

"네놈은 무엇이냐?"

"나는 풍생수다. 일개 저승사자 주제에 나한테 하대를 하고 반말을 쓰다니, 소멸하고 싶어 환장했나 보군."

"어서 윤 무사와 흑풍 사자를 썩 놓아주렷다! 그렇지 않으면 내 용서치 않겠다."

"용서? 우하하하……."

괴수는 커다란 소리로 웃어젖혔다. 웃는 소리는 마치 사람과 같았는데, 괴수가 웃자 주변에서 소용돌이 바람이 일었다.

"용서를 구해야 할 것은 너다. 한낱 사계의 저승사자 나부랭이가 불사인 이 몸에게 대적하겠다구? 하하하……."

"길고 짧은 것은 대봐야 알 일!"

태을 사자는 소매를 펼쳐 묵학선을 재빨리 날리는 동시에 백아검을 양손으로 쥐고 풍생수 쪽으로 날아들었다. 태을 사자로서는 일종의 도박인 셈이었다. 풍생수는 자신이 윤 무사와 흑풍 사자의 목숨을 쥐고 있는 이상 태을 사자가 덤비지 못할 것이라 믿고 있을 터이고, 둘을 한꺼번에 쥐고 있으니만큼 행동이 자연스럽지 못하리라는 것을 노린 것이다. 태을 사자의 예측이 적중하였는지 묵학선은 학의 모습으로 변하지 않고 뾰족한 화살 같은 모습으로 변하여 맴을 돌면서 풍생수에게로 날아들더니 그대로 허리께를 꿰뚫었다.

"이놈!"

이어서 태을 사자는 백아검을 예리하게 휘둘러 세 방위를 차단하면서 흰빛을 뿌렸다. 태을 사자는 전에 윤걸이 이야기했던 대로 만검의 달인이었으나 지금은 그걸 펼칠 계제가 아니어서 자신이 펼 수 있는 최고의 쾌검술을 펼친 것이다. 풍생수는 주춤하며 뒤로 물러서려 했으나 예리한 백아검이 풍생수의 앞다리 하나를 베고 지나갔다. 풍생수는 목 주변의 갈기를 곤두세워서 바늘처럼 태을 사자에게 내쏘았으나, 태을 사자는 풍생수의 몸을 뚫고 돌아온 묵학선을 회수하자마자 그것을 둥근 원 모양으로 벌려 방패처럼 만들어 갈기털을 모두 튕겨내고 뒤로 물러섰다.

"괜찮은 실력이군. 하지만 그 정도로는 어림도 없다."

급습이 성공했다고 여기고 있는 터에 풍생수의 여유 있는 목소리가 전달되어오자 태을 사자는 긴장하지 않을 수 없었다. 그 말과 동시에 소용돌이가 한 번 일어나면서 풍생수의 몸에 났던 구멍이 스르르 메워지고 잘렸던 발도 제자리로 가서 달라붙었다.

"저…… 저럴 수가……."

"내 이름이 달리 풍생수인 줄 아느냐? 보다시피 너에게는 승산이 없어."

태을 사자는 맥이 풀렸다. 저 괴수의 이름이 풍생수인 것은 몸이 바람으로 이루어졌다는 의미일까? 바람을 칼로 벨 수 없는 것처럼, 그렇다면 풍생수와 대적할 수 있는 방법은 없단 말인가? 그래서 흑호가 일전에 놈의 털에서 바람의 기운이 느껴진다고 했던 것일까? 태을 사자 자신도 모르게 백아검을 쥔 손에서 힘이 풀려나갔다.

그때 풍생수가 앞발로 쥐고 있던 윤걸을 태을 사자 쪽으로 집어던졌다. 태을 사자가 놀라서 윤걸의 몸을 받아들려고 하는데, 풍생수는 또다시 흑풍 사자의 몸을 집어던지고 맹렬하게 태을 사자에게 달려들었다.

'낭패다!'

태을 사자는 모든 것이 끝났다고 생각했다. 이미 힘이 풀린데다가 윤걸의 몸을 받느라 당황하여 자세를 완전히 흐트러뜨리고 있었던 것이다. 더구나 흑풍 사자의 몸이 풍생수 앞을 가리고 있어서 반격할 수도 피할 수도 없었다. 태을 사자가 할 수 있는 것은 눈을 질끈 감는 것뿐이었다.

그 순간 갑자기 캥 하는 소리와 함께 태을 사자에게 달려들던 풍생수의 몸이 옆으로 주르륵 밀렸다. 태을 사자는 눈을 뜨고 옆을 보았다. 아래쪽에서 돌멩이들이 무서운 속도로 날아오고 있었다.

돌멩이들은 아무렇게나 던져진 것 같았지만, 실제로는 교묘하게 서로 부딪치며 어지럽게 방향을 바꾸면서 풍생수의 퇴로를 차단하고 있었다. 풍생수는 바람으로 만들어진 생물이기는 하나 이상하게도 돌멩이들에는 타격을 받는 것 같았다. 재빨리 신형을 나누어 소용돌이 모습으로 변한 뒤 몇 개의 돌멩이들을 피하기는 했지만 돌멩이의 어지러운 타격을 받고 주춤주춤 뒤로 물러선 뒤에 다시 자세를 가다듬는 것 같았다.

태을 사자는 그 순간을 놓치지 않고 백아검에 기를 불어넣어 풍생수에게로 던졌다. 자세를 가다듬던 풍생수는 갑자기 날아든 백아검을 피하지 못하고 미간에 맞았다. 순간, 백아검은 딱 하는 소리와 함께 튕겨 나갔고, 풍생수는 고통스러운 듯 크게 울부짖으며 앞발로 이마를 감쌌다.

그런데 백아검에 적중된 풍생수의 이마에서 놀랍게도 무엇인가가 흘러나오기 시작했다. 가만히 보니, 그것들은 모두 인간의 영이었다.

"크아아! 두…… 두고 보자!"

풍생수는 이마를 감싸쥐고 인간의 영들을 놓치지 않으려 발버둥

치다가, 이내 모습을 전환하여 십방전위十方轉位의 술수를 써서 바람 속으로 사라지고 말았다. 그 뒤를 향해 돌멩이들이 날아갔지만 풍생수를 맞히지는 못했다. 태을 사자는 윤걸과 흑풍 사자의 몸을 든 채 풍생수를 추적하려다가 문득 한 가지 생각이 뇌리를 스치자 동작을 뚝 멈추었다.

'이러다가 날이 밝는 것은 아닐까?'

애초에 이곳에 도착할 때부터 날이 밝을 시간이 얼마 남지 않았었다. 그런데 풍생수와 대적하느라 많은 시간을 허비했다. 만약 닭이 울고 새벽빛이 자신의 몸에 쏘인다면…….

태을 사자는 급히 하늘을 보았다. 새벽빛이 밝아오고 있었고, 금방이라도 아침 해가 얼굴을 내밀 것 같았다.

사계의 존재는 단 한줄기라도 태양빛에 쏘이는 것이 풍생수 백 마리의 공격을 받는 것보다 더 위험했다. 사계의 존재는 음의 기운이 결집된 것이고, 태양빛은 양의 기운 중 으뜸의 것이기 때문이었다. 사계로 몸을 전이시키기에도 이미 늦었다.

'낭패다!'

아래쪽에서 또다시 돌멩이 한 개가 휙 하고 날아들었다. 적의를 가진 것 같지는 않고 무슨 신호를 보내는 것 같았다. 사계로 몸을 전이시킬 시간은 없었지만 돌멩이가 날아온 지점까지 갈 시간은 될 것 같았다. 기왕 생계에서 나가지 못하게 된 바에는 어찌되었든 햇빛을 받는 것만은 피해야 했다.

태을 사자는 이를 악물고 마지막 힘을 다하여 돌멩이가 솟아올랐던 쪽으로 신형을 이동했고, 바로 그 뒤를 쫓아 어김없는 천지간의 순리에 따라 아침 태양이 떠오르고 있었다.

태양빛이 최초의 광명을 태을 사자의 등덜미에 뿌리는 순간, 태을 사자는 타는 듯한 고통을 느끼면서 아래쪽 숲으로 추락하며 그대로 정신을 잃어버렸다.

마침내 신립은 탄금대에 진을 쳤다.

의식을 차린 김여물은 신립의 옆에서 종군하였으나 결정된 군의를 뒤집을 수도 없는 일이어서 묵묵히 자신의 직분을 수행하였다. 그리고 영이 들렸다가 빠져나간 강효식은 정신을 잃고 후송된 뒤 기마 부대를 통솔하지 못하고 진영 안에 누워 있었다.

조선군의 위기

날이 밝고, 고니시 유키나가가 인솔하는 2만을 헤아리는 왜군이 문경새재를 넘어 탄금대에 이르렀다. 고니시는 원래 도요토미 히데요시의 수하 출신으로, 과거 도요토미 히데요시가 섬겼던 오다 노부나가의 전술을 들어 알고 있었다.

고니시는 배수의 진을 친 신립의 군대를 완전히 포위하여 퇴로를 차단한 다음, 조총대와 방패를 든 보병으로 방어를 취하게 하고는 포위망을 좁혀 들어갔다. 이에 신립은 김여물 등과 상의하여 포위망을 깨뜨리고 배후로부터 반격하여 적을 친다는 계획을 세우고 병사들의 진을 일곱 부대로 나누어 편성하였다. 그리고 중무장을 한 기병대를 정비하여 조총탄이 쏟아지는 속을 강행 돌파할 작전을 세우고 신립 스스로도 기마 부대의 선봉에 섰다.

"어허, 이런……. 이미 늦었구나. 이 일을 어찌한다?"

탄금대가 멀리 내려다보이는 산등성이에서 유정은 발을 구르고 있었다.

밤새 축지법을 이용하여 금강산에서 날듯이 달려왔으나, 이미 신립은 전군을 휘몰아 왜병의 진지로 돌입하는 중이었다. 싸움이 시작된 이상, 제아무리 법력이 높은 유정일지라도 싸움터의 한가운데로 뛰어들어 신립을 만날 수는 없는 법이고, 설령 만난다 할지라도 적을 눈앞에 두고 부대를 뒤로 물리게 할 수도 없는 일이었다.

'천기가 어그러졌구나. 괴변이 일어나고야 말았어.'

유정의 법안法眼은 아래에 펼쳐진 싸움터에 감도는 요기를 느낄 수 있었다. 그러나 요기가 느껴진다 해도 싸움터로 달려가 요기를 제압할 수는 없는 노릇이어서, 유정은 안타까움에 발만 구를 뿐이었다.

'조선 천지가 어찌되려는 것인가. 아아…….'

안타까워 발을 구르는 것은 유정만이 아니라 그 옆에 있던 은동도 마찬가지였다. 지금 왜병 진지를 향하여 돌파를 감행하고 있는 조선군 사이에 은동의 아버지인 강효식도 끼어 있을 터이기 때문이었다.

'저놈들과 싸우면…… 아버지도 결국…….'

은동의 뇌리에 어젯밤 목격했던 학살의 정경이 떠올랐다. 은동은 사지에 힘이 풀리고 온몸이 덜덜 떨려왔다.

'아버지도 돌아가실 거야……. 아버지도…… 아버지마저도…….'

두 사람이 똑같이 발을 동동 구르고 있는데, 뒤에서 느닷없는 왜국 말이 들려왔다. 유정이 놀라 돌아보니, 십여 명에 달하는 왜병들이 서 있었다. 그들은 왜도만을 비스듬히 꽂고 있거나 장창을 하나씩 들고 있을 뿐, 갑주는 걸치지 않은 반쯤 벌거벗은 상태로 등에 나뭇단을 메고 있었다. 나무를 하러 산으로 올라왔다가 우연히 두 사람과 맞닥뜨린 것이다.

왜병들 가운데 둘은 조총을 들고 있었는데, 그들은 유정과 은동을 보자 깜짝 놀라더니 서둘러 조총을 겨누려고 했다. 행여 조총을 쏘기라도 하면 맞는 것도 문제거니와 총소리를 듣고 다른 왜병들이 몰려올 우려가 있었다. 유정은 재빨리 몸을 낮추어 조총을 들고 있는 왜병의 무릎 아래를 다리로 걷어찼다. 두둑 하는 소리가 나면서 두 왜병의 다리가 단번에 부러졌다. 유정의 철각공鐵脚功을 맞은 두 왜병이 으악 하는 비명을 지르며 짚단 무너지듯 쓰러지자, 다른 왜병들도 재빨리 나뭇짐을 벗어던지고 칼을 뽑거나 창을 겨누었다.

불자인 유정은 살생을 원하지 않았을뿐더러 왜병들을 죽이는 것보다 중상을 입히는 편이 오히려 왜병의 전력을 소모시킨다고 보았다. 죽이면 적군 하나를 줄이는 것으로 그치지만, 중상을 입히면 운반과 치료에 인원을 투여해야 하므로 여러 명의 전투력을 빼앗는 효과를 거둘 수 있는 것이다.

유정은 찔러오는 왜병의 장창을 왼손으로 꾹 쥐었다. 밀교에서 배운 법력을 장창에 불어넣자, 맞은편에서 두 손으로 창 자루를 잡은 왜병은 한 손으로 가볍게 창을 잡고 있는 유정의 아귀힘을 당하지 못하고 끙끙거렸다.

다른 왜병 둘이 왜도를 휘둘러 들어왔다. 유정이 오른손으로 공수탈인空手脫刃의 법을 써서 교묘하게 왜도의 날을 잡아 옆으로 꺾자 왜도가 뚝 부러지고 말았다. 유정은 부러뜨린 왜도의 날로 다른 한 자루의 왜도를 막아 튕겨낸 다음, 조총을 주우려고 하는 다른 왜병의 허벅지께로 부러진 왜도의 날을 날렸다. 날이 허벅지로 깊숙이 파고들자 왜병은 흐윽 하는 비명과 함께 풀썩 쓰러졌다.

유정은 다시 발을 뻗어 부러진 칼날을 잡고 있던 왜병의 다리를 택견의 수법으로 걷어차고, 왜병이 쓰러짐과 동시에 명치를 지르려다가 슬쩍 발을 돌려 앞가슴을 밟았다. 뚜둑 하고 갈비뼈 부러지는 소리가 나더니 왜병은 소리조차 내지 못한 채 얼굴이 흙빛이 되었다.

그 찰나, 또 다른 왜병이 휘두른 칼에 승복 뒤쪽이 베이면서 유정은 약간의 상처를 입었다.

은동은 덤불숲에 뛰어들어 겁먹은 얼굴로 유정과 왜병들의 싸움을 보고 있다가, 유정이 상처를 입자 자신도 모르게 앗 하는 소리를 냈다. 유정은 상처를 입자 노성을 지르며 쥐고 있던 장창을 앞으로 힘껏 당겼다. 그리고 장창을 잡고 딸려오는 왜병을 무릎 걸기로 쓰러뜨리는 동시에 무릎으로 놈의 아래턱을 올려쳤다. 왜병의 부러진 치아가 허공으로 튀었다.

그때 뒤쪽에 서 있던 다섯 명의 왜병들이 서로 눈짓을 교환하더니 장창을 나란히 하고 일제히 달려들었다. 무예에 능한 유정일지라도 일제히 창으로 찌르고 들어오는 것을 맨손으로 막을 수는 없었다. 유정은 재빨리 쥐었던 장창에 힘을 주어 그것을 반으로 꺾었다.

그런 다음 제미곤법을 응용하여 부러진 창을 휘두르니 들어오던 다섯 대의 장창 중에서 두 대는 부러지고 세 대는 옆으로 튕겨 나갔다.

그사이 아까 유정의 등을 베었던 왜병이 다시 고함을 지르며 일도류의 수법으로 유정의 등을 노리고 달려들었다. 녀석은 검법에 꽤 능통한 듯 기세가 자못 흉악하고 몸놀림이 민첩한데다 유정의 빈틈만을 노리고 달려들었기 때문에, 유정도 이리저리 피했으나 그만 오른팔에 다시 한번 상처를 입고 말았다. 그 순간을 놓치지 않고 장창들이 찌르고 들어왔는데, 쓰러진 왜병 하나가 다리를 안고 늘어지는 바람에 유정의 몸이 균형을 잃고 기우뚱했다.

유정이 위기에 처한 것을 보고 놀란 은동은 자기 머리통만 한 돌을 집어 들고 칼을 휘두르는 왜병의 등줄기를 향해 있는 힘을 다해

던졌다. 왜병은 유정을 베려다 등에 돌을 맞고는 비틀거리다가 재빨리 몸을 돌려 은동에게로 달려왔다. 겁이 난 은동은 벌떡 일어서서 달아나다가 그만 발을 헛디뎌서 절벽 아래로 굴러떨어지고 말았다. 유정은 은동의 도움으로 위기를 넘기자 지체 없이 자신의 다리를 끌어 잡았던 왜병의 면상을 걷어차 저만치 나동그라지게 했다. 은동의 비명 소리가 들려왔다.

유정은 마음을 독하게 먹고 살초를 쓰기로 했다. 장창 자루를 고쳐 쥐고는 인정사정없이 아래로 훑었다. 왜군의 창은 조선의 것과는 달리 창날이 유난히 길어 두 자가 넘었다. 긴 칼이나 다름없는 장창날을 휘두르자 왜병 셋의 다리가 일제히 무처럼 잘려 나갔고, 놈들은 피를 분수처럼 뿜어내며 쓰러졌다.

유정은 기합과 함께 몸을 위로 솟구치면서 칼을 든 왜병에게 덮쳐들었다. 놈은 온 힘을 쥐어짜 두 번째까지 유정의 공격을 막아냈으나, 세 번째 공격에는 버티지 못하고 칼을 놓쳐버렸다. 유정은 놈의 어깨를 창날로 찔러 힘줄을 끊어 다시는 칼을 쓰지 못하게 만든 다음, 은동이 굴러떨어진 등성이를 내려다보았다.

등성이는 생각보다 훨씬 가팔랐을 뿐 아니라 왜병의 진지와 이어져 있어서 섣불리 내려갈 수가 없었다. 더군다나 뒤쪽에서는 두 명의 왜병들이 달아나고 있었다. 유정은 잠시 망설였다. 자기 한 몸이야 많은 수의 왜병들이 몰려와도 지킬 수 있지만, 은동은 도망칠 수 없을 것이었다. 그렇다면 일단 왜병들이 더 몰려오는 것을 막고 난 연후에 은동을 구하는 것이 낫다는 판단이 들었다. 유정은 도망치는 두 명의 왜병을 향하여 몸을 날렸다.

태을 사자는 한참 동안 신음하다가 정신을 차렸다.

저승사자는 정신을 잃은 모습도 인간과 다르다. 태을 사자는 허공에 반쯤 뜬 채로 마치 옷걸이에 걸려 있는 옷처럼 힘없이 늘어져 있다가 깨어났다.

그다지 큰 상처를 입지는 않았지만 등에 햇빛을 받아서 그 주변이 거의 무화無化되어 있었다. 가급적 빨리 저승으로 가서 조섭을 해야겠지만 어쨌든 양기가 충만한 아침의 햇빛을 받고서도 이렇게 살아났다는 것은 기적에 가까운 일이었다.

태을 사자는 눈을 뜨자마자 진기를 온몸으로 흘려보내 영기로 뭉쳐진 몸에 큰 이상이 없는지를 살폈다. 그러고 난 다음에 자신이 있는 곳을 살폈다. 빛 한줄기 들어오지 않는 어두컴컴한 동굴 속 같았다. 이처럼 빛이 완전히 차단된 속에서 보통의 사람이나 생물이라면 주위를 분간하기 어려웠겠지만, 태을 사자는 어둠에서 생활하는지라 보는 데 아무런 지장이 없었다.

태을 사자의 맞은편에 거대한 형체를 지닌 짐승이 등잔같이 벌겋게 빛나는 눈을 하고서 태을 사자를 바라보고 있었다. 흑호였다.

"흑호, 자네였는가?"

전심법으로 말을 전달하자 지금은 완전히 호랑이의 모습으로 변한 흑호가 고개를 끄덕거리면서 눈을 더욱 빛냈다.

"지금은 낮인가?"

"낮이우. 그러니 내가 원래 모습으로 되돌아온 거 아니우. 그나저나 괜찮수?"

흑호는 호랑이의 형상을 하고 있었지만 전심법을 사용하여 대답했다. 흑호가 사람 모습을 하고 있는 것은 밤에만 통용되는 일종의 둔갑술이다. 지금은 낮이 되었으니 둔갑술이 풀리고 원래의 호랑이 모습으로 되돌아온 것이다.

"자네가 나를 구했나? 그 돌멩이를 쏘아 보낸 것이……."

"맞수. 난 사람 냄새와 쇠 냄새가 싫어서 밖에서 눈치를 보고 있었는데, 싸우는 기운이 느껴지지 않겠수? 그래서 위를 보니까 당신들이 허공에서 괴수하고 한판 붙고 있지 뭐유. 지상에는 많은 사람들이 오가는지라 끼지 못하고 조바심만 내고 있다가 당신네들이 밀리는 것을 보고는 술법을 썼수."

"그냥 돌멩이를 던진 것 같은데, 어떻게 풍생수가 타격을 입었지?"

"그놈이 풍생수였수? 그건 영발석투靈發石投라는 건데, 도력 소모가 아주 크다우. 당신들 법기로도 소용없던 그놈이 어째서 그것에 밀렸는지는 나도 모르겠수. 좌우간 도력이 떨어지려던 참에 해가 뜨지 않겠수."

"내가 숲으로 떨어질 때는 이미 해가 뜨고 있었어. 햇빛을 받으면 내 몸이 형체도 없이 사라져버릴 텐데 어떻게 구했나?"

"실례를 좀 했수. 헤헤헤……."

흑호는 전심법으로 내용을 전달하면서, 어흥 하고 실제 포효성을 작게 내질렀다. 그러자 동굴 벽에 흑호의 울음소리가 이리저리 반향되어 메아리로 돌아왔다.

"빛을 받으면 안 된다는 건 미처 몰랐수. 하지만 아래로 떨어져 내리는데 등에서 연기가 나기에 큰일나겠다 싶더구먼. 그래서 내가 삼켰수."

태을 사자는 고개를 갸웃했다.

"삼켰다고?"

"그렇수. 꿀꺽했수. 당신들 셋 다. 덕분에 당신들은 빛을 안 쐴 수 있었던 거유. 이 동굴로 들어와 입구를 막을 때까지 내 뱃속에 있었으니까. 헤헤헤……. 입을 꽉 다물고 있다가 입구를 막고는 왜 토했지."

태을 사자의 몸은 물체가 아니라 영기 덩어리인지라 그럴 수도 있을 것이다. 크기가 정해져 있는 것은 아니니까. 도력이 있는 영물인 흑호가 영체를 삼키는 정도의 일은 할 수 있다고 생각되었지만, 어쨌든 호랑이의 뱃속에 들어갔다 나왔다는 것이 묘하게 느껴졌다. 동시에 태을 사자는 흑호의 기지에 내심 탄복했다.

"다른 둘은 어디에 있는가?"

"저 안쪽에 있는데…… 상태가 안 좋수. 서두른다고 했는데…… 이미 빛을 많이 쐬어버렸지 뭐유."

태을 사자는 가슴이 철렁 내려앉는 것 같았다. 안쪽으로 신형을 이동시켜 들어가보니, 둘은 놀랍게도 몸의 절반가량이 희미해진 정도를 넘어 아예 사라지고 없었다. 흑풍 사자는 오른쪽 어깻죽지에서 허리께까지 무화되어 사라졌고, 윤걸은 더욱 심해서 왼쪽 다리부터 가슴 부분까지 사라졌으며, 등 쪽은 둘 다 희미해져 있었다. 가뜩이나 풍생수에게 당하여 영기가 흩어진 탓에 태을 사자만큼 버티지 못하고 큰 피해를 입었던 것이다.

둘의 주변에는 죽은 자들의 영혼이 둥둥 떠다니고 있었다.

풍생수의 이마에 백아검이 명중되었을 때 빠져나온 영혼들이었다. 그들은 아무런 사념도 없이 백치처럼 멍한 상태로 공중을 부유하고 있었다. 가야 할 곳에 가지 못하고 저승사자의 인도도 받지 못했으며 괴수에게 잡혀 뭉쳐져 있기까지 했으니, 죽었을 때의 충격과 그 이후에 겪은 당혹스런 경험까지 겹쳐 충격에서 헤어나지 못하고 있는 것이었다. 그들은 다만 본능적으로 저승사자의 근처를 맴돌고 있었다. 죽은 지 얼마 되지 않는 자의 영혼은 비록 음기가 많다고는 하나 아직 생계의 온기가 남아 있으므로 빛에 대해 저승사자들만큼 민감하지는 않다. 그러나 빛을 싫어하는 성질이 생겨, 풍생수에게서 벗어나자마자 본능적으로 저승사자들의 음기가 느껴지는 쪽으로 온 것이다.

태을 사자는 형편없이 망가진 둘을 보고서도 특별히 슬프다는 감정은 들지 않았다. 저승사자는 감정과는 거리가 먼 존재이기 때문에 동료들이 죽어가는 것을 보고서도 슬퍼할 수가 없었다. 아니, 슬퍼하는 방법을 잊었다고나 할까?

태을 사자는 딱딱한 얼굴로, 둘에게 자신의 얼마 남지 않은 영력을 밀어넣어주려고 했다. 흑호는 그 광경을 차마 못 보겠다는 듯 헛기침을 두어 차례 하고는, 신립 진영을 살피고 오겠노라며 토둔술을 써서 바깥으로 나갔다. 태을 사자가 영력을 넣자, 흑풍 사자가 간신히 몸을 움직이며 태을 사자에게 전심법으로 의사를 소통해왔다. 금방이라도 사라질 듯한, 힘이 하나도 없는 느낌이 전해져왔다.

"나는…… 힘들 것 같소. 저승사자로 있다가 이렇게 소멸될 줄은 몰랐는데……. 허허……."

애처롭고 슬픈 울림이어서 태을 사자는 깜짝 놀랐다. 저승사자에게는 슬픔이라는 감정이 없다. 죽어가는 인간이나 아니면 막 죽은 인간의 영들만이 그런 감정을 내보이는 법이다.

흑풍 사자는 지금 슬퍼하고 있었다. 자신의 존재가 소멸되는 순간에는 사계의 율법도 훈련도 소용이 없단 말인가? 태을 사자는 자신도 슬픔을 느껴보려고 했으나 잘되지 않았다. 안타까운 마음만 생길 따름이었다. 슬픔이란 안타까움과 비슷한 감정일까? 도대체 언제, 어느 때에 슬픔이라는 감정이 찾아오는 것일까? 슬픔이란 과연 어떤 감정일까?

결국 태을 사자는 슬픔을 느끼지 못했다. 다만 얼굴을 더욱 딱딱하게 일그러뜨릴 수밖에는 없었다.

"내…… 남은 영력…… 그것을 취루척에…… 원수를 꼭…… 꼭……."

힘겹게 말을 이으면서 흑풍 사자는 손을 치켜들었고, 그러자 소매 속에서 흑풍 사자의 법기인 취루척이 나타났다. 이러한 상황에서 영력을 쓰는 것은 그나마 얼마 남지 않은 명을 단축시킨다는 것을 누구보다 잘 알고 있는 태을 사자는 흑풍 사자의 행동을 말리려고 했지만, 흑풍 사자는 떨리는 눈동자로 태을 사자를 보면서 다시 마음을 전해왔다.

"취루척을…… 취루척의 영력을…… 묵학선과 합쳐주시오. 태을…… 당신을 믿소……. 당신을……."

사자가 법기를 포기하는 것은 살아 있는 자의 죽음에 해당하는 소멸의 순간밖에는 없을 것이다. 사자가 소멸되면 법기도 자동으로 사라지지만, 사자가 채 소멸되기 전에 법기의 영력을 전이시켜주면 받은 쪽의 법기는 법력이 증가된다.

흑풍 사자는 그렇게 해서라도 태을 사자가 원수를 갚아주기를 바라는 모양이었다. 그것은 인간에게나 있을 수 있는 비합리적인 행위였다. 그런데도 흑풍 사자는 그러기를 바라고 있다. 다른 사자의 법력을 갖는 행위는 아무리 좋게 설명해도 저승의 법도를 어기는 행위였다.

이러한 사실이 알려진다면, 서로의 법력을 크게 하기 위해 저승사자들 간에 법기를 놓고 싸움이 벌어질지도 모른다.

그런 생각이 들자 태을 사자는 가슴이 쿵쾅거리는 것을 느꼈다. 그러나 흑풍 사자의 소원을 뿌리칠 용기도 생기지 않았다. 흑풍 사자가 지니고 있는 슬픔 때문일까?

태을 사자가 묵묵히 자신의 법기인 묵학선을 꺼내 들자 그것을 본 흑풍 사자는 미소를 머금었다. 태을 사자는 또다시 놀랐다. 저승사자가 표정으로 미소를 머금다니…….

흑풍 사자의 취루척이 태을 사자의 묵학선으로 서서히 빨려 들어가기 시작했다. 그와 더불어 흑풍 사자의 영력도 같이 안으로 들어갔고, 그렇지 않아도 반쯤 사라지고 없던 흑풍 사자의 형태도 더욱 희미해져갔다.

신립은 비장한 각오로 조선군 기마 부대의 선두에 섰다.

기마대의 부장인 강효식이 원인 불명으로 혼절하여 마땅한 대장감이 없기도 하였지만, 자신이 스스로 선봉에 서는 것이 군의 사기를 올리는 데에 조금이라도 도움이 된다고 판단했기 때문이었다.

이 부대마저 패배한다면 도성인 한양까지 왜군을 막을 조선군 부대는 없다.

'내가 패한다면 모든 게 끝장이다…….'

신립은 속으로 중얼거리면서, 북방에서부터 거느려왔던 자신의 정예 기마 부대를 찬찬히 바라보았다. 그들은 모두 두꺼운 두정갑(비늘을 겹으로 두른 갑옷. 둥근 비늘을 한 것은 용린갑이라고도 한다)으로 왜군의 조총알을 막을 수 있도록 중무장하였으며, 번쩍이는 눈은 필승의 결의에 차 있었다.

수효는 많지 않았다. 완전 무장한 정예 기병은 겨우 오십. 거기에 급히 끌어모아 말에 태운, 정식 기마 훈련을 받지 못한 병사가 백이십.

'대大 조선의 기마대가 이제는 겨우 이것뿐이란 말인가…….'

신립은 남모르게 한숨을 내쉬고는 총포 부대를 사열했다. 승자총통으로 무장된 총병이 이십 명가량. 그리고 대완구총통이 세 대, 소완구총통이 다섯 대, 신기전을 쏘는 화차가 두 대 있었다. 북방에서는 이것 외에도 많은 포를 사용할 수 있었지만, 대부분이 너무 무겁고 성에 설치된 고정 포들이어서 지니고 올 수가 없었다. 더구나 화약의 재고도 넉넉하지 못했고…….

신립은 이어서 보병 부대를 사열했다. 칠천에 이르는 수하 군졸 중 압도적으로 다수를 차지하는 것이 보병 부대였다. 이들은 정예의 군졸뿐 아니라 도성 내의 포졸, 문지기, 지원병, 갓 징집된 농군이 뒤섞인 한마디로 오합지졸의 병력이었다. 이 병력이 어떻게 싸워주느냐에 싸움의 승패가 결정난다고 생각하니 신립은 우울해졌다.

"모두 들어라!"

신립은 부대의 사기를 올리기 위해 큰 소리로 외쳤다.

"이 싸움은 반드시 이겨야 하느니라. 우리가 여기서 물러서게 되면 한양이 짓밟힌다. 나랏님이 계시는 도읍이 왜놈들에게 짓밟히게 되는 것이다. 우리는 결코 물러설 수 없다. 그래서 이곳 탄금대에 배수의 진을 친 것이다. 우리의 뒤는 물뿐이며 물러설 곳이 없다. 죽기를 각오하고 싸우면 반드시 승리할 수 있을 것이다. 우리 조선 땅을 짓밟은 흉악한 왜놈들을 반드시 물리치자!"

신립의 말에 병사들은 와하고 환호성을 올렸다. 오합지졸일망정 조선을 침략해온 왜병들에 대해서는 모두들 깊은 원한의 감정을 지니고 있었다. 사기가 저절로 오르는 것 같았다. 신립은 이럴 때 왜병들이 지니고 있는 조총에 대해 일반 병사들에게 알리는 것이 좋겠다고 보았다.

"왜병들은 조총이라고 하는 화약 무기를 대량으로 가지고 있다. 그러나 겁을 먹어서는 아니 된다! 조총은 우리가 가지고 있는 승자총통이나 마찬가지인 무기이다. 소리가 크고 총알이 눈에 보이지도 않을 정도로 빠르지만 쏘는 대로 맞는 것은 아니니 겁먹을 것이 없다!"

그러나 화약 무기의 위력을 제대로 알지 못하는 일반 군졸들은 잠시 술렁거렸다. 신립은 입술을 깨물고 총포 부대의 별감을 불렀다.

"화차에 신기전 스무 발을 장치하여 강 쪽으로 발사하라."

신립은 다시 병사들 쪽으로 몸을 돌려 소리쳤다.

"우리 조선의 무기를 보면 왜병이 더이상 겁나지 않을 것이다. 보라! 이것이 우리가 보유한 화차이며 신기전이다."

신립이 명을 내리자 별감은 신기전 스무 발을 발사했다.

신기전이란 길게 불을 뿜으며 날아가는 화살로, 화차라고 불리는 거치대에 몇십 발을 꽂아놓고 연속으로 발사하는 화기인데, 요즘의 다연장 로켓포에 해당하는 무기였다. 북방의 여진족은 이 신기전을 보기만 해도 겁에 질릴 정도로, 명중률은 희박하다 하나 한 지역을 거의 제압할 수 있는, 당시로서는 막강하다고 할 수 있는 화력을 지닌 무기였다.

신립은 이러한 화기를 잘 운용하기로 소문난 장수였다. 그러나 승자총통 등 당시의 개인용 소화기는 대량으로 생산되지 못했고 강선이 없어서 명중률이 낮았기 때문에, 개인용 화기를 대량으로 운용하는 것은 비효율적인 일이라고 신립은 생각하고 있었다. 그보다는 규모가 큰 화기로 적의 기세를 꺾은 후 기병으로 접전하는 것이 가장 효과적인 전술이라고 굳게 믿고 있었다.

신기전에 화수火手가 불을 붙이자, 신기전은 긴 불꽃과 연기를 뿜으면서 핑핑 연속으로 날아갔다. 보통 농민들의 눈에 그것은 상상도 할 수 없던 무서운 무기였고, 이런 무기를 보유하고 있다면 겁날 것이 없다는 생각에 사기가 단번에 올라갔다.

"와!"

병사들의 함성을 들으며 신립은 만족했다. 그리고 다음과 같은 말로 훈시를 마쳤다.

"왜군들에게는 조총이 있다고 하나 겨누는 대로 맞는 것은 아니다. 죽기를 각오하고 적진을 돌파하라. 화포로 적군을 치고 나면 기병 부대가 앞장서서 돌진할 것이다. 뒤를 이어 보병이 돌격하면 적진은 무너질 것이요, 남는 것은 왜병들의 목을 따는 것뿐이리라. 적의 수급을 벤 자는 나라에서 포상할 것이니, 나라를 위해 힘껏 싸워 많은 공을 세우도록 하라!"

다시 한번 병사들의 환호성 소리가 일었다.

신립은 맞은편에 위치한 고니시의 진을 말없이 바라보았다. 그것은 조선군의 진영보다 압도적으로 컸고 병력도 두 배는 넘어 보였다.

"진군!"

신립은 큰 소리로 외침과 동시에, 몇 문 되지 않는 화포의 엄호를 받으며 기마대를 몰아 수만의 왜병들이 득실거리는 적진을 향해 돌격을 감행하기 시작했다. 그 뒤를, 제대로 훈련조차 받지 못한 보병들이 의기만은 드높게 고함을 지르며 뒤따라 달렸다.

강효식은 그때까지도 영이 빠져나간 충격에서 헤어나지 못하고 장막 안에 누워 있다가 퍼뜩 정신을 차렸다. 정신을 차리고 나자 그동안 무엇인가에 속고 있었던 것처럼 아무것도 기억나지 않았다.

순간 밖에서 어지러운 함성 소리가 들려왔다. 이 전장 저 전장에서 다져질 대로 다져진 무관 강효식은 반사적으로 몸을 일으키며 전포와 투구를 쓸 생각도 하지 못하고 장검만을 움켜쥔 채 밖으로 뛰어나갔다.

강효식의 눈에, 막 돌격을 시작하는 조선군의 뒷모습이 보였다.

그리고…… 그 앞 멀리의 허공에 떠다니는 몇 개의 괴이한 형체들이 작게 어른거렸다.

"저…… 저것들은 뭐냐! 저것들은……."

그때 강효식의 기억이 되살아났다. 어젯밤의 일이…….

강효식은 신립의 젊은 시절 이야기를 들었고, 또 신립의 귀에 들렸다는 탄금대에 진을 치라는 말의 진위를 알아내기 위해 영사를 행했다. 그 결과 알아낸 것은…….

'여인…… 어느 여인이 있었다. 신립 장군이 자기 곁으로 오기만을 소원하는 여인이…… 그리고…….'

그랬다. 여인은 오로지 그것만 소원하고 있었다. 제정신이 아니었다. 탄금대……. 그 여인은 탄금대에 진을 치면 신립이 전사하여 자신의 곁에 오게 된다는 생각을 하고 있었다. 그것 때문에 조선군이 전멸하는 것은 아무 문제도 되지 않았다.

그리고 자신의 정신을 무언가가 움켜쥐었다. 여인의 영을 잡기는 커녕 도리어 무언가에 씐 것이다. 지금 저 앞의 허공에 떠 있는 것은 바로 그 불길한 괴물들…….

거기까지 생각이 미치자, 강효식은 장검을 내던지고 목이 터져라 고함을 지르며 진문 쪽으로 달려갔다.

"장군! 장군!"

그러나 아무도 강효식의 말을 듣지 못했다. 기세 좋게 울리는 출진의 북소리가 강효식의 외침을 파묻어버렸다.

진문이 열리고, 조선군 최후의 기마대와 보병이 밀물처럼 쏟아져 나가 왜병들의 진지로 돌진하기 시작했다.

신립은 선두에 서 있었다.

흑호는 토둔술로 땅속을 파고들어가면서도 계속 생각에 잠겨 있었다.

호랑이 일족이 전멸한 것이 마계의 괴수에 의한 것이라는 사실은 알았으나 도대체 조선 천지가 어떻게 되어가는 것인지는 흑호도 영문을 몰라 혼란스러울 뿐이었다. 사계의 저승사자가 괴수에게 소멸되고, 승천하여야 할 인간의 영혼들이 사라지거나 마계의 괴수들에게 잡히며, 전쟁터에 나아간 장수는 천기의 흐름에 어긋나는 곳에 진을 치고 전멸을 맞이하려 하고 있었다. 또한 조선 팔도에 사는 도력 있는 짐승들은 죄다 죽음을 당하고 산신과 지신마저도 종적을 찾아볼 수 없게 되었다.

이런 난리는 흑호가 살아온 팔백 년의 세월 동안 한 번도 없었다.

고려조에 몽고족이 쳐들어왔을 때에도 이렇지는 않았다고 들었으며, 후삼국이 통일 전쟁을 벌일 때에도 이런 변괴는 없었다고 알고 있었다. 아무리 팔백 년이나 도를 닦아왔다고는 하지만, 금수인 흑호의 머리로는 현재의 복잡다단한 사정을 추론하기 어려웠다.

흑호가 조선군 진영의 땅 밑에 당도하였을 때, 이미 신립은 전군을 몰아 밖으로 나간 다음이었다.

'신립이라는 장수에게 그 여자의 일을 알려야 할 텐데……. 제길, 벌써 뛰쳐나가고 말았으니……. 한발 늦었어.'

흑호는 땅속에서 망설이고 있었다. 이걸 어떻게 하여야 할까? 위험을 무릅쓰더라도 전쟁터로 나가 신립에게 귀띔이라도 해주어야 할까?

'제기럴. 벌건 대낮에 밖으로 나갈 수도 없고……. 호랑이의 모습으루 전쟁터 한복판에 뛰어들었다간 알리기는커녕 개죽음을 당하게

생겼으니……'

흑호는 애가 탔다. 흑호는 인간들을 탐탁하게 여기지 않았으나 조선이 망하는 꼴은 보고 싶지 않았다. 정확하게 말하면 인간들이 만든 조선이라는 나라나 조정을 위해서가 아니라, 조선 팔도의 자연과 정기가 바다 건너 섬나라에서 온 왜인들에게 짓밟히거나 나아가서는 마계의 괴수들 손에 좌지우지되는 상황만은 막고 싶었다.

'한번 가볼까? 까짓 화살 나부랭이에 맞을 리는 없고 다만 총포가 신경쓰이기는 하는데……. 토둔술을 써서 가면 혹시나 신립을 만나게 되지 않을까?'

흑호는 인간들의 싸움터에는 끼고 싶지 않았으나 여인 때문이라도 별수 없이 가야 될 것 같았다. 결국 흑호는 자신의 성미대로 이것저것 귀찮게 따지지 말고, 그리로 가서 상황을 보고 행동하기로 했다. 흑호는 토둔술로 땅을 파서 들어가기 시작했다.

흑호는 힘은 세지만 워낙 덩치가 크고 성질이 급한지라 토둔술의 사용에 있어 일급의 경지는 아니었다. 그래도 흑호가 땅속으로 헤엄치듯 나아가는 속도는 준마가 달리는 것 이상으로 빨랐다. 흑호는 땅속으로 스며들자 다른 생각은 하지 않고 오직 거리와 기척만을 살피면서 탄금대 쪽을 향해 나아갔다.

그러다가 왜병 진지가 있는 산등성이 부근에서 흑호는 묘한 기운을 느꼈다. 그것은 특별한 기운이라기보다는 친근감 같은 것이었다.

보통 때 같았으면 지나쳐버렸을 느낌이었다.

그 기운은 작은 인간 아이에게서 뿜어져 나왔다. 아이는 죽어가고 있었다. 인간 아이 하나쯤이야 죽거나 말거나 상관할 바가 아니었지만, 이상하게도 흑호는 무엇인가에 이끌리듯 땅속에서 얼굴을 내밀고 아이를 바라보았다.

언덕배기에서 굴러내리다가 돌에 부딪히고 나무에 긁혀 온몸에 상처를 입고 피를 흘리고 있는 아이. 은동이었다.

흑호는 무심코 아이의 주변을 살피다가 놀라서 눈을 크게 떴다. 겉장에 『녹도문해』라는 글자가 쓰인 책자가 있었다.

은동은 희미해지는 의식 속에서 자신이 헛것을 보고 있다고 생각했다. 눈앞이 가물가물해서 자세히 알아볼 수는 없었지만, 그것은 화등잔만 한 눈동자였다. 눈동자는 흙속에 파묻힌 채 은동을 바라보고 있었다. 이글이글 타는 듯한 커다란 눈이었지만, 은동은 무섭다는 느낌은 들지 않았다. 험악하기는 해도 자신을 해칠 것 같지 않은 눈이었다.

문득 은동은 아버지가 보고 싶었다. 그리고 유정 스님도……. 유정 스님은 어떻게 되셨을까? 왜병들에게 당하지 않으셨을까? 그리고 아버지는? 정말 어머니는 왜병들에게 코가 잘려 나간 것일까?

은동은 아득한 나락의 세계로 빠져드는 것을 느꼈다.

시간이 없었다.

아이는 아직 정신을 차리지 못했다. 저만치에서는 조선군의 부대가 달려오고, 요란한 총소리가 울려 퍼지기 시작했다. 아이를 이대로 놔두었다가는 유탄에 맞아 죽을 우려가 있었다.

흑호는 『녹도문해』라는 책을 다시 내려다보았다. 그리고 책의 주인인 이 아이가 틀림없이 녹도문을 배웠을 것이라고 생각했다. 증조부인 호군이 죽기 직전에 남긴 글자. 저승사자들도 모르는 녹도문으로 된 글자. 그 글자를 해석할 수 있는 아이를 만나다니, 흑호는 천행이다 싶었다. 이 아이가 그 글을 해석할 수 있다면 증조부가 남기고

자 했던 내용을 알아낼 수 있을 것이다. 그러나 이 아이는 지금 불행히도 의식을 잃고 있었다. 그렇다고 아이를 끌고 토둔술을 써서 땅속으로 갈 수도 없는 노릇이었다.

'혼만 빼 가지고 가자. 그러면 누가 보아도 죽은 아이일 것이니 송장을 어쩌지는 않을 것이여. 그랬다가 전투가 끝난 뒤 몸에 혼을 넣어주면 살아날 수 있을 거구.'

흑호는 재빨리 은동의 혼을 빼내어 여인의 영을 봉인한 것처럼 자신의 꼬리에 봉인했다. 『녹도문해』의 책을 가지고 갈까도 고민했으나, 그것은 아이의 물건이었으니 손대고 싶지 않았고, 또한 아이가 그 책을 공부하였다면 굳이 그것이 없어도 해석이 가능하다고 보았다. 흑호는 은동의 품에 그 책을 밀어넣었다. 그런 다음 입김을 크게 불어 흙, 나뭇가지, 잔돌멩이 따위로 은동의 몸을 반 이상 덮었다.

'이 정도면 아무도 모르겠지.'

흑호는 괜스레 기분이 좋아져서 씨익 웃고는 토둔술로 땅속을 파고들어가 아까 나왔던 동굴 쪽으로 향했다. 조선군과 왜군은 이미 전투에 돌입했고, 그런 마당에 신립을 만나봐야 자신이 할 일은 아무것도 없을 것 같았다.

유정이 왜병들을 쓰러뜨리고 산비탈을 내려와 은동의 몸을 발견한 것은 그로부터 얼마 지나지 않아서였다.

"허……. 이런 가여울 데가……."

유정은 산비탈을 굴러 피투성이가 된 은동을 보고는 크게 놀랐다.

유정은 서둘러 은동의 맥을 짚어보았다. 고르지는 않지만 아직 살아 있음을 확인할 수 있었다. 그러나 몸을 흔들어도 반응이 없었다. 유정은 은동의 혈도를 몇 군데 짚어 정신이 들게 해보려 했지만, 이미 흑호에 의해 혼이 빠져나간 은동이 정신을 차릴 리는 없었다.

한창 싸움이 벌어지고 있는 중이라 유정은 더이상 시간을 지체할 여유가 없었다. 그래서 은동을 옆구리에 끼고 축지법으로 달음질치기 시작했다.

태을 사자는 흑풍 사자의 모든 힘이 깃든 취루척을 묵학선 속으로 거두어들이며 멍하니 생각에 잠겨 있었다.

슬픔은 값싼 감정일 따름이라고 누누이 듣고 배워왔다. 그러나 자신도 한 인간의 영혼에서 비롯되었을 터, 슬픔이라는 감정을 느끼지 못한다는 사실이 이렇게 아쉬울 줄은 몰랐다. 저승사자는 인간보다 한결 완성된 존재라고 믿어왔지만, 지금은 그러한 믿음이 흔들리고 있었다. 과연 나는 인간보다 완벽한 존재일까? 감정을 배제할 수 있고, 많은 능력이 있고, 인간의 관점으로 영원히 살 수 있는 존재가 되었다고 해서 완전한 존재에 가까워졌다고 말할 수 있을까? 흑풍 사자는 어떨까? 자신의 소멸 앞에서 슬픔을 느끼고 있는 이 저승사자는, 그렇다면 나 자신보다 나은 존재라고 할 수 있을까 아니면 덜된 존재라고 해야 할까?

태을 사자가 그렇게 상념에 빠진 사이, 취루척은 완전히 묵학선으로 흡수되었고 흑풍 사자의 영력도 거의 남지 않게 되었다.

흑풍 사자가 최후의 영력을 발휘하여 태을 사자에게 말했다.

"나와 함께 있다고 생각해도 좋소이다……. 그동안 폐가 많았소……. 그러나…… 그러나 태을 당신과 함께 있던 시간은…… 아주 뜻있었소……. 그럼…… 그러면……."

흑풍 사자는 마지막 인사를 채 맺지 못하고 서서히 사라졌다. 마지막 영력의 기운이 떨어지자, 희미하던 모습도 완전히 사라지고 무

無로 돌아갔다. 이제 흑풍 사자라는 존재는 영원히 사라져버린 것이다.

태을 사자는 멍하니 묵학선을 쥔 채 굳은 듯 꼼짝도 하지 않았다. 자신과 같이 행동하던 동료 사자가 소멸되는 것을 본 저승사자가 몇이나 될까? 아니, 저승사자가 소멸되는 일이 천지가 개벽한 이래 몇 번이나 있었을까?

많은 시간을 함께 지냈던, 자신과 동등한 존재가 없어진 것은 태을 사자에게 큰 충격이었다.

그동안 인간들의 영혼을 저승으로 이송하면서 태을 사자는 그들의 짧은 생각과 감상적인 성격을 비판했다. 그리고 그들이 윤회를 거치는 동안 영적으로 점차 발전해나가기를 바랐다. 그러나 막상 옆에 있던 존재가 소멸되는 것을 보자 태을 사자도 어쩔 수 없이 충격을 받았다. 항상 보는 것이었기에 무덤덤하게 여겼던 일이 직접 자신에게 닥쳐왔고 그것이 충격으로 받아들여지자 태을 사자는 마음속 혼란이 걷잡을 수 없게 커지는 것을 느꼈다.

'인간의 죽음은 윤회와 환생으로 연결되기에 비웃을 수 있었던 것이다. 우리의 경우는 완전한 소멸이다……. 같지 않다…….'

애써 마음속으로 부정해봤지만, 인간도 죽음을 완전한 단절로 믿기에 삶에 그토록 미련을 가지는 것이라는 생각이 들었다. 하지만 저승사자인 그들은 이러한 경우에 느껴지는 감정마저도 통제당하고 있다. 슬픔이란 것을 느낄 수 없는 것이다. 하물며 겨우 하루를 같이 지낸 금수인 흑호마저도 슬픔을 표시하는데, 숱한 날을 함께 보낸 자신은 그것을 느낄 수 없다……. 슬픔이 어떤 양상으로 표출되는지, 어떨 때 나오는 감정인지는 알고 있는데 느낄 수가 없다. 감정을 느낄 수 없는 자기 자신의 존재에 대해서도 슬픔을 느낄 수가 없다.

다만 한없이 혐오스러울 뿐이었다.

'이것이 아니다. 이것이 아니었어…….'

태을 사자가 멍한 얼굴로 번뇌에 시달리는 사이, 이번에는 윤걸이 힘없이 말했다.

"나 근위 무사 윤걸, 명을 다하지 못하고 소멸되는 듯하오……."

"안 되오!"

태을 사자는 자기도 모르게 외쳤다. 흑풍 사자가 소멸되고 이번에는 윤걸이 소멸되려 하고 있었다. 그러나 태을 사자의 외침은 슬픔에서 비롯된 것이 아니었다. 슬픔이란 감정에 대해 고민하다가 그것이 무의식중에 말이 되어 나온 데 불과했다. 태을 사자는 자신의 말이 위선이라고 생각했다. 그런 자신이 혐오스러웠다. 그럼에도 태을 사자는 윤걸에게 계속 지껄이고 있었다. 자신이 무슨 말을 하는지도 모르는 채 계속 떠들어댔다.

"이대로 소멸되어서는 안 되오! 그대의 임무를 생각하시오! 소멸은 안 되오. 안 돼!"

"그러나……."

"백아검으로 들어가시오. 윤 무사는 그동안 사용해오던 법기가 아닌 백아검을 지니고 영력을 교통해왔소. 그러니 백아검의 형체를 빌리면 소멸되지 않을 수 있소."

윤걸의 눈이 휘둥그레졌다.

"검으로……!"

"그렇소. 그것이 얼마나 힘들고 고통스러운 일이라는 것은 알고 있소. 하지만 지금 그대의 임무를 다하지 못하고 소멸되는 것은 안 되오."

태을 사자의 이야기는 윤걸이 백아검으로 들어가서 검의 영력을 빌려야 한다는 것이었다. 어찌 보면 묘안이라고도 할 수 있었다. 윤걸도 영력으로 이루어진 존재인지라 지금 그가 소멸되려고 하는 것은 영력이 끊긴 까닭이었다. 그리고 백아검은 윤걸 자신의 영력으로 만든 법기가 아니니만큼, 만약 검으로 모습을 바꾸어 백아검 자체의 영력을 받을 수만 있다면 검으로서 존재를 유지할 수가 있다. 물론 윤걸 자체의 존재는 없어지는 것이나 마찬가지다. 또한 윤걸은 검과 동일화된 이상 앞으로 검이 휘둘리거나 무언가에 부딪힐 때마다 자신 또한 똑같은 고통을 느끼게 되리라.

태을 사자의 주장은 소멸보다 더 심한 것을 요구하는 셈이었다. 존재가 어차피 없어져 소멸하느니, 검의 몸으로 살아남아 앞으로 계속 검이 사용될 때마다 고통을 받으라! 그것은 스스로 지옥에 떨어지라는 이야기와 다를 바 없었다.

윤걸은 주저했다.

"그러나…… 백아검도 영성을 지닌 물건이오. 만약 백아검이 나를 받아들이지 않는다면……. 그리고 이 검의 내력을 미처 알려주지도 못했는데……."

"받아들일 것이오. 아니, 받아들여줄 것이오. 참으셔야 하오."

태을 사자는 그러한 말을 뻔뻔스럽게 이어가고 있는 자신에게 마음속으로 욕을 퍼부었다. 도대체 무엇 때문에 윤걸을 지옥과 같은 고통 속으로 떨어지라고 하는 것인가? 차라리 소멸되는 것이 낫지 않겠는가? 아무 생각도 하지 못하고 존재감도 느끼지 못하는 상태에서 고통을 견디라는 말을 어떻게 할 수 있단 말인가!

"그러나……."

"당신의 몸으로 원수를 갚는 것이오! 풍생수를 처단하고, 마계의 음모를 바로잡는 길이란 말이오! 어쨌든…… 소멸되어서는 안 되오.

언젠가 검에서 나와 다시 존재를 되찾게 될 수도 있단 말이오! 내가 하겠소. 절대…… 절대로 이 자리에서 소멸은 아니 되오!"

맙소사! 나, 태을 사자는 나락의 구렁텅이로 떨어지고 있다!

나는 지금 거짓말을 하고 있다! 가장 큰 악덕의 하나인 거짓말! 덜된 인간의 영혼도 아닌, 율법을 관장하는 명부의 존재인 자신이 거짓말을 하고 있다! 어떻게 검으로 화한 윤걸이 다시 존재를 되찾을 수 있단 말인가? 검이 파괴되면 윤걸도 결국 소멸되는 수밖에 없다. 한번 영적으로 화한 몸이 어떻게 원래의 존재를 되찾는단 말인가? 인간이 죽었다가 살아나는 것은 있을 수 있는 일이다. 영혼이 남아 있으니까. 그러나 영혼의 소멸이나 변화를 거친 존재는 어디에서 근원을 찾아 원래의 존재로 되돌아가게 할 수 있단 말인가!

나는 소멸되어가는 동료에게 거짓말을 하고 있다! 멈춰! 멈추라고!

태을 사자는 자기 자신에게 부르짖었다. 말을 멈추려고 안간힘을 썼다. 그러나 그렇게 되지 않았다. 눈앞이 어지럽게 뱅글뱅글 돌아가는 것 같았다.

그 이후로 태을 사자의 귀에는 아무것도 들리지 않았다. 눈앞도 제대로 보이지 않았고, 한없이 뒤죽박죽이 된 혼란만이 마음을 가득 채우고 있었다.

퍼뜩 시선을 돌렸을 때, 윤걸이 차츰 백아검 속으로 사라져가는 모습이 눈에 들어왔다. 안 된다고 외치면서 말리고 싶었으나 이미 때는 늦었다…….

잠시 후 태을 사자는 정신이 나간 얼굴로 묵학선과 백아검을 양손에 쥔 채, 떠 있지도 못하고 땅에 반쯤 주저앉아 있었다.

나는 벌써 네 가지 대죄를 지었다. 계율을 어긴 일, 동료의 법기를 흡수한 일, 다른 자의 영혼을 마음대로 처리한 일, 사자의 신분으로 죽어가는 동료에게 거짓말을 한 일.

'내가 왜 그랬을까……? 왜?'

슬픔이란 것에 대해 생각하다가 그런 것일까? 무의식에서 나도 알지 못하는 무엇인가가 생각한 것은 아닐까? 내가 무엇에 씐 것은 아닐까? 우스운 소리! 영혼에게 영혼이 씌다니! 나는 도대체 왜 이러한 일을 벌인 것일까? 왜 이런 생각들을 했던 것일까?

그냥 담담히 동료들의 소멸을 지켜보면 되었을 것을……. 그냥 있었으면 되었을 것을……. 슬픔을 느껴보겠다고 발버둥친 것이 이런 결과를 낳은 것일까? 그냥 그대로 있을 것을…… 그럴 것을…….

태을 사자의 뒤에서 어느 사이에 돌아왔는지 흑호가 아무 말도 하지 못하고 화등잔 같은 눈을 굴리며 심각하게 태을 사자를 보고 있었다. 아무리 존재의 소멸을 옆에서 보았다고는 하나 저승사자가 저렇듯 멍한 상태로 있다니 이해가 가지 않았다. 오히려 흑호는 태을 사자가 지금보다 훨씬 강한 능력을 갖게 되었구나 싶어 반갑기까지 했다. 소멸되고 흡수된 둘의 의도를 조금이라도 살리는 방향으로 일이 풀린 것 같아서 슬프지만 다행이라 생각했다.

태을 사자의 주변에서 둥둥 떠다니던 인간의 영혼들은 자기보다 상급인 두 존재가 소멸되는 것을 보고 놀라 이리저리 미친 듯이 떠돌아다녔다. 흑호는 그것들이 귀찮아져서 태을 사자를 커다란 앞발로 툭툭 건드렸다. 그러나 태을 사자는 감각이 마비된 듯 망연자실 앉아 있을 따름이었다.

그렇게 한참을 망연하게 앉아 있던 태을 사자가 간신히 제정신을 차렸다.

아무 말 없이 그런 태을 사자를 바라보던 흑호가 조심스레 입을 열었다.

"이제 어떻게 할 거유? 밖은 한낮이우. 풍생수 놈은 다치긴 했지만 죽진 않았을 터인데……."

전심법으로 말을 하는 도중에 흑호는 이리저리 떠돌고 있는 혼령들이 귀찮아 겁을 주려는 것처럼 앞발질을 하다가 말을 이었다.

"그나저나 이 혼령들을 어떻게 좀 해보슈. 귀찮아 죽겠수. 당신이 안 하면 내가 잡아먹어버리겠수."

태을 사자는 말없이 혼박술魂縛術을 써서 혼령들을 한곳에 묶어 놓은 다음 소맷자락에 말아 넣었다. 원래 이러한 술법은 순순히 저승사자를 따르지 않는 혼령들을 강제로 데려갈 때에만 쓰는 방법이지만, 지금의 태을 사자로서는 그러한 것을 따질 마음의 여유가 없었다.

"나는 일단 사계로 전이하겠네."

"밤이 되면 다시 올 거유?"

"그러도록 하지. 그리고 한 가지……. 가능하면 탄금대에 진을 친 신립에게 왜군과 싸우지 말라고 경고해주게."

원래 이 판관은 태을 사자에게 절대 인간계와 교통하지 말도록 당부하였으나, 태을 사자는 지금 증오와 혐오가 뒤섞여 마음이 혼란스러웠다. 동료인 흑풍 사자와 윤걸을 이렇게 만든 풍생수가 극도로 미웠다. 풍생수를 비롯한 마계의 음모를 저지할 수 있다면 태을 사자는 지옥 십팔층에라도 갇힐 각오가 되어 있었다. 그러나 지금은 대낮. 자신은 신립의 근처로 갈 수 없어서 흑호에게 부탁한 것이다. 말하고 보니 좋은 수라는 생각도 들었다.

'더구나 흑호는 사계의 존재가 아니니, 그가 신립에게 말한다면 율법을 어기는 것도 아닐 것이다.'

그러나 흑호는 펄쩍 뛰었다.

"내가 말이우?"

"안 그러면 조선군은 전멸일세. 이건 천기를 어긴 마계의 음모야."

"천기인지 마계인지 모르지만 그건 안 될 거유. 나 또한 보다시피 낮 동안은 호랑이의 몸이우. 지금 신립 장군이 있는 곳은 조선군이 와글와글할 터인데 내가 거기를 무슨 수로 들어간단 말이우? 창이나 포를 맞고 죽지 않으면 다행이지."

"허어……."

태을 사자는 답답했다.

흑호의 말도 일리가 있었다. 전투를 앞둔 군의 진영에 호랑이가 뛰어드는 실상이니 말을 전하기는커녕 죽으러 가라고 하는 것이나 마찬가지였다. 그렇다고 이대로 두면 조선군은 천기와 달리 전멸을 면치 못할 것이었다. 이는 마계의 괴수가 인간 여자를 시켜 안배한 음모로서, 더 큰 목적과 배후가 있는 것이 틀림없었다. 자신이나 흑호로는 안 되더라도 무슨 대책을 강구해야만 했다.

"하는 수 없군. 그렇다면 사계 내의 신장들에게라도 부탁을 해야겠군. 그들은 빛을 무서워하지 않으니……."

"신장들이 사계에도 있수?"

"얼마 전부터 상당수 돌아다니고 있다네……. 판관께 여쭈면 급한 일이니만큼 어떻게든 방법을 강구해주실 것일세."

흑호는 커다란 대가리를 끄덕하면서 말했다.

"나는 인간들을 별로 탐탁지 않게 생각하우만 조선 땅이 얼굴도 다른 왜국 인간들에게 짓밟히는 것은 그보다 더 탐탁지 않우. 어서 가서 조치를 취하시우."

그러나 태을 사자는 말끝을 흐렸다.

"그러나……."

"무엇이우?"

"이 판관께서는 증거를 가지고 오라고 하셨다네. 비록 지금 풍생수의 공격을 당하여 두 명의 동료가 희생되었으나 아직 이렇다 할 증거는 없네. 이 판관은 내 말을 믿어주실 것이나, 다른 판관이나 열왕, 염왕께서 믿어주실지 걱정이 되네."

그러자 흑호가 우물쭈물하다가 말했다.

"그거라면…… 내 방도가 있수. 허나…… 허나……."

"방도가 있다니? 증거를 지니고 있나?"

"허나 한 가지 약속을 해주어야겠수."

"무엇인가? 내 무엇이든 들어줌세."

그제야 흑호는 자신이 신립을 홀린 여자의 영을 잡아 가두고 있다는 사실을 말했다. 그리고 여자의 신세와 그간의 내력 등을 자세히 들려주었고, 태을 사자는 놀란 눈으로 그 이야기를 끝까지 들었다.

"…… 그러니 이 여자의 소원이나 풀어주게 애 좀 써주시우. 사실 이 여자의 소행은 나라를 팔아먹은 것이나 다름없으니 벌을 받는 것은 어쩔 수 없다 하더라도 이토록 신 장군을 생각하는데 그 정도 한도 못 풀어준대야 말이 되겠수."

태을 사자는 한참을 생각하더니 고개를 저었다.

"그건 힘든 말일세. 저승에는 법도가 있다네. 이 여자의 영은 마계와 결탁한 대죄를 지은 것이니 즉시 지옥에 수감될 것이네. 그리고 신 장군으로 말한다면 조선의 명장이자 애국자인데 어찌 지옥으로 보낸단 말인가? 어려울 것 같네."

흑호가 사나운 얼굴을 했다.

"방법을 강구해보란 말유. 안 그러면 난 여자를 내어줄 수 없수.

내 아무리 금수에 불과하지만 이런 불쌍한 사정을 가진 여자를 그냥 내버릴 수는 없단 말유."

태을 사자는 흑호가 겉으로 보기에 우락부락하기 이를 데 없는데 마음은 무척 곱다는 사실을 갈수록 실감하고 있었다. 더구나 방금 두 동료를 잃은 뒤라 태을 사자는 감상적이 되어 있었는데, 흑호의 정의감을 보자 자신도 모르게 마음이 움직여 오래전부터 저승사자를 하면서 잊고 있었던 호기浩氣가 끓어올랐다.

"좋네! 내 십팔층 지옥의 밑바닥에 떨어지는 한이 있더라도 그 여자와 신 장군을 장차 한 번 대면하게 해주지. 되었는가?"

흑호는 모란 같은 입을 쩍 벌리며 껄껄껄 웃었다.

"좋수! 허허……. 난 저승사자들은 다 딱딱하고 멋대가리 없는 줄 알았는데 태을 당신은 아니구려! 마음이 통하는 분을 만나게 되어 기쁘기가 한량없수. 허허……."

흑호는 여인의 영을 태을 사자에게 내주었고, 태을 사자는 여인의 영을 들여다보고 흑호의 말이 틀림없다는 것을 확인한 다음 묵학선에 봉인하였다. 방금 전 다른 영들은 혼박술을 써서 소맷자락에 넣었지만, 여인의 영을 다른 영들과 같이 넣고 싶지는 않았다.

그런데 흑호가 여인의 영을 꺼내면서 한 아이의 영을 꺼내는 것이 태을 사자의 눈에 들어왔다. 아이의 영은 아직 혼이 완전히 빠지지 않은 얼떨떨한 상태라 아무런 의식이 없는 것 같았다.

"그 아이는 누군가?"

태을 사자가 묻자 흑호는 씩 웃어 보였다.

"내가 구해준 아이라우. 전쟁통에 길을 잃고 헤매다가 굴러떨어져 있기에."

"아니, 지금 우리 일도 처리하기 어려운 판에 아이의 영혼은 왜 데리고 왔나? 아직 죽지도 않은 아이인 듯한데!"

"가만가만. 내 이야기를 들어보슈."

"어허! 자네 인명을 해칠 셈인가? 죽지 않은 아이의 혼을 빼어 오면 어쩌겠다는 게야?"

"그러지 말고 내 말 들어보우. 어제 우리 증조부가 남기신 글이 녹도문이라고 하지 않았수? 그런데 글쎄 이 아이의 품에 『녹도문해』라는 책이 있는 게 보이지 않겠수?"

그제야 태을 사자도 궁금한 빛을 나타냈다.

"『녹도문해』? 그럼 녹도문을 풀어낸 책이 이 아이에게 있었단 말인가?"

"그러니 내가 데려온 거 아니우. 염려 마시우. 이 글자만 알아내고 나면 얼른 아이의 몸에 혼을 도로 돌려줄 것이니."

태을 사자는 영 찜찜한 감을 이기지 못해 망설이다가 결국 할 수 없다고 판단했다. 어차피 자신도 윤걸을 백아검에 몰아넣고 흑풍 사자의 취루척을 흡수하는, 저승의 율법으로 따지면 대죄에 해당되는 일을 하지 않았던가?

태을 사자는 아직 정신을 차리지 못하는 은동에게 일갈을 하여 제정신으로 돌아오게 만들었다. 혼이 빠져나와 죽은 것처럼 된 은동은 자신의 주변에 산만 한 크기의 호랑이와 검은 옷을 입은 저승사자가 앉아 있는 것을 보자 깜짝 놀랐다.

"어…… 어떻게 된 거예요? 스님! 스님!"

은동은 유정을 부르려 했으나 유정이 들을 리 만무했다.

옆에서 커다란 호랑이가 신통하게도 은동에게 말을 걸어왔다. 물론 전심법으로 말을 거는 것이라 말이 통할 수 있었던 것인데, 그런 일을 겪어보지 못한 은동에게는 흑호가 직접 말을 하고 있는 것처럼 느껴졌다.

"아이야. 놀라지 말어. 아무도 해치지 않는다."

"무…… 무서워요. 무서워."

"이그. 놀라지 말래두!"

흑호는 놀라지 말라는 뜻으로 웃어 보이려 애썼으나 벌겋게 쭉 찢어진 호랑이 아가리는 은동의 눈에 더더욱 무섭게 보일 뿐이었다. 할 수 없이 태을 사자가 입을 열었다.

"놀라지 말거라. 묻는 것에 대답하면 너를 곧 깨어나게 만들 것이니 놀라지 말거라. 알겠느냐?"

태을 사자는 말하면서 흑호를 원망스럽다는 듯 쓱 흘겨보았다.

태을 사자와 흑호가 겁먹은 은동을 달래는 동안 밖에서는 조선군이 수없이 죽어가고 있었다.

신립의 전술은 깊은 고심 끝에 나온 것이었으나, 미처 예상하지 못했던 단점들이 드러나기 시작했다. 조선의 기마병은 두터운 두정갑으로 무장하여 왜군의 진으로 돌입하는 데에는 성공하였다. 오랜 역사 동안 면면히 내려온 조선 기마병들은 수는 실로 적었으나 무서운 투혼으로 싸워 왜군의 방진 일각을 허물고 돌입하여 많은 수의 왜군을 살상하였다. 그러나 이것은 커다란 강에서 물 한 바가지를 떠내는 정도였으니, 아무리 조선 기마병들이 죽기를 무릅쓰고 싸워도 수만에 달하는 왜병들의 수는 별로 줄어들지 않았다.

왜병을 지휘하는 고니시는 녹록한 장군이 아니었다.

처음에 그는 신립의 전술에 의표를 찔렸다. 수적으로 적은 조선군이 강공으로 치고 나오리라고는 고니시도 미처 예상하지 못했던 것이다. 특히 조선 기마 부대는 강공으로 휘몰아쳐, 미처 왜병이 조총을 쏘아 진로를 막고 보병 또는 기마병이 출동하여 대적하기도 전에 왜병의 진지까지 돌입하여 많은 사상자를 내었다.

조선 기마병들의 무예는 수십 년 동안 전란을 치러 흉폭해질 대로 흉폭해진 왜병들의 무예에 비하여도 전혀 뒤지지 않았다. 당시의 왜국 상황을 보면 비록 오랫동안 전란을 치르기는 했으나 무술이나 병법 교육이 체계적으로 일반화된 것은 아니어서, 약간의 검술이나 창술의 기예를 가지고도 병법자兵法者라 일컬으며 그 기예로 먹고사는 자들이 많았다. 그러므로 왜병들은 체계적인 교육이나 조련보다는 실전에서 닦인 몸놀림과 강한 담력을 주 무기로 삼았고, 전술적인 전투보다는 일대일의 싸움에 길이 들어 있었다.

그러므로 검술이나 기마술 등의 정통 군사 무예의 소양에 대해서는 정규 훈련을 받은 조선군보다 당연히 뒤질 수밖에 없었다.

하지만 그러한 것들은 또 다른 면모로 상쇄되었으니, 그것은 실전 경험에서 비롯되는 것이었다. 왜병들은 자기네가 많이 다치고 죽어나가는데도 더더욱 기를 쓰고 짐승처럼 포악하게 달려들었고, 조선군의 화려한 기마 전술에 주눅이 들지 않았다. 왜군도 기마 부대가 있었으나 조선군과의 단병접전에서는 승리할 수 없었다. 왜군의 갑옷은 주로 가죽에 물을 들이고 얇은 철판을 접어 만든 것인 데 반해, 조선군 기마병이 착용하고 있는 두정갑과 용린갑은 두툼한 쇠비늘이 빽빽하게 돋아 있는 것이라 왜군의 창칼이 아무리 잘 든다고는 해도 쉽게 뚫을 수가 없었다.

그런 까닭에 중무장한 기병대는 나름대로 호각지세를 이루며 싸울 수 있었으나, 불행히도 보병은 전혀 그러지 못하였다. 두터운 갑옷으로 보호되지도 못하고, 소집된 지도 얼마 되지 않는 보병들은 어지럽게 쏘아대는 조총에 맞아 칼 한번 휘둘러보지도 못하고 나뒹굴었다.

조선군의 신기전과 몇 문 안 되는 화포들이 불을 뿜었지만 왜군의 진형을 흐트러뜨릴 만한 양은 되지 못하였고, 또 왜군들은 화포에 별반 겁을 집어먹지 않았다. 반면 왜군들은 전체의 삼분의 일가량이 조총으로 무장을 하고 있었으니, 탄금대의 전투에 동원된 조총만 해도 일만 정 이상이었다. 이러니 비 오듯 쏟아지는 탄환 속에서 조선군 보병은 수없이 죽어나갈 수밖에 없었다.

이는 고니시의 냉정한 지휘에 기인한 바 컸다. 고니시는 자기 진영으로 돌입하는 조선 기마병의 수가 그리 많지 않은 것을 냉정히 파악하고, 각 부대에 일러 기마병 쪽으로 몰리지 말고 보병들을 노리도록 지시했다. 따라서 소수의 조선 기마병들은 적진에 돌입하여 용맹무쌍하게 싸웠지만 왜군의 진형은 흐트러지지 않았고, 집중적인 사격을 당하면서 무장도 사기도 훈련도 부족한 조선 보병들은 글자 그대로 허물어져버렸던 것이다.

신립도 이일과 김여물 등의 부장들을 거느리고 왜군 진영에 돌입하여 장검을 휘두르며 혈투를 벌였으나 힘이 다하고 있음을 느꼈다.

"장군! 형세가 불리하오이다! 보병들이 따라오지를 못하니 일단 퇴각함이 옳을 것 같습니다!"

신립은 정신없이 왜병들을 베어 넘기다가 화급한 김여물의 말을 듣고, 피로 물든 장검을 들어올리며 잠시 주위를 돌아보았다.

기마병이 쳐들어간 곳의 왜병들은 자기네 진 안에서 함부로 총을 쏘지도 못하여 육박전으로 달려들다가 말 위에서 내리치는 칼과 창에 수없이 죽어갔다. 그러나 시간이 지남에 따라 왜병들은 정신을 가다듬고 긴 창을 앞세워 돌진할 낌새를 보였다. 게다가 왜군의 기마병들도 자기네 진지를 짓밟으면서까지 돌입해올 기세를 보였다.

결국 신립은 부장들이 앞을 가로막은 틈을 타 뒤로 말을 돌리면서 퇴각의 징을 울리게 했다. 신립의 작전은 성공과 실패가 반반이라 할 수 있었다. 일단 기병으로 돌입하여 진을 헝클어뜨린 것까지는 성공이었다. 하지만 뒤를 이은 보병과의 연계가 잘 이루어지지 않았고, 적진을 돌파하여 역포위하기에는 기마병의 수효가 적었던 것이 패인이었다.

신립이 기대하고 있던 화포의 위력도 왜군에게 별로 먹혀들지 않았다. 신립이 화포로 기선을 제압한 경험이 있던 곳은 여진족과 싸울 때의 북변이었다. 여진족의 생활은 극도로 미개하여 철 화살촉조차 변변히 쓰지 못하고 뼈로 만든 화살을 사용하거나 석기를 사용하는 수준이었다. 다만 여진족은 빠른 기병 전술로 돌입하는 것을 장기로 삼았는데, 이는 화포 몇 방이면 스스로 지리멸렬해질 수밖에 없는 전술이었다. 하지만 왜군들은 다년간 전쟁을 겪어온 경험이 있는데다가 조총을 쓰는 것을 워낙 많이 보아온 터라, 규모는 조금 크다고 하나 몇 문 안 되는 화포와 신기전 따위에 겁을 집어먹지 않았다. 더구나 조총의 위력은 신립이 추측하던 이상이었다.

"아하……. 이럴 수가. 내 유 대감의 말을 더 귀기울여 들을 것을……!"

신립은 남은 보병들을 수습하여 후퇴하다가 유성룡을 떠올리며 탄식을 했다. 신립이 도순변사로 제수받고 파견되어 내려올 적에 유성룡은 신립에게 조총의 위력을 경계하라는 이야기를 해주었으나, 신립은 어찌 그것이 쏘는 대로 다 맞겠느냐고 웃어넘기며 조총을 승자총통 정도로만 생각했던 것이다.

사실 조총은 사거리나 위력 면에서 승자총통보다 약했다. 그래서 승자총통은 제대로 맞으면 살기가 어려웠지만 조총은 급소에 적중되지 않는 한 탄환 하나로 사람이 죽기는 어려웠다. 그러나 신립이 미처 깨닫지 못한 것이 있으니, 승자총통은 들고 쏘는 작은 화포지만 조총은 어깨 받침이 달린 요즈음의 소총의 형태를 지니고 있었다는 점이었다. 즉 승자총통은 대강 눈대중으로 가늠하여 쏘아야 하지만 조총은 시선을 총구와 나란히 두고 조준하는 것이 가능했던 것이다. 따라서 조총의 명중률은 신립이 짐작하는 것보다 훨씬 뛰어났고, 더구나 대량의 조총을 일렬로 서서 쏘아대는 데야 몸을 피할 자리가 없었으니 명중률과 상관없이 빗나가는 총알이 드문 실정이었다. 왜병은 조총을 든 사수들을 여러 대로 나누어 일단의 병사들이 조총을 발사하는 동안 다른 대의 사수들은 화약을 먹이고 철환을 장전하여, 앞서 발사했던 사수들이 발사를 마치면 연이어 발사하는 전법을 구사했다.

어쨌든 그렇게 허물어지는 대오를 시기적절하게 퇴각시킴으로써 피해를 줄인 것은 신립이 장수로서의 기량을 보여준 것이라 할 수 있었다. 그러나 조선군이 입은 타격은 막대했다. 왜군 진지로 돌입하여 수백 명의 왜병을 살상하긴 하였으나, 제대로 싸워보지도 못하고 총에 맞아 죽거나 다친 조선군의 수도 수백 명을 훨씬 넘어섰다.

양측의 피해가 비슷하다 하더라도 조선군의 병력은 왜군의 절반밖에 되지 않았으니, 그렇게 따지면 조선군이 받은 피해가 훨씬 크다고밖에 할 수 없었다. 더구나 지휘부에는 이를 타개할 만한 전략도 더이상 없었고, 배수의 진을 쳐서 퇴각할 길도 없다는 것이 문제였다.

고니시는 조선군이 퇴각하는 것을 유심히 지켜보고는, 조선군의 대오가 허물어지기는 하였으나 질서를 잡아가고 있고 자기편의 피해도 상당하다고 파악해 뒤를 추격하지는 않았다. 하지만 그런 이유보다는 조선군이 조총의 일제사격이라는 전술 앞에 더이상 대적할 수 없음을 깨닫고 느긋하게 전멸을 시키자는 배짱도 나름대로 작용하고 있었다.

"뭐? 모른다구?"

흑호는 자신도 모르게 큰 소리를 질렀다. 은동은 우연히 『녹도문해』라는 책을 집어 들었을 뿐, 책의 제목조차도 제대로 알지 못했다.

"어허, 이런 일이 있나. 그러니 좀더 침착하게 생각할 것이지 어찌 그렇게 함부로 행동을 하였는가."

태을 사자가 나무라자 흑호는 다시 한번 은동에게 물었다.

"너, 정말 녹도문을 모르는 거여? 일부러 모른다고 하는 것이 아니고?"

은동은 겁을 먹어 오들오들 떨면서 고개를 저었다.

"정말…… 정말 몰라요……. 내 품에 그런 책이 있었나요? 지금은 아무것도 없는데……."

은동은 손을 뻗어 자신의 품속을 뒤져보려 하였으나, 이상하게도 몸이 매우 가벼워 둥둥 뜬 것 같았고 촉감도 느껴지지 않았다. 은동은 놀라기도 하고 겁도 나서 울음을 터뜨리려 하였으나 웬일인지 눈물도 나오지 않았다. 태을 사자는 고개를 설레설레 젓더니 흑호에게 말했다.

"자네, 그 책이라도 가져오지 그랬는가?"

"내 것이 아닌데 어찌 건드린단 말이우?"

"그럼 얼른 가서 아이의 몸을 가지고 오든지 책만이라도 가지고 오게."

"알았수."

흑호 역시 당황하는 낌새가 역력했다. 잘못하면 아이 하나를 그냥 죽이는 꼴이 되지 않겠는가?

흑호는 재빨리 토둔술을 써서 동굴 밖으로 나갔고, 그사이 태을 사자는 은동을 달래면서 이것저것을 물어보았다. 아이의 이름이 은동이라는 것, 은동이 왜병들에게 어머니를 잃고 무애라는 중을 따라 집을 떠나게 되었다는 것, 그랬다가 유정이라는 법력이 높은 스님을 만나 아버지를 만나게 해달라고 졸라서 같이 오게 되었다는 것, 나무를 하던 왜병들과 마주쳐 싸우다가 낭떠러지로 굴러떨어지게 되었다는 것…….

은동이 이야기를 대강 마칠 때쯤 흑호가 돌아왔는데, 얼굴에 낭패한 빛이 역력했다. 태을 사자가 흑호를 보고 물었다.

"어찌되었는가?"

"그게…… 저…… 없어져버렸우."

태을 사자가 발을 굴렀다.

"뭐가 말인가? 책이 없어졌다는 말인가? 아이의 몸이 없어졌다는 겐가?"

"둘 다 없수……. 흙으로 덮어놓았는데……. 아이구……."

흑호는 울상이 되었다. 태을 사자가 은동을 힐끗 보니, 은동은 무슨 소리를 하는 것인지 모르겠다는 듯 바라보고만 있었다. 그러는 은동의 얼굴에는 흑호가 무서워 죽겠다는 듯한 표정만이 역력했다. 태을 사자는 답답하고 화가 치밀어 올랐다. 이 호랑이는 어찌 이리 하는 짓이 답답한 것일까?

영혼의 중요성을 잘 알고 있는 태을 사자는 이런 부주의로 인해 한 생명을 저승으로 보내서는 안 된다고 생각했다. 그러다가 문득 아까 은동이 이야기했던 유정이라는 스님이 떠올랐다. 혹시 그가 은동의 몸을 가지고 간 것이 아닐까? 함께 있다가 아이가 굴러떨어졌다면 당연히 찾아 내려왔을 것이 아니겠는가?

그러나 태을 사자는 한시바삐 사계로 올라가 여기서 일어난 변괴를 알려야 했으므로 나머지는 흑호에게 부탁하기로 했다.

"아마도 유정이라는 승려가 이 아이의 몸을 가지고 간 모양이네. 그러니 자네가 아이의 혼을 맡아두었다가 유정이라는 승려를 찾아 몸에 돌려주게."

"유정이라구? 그 스님이 여기 와 있다우?"

"자네, 그 승려를 아는가?"

"한 번 마주친 일이 있는데…… 도력이 대단히 높은 분인 듯하우."

그러다가 흑호는 다시 울상을 지었다.

"나도 밤이 될 때까지는 나돌아 다니기 어려운데 어떻게 유정 스님을 찾는단 말유. 그리구 어떻게 이 아이를 맡아둔단 말유."

"안 되는가? 어째서?"

"이 아이를 넣고서 밤이 될 때까지 있으면, 아이는 창귀가 되구 만단 말이우."

호랑이는 잡귀를 부릴 수 있었는데 그 잡귀들은 창귀, 굴각, 이혼 등으로 불렸다. 그러한 귀신들은 주로 호랑이에게 잡아먹힌 사람들의 영이 변하여 되는 것이다. 태을 사자는 화를 냈다.

"아니, 그러면 죽지도 않은 멀쩡한 아이의 혼령을 데리고 내가 저승까지 가야 한다는 겐가?"

"좀 봐주슈. 방법이 없잖우. 그대로 둔다면 자칫 마수들이 채어갈 우려도 있고……."

태을 사자는 한숨을 내쉬었다. 흑호의 말도 맞았다. 은동의 영혼은 죽은 것도 아니고 정신이 없는 판이라, 자칫하면 여기저기를 떠돌다가 영혼을 수집하는 마수에게 잡혀갈지도 모르는 일이었다. 그렇게 되면 은동은 영영 되살아날 수 없게 된다.

한시라도 서둘러 사계로 가서 천기가 변했다는 것과 마계의 개입으로 모든 일이 이렇게 되었다는 급보를 전해야 하는 태을 사자로서는 결국 은동의 영을 데리고 가는 수밖에 다른 방법이 없었다.

"할 수 없구먼. 자네, 좌우간 날이 저물면 나도 돌아올 것이니 그때까지 반드시 유정이라는 승려를 찾아 아이의 몸을 돌려받도록 하게나."

"고맙수. 여부가 있겠수."

"가급적 무슨 수를 써서라도 신립 장군에게 경고를 해주게. 불가능하다면 할 수 없지만 가능한 한 단 하나라도 마수의 손에 떨어지는 것을 막아야 하지 않겠는가."

"마수……. 풍생수 놈 말이우……?"

흑호는 입을 다물고 생각에 잠겼다.

그사이 태을 사자는 은동의 영을 거두어 소매에 감추었다. 이제 사계로 전이할 수 있을 만큼 몸이 회복된 듯했다. 태을 사자가 준비를 마치자 흑호는 한마디 덧붙였다.

"지난번 풍생수란 놈은 우리 일족을 해친 놈 같지는 않우. 그놈은 힘으로만 싸우는 놈이 아니었단 말이우……. 이보시우……."

태을 사자는 말없이 흑호에게 시선을 돌렸다.

"우리는 같은 목적을 가지고 있는 것 같우. 마계에서 온 놈들을 잡는 것이 우리의 목적 아니겠수? 나는 비록 금수의 몸이지만 조선 팔도의 구석구석을 모르는 데가 없수. 그러니 내 일족의 복수를 도와주시우. 나도 당신 일을 도울 테니 말이우."

"고맙네."

태을 사자는 고개를 끄덕여 동의를 표했다. 그러자 흑호가 중얼거렸다.

"나는 그럼 신 장군에게 가보겠수. 우리가 그 마수 놈을 이겨내지 못했으니 그놈이 신 장군에게 계속 수작을 부릴지도 모르잖수."

그러면서 흑호는 녹도문 글자가 새겨져 있는 앞다리를 힐끗 보았다. 전에 글자를 새길 때에는 반인간 모양으로 변신한 상태라서 팔이었지만, 지금은 호랑이 몸이니 팔이 아니라 앞다리였다.

태을 사자는 그런 흑호를 바라보고, 밤이 되면 다시 오겠노라는 말을 남기고 몸을 사계로 전이시켜갔다. 은동의 영은 영문도 모른 채 태을 사자와 함께 사계로 이동해갔고 흑호는 토둔술을 이용하여 전쟁터로 향했다.

시투력주
時透力珠

어지럽게 흩어지는 말발굽 소리, 총포 소리와 화약 내음, 신들린 듯한 군사들의 고함 소리와 절규가 탄금대를 가득 메웠다. 죽어가는 자들의 신음 소리와 비명이 뒤엉킨 그곳은 그야말로 아비규환이었다. 지옥이 따로 없었다.

땅속의 섬뜩한 느낌에 흑호는 치를 떨었다. 토둔술을 써서 전투가 벌어지는 탄금대 주변으로 오기는 하였으나 눈에 띌까 봐 밖으로 나갈 수는 없었다.

비록 눈으로 보는 것은 아니었지만, 흙속을 뚫고 희미하게 들려오는 소리와 울림 그리고 사람보다 몇천 배 발달된 후각으로 파고드는 여러 가지 희미한 냄새로 바깥의 정황이 직접 뛰어든 듯 선명하게 다가왔다.

그렇더라도 전황을 일목요연하게 알수는 없었다. 바깥에서 이루 말로 다 할 수 없는 난동이 벌어지고 있으며, 수많은 인간들이 죽고 다치는 것을 짐작할 수 있을 뿐…….

'인간들은 왜 저 모양이누? 스스로 만물의 영장임을 자처하고 법이니 격식이니 이루어 살면서, 왜 저리 서로 죽이려고 안달들을 하는지, 원.'

지금 밖에서 죽어가는 인간의 목숨은 파리 목숨과 다를 게 없었다.

죽어가는 인간들의 숫자는 흑호가 수백 년 동안 잡아먹은 동물의 수효보다도 훨씬 많을 듯했다. 흑호는 도를 닦느라 꼭 필요한 경우가 아니면 살생을 삼갔지만 말이다.

'고귀한 존재라고 자처하는 인간이란 것들이, 쯧쯧. 그런 인간들이 하나둘만 호환虎患으로 목숨을 잃으면 어떤 꼴로 변하던가? 원인이 된 호랑이를 잡으려고 수십 명씩 떼를 지어 숲을 뒤지고 뒤져 반드시 죽이고 말잖어. 게다가 조금 편히 살려고 수백 수천의 작은 짐승들이 사는 숲을 난도질하여 불을 놓는 짓도 서슴지 않은 족속들이.'

아무리 장난이나 욱하는 기분으로 살생하는 족속이라고는 하나 이렇듯 서로를 죽이고 있는 짓거리를 보자 흑호는 속이 메슥거렸다.

'에이, 정말 이해할 수 없는 것들이여.'

흑호도 오랜 세월 도력을 닦아 지능을 갖추게 되면서 인간과 비슷한 생각을 할 수 있는 존재였다. 그러나 수많은 목숨을 앗아가는 짓거리를 왜 하여야 하는지는 결코 이해할 수 없었다.

'천지간 모든 게 편하게 천수를 누리려는 법인데 죽이지 못하여 안달들이니…….'

육식을 하는 호랑이의 몸이지만 땅속으로 스며드는 역한 피비린내에 울컥 토악질이 일었다. 그리고 아찔한 느낌에 몸이 움츠러들었다.

결국은 피비린내 가득한 바깥으로 나가지 못했다. 나가지 못했다기보다는 나가지 않았다고 하는 편이 맞을까?

흑호는 조선의 정기를 받은 동물이었다. 인간의 전쟁에 회의를 느끼고 있었고 인간을 그다지 좋아하는 것은 아니었으나, 지금 상황으로는 팔이 안으로 굽는 심정이었다.

'조선군이 바다를 건너온 왜군들에게 저렇게 마구 죽어 넘어지는데……. 아무리 인간이 맘에 안 든대두 그대로 지켜보기엔 너무 처참하구먼. 밖으로 튀어나가 왜병을 죽이며 싸워볼꺼나?'

불끈거리는 마음에 몸이 근질근질거려 미칠 지경이었다.

그러나 지금은 둔갑술을 사용할 수 없으며, 하물며 도력을 쓴다 하더라도 수천 수만의 왜군을 당해낼 수 없는 노릇이었다.

정황을 면밀히 살펴보니, 왜병들은 신립의 진영을 몰아붙여 조선군을 완전히 강 쪽으로 몰아넣고 있었다. 글자 그대로 빠져나가려 해도 빠져나갈 길이 전혀 없는 상태가 된 것이다.

'지금 조선군은 퇴로조차 끊겼는데 무슨 수를 내어 신립에게 귀띔을 해준단 말여. 그런다 한들 이미 때는 늦었구먼. 에이.'

전혀 손쓸 상황이 아니었다. 울분을 참을 수밖에는 별 도리가 없었다. 문득 머릿속에 의문이 떠올랐다.

'왜병들도 잘 먹고 잘 살겠다고 전쟁을 하러 온 것이 분명하겠구먼……. 그런데 과연 왜병이 조선을 점령한다고 직접 전쟁을 치른 병사들이 잘 먹고 잘 살게 될까?'

흑호는 왜국에 가본 적은 없지만, 인간이 사는 일이 다 그렇고 그렇다고 추측할 정도는 되었다. 조선에서도 농사짓는 이들이 양반에게 기도 펴지 못하고, 온갖 세稅에 시달려 호의호식하지 못하고 살지 않는가.

전쟁을 한다 하여도 병사 없이는 싸울 수 없는 일이니 대부분의 병사 또한 사농공상士農工商 중의 대다수를 차지하는 농農일 터였다. 그렇다면 왜국도 사정은 마찬가지이리라…….

'왜국이 승리하여 조선을 점령하면 조선에서 싸우는 왜병들이 땅 한 뙈기라도 더 갈고 벼 한 섬이라도 더 수확할 수 있게 될까? 아니야, 그리되지는 않을 것이여.'

왜군이 조선을 점령한다손 치더라도 조선 백성을 모두 죽일 수는 없을 터. 결국 조선 백성들이 농사를 지을 것이고 다만 세곡을 내는 것이 조선 조정이 아니라 왜국의 우두머리에게 바치는 것으로 상황이 달라질 뿐이었다.

'왜병들도 불쌍한 족속들이구먼! 바다 건너 머나먼 싸움터까지 와서 싸우는 자들이나 가족에게 무슨 이득이 돌아갈꼬?'

왜국에는 '사무라이'라고 일컫는, 생산을 하지 않고 싸움에만 골몰하는 자들이 있음을 흑호는 알지 못하였다. 그러나 그것은 조선에 선비나 양반이 있는 것과 별반 다를 것이 없었다.

어쨌거나 왜병들은 젊은 장정이고 그 수가 근 삼십만에 달했으니, 그 전부가 어찌 사무라이나 특정 계급에만 한해 있다고 하겠는가. 게다가 왜국에서는 그만한 사람들이 빠져나갔으니 그만큼 일손이 달릴 테고, 왜국에 남은 부녀자나 늙은이가 그들의 몫까지 고생을 하는 것은 물론이요, 군량미를 수탈당하고 군대에 필요한 물자를 만들어내느라 허리가 휠 것이었다.

'왜병들도 공을 세우면 상을 받기는 하겠지만, 그것이 어찌 목숨을 내놓는 것에 비하겠누? 하물며 공을 세우지 못하는 자들은 어쩌겠누? 결국 이 전쟁은 왜국이나 조선에 실제의 도움이라고는 아무것도 안 돼. 왜국 우두머리의 과대망상이 수많은 백성들을 침탈하는 것과 무엇이 다르겠어?'

가슴이 답답하여 흑호는 탄식을 금치 못했다.

'왜병들은 조선을 지나 명明을 정벌한다던데……. 그러면 또 얼마나 죽고 다치겠어. 도움 될 것도 없는 일을 저렇듯 수많은 목숨을 버려가면서 하다니. 쯧쯧.'

흑호가 태어나기 전의 일이었으나 이 땅에서도 고구려, 백제, 신라라는 세 나라가 주도권을 쥐려고 서로 싸우고 땅을 빼앗는 전쟁이 치열하게 벌어졌다.

그것도 흑호가 보기에는 어리석기 짝이 없는 일이었지만 지금보다는 그래도 나았다. 세 나라로 나뉘어 사는 자들이 하나로 합치려는 싸움이 아니었던가.

실제로 땅을 빼앗으면 자국의 영토가 넓어지는 것이니 실익實益도 있는 것이 아닌가. 그러나 왜국은 무엇을 바라고 전쟁을 일으켜 바다 건너에 있는 남의 나라를 앗으려 한단 말인가. 남의 나라의 재물과 곡식을 수탈하여 얻는다 한들, 그 나라의 백성들이 얻는 것은 무엇인가? 한 푼어치도 안 되는 자존심밖에 더 있겠는가?

그 물자들이 실제로 백성들을 위하는 데 쓰인다면 모르되, 십중팔구 그러한 재물들은 무익한 병사를 기르는 데에나 사용되어 다시 사상자를 내는 전쟁이나 벌이는 것이 뻔할 것 같았다.

그러면 우두머리는 무엇을 할 것인가? 호의호식을 하여도 한 사람이 사용하는 재물에는 한계가 있을 것이요, 미희요녀美姬妖女를 수만 명을 둘 수도 없는 법이다. 한 나라를 지배하는 자가 일신의 부유함이 부족할 리 없는 터에 다른 나라가 더해진들 그것으로 무엇을 하겠는가?

'아마도 그놈들은 자기 나라를 위한다고 믿고 있겠지? 그리고 열심히 일한다고 생각하고 있을 거구. 바보 같은 것들……. 도대체가

눈이 멀고 귀가 먹어서 백성이 뭘 원하는지 알지도 못하나 보구나.'

기껏해야 보다 넓은 땅을 지배한다는 우두머리의 과대망상을 채워주기 위해 수많은 백성들이 피를 흘리며 목숨을 잃고, 가산까지 몰수되어 뼈빠지게 고생하는구나 하는 생각에 이르자 흑호는 자신도 모르게 한숨이 나왔다.

'어리석기는 매일반이지만 그래도 제 것을 지키겠다고 일어선 조선의 백성들과 군사들이 가엾구먼. 내 인간을 좋아하지는 않지만 편을 들어야 한다면 조선 편을 드는 것이 역시 옳은 일이여.'

기왕에 태을 사자와 함께 이 변괴를 풀어보자고 작정한 터라 흑호는 이 전쟁을 일으킨 왜군들과 이름은 알지 못하나 그 우두머리와 그 우두머리의 해괴한 뜻에 부화뇌동하여 자신의 백성들을 사지로 내몰고 있는 왜국의 높은 자들이 한없이 미워졌다.

어느덧 1차 싸움이 끝났는지 머리 위의 싸움터에는 고고한 적막만이 감돌았다.

"으윽……. 으으으……."

허망하게 명줄을 놓지 않으려는 듯, 죽어가는 자들의 신음 소리가 애절하기만 했다. 점점 사그라지는 생명의 불꽃이 가냘프게 흔들리며 허허롭게 흩어져갔다. 가망 있는 부상자들은 양편에서 제각기 눈치를 보아 거두어 갔는지, 송장들이나 머지않아 송장이 될 자들만 버림받아 그대로 남아 있는 듯했다.

원래 죽은 자들은 싸움이 끝나고 나서야 이긴 편에서 매장하는 것이 고대로부터의 상례인지라, 아직 조선군이 전멸당한 것은 아니로구나 하는 정도만 알 수 있었을 뿐이다. 그 와중에 문득 이상한 요기 같은 것이 느껴져 흑호는 자신도 모르게 갈기를 곤두세웠다.

'아…… 아니, 이런…… 이건 바로……'

그 기운은 아까 저승사자들과 함께 대적하여 싸웠던 풍생수의 요기와 흡사한 마기魔氣가 분명했다. 흑호는 당장이라도 뛰어나가 마수를 갈가리 찢어 무참히 죽음을 당한 일족의 원한을 풀고 싶었다.

하지만 아까 싸움에서 느꼈듯이 마수들은 여간내기가 아니었고 또 자신은 대낮의 양광 때문에 도력을 사용할 처지도 못 되니 나가 보아야 꼼짝없이 개죽음을 당할 처지였다.

흑호는 이를 악물고 팔백 년 동안 쌓은 수련의 힘을 발휘해 밖으로 뛰쳐나가고 싶은 마음을 간신히 억눌렀다.

'잘 만났다, 이눔들. 밤만 되면 죽든 살든 한판 해보는 거여.'

귀를 곤두세우며 흑호는 어서 날이 지기만을 손꼽아 기다리고 있었으나 아직 해가 지려면 한참을 기다려야 했다.

황량한 벌에 휘익 한줄기 바람이 훑고 지나갔다. 스산한 바람에 실려 또다시 음울한 기운이 땅속까지 파고들었다. 조선군과 왜군의 일전은 이미 소강상태에 접어들었고, 전쟁의 잔해만이 흉물스럽게 나뒹굴고 있었다.

흑호는 다시 한번 마음속으로 이를 갈면서 머리 위의 마수에게 들키지 않도록 도력을 낮추고 마수가 도대체 무슨 짓을 하는지 살피기 위해 신경을 곤두세웠다.

마수는 인간의 눈에 보이지 않고도 낮의 양광 속을 얼마든지 나다닐 수 있기는 했지만 흑호는 놈들이 도대체 무슨 짓을 꾸미느라 전쟁터에 나타났는지 자세히 살피자고 마음을 다잡았다. 흑호는 바깥의 동정을 파악하려 조심스럽게 땅을 뚫으며 조금 더 위로 올라갔다. 약간 더 위로 올라가자 위에서 풍겨지는 요기가 사람들이 치른 싸움의 기척들과 함께 보다 확연하게 느껴졌다.

전에 풍생수에게서 느낀 것과 흡사한 요기가 돌아다니더니 흐름이 여럿으로 나뉘었다. 기척은 희미해서 여러 마리인지, 한 마리가 분신술 같은 것을 쓰는지는 구분할 수 없었다. 도력도 발휘할 수 없는 판에 한 마리도 아닌 여러 마리의 마수에게 들켰다가는 그야말로 뼈도 못 추릴 것이다. 흑호는 한층 더 기운을 낮추고 동면하듯 숨을 죽였다.

그러면서도 요기 외에 인간 영혼들의 기척을 느끼려고 안간힘을 썼다. 죽은 자들의 몸에서는 영혼이 분리되게 마련이었고 그 기세가 미미하기는 하나 영기도 나오게 마련이었다.

흙속에서 느끼는 것이라 기운은 미미하기 짝이 없었지만, 그 영혼들의 영기의 흐름을 읽는다면 마수들이 정말 인간의 영혼들을 잡아 모으고 있는 것인지 분명해질 것이었다. 사실 전에 풍생수가 다쳤을 때 인간의 영혼들이 쏟아져 나왔다는 것을 흑호는 직접 보지는 못했으며 그런 사실조차 믿을 수가 없었다.

하물며 마수들이 인간의 영혼을 잡아 무엇을 꾸미려 하는지는 더더욱 알 수 없었고…….

호랑이는 나이를 먹고 도를 쌓아 영통해지면 산신의 수하로 부림을 받는 경우도 있었다. 그럴 때면 사악한 잡령이나 잡귀신 따위들을 잡아먹어버리는, 정확하게 말하면 소멸시키는 경우도 있었다.

그러나 그것은 무슨 목적이 있어서 하는 행위가 아니라, 사악함을 징벌한다는 의미에서 그러는 것뿐이었다. 마수들이 과연 무슨 짓을 꾸미기에 인간의 영혼을 모으는지는 알 수 없었으나 흑호는 그 현장에 와 있는 셈이었고, 주의를 기울여서 조그마한 단서라도 얻을 수 있다면 이후에 큰 도움이 될지도 모르는 일이었다.

흑호는 이미 태을 사자의 일을 도와주기로 결정한데다 마수들은 흑호의 원수이기도 했다. 신립에게 변괴를 고하는 것이 늦기는 했지만 지금 그나마 애를 써야 태을 사자를 보기에도 떳떳할 것이라는 생각도 들었다.

흑호는 이를 악문 채 주의를 기울여 바깥의 동정을 살폈다.

과연 마수들의 요기의 방향과 인간의 영혼의 방향이 같이 나아가는 듯 일치하다가, 곧이어 인간의 영혼이 내는 영기가 간 데 없이 사라져버렸다. 마수가 인간의 영혼을 모으는 것은 틀림없었다.

흑호가 판단하기로는 도합 일곱 마리의 마수가 열심히 인간의 영혼들을 끌어모으고 있는 듯했다. 인간의 영혼들은 육신의 죽음을 맞이한 충격을 이기지 못한데다가 마수들에게 쫓기기까지 하여 경황이 없이 잡혀 들어가고 있었다.

그러나 그보다 더 신경쓰이는 일은 일곱 마수에게서 느껴지는 요기였다. 영기나 요기는 일종의 기운이라 모두 같을 수 없으며 나름대로 특징을 지니고 있었다. 위에서 느껴지는 요기는 하나하나가 모두 독특한 것으로, 적어도 다섯 종류의 상이한 기운이 감돌았다. 나머지 둘은 다섯 마리의 졸개 정도 되는 존재이리라.

그런데 그중에 흑호의 신경을 곤두서게 하는 존재가 있었다. 그놈에게서 느껴지는 요기는 자신의 일족이 무참히 학살당했을 때 시체들에서 느껴졌던 기운과 완전히 똑같았다.

'이…… 이놈! 내 일족을 해친 놈.'

흑호는 당장이라도 밖으로 뛰쳐나가고 싶었지만 억지로 눌러 참았다. 밖으로 섣불리 나갔다가는 압도적으로 많은 마수들과 나아가서는 겁에 질린 인간들에게도 공격을 받아 단번에 죽고 말리라. 하지만…….

'아서라. 죽으면 복수고 뭐고 없는 것 아냐. 아서라, 아서…….'

흑호는 염불처럼 되뇌며 억눌러 참고 있었지만 자신도 모르게 흥

분이 되는 것은 어찌할 수 없었다. 흙속에 있어 모습은 보이지 않았지만 아마도 갈기털이 온통 곤두서고 입술이 치켜 올라가 송곳니를 드러낸 무서운 형상이 되어 있을 터였다.

도력이 깊다고는 하지만 천생이 금수인지라 아무리 마음을 가라앉히고 참으려고 해도 속이 부글거려 무심결에 몸을 뒤틀었다.

그사이에 흑호의 몸에서 미미한 도력이 분출된 듯했다. 갑자기 머리 위쪽에서 떠돌던 요기들이 동작을 멈추더니 한 방향으로 뭉쳐 들어오는 느낌이 전해졌다.

'아뿔싸, 들켰구나!'

은동은 제정신이 아니었다. 세상을 살면서 쉽사리 겪지 못하는 혼이 뽑히는 일을 당하고, 또 그 혼이 저승사자에게 봉인된 채 저승으로 이동되고 있었으니 말이다. 사방이 희부옇고 멍멍하여 아무 생각도 나지 않았다. 몸이 마치 연기 속에서 둥둥 뜬 채 밑으로 밑으로 아득하게 떨어져 내리는 듯한 느낌이었다.

그러다 정신이 들었다. 은동은 아무것도 보이지 않았고 아무것도 느껴지지 않았으나 정신이 점차 돌아오고 있는 것만은 확연히 알 수 있었다.

자각은 못 했지만 사계로 발을 들여놓음에 따라 혼백만 남아 있는 은동의 혼이 점차 정신을 차리게 된 것이다. 사계는 본래 혼백이 머무는 곳이기 때문이었다.

그러나 은동은 태을 사자의 소매 속에서 나올 수도 없었고, 실제로 자신이 소맷자락 속에 들어가 있다는 사실조차 알지 못했다. 태을 사자의 영체가 사계로 전이되어감에 따라 은동이 정신을 차리듯 함께 소맷자락에 들어 있던 다른 죽은 자의 영들도 제정신으로 돌아오고 있는 듯했다.

한두 사람의 형체가 보이기 시작하더니 다른 몇 사람도 은동의 눈에 그 모습이 보였다. 소맷자락 속은 어두웠고 아무런 빛도 없었으나 은동은 다른 자들을 볼 수 있었다. 빛이 들어와서가 아니라 사념으로 뭉쳐진 영들이기에 어둠 속에서도 형상을 식별하는 것이 가능했다.

다른 사람들의 모습은 별로 보기 좋지 않았다. 죽었을 때의 모습 그대로를 간직하고 있는 영들 중에, 어떤 자는 몸이 칼에 그어져 피를 흘리는 형상이었고 어떤 자는 조총에 맞은 듯 피를 분수처럼 뿜고 있었다.

은동은 두려워졌다. 그 사람들에게서 되도록이면 멀어지려고 애썼지만 몸이 마음대로 움직여지지 않았다.

'이건 꿈일 거야. 그래, 이거야말로 꿈일 거야.'

꼼짝없이 은동은 꺼림칙스러운 죽은 영들과 함께 어두운 공간을 부유할 수밖에 없었다. 죽은 영들을 보지 않으려고 눈을 감으려 했지만 감기지 않았다. 육신이 없는 상태이니 눈이 감기지 않는 것은 당연했다.

은동은 도저히 환경에 적응이 되지 않아 몸을 떨며 얼마 동안 있다가 갑자기 뇌리를 스치는 생각에 움찔했다. 아까 호랑이와 무섭게 생긴 저승사자가 나누는 이야기를 얼핏 들었던 것이 떠올랐다. 그때는 경황이 없어서 그들이 말하는 것이 무슨 소리인지 잘 알아듣지 못했으나 정신이 맑아지니 그들의 말을 조금씩 이해할 수 있게 되었다.

'아냐, 꿈일 거야. 아니 가만……. 꿈이 아니라면…… 나는 지금 혼이 빠져나간 상태라고 했어. 일단 저승에 갔다 와서 내 혼을 돌려

준다는 것 같던데…….'

은동은 입안이 바싹 타는 듯했다. 만에 하나 이 무서운 저승사자가 자신을 도로 돌려보내주지 않고 잊어버리면 어떻게 하나? 지옥 구석에 처박는다면…….

'아이구, 이걸 어떻게 하지? 유정 스님에게 다시 가서 아버지를 찾아야 하는데…….'

그러다가 불현듯 자신이 기왕에 저승에 오게 되었다면 어머니가 정말 돌아가신 것인지 아닌지 확인해볼 수도 있을 것 같았다. 그러자 은동은 자신이 다시 살아날 수 있을지 없을지 그 여부까지도 까맣게 잊어버리게 되었다. 다만 어머니가 보고 싶었고, 또 한없는 슬픔에 가슴이 멜 뿐이었다.

은동은 울려고 했으나 눈물은 여전히 나오지 않았고 소리를 낼 수도 없었다. 그러던 중 느닷없이 주위가 심하게 요동을 치면서 움직이는 느낌이 들다가 이내 사라졌다. 은동은 기분으로나마 몸을 부르르 떨었다.

'우와, 저승에 왔나 보다.'

태을 사자는 몸을 전이시키는 데 영력이 모자라서 힘이 들었다.

정신이 까마득해지는 것이 깊은 나락으로 떨어지는 느낌이었지만 온 힘을 다해 정신을 잃지 않으려고 애썼다.

자신이 알려야 할 일의 중대성도 있었고, 비참한 최후를 맞은 흑풍 사자나 검에 봉인된 윤걸, 신립을 사모하던 여인의 이름 모를 영도 머릿속에서 떠나지 않았다. 은동의 일은 생각할 겨를이 없었다.

영력이 소진되어 정신을 잃기 직전에 이르렀을 때, 태을 사자는 갑자기 낯익은 광경이 펼쳐진 것을 느꼈다. 사계의 입구인 황천관에 도달한 것이다.

'휴우, 간신히…… 도달했구먼.'

태을 사자는 속으로 한숨을 길게 내쉬었다. 몸이 허탈하고 운신이 어려웠지만 그래도 여기까지 온 이상, 명부로 가는 길이 힘들다고 쉬어 갈 수는 없었다. 번뇌연을 통해 명부로 가는 데에는 영력의 소모가 없을 테니까.

태을 사자는 서둘러 몸을 이동시켜 이 판관을 찾았다. 유계와의 대전이 코앞에 이른 듯, 귀졸들은 여전히 바쁘게 움직이고 있었다. 신장이나 무사는 후방이라 할 수 있는 이 명부 내에 하나도 보이지 않았다. 태을 사자는 귀졸에게 물었다.

"이 판관은 어디에 계시냐?"

"자비전에 계시는 것 같수다."

태을 사자의 소맷자락 속에서 은동은 숨을 죽이면서 바깥의 정황에 귀를 기울였다. 특별히 소리가 들린다기보다는 전심전력으로 마음을 집중했던 까닭에 태을 사자가 전심법으로 대화하는 것이 어렴풋이 마음속에 울려왔다.

'우와, 들린다. 이 판관이라는 사람…… 아니지, 귀신은 누구일까? 판관이라면 염라대왕 비슷한 존재일까?'

은동이 무슨 생각을 하는지 신경쓸 겨를도 없이 태을 사자는 서둘러 자비전을 향해 신형을 옮겼다. 그리고 밖에서 여쭈지 않고 곧바로 자비전으로 들어섰다. 워낙 마음이 급했기 때문이었다.

자비전 안에는 이 판관이 망연한 표정으로 앉아 난초를 조심스럽게 매만지고 있었다. 태을 사자가 들어서자 이 판관은 놀라는 기색으로 난초를 어루만지던 손을 거두었다.

태을 사자는 사계와 생계가 동시에 위기에 봉착한 이때, 한가로이 난초를 만지고 있는 이 판관의 모습이 평상시와 달리 어딘가 묘하게 낯설게 느껴졌다. 하나 곧 그런 마음은 지워버렸다.

"어찌 낮 시간까지 지체하다 왔는가?"

이 판관이 못마땅한 듯이 태을 사자에게 물었다.

태을 사자는 그간의 경위를 간략하게 이야기했다.

"신립이 어느 여인의 영의 꼬임에 빠져 천기를 벗어나 새재에 진을 치지 않고 탄금대에 진을 쳤사옵니다. 그리고 마계의 괴수인 풍생수와 일전을 치르다가 흑풍 사자는 소멸되고 윤걸은 백아검에 봉인되었지요."

이 판관이 믿기지 않는다는 듯이 눈을 크게 떴다.

"아니, 어떻게 그런 일이 벌어졌는가?"

"소인도 빛을 쐬어 중상을 입었다가 흑호의 도움으로 간신히 사계로 몸을 전이시켰사옵니다. 지금 당장 단안을 내려 신립을 돕지 않는다면 조선군은 마수의 힘까지 업은 왜병들에게 전멸당할지도 모릅니다."

태을 사자의 이야기는 전심전력으로 귀를 기울이고 있던 은동에게도 들렸다. 다른 자들의 영들은 죽음의 충격 때문인지 은동처럼 정신을 차린 것 같지 않았고, 그 이야기를 귀기울여 듣는 것은 은동뿐인 것 같았다.

은동은 태을 사자의 이야기를 들으며 덩달아 긴장이 되었다.

나라 일이 급하다는 것까지는 어린 은동으로서는 잘 알지 못할 일이었으나, 신립군이 전멸당하게 된다면 신립 밑에 있는 아버지마저도 죽음을 당하게 될 것이 아닌가!

은동은 안타까워 마음을 졸이면서 이 판관과 태을 사자의 대화에 더더욱 귀를 곤두세웠다. 이야기를 듣는 중 이 판관의 얼굴은 시시각각 일그러져갔으며 몹시 긴장하고 있는 것 같았다.

태을 사자는 이 판관의 안색이 침울해지자 몸을 굽혀 자신이 범한 죄, 윤걸을 봉인하게 만든 죄를 빌었다. 흑풍 사자의 법기를 흡수한 것은 차마 말하지 못했다. 거짓말을 한다기보다는 이 판관의 노여움을 사서 큰일을 그르치게 만들지도 모른다는 두려움에서였다.

"소인을 죽여주시옵소서. 동행했던 두 사자를 구하지 못하고 감히 윤걸 사자의 영을 검에 봉인시킨 죄, 죽어 마땅하옵니다."

이 판관은 잠시 말을 않고 있다가 천천히 입을 열었다.

"흑풍을 구하지 못한 것은 납득할 수 있으나 윤 무사의 영을 검에 들어가도록 조치한 것은 지나쳤네. 그런 식으로 들어간 영은 영원히 나올 수 없어. 원래대로라면 용서할 수 없는 일이나……."

이 판관은 잠시 말을 끊었다가 다시 입을 열었다.

"모르겠어. 소멸될 존재를 일단 살려둔 것으로 보아야 할지, 아니면 자신과 같은 존재를 함부로 다룬 것에 책임을 물어야 할지……. 난감하구먼. 좌우간 자네의 상처가 심하고 법력도 소진된 듯하니 이것을 복용하게."

이 판관은 말하면서 태을 사자에게 단약 한 알을 내주었다. 저승사자를 비롯한 영의 원기를 돋우는 일종의 치료제였다.

평상시에는 법력을 소모할 필요가 없는 터라 거의 사용되지 않는 약이었다. 만신창이가 된 태을 사자는 그것을 삼키자 다시 살아나는 느낌이었다. 상처를 입은 몸이었지만 태을 사자의 법력은 금방 반 이상이 회복되었다.

이 판관은 태을 사자가 단약을 복용하는 동안 잠시 기다리면서 무슨 생각엔가 빠져 있다가 태을 사자가 몸을 추스르자 단언하듯이 말했다.

"자네도 험한 일을 겪었고 중요한 사실도 알아낸 듯하니 고생했네. 허나 이 문제에 대해서는 이 자리에서 섣불리 결정을 내릴 수 없네. 지금은 사계도 난국이라 여유가 없어. 그러나……."

이 판관은 잠시 생각하다가 말을 이었다.

"……마계의 존재가 본격적으로 생계에 손을 뻗쳤다는 것은 분명한 것 같군. 그리고 천기를 어기면서까지 뭔가 일을 꾸미는 것도 분명하고. 자네는 마수들이 왜 그러한 짓을 벌인다고 보는가?"

태을 사자는 잠시 고민하다가 입을 열었다. 법력이 어느 정도 돌아오자 머리도 맑아지는 것 같았다.

"일단 제가 상대한 풍생수는 미간에 인간들의 영혼을 가둬두고 있었습니다. 더구나 그 말고도 지금껏 사라진 영혼의 수가 많지 않습니까. 그들은 혹여 천기에 들어 있지 않은 인간의 영혼으로 뭔가 아주 큰 일을 벌이려는 것이 아닐까 염려됩니다."

"과거의 홍두오공처럼 말인가?"

"그보다 훨씬 규모가 큰 것으로 보아야 할 것입니다. 그들은 전쟁의 방향을 바꾸기까지 했습니다. 저는 신립에게 그러한 사실을 알리고 조선군 진형을 바꿔보려 했습니다만 날이 밝아 실패하였습니다. 흑호라는 호랑이에게 부탁하기는 했으나, 그조차도 양광 아래에서는 둔갑이 어려운지라 불가능할 것 같습니다. 신립은 탄금대에서 크게 패전할 것 같습니다."

"아무리 그렇다 하나 어찌 인간에게 그런 일을 귀띔해준단 말인가. 인간의 일에 사계가 간섭해서는 아니 된다네."

"그러나 천기가 어그러지는 판입니다."

"아무리 그러해도 그런 방법을 써서는 아니 되네. 더구나 증거가 없잖은가?"

태을 사자는 여인의 영을 증거로 들었다.

"지금 저는 풍생수에게서 직접 꼬임을 받아 신립을 탄금대에 진치게 만들었던 여인의 영을 제 법기에 봉인하여 왔습니다. 이 영혼을 국문하시면 마계의 음모를 알아낼 수 있을 것으로 믿습니다."

"그 여인의 영은……."

이 판관은 더듬거리다가 목소리를 가다듬고 말했다.

"좋네. 일단 그 영은 자네가 관리하였다가 후에 판결 절차로 넘기도록 하세. 물론 중간에 증언이 필요한 일이 있으면 여인의 이야기를 들을 수 있도록 잘 관리해야 하네. 나는 자네 말을 믿네. 아니, 믿지 않을 수 없구먼."

"감사합니다."

태을 사자는 이 판관이 의외로 순순하게 여인의 영을 자신의 처분에 맡기자 다행이다 싶었다. 안 그랬으면 흑호와 한 약속을 지키기 위해서라도 이 판관에게 외람된 말을 해야 할지도 몰랐다.

그러나 생각해보니 이 판관이 직접 영을 관리할 필요가 없을뿐더러, 이 영은 증인 격으로 여러 곳에 보여야 할지 모르니 즉시 지옥으로 넘기지는 않을 것이었다. 아무튼 자신이 여인의 영을 봉인한 채 가지고 다니다 보면 신립과 상면시킬 적당한 기회가 올 것 같았다. 태을 사자는 잠시 생각하다가 신립의 이야기를 다시 꺼냈다.

"신립이 패전하여 전멸한다면 조선군 칠천은 떼죽음을 당할 것입니다. 그중 죽기로 되어 있는 자들도 있을 것이나 원래 신립의 패전이 천기에 씌어 있지 않은 것이라 하면 대다수는 생죽음을 당하겠지요. 더구나 사계에서도 혼란이 일어나면 그 영들을 거두기는 어려워질 겁니다."

태을 사자는 차근차근 자신의 뜻을 말했다.

"마계의 마수들은 아마도 그러한 기회를 노려 인간의 영혼을 대량으로 채집하기 위해 신립을 패전으로 몰아넣는 것이 분명하옵니다. 나아가서는 사계에 유계의 마물들이 대거 쳐들어오려는 것도 보다 큰 어떤 계획에 의한 것이 아닌가 생각되옵니다. 지금이라도 무슨 수를 강구하셔서 양광으로 나갈 수 있도록 해주십시오."

간절한 마음으로 태을 사자는 이 판관에게 요구했다.

"마계의 마수는 대낮의 양광에도 영향을 받지 않았습니다. 그들이 횡행한다면 낮에 전사하는 자들의 영혼은 사자들이 채 거두기 전에 그들이 먼저 앗아갈 것입니다. 그들이 무엇을 바라고 그런 일을 꾸민 것인지는 알 수 없으나 어떻게든 그들의 작태를 막아야 합니다."

이 판관이 한숨을 내쉬었다.

"자네의 말을 듣건대, 두 사자와 근위 무사, 거기에 도력 있는 생계의 존재까지 덤볐는데 풍생수를 물리치지 못했다는 얘기가 아닌가? 더구나 생계에 그러한 마수가 많이 내려와 있다고 한다면 더 많은 인원을 보내야만 할 것인데, 지금 사계는 텅텅 비어 있는 상황이라네. 그렇다고 유계의 침략을 마냥 내버려둘 수는 없는 노릇이고."

"지금이라도 신립에게 가서 조선군 진영을 바꾸도록 일러주고 마수들이 발호하지 못하도록 신장을 파견하여주실 수는 없겠사옵니까? 아까 말씀드린 흑호라는 생계 존재에게 당부하였습니다만, 그 혼자의 힘으로는 아무래도 불가할 듯합니다. 육신을 지닌 존재이니 전쟁통에 함부로 들어갈 수 없지 않겠습니까?"

"이미 늦지 않았을까? 더구나 신장이라……."

이 판관은 고심하는 듯하다가 고개를 설레설레 저었다.

"안 되겠네. 이미 신장들은 모두 유계와의 변경에 파견되어 내 힘으로 빼내올 수 없는 형편일세. 기껏 해야 문지기였던 울달과 불솔 정도밖에 없어."

울달과 불솔은 힘은 엄청나지만 둔하였다. 그러니 태을 사자가 대적했던 풍생수처럼 재빠른 마수에 대적할 수 없을 듯했다. 또한 그들도 사계의 존재들이라 빛을 쏘이면 안 되니 그것도 문제였다.

"다른 저승사자들은 어디에 있사옵니까?"

"지금은 생계의 낮 시간이네. 낮 시간 중에는 모두 유계와의 변경에 나가 경계를 서도록 염왕께서 직접 명을 내리셨네."

"염왕님을 뵈올 수는 없겠사옵니까?"

"허어, 답답한 사람……. 염왕님이 계신 곳에 가려면 생계 시간으로 일주일은 걸린다는 걸 모르는가. 절차를 밟아 가려면 그 정도 시간이 걸리는데 어찌하려는가?"

"하다못해 양광에 대해 조치할 수 있는 길만 있어도……."

"사계의 존재는 양광과 상극이네. 어찌할 도리가 없어."

태을 사자는 답답해졌다. 이 일도 중요한 일이 분명한데 도움조차 받을 수 없다니……. 이제 흑풍 사자의 영력과 윤걸의 백아검을 함께 지녔고 법력도 어지간히 회복되었으니 지금이라도 다시 내려가 풍생수와 한판 겨룰 자신은 있었다. 그러나 해가 떠 있는 중에는 꼼짝도 할 수 없는 처지가 아니던가. 마수들이 밤에 숨어 있다가 낮에만 일을 벌인다면 대적할 길이 막막했다.

이 판관의 말을 듣자 하니 사계의 존재는 양광에 대항할 길이 원천적으로 없다는 뜻인데, 신장이나 다른 저승사자의 도움도 받지 못한다고 생각하니 태을 사자는 답답하여 미칠 지경이었다.

태을 사자의 소맷자락에 숨어 있는 은동 역시 마찬가지였다.

'저 이 판관이라는 작자는 어찌 저리 바보 같은 소리만 하는 거

지? 조선군이 전멸을 당한다는데 어떻게든 수를 내어야 할 것 아니야.'

"제가 말씀드리는 것이 외람된 줄은 알고 있사옵니다. 허나 워낙 시급한 문제이옵니다. 염왕님께 급히 고할 방법은 없는지요?"

태을 사자가 떼를 쓰다시피 말하자 이 판관은 한동안 뭔가 생각하다 갑자기 눈을 번뜩였다. 그러다가 이내 골똘히 조심스럽게 태을 사자를 바라보았다.

"한 가지 방법은 있네만…… 매우 어려운 일일세."

"방법이 있사옵니까? 무엇인지 말씀해주소서!"

"아주 힘든 일일세."

"무슨 일이든 해보겠습니다."

"허어, 왜 그리 열을 올리는가? 생계의 일에 왜 그리도 관심이 많은 겐가?"

이 판관은 태을 사자가 열을 올리는 것이 이상하다는 듯이 내쏘았다. 평소의 냉정한 저승사자라면 안 된다는 명을 받았으면 안 된다고 여기고 곧 체념했다. 이렇듯 매달리는 모습은 냉정한 저승사자의 모습과는 어울리지 않았다. 그러나 태을 사자는 흑풍의 죽음과 윤걸의 봉인을 겪은 뒤로 자신도 모르게 변해가고 있었다.

"흑풍은 좋은 동료였습니다. 그러한 흑풍을 해친 마수들이 제멋대로 활개치고 다니게 할 수는 없는 노릇이옵니다. 어떤 어려운 일이라도 해보겠사오니 알려만 주옵소서."

이 판관은 그런 태을 사자를 보더니 한숨을 내쉬었다. 한숨을 자주 내쉬는 모습이 평소와는 사뭇 달랐다. 그러더니 자신의 생각이 말도 되지 않는다고 스스로 마음속에서 지우려는 듯 고개를 설레설레 저었고, 그러는 통에 태을 사자와 은동은 속이 타는 것 같았다.

한참을 번민하다가 결국 이 판관이 슬픈 듯한 어조로 입을 열었다.

“사계의 존재는 비록 양광에 대적할 수 없으나 환계의 존재는 양광과 상관이 없을 터.”

“그렇겠지요. 그들은 반생반사半生半死의 존재라고 들었습니다. 마계와도 가까운 존재이니까요. 그런데 왜 그런 말씀을 하시는지요?”

“만일…… 환계의 존재의 도움을 받는다면 어떻겠는가?”

“환계의 존재라니요? 환계에 도움이 될 만한 존재가 있사옵니까?”

그러자 이 판관의 눈동자가 빛났다.

“하나 있다네. …… 환계의 존재가 말일세. 자네는 시투력주에 얽힌 이야기를 들어본 적이 있는가?”

태을 사자는 처음 듣는 이야기였고 이 판관 또한 매우 긴장한 듯 말을 꺼냈기에 덩달아 긴장이 되었다.

“시투력주라니요?”

이 판관은 태을 사자에게 그에 얽힌 이야기를 해주기 시작했다. 은동은 그 이야기에 묘한 흥미가 생겨 바싹 귀를 세웠다.

“광계를 넘어 있는 성계는 생계의 운명을 정하는 역할을 한다네. 우주의 질서를 잡는 것이지. 그런데 성계의 어느 곳에 생계의 천기를 수천 년 후까지 정하여 기록하여 둔 일월력실日月曆室이라는 방이 있다고 하네. 천기는 책도 아니고 문서도 아닌 구슬 안에 담겨 있다고 하며, 그런 구슬이 수만 개라고 하더군. 그 구슬을 가리켜 시투력주라고 한다네. 시투력주는 각각 일정 기간 동안의 생계의 천기를 기록하여둔 구슬이라네.”

은동은 물론, 태을 사자도 처음 듣는 신기한 이야기였다. 태을 사자가 열심히 듣는 것 같자 이 판관도 목소리에 힘을 실었다.

"그런데 생계의 시간으로 쳐서 지금으로부터 천사백 년 전, 곤륜에서 도를 닦던 대성인 한 분이 수백 년의 도를 닦은 끝에 윤회의 굴레를 벗고 해탈하여 성계에 드시게 되었네. 아주 드문 일이지. 그런데 그 성인이 도를 닦을 때에 곁에서 도와준 환계의 환수幻獸가 한 마리가 있었다네."

"환수가 성인의 도를 닦는 것을 도왔다고요?"

"그 환수는 매우 특이한 존재일세. 그 환수가 어째서 생계에 있게 되었는지는 아무도 알지 못한다네. 생계에서는 구미호九尾狐라 일컬어지는 존재였는데, 아홉 꼬리를 가진 흰 여우의 형상이라더군. 변신에 아주 능하여 세상의 무엇으로도 변신할 줄 아는 재주를 지니고 있었다네. 그리고 그 이름은 호유화狐柳花라 하지."

"호유화!"

그 말을 듣자 태을 사자는 갑자기 놀라면서 몸을 부르르 떨었다. 그러자 이 판관은 태을 사자를 바라보며 물었다.

"자네, 호유화에 대해 들은 적이 있는가?"

태을 사자는 고개를 끄덕였다.

"호유화는 사계의 명부 내에서도 전설적으로 알려져 있는 존재로 무서운 괴물이라고 들었습니다. 호유화는 홍두오공과도 비교할 수 없는, 몇 수 위의 괴물이라더군요."

"흐음, 그렇다네. 호狐라는 성을 지녔으니 호유화의 정체는 여우지. 보통 여우가 아니고 꼬리가 아홉 달린 구미호이며 무섭기 이를 데 없다고 소문이 나 있었지."

알려지기로 호유화는 보통 여우가 아니었다. 호유화의 나이를 정확히 아는 자가 없어, 혹자는 삼천 년을 묵었다고 하였고 혹자는 일만 살에 가깝다고 하였다. 호유화에 관한 소문은 무성했다.

중국의 우禹가 치수하러 청구靑邱(우리나라의 과거 지명)에 들렀을 때, 어느 날 느닷없이 나타나 우가 결혼할 것을 알렸다는 전설 속의 흰 구미호가 그녀였다는 이야기도 있었다. 과거 상고 시절에 경국지색의 미녀 달기로 변신하여 은나라를 망하게 만든 장본인이 그녀였다고 말하는 자들도 있었다.

역사 전체에 등장하며 여러 나라를 멸망시킨 요물이라면 홍두오공처럼 몇몇 인간을 죽이는 정도의 괴수와는 격이 달랐다.

그러나 보다 널리 퍼진 소문은 호유화가 일만 명의 사람을 죽여서 인간으로 완전히 변하려 하였으나 뜻을 이루지 못하고 신장들로 이루어진 군대에게 잡혔다는 것이었다. 호유화의 특기는 자유자재로 모습을 바꿀 수 있는 변신술이어서 수백 신장들의 포위망에서도 어이없게 천장天將으로 둔갑하여 유유히 빠져나가기도 했고, 맞붙어 싸워도 대적해 이길 자가 드물었다고 한다. 하나 신장들의 숫자를 이겨내지 못하고 결국은 포획되어 저승의 뇌옥 중에서 가장 깊은 십팔층 뇌옥에 갇히게 되었다고 알려졌다.

그것이 벌써 천사백 년 전이라는데 그때부터 그 정도의 실력을 지니고 있었다니 저승에서 가장 위험한 존재로 손꼽히는 것은 당연했다. 뇌옥 주변은 귀졸뿐만 아니라 신장들도 얼씬하지 않는다 하였다. 혹여 잡아 먹히거나 홀릴지도 모르기 때문이었다.

수백 년 이래 호유화를 직접 본 자는 아무도 없었고 이야기를 나눈 자 또한 아무도 없었으며, 이름만 전설처럼 사계 안을 누볐을 따름이었다. 그러한 호유화의 이름이 엉뚱한 곳에서 나오니 태을 사자가 놀라는 것도 무리는 아니었다.

"호유화가 정말 그러한 존재였사옵니까? 그렇다면 호유화는 정말 무서운 괴수로군요."

"허허, 진실을 알고 있는 자는 몇 없다네. 더구나 호유화는 이미 뇌옥에 갇힌 지가 생계의 시간으로 천사백 년이나 되었으니 대부분의 사자들도 알지 못할 걸세. 호유화와는 그 누구도 만날 수 없게 되어 있다네."

"아무도 만나지 못하는 연유로 호유화가 무섭다는 소문이 무성한 것이로군요."

"나는 소문을 말하는 것이 아니니 계속 들어보게나. 호유화가 성인의 도를 이루는 것을 어떻게 도왔는지는 알려져 있지 않네. 그러나 호유화는 그 공로로 성인이 성계에 오를 적에 함께 초대를 받았다네. 성계는 보통의 존재가 갈 수 있는 곳이 아니었지만 특별히 초청을 받은 것이지. 그곳에서 호유화는 이곳저곳을 얼씬거리다가 그만 일월력실을 보고 말았네. 그곳에 진열되어 있는 수많은 시투력주를 보고 예쁘다고 생각한 모양이더군."

"시투력주가 아름답게 생긴 모양이군요."

"나도 모르겠네만, 좌우간 호유화를 초빙했던 대성인은 호유화에게 선물을 한 가지 주겠노라고 했지. 그때 호유화는 시투력주를 달라고 요구했다네. 시투력주는 천기를 담아놓은 구슬이니, 성계의 대성인으로서도 내어줄 수는 없었지. 다른 것을 요구하라고 하자 호유화는 그 구슬이 정말 귀한 보물인 줄로 여기고 더욱더 집요하게 요구했다네. 성인은 그 구슬은 천기와 연관 있는 것이므로 성계의 존재 이외의 곳으로 나가면 안 된다고 정중히 거절했다네."

이 판관은 잠시 숨을 고르고 말을 이었다.

"호유화는 기분이 상했던 모양일세. 오기가 치밀었는지도 모르지. 그래서 호유화는 그 자리를 피한 뒤 일월력실로 몰래 들어가 시투력주 하나를 훔쳐 그것을 삼킨 뒤에 몸과 동화시켜버렸다네. 놀란 성계의 호위사자들이 들이닥치자 호유화는 당돌하게 시투력주가 자기 몸과 동화되었으니 빼앗을 수 있으면 빼앗아보라고 배짱을 부렸다네. 결국 호유화는 성계의 규율을 어긴 큰 죄인이 되었지. 대성인은 크게 당황하셨다네. 시투력주는 천기를 담아놓은 보물이라 그것을 지니고 안의 내용을 읽어 외부에 발설하게 되면 생계의 천기가 흔들리는 큰일이 벌어지거든. 고심 끝에 대성인께선 호유화를 지옥 맨 밑바닥의 뇌옥에 가두어놓고 다른 자들을 절대로 만나지 못하도록 조치를 취하셨지."

그 이야기는 태을 사자가 듣기에도 신기한 것이었으니 은동이 듣기에는 오죽하겠는가. 천성이 착한 은동은 이 이야기를 듣고는 호유화를 불쌍하다고 생각했다.

'아무리 그래도 구슬 하나인데. 그 정도 잘못을 범했다고 지옥 밑바닥에 가두고 천사백 년 동안이나 아무도 만나지 못하게 하다니……. 너무 가여워.'

은동과는 달리 태을 사자는 이야기를 다 듣고도 생각에 잠긴 듯 묵묵부답이었다. 그러다가 고개를 갸웃거리며 입을 열었다.

"호유화가 괴물이건 아니건 간에 환계는 유계와 마계의 중간이니 호유화도 어둠의 존재가 아니옵니까? 그렇다면 우리에게는 원한이 깊을 터, 호유화가 우리를 돕겠습니까?"

그 이야기에 태을 사자 소매 속에 있던 은동이 코웃음을 쳤다.

'자기는 저승사자면서 어둠의 존재입네 아닙네 따지다니. 내가 보기엔 저승사자나 염라대왕이 더 무서울 것 같은데, 뭘. 아무튼 구미호라면 무섭긴 무서울 거야. 혹시 사람 피를 빨아먹는 것은 아닐까? 아참, 나는 혼만 남았으니 피도 없지. 그래도 무서워…….'

은동이 무슨 생각을 하고 있는지 알 리 없는 이 판관은 태을 사자에게 손가락 두 개를 내보이면서 말했다.

"어쨌거나 호유화를 끌어들일 수만 있다면 두 가지 면에서 큰 도움이 될 것이야."

"어떻게 말입니까?"

"호유화는 구미호요, 환계의 환수이니 양광에 영향을 받지 않을 것일세. 그러니 그녀를 이용하면 일단 신립에게 접근하는 것은 물론, 활동도 자유로워지겠지. 사계의 존재가 살아 있는 인간에게 접근하는 것은 불가하지만 환계의 존재라면 그 대율법에 벗어나지는 않을 것 아닌가. 더구나 호유화라면 막강한 도력의 소유자이니 마수 몇몇 정도는 문제도 되지 않을 테고."

그 말을 듣자 태을 사자의 표정이 조금 풀어졌으나 미간은 여전히 찌푸려져 있었다.

"편법을 쓰는 것이로군요. ……하지만 위급 상황이라면 그럴 수도 있겠지요."

태을 사자가 고개를 끄덕이자 이 판관은 말을 이었다. 어찌된 셈인지 호유화의 이야기가 나오자, 정작 부탁을 하여야 할 태을 사자보다 이 판관이 더 강력하게 호유화를 끌어내기를 바라는 듯하였다.

"설령 때를 놓쳐 신립에게 접근하는 것이 실패로 돌아간다 하더라도 마계의 음모는 계속 추적해야 할 것이야. 그러나 마계의 존재들은 양광 아래에서도 자유로이 활동할 수 있으니 자네의 힘으로 그들의 꼬리를 잡기란 대단히 어렵지 않겠는가. 흑호라는 호랑이도 낮에는 둔갑이 안 된다 하지 않았는가? 그러니 양광 아래에 자유로이 나설 수 있는 호유화를 우리 편으로 회유할 수만 있다면 마계의 음모를 조사하는 일에 큰 도움이 될 것이네. 더구나 변신술에 능하니 생계의 인간들과도 직접 접촉할 수 있을 테고……."

"그런 일이라면 신장을 파견하여도 될 것 아닙니까? 호유화가 말을 잘 듣지 않을 수도……."

"지금 신장들은 모두 유계와의 대접전에 대비하여 전선에 나가고 없질 않은가? 그리고 그들을 소환하는 데에도 시간이 걸릴뿐더러 그들은 사계의 존재가 아니거든. 그들을 동행시키려면 염왕님의 동의가 필요하고 성계나 광계의 승인도 받아야 할 것인데, 지금 그럴 여유가 없다네. 그러나……."

"그러나라뇨? 무엇이옵니까?"

"호유화를 이끌어내어 정말 그것이 천기와 어그러진다는 증거만 보일 수 있다면 염왕님께 직접 품할 수도 있을 걸세. 그렇다면 시일을 일주일이나 끌 까닭도 없지. 시투력주의 일은 염왕님도 잘 아시는 일이니, 호유화가 후대의 천기와 이 일이 어그러졌다고 입증만 해준다면 염왕님도 긴급히 명을 내려주실 게야."

"지금 그 말씀이 두 번째 장점이옵니까?"

"그렇다네."

"하오나 뇌옥에 갇힌 중대한 죄수를 꺼내는 일은 염왕의 품의가 필요할 것 아닙니까?"

"자네가 화급을 다투는 일이라 하지 않았나? 내 신물을 자네에게 빌려줄 터이니 알아서 조치하게나."

태을 사자는 잠시 생각에 잠겼다. 이 판관의 말은 한 치의 틀림도 없었으나 곰곰이 따지고 보니 중대한 일을 자신에게 미루는 듯한 인상을 받았다.

'이 판관은 지금 나에게 월권을 하라고 요구하고 있는 것이 아닌가? 만에 하나 염왕께 품을 올리지도 않고 중요한 죄수를 독단으로 꺼낸다면 뒤에 가서 사달이 벌어질지도 모른다. 그러나 이 판관도 자

신의 신물을 빌려준다고 하지 않았는가?'

저승의 계급은 생계에서 한 나라의 국왕과 같은 존재인 염왕이 있고, 그 밑에 제후 격인 열왕이 있으며 다시 저승 대신, 그다음에 판관이 있다. 그리고 다음에는 사자, 그 밑에 귀졸이 있다.

판관이란 그 이름에서 느껴지는 직급은 낮지만, 생계의 조선과 굳이 비교하면 실제 지위는 지방 관찰사나 감사 정도에 해당하는 것이었다.

'이 판관 정도 된다면 뇌옥에 갇힌 환수 하나 풀어주는 일 정도는 가능하지 않을까?'

태을 사자는 긍정적인 방향으로 추측해보았다.

그 정도라면 약간 월권을 하는 것도 무방할 정도로 일이 다급하다는 생각이 점차 태을 사자의 마음을 사로잡았다. 그래도 마음속에 켕기는 것이 남아 중얼거리듯 말했다.

"그 괴물이 제 말을 순순히 듣겠습니까?"

"그러니 금제禁制를 해야지. 당승唐僧 삼장이 손오공을 금제하여 부린 것처럼 말일세. ……그리고 일이 잘되면 풀어준다고 하게나."

"그 괴물을 풀어준다구요? 정말이십니까?"

"호유화로서도 대공을 세우고 나면 그 정도 상찬은 가능할 것이야. 내 힘껏 품해볼 테니 그리 약속하게나. 그러나 금제를 하는 것을 잊지는 말게."

"또 난리를 치지 않는다는 보장은 없지 않습니까?"

"호유화는 이미 천사백 년을 갇혀 있지 않았는가? 생계의 시간으로 천사백 년이지, 뇌옥의 시간으로는 몇만 년, 몇억 년이 될지 모를 것이네. 그 정도 벌을 받았으면 무언가 달라지지 않았겠나?"

뇌옥의 시간은 저마다 다르게 흘러간다. 보통 지옥에서 수억 년

벌을 받는다고 하는데, 그것은 벌을 받는 곳의 시간이 생계의 시간과 달라 가능한 것이다.

가령 일억 년 동안 고통을 당하더라도 그곳의 시간이 일억 배 느리게 흘러간다면 그 영은 일억 년의 고통을 받지만 윤회하여 환생하는 데에는 일 년의 세월이 지날 뿐이다.

그런 식으로 중죄로 처벌하여 영혼을 교화시켜 윤회를 계속하게 하는 것이 사계의 주요 임무였고, 뇌옥 내의 시간 흐름은 그에 따라 자유로이 변동시킬 수 있었다. 태을 사자 역시 그 점을 생각했으나 곧 고개를 갸우뚱하면서 한마디 덧붙였다.

"호유화가 갇혀 있는 뇌옥의 시간은 생계의 것과 같지 않겠습니까? 원래 도력이 높았는데, 그렇듯 긴 시간 갇혔다면 스스로 수련을 하여 도력이 훨씬 높아졌을 테고요."

"그렇다 해도 천사백 년이네. 둔갑을 좋아하는 여우가 그 정도 갇혀 있었다면 지칠 대로 지쳐서 나가기 위해서라면 무슨 짓이라도 할 걸세. 그리고 설령 나중에 풀어준다 할지라도 환계로 도로 돌아가 숨어버릴 것이지, 생계에 돌아다니지는 않을 것이야."

태을 사자는 그 괴물을 풀어준다는 사실에 마음이 썩 내키지 않았으나 이 판관이 오금을 박듯 강력하게 말했다.

"그 외에는 방도가 없네. 천기가 이보다 더 헝클어지면 어떻게 하느냐고 자네가 말하지 않았는가? 자네 말대로라면 오늘만 해도 아마 수천의 영혼이 마수에게 잡혀갈 것일세! 조선 백성이 모조리 도륙을 당해 마수에게 잡혀간다면 어쩔 셈인가? 자네는 자네의 말에 책임을 지지 않겠다는 겐가? 마음대로 하게나. 그것 말고는 나로서도 어쩔 도리가 없어."

"으음……."

태을 사자는 깊은 신음성을 내었다. 뇌옥 깊숙이 들어가 그 괴물을 설득할 자신이 없었다. 그러나 아무리 궁리해보아도 그 수밖에는 방법이 떠오르지 않았다. 양광을 이기고 돌아다닐 수 있는 수하가 태을 사자로서는 반드시 필요했고 사계의 존재는 양광을 이길 처지가 아니었다.

신장들은 유계와의 전쟁에 돌입해 있고, 그렇다고 지난번에 잡힌 홍두오공 같은 마수를 부릴 수도 없으니, 그나마 가능성이 있는 것은 환수인 호유화밖에는 없을 터…….

마수는 그 근본까지 어둠에 물든 사악한 존재이나 환수는 그보다는 조금 나은 존재들이었다. 선악이 불분명하고 저 좋을 대로 행동하지만 애당초 아주 못된 존재들은 아니었다. 태을 사자는 결단을 내리고 입술을 깨물며 말했다.

"그러면 판관께서는 눈만 감아주십시오. 제가 해보겠습니다."

"하겠다는 말인가?"

"그렇습니다. 파옥破獄을 하겠다는 뜻은 아닙니다. 호유화는 수백 년 이래로 아무도 만나지 않았다고 알고 있습니다. 그러니 호유화를 금제하여 제가 데리고 나가 일을 시킨 연후, 다시 뇌옥에 돌려놓겠습니다. 그러면 아무도 모를 것 아닙니까? 다만……."

"다만이라니?"

"걱정이 됩니다. 그 환수가 제 말을 잘 들을지가 말입니다. 그러니 무엇인가 금제를 하기는 해야 하겠지요. 아주 강하고 빠져나갈 수 없는 것으로 말입니다."

"흐음……. 좋아. 그러면 내가 금제가 될 만한 것을 고민해보도록 하겠네."

호유화의 이야기가 나오자 호의적인 태도를 보이는 이 판관이 묘하다는 느낌은 들었지만 태을 사자는 점점 더 자신감이 생겼다. 지금은 비상시국이나 다름없었다.

더구나 태을 사자가 캐낸 일들은 이 판관으로서도 묵과할 수 없는 성질의 것이었고, 그 일들을 조사하는 데에 도움을 줄 수 없다면 그렇게라도 하는 것이 당연한 도리였다. 마음을 정하고 나니 태을 사자의 표정은 점차 밝아졌다.

한편, 그 이야기를 다 듣고 난 은동은 태을 사자의 소맷자락 속에서 마냥 애가 탔다.

'빨랑 가서 아버지를 구해야 할 텐데……. 뭘 하는 거야, 도대체. 에이, 씨.'

한참이 지난 다음에서야 이 판관은 무슨 묘수가 떠오른 듯 묘진령을 흔들었다. 그리고 동자들이 나타나자 노 서기와 울달, 불솔을 부르라고 명했다. 동자들이 사라진 뒤 태을 사자에게 말했다.

"상황이 급하여 자네에게 그런 말을 한 것이네만 이것은 저승에 엄연히 존재하는 율법을 어기고 행동하는 것이라네. 그래서 아무래도 마음에 걸리는 바가 있어. 원래대로라면 내가 직접 자네와 함께 지옥 십팔층의 지하 뇌옥으로 가야 할 것이지만 그러지 않겠네. 공연히 번잡하게 일을 만들 필요가 없으니 말일세. 알겠는가?"

"예!"

"원칙으로 따지자면 저승사자는 저승 밑에 있는 뇌옥에 출입할 권한이 없다네. 그곳에 내려갈 수 있는 것은 귀졸들과 판관급 이상의 자들이라야 해. 그러니 내 자네에게 내 법기이자 신물인 묘진령을 주겠네. 그리고 울달과 불솔과 함께 내려가게나."

"울달과 불솔은 어찌하여……?"

"그 둘은 머리는 좀 둔하지만 금강역사에 준하는 신장급의 괴력을 지니고 있고, 또 호유화처럼 간사하고 둔갑에 능한 환수들을 상대한다면 오히려 아무런 생각이 없고 조금 모자란 자가 적합할 것 같으이. 모자라고 생각이 단순한 만큼 현혹될 가능성이 낮기 때문이야."

"그렇군요. 감사하옵니다."

"그리고…… 울달과 불솔은 호유화에게 가할 금제를 걸어줄 수 있을 걸세. 그에 대해서는 내 따로 둘에게 일러두지."

"예. 하온데 노 서기는 어찌하여 부르셨사옵니까?"

"호유화에게 금제를 걸려면 환수 구미호에 대한 것을 조금 알아두어야 할 것일세. 생계의 이야기를 빌리자면, 지피지기여야 백전불패이지 않겠는가?"

태을 사자는 이 판관이 지나치게 세세한 곳까지 마음을 쓰는 것 같아 약간 불만스럽기는 했으나 일리가 있는 말인지라 꾹 참고 기다리기로 했다. 태을 사자보다도 더욱 애가 타는 것은 은동이었지만, 은동은 여전히 아무런 힘도 쓸 수가 없었다.

뇌옥으로

흑호는 당황해서 이성을 잃고 말았다. 하지만 흑호로서는 이성을 잃은 편이 좋은 결과를 낳았다. 원래 이성이란 긴급하거나 위급한 상황에서는 오히려 장애가 되는 경우가 많다. 본능적인 판단이 훨씬 급박한 상황에 잘 대처할 수 있으니까.

그런 점에서 볼 때 흑호가 자신도 모르게 위기의식을 느끼고 있는 힘을 다하여 땅 위로 솟구쳐 올라온 것은 현명한 일이었다. 몇 줄기인지 헤아릴 수 없는 요기가 땅속으로 쏘아져 들어온 것이 흑호가 몸을 뺀 바로 직후의 일이었으니…….

그러나 흑호는 지금 도력을 제대로 발휘할 수 없는 태양빛 아래로 나온 셈이었다. 사실 도력이 충만한 밤이라 할지라도 일곱 마리의 마수와 싸운다는 것은 도저히 말이 되지 않는 터였다. 풍생수 한 마리를 사계의 두 저승사자와 근위 무사가 당해내지 못했는데, 하물며 흑호는 사계의 존재도 이기기 힘든 상대가 아니었던가.

느닷없이 땅속에서 호랑이가 튀어나오자 근처에 있는 사람들이

기겁을 하며 펄쩍 뛰었다. 그도 그럴 것이 마수는 인간들의 눈에 보이지 않고 그들의 병장기로는 감히 마수를 다치게 할 수도 없었다. 다만 흑호는 생계의 존재인지라 그의 몸은 인간들이 얼마든지 공격을 가할 수 있었다.

다행히 전쟁이 한차례 끝난 뒤의 대치 상태라 무장한 병사가 거의 없었다. 다만 중상자와 시체를 끌어가는 왜군들 몇몇만이 있다가 난데없이 땅속에서 호랑이가 튀어나오자 꽥 소리를 지르며 소란을 피웠다.

아직 전세가 결판난 것은 아니지만, 오늘은 왜군이 승리를 거둔 뒤라 소수의 왜군들이 부상자를 후송하느라 분주한 터였다. 그리고 몇몇은 숨이 붙어 있는 조선 병사들의 목을 베며 돌아다니고 있는데 난데없는 호랑이라니!

흑호는 땅속에서 몸을 빼쳐 올리는 즉시 힘껏 달음질을 쳐 달아나기 시작했다. 싸울 수도, 싸울 생각도 없었다. 그러면서 힐끗 하늘을 바라보았다. 인간의 눈에는 보이지 않지만 마계에서 온 것이 분명한 마수들이 둥둥 떠다니고 있었다.

풍생수는 보이지 않았으나 뱀처럼 긴 몸통을 지닌 거대한 녀석이 있었고, 마치 인간의 형상처럼 생긴 것이 두 마리, 길짐승의 형상을 지닌 것이 두 마리 있었는데 한 놈은 흑호와 아주 생김새가 흡사해 보였다.

흑호는 다른 놈들을 유심히 볼 여유가 없었다. 그러나 인간처럼 생긴 녀석 중의 작은 녀석이 유독 눈길을 끌었다. 그 녀석은 키가 아주 작고 인간과 거의 똑같이 생겼지만, 유달리 두 팔이 몹시 길고 흉하게 생겨 힘이 세어 보였다. 그 녀석에게서 흑호의 일족들의 시체에서 느껴지던 것과 똑같은 요기가 느껴졌다.

'이 원수 놈!'

전심법으로 통하지 않은 상태라 마수들과 흑호는 서로가 누군지 알 수 없었다. 그러나 마수들은 흑호가 호랑이의 몸으로 땅속에 숨어 있던 것이며, 몸에서 도력의 기운을 분출하는 것을 보고 위험하다고 생각했던지 일제히 공격을 가하려 했다.

하지만 그들 또한 미리 대비하지 못했던지라 공격이 정확하지 않았다. 더구나 흑호가 비록 도력을 제대로 쓰지 못한다 하나 팔백 년의 도력은 그리 허망한 것이 아니었다. 감히 맞서 싸울 엄두는 내지 못한다 할지라도 몸을 피해 도망치기에는 충분했다.

놈들은 느낌 없는 요기와 냉기, 번개 같은 기운들을 마구 내뿜었고, 흑호는 재빠르게 피해가며 갈지자로 힘껏 내달렸다.

공연히 전장을 떠돌던 왜병들은 자신도 느끼지 못하는 사이 빗나간 요기들을 몸에 맞고는 픽픽 쓰러졌다.

"흐윽……!"

삽시간에 요기를 몸에 맞은 왜병들은 사지가 절단되기도 하고 시커멓게 온몸이 타들어가기도 하고 혹은 녹색의 독이 퍼져 퍼렇게 되어 일고여덟 명이나 목숨을 잃었다.

'아니, 어떻게 저럴 수가 있나?'

흑호는 놈들의 수법이 이렇게까지 잔혹할 줄은 미처 알지 못했기에 내심 놀랐다.

'내가 마수나 저승사자가 아니고 살아 있는 존재이니만큼 살아 있는 것을 해치는 방법을 나에게 쓰는 것이 당연할 수도 있겠지만, 아무리 그래도 이건 너무 악랄한 수법이여.'

어제 겨루었던 풍생수만 해도 녹록지 않은 상대인 판에 일곱이나 되는 마수들이 공격을 해오니 흑호는 이리저리 도망치는 것밖에는 뾰족한 수가 없었다.

출전하지 못하고 진중에서 홀로 발을 구르고 있던 강효식은 신립이 무사히 귀환하는 모습을 보자 몹시 반가웠다. 조선군의 피해가 만만치는 않았으나 기둥이 되는 신립이 다치지 않고 돌아왔으니 그만한 기쁨이 또 어디 있겠는가.

하지만 이미 탄금대 주변은 왜병의 진이 빽빽이 들어차서 왜병을 패주시키든지 조선군이 전멸하든지, 선택은 둘 중의 하나밖에 남지 않았다.

신립도 조선군의 기병 전술이 조총의 위력에 밀려 제대로 힘을 발휘하지 못하자 풀이 죽어 있었다. 사실 강효식은 신립이 돌아오는 대로 전날의 일이 자신이 그 여인의 귀신에게 홀려 헛소리를 한 것이며, 실제로는 탄금대에 진치는 것이 위험하니 어서 빠져나가자고 주장하려 했다.

그러나 왜병에게 완전히 포위된 상태이고 보니 그런 말을 한들 무슨 소용이 있나 싶었다. 강효식은 이대로 싸우는 것밖에는 다른 방도가 없다고 여겨 그러한 말을 입 밖에 내지 못했다. 아니, 신립의 초췌한 얼굴을 보니 그러한 말이 차마 나오지 않았다고 하는 편이 더 맞을는지도 모른다.

"장군."

"강 부장인가? 자네, 좀 나아졌는가?"

이런 상황에서도 자신을 걱정해주는 신립을 보며 강효식은 왈칵 눈물이 치솟았다. 그러나 이곳은 진중이었다. 군관으로서 눈물을 보이는 것은 안 될 말이었다.

더군다나 지금 진실을 말하면 그나마 꺾인 사기가 더 사그라져버릴지도 모를 일이라 강효식은 할 수 없이 거짓말을 해야겠다고 입술을 깨물었다.

"장군, 적세가 비록 승하여 돌파하지 못하셨더라도 실망은 마옵소서. 우리는 아직 진 것이 아니옵니다."

"그래. 허허허……."

신립은 갑자기 여태까지의 침울한 기색을 거두고 크게 소리 내어 호방하게 웃었다.

"그래, 우리는 아직 진 것이 아니지. 그러니 이길 수도 있다는 말 아닌가? 좋으이. 우리 다시 한번 회의를 열어 방법을 찾아보세. 왜병들을 몰아내야지!"

강효식은 다시 눈물이 솟았다. 이제 만사가 틀렸다. 그 책임의 가장 핵심 부분이 자신에게 있건만 말조차 하지 못하는 스스로가 원망스럽기 이를 데 없었다. 김여물 및 이일 등의 여러 장수들과 논의를 하면서 강효식은 흐르는 눈물을 남몰래 조심스레 닦았다.

회의가 한창일 무렵, 파수를 보고 있던 병졸 하나가 황급히 달려와 왜병 진지에 괴변이 생겼다고 고했다. 신립을 비롯한 장수들은 그 말에 놀라며 우르르 망루로 올라가 저만치 펼쳐져 있는 왜병 진지를 내려다보았다.

"장군! 저것 보십시오!"

맨 먼저 망루 위로 올라간 김여물이 신립을 부르자 신립은 급히 김여물이 가리키는 쪽을 바라보았다. 김여물이 가리키는 방향을 보니, 난데없이 한 마리의 커다란 호랑이가 시체들과 망가진 병장기들 사이를 누비면서 이리 뛰고 저리 뛰는 것이 아닌가!

"대체 어디서 나타난 호랑이란 말인가?"

"신기한 일입니다. 전쟁터에 난데없는 호랑이라니……. 아, 장군.

좀더 자세히 보십시오. 주변의 왜병들 말입니다."

김여물의 말에 신립은 자세히 호랑이의 주변을 살폈다. 그러자 놀랍게도 주변에서 놀라 도망가던 왜병들이 호랑이의 몸에 닿지도 않았는데 마치 칼에 맞은 듯 몸이 절단되고 비명을 지르면서 타들어가는 몸을 뒤틀면서 죽어가고 있었다.

마수들이나 그들이 쏘아내는 요기를 보지 못하는 보통 사람의 시선으로 어찌 놀라운 일이 아니겠는가.

"세상천지에 어찌 저런 일이! 호랑이의 몸에 닿지도 않았는데 왜병들이 죽다니!"

신립도 놀라서 입을 다물지 못하자 김여물이 급히 말했다.

"이건 보통 일이 아닙니다. 하늘의 깨우침이 아니겠습니까?"

"깨우침?"

"저런 일은 원래대로라면 절대 일어날 수 없는 것이니 이적입니다. 산신의 수하인 호랑이가 하늘의 부름을 받아 우리를 돕고 있는 것이 분명하옵니다! 왜군들이 마구 죽고 있지 않습니까? 저것은 영물이 분명합니다."

김여물이 말한 대로 흑호가 영물임은 틀림없지만, 흑호는 지금 왜병을 해치려고 그러는 것이 아니라 도망치려고 이리저리 뛰어다니는 것에 불과했다.

그러나 그런 사실을 알 리 없는 김여물의 눈에는 쏘아져 나오는 마기와 요기를 피하기 위해 이리저리 갈지자로 뛰어다니는 흑호의 모양새가 왜병들을 하나라도 더 해치우기 위하여 뛰고 있는 것으로만 보였다. 김여물은 위인이 총명하고 지략에 밝았으나 어느 정도 '하늘의 뜻'을 바라는 성품이 있었다. 이는 성장 시에 겪은 기이한 일에서 비롯되는데, 이는 김여물이 젊어 소과小科에 급제하여 진사일 때의 일이었다. 김여물은 삼대독자로 태어났는데 그의 조부와 부친은 정체 모를 급병으로 요절하였고 그마저도 중병에 들어 사경을 헤매게 되었다. 백약을 써도 무효하자 김여물의 삼대 고부姑婦들은 당시 이름이 높던 장님 점술가 홍계관을 찾아갔는데 그 결과 이는 집안에 원한이 있는 원귀의 소행으로 막을 길이 없다 하였다. 이에 세 할머니와 어머니, 김여물의 부인까지 통곡하고 방법을 묻자 홍계관은 이를 발설하면 자신에게 화가 돌아오기는 하나 그 광경이 너무도 가엾어 살아날 방법을 가르쳐주었다. 이는 명문가 출신으로 장래 나라의 기둥이 될 복인福人을 모셔다가 그 인물에게 생사를 위임하여 잠시도 곁을 떠나지 않게 하기를 사흘만 하면 원귀가 그 위인을 해칠 수 없어 결국은 물러가리라는 내용이었다. 홍계관은 복인의 이름까지 일러주었는데 그는 김여물이 살던 사직동의 이웃 필운대에 사는 전 우참찬 이몽량의 아들 이항복이었다. 이항복은 신립과 함께 권율의 손자 사위이기도 한 것은 앞에서도 언급한 바 있다.

이항복이 악귀를 설복하여 김여물의 병을 낫게 해주었으니 김여물이 이항복과 동서간인 신립의 뒤를 따르게 된 것도 우연은 아니었던 것이다. 그런 과거가 있는 김여물인지라 지금 흑호의 활약을 보고 하늘의 뜻이라고 여기는 것도 무리는 아니었다.

하지만 그 옆 모퉁이에 서 있는 강효식은 호랑이의 기색이 어딘가 이상하다는 것을 느꼈다. 호랑이가 날뛰고 왜병들이 죽어 넘어지는 주변에는 잘 보이지는 않았지만, 마기와 요기가 느껴졌다.

강효식은 무당의 피를 물려받아 약간의 영능력이 있어 흑호를 공격하고 있는 마수들의 섬뜩한 기운을 약간씩 감지하기는 했으나 차마 입 밖에 낼 수가 없었다.

'어차피 탄금대로 진을 옮긴 것이 요사한 기운 때문이니 오히려

저 호랑이가 요기들과 맞서 싸워 없애준다면 승리할 수도 있지 않을까?'

언뜻 깨달은 일이지만, 전날 자신은 요기에 침탈을 당해 정신을 잃었는데 아무 일 없이 말짱하게 깨어났고 지금 신립의 주변에서도 그러한 요기는 전혀 느껴지지 않았다.

'혹시 저 호랑이가 신통력 같은 것을 지니고 있어서 그 요기를 거둔 것이 아닐까?'

만 가지 상념이 머릿속에 맴돌았다. 그래도 강효식은 아무 말도 하지 않고 굳게 입을 다물었다.

그러는 동안에도 김여물과 이일을 비롯한 휘하의 장수들은 계속 신립에게 출진을 주장하였다.

"이것은 하늘이 시기를 알리는 계시이옵니다! 이때를 놓쳐서는 아니 될 것입니다!"

김여물의 말에 신립도 가슴이 뭉클해지는 듯한 느낌에 사로잡혔지만 준비가 덜 된 상태에서 돌격을 감행하는 것은 무리일 것 같아 고개를 저었다.

어느 틈엔가 그 광경을 보고 있던 조선군의 사기가 드높아지기 시작했다.

"와, 잘한다, 잘해!"

호랑이를 향해 응원하는 자들까지 나왔다. 그들은 살벌한 전장에서 싸움을 앞두고 있다는 것도 잊었다. 그리고 그 주인공이 평상시라면 무서워서 벌벌 떠는 호랑이라는 것조차 잊고 응원을 했다.

이리저리 정신없이 도망치고 있던 흑호의 귀에도 응원 소리가 들려왔다.

'이런 제기! 난 지금 조선군을 응원하러 나온 게 아니란 말여. 이

거 잘못하다간 큰일나겠구먼. 조선군이 나 때문에 신이 나서 자기들 힘이 달리는 것도 잊고서 왜병에게 쳐들어간다면……. 에그그……. 당장 몸을 숨겨야겠구먼!'

흑호는 요기에 맞을 것을 각오하고 건너편의 왜병 진지로 달려들었다. 그럴 수밖에 없는 것이, 숲이 아니면 숨을 수가 없었고 힘을 낼 수도 없었다. 흑호는 생계, 특히 자연의 정령이나 마찬가지였던 까닭이다.

그러나 이곳에서 우거진 숲은 왜병 진지 너머에 있었다.

숲은 인간이 보기에는 아무것도 아닌지 몰라도, 그곳의 나무며 풀뿌리 등의 생명이 있는 모든 것이 살려고 애쓰는 곳이었다. 그래서 마수들이 꺼릴 것 같은(흑호의 짐작일 뿐인지도 몰랐지만) 생명력이 언제나 가득한 숲이라면 흑호도 힘을 쓰거나 귀신같이 숨어버릴 자신이 있었다.

어쩔 수 없이 흑호는 갈지자로 달리는 것을 포기하고 똑바로 왜병 진지로 달려들어갔다. 그때였다. 옆구리를 한 방의 요기가 치고 지나갔다. 빗맞았으니 망정이지, 정통으로 맞았다면 허리가 뒤틀렸을 것 같은 충격이었다.

흑호는 고통으로 길게 포효하면서 몸을 훌쩍 날려 왜병의 방패와 목책으로 쳐놓은 진의 한쪽으로 돌진했다. 상처 입지 않은 몸 같았으면 가볍게 뛰어넘었을 테지만 상처가 욱신하는 바람에 흑호는 목책에 부딪히고 말았다.

그러나 흑호는 예사 짐승이 아니라 팔백 년의 도력이 있는 짐승이고, 원래 기운이 엄청난지라 튕겨 나가는 대신 목책을 부수면서 왜병 진지 안으로 돌입했다.

"호랑이가 왜병 진지로 뛰어들어갔다!"

"울타리를 부숴버렸다!"
"지금이 기회다! 금수도 싸우는데 우리는 뭐냐!"
조선군의 사기가 충만해졌다. 이제는 신립이 영을 내리지 않아도 병사들 모두가 왜병 진지로 당장이라도 뛰어들 것만 같았다.
'한낱 금수도 조선 땅을 위해 싸우는데 어찌 우리가 군인 된 신분으로 목숨을 아까워하랴. 이미 이길 승산은 없으니 한 명이라도 더 죽이고 죽으리라!'
신립은 비장한 각오를 하고 목소리를 높여 돌격하라는 준비 명령을 내렸다. 출전을 알리는 고동 소리가 울려 퍼졌다. 남은 기마병들과 보병들 모두 한덩어리가 되어 기다렸다는 듯이 진문 앞에 모여들었고 신립은 이번에도 역시 선두에 섰다.

울달과 불솔보다는 노 서기가 먼저 자비전에 당도하였다. 이 판관은 태을 사자에게 노 서기에게도 상황을 자세히 말해주라 일렀다. 태을 사자는 간략하게 그간의 경과를 노 서기에게 설명하고 그때의 그 마수가 바로 풍생수란 이름을 지니고 있다고 말해주었다. 그 이야기에 노 서기의 눈이 커졌다.
"풍생수라고 했소?"
"그렇소이다."
노 서기는 뭐라 중얼중얼 뇌까리면서 소맷자락 속에서 기다란 두루마리를 꺼냈다. 다시 넣고 꺼내기를 몇 번 하더니 마침내 한 개의 두루마리를 찾아내었다.
"마계의 괴수였다니……. 나는 생계의 존재일 것으로만 생각했는데 그놈이 마수였구려. 음……. 어디 보자. 풍생수라……. 옳지, 여기 있구려."

풍생수에 대해 기록된 것을 찾아내었다고 하자 태을 사자는 호기심이 발동하여 얼른 물었다.

"기록된 것이 있습니까?"

"보자……. 흐음, 풍생수는 상당한 괴수요. 물론 이 기록도 오래된 것이고 들은 바를 적은 것이라 그리 믿을 만한 것은 아니오만. 생계 시간으로 지금으로부터 이천백 년 전에 그와 맞닥뜨렸던 신장의 증언을 통하여 적은 것인데……."

"그런 것은 상관없으니 풍생수에 대한 것이나 말해보오."

"으음……. 그래, 풍생수는 바람으로 이루어진 괴수로 오행 중의 목木에 해당하며……. 음……. 보통의 방법으로는 물리칠 수 없다고 하오."

"그렇소. 놈과 겨룰 적에 영력으로 몇 번을 베었는데도 잘린 부위가 스스로 붙어버렸소."

"오행에 따른 상생상극相生相剋의 법도에 의하지 않고서는 이길 수 없을 것이라오."

"상생상극의 법이라면?"

"오행의 목은 금金을 이길 수 없으며 화火에도 약점을 지니고 있는 것이니, 두 가지를 함께하지 않고서는 이길 수 없을 것이라 적혀 있소. 그뿐이오."

"두 가지를 함께한다? 두 가지를 함께라……."

태을 사자는 신음하듯 되뇌었으나 그 말이 무슨 뜻인지 알아낼 수 없었다.

그 순간 소맷자락 속에 들어 있던 은동이 오히려 그 말을 단순하게 해석해냈다.

'나무를 패는 것은 도끼이고 도끼는 쇠로 만든 것이니, 도끼에 불을 붙여서 치면 죽겠네, 뭐. 그런데 풍생수란 건 도대체 뭐지? 저승 사자에다가 구미호만으로도 무서워 죽을 지경인데……. 으윽.'

마침 울달과 불솔이 들어섰다. 이 판관은 잠시 낮은 소리로 울달과 불솔에게 뭔가를 이르고는 먼저 나가 있으라고 하였다. 그때까지도 태을 사자가 생각에 잠긴 듯이 중얼거리고 있자 이 판관이 노 서기에게 말했다.

"풍생수의 일보다는 구미호의 일이 급하니 그것부터 아뢰거라."

"구미호라 하옵시면……?"

"환계의 환수인 구미호 말이다. 그 괴수의 약점이나 성격 같은 것들을 찾아보라."

"예, 예."

노 서기는 고개를 주억거리며 다른 두루마리를 꺼내려 했다. 그때 태을 사자가 노 서기를 쳐다보며 입을 열었다.

"아까 보았던 두루마리가 마수들에 대한 기록이 아닙니까?"

"그러하오만……."

"그렇다면 그것을 내게 빌려줄 수 없겠소? 풍생수 말고도 또 어떤 녀석이 나오게 될지 모르는 판이니."

"나중에 돌려만 준다면 그러겠소."

노 서기는 의외로 순순히 두루마리를 태을 사자에게 건네주고 다시 환수에 대한 두루마리를 찾기 시작했다. 그런데 두루마리가 상당히 커서 휴대하기가 영 불편했다. 보통의 영체라면 부피의 개념 없이 넣을 수 있었지만 이 두루마리는 마치 백아검처럼 보통의 법기나 사계의 물건과는 어딘가 다른 면이 있었다.

그러자 동자 한 명이 조그마한 화수대 하나를 태을 사자에게 건네주었다. 화수대는 영적인 물건을 무한정으로 집어넣을 수 있는 주머니다. 조그마한 화수대에 두루마리를 집어넣자 두루마리가 안으로 쑥 들어갔다. 태을 사자는 화수대를 아무 생각 없이 소맷자락 속에 넣었다.

소맷자락 속에 있던 은동은 호기심에 주머니를 집어 들었다. 의외로 그 주머니는 생계에서 물건을 잡는 것처럼 손에 쥐어졌다.

'어디 한번 볼까? 재미있겠구나.'

은동은 호기심에, 마수들이 어떤 존재인지 궁금하여 주머니를 풀고 두루마리를 꺼냈다. 두루마리가 화수대 밖으로 나오자 갑자기 크기가 팽창했고, 순간 태을 사자의 소맷자락이 부풀어올랐다.

은동은 혼비백산하여 화수대를 움켜쥐고 두루마리를 다시 넣으려 했으나 두루마리는 이미 엄청난 크기로 변해 있었다.

조그맣게 변해 있는 은동이 감당할 수 없는 크기였다. 은동은 당황하여 어쩔 줄을 몰랐으나 바깥 역시 마찬가지였다. 소맷자락이 부푸는 통에 태을 사자가 당황했으며 노 서기나 이 판관도 놀라는 눈치였다.

"자네 소맷자락에 무엇이 있는가?"

이 판관이 묻자 그제야 태을 사자는 영혼들과 은동의 일이 새삼 떠올랐다.

"아, 예. 풍생수와 겨루다가 풍생수가 흘린 몇몇의 영혼들을 소맷자락 속에 거두어두고 있었습니다. 그리고 한 아이의 영도……. 아마 그들이 방금 넣은 화수대를 열어본 듯하옵니다."

태을 사자는 원래 거짓말을 할 수 없는 존재였다. 그러니 말을 하지 않고 말꼬리를 흐리는 것을 두고 거짓말을 한다고까지 할 수는 없었다. 멀쩡한 아이의 영혼을 꺼내어 가지고 있다고 아뢰면 문제가 될까 봐 일부러 말을 얼버무렸다. 한데 이 판관이 의외의 말을 했다.

"가만. 한 가지 잊은 것이 있군. 뇌옥에는 영혼을 지니고 갈 수 없네. 물론 자네를 못 믿어서가 아니라 뇌옥은 경계가 엄중한 곳이라 몸속에 영혼을 거둔 채 가서는 아니 되게 되어 있어. 그러니 지금 동자를 시켜 영혼들을 제 갈 곳으로 돌려보내야 하겠네. 영혼들을 꺼내게."

"예……? 아, 예."

태을 사자는 내심 당황했다. 영혼을 동자들에게 맡긴다면 필경 심판받는 곳으로 데리고 갈 것이다. 다른 영혼들이야 문제가 없겠지만, 죽지 않은 은동을 심판받는 곳으로 가게 할 수 없지 않은가?

그러나 이 판관이 보는 앞이라 태을 사자는 하는 수 없이 은동을 비롯한 죽은 자들의 영혼을 꺼냈다. 은동은 놀라고 당황하여 화수대를 꽉 움켜쥐고 소맷자락에서 나왔다. 그런데 아무도 은동이 화수대를 쥐고 있는 것은 주목하지 않았다.

태을 사자는 두루마리를 손에 쥐고서 은동에게 얼른 눈짓을 해 보였다. 입을 다물고 얌전히 있으라는 신호였으나, 은동은 그런 신호를 받지 않아도 이미 기가 질려서 말을 할 수조차 없는 상황이었다.

동자가 무슨 깃발 같은 것을 하나 꺼내 들고 깃발에 달린 방울을 딸랑거리며 앞을 인도했다. 영혼들이 동자를 따라 줄을 지어 서자 은동도 뒤를 따라 맨 끝에 섰다.

보아하니 죽은 자들의 영혼은 깃발과 거기에 달린 방울 소리 앞에서 아무 저항도 없이 줄을 서게 되어 있는 듯싶었다. 은동은 진짜로 죽은 몸이 아니었으므로 깃발의 영향을 받지 않았지만 이 판관과 태을 사자의 이야기를 들은 다음이라 대강 눈치를 보아 뒤에 선 것이었다.

그런 은동의 속을 모르는 태을 사자는 마음이 조마조마했다. 이 판관은 이번에는 묵학선 속의 여인의 영마저도 꺼내놓으라고 하였다.

"내 자네에게 맡겨 조치하라고 이르고 싶지만 뇌옥에 갈 때에는 영과 동행할 수 없는 법이니, 그 영도 일단 동자의 뒤를 따라가도록 하게."

태을 사자는 무심결에 한숨을 내쉬었다.

'으음, 이러다가 흑호와 한 약속도 지키지 못하게 되는 것이 아닌가?'

그러나 그런 사소한 일로 이 판관을 번거롭게 할 때가 아니었다. 여인의 영은 주변을 보고 무엇엔가 놀란 듯하다가 이내 안색을 흐리며 구슬프게 흐느꼈다. 이 판관은 다소 귀찮았는지, 아니면 그 여인이 조선군을 망하게 만든 범인이라 그런 것인지 냉랭한 목소리로 명령을 내렸다.

"모두 데리고 나가거라."

할 수 없이 은동은 죽은 자들 및 여인의 영과 함께 동자의 뒤를 따라 자비전 밖으로 나섰다. 은동은 조금은 멍한 상태였지만 일단 자비전 밖으로 나서자 큰일이라는 생각이 들었다.

이렇게 동자의 뒤를 따라가면 염라대왕을 만나게 될 테고 정말로 죽은 목숨이 되는 셈이 아닌가?

'우우우, 이대로는 안 돼. 이대로 죽기 싫어.'

은동은 애가 탔다. 그러다가 자비전 밖에 이르는 순간, 비록 저승이었지만 평소 숨바꼭질을 자주 하던 몸놀림을 발휘하여 날렵하게 집 뒤로 숨었다.

동자는 눈치채지 못하고 대여섯 명의 죽은 영들만 인솔하여 저만치로 갔다. 앞에 선 것이 어른들의 영이라 뒤에 선 은동이 잘 보이지 않았는지도 모른다. 은동이 대오를 벗어나서 숨을 때에 자신의 뒤에 섰던 여인의 영 또한 아무 생각 없이 은동의 뒤를 따라왔다.

은동은 동자에만 신경을 쓰고 있다가 동자가 죽은 영들을 인솔하고 저만치로 가자 안심하고 돌아섰다. 그런데 뒤에 머리를 풀어 헤친 모양의 여인이 서 있는 것이 아닌가.

흠칫 놀란 은동은 곧 진정하고 여인에게 조용히 하라고 손가락을 입에 대 보였다. 얼굴빛이 파리한 여인은 아무것도 보지 못한 양 묵묵히 슬픈 얼굴로 소리 없이 흐느낄 뿐이었다.

그때였다. 은동은 소리를 지르지는 않았지만 그 울림이 일종의 전심법처럼 사방에 울렸는지, 저만치 가던 동자가 우뚝 자리에 멈추어 서는 것이 보였다.

은동은 가슴이 덜컥 내려앉았다. 별로 내키지는 않았지만 재빨리 여인의 영을 잡아끌고 근처의 수풀 속으로 몸을 숨겼다. 그런데 그 수풀이란 것이 또 괴이하여 은동이 숨으려 하자 저절로 가지를 비키며 은동을 피하는 것이 아닌가.

수풀들도 저승에서는 모두 영이라 나름대로 행동을 한다는 것을 모르는 은동은 다시 한번 혼비백산하여 집의 반대편으로 여인의 영을 끌고 허겁지겁 걸음을 옮겼다.

동자는 두 영이 없어진 것이 이해가 가지 않는다는 듯 자비전 주위를 맴돌며 은동을 찾는 것 같았다. 그러나 동자가 움직일 때마다 깃발에 달린 방울이 딸랑거리며 울리는 까닭에 은동은 자비전을 가운데에 두고 동자와 반대 방향으로 계속 옮겨다녔다.

결국 동자는 자비전 근처에서 은동을 찾는 것을 포기하는 눈치였다. 그리고 당황한 기색으로 어디론가 영들을 끌고 은동을 찾아 나섰다. 은동은 안도의 한숨을 내쉬며 속으로 중얼거렸다.

'저승이지만 난 해냈단 말씀이야, 하하. 저 동자를 따돌렸으니 귀신을 속인 셈이 되는구나. 호랑이에게 물려 가도 정신만 차리면 산다는데 정신을 바짝 차려야겠군.'

방금 전까지만 해도 무서웠지만 호기심 많은 어린 나이라는 것이 오히려 커다란 장점으로 작용했다. 신기한 저승 세계에 호기심을 가지게 되면서 어느덧 무서움이 많이 사라졌다.

은동은 한 번 숨을 들이마시고는 자비전 주위를 얼씬거리며 태을사자가 나오기를 기다렸다. 그러나 자칫하면 아까 그 판관의 눈에 띌지 모른다고 생각하고 자비전의 뒤쪽에 숨어서 저절로 움직이는 신기한 덤불들과 장난을 치면서 무료함을 달래었다.

처음에는 자신을 잡아간 저승사자라 무서워하는 마음이 컸지만, 지금은 이 넓은 저승에서 아는 사람(?)이라고는 태을 사자뿐이라 어서 태을 사자가 나오기만을 학수고대하는 마음이 일었다.

그러나 은동이 몸을 숨긴 것을 알지 못한 태을 사자는 마음이 급해졌다. 노 서기가 구미호에 대해 이것저것을 일러주었으나 태을 사자의 귀에는 한마디도 들어오지 않았다.

태을 사자는 다급한 마음에 노 서기에게 그 두루마리도 빌려달라고 하여 두 개의 두루마리, 즉 마수에 대한 두루마리와 환수에 대한 두루마리를 손에 쥐었다. 그러고는 자리를 떠나려 했으나 이 판관이 태을 사자를 불러 세우더니 방울 하나를 내주었다.

"이것은 내 법기이자 신물인 묘진령이네. 이것을 지니고 뇌옥 입구에 가면 귀졸이 길을 인도할 걸세. 울달과 불솔에게는 내 나름대로 일러준 것이 있으니 이후의 일은 그 둘과 상의하도록 하게나. 그 둘은 아마도 준비를 갖추고 뇌옥으로 가는 입구인 무겁연無劫淵에서 기다릴 것이네."

태을 사자는 한시바삐 여인의 영과 은동의 영을 되찾아야 하기에 얼른 묘진령을 받아들고 넙죽 그 자리에 엎드리며 말했다.

"알겠사옵니다. 한시가 바쁘오니, 소인 이만 출발하겠사옵니다."

태을 사자는 밖으로 물러났다. 태을 사자는 은동의 뒤를 따라야 해 마음이 바빠졌다. 동자가 간 곳은 당연히 영혼을 접수시키는 심판소 쪽이었을 것이므로 별다른 생각 없이 서둘러 신형을 이동시켰다.

산 사람이 움직이는 것이 아니므로 저승사자의 움직임은 당연히 아무런 기척을 느낄 수가 없었다. 은동은 태을 사자가 자신을 찾아 밖으로 나간 것도 모르고 덤불과 장난치며 태을 사자를 마냥 기다리고 있었다.

한편, 태을 사자가 나가고 나서 장서각의 노 서기도 그 뒤를 따라 나갈 차비를 했다. 그러나 이 판관이 자꾸 별것도 아닌 것을 물어보며 집요하게 붙들고 늘어지는 것이 아닌가.

어느덧 시간이 흘러 태을 사자가 충분히 멀리 갔을 것으로 여겨질 즈음이었다.

이 판관은 은밀한 표정으로 노 서기에게 손짓을 했다.

"이리 가까이 오라."

자비전 밖에서 태을 사자를 기다리고 있던 은동이 지루함을 견디다 못하여 용기를 내어 자비전 안을 엿볼 생각으로 문가로 다가갔다. 그러나 순간, 은동의 마음속에 누군가의 날카로운 비명 소리가 울려 퍼지는 것이 느껴졌다.

아주 짧은 순간이었고 그리 크지는 않은 소리였지만 분명 자비전 안에서 울려 퍼지고 있었다. 은동은 놀라 안을 슬쩍 들여다보았다. 그리고 눈에 보이는 광경에 너무도 놀라 입을 딱 벌리고 말았다.

이 판관이 노 서기의 얼굴을 손바닥으로 누르고 있는 것이 아닌가! 노 서기는 온몸이 구겨지면서 이 판관의 손바닥 안으로 빨려 들어가며 부들부들 경련을 일으키고 있었다.

은동은 생전이라면 상상도 할 수 없었던 비참한 광경에 몸서리를 치면서 무서움에 얼른 몸을 숨겼다. 은동은 이 판관이 왜 저러는지 도무지 이해할 수가 없었다.

'노 서기는 이 판관의 부하 같았는데 어째서 죽이는 것일까?'

잠시 후 희미한 비명 소리마저 사라졌다. 노 서기는 이 판관의 손바닥으로 빨려 들어가 죽은 것 같았다. 그야말로 형체도 남기지 않고 죽은 것이라 은동은 몸서리를 쳤으나, 실은 이 판관에게 흡수된 것이었다.

은동은 부르르 떨면서 멍하니 서 있는 여인의 영을 잡아끌고 문 뒤쪽에 몸을 바싹 붙였다.

이 판관이 조금이라도 주의를 기울였으면 움직이는 은동의 기척쯤은 알아챌 수 있었을 터. 그러나 이 판관은 심각한 생각을 하면서 한 존재를 소멸시키는 중이라 자비전 밖의 동정에 관심을 기울일 수가 없었다.

또한 은동은 워낙 어린아이라 영기가 약했으며 게다가 진짜로 죽은 것이 아니라 강제로 혼이 뽑힌 상태였다. 그런 연유로 은동의 몸에서 나오는 영기는 너무 약하여 자비전 부근에 있는 나무나 돌들이 뿜어내는 영기와 크게 구별이 되지 않았다.

은동은 몸을 부들부들 떨면서 한동안 안절부절못했다. 다시 한참이 지난 뒤, 호기심을 이기지 못하고 조심스레 자비전 안을 둘러보았다. 자비전 안에는 아무도 없었다.

'도대체 어찌된 일이지? 내가 헛것을 보았나?'

은동은 무서운 이 판관이 없어지자 조금은 안심이 되기도 했으나 괴이한 기분을 떨칠 수가 없었다.

'이 판관은 어디로 간 것일까? 태을 사자가 나가는 것을 보지 못했으니 이 판관이 나가는 것 역시 보지 못했을 수도…….'

하지만 아까와 지금은 사정이 달랐다. 아까는 자신이 동자의 시선을 피해 집 뒤로 돌아가는 사이에 태을 사자가 나간 것이겠지만, 지금은 내내 문 부근에 있었다. 이 판관이 나가는 것을 보지 못할 이유가 없었다.

'이게 뭐야? 귀신처럼 없어졌잖아? 하긴 이 판관도 귀신이지. 아냐, 아냐. 귀신이라도 그렇게 꺼지듯 사라지진 않던데……. 그렇다면 이곳에 왜 문이 있겠어? 좌우간 무섭다, 무서워…….'

좀처럼 부들부들 떨리는 것이 잦아들지 않았다. 금세라도 이 판관이 확 나타나 아까 노 서기처럼 자신을 쭈글쭈글 구겨서 손바닥에 흡수해버릴 것 같은 느낌에 오금이 저렸다.

요기에 적중당한 몸을 날려 왜병들의 목책을 부수고 진지로 뛰어든 흑호는 숨 돌릴 겨를도 없이 길게 어흥 하고 포효성을 또 한 번 내질렀다.

마수들에게 쫓기는 마당에 왜병들에게까지 공격을 당하면 도저히 빠져나갈 길이 없기에 본능적으로 취한 행동이었고, 또 실제로도 약간의 효과는 있었다.

조선군과 대치중이었던 왜병들은 아까의 승전으로 삼삼오오 모여 앉아 희희낙락하거나 더러는 휴식을 취하고 있던 중이었다. 그런데 그 진지 안으로 난데없이 커다란 호랑이가 뛰어들었으니, 그야말로 맑은 하늘에 날벼락이 내리친 꼴이었다.

지금 시대야 호랑이를 동물원에서 흔히 볼 수 있고 별것 아닌 것으로 여기지만, 조선 시대만 해도 호랑이는 영물이자 최고로 무서운 금수로 인식되던 터였다. 더구나 당시의 호랑이는 동물원에서 흔히 볼 수 있는 벵골 계열의 털이 가늘고 몸이 작은 열대성 인도 호랑이도 아니었다. 그야말로 혹한의 만주벌판과 눈 쌓인 산하를 누비던 시베리아 대호였다.

동물원의 호랑이들의 몸길이가 채 2미터도 안 되는 것에 비해, 기록을 보면 이 대호들 가운데 큰 놈은 몸길이가 거의 4미터에까지 이르렀다. 커다란 황소를 입에 물고 훨훨 담벼락을 뛰어넘어 산까지 내처 달려갈 정도였다고 하니, 힘을 가히 짐작할 만하지 않은가. 여기에 흑호는 그중에서도 팔백 년을 묵은 엄청난 대호였다.

호랑이는 밤이면 그 눈이 화등잔처럼 빛나서 마치 불을 켠 것 같았으며, 지나가는 길에는 모든 생물이 숨을 죽이고 마는 산중의 왕이었다. 눈이 마주치기만 해도 나이가 많거나 기력이 약한 자는 그대로 혼절하여 그 자리에서 죽어버리는 일이 비일비재했다. 기력이 충만한 젊은 남정네들이라 하더라도 호랑이와 눈이 한번 마주치면 그 자리에 주저앉아 탈분脫糞하기 일쑤였으며, 그 후로도 꼬박 사오 일은 사경을 헤맬 정도로 끙끙 앓는 것이 보통이었다.

하물며 왜국에는 호랑이가 살지 않아 왜병들은 호랑이를 본 적이 전혀 없을뿐더러, 흑호와 같이 덩치가 큰 호랑이를 만난다는 것은 더더욱 드문 일이었다. 살육을 일삼는 병사인데도 넋이 나가 주저앉아버리는 자들도 많았다.

호랑이일 때의 흑호의 몸길이는 열여섯 자(약 5미터)를 넘었고, 덩치 또한 작은 산을 연상시킬 정도로 어마어마했다. 더구나 일족의 원수를 만나 몸을 피하는 입장에서 동물적인 독기가 있는 대로 발산되어, 흑호는 글자 그대로 눈에서 불꽃이 뚝뚝 떨어지는 것 같은 사나운 형상이었다.

흑호가 굵고 날카로운 이를 드러내며 으르렁거리자 수십 명이나 되는 주변의 왜병들 중 반은 자리에 주저앉았고, 반은 다리를 후들거리며 병장기를 겨눈 채 뒤로 주춤거리며 물러났다.

그러나 왜군 중에서도 담이 큰 자들이 있었는지 한 왜병이 뒤에서 장창을 흑호에게 겨누면서 찔러 들어왔다. 여섯 간에 이르는 창 길이를 믿고 딴에는 호기를 부렸지만 호랑이의 도약력과 공격력을 모른 만용에 지나지 않았다.

호랑이는 사자와는 달리 앞발이나 허리, 꼬리 등의 전신을 무기로 사용할 수 있으며, 숲이나 산을 주 서식지로 하기 때문에 오래 달리는 데에는 약하지만 위로 뛰어오르거나 멀리 뛰는 데에는 믿어지지 않을 정도의 힘을 발휘했다.

나무도 능숙하게 탈 수 있을 뿐만 아니라 초가집 지붕 정도는 도약 한 번만으로도 쉽게 뛰어오르는 수준이었다. 앞으로만 뛰는 것이 아니라 사정에 따라 전후좌우 어느 방향으로도 도약할 수 있는 동물이 호랑이였다.

뒤에서 찔러 들어오는 쇠의 느낌을 눈치챈 흑호는 으르렁대던 자세 그대로 뒤로 뛰어오르면서 육중한 꼬리를 휘둘러 장창을 찔러 들어온 왜병의 머리를 후려갈겼다.

호랑이의 꼬리는 뱀처럼 자유자재로 움직일 수 있을 뿐 아니라 무게나 힘도 대단하다. 하물며 흑호와 같은 큰 호랑이의 꼬리는 쇠망치나 진배없었다.

흑호의 꼬리에 맞은 불운한 왜병은 투구를 썼음에도 불구하고 머리통이 투구와 함께 수박처럼 박살나고 말았다. 머리 없는 왜병은 잠시 부들거리더니 급기야 장창을 떨어뜨리고 쓰러져서도 계속 경련을 일으켰다.

흑호는 잠시 숨을 고르고 마음을 가다듬었다.

'사람의 피 맛을 보면 내가 쌓아온 도력이 모조리 깨어지게 될 거여. 정신 똑바로 차려야지.'

옛날 어느 도통한 스님의 문하에 호랑이 제자가 있었는데, 그 호랑이는 육식을 끊고 수행했다고 한다. 점점 말라가는 호랑이를 측은하게 생각한 어느 사미승이 손을 베이자 그 피를 호랑이에게 먹으라고 주었고, 피 맛을 본 호랑이는 눈이 뒤집혀 사미승을 잡아먹었다. 그리하여 그동안 닦았던 수행도 물거품이 되고, 급기야 스승이던 스님에게 잡혀 죽고 말았다는 이야기다.

그렇듯이 야생의 피를 지닌 흑호 같은 호랑이에게 인간의 피 맛은 마魔의 길로 들어서게 하는 무서운 마약과 같은 요소였다. 그래서 흑호는 호랑이의 최대의 무기라 할 수 있는 이빨을 사용하지 않았다.

흑호는 이런 잡병들쯤이야 꼬리와 앞발만으로도 충분히 상대할 수 있다는 자신이 있었다. 큰 호랑이의 앞발 후리기는 황소의 목도 꺾어버릴 정도이니, 어지간한 인간의 장사들로서는 흉내조차 낼 수 없는 것이었다.

그러나 동료 하나가 죽는 것을 보자 겁을 먹었던 왜병들이 투지를 불태우기 시작했다.

몇 개의 장창이 찔러 들어왔으나 흑호는 귀찮다는 듯 앞발을 휘저었다. 그러자 오줌통에 담근 나무로 만든 단단한 장창들이 수수깡처럼 우두둑 부러져나갔다.

'왜병 하나를 죽였더니 갑자기 왜병들이 더 용감해지네. 이러다가는 큰일나겠는걸? 가급적 왜병들을 죽이지는 말고 겁만 주어야 빠져나갈 수 있겠구먼.'

흑호는 장창들을 꺾는 즉시 몸을 솟구쳐 겁먹은 왜병들이 피할 사이도 없이 양 앞발로 각각 한 놈씩 등판을 찍어 눌렀다. 죽이지 않으려고 힘을 뺐는데도 그놈들은 하나같이 입에서 울컥 피를 뿜으며 나무가 쓰러지듯 쿵 하고 넘어졌다.

두 놈을 앞발로 하나씩 밟고 서서 흑호는 길게 포효했다.

왜병 몇 놈이야 얼마든지 상대할 수 있었지만, 길고 긴 왜병 진지를 꿰뚫고 지나간다는 것이 걱정이 되기도 했다. 숫자도 숫자려니와 총알은 피할 도리가 없기 때문이었다.

왜병들은 까맣게 몰려오고 있었고 수가 너무도 많았다. 게다가 가장 싫어하는 쇠 냄새와 화약 냄새, 인간의 고약한 체취에 흑호는 머리가 혼란스럽고 골치가 지끈지끈 아파왔다.

쉽게 말하면 '죽고 싶지 않은 놈들은 모두 비켜서라'는 의미에서 길게 포효한 것이다. 포효성은 확실히 효과를 발휘하기는 했지만, 왜병들 전체를 인솔하고 있는 왜군 중에서도 명장이며 지략가로 손꼽히는 장수인 고니시의 귀에까지 들어가게 되었다.

"이게 무슨 소리인가?"

갑주 차림으로 전략 회의를 하던 고니시가 의아해하며 옆의 부장에게 물었다. 부장은 서둘러 밖으로 나갔다가 이내 들어오면서 고개를 조아렸다.

"하! 호랑이가 진중에 뛰어들어 사상자가 난 것 같습니다."

"뭐? 호랑이?"

고니시의 목소리가 갑자기 노기를 띠었다.

"조선을 거쳐 명국을 정벌할 정예들이 그런 금수 한 마리로! 하물며 적과 대치중인 이때에!"

"그, 그것은……."

"앞장서라!"

고니시는 호통을 치며 근처에 걸려 있던 커다란 철궁 한 벌을 집어 들고 부장들과 함께 장막을 나섰다.

총이 유행하여 전군의 삼분의 일가량이 총으로 무장한 왜군이었다. 그러나 고니시는 많은 일본군 무장 중에서도 가마쿠라 막부 시대나 무로마치 시대 때부터 내려오는 고래의 관습을 충실하게 지키는, 사상적으로 '낡은' 편에 속하는 무장이었다.

고니시는 오다 노부나가로부터 도요토미 히데요시로 전해진 조총 부대의 활용법에 능숙하면서도 자신은 사격하지 않았으며 여전히 활쏘기를 즐겼다.

후일담이지만 그의 그러한 '낡은' 성격은 도요토미 히데요시의 어린 자식을 받드는 이시다 미쓰나리와 도쿠가와 이에야스가 천하의 패권을 놓고 벌이는 세키가하라의 대전에서 이시다의 편을 드는 이유의 바탕이 되었는지도 모른다.

당시 왜국 무장들은 글자를 모르는 자들도 많았으며 오로지 싸움의 기술만으로 용명을 드날리기를 원하는 난폭한 자들이 많았다. 그러니 체계화된 병법이나 역사를 알고 있는 무장은 거의 없었다고 하여도 과언이 아니었으나 고니시는 달랐다.

그는 희귀하게도 독실한 가톨릭 신자였고 왜장들 중에서는 무武뿐 아니라 문文에도 조예가 깊었다. 이번 조선으로 침공하는 것을 가장 반대한 신하 중의 하나이기도 했다.

그러나 당시 왜국에서는 주군이 정한 것을 신하가 따르지 않을 도리가 없었다. 그리하여 고니시는 자신의 경쟁 상대이자 마음에 들지 않는 동료인 가토 기요마사와 함께 조선을 정벌하는 선봉장이 되었던 것이다. 그런 연유로 계속 승전을 거두는 동안에도 내내 그의 얼굴은 침울하게 굳어 있었다.

'진중에 호랑이라니!'

고니시는 의외의 보고에 내심 불안했다.

'고서에 보면 조선국에는 호랑이를 부리는 자들이 있다고 하는데, 우리의 진을 흩뜨려놓으려는 신립의 전략일까, 아니면 단순한 우연일까? 아니면……'

고니시는 혹여 무슨 징조가 아닐까도 싶었으나 애써 그 느낌을 지웠다. 그러나 마음속에서는 자신의 의지와는 달리 이상한 생각이 떠올랐다.

'혹시 나를 시험하는 일종의 계시나 징조가 아닐까?'

애당초 오기 싫었던 전쟁이었다. 전공을 세워 쉽게 승승장구했으되 그것은 서방으로부터 새로이 습득한 총 부대의 위력이 컸다. 그리고 조선군의 저항은 자신들이 예상한 것보다 훨씬 격렬했다.

물론 실제로는, 싸워보지도 않고 지휘관이 도망쳐 와해된 부대들도 많았다. 하지만 고니시는 신중한 성격이라 조선군이 정말로 도망친 것이 아니라 부대를 보호하기 위한 일시적인 후퇴라고 여겼다.

그만큼 부산포와 동래성에서의 조선군의 저항은 격렬하였으며 그곳의 조선군은 한 명도 남지 않고 전멸해버렸다. 상주에서 이일이라는 장군과 싸웠을 때에도 그러하였다. 조선군은 장비도 병력도 훨씬 열등했으나 사기만은 놀라웠다.

총탄에 맞고 칼 한번 휘둘러보지도 못하고 줄줄이 죽어갔으되 그들은 끝까지 돌격하여왔다. 고니시는 장비나 군력이 우세한 적과 싸우는 것보다 죽음을 두려워하지 않는 적과의 싸움이 더 힘들고 무서운 것이라는 평소의 믿음을 다시 확인하였다.

'지금은 계속 이기고 있다. 그러나……'

지금 왜군들이 이기고 있음은 장비와 보급이 앞서 있고 결집된 수효가 많은 덕분이었다. 그러나 이곳은 적지이다. 만약 투지가 앞선 적들 속에서 적들이 자신들보다 많은 수로 집결하거나 그들이 좋은 장비로 무장할 경우, 그리고 자신들의 보급이 악화되면 승리는 어려울 것이었다.

그러한 생각은 출병 전부터 고니시가 지니고 있던 것으로, 전투를 치르면서 내내 마음에 걸린 일이었다. 승리를 거듭하여 이제 조선의 도성인 한양까지 얼마 남지 않았지만 조선군의 투지가 줄어들지 않는다는 꺼림칙한 마음 때문에, 호랑이가 날뛰는 현장에 직접 가보려는 마음을 갖게 된 것인지도 몰랐다.

'우리가 한양을 점령할 수 있을지 이 활로 점을 쳐보리라.'

고니시의 마음은 어느덧 그렇게 정해지고 있었다.

"이 녀석! 여기에 있었구나!"

은동은 갑자기 들려오는 소리에 자신도 모르게 몸을 움찔했다. 깜짝 놀라 돌아보니 태을 사자였다. 은동은 바짝 긴장한 상태였다가 스르르 긴장이 풀리는 것을 느꼈다. 그러자 영혼인 몸도 마치 천 조각이 흘러내리는 것처럼 덩달아 주르르 흘러내리는 느낌이었다.

'아이구, 어디 가셨더랬어요?'

은동은 아무 생각 없이 태을 사자에게 말을 하려 했다. 그러나 은동은 도력이라고는 전혀 없었으며, 영혼의 상태가 된 지도 얼마 되지 않아 전심법으로 전해지는 소리를 들을 수는 있어도 스스로 말을 걸 재주는 없었다. 입은 움직여도 소리가 나오지는 않는 것이었다. 그도 당연한 것이, 영혼은 숨을 쉬지 않으니 내뱉을 숨이 있을 까닭이 없었다. 은동이 붕어처럼 입을 벙긋거리자 태을 사자가 귀찮은 듯이 말했다.

"너 참 대단한 놈이로구나. 아무리 동자가 인솔했기로서니 슬그머니 빠져나와 도망을 치다니! 얼마나 찾아 헤맸는지 아느냐?"

태을 사자는 동자를 재빨리 뒤따라가 나중에 판관께 고하겠다고 말한 뒤 은동을 되찾아올 요량이었다. 그런데 놀랍게도 동자를 만나니 은동과 여인의 영이 사라졌다는 것이었다.

태을 사자는 동자와 함께 사방을 뒤지다가 할 수 없이 이 판관에게 다시 고하려고 자비전으로 가는 길에 요행히 은동을 발견하게 된 것이다. 은동을 발견했다기보다는 넋을 놓고 서 있는 여인의 영을 발견하게 되었다는 편이 맞지만…….

은동은 일단 태을 사자를 보자 안심이 되어 얼른 이 판관이 노 서기를 소멸시킨 일을 말하려 했으나 도대체가 말이 나오지 않았다. 예전처럼 자기 말을 들어달라고 하면 될 것 같았는데 그게 아니었다. 마음이 급한 태을 사자로서는 은동의 말에 귀를 기울일 여유가 없었다.

"이 녀석! 너 때문에 시간이 많이 지체되지 않았느냐? 그러다가 신립 장군이 패하면 어쩌려고 그러느냐! 마음대로 저승을 돌아다니다가 정말 죽은 몸이 되고 싶으냐!"

태을 사자가 은동에게 야단을 치자 은동은 불현듯 신립의 밑에 종군하고 있는 아버지가 떠올라 찔끔거렸다. 아버지가 위급하다는 생각을 하니 이 판관이 누구를 죽이건, 설령 저승을 통째로 망하게 한다 해도 말할 기분이 싹 가셨다.

태을 사자는 놀란 은동의 기색을 보고는 얼른 은동의 소매를 잡아당겼다.

"서둘러야 한다! 내 뒤를 바싹 따라오너라! 절대 떨어지면 안 된다! 저 여인네도 그렇고! 뇌옥으로 갈 때에는 영혼을 몸에 지니고 갈 수 없으니 날 따라와야 한다."

태을 사자는 위험한 뇌옥에 은동과 여인네를 혹으로 달고 가는 것이 부담스러웠으나 달리 방법이 없었다. 저승에 처음 와보는 은동이나 여인의 영이 홀로 헤매다가는 동자나 다른 누구에게 잡혀갈 우려가 있었다.

그래서 일단 그 둘을 일단 뇌옥까지는 데리고 가되 울달과 불솔에게 부탁하여 잘 감시하도록 이르고 호유화가 있는 뇌옥 안으로는 혼자 들어갈 심산이었다.

은동은 마치 벙어리가 된 것 같아 답답했지만 태을 사자와 의사소통을 할 방법이 없었다. 태을 사자의 등에다 글자라도 써서 말을 해볼까도 생각해보았다. 하지만 태을 사자가 곧 은동과 여인의 영을 달고 번개같이 몸을 이동시키기 시작하여 어지러워진 은동은 그나마도 할 수가 없었다.

한참을 가다 보니 이상한 연못 하나가 보였다. 십팔층 지옥의 가장 깊은 뇌옥 입구로 통하는 무겁연이었다.

그곳에는 키가 엄청나게 크고 덩치가 큰 두 명의 거인이 서 있어서 은동은 또 한 번 소스라치게 놀랐다. 그들은 울달과 불솔, 두 문지기였다.

'저들도 사람인가? 아니지, 참. 저들은 귀신이겠지. 그건 그렇고 우와, 정말 크다.'

울달은 은동을 보더니 놀란 얼굴로 히죽 미소를 띠며 태을 사자에게 말했다.

"이…… 이…… 이 아이도…… 가…… 가…… 같이 가나?"

태을 사자는 고개를 끄덕여 보였다. 곁에 있던 말수가 적은 불솔이 여인의 영을 힐끗 쳐다보며 눈짓을 하자 태을 사자는 또 한 번 고개를 끄덕였다.

다행히 울달과 불솔은 그 둘의 영혼과 함께 뇌옥으로 가는 것에 대해 아무것도 묻지 않았다. 모든 것이 이 판관의 명에 따른 것이려니 여기는 모양이라 태을 사자는 남몰래 한숨을 쉬었다. 저승사자는 거짓말을 할 줄 모르는 존재라 울달과 불솔이 묻는다면 답변하기가 곤란했던 것이다.

은동은 조금 무섭기는 했지만 눈을 동그랗게 뜨고 울달과 불솔을 올려다보았다. 울달과 불솔의 키는 일 장(약 3미터)도 훨씬 넘을 것 같았다. 울달은 눈꼬리가 아래로 축 처지고 전체적으로 울상인 선량한 얼굴이었고, 불솔은 눈꼬리가 쭉 치켜 올라간 것이 무섭게 보였다.

은동은 자연스럽게 조금이라도 덜 무서워 보이는 울달 쪽으로 조금 치우쳐서 뒤를 따랐다. 울달은 조그만 은동이 귀여운 듯 은동을 쳐다보며 연신 히죽히죽 미소를 지었다. 웃는 입술만 해도 은동을 한 입에 삼켜버릴 만큼 커 보였지만 그래도 웃는 얼굴이라 은동은 울달과 불솔이 그다지 무섭게 느껴지지 않았다.

먼저 무뚝뚝한 불솔이 무겁연으로 뛰어들었고 그 뒤로 태을 사자가 은동에게 손짓을 했다. 은동은 무서워서 뛰어들지 않으려 했으나 울달이 히죽 웃으며 은동을 어마어마하게 큰 손으로 살짝 잡더니 그 속으로 뛰어들었다.

그 뒤로 여인의 영이 역시 태을 사자에게 밀려서 무겁연으로 들어갔고 마지막으로 태을 사자가 몸을 날렸다.

금제의 고리

그 시간, 어느 커다란 나무 밑에 은동을 눕혀둔 유정은 몹시 초조했다.

처음에는 은동이 그저 정신을 잃고 있는 것이라 여겼으나 막상 데려와서 보니 정신을 잃은 정도가 아니었다. 아예 의식이 없고 동공이 벌어지고 몸을 건드려도 반응이 없는 것으로 보아 혼이 빠져나간 듯했다.

유정은 은동을 구하려고 자신의 몸속에 있는 법력을 추궁과혈의 수법으로 아낌없이 밀어 넣어주었으나 은동의 몸은 반응하지 않았다.

유정은 생각다 못해 밀교의 법술을 사용하여 급히 식지 끝을 깨물고 피로 은동의 이마에 부적을 그리는 활인귀술活人鬼術까지도 해보았지만 꿈쩍도 하지 않았다.

'허허, 이렇다면 잠시 놀라 혼이 빠져나간 것이 아니로구나. 무엇인가에 의해 혼이 빠져나가 멀고도 먼 곳에 있는 것이 분명하렷다.'

법력이 높은 유정이었으나 저승사자가 아닌 다음에야 빠져나간 혼을 되돌아오게 할 수는 없는 법.

'어허. 어쩌다 이리되었을까?'

유정은 아무리 생각해보아도 이런 괴변이 일어난 까닭을 알 수가 없었다.

'벼랑에서 굴러떨어졌다고 혼이 빠져나간 것이 아닐 터, 무슨 연유로 은동이의 혼이 빠져나간 것인가? 혹여…… 어떤 요물이 근처에 있다가 아이의 혼을 빼내간 것은 아닌가?'

지금은 싸움이 한창에 올라 있었고 보나마나 조선군이 패주할 것을 알고 있는 유정은 차마 그 참상을 보고 싶지는 않았지만, 이대로 은동이 죽어가는 것을 보고 있을 수 없었다.

몸의 상처가 얕지는 않았으나 불자로서의 자비심을 발휘하여 은동을 다시 옆구리에 끼고 아까 왜병과 겨루었던 산비탈로 달려가기 시작했다.

금색과 은색, 그리고 검은색과 붉은색이 현란한 갑옷을 입은, 꽤 신분이 높아 보이는 왜군 장수가 나타났다. 유난히 금속성 색깔이나 현란한 원색을 보는 것을 싫어하는 흑호는 머리가 지끈거려 미칠 지경이었다.

그러나 이것이 어인 일인가? 흑호의 기세에 눌려 있던 왜병들이 갑자기 생기를 되찾아 와하며 용감무쌍해지는 것이 아닌가.

왜군의 진지 안에서 숨을 몰아쉬던 흑호는 이제는 처지가 완연히 뒤바뀌게 되었다. 왜병들을 헤치고 진지에서 빠져나가기는커녕 오히려 집단으로 창을 들고 설치는 왜병들에게 계속 몰려 안쪽으로 밀리고 있었다.

흑호의 주위에 몰려드는 왜병들의 숫자는 점점 늘어만 갔다. 그덕에 흑호를 괴롭히던 마수들을 따돌리는 데에 도움을 준 것이 그나마 다행이랄까.

제아무리 마수들이라도 사람들이 빽빽이 모여 있는 왜병 진지에서 마구잡이로 영력을 휘두르지는 못했으며, 더구나 수많은 사람들의 몸에서 뿜어져 나오는 양기를 당할 수 없어 더이상은 추격하지 않았던 것이다.

한두 사람의 몸에서 나오는 양기라면 마수들에게 아무런 느낌도 없었겠지만 그 수가 수만에 이르니 별수 있겠는가. 게다가 싸움을 앞두고 전의에 불타는 병사들이 모여 있는 곳에 뛰어드는 것이라면 조금은 상황이 달라질 터였다.

'흐음, 그려. 제아무리 마계에서 온 마수들일지라도 그다지 기분이 좋을 리 없을 것이여.'

흑호는 마음속으로 중얼거리며 화등잔만 한 눈을 번뜩이면서 왜병들 주위를 둘러보았다.

겉으로 드러나는 실상은 아까와 비슷했지만 약간 차이가 있었다.

그곳에서 마수들이 흑호를 쫓느라 마구 요력을 휘둘렀다면 아까처럼 몇몇 왜병이 맞아 죽는 정도가 아니라 수많은 왜병이 살상당하는 상황이 벌어질 것이다. 그 일은 마수들이 바라는 바가 아니었다.

마수들은 왜병의 승리를 조장하고 있었다. 그런 터에 왜병들에게 타격을 주는 것은 바람직하지 못하다고 판단한 것은 뻔한 일.

게다가 흑호는 저승사자들이 풍생수와 싸울 때에 직접 개입하지 않아서 마수들이 정체를 제대로 알지 못했다. 그저 숨어 있던 도력 높은 짐승 정도로 여겨 집요하게 추격하지 않았던 것이다.

아무리 도력 높은 짐승이라고는 하나 왜병들이 득시글거리는 곳에 뛰어들었으니 금방 인간들에게 잡힐 것이라고 속 편하게 생각하는 마음도 작용하였다.

"요케로(물러서라)!"

정신없이 왜병들을 겁주어 몰아붙이던 흑호의 귀에 갑자기 엄숙한 왜국 말이 들려왔다. 어느 결엔가 흑호 앞이 환하게 트였다. 왜병들이 길을 비켜선 것이다.

흑호가 사나운 기세로 고개를 돌리자 자신에게 달려들던 왜병들이 쭉 길을 비켜 도열해 있는 모습이 눈에 들어왔다. 그리고 그 끝에는 아까의 장수가 철궁 한 벌을 들고 활을 메기는 모습도 보였다. 고니시였다.

'왜장 녀석! 저 녀석을 묵사발로 만들어줄꺼나?'

흑호는 커다란 이를 드러내며 낮게 으르렁 소리를 내고 눈에 기력을 모아 훨훨 타는 듯한 눈초리로 왜장을 쏘아보았다. 여느 인간들 같으면 기겁을 했을 것이나, 고니시는 수만 군을 거느리고 많은 전투에서 선봉에 설 만큼 담력과 기량이 있는 장수라 흑호의 눈 흘김에 겁먹지 않고 철궁에 천천히 화살을 메겼다.

흑호가 사생결단을 하고 덤볐다면 고니시가 어떻게 되었을지 모르는 일이나 흑호는 그자가 누구인지 알지도 못했다.

'흐응, 아니여. 저자를 지금 해쳤다가는 부하들이 복수심에 그야말로 벌떼같이 몰려들 거여.'

흑호가 그 뒤로 조선군이 의기충천하여 몰려오고 있다는 사실을 알았다면, 그리고 이자가 바로 현재 왜군의 총대장인 고니시라는 사실을 알았다면 사정은 달라졌을지도 모른다. 신립과 조선군들을 구하기 위해서라도 고니시를 물어 죽였을지도 모르지만 지금 흑호는 원통하게도 그런 사실을 알지 못했다.

안 그래도 여러 명의 왜병을 해친 것 때문에 자신이 쌓아온 도력에 금이 가는 후환이 없을까 하여 은근히 걱정을 하고 있던 참이었다. 지금 맞서 싸우느니 저자가 일대일로 싸우려는 것을 빌미로 몸을 피하자 싶었다.

흑호는 이빨을 드러내면서 신중한 기세로 마치 왜장에게 달려들 틈을 노리는 것처럼 자세를 낮추었다. 그러나 고니시는 조금의 미동도 없이 점잖고 느릿느릿한 자세로 화살을 활에 메겼다. 흑호는 내심 초조한 기분이 일었다.

'침착한 놈이네. 대장감이어서 그런지 보통 놈하곤 다르구먼.'

흑호는 선불리 달려들지 못하고 화살이 날아오는 방향을 알아내기 위해 눈을 부릅떴으나 고니시는 미동도 하지 않았다.

화살을 겨누면서 고니시가 한양의 함락 여부를 마음속으로 점치고 있다는 것을 어찌 흑호가 알겠는가.

어느 쪽으로 화살 끝을 겨누는지 도무지 감이 잡히지 않았다. 게다가 눈을 부릅뜨고 기운을 뿜어내도 화살 끝에 맺힌 기세가 조금도 수그러들지 않아, 흑호는 화살을 피할 생각을 버렸다.

'제기랄. 기왕 이렇게 된 것, 덜 치명적인 데에 맞아주어야겠구먼. 좌우간 나중에 두고 보자.'

흑호는 속임수를 부리기로 마음을 다잡고 마치 고니시의 기세에 눌려 덤벼드는 것처럼 길게 포효했다. 몸을 훌쩍 날리자, 순간 화살이 맹렬한 속도로 쏘아져 날아왔다.

처음에 예상하였던 것보다도 더 빠른 속도라 흑호가 급히 몸을 움츠렸으나 화살은 흑호의 왼쪽 어깨에 박히고 말았다.

보통 사냥꾼이 쏘는 화살 정도라면 팔백 년의 도를 쌓은 흑호에게 약간 스치는 정도의 충격밖에 주지 못하였을 것이겠지만 지금의 화살은 예상보다 충격이 심했다.

'왜장 놈의 무예가 상당히 깊네. 에이, 일단 피하자.'

흑호는 투덜거리면서 상처의 아픔을 눌러 참으며 몸을 날렸다. 그대로 허공에서 발을 박차 왜장의 머리 위에서 한 바퀴 빙그르르 돌아 왜장의 뒤에 내려앉았다.

흑호가 화살에 맞고도 자기 머리 위에서 허공을 딛고 도약을 하는 모습을 본 고니시 또한 크게 놀랐다. 그러니 졸개들은 오죽하랴. 왜병들은 놀라움을 이기지 못해 넋이 나간 듯 흑호의 유연한 동작을 멍하니 보며 무기를 휘두를 엄두조차 내지 못했다.

흑호는 다시 뛰어올라 공중에서 몸을 틀어 왜병들의 장막 가운데 기둥을 든든히 세운 창고 위로 한 번 더 뛰어올랐다. 생각보다 화살에 맞은 상처가 심해 마음먹은 대로 균형을 잡지 못해, 약간 자세가 흐트러져 주춤거리며 방향을 바꾸었다.

아무래도 이대로는 왜병들의 진지를 빠져나가기가 어려울 것 같았다. 그때였다. 언뜻 보니 조선군의 기마 부대가 또다시 왜병 진지를 향해 돌입하여 왜병들과 난전을 벌이고 있는 것이 아닌가.

흑호는 방향을 그쪽으로 바꾸었다. 왜병들은 조선군과 싸우는 데 바빠 자신을 해치지 않을 것 같았다. 무심코 말 탄 장수의 얼굴 하나가 눈에 띄었다.

'으응……?'

그러다가 퍼뜩 떠오르는 것이 있었다. 짧은 순간이었지만 눈이 밝은 흑호가 놓칠 리 없는 일이었다. 아까 보았던 아이의 얼굴과 묘하게 닮은 얼굴이라니.

'닮았어.'

흑호는 강효식을 본 것이다.

강효식은 요기와 맞서 싸우던 흑호에게 관심이 많았지만 지금은 왜병들과 전투하느라 흑호에게 눈길을 줄 경황이 없었다. 흑호 역시 마찬가지였다.

흑호는 숨을 크게 몰아쉬고 세 개의 장막 지붕을 디디며 허공을 날 듯이 도약하여 왜병의 진지를 빠져나갔다. 흑호가 디뎠던 장막들은 흑호의 힘을 이기지 못하고, 흑호가 왜병 진지를 빠져나가자마자 와르르 무너져 내렸다.

신기에 가까운 흑호의 몸놀림에 왜병들은 넋이 나간 듯했다.

고니시조차도 눈을 믿을 수 없다는 듯이 두 번째로 메기려던 화살과 철궁을 들고 우뚝 서서 흑호가 사라진 쪽을 바라보고 있었다.

'화살이 적중하였으니 한양은 점령될 것인가? 그러나 대호는 쓰러지지 않고 오히려 날듯이 달아나버렸어. 이것이 징조라면 무슨 징조란 말인가…….'

고니시는 잠시 망연히 생각에 잠겨 있다가 갑자기 철궁을 휙 하고 부장에게 던지듯 내밀었다. 부장은 깜짝 놀라 털썩 무릎을 꿇으며 철궁을 두 손으로 공손히 받았다.

고니시는 정신을 차렸다. 지금 호랑이 따위에 신경쓰다니, 자신이 제정신인가 싶었다. 조선군이 물밀듯이 몰려드는 상황이 아닌가.

호랑이를 보낸 것이 조선군이든 우연이든 간에, 지금 싸워야 할 상대는 신립 휘하의 조선군들이었다.

"그깟 금수에 놀라지 말고 자리를 지켜라!"

고니시가 크게 소리를 치자 왜병들도 그제야 제정신을 차린 듯, 와아 소리를 질렀다.

호랑이가 들이닥쳐 일부 진열이 흐트러지고 기세가 꺾였으나 대장인 고니시가 호랑이를 물리치자 사기는 오히려 더 올랐다. 고니시는 그 기세를 빌려 다시 한번 크게 소리쳤다.

"상대는 조선군이다! 이번에야말로 전멸시켜 한 명도 도망치지 못하게 하라!"

"와아!"

왜병들은 기세 좋게 함성을 올리면서 저마다 창과 조총을 집어 들고 목책에 새까맣게 매달렸다.

왜병들의 사기가 회복된 줄도 모르는 조선군 또한 죽을 각오로 왜병들의 진지에 돌입하고 있었다. 신립은 이일과 김여물 등과 함께 그 선두에 서서 목소리를 높여 군사들을 독려했다.

"적진을 돌파하라! 밀어붙여라!"

신립은 기마 부대로 왜병의 진을 돌파하게 한 후, 적을 역포위하여 대열을 흐트러뜨려 보병 부대로 하여금 진을 돌파하게 할 작정이었다. 그러나 조선군의 기마 부대가 밀집하여 왜병 진지의 돌파를 시도하자 고니시도 그에 대응하여 조총수와 장창병을 집결시켰다.

난전이 벌어지는 사이, 흑호는 상처 입은 몸을 끌고 숲속을 달리고 있었다. 많이 지친데다 상처가 자꾸 쑤셔왔다. 특히 아까 요기에 적중당했던 옆구리의 통증이 점점 심해졌다.

그래도 마수들의 손아귀에서 벗어나야 한다는 생각에 필사적으로 내달렸다. 토둔술이나 목둔법을 써볼까 했지만 섣불리 도력을 발휘할 수도 없는 노릇이었다. 자칫하다가는 마수들에게 자신의 기운을 알리는 엄청난 위험이 뒤따를지도 몰랐다.

할 수 없이 피를 흘리며 뛸 도리밖에 없었다. 흑호는 이를 악물었다.

아까 보았던, 작고 추악하게 생긴 괴수가 머릿속에 어른거렸다. 일족의 원수, 자신의 일족들을 산 채로 찢어발긴 놈. 반드시 살아남아 복수를 하고 말리라. 반드시…….

혼신의 힘을 다하여 달리다가 발이 휘청 꺾이는 것을 느꼈다. 머리가 어질어질하고 앞이 잘 보이지 않았다.

'끄으응…….'

힘겹게 신음을 내뱉으면서 흑호는 풀썩 쓰러져버렸다.

그때, 흑호의 희미한 영기를 느끼고 다가오는 사람이 있었다.

은동의 혼을 찾아 돌아다니던 유정이었다.

울달과 불솔, 은동과 이름조차 모르는 여인의 영을 대동한 태을사자 일행은 뇌옥으로 통하는 연못인 무겁연으로 몸을 날려 지옥의 중간을 통과하고 있는 중이었다.

은동은 지옥을 직접 구경한다는 호기심에 마음이 들떴지만 둘러볼 틈이 나질 않았다. 태을 사자가 조선군이 괴멸되기 전에 어떻게든 호유화를 설득하여 수를 써보기 위하여 다른 곳을 들를 여유도 없이 바쁘게 움직였기 때문이었다.

은동은 그 와중에도 이 판관의 일을 태을 사자에게 이야기하려고 애를 썼으나 전심법을 쓸 줄 몰랐고, 더구나 울달의 옆구리에 끼여 있어서 옴짝달싹도 할 수 없었다.

여느 어른의 옆구리 정도에 끼인 상태라면 팔이라도 놀릴 수 있을 터였지만 울달은 워낙 덩치가 컸다. 팔뚝 또한 엄청나게 굵어서 팔을 빼어 놀리기는커녕 아예 움직일 수가 없었다.

은동은 울달의 팔에 끼여 가는 동안 이 판관이 무엇인가 좋지 못한 일을 꾸미는 것이 아닐까 하는 걱정에 사로잡혀 있었다.

'좋은 사람이었다면 자신의 부하인 노 서기를 그런 식으로 죽이지는 않았을 거야. 그렇다면 태을 사자를 이리로 향하도록 종용한 것

도 무슨 계책일지도 몰라.'

그러한 생각을 하니 몸이 떨려왔다. 이렇게 하다가 태을 사자에게 무슨 일이 생기면 자신은 어찌되는가? 꼼짝 없이 죽은 사람이 되어버리는 것이 아니겠는가? 아버지도 구원을 받지 못하고 조선군도 속수무책으로 망해버릴 것이 아닌가?

은동은 발버둥을 치려 했지만 아름드리 기둥만큼이나 굵은 울달의 팔뚝은 제아무리 용을 써도 꼼짝하지 않았다.

태을 사자는 은동이 무엇인가 할 이야기가 있을 것이라고는 상상조차 하지 않았다. 은동이 붕어처럼 자꾸 입을 빼끔거리는 것이 평생 처음 보는 저승의 광경에 놀라서 그러려니 하며, 무관심하게 뇌옥을 향하여 나아갈 뿐이었다.

지옥은 십팔층으로 되어 있었다. 하지만 그 각각의 층을 요즈음 볼 수 있는 건물의 한 층으로 생각해서는 오산이다. 지옥의 층은 공간적인 넓이로 따질 수 있는 크기를 지니고 있지 않았다. 또한 각각의 구역마다 시간의 흐름도 달랐으며 그 넓이도 자유로이 늘리고 줄일 수 있었다. 지옥의 각 층이 얼마만큼 확장될 수 있는지 알고 있는 자는 없었으나, 대략 그 높이는 칠십만 리 이상으로 늘어날 수 있었고 그 폭은 팔백만 리 이상으로 늘어난 적도 있었다.

일설에 의하면 높이는 칠천만 리까지도 늘어날 수 있으며 폭은 육억 팔천만 리 이상도 된다고 하니, 사실상 공간적인 제약은 없다고 보아도 좋았다.

지옥의 각 층에는 사천만 이상의 귀졸과 삼십억 마리 이상의 괴수들이 존재했는데, 이들은 인간의 영혼을 벌하고 도망치지 못하도록 관리하는 역할을 맡고 있었다.

인간의 영혼이 윤회를 거치기 위해 벌을 받는 과정은 혹독했다. 인간들의 영혼이 저승에 도달하면 선악과 공업功業의 많고 적음을 가려, 벌을 받는 자들은 지옥으로 떨어진다.

그전에 인간의 영혼은 세심천의 물을 마셔 전생의 모든 기억은 물론이요, 지옥에서 벌을 받은 것조차 잊도록 되어 있었다. 그 때문에 지옥의 벌은 악의 요소를 근본적으로 영혼의 잠재의식 속에서 제거하기 위하여 인간 세상에서는 상상하기 어려울 정도로 혹독한 양상을 띠었다.

그러나 영혼에게 고통을 준다는 것은 쉬운 일이 아니다. 인간 세상에서 가장 끔찍한 육체의 고통일지라도 영혼에는 커다란 고통이 되지 못한다. 가령 팔을 잡아 뽑거나 혀를 잡아 빼는 등의 일은 인간 세상에서는 엄청나게 끔찍한 악형이 되겠지만, 영혼임을 자각한 상태에서는 신체를 학대한다 해도 실상 아무런 고통을 느끼지 않는다. 그러한 연유로, 지옥의 영혼들은 그들이 영혼의 상태임을 잘 알지 못하도록 세심하게 조정을 받고 있었다. 살아 있을 때처럼 여기고, 고통을 느끼는 것처럼 환영을 씌우는 것이다.

그러나 지옥의 고통은 그런 식으로 직접 전달되는 고통이라기보다는 끝없이 반복되는 데에 더 커다란 비중을 두고 있다.

지옥에서는 일반적으로 층수가 높아질수록, 그러니까 지하로 내려갈수록(사실 지하라는 개념도 애매하다. 지옥도 인간계에서 보면 하늘 위에 있는 것이나 같기 때문이다) 인간의 영혼들이 겪는 시간대가 달라진다. 대부분 아래층으로 갈수록 고통의 강도를 늘리기 위해 시간이 느려지는 것이 일반적이었다. 죄 없는 인간의 영혼은 처음의 사십구일 동안의 방황과 심판을 거치고 나서 한 시간도 채 되지 않아서 윤회를 거쳐 다시 태어난다. 그와 반면 죄를 지어 벌을 받는 영혼이 겪는 고통의 시간은 수십억 년이 될 수도 있었다.

어쨌거나 지옥의 내부는 절대적 기준이 되는 시간이 존재하지 않는 세계이며, 그 안에 있는 영혼들은 바로 그러한 고통을 겪는 것이다. 그러나 벌을 받는 영혼들 이외의 귀졸이나 저승사자, 판관 등은 지옥 내에서 자신의 시간대를 자유롭게 선택하여 사용하는 것이 가능했다.

무릉도원에 잠깐 들어갔다가 나오니 시간이 엄청나게 흘러서 세상이 바뀌어버렸다는 전설이라든가, 용궁에서 놀고 인간 세상으로 돌아왔더니 그사이에 백 년 이상의 시간이 흘러버렸다는 이야기가 있는데 그것은 공간의 시간대가 마음대로 굴절되고 조종이 되는 것임을 간접적으로 알려준다. 그렇듯 시간의 흐름을 선택하여 사용하는 것은 영혼들을 완벽하게 통제하는 것을 주목적으로 했다.

예를 들어, 어느 귀졸이 인간의 영혼과 똑같은 사고를 지니고 똑같은 속도로 이동한다고 해도 그 귀졸이 일천 배 느린 시간의 흐름을 사용한다면 인간의 영혼의 일 각은 귀졸의 일천 각이 된다.

그 귀졸은 인간의 영혼보다 일천 배 빨리 움직이고 일천 배 빨리 사고하는 셈이 된다. 인간의 영혼이 뭔가 일을 꾸미고 수상한 행동을 하면 귀졸은 즉시 시간의 흐름을 보다 느리게 돌림으로써 그런 행동을 얼마든지 제지할 수 있었다.

귀졸의 시간 흐름이 느려지면 인간 영혼의 움직임 또한 한없이 느려 보일 테니까 말이다. 그리고 전반적으로 지옥의 시간 흐름은 한없이 느리지만, 벌을 받는 존재들에게 별개의 시간 흐름을 적용시키는 것도 가능했다.

그렇다면 호유화는 어떠한가? 호유화는 시간이 길어지면 무슨 짓을 꾸밀지 모른다고 생각되어 바깥의 흐름 그대로 천사백 년 동안을 지옥 십팔층에 가두어두었다고 하니, 그 내부의 존재들의 시간 흐름으로 보면 수천만 년을 가두어 둔 셈이 될 수도 있다.

태을 사자는 지옥 안을 일일이 관찰하면서 다닐 만큼 한가롭지 않았다. 지옥에 처음 들어가는 처지였으나 지옥의 시간 흐름은 이해하고 있었다. 또한 광대무변한 십팔 층의 지옥을 모두 꿰뚫고 가더라도 바깥의 시각으로는 몇 시간밖에 되지 않도록 조절할 수 있다는 것을 알고 있었다. 그러나 그런 시간마저도 아까웠다.

호유화라는 환수를 잘 구슬려서 양광 아래에서 활동할 수 있도록 할 수만 있다면 신립의 마음을 돌이켜 탄금대의 진을 허물 수도 있지 않을까 싶었다. 그렇게 함으로써 천기를 거스르려는 마계의 음모를 분쇄해야 한다는 조바심마저 일었다.

그러자면 아무리 짧은 시간이라도 아껴야 했다. 그렇듯 마음이 급했기 때문에 태을 사자는 지옥 곳곳에 존재하는 연못들(그 연못들은 번뇌연처럼 주로 이동 통로로 사용되었다)을 통과하여 이동을 계속했다.

덕분에 은동은 처참한 지옥의 모습을 보지 않고 무사히 넘어갈 수 있었다. 그러는 동안에도 여인의 영이 계속 흐느끼고 있어 일행은 별로 기분이 좋지 않았다.

특히 은동은 그 여인이 가엾다는 마음에서 헤어나질 못했다. 그 여인에 대하여는 태을 사자와 이 판관이 나눈 대화를 얼핏 엿들은 것 외에는 아는 부분이 없었다. 하지만 신립을 사모하는 여인의 정이 그토록 깊은 것에 마음이 움직였던 것이다.

비록 남녀 간의 일을 잘 알지 못하는 어린 은동이었지만, 자신의 힘이 닿는다면 여인을 도와주어야 한다는 다짐마저 했다.

여인을 귀찮게 여기는 태을 사자 역시 이상하게도 도와주어야겠다는 생각을 하고 있었다.

태을 사자는 감정이 메마른 저승사자의 몸이었다. 그러나 지난번 풍생수와 일전을 치른 흑풍 사자의 소멸을 목격하고, 윤걸의 영을 검에 봉인시킨 충격 때문인지 심적으로 이상한 변화가 일어나는 것은 어찌할 도리가 없었다.

예전에는 영혼들이 고통을 당하는 것을 보더라도 그들이 죄에 대한 대가를 치르는 것이라고만 생각했다. 그런데 지금은 왠지 그런 광경을 보기가 싫었다.

마음속에서부터 무언가 변동이 일어나 인간과 비슷한 감정이 싹을 틔우는 듯한 느낌마저 들었다. 전에는 그런 기분이 들면 화를 내고 감정이 상했을지도 모르지만, 지금은 별 느낌이 없는 것 또한 그 증거의 하나였다.

'내게 지금 무슨 변화가 일어나고 있는 것일까? 그리고 그 이유는 무엇일까?'

태을 사자는 울달과 불솔과도 말 한마디 나누지 않고 깊은 생각에 잠겨, 지옥의 아비규환을 발밑에 둔 채 지옥의 가장 깊은 곳에 있다는 뇌옥을 향하여 한없이 날아만 갔다.

이윽고 반양반음의 어둠침침한 느낌을 주는 텅 빈 듯한 심연을 통과했다. 그리고 어디가 끝인지 알 수 없고 아무것도 없는 듯한 공간에 도달하자 울달이 더듬거리며 입을 열었다.

"다…… 다 왔다. 여…… 여기가…… 지옥 맨…… 밑…… 밑바닥, 십…… 십팔층의 뇌…… 뇌…… 뇌옥이다."

태을 사자는 말없이 고개를 끄덕이며 걸음을 멈추고 사방을 둘러보았다. 여러 통로들을 통과하고 상당히 긴 시간 동안 지옥의 각 층을 여행하여 이제야 지옥에서 가장 깊은 곳이라고 하는 십팔층 뇌옥에 도달한 것이다.

그들이 도착한 곳은 음울한 회색과 보라색이 뒤섞여 있는 듯한 공간이었다. 그리고 빛 아닌 빛으로 희읍스름하게 사방이 에워싸여 있어, 이 안에서는 마치 시간이며 사고가 정지된 것 같았다.

그들이 통과한 길은 흔적조차 없어졌으니 닫힌 공간 안에 있는 셈이었다. 그리고 이곳이 뇌옥이라고는 하나 근방에는 어떠한 건축물도 보이지 않았다.

"한데 이제 어디로 가야 하는가?"

태을 사자가 묻자 이번에는 불솔이 대답했다. 불솔은 울달처럼 말을 더듬지는 않았지만 머리는 더 안 돌아가는 편이었다.

"여기 있어."

"여기 있다니?"

"없다구. 있다구."

"무슨 말인가?"

불솔은 뭔가 설명하려는 듯했지만 어떻게 표현해야 할지를 모르는 것 같았다. 그러자 울달이 떠듬거리며 보충 설명을 했다.

"이…… 이…… 이 안에는 아무것도 없…… 없단 소리야. 하…… 하…… 하지만…… 기…… 기…… 기다리면 올 거야."

"누가 온단 말인가?"

"여…… 여…… 여기를 관리하는 귀…… 귀…… 귀졸."

태을 사자는 석연치 않은 느낌이 일었다. 뇌옥으로 직접 와본 것이 처음이었는데, 바깥에서 듣던 뇌옥의 갖가지 무시무시한 소문에 비해 막상 아무것도 보이지 않는다는 것이 이상했던 것이다.

"지옥 십팔층 뇌옥은 무수히 많은 죄지은 영혼을 가두는 곳이라던데 왜 이리 공허한가?"

"모…… 모…… 몰랐나?"

"무엇을 말인가?"

“뇌…… 뇌…… 뇌옥은 과…… 과…… 관리하는 곳이야. 여…… 여…… 영혼을 두…… 두…… 두는 곳이 아니라구.”

“음?”

의아해하는 태을 사자에게 울달은 떠듬거리며 자신이 알고 있는 것을 알려주었다. 그의 말에 따르면, 지옥 십팔층의 뇌옥은 무수히 존재하는 뇌옥 간의 연결 통로일 뿐이었다. 여기로 내려올 정도의 영혼이라면 상당히 업보가 많고 죄를 많이 지은 자들이다.

그들은 지옥에서처럼 집단으로 벌을 받지 않고 따로따로 별개의 세계로 수용되는데, 이곳은 별개로 수용되는 곳들을 연결하고 바꾸어주는 역할을 할 따름이라는 것이다. 그래서 뇌옥에는 실질적으로는 아무것도 없다는 말이었다.

태을 사자는 금시초문인 이야기인지라 놀라서 되물었다.

“수없이 많은 뇌옥이, 그것도 연결되어 있다니?”

태을 사자는 뭐라 중얼거렸다. 그러다가 은동이 발버둥을 치며 필사적으로 무언가 말하려는 듯이 입을 놀리는 모습을 보며 말했다.

“무서워 말거라. 가만히 있어! 가만히 있으래두!”

태을 사자가 매정하게 나무랐다. 은동은 자기 속도 모르고 답답하게 구는 태을 사자가 야속하여 뾰로통해졌다.

‘어휴, 답답해. 나는 당신을 도와주려고 한단 말이에요. 그런데 나를 이렇듯 무시하다니. 두고 봐요. 당신이 죽든 말든 난 몰라요.’

은동은 화가 나서 입을 꾹 다물었다.

은동의 속내를 알 길 없는 태을 사자는 은동이 잠잠해지자 자기 말을 들은 줄 알고 눈을 돌렸다. 그러는 사이 불솔은 태을 사자에게 중얼거렸다.

“꺼내.”

"무엇을?"

"그거. 거 있잖아. 그거……."

태을 사자는 불솔이 무엇을 말하는지 몰라 당혹해하다가 이 판관이 건네준 묘진령이 생각이 나서 급히 꺼냈다. 그러자 불솔은 묘진령을 받아 절굿공이같이 굵은 손가락으로 쥐고 허공에 몇 번 흔들었다.

맑은 음파가 사방으로 퍼져나가고 잠시 후 태을 사자와 울달, 불솔 앞의 허공에서 회색의 둥근 형체가 쓰윽 나타났다. 분명 아무것도 없는 허공이었는데 느닷없이 둥근 형체가 나타나자 태을 사자는 조금 놀랐으나 울달과 불솔은 태연한 기색이었다.

곧 그 구체가 열리고 안에서 까무잡잡한 생김의 귀졸이 모습을 드러냈다. 그는 어마어마한 덩치의 불솔과 울달을 한번 훑어보더니 약간 긴장된 어조로 말했다.

"여긴 무슨 볼일로 왔소? 방금 명부 이 판관의 묘진령 소리가 들렸는데?"

울달이 나름대로는 점잔을 뺐지만 역시 더듬거리는 말투로 대답했다.

"뇌…… 뇌옥에 볼…… 볼일이 있어서…… 와…… 왔다."

귀졸 녀석이 힝힝거리며 코웃음으로 대꾸했다. 울달의 말더듬증을 우스워하는 듯이 보였다. 귀졸은 판관보다 한참 밑의 계급이었지만 이놈은 상당히 건방진 것 같았다. 뇌옥을 관리할 정도라면 어깨에 힘을 줄 만한 직책이었다.

태을 사자는 이런 시답지 모습을 못마땅하게 여기는 성격이었다. 여느 때 같았으면 불호령을 내렸을 터인데, 상황이 상황인지라 터져나오려던 호령을 꿀꺽 삼켰다.

"여기 뇌옥에? 별일 다 보겠군. 당신들은 보아하니 저승사자와 신장 같은데 당신들이 여기 무슨 일로 왔단 말유? 얼씨구? 인간 영도 두 명 있네?"

그러자 태을 사자가 불솔에게 묘진령을 받아들고 울달의 앞을 가로막으며 나섰다.

"여기 뇌옥에 호유화라는 환수가 있지 않느냐?"

"환수? 환계의 짐승 말유?"

"그렇다. 감금된 지 생계 시간으로 천사백 년가량 될 것이야. 구미호라고 들었는데?"

"가만 계슈. 내가 일일이 어떻게 다 외운단 말유. 가만있자, 환수…… 환수 구미호라……. 대략 그놈이 천사백 년 전에 들어온 것이 확실하우?"

귀졸 녀석은 소매 속에서 그 안에 들어 있다고는 감히 상상하기도 힘든 커다란 죽간竹簡을 꺼내 좌르륵 폈다. 물론 이곳은 저승이라 여기에서 사용되는 물건들은 부피나 무게에 아무런 제약이 없는 영체였다.

인간 세상만을 오가던 태을 사자의 눈에는 새삼 희한하게 보였다. 인간의 눈으로 본다면 태을 사자가 소매 속에 묵학선을 비롯하여 장검인 백아검 등등의 법기를 넣고 다니는 것에 놀랄 테지만…….

귀졸 녀석의 죽간은 아주 두께가 얇고 대나무라기보다는 유리판 같아 보였는데, 한아름은 되는 듯했다. 거기에 깨알 같은 글씨가 빽빽하게 박혀 있었으니 몇천 몇만 명의 죄인이 적혀 있는지 알 수 없을 정도였다.

'그것을 뒤지려면 한참 걸리겠군.'

태을 사자의 예상과는 달리, 놈은 믿어지지 않을 정도의 숙달된 솜씨로 죽간을 주르르 풀어 내리며 구미호 호유화를 찾아냈다.

"아, 있구먼. 어이쿠, 이거 대단한 독종인데? 이런 독물을 왜 만나려 하슈?"

"찾았나?"

"있네그려. 어디 보자……. 빨리 가야 만날 수 있겠수. 근데 왜 그러시우?"

"그것을 내어다 명부로 데려갈 일이 생겼네. 판관 나리의 지시이니 자세한 것은 나도 모르이."

"내어간다? 석방시키는 거유?"

"아니네. 무슨 일을 시키려는 걸세."

그러자 귀졸은 고개를 끄덕였다. 놈은 명령대로 움직이는 존재일 뿐이었다. 자기보다 훨씬 계급이 높은 판관의 신물이 있으니 무슨 일을 시키더라도 따를 수밖에 없는 형편이었다.

"근데 당신들 전부 가는 거유?"

"인간 영은 여기 놓고 갔으면 하는데."

"어이쿠, 그럴 수 없수. 이거, 원. 이 인간 영들을 구미호에게 주려고 가는 거유?"

그 말에 은동은 자신도 모르게 몸을 부르르 떨었다. 태을 사자가 답답하다는 듯이 혀를 끌끌 찼다.

"사정이 있다네. 인간 영들은 내가 꼭 데리고 다녀야 하는데, 그 환수를 반드시 만나야 하니 그게 힘들지 않겠는가?"

귀졸은 잠시 생각하는 듯하더니 어깨를 움찔했다.

"안 되겠는데요? 지금 여기는 나 혼자뿐이라우. 둘이나 되는 영을 달구 어찌 일을 본단 말유?"

"내가 데리고 가야 한단 말인가?"

"어이쿠야, 원래 인간 영은 뇌옥에 못 들어가우."

"몸에 지니고 가는 것은 어떤가?"

"에그. 여기서는 금제가 쳐져 있어서 어떤 영도 다른 영을 몸에 가두지 못하게 되어 있수. 안 그러면 누가 죄수를 쓱 빼내도 모르게요?"

그러자 태을 사자가 역정을 냈다.

"아니, 그러면 어떻게 하라는 소리인가? 맡아주지도 못하고, 데리고 가지도 못하고, 지니고 가지도 못하면? 대체 어쩌라는 게야?"

귀졸 녀석은 태을 사자가 호통을 치자 찔끔하며 목을 움츠렸다. 태을 사자가 역정을 내자 영력이 치솟았는데, 그 기세가 대단했던 것이다. 이미 흑풍 사자의 법력이 합쳐져 태을 사자의 영력은 보통 저승사자의 갑절이 넘었다.

귀졸 녀석은 주눅이 든 듯 조금 고민하다가 한숨을 길게 내쉬었다.

"뭐, 내 알 바 아니오. 판관 나으리의 신물이 있으니 내가 뭐랄 수 있겠나요. 방법이 없구먼요. 내 눈감아줄 테니 데리구 가슈. 아참, 뇌옥이 붕괴되고 바뀔 시간이니까 어서 안으로 들어오슈."

뇌옥이 붕괴되고 바뀐다니, 무슨 소리인가 싶었지만 일단 귀졸 녀석이 서두르는 바람에 태을 사자와 울달, 불솔은 은동과 여인의 영을 데리고 회색 구체 안으로 신형을 옮겼다.

겉에서 보기에는 좁아 보였는데, 구체의 내부는 십여 간은 족히 되어 보일 정도로 광활했다. 그들이 들어서자 구체가 다시 닫혔다. 귀졸 녀석은 이리저리 허공을 만지듯 영기를 쏟으며 분주하게 움직이기 시작했다.

"뭐하는 겐가?"

"여우가 있는 뇌옥의 입구를 열려는 거유."

"헌데 뇌옥이 붕괴되고 바뀐다니, 그건 또 무슨 말이지?"

태을 사자가 못내 궁금하던 것을 물었다. 그러자 귀졸 녀석은 여전히 말처럼 힝힝거리며 웃으면서 쉬지도 않고 손을 잽싸게 놀리며 대답했다.

"좀 있으면 그 여우가 갇혀 있는 세상이 망한단 말유. 죽는 거지."

"세상이 망하고 죽다니, 무슨 뚱딴지같은 소리인가?"

귀졸 녀석이 눈길을 돌려 태을 사자를 보더니 이내 고개를 끄덕였다.

"히히, 사자 나으리는 뇌옥엔 처음 와보시는구려."

"그렇다네. 생계와의 왕래가 나의 주된 일이라 예까지 오기는 이번이 처음이라네."

"그렇구먼요. 뇌옥은 보통 감옥이 아니우. 뇌옥 하나하나가 산 짐승이우. 생계의 짐승 말유."

"짐승?"

"그렇수다. 죄가 많은 놈들은 언제 도망갈지 모르니, 그 크기를 수억 분의 일로 줄여서 짐승 몸속으로 들여보내는 거유. 짐승의 몸 하나가 닫힌 세상 하나라고 볼 수 있수. 그게 바로 뇌옥의 특징이라우."

"허어……."

태을 사자는 저으기 놀랐다. 생계의 짐승 하나하나가 뇌옥의 구실을 하다니. 생계에 왕래를 자주 했던 태을 사자였지만, 그 이야기는 이번에 처음 듣는 것이라 호기심이 솟았다.

"영혼이야 크기나 무게에 좌우되지 않으니 작게 되어 갇히는 일도 있을 법하겠네만, 왜 짐승 속에 가두는 것이지?"

"벌을 주는 거유. 히히히……. 그렇게 해서 세상에서 가장 큰 고통을 겪는 거유."

"어떤 고통?"

"히힝, 자기가 있는 세상이 모조리 망한다고 상상해보슈. 짐승의 몸에 들어간 영혼은 말유, 그 짐승이 생계에서 죽고 몸이 썩으면 그 영혼으로 봐서는 세상이 모조리 망하는 거라우. 히히히……. 그러니 그보다 큰 고통이 어디 있겠수?"

"흐흠……."

태을 사자는 고개를 끄덕였다. 영혼이 아주 미세하게 축소되어 한 짐승의 몸으로 들어가 갇히게 되면 짐승이 살아 있는 동안에는 고독에 시달려야 한다. 그리고 그 짐승이 죽으면 세상의 종말을 맛보아야 한다는 것이 지옥 십팔층 가장 밑바닥에 있는 뇌옥의 정체였다.

그것은 육신에 가해지는 고통이나 정신적인 고통을 훨씬 능가하는 고통이 될 수밖에 없었다. 그러고 보면 인간계에서 죄를 많이 지은 자는 동물로 환생한다는 소문이 있었는데, 아주 틀린 말은 아닌 셈이었다. 그리고 이 뇌옥에서의 형벌은 단순히 짐승으로 태어나 잡아먹히거나 죽는 것보다 훨씬 더 큰 형벌을 의미했다.

더군다나 뇌옥에서 시간의 흐름을 마음대로 조절하기까지 하니……. 수만 년의 세월을 고독하게 지내다가 혼자서 우주의 종말을 맞이하는가 하면 몸소 버티어내고 그것을 또 반복해야 하는 형벌이라니…….

'아무도 없이 이 광활한 우주에 혼자 존재하다가 우주의 소멸을 몇 번이나 보고 부대끼는 것보다 더 커다란 고통이 있을까?'

그런 생각을 하니 태을 사자는 약간 섬뜩한 기분이 들었다.

은동은 그 말이 무슨 뜻인지 이해할 수 없었지만 조금 지나자 말뜻을 깨닫고 부르르 몸을 떨었다.

"짐승이 죽으면 형은 끝나는 겐가?"

"바뀌고, 또 바뀌고……. 히히히……. 그야 정해진 형기가 일 년이다, 이 년이다라는 식은 있지만, 그놈들에게는 그게 천만 년도 되고 십억 년도 되니 한없이 되풀이되는 걸로 느껴지는 법이유. 물론 죗값을 치르고 나간 놈도 있긴 하지만……. 놈들의 시간으로 수천억 년 동안 수만 번씩 죄를 받은 놈들두 있수. 여기까지 오고 나면 완전히 성격이 바뀐다오. 대부분은 죄를 지을 엄두도 못 내는 성격이 되고 말우."

"거의가 자신의 죄를 참회하는가?"

"나간 놈은 다 참회하오. 참회 안 한 놈은 못 나가거든? 히히……. 참회할 때까지 시간을 계속 늘리면 그만이라우."

"호유화라는 구미호는 어떤가? 아는 바가 있는가?"

"난 잘 모르우. 적혀 있기로는 아주 독종이라 하우. 그러니 이미 수천 번은 고통을 겪었을 거유."

"어째서 그러한가? 호유화는 도력이 높아 혹시라도 탈출할까 봐서 생계의 시간을 그대로 가게 두었다고 하던데? 그러니 수억 년이 아니라 단지 천사백 년 동안 갇혀 있었을 것 아닌가?"

"어라, 그러네, 정말. 가만있어 보슈. 좀 보구."

태을 사자의 말을 듣자 귀졸은 호기심이 생기는지 다시 죽간 뭉치를 꺼내어 한곳을 짚었다. 그러자 하나의 막대로 된 죽간이 다시 주르르 여러 개로 나뉘며 그 위에 글자를 그렸다. 참으로 신기한 물건이었다. 놈은 한동안 그것을 보더니 입을 열었다.

"흐히, 그 물건은 워낙 독종인 것 같우. 여기도 기록이 없구려. 좌우간 시간은 그대로 두었다고 하우. 하지만 뭐, 도력을 키워 빠져나간다는 건 말도 안 되는 소리요. 뇌옥이 뭔지 모르는 명부 나으리들이 지레짐작했겠지."

"어째서?"

"영혼의 시간은 그대로 두고 그걸 생명이 짧은 버러지 같은 것에 넣어둬보슈, 히히히. 그럼 앞에서 말한 세상 종말을 짧으면 며칠, 길어야 한두 달에 한 번은 겪어야 하는 거 아니우? 아마 지금쯤은 거의 미쳐버렸을 거유."

"긴 시간 동안 종말을 걱정하며 지내는 편이 더 큰 고통일 터인데 왜 그리한 것인가?"

"허허, 이 양반. 시간이 길면 생각하고 대비할 여유나 있게? 정신없이 고통만 겪게 되어보슈. 어디 제정신이나 있겠수? 참회를 시키려면 그렇게 해서는 안 되지만, 그 물건은 생계나 높은 쪽의 영혼이 아니라 환계의 천한 것이라 그런 중벌을 내린 것 같수."

생각해보니 귀졸의 말이 옳았다. 기나긴 시간을 홀로 있는 고독도 견디기 어려울 터, 며칠에 한 번씩 스스로가 속해 있는 전 우주의 종말을 맞이한다는 것은 더더욱 버티기 힘든 일일지도 몰랐다.

태을 사자는 은근히 호유화가 불쌍해졌다. 그리고 지옥의 심판에 대해 의문이 들기 시작했다. 이 판관의 말에 의하면 호유화는 시투력주라는 구슬을 훔친 죄밖에는 없다고 하지 않는가? 그런데도 이토록 엄청난 벌을 받고 있다니 도대체 어째서 그런 일이 벌어진 것일까? 혹시 호유화는 감금당하고 난 뒤 더 포악해진 것은 아닐까?'

태을 사자는 호유화가 자신의 상상을 뛰어넘을 정도로 포악하여 금제를 할 수 없는 상황이라면 어떻게 해야 할까 하는 걱정이 들었다.

태을 사자와 귀졸 녀석이 이야기를 나누는 동안 울달과 불솔은 그들의 이야기에 끼어들지 않고 둘이 머리를 맞대고서 뭔가 상의하고 있었다. 대화가 거의 불가능할 정도의 머리밖에 없는 불솔이나 말을 하기는 하되 더듬거리는 울달로서는 그들의 이야기에 끼어들 처지도 아니었지만…….

은동은 주변 정황에 놀라 입을 반쯤 벌리고 있었고, 여인은 여전히 흐느끼고 있었다. 우는 데 지치거나 싫증나지도 않는 모양이었다.

그러는 사이 귀졸 녀석이 분주히 손을 놀리자, 귀졸과 태을 사자 사이에 둥근 구멍이 나타났다.

"됐수. 이리 들어가면 되우. 서둘러 나오슈. 세상 망하는 구경을 하고 싶지 않으면 말이우."

태을 사자가 구멍으로 신형을 옮기려는 순간, 울달이 태을 사자를 잡았다.

"가…… 가만……. 그…… 여…… 여우를 데려가려면 보통 방법으로는 아…… 안 돼."

무슨 소리인가 싶어 태을 사자가 눈을 크게 떴다.

"그러면? 자네들이 호위하면 되지 않는가?"

"그…… 그런데 판관님이 우리에게 방법을……."

불솔이 뭐라고 말하려는 것 같았으나 내용이 제대로 전달되지 않자 울달이 떠듬거리며 말을 이었다. 은동은 놀랍기도 하고 긴장이 되어 그 말에 귀를 기울였다.

"아…… 아니, 우…… 우린 문지기니…… 원…… 원래 그…… 금제의 재…… 재주가 이…… 있어. 하…… 하지만…… 그…… 그 정도로 대…… 대단한 요물이라면…… 바…… 방심하면 안 돼. 최…… 최고의 술…… 술수를 부리는 수밖에……."

"그러면 어떻게 하는가?"

"우…… 우리 둘이 벼…… 변신하겠다. 고…… 고리로 변해 그…… 금제를 가하지."

"금제를? 아니, 고리로 변신하다니 그 무슨……?"

"이…… 일이 성사되는 날 파…… 판관님이 우…… 우릴 다시 원래 모습으로 돌려보내실 거야. 고…… 고리가 되거든 나중에 그…… 그걸 놈의 모…… 목에 채워. 그래서 말만 하면 돼."

"어떻게 목에 채우는가?"

"고…… 고리를 공중에 던…… 던지면서 놈을…… 손…… 손가락으로 가…… 가리키고 금제복마禁制伏魔, 그…… 금제복마라고 세…… 세 번 외쳐."

"그러면?"

"우…… 우리는 이제 의…… 의식이 없어져. 금…… 금제를 가한 자의 말을 듣는 법…… 법기로 변…… 변하는 거야. 조…… 조이라면 조…… 조이고 느…… 느슨해지라면 느…… 느슨해지고……."

울달은 그 말만 남기고는 별안간 팔을 한데 모으며 기합성을 질렀고 불솔도 울달과 동시에 같은 행동을 했다.

"자…… 잠깐!"

태을 사자는 놀라서 뭐라 말을 하려고 했으나 거대하던 둘의 몸은 비비 꼬이며 작게 뭉쳐져갔다. 그러다가 덜컥 소리가 나며 둘의 모습이 사라지고 각기 한 뼘 정도의 얇은 반원형의 쇠고리 조각 두 개가 서로 이어져 태을 사자의 손에 떨어졌다.

태을 사자는 그것이 울달과 불솔이 변신한 고리라는 것은 알았지만, 자신과는 상의도 하지 않고 느닷없이 변신해버려 놀라움을 감추지 못했다. 두 장한壯漢이 사라져 손에 쥐어지는 물건으로 변하자 허탈감마저 들었다.

"허어, 이런……."

그러자 귀졸 녀석이 아는 체를 했다.

"그 둘이 신장인 줄 알았더니 문지기였구먼그래. 문지기들은 그렇게 자물쇠나 고리 같은 것으로 변할 줄 안다우. 놀라긴 뭘 놀라우? 나도 아는 걸 사자 나으리는……. 히힛."

태을 사자는 귀졸 녀석이 빈정대자 마음이 상했지만 내색은 하지 않았다. 그저 망연하게 한 쌍의 고리를 들여다볼 따름이었다.

"나중에 판관 나으리가 도로 변하게 해줄 수 있을 거유. 아, 좌우간 어서 가요. 괜스레 세상 망하는 꼴을 보려고 그러우? 나두 바쁘단 말유."

귀졸 녀석의 재촉에 태을 사자는 할 수 없이 울달과 불솔의 변신인 고리를 손에 꼭 쥐었다. 일이 이 지경이 되었으니 이제부터는 이 귀찮은 두 영을 자기가 데리고 다녀야 했다.

태을 사자가 머뭇머뭇하자 귀졸 녀석은 바쁘다고 다시 재촉을 하며 여인의 영을 먼저 밀어냈다. 그러자 태을 사자도 놀라 은동의 손을 잡아끌며 구멍으로 나갔다. 나서자마자 귀졸에게 뭐라 한마디 해주려는 찰나 아무것도 없는 듯한 텅 빈 공간이 눈앞에 나타났다. 마치 번뇌연이나 무겁연에서 뛰어내리는 것과 흡사했다.

귀졸 녀석은 구멍 닫을 차비를 하며 지껄였다.

"내 한 시진 후에 오겠수. 이 안엔 연락할 방법이 전혀 없으니 늦지 마시우."

태을 사자는 은동과 여인의 영을 흡물공으로 공중에서 손을 대지 않고 바로잡으며 외쳤다.

"늦어지면 어찌하는가?"

"그러게 늦지 마시래두. 한 시진 내로 오는 것이 정해진 법이우. 늦어지면 알아서 하슈."

"아니, 이놈! 어떻게……."

태을 사자는 화가 나서 호통을 치려 했으나 놈은 어느새 빠끔히 뚫렸던 구멍을 닫아버렸다. 태을 사자는 화도 나고 어이도 없어 말을 채 잇지 못했다.

이제 한 시진 내로 호유화를 어떻게든 설복하고 금제를 가해서 돌아가야 한다. 그러는 와중에도 셋은 기이한 공간 사이를 끝없이 떨어져 내려가고 있었다.

유정과 흑호

유정은 생각에 잠겨 있었다. 호랑이 몸에서 희미하게 느껴지는 영기로 볼 때, 일전에 금강산에서 만났던 그 호랑이임이 분명했다.

'이 호랑이가 어찌하여 이곳에 와 있을꼬? 그리고 어째서 상처를 입었을까? 처리할 일도 많은 판에 호랑이까지 돌봐주어야 하는 것은 아닌지 모르겠군.'

유정은 한숨을 내쉬었으나, 불도를 닦고 있는 몸으로 상처 입은 중생을 그냥 두고 가는 것 또한 마음에 걸렸다.

유정은 흑호에게 다가가 어깻죽지에 박힌 화살촉을 뽑았다. 그러자 흑호가 끄응 하며 앓는 소리를 냈다.

'아니, 이런!'

유정은 화살촉을 보고 깜짝 놀랐다. 그 화살촉은 왜국의 것이었으며, '行長'이라는 글씨가 씌어 있는 것으로 보아 고니시가 쏜 것이 틀림없었다.

'고니시가 호랑이에게 활을 쏘는 일도 있을 법하겠지만, 전쟁이 한

창인 이곳에서 어찌 호랑이에게 활을 쏠 여유가 있었을까?'

잠시 생각하다가 유정은 이렇게 결론을 내렸다.

'이 호랑이는 영물이니 틀림없이 고니시에게 뛰어들어 그를 격살하려다가 실패한 것 같구나. 그렇다면 이 또한 조선 강산의 백성이니, 갸륵한 일이 아니겠는가? 선재라 선재…….'

유정은 호랑이를 구해주려는 생각으로 호랑이의 몸을 끌었으나 덩치가 크고 무거워 쉽게 끌리지 않았다. 법력으로 간신히 끌 수 있을 정도여서 들거나 멜 수는 없었다. 황소보다 두 배는 됨 직한 덩치였기 때문이다.

유정은 아무리 공력이 높아도 은동의 몸에다가 대호까지 끌고 산길을 멀리 갈 수는 없을 것 같았다. 하는 수 없이 주변을 둘러보았다.

저만치 산비탈에 조그마한 동굴 하나가 눈에 띄었다.

유정은 그리로 흑호와 은동을 끌고 갔다. 그런데 가다가 뭔가 툭 떨어지는 소리가 들려와 걸음을 멈추었다. 뒤를 돌아보니 은동의 몸에서 빠진 듯싶은 책이 한 권 떨어져 있었다.

'웬 책인가?'

유정은 그 책을 집어 들었다가 책장에 쓰인 제목을 보는 순간 눈이 휘둥그레졌다.

아까 무애에게서 받았던 『해동감결』이 조선의 옛 글자인 녹도문으로 되어 있다는 것을 알고 있던 참이었다. 그런데 은동이가 몸에 지녔던 책 제목이 바로 『녹도문해』가 아닌가?

'어허! 이런이런. 이렇게 공교로울 데가 있나? 노스님께서도 그 글자를 잘 해석하실 수 있을지 걱정하셨는데, 이 책이 있다면 문제가 될 것이 없겠군.'

유정은 신립이 기왕에 패전할 것이 확실한 이상, 이곳에 지체하기보다는 어서 서산대사에게 돌아가 『해동감결』을 해석하여 천기를 맞추어보는 것이 더 중요한 일일 것 같았다.

그러나 조그마한 체구의 은동이라면 몰라도 흑호를 데리고 갈 수는 없는 노릇이었다. 유정은 잠시 고민하다가 흑호의 상처를 어루만지며 응급처치를 했다.

화살이 박혔던 상처는 심하지 않았으나 흑호의 옆구리에 기묘한 내상內傷이 있었다. 그곳에서 이상한 느낌의 기운이 흘러나오는 것이 예사롭지가 않았다. 기운이 자못 흉악하여 이대로 둔다면 흑호의 몸을 크게 다치게 할 것 같았다.

유정은 눈을 감고 불문의 법력을 써서 그 흉악한 기운을 흑호의 몸 밖으로 몰아내기 시작했다. 한동안 흑호의 몸에 법력을 넣어주다가 마침내 요기를 제거하는 데 성공하고 숨을 몰아쉬었다. 예상보다 요기가 지독하여 몰아내는 것이 쉽지 않았다.

그다음 화살에 맞은 왼쪽 어깨를 처매주려고 흑호의 다리를 들어보다가 유정은 묘한 것을 발견했다. 대호의 왼쪽 앞다리에 무엇인가로 각인된 글자가 있었다. 유정은 그 모습을 보며 신기함을 금할 수가 없었다.

'중종 때 벌레가 나뭇잎을 파먹은 곳에 글자가 새겨져 한 선비가 역모로 몰려 죽었던 일은 있었지만, 호랑이의 다리에 글자가 새겨진 것은 생전 처음 보는구나.'

그랬다. 중종 때 조선에서 훈구 대신을 몰아내고 일대 개혁을 실시하려던 젊은 천재 정암 조광조가 역모에 몰려 죽은 사건이 있었다. 이상 정치를 구현하려던 조광조는 남곤, 심정 등의 간신배들에게 미움을 샀다. 그들은 '조씨가 왕이 된다走肖爲王'라는 글씨를 대궐 후원 나뭇잎에다가 꿀로 써서 벌레가 파먹도록 음모를 꾸몄다.

그 일을 신의 계시 같은 것으로 생각한 왕은 조광조를 미워하게 되어, 마침내 역적으로 몰았고 기묘사화가 일어났다.

아무튼 호랑이의 다리에 글자가 있다는 것은 유정으로서도 처음 보는 터라 그 글씨를 자세히 살펴보았다. 그런데 그 글이 다름 아닌 녹도문이 아닌가.

유정은 녹도문을 읽을 줄 몰랐으나 지금은 은동의 품에서 나온 『녹도문해』가 있었다. 우선 흑호의 왼쪽 어깨의 상처에 늘 가지고 다니던 금창약(칼이나 창 등 쇠날이 있는 무기로 다쳤을 때 바르는 고약)을 바르고 승복 자락으로 처매준 뒤 흑호 다리에 쓰인 글자를 땅바닥에 나뭇가지로 옮겨 그렸다. 그리고 『녹도문해』를 펴서 글자를 맞추어 해독해보았다. 무엇보다도 호기심이 일어 견딜 수 없었다.

태을 사자를 뇌옥으로 보내준 귀졸은 기분이 좋아 연신 키득거리며 웃고 있었다.

평소에 귀졸들 보기를 발끝의 때만큼도 생각하지 않던 저승사자 나으리를 뇌옥 공간에다 내팽개쳤으니 묵은 체증이 싹 내려가는 것처럼 속이 시원했다. 애가 타서 쩔쩔매게 만든 연후에나 꺼내주려는 심산이었다.

나중에 받을 역정이 두렵지 않은 것은 아니었지만 그때는 또 그때였다. 설마 명을 받아 죄수를 압송해가는 사자가 자신에게 화풀이를 할까 하는 생각도 있었다.

그 귀졸에게 헐레벌떡 다른 두 명의 저승사자와 신장 두 명이 달려온 것은 그로부터 이 각 정도 뒤의 일이었다.

사계의 저승사자나 신장이 뇌옥을 직접 찾는 일은 거의 없던 일인데 이렇듯 얼마 되지 않는 시간 사이에 여러 명이 드나들다니 귀졸 녀석은 이상하다는 생각이 들었지만, 급수가 낮은 놈이라 군말 없이 앞으로 나섰다.

"어인 일이슈?"

"이곳을 조금 전에 태을 사자라는 자와 울달, 불솔이라는 두 명의 거한이 통과해갔겠다?"

다짜고짜 명령조로 나오는 저승사자의 태도에 귀졸은 기분이 상했으나 역시 그놈의 계급이 원수인지라 대답을 아니할 수가 없었다. 귀졸은 반항심으로 삐딱하게 대답하는 것으로 응했다.

"좀 다른뎁쇼?"

"어떻게 다르단 말이냐?"

"거한은 변신하여 무슨 쇠고리가 됩디다. 그리고 두 인간의 영을 달고 가던데요?"

"인간의 영? 아니 난데없이 무슨 인간의 영을 달고 간단 말이냐?"

"사자님두 모르시는데 내가 알겠수?"

"네 이놈!"

저승사자 하나가 호통을 치며 을러대자 조용히 뒤에 서 있던 신장이 말렸다.

"가만가만, 차근차근 물어봅시다. 어떤 인간의 영이냐?"

"하나는 아이인데 입을 꾹 다물고 있구, 다른 하나는 여인인데 질질 짜고만 있더구먼요."

"거짓이 아니렷다?"

"내가 뭐하러 거짓말을 한단 말유?"

또 다른 저승사자 하나가 고개를 갸웃하며 말했다.

"암류暗流, 아무래도 이상하이. 그자가 무엇 때문에 인간의 영을 달고 갔을까?"

"모르겠소이다. 태을은 아닌 것 같은데……."

사자들과 신장들은 잠시 자기들끼리 뭐라고 이야기를 주고받더니 다시 물었다.

"그 사자의 이름을 들었느냐? 아니면 뭐 특이한 점이라도?"

"태을인지 뭔지는 모르지만 판관의 신물을 지니고 있습디다. 그래서 들여보내줬지유."

"허어, 판관의 신물이라니. 누구의 신물이었는가?"

"사계 명부 이 판관의 신물인 묘진령이우."

그러자 그들 뒤에 있던 신장 하나가 자신의 법기인 기다란 화극을 화가 난 듯 다른 손에 거칠게 옮겨 잡으며 발을 굴렀다.

"저런! 놈들이 틀림없소이다!"

귀졸 녀석은 눈이 둥그레졌다. 그러고 보니 지금 이 넷은 살기등등하게 영력을 몰아넣은 서슬 퍼런 법기를 손에 들고 있었다.

'어구야, 뭔가 급변이 있는 것은 아닐까?'

귀졸은 두려움이 일었지만 녀석의 두뇌는 그 이상으로 돌아가지는 않았다.

"그놈들이 뇌옥 어디로 갔는가? 어서 그리로 안내해라!"

"가만가만……. 우선 신물을 보여주슈. 사자나 신장은 여기를 그냥 못 지나갑니다. 최소 판관급 이상의 신물을 보여야만……."

"허, 그놈 꽤 귀찮게 구는구나!"

느닷없이 다른 저승사자가 버럭 소리를 지르며 무언가를 확 꺼내 보였다. 그것을 보고 귀졸은 그만 얼굴이 퍼렇게 질려서 다리에 힘이 풀렸다. 귀졸이 영혼이 아니라 무게가 있는 생계의 존재였으면 필경 그 자리에 주저앉았을 것이다.

저승사자가 꺼내 든 것은 판관의 신물이 아니라 저승에서 최고급의 권위를 지닌 신물인 염왕령閻王令이었다.

염왕령은 염왕의 직접 명령을 하달받은 자만이 지닐 수 있는 신표로서, 보통의 귀졸로서는 평생 한 번 구경할까 말까 하는 엄중한 위엄을 지닌 신물이었다. 귀졸 녀석은 염왕령을 보더니 갑자기 말을 더듬기 시작했다.

"아…… 아이고……. 도…… 도대체 무슨 일이기에……."

"그 세 놈은 저승의 판관을 해치고 신물을 탈취하여 뇌옥에 갇혀 있는 환수를 탈출시키려고 한 혐의를 받고 있다. 그러니 어서 속히 그놈들이 간 곳을 대지 못할까?"

귀졸 녀석은 놀라 까무러칠듯이 새하얗게 질려버렸다. 그들의 이야기는 다름이 아니라, 태을 사자가 두 문지기와 공모하여 이 판관을 살해(소멸시킨 것을 의미)하였다는 것이 아닌가.

죄악이 들끓는 생계에서의 인간이라면 모를까, 어찌 사계에서 이런 일이 벌어진다는 말인가?

"그…… 그들은…… 환…… 환수 호유화를…… 석방한다고 갔습니다요."

"환수? 그게 무엇인가?"

"구미호올시다. 천사백 년 동안 갇혀 지내는 독종인데……."

"구미호? 그럼 환계의 요물이란 말이냐? 어찌 그런 것을……."

화극을 빼들고 있던 신장 외에 장창을 들고 있던 신장이 다른 자들보다는 한결 침착한 어조로 말했다.

"그러면 놈들은 환수를 탈옥시키기 위해 이 판관을 해치고 묘진령을 탈취했는지도 모르겠군요. 그런데 왜 환수 따위를 탈출시키려 했을까요?"

“모를 일이군. 고작 그까짓 것을 위해?”

“어쩌면 놈들은…… 환계나 유계의 첩자일지도…….”

화극을 지닌 신장이 그 겉모습답게 무척이나 성질 급한 말투로 외쳤다.

“아니, 사계에 어찌 그런 것들이 들어와서 관직을 받고 있을 수 있단 말이오?”

“지금 사계는 유계의 대군이 침입하려고 하여 난리가 나지 않았소? 그러니 있을 수 있는 일 아닙니까? 그리고 목적이 무엇인지 아직은 전혀 밝혀지지 않았잖소? 이 일도 전쟁의 일환일지도 모르지요. 그리고 호유화라고 했던가? 그 구미호는 전쟁에 뭔가 중요한 열쇠가 되는 요물일지도 모릅니다.”

저승사자 하나가 신장의 말을 중단시켰다.

“좌우간 이렇게 지체할 수는 없네. 따라가보세나.”

그러자 귀졸이 고개와 손을 동시에 설레설레 저으며 말했다.

“안 됩니다, 나으리들! 그들이 들어간 지 삼사 각이나 지났습니다. 얼마 안 있으면 나와야 할 시간이에요. 늦으면 그 안에서 경을 치릅니다. 세상이 뒤집히는…….”

화극을 든 신장이 벌컥 신경질을 냈다.

“세상은 이미 뒤집혔다! 잔말 말고 어서 문을 열지 못할까!”

귀졸은 더이상 아무 말하지 못하고 서둘러서 호유화가 갇혀 있는 뇌옥으로 가는 통로를 열 수밖에 없었다.

저승사자와 신장은 재빨리 통로 안으로 신형을 날렸다. 그러면서 저승사자 하나가 중얼거리는 소리를 귀졸은 똑똑히 들었다.

“생포할까? 추궁한 후 그냥 격살하여야 할까?”

귀졸이 알기로 사계도 유계와 대전이 벌어지기 직전인 위기 상황인데, 이제는 저승사자의 반란에다가 사계의 존재들끼리 서로 해치는 일까지 일어나고 있다니…….

계급 낮고 힘없는 귀졸이지만 눈앞이 캄캄해지는 것 같았다.

신장의 말대로 세상은 이미 뒤집혔는지도 몰랐다.

뇌옥 속의 호유화

태을 사자와 은동, 여인의 영은 그들의 뒤를 쫓는 자들이 있다는 것을 전혀 모르는 채, 알 수 없는 혼돈만이 지배하는 차원의 통로를 계속 빠져나가고 있었다.

다른 공간으로 이동하는 경우에는 으레 그러했지만, 특히 이번 뇌옥의 통로를 빠져나가는 것은 몹시 힘에 겨웠다. 어지간한 태을 사자로서도 상당한 고통을 받았고, 은동과 여인의 영은 거의 기절 상태였다.

이러한 공간 사이의 통로는 한 세계와 다른 차원을 지닌 또 다른 세계를 연결하는 것이니만치, 그중 어느 한 세계에 속해 있는 자로서는 견디어낼 수 없을 정도로 이상한 느낌을 안겨주었다.

저승 내부의 번뇌연에 뛰어들 때에는 모든 것이 어지럽게 휙휙 스쳐 지나가는 속도감 비슷한 기분을 주는 데 반해, 이번 뇌옥의 통로는 불쾌한 느낌을 주었다.

기분 탓이었을 것이지만 통로가 살아 움직이는 듯했고, 몹시 기분

나쁜 부정형의 물체 같다는 느낌을 주었다. 그리고 빠져 지나갈 때마다 통로가 점점 확대되어가는 것 같았다.

아니, 정확하게 말한다면 태을 사자의 몸이 점점 줄어들고 있는 것인지도 몰랐다. 몸을 지닌 생계의 존재들은 이런 통로를 탈 수도 없을뿐더러, 타더라도 순식간에 온몸이 짓뭉개져 사라지거나 퍼져서 없어질지도 모르는 일이었다.

육신이 없이 영체로만 이루어진 태을 사자로서도 다가오는 압박감과 불안한 기운을 감당하기 힘들었다.

결국 태을 사자는 잠깐 정신을 잃고 통로 안을 표류했다. 그러나 표류하더라도 어차피 통로의 반대쪽으로 이동되게 마련이었으니 걱정할 것은 없었다.

한참 만에야 태을 사자의 정신이 돌아왔다.

'언제 다시 통로가 열린 것일까?'

사계의 저승사자인 태을 사자가 정신을 잃는다 해서 땅에 엎어져 있다는 의미는 아니다. 둥둥 물속을 떠다니듯 허공에 떠 있다고나 할까.

태을 사자는 정신을 추스르고 신형을 수습했다.

'혹여 잃어버린 것은 없을까?'

이리저리 온몸을 살펴보았으나 다행히 모두 있었다. 여인의 영은 바로 옆에 둥둥 떠 있었으며, 은동의 영 역시 조금 떨어진 곳에 축 처진 채 떠 있었다.

두 영을 수습한 태을 사자는 혹시라도 놓친 물건이 없나 살펴보았다. 묵학선과 백아검도 있었고 울달과 불솔이 변한 고리도 있었으며 두루마리 두 개, 그 이외에 저승사자들이 보통 가지고 다니는 휴대품까지 다 있었다.

그다음으로 주변을 돌아보다가 태을 사자는 자신도 모르게 어허 하는 신음성을 내뱉었다.

그곳은 뇌옥에 대하여 들은 이야기와는 전혀 달랐다.

나지막한 언덕 위에는 풀이 우거져 있었고, 하늘은 푸르고 맑았다.

저 멀리 산에는 구름에 드리워져 있었으며 태을 사자가 있는 곳에서 조금 떨어진 아래쪽에는 이십여 호가량 되어 보이는 마을이 있었고 전답도 보였다.

과수인 듯 보이는 나지막한 나무들도 보기 좋게 늘어서 있었고 뽕나무로 보이는 아름드리나무들이 병풍처럼 마을을 둘러싸고 있었다. 정말 한적하고 그림 같은 풍경이었다. 이곳이 뇌옥이며 죄를 지은 영들이 벌을 받는 곳이라……?

"허어, 좋은 곳이군."

태을 사자는 자신도 모르게 중얼거리다 고개를 설레설레 저었다.

귀졸의 이야기에 따르면, 뇌옥은 어느 짐승 몸속의 소우주라 하였다. 짐승의 몸속이 어떻게 이러한 모습이란 말인가?

'아니, 가능할지도 모른다.'

태을 사자는 얼른 생각을 고쳤다. 상상보다 훨씬 작은 세계라면 가능할 수도 있겠다 싶었다.

저기 보이는 산 하나가 짐승 몸속의 어느 한 부분에 속하는 곳일지도 모른다. 그래서 작은 돌기 속의 또 다른 아주 작은 돌기일 수도 있지 않은가. 그렇게 본다면…….

"아저씨는 누구시어요?"

느닷없이 바로 옆에서 목소리가 들려와 태을 사자는 깜짝 놀라 옆을 돌아보았다.

그 목소리는 은쟁반에 옥구슬이 굴러가듯이 아주 맑고 티가 없었으며, 어린 여자아이의 목소리 같았다.

태을 사자가 고개를 돌리는 순간 이상한 옷을 입은 조그마한 계집아이 하나가 보였다. 태을 사자는 어안이 벙벙하여 여전히 딱딱하게 굳은 표정으로 아이를 응시하였다.

그러자 여자아이는 생긋 웃어 보였다. 느낌으로는 대략 예닐곱 살쯤 되어 보였는데, 퍽 귀여운 생김새라 나이보다 어려 보였다.

또한 몹시 귀티가 나고 피부가 백옥 같았으며 입술은 연지를 칠한 것처럼 붉었고 눈매가 약간 치켜 올라가 조금은 매서워 보이는 인상이었다.

태을 사자는 조심스러운 마음이 일었다. 인간 세상에 자주 나가던 터라, 인간들이 자신을 알아보지 못한다는 사실은 알고 있었다. 그렇기에 인간 여자아이가 자신을 보고, 더군다나 말을 건 것에 본능적으로 놀라지 않을 수 없었던 것이다. 이곳은 인간 세상이 아니라지만 만에 하나 그럴 수도 있는 노릇이 아닌가.

"내가 보이느냐?"

태을 사자가 여전히 굳은 표정으로 조심스레 묻자 여자아이가 다시 한번 생긋 웃었다.

"네에!"

"너는 누구냐? 여기는 어디지?"

태을 사자는 내심 불안했으나 조금도 기죽지 않고 아이에게 물었다.

"저는 승아丞雅라고 하옵니다. 여기는 뇌옥이지요. 보아하니 사계의 사자님이신 것 같은데…… 여긴 어인 일이시옵니까?"

뇌옥……. 그래, 여긴 분명 뇌옥이었다. 그런데 눈앞에 보이는 이것은……?

"뇌옥이 어찌 이렇단 말인가?"

"쉰네는 잘 모르옵니다만, 뇌옥은 각각이 하나의 세상 아니옵니까? 사자님이 그런 것도 모르시어요?"

승아라고 자신을 밝힌 계집아이가 까르륵 웃었다. 태을 사자는 요 계집아이가 자신을 놀리고 있구나 싶어 괘씸하기도 했지만 별 내색 않고 다시 물었다.

"그런데 이곳에 웬 마을이 있느냐?"

"모두 저승에서 죄를 지은 죄인들이 사는 마을입지요."

"그러면 너도 죄를 지어 여기에 갇힌 것이란 말이냐?"

"저야 그냥 죄인의 여식입지요. 부모의 죄가 물려진 것 아니겠사옵니까?"

계집아이는 움츠리는 기색도 없이 당돌하게 대답을 했다.

태을 사자는 짧게 한숨을 쉬고는 주변을 둘러보았다.

'귀졸의 말에 따르면 뇌옥 안의 세상은 이 세상을 이루는 짐승이 죽으면 함께 소멸된다고 하지 않았던가?'

그리고 짐승은 생계에서 아주 흔하고도 천한 생명으로 윤회한다는 이야기가 머릿속을 맴돌았다.

'호유화에게 고통을 주기 위하여 자주 멸망하고 자주 일그러지는 뇌옥, 즉 짐승의 몸에 배당했다고 하지 않았던가?'

그런 짐승의 몸속에 이런 마을이 있고 어린아이가 살고 있다니 도무지 믿기지 않았다.

'중대한 죄인을 다루는 혹독한 뇌옥이라 할지라도 아무리 하찮은 한 생명이라 하더라도 어찌 소중하게 다루지 않을 수 있을 것인가? 그런데 생계에서는 전쟁이 벌어져 수많은 사람들이 죽고 피를 흘리

는 싸움이 벌어지고 있으니……'

꼬리를 물고 이어지는 상념에 태을 사자는 애써 생각을 거두었다. 아무래도 지난번 흑풍 사자의 죽음과 윤걸의 봉인을 본 뒤로 자신이 어딘가 달라지고 있는 것 같았다.

원래 생계에서의 죽음을 다루는 저승사자들은 생과 사에 대한 일체의 것에 감정이 없는 것이 정상이었다. 그런 연유로 자신은 지금 분명 점점 덜 떨어진 저승사자로 변해가고 있음이 틀림없었다.

태을 사자는 자신이 그리되어가고 있다는 사실이 부끄러웠다. 아니다. 부끄럽다는 감정조차 원래라면 있을 수 없는 일이었다.

'이게 도대체 무슨 꼴이란 말인가! 감상에 젖고. 자꾸 감정이 생겨가고……'

그러는 사이에 승아는 정신을 잃고 있는 은동을 신기하다는 듯 보고 있었다. 은동은 본디 매우 귀엽고 잘생긴 편이었는데 영혼만 빠져나온 상태가 되자 속세의 때가 묻지 않아 더더욱 잘나 보였다.

승아는 은동을 자세히 이모저모 뜯어보더니 괜스레 킥킥 웃었다.

착잡한 심정이었던 태을 사자는 킥킥거리는 소리에 정신을 차렸다. 승아라는 계집아이가 웃고 있는 것이 아닌가.

태을 사자는 승아가 은동을 보고 웃은 것도 모르고, 자신의 멍한 모습을 보고 비웃은 것으로 오해하였다. 그렇다고 화가 나는 것은 아니었지만 체면이 구겨진 것 같아서 짐짓 화난 척하며 말했다.

"아해야, 너는 무엇을 보고 웃는 게냐?"

"사자님께서는 그럼 무엇을 보시고 그렇게 멍하니 생각에 빠져 계십니까? 저는 이 꼬마를 보고 웃었는데요?"

"그 꼬마가 왜?"

"아주 드물게 보이는 관상 같아서요."

"관상? 어떤 관상인고?"

"뒤로 자빠져도 코가 깨지고, 엎드려 자다가도 다리가 부러지고, 될 일도 안 되고 재수라고는 지지리도 없는 그런 관상요."

"허어……. 네가 그것을 어찌 아느냐?"

승아는 조금 방정맞으면서도 귀엽게 혀를 날름해 보였다.

"그러니까 이렇게 어린 나이에 벌써 죽어서 이 십팔층 뇌옥까지 끌려왔지요."

"원 참."

태을 사자가 보기에는 관상이 어쩌고 할 것도 없이 은동은 한낱 귀찮은 풋내기에 불과했다. 그런데 가만 보니 은동은 아직도 아까 자신의 소맷자락 속에 넣어두었던 화수대를 손에 꽉 쥐고 있었다.

태을 사자는 화수대를 도로 회수하여 걸리적거리는 두루마리를 넣으려 하였으나 은동은 화수대를 꽉 쥐고 정신을 잃은 상태였다. 그렇다고 힘을 주어 은동의 손가락을 풀기도 뭣해서 태을 사자는 내버려두며 말했다.

"그렇다면 너도 어린 나이에 뇌옥에 있으니 뒤로 자빠져도 코가 깨지고, 엎드려 자다가도 다리가 부러지고, 될 일도 안 되고 재수라고는 지지리도 없는 그런 관상이겠구나."

승아의 얼굴이 갑자기 뾰로통해졌다. 농담으로 한 것이라면 그냥 넘어갈 것이었으나, 태을 사자는 농담을 할 줄 아는 성격이 아니었다. 단지 떠오르는 대로 엄숙하게 말한 것뿐이었다.

'아니, 이런 어린아이를 상대로 실없기 이를 데 없는 말을 내뱉다니?'

태을 사자는 저으기 당황하여 고쳐 말했다.

"내 너를 놀리려고 한 말은 아니다. 어쩌다가 그런 말을 했는지 모르겠구나. 화내지는 말거라."

그러자 승아가 태을 사자를 빤히 올려다보며 물었다. 아이의 얼굴에 슬픔의 기색이 설핏 스쳤다.

"제가 불쌍하십니까?"

"무엇이 불쌍해?"

승아가 한숨을 쉬면서 말했다.

"조금 있으면 이 세계는 또 무너진답니다. 그럼 쇤네는 또 한없는 고통을 겪게 되겠지요. 사자님께서는 우주가 무너지는 고통을 아시는지요?"

"……."

"그까짓 농지거리 좀 한들 어떻습니까? 하온데 사자님께서 너무 정색을 하시기에……. 그래서 쇤네를 불쌍하게 여기시는 거냐고 물어본 것이옵니다."

"불쌍하다면 불쌍하고, 그렇지 않다면 그렇지 않은 것이지. 어쨌거나 너는 왜 그리 말이 많으냐?"

"귀찮으시면 그만두고 쇤네는 가겠습니다."

"아니다, 잠깐 기다려라. 내 물을 것이 있다."

"뇌옥에 빠져서 허덕거리는 천한 것이 어찌 사자님의 질문에 대답할 만한 것을 알겠습니까?"

"허어, 거참. 말 한번 잘하는구나."

태을 사자는 영악하게 말대답을 하는 승아가 결코 밉지는 않았다.

오히려 오래간만에 누군가와 대화를 하는 것이 재미있게 느껴졌다.

"너는 내가 미운 게냐? 왜 자꾸 그러는 게야?"

"여느 사자님들 같으면 감정이 없으실 텐데…… 어째 사자님은 다른 분들과 조금 다른 것 같습니다. 사자님 맞으신지요?"

"맞다마다. 나는 태을이라고 한다. 내가 요즘 이상한 일을 많이 당하여 기분이 묘해서 그러니 이상하게 생각마라."

아닌 게 아니라 태을 사자는 요즘 들어 이상하게 감정이 생기는 것 같아서 의아하게 여기던 차였다. 그런 참이라 승아의 대꾸에 찔끔하여 변명 비슷한 말을 했다. 그러자 승아가 돌연 웃었다.

"왜 웃는 것이냐?"

"제가 불쌍하십니까? 불쌍하게 여기실 바에는 왜 이런 참혹한 벌을 주시는지요? 그것이 말이 되지 않는 듯하여, 사자님 때문이 아니라 그러한 율법이 우스운 생각이 들어서 웃어본 것이옵니다. 호호……."

태을 사자는 뭔가 묘한 것을 느꼈다. 승아가 마지막에 내뱉은 웃음소리는 어린아이 같지 않은, 성숙한 여자에게서나 나올 성싶은 묘한 울림이었다. 순간 태을 사자는 벼락같이 소매에서 묵학선을 떨쳐들면서 고함을 쳤다.

"어느 앞이라고 함부로 수작을 부리느냐! 네 정체가 무어냐!"

동굴 안에는 한줄기 햇살이 어스레하게 스며들고, 차분하게 내려앉은 적막만이 감돌았다. 혈전의 기운이 감도는 탄금대 벌과는 사뭇 다른 평화이자 고요였다.

"끄으응……."

흑호는 황소만 한 몸을 뒤척이다가 문득 정신이 들었다. 얼마나 오랫동안 정신을 잃고 있었는지는 알 수 없었다. 정신이 들자마자 반사적으로 고개를 쳐들며 경계 자세를 취했다.

고아한 눈빛의 승려 유정의 모습이 눈에 들어왔다.

그렇지 않아도 은동의 몸을 가져간 이 승려를 찾으려고 애를 썼는 터라 막상 이렇듯 눈앞에 있는 승려를 보자 흑호는 기뻐서 소리를 질렀다. 호랑이 특유의 포효 소리와 함께 전심법으로 유정에게 흑호의 말이 전달되었다.

"스님, 어쩐 일이시우? 나는……."

땅에 뭔가를 써가며 진중한 생각에 여념이 없던 유정이 고개를 돌리면서 온화한 미소를 지어 보였다.

"괜찮으시오?"

"스님께서 나를 구해주셨구려. 감사허구 또 감사허우. 허허……."

"그나저나 그대 다리에 있던 글자는 무엇이오? 내 해독하기는 했소만…… 무슨 뜻인지는 알지 못하겠구려."

그 말에 흑호는 눈을 화등잔만 하게 뜨며 깜짝 놀랐다. 증조부님 호군이 남기신 녹도문을 이 승려가 해독했단 말인가?

"그…… 그 글을 해독했수? 정말?"

유정은 고개를 끄덕이며 땅바닥을 가리켰다. 흑호는 땅바닥에 나뭇가지로 쓴 글씨를 내려다보았다. 흑호가 다리에 새긴 녹도문 글자와 그것을 해석해놓은 듯한 한자였다. 그리고 그 너머로 정신을 잃은 은동의 몸과 책 한 권이 보였다.

유정이 은동의 품에서 『녹도문해』를 찾아내어 글을 해독한 것이 분명하였다. 흑호는 녹도문은 알지 못했지만 한문이나 언문은 대강 알아볼 수 있었기에 내용을 읽을 수 있었다.

왜란 종결자倭亂終結者를 찾아 보호하라.

한적하고 평화로운 마을 같은 뇌옥에 팽팽한 기운이 맞섰다.

태을 사자가 긴장하여 승아에게 호통을 치자 그의 몸에서 도력이 솟구쳤다. 순간 주변을 먹장같이 만들면서 검은 돌개바람 같은 것이 일었다.

생계였다면 눈에 보이는 변모가 일어나지 않았겠지만 이곳은 생계가 아니라 사계였다. 더구나 태을 사자는 현재 백아검을 통해 간접적으로 전달받고 있기는 하나 윤걸의 법력을 모두 얻은 상태였다. 흑풍의 법력까지도 더하여 위세가 자못 흉흉했다.

순간 승아라는 계집아이는 얼굴이 하얗게 질리더니 그대로 몸이 굳어버린 듯했다. 승아의 눈이 믿어지지 않을 정도로 커다랗게 떠지며 갑자기 눈물이 주르륵 흘러내렸다.

"어…… 어째서 그리…… 화를 내시어요……?"

승아의 모습은 너무도 측은했다. 감정이 없는 저승사자였으면 모르겠으되, 이상하게 감정이 살아났다. 금방이라도 묵학선을 거두고 다독거려주고 싶을 정도였다. 왜 이렇듯 어린 것을 의심할까 하는 마음도 들었으나 애써 긴장을 풀지 않았다. 다년 동안 쌓은 경험에서 얻은 예감이 예사롭지 않았기 때문이었다.

"네 본색을 드러내라!"

"본…… 본색이라니요……?"

승아는 다리를 후들후들 떨면서 털썩 주저앉았다. 그때였다. 태을 사자의 뒤에서 은동이 버럭 외쳤다.

"그만하세요!"

태을 사자는 놀라 뒤를 돌아보았다. 은동이 씩씩거리며 태을 사자에게로 달려오는 것이 보였다.

뇌옥의 통로를 지나는 충격에서 벗어나 정신이 든 은동은 태을 사자가 어린 여자아이를 매섭게 몰아붙이는 모습을 보자 아찔했다. 자칫하면 공격할 것 같아 다급한 마음에 소리를 친 것이다.

은동이 전심법을 배운 바는 없지만 다급하게 소리를 치자 마음속의 울림이 자연스럽게 전심법의 형태로 나타나 말문이 터지게 되었다고 할까?

그러나 은동은 그런 것을 인식하지도 못하고 있었다. 태을 사자가 눈살을 찌푸리며 은동을 바라보는 사이, 은동은 다람쥐처럼 달려와서 승아에게 물었다.

"괜찮니?"

승아가 울먹이는 표정으로 고개를 끄덕이자 은동은 태을 사자를 보고 말했다.

"사내대장부가 되어 나이도 어린 계집아이를 어찌 괴롭히나요?"

외아들로 자란 은동이었다. 홀로 외롭게 자라 동생이 있었으면 좋겠다고 늘 바라왔다. 그래서인지 비록 어린 나이이긴 했지만 어린아이에 대한 동정심이 많았다. 차라리 자신이 야단을 맞으면 맞았지, 자기보다 나이 어린 아이들이 괴롭힘을 당하거나 꾸지람을 듣는 것을 그냥 보지 못했다.

하지만 은동이 계속 정신을 차리고 있는 상태였다면 이야기는 달라졌을 터. 태을 사자가 저승사자이며 이곳은 저승 밑바닥인 뇌옥이라는 것을 생각하여 별소리하지 않고 있었을지도 모른다.

정신을 잃었다가 막 깨어난 터라 은동은 아직도 얼떨떨한 상태였다. 그래서 불쑥 평소의 행동이 나오고 만 것이었다.

태을 사자는 요 어린것이 감히 자신에게 대들고 나올 줄은 몰랐던지라 기가 막혀 은동을 바라보다가 말했다.

"네가 무얼 안다고 끼어드느냐? 저리 비켜라!"

아무것도 모르는 은동은 승아가 귀여워 계속 감싸고돌았다.

"꾸짖을 일이 있어도 말로 하시면 그만 아닙니까? 손찌검까지 하려 들다니요?"

태을 사자는 화가 나서 영력을 담아 크게 소리를 질렀다.

"저리 비켜라! 저 요사한 것이 너를 홀렸나 보구나! 저 아이가 바로 호유화란 말이다!"

그 말을 듣자 은동은 아까의 기억이 새삼 되살아났다. 움찔 놀라며 한두 발자국 승아에게서 떨어졌다. 그러나 다시 보아도 승아는 조그마하고 귀여운 여자아이일 뿐, 괴수 같아 보이지는 않았다. 은동이 피식 웃었다.

"요 여자아이가 삼천 살이나 먹은 구미호란 말입니까? 에이, 그럴 리가요?"

그러자 태을 사자는 발을 굴렀다.

"호유화는 영통한 환수인지라 둔갑에 능하다! 저것은 필경 호유화의 변신일 것이야. 나를 희롱하였으니 혼이 나야 마땅하다!"

"이 아이가 사자님을 희롱했습니까?"

"둔갑술로 진짜 정체를 감추었으니 나를 속이고 희롱한 셈이지!"

"사자님은 호유화의 진짜 정체를 아십니까?"

"호유화는 구미호다! 꼬리 아홉 달린 여우란 말이다!"

"이 아이는 꼬리도 없고 여우 형상도 아닌데 어찌 호유화라고 하십니까? 그리고 이게 진짜 호유화의 모습이라면 또 어찌하시렵니까?"

승아가 울먹울먹하는 목소리로 외쳤다.

"나는 아니에요! 나는 절대 그분이 아니에요!"

"에잇! 누가 너와 말장난을 하자고 했느냐! 썩 비키지 못할까!"

태을 사자는 말을 할수록 화가 났다. 애당초 환수인 호유화에게 금제를 가하고 본때를 보여주어 말을 듣게 해야 할 것이라 여기고 있었다. 성계에서도 말을 듣지 않은 망나니가 자신의 말을 고분고분하게 들을 리가 없었다.

그런데 호유화는 오히려 당돌하게 둔갑하여 자기를 속이려 하지 않는가. 하마터면 깜박 속아넘어갈 뻔했다는 생각에 태을 사자는 화가 치밀었다. 엄격한 저승의 법도를 지키며 살아왔으며 웃음이나 농지거리를 하는 등의 감정이 없었고, 또 거짓말로 남을 속이는 것은 큰 죄악으로만 알고 있던 태을 사자였다.

그렇듯 엄격한 태을 사자에게 호유화가 죄를 지었으니 어찌 꾸짖고 화를 내지 않겠는가? 그러나 저승사자의 세계가 어떠한지 이해하지 못하는 은동으로서는 태을 사자가 공연히 화를 낸다고밖에 볼 수 없었다.

"쇠…… 쇤네는 절대 그분이 아니옵니다. 절대로……."

"아까 웃을 적에 본색이 드러났다! 네가 정말 어린아이라면 어찌 그런 웃음소리가 나온단 말이냐! 너는 호유화지?"

태을 사자는 다짜고짜로 몰아붙였다.

은동이 야무지게 따지고 있었고 저 요사스러운 것이 변명했지만 태을 사자는 확신하고 있었다. 분명 귀졸의 이야기와 이 판관의 이야기로는, 이 뇌옥에는 호유화만이 갇혀 있으며 그녀는 너무도 악명이 높아 수백 년 이래 아무도 그녀를 만나지 않았다고 하지 않던가.

호유화는 기문둔갑술에 능하고 변신에 능하여 천상의 신장들조차 희롱하고 유유히 포위망을 벗어나 달아날 정도라고 했다. 찰나지간이기는 했지만 승아라는 계집의 음성에 섞인 어조는 꾸민 것이 분명하였다. 그러나 승아는 계속 울면서 잡아뗐다.

"저는 절대 그분이 아닙니다! 절대로 아닙니다! 천지신명께 맹세합니다!"

"너처럼 천지를 우습게 보는 요물이 천지신명께 맹세한다고 내가 믿을 줄 아느냐?"

"저는 아닙니다. 제가 그분이라면 저는 영영 뇌옥에서 나가지 못할 것이고 사흘을 넘기지 못하고 썩어서 죽을 것입니다!"

승아가 단호하게 말하자 태을 사자는 조금 긴장을 늦췄다. 원래 태을 사자는 거짓말을 할 줄 몰랐으니 이 정도 맹세를 한다면 정말 이 아이가 호유화가 아닐지도 모른다는 생각도 들었다.

저승에서의 맹세는 생계에서의 맹세와는 차원이 다르다. 사계의 존재들은 거짓말과 거리가 멀었고, 더구나 철저한 인과응보의 율법 아래서 살아온 존재들이라 맹세를 하면 믿어도 좋았다.

"정말 너는 구미호 호유화가 아니냐?"

"맹세코 아닙니다."

"흠……."

은동이 태을 사자에게 말했다.

"그것 보세요. 아니라고 하잖습니까?"

태을 사자는 힐끗 은동과 승아를 쳐다보았다. 그러자 승아가 비록 얼굴은 울고 있었지만 은은한 미소를 머금고 은동의 옆모습을 바라보는 것이 눈에 들어왔다. 그 모습을 보는 순간 태을 사자는 다시 부쩍 의심이 들었다.

"네가 여우는 아니라 할지라도 요사스럽기 짝이 없구나! 좋다. 그러면 어서 대라. 여기는 분명 뇌옥이고 뇌옥에는 호유화만이 갇혀 있다는데 네가 그 여우가 아니라면 너는 어디서 온 것이냐?"

"제가 어디서 오다니요?"

"여기는 지옥 십팔 층 중에서도 가장 깊은 뇌옥이다! 그런데 너 같은 어린 계집아이가 무슨 죄를 어떻게 지어서 이리로 들어오게 되었느냔 말이다!"

태을 사자는 저승사자였으니만큼 저승의 법도에 대해 어지간히 알고 있었다. 저승의 법도에도 체계가 있었으니 생계에서 제아무리 대죄를 지었다고 해도 한낱 어린아이의 몸으로 뇌옥으로 들어오기란 매우 힘든 일이었다.

승아는 눈 하나 깜짝하지 않고 줄줄이 말을 쏟아냈다.

"저는 호유화 님에게 딸린 몸으로 호유화 님을 섬기고 있습니다. 나면서부터 그리하도록 되어 있었기에 어찌하여 그리되었는지는 모르오나 지금 말씀드리는 것에 추호도 거짓은 없습니다."

"정말이냐?"

은동도 옆에서 한마디 거들었다.

"이분은 좋은 분이야. 거짓말하면 안 돼. 거짓말 아니지?"

승아는 눈에 눈물을 매단 채로 고개를 끄덕끄덕했다.

"절대로 아냐. 맹세할게."

태을 사자는 의심을 풀지 않았다.

"네가 호유화를 모시고 있는 몸이라면, 지금 호유화가 어디 있는지 알렷다?"

"예……? 아, 예……."

"그러면 어서 우리를 그리로 안내하여라. 지체할 여유가 없다."

"안내하는 것은 어렵지 않사오나 어떤 연유로 호유화 님을 찾으시는 것인지요? 잘못하면 쇤네가 크게 꾸중을 듣습니다."

승아를 의심하고 있는 태을 사자는 신중을 기하느라 승아에게 자신의 목적을 말하지 않았다.

"가서 내 직접 말할 것이니라. 나는 너를 아직 믿지 못하겠으니 호유화를 만나게 해주면 그때 말할 것이다."

승아는 뭔가 궁리하는 눈치였다. 그러면서 은동과 태을 사자, 뒤의 여인의 영까지 한 번씩 번갈아가며 쳐다보았다. 여인은 그제야 정신을 차린 것 같았는데 정신을 차리자마자 구슬프게 흐느꼈다. 우는 것밖에는 모르는 영인 것 같아서 태을 사자는 약간 짜증이 났다.

"저 아가씨는 누구십니까? 저분도 볼일이 있습니까?"

"있다면 있다고 할 수 있고 없다면 없다고도 할 수 있느니! 자, 어서 앞장서라!"

승아는 내키지 않는다는 듯 서서히 앞장서서 일행에게 길을 안내했다. 그러고는 때때로 뒤를 돌아보았다. 그러나 태을 사자에겐 눈길도 주지 않고 은동과 여인만을 흘금거리며 볼 뿐이었다. 여인은 길을 가는 동안에도 계속 구슬프게 울어댔다.

은동은 여인에 대한 이야기를 대강 들어 알고 있는 터라 여인이 측은했다.

하지만 태을 사자는 자꾸만 흘금거리는 승아가 마음에 들지 않는다는 듯, 대뜸 호통을 쳤다.

"만약 꾸물거리거나 내뺄 생각을 한다면 용서치 않으리라!"

"왜란 종결자? 왜란 종결자가 뭐유?"

흑호는 어리둥절한 눈빛으로 유정에게 물었다. 그러나 유정도 똑같이 어깨를 으쓱할 뿐 잘 모르겠다는 표정이었다. 그러다가 조금 더 생각한 뒤 흑호에게 전심법으로 말했다.

"왜란 종결자라……. 이 왜란을 끝낼 사람을 말하는가 보오."

"왜란을 끝낼 사람? 그러니 그게 누구냔 말유?"

"난들 알겠소? 이 책으로 『해동감결』을 풀이해보면 뭔가 알 수 있을 것도 같지만……. 천기에 얽힌 일을 내 어찌 알겠소? 아미타불."

"천기에 얽히긴 뭐가 얽히우. 천기니 뭐니 모든 게 뒤죽박죽되어 가는 판인데."

흑호의 말에 유정은 찔끔하면서도 한편으로는 크게 놀랐다. 서산대사로부터 천기가 어그러지고 있다는 이야기를 들은 바는 있었지만, 일개 금수에게서 그런 말이 나올 줄은 몰랐다. 제아무리 도를 닦은 영물이어도 말이다. 흑호는 생각을 짜내듯 대가리를 흔들흔들하다가 으르릉 소리를 냈다.

"이거 도저히 모르겠구먼, 제기. 그런데 내 몸이 가볍고 아프지가 않수. 스님이 고쳐주었수?"

흑호는 유정이 고마웠다. 인간들을 그리 좋아하지 않았으나 이 스님은 마음씀씀이가 자상하고 법력도 깊은 것 같으니 믿어도 되겠다는 생각이 들었다.

'비록 인간이지만 이 스님의 도움을 청하면 어떨까?'

유정 역시 궁금한 것이 많은 점은 흑호와 매일반이었다. 서로 호감이 가지 않았다면 이런 자리도 없었으리라.

'이 스님이라면 뭔가 도움이 될 거여. 게다가 나를 구해준 은인이 아닌가?'

흑호는 잠시 망설이다가 저승사자를 만난 일과 마계의 괴수와 겨룬 일 등등 그간의 이야기를 유정에게 소상하게 들려주었다. 도저히 상상조차 할 수 없는 이야기에 유정은 크게 놀랐다.

흑호는 아직 우주 전체의 순환에 대해서는 잘 이해하지 못했다. 때문에 이 일이 사계나 다른 계까지 영향을 주는 큰일이라는 것은 말하지 않았다.

그저 마계라는 다른 세계에서 온 마수들이 무언가를 노리고 인간의 역사에 개입하여 천기를 깨뜨리고 있다는 것과 그것을 막기 위하여 태을 사자 등의 저승사자 일행들이 애를 쓰고 있다는 것, 신립의 패전도 아무래도 마수들의 개입 때문에 그리된 것 같다는 것, 자신은 신립에게 귀띔을 해주러 왜병 진지 근처로 갔다가 마수들의 공격을 받고 왜장의 화살에 상처를 입어 이리되었다는 것 등등…….

흑호의 말을 듣고 난 뒤 유정은 한숨을 내쉬었다.

"그 왜장이야말로 왜군의 선봉장인 고니시라오. 그자를 죽이지는 않더라도 크게 다치게만 했으면 왜군은 지리멸렬해졌을 터이고, 신장군도 그 틈을 타 포위망을 돌파했을지도 모르는 일인데……. 아깝군, 아까워. 나무아미타불."

그 말을 듣자 흑호도 몹시 아쉬운 표정을 지었다. 단순히 왜장 중 좀 높은 자로만 알았지, 한양으로 진군하는 선봉 부대의 대장일 줄은 몰랐다.

"에이, 그럴 줄 알았으면 이판사판으로 그놈을 없애버리는 건데……. 다시 갈까?"

"그만두시오. 지금 다시 가면 개죽음만 당할 것인즉."

유정은 흑호의 이야기를 다 듣고 난 뒤에도 차마 믿어지지 않는다는 얼굴이었다. 한참을 생각한 연후에야 흑호의 말이 앞뒤가 맞는다는 사실을 깨달았다. 그러나 도저히 믿을 만한 규모의 이야기가 아니었다.

'노스님께서도 천기가 어그러진다는 말씀을 하시었고, 신립이 탄금대에 진을 쳐 패배를 자초하는 것을 납득할 수 없다 하시지 않았던가? 하지만…… 이 호랑이의 이야기를 들어보니 과연 앞뒤가 맞기는 하지만 너무나 허황되어 감히 믿을 수가 없구나.'

유정은 또다시 생각에 잠겼다.

'지금은 그것보다도 급한 일이 있다. 무애를 시켜서 『해동감결』을 노스님께서 계시는 금강산으로 빨리 갖다 드리라 일러놓았지만, 노스님께서 『해동감결』에 쓰인 녹도문을 제대로 해석하실 수 있을지는 알 수 없구나.'

그러나 이 『녹도문해』만 있다면 『해동감결』의 해석이 그리 어렵지 않을 것 아닌가? 유정은 기왕에 신립의 패배가 확실하니 여기에서 헛되이 시간을 낭비해선 아니 된다고 판단했다. 한시라도 빨리 금강산으로 『녹도문해』를 가지고 가서 『해동감결』을 해석해야겠다는 조바심이 일었다. 문득 정신을 잃고 있는 은동이 떠올랐다.

"그런데 이 아이는 어찌된 일이오? 혼이 나간 것 같으니……."

"혼이 나간 것 맞수. 다 내 잘못이우만……."

흑호는 은동의 몸에서 혼을 빼내었던 이야기를 유정에게 들려주었다. 그러자 유정은 다시 한숨을 길게 내쉬었다. 흑호는 아이에게 몹쓸 짓을 한 것을 이미 마음속 깊이 뉘우치던 참이라 유정에게 자신 있게 말했다.

"조금 있으면 태을 사자가 아이의 혼을 가지고 올 거유. 여기는 인적이 별로 없으니 안전할 거 아니우?"

"허허, 어떻게 이런 일이 있나? 좌우간 또 이러면 아니 되오."

"알겠수. 안 그래도 뉘우치는 참이우."

"어쨌든 나는 일이 급하니 그만 가보아야겠소. 이 아이에게 부친을 만날 수 있도록 힘써보겠다고 했지만, 아이가 의식을 잃고 전투가 한창이니 약속을 지킬 수 없어 미안하구려."

"부친? 그럼 이 꼬맹이의 아비가 신립의 군중에 있수?"

"그렇소. 왜병의 손에 모친이 돌아가시고 아비만 남은 모양이던데 그마저도 전투에 지면 목숨을 잃기 십상이니 딱하기 그지없구려. 아비의 이름이 군관 강효식이라 하던데……."

"쯧쯧, 세상에……."

흑호는 다시 한번 죄책감에 몸 둘 바를 몰랐다. 얼마 전 증조부를 잃은 처지이질 않던가. 은동이 위험에 빠진 아버지를 찾아 전쟁터까지 왔다는 것이 측은하기도 하고 대견스럽게도 여겨졌다. 그런데 그런 아이를 도와주지는 못할망정 오히려 혼을 빼내 이 꼴이 되게 하다니…….

"스님은 가시우. 내가 이 아이의 정신이 돌아오는 대로 아비를 만나도록 해보겠수."

"그러나 마수들이 있다 하지 않았소? 그 속을 들어간다는 것은……."

"밤이 되어 태을 사자가 저승에서 마수들을 잡으러 신장들을 우르르 데리고 올 거유. 그럼 마수들도 찍소리 못 할 테니 뭐 그 정도 못하겠수?"

"그렇다면 다행이오만……."

그래도 유정은 정신까지 잃은 어린아이를 호랑이 옆에 두고 떠나는 것이 아무래도 마음에 걸리는 듯했다. 그러나 은동을 데리고 가면 이 아이의 혼을 거두어 갔다는 저승사자와 또 길이 엇갈릴 터이니 그럴 수도 없는 노릇이었다.

유정은 또 한 번 흑호에게 다짐을 해두기로 마음먹었다.

"그대가 정 그렇다면 나와 약속을 해주어야겠소. 정말 이 아이를 잘 지켜줄 수 있겠소?"

"물론이우! 내 몸이 가루가 되더라도 이 아이를 지킬 거유."

"좋소. 그러면 이 아이가 의식을 회복하는 대로 금강산 표훈사로 오시오. 반드시 이 아이를 멀쩡한 정신으로 되돌려놓고 나에게 데려와주어야 하오. 이 책은 내가 잠시 빌리는 것이라 나중에라도 은동이에게 돌려주어야 하니 꼭 명심하시오."

"금강산 표훈사라고 했수? 알았수."

"만에 하나라도 이 아이에게 무슨 일이 생기면 내 그대를 용서치 않을 것이오!"

유정은 매섭게 법력을 쏟아 흑호에게 따끔하게 일렀다. 흑호는 조금 기분이 상하기도 했지만 연신 고개를 끄덕였다.

"염려 마시우. 내 비록 금수이나 그 정도 도리는 알고 있는 몸이우. 맹세하리다. 이 아이를 온전하게 스님께 데려가지 못하면 내 스스로 골통을 깨고 그 자리에서 죽어 보이겠수. 됐수?"

"그렇다면 됐으이."

유정은 내키지 않는 양 천천히 몸을 일으켰다. 그리고 『녹도문해』를 지니고서 축지법을 사용하여 금강산으로 달려가기 시작했다.

흑호는 은동의 옆에 앉아 왜란 종결자가 도대체 누구이며, 호군은 어째서 그런 글을 남긴 것인지 곰곰 생각에 잠겼다. 그렇듯 조용히 앉아만 있자니 답답하여 좀이 쑤시는 것 같았다.

'아참, 아까 나 때문에 조선군이 필사적으로 돌격을 감행하였는데 승패도 모르고 있구먼. 그래, 이 아이에게 몹쓸 짓을 한 이상 뭔가 보답을 해주어야겠어.'

흑호는 좋은 생각이라는 듯이 히죽거렸다.

'가만, 이 아이 아비가 군관 강효식이라구 했지? 그 사람을 빼내 오면 좋아하지 않을까?'

참으로 그럴듯했다. 그러고 보니 아까 왜병의 진중에서 언뜻 마주친 군관이 떠올랐다. 얼굴이 은동과 닮았으니 강효식이 분명할 것이었다.

'그러면 이거 그리 어렵지 않겠구먼. 단 하나…… 마수들이 문제

인데……'

겁나게 덤벼드는 마수들이 조금은 두려웠지만, 아까 보니 마수들은 영혼을 회수하느라 전투가 끝난 싸움터에만 주로 돌아다니는 듯했다.

조선군이 주로 돌격을 하는 형편이니 마수가 있는 곳은 왜병 진지 부근이 틀림없었다.

'그렇다면 조선군 진영 부근에는 마수가 없을 터이고 군관 하나 정도는 쉽게 빼내 올 수도 있지 않을까?'

거기까지 생각이 미치자 흑호는 좀이 쑤셔서 태을 사자가 돌아오는 밤까지 그대로 앉아 있을 수가 없었다. 벌떡 일어나 굴 밖으로 나갔다. 남의 눈에 뜨일까 봐 나무 한 그루를 앞발로 쳐 쓰러뜨려 굴 입구를 완전히 막았다. 그리고 마음놓고 달리기 시작했다. 탄금대의 뒤, 강 쪽으로 돌아 조선군 진영으로 들어갈 작정이었다.

승아의 안내를 받아 길을 가는 동안, 은동은 아까 참에 우연히 보았으나 이야기하지 못했던 부분이 줄곧 마음에 걸렸다.

'이 판관의 일을 태을 사자에게 이야기해주어야 하나 말아야 하나?'

처음에는 태을 사자에게 물어보려고 애를 썼지만, 무뚝뚝하게 대하는 태을 사자에게 부아가 나서 말을 하지 않겠다고 결심했다. 그러나 지금은 자신이 너무 넘겨짚는 것이 아닌가 싶기도 들었다.

'저승에서 이 영혼들은 못 하는 것이 없이 마음대로 움직일 수 있어. 하물며 울달, 불솔 같은 거인은 쇠고리로 변하기까지 하지 않았어? 그렇다면 노 서기가 이 판관의 손바닥으로 들어간 것도 혹시 둔갑이나 재주의 일종이 아닐까? 만일 그것이 아무 일도 아니라면 태

을 사자에게 구태여 그 일을 이야기해보아야 핀잔밖에는 듣지 못할 거야.'

이런저런 고민에 골똘하게 잠긴 은동이었건만 태을 사자는 은동에게 눈길 한번 주지 않았다. 은동은 설혹 자신이 면박을 받더라도 찜찜한 점을 이야기하고 넘어가는 것이 좋을 듯하여 태을 사자에게 말을 걸었다. 그러나 역시 조금은 꺼리는 구석이 있었기에 말이 잘 나오지 않았다.

"잠깐만요, 사자님!"

"왜 그러느냐?"

"큰일이 있습니다. 아까부터 이야기하려고 한 일인데……."

"무엇이냐?"

"저……. 영혼이 손바닥으로 빨려 들어갈 수도 있습니까?"

웬 뜬금없는 질문인가 싶어 태을 사자는 고개를 갸웃했다.

"무슨 소리를 하는 게냐?"

은동은 이 판관이 노 서기의 영혼을 손바닥으로 빨아들이는 광경을 보았다는 이야기를 태을 사자에게 들려주었다. 그러자 태을 사자가 깜짝 놀라 목소리를 높였다.

"그게 무슨 소리냐? 이 판관님이 노 서기를 어찌했다구?"

"손바닥으로 빨아들였어요. 노 서기인지 하는 영감님은 계속 비명을 지르다가 결국은 없어졌는데……."

"그만두어라! 네가 잘못 본 것일 테지!"

태을 사자는 화를 냈다. 도대체 말이 되지 않는 소리였다. 은동의 말대로라면 이 판관이 노 서기를 흡수하여 소멸시켰다는 뜻인데, 도대체 무슨 이유로 이 판관이 그런 짓을 한단 말인가? 은동은 은동대로 부아가 치밀었다.

"잘못 본 게 아니에요!"

"그러면 거짓말일 테지."

"거짓말도 아니라구요!"

"좌우간 나는 믿을 수 없다! 도대체 말이 되는 소리를 해야지."

은동은 답답해져서 곁에 가던 여인의 영을 붙들고 편을 들어달라고 졸랐다.

"아가씨도 같이 보았잖아요? 뭐라고 해줘요."

신 장군만을 찾으며 흐느끼던 여인의 영이 은동이 말을 걸자 흐느낌을 잠시 멈추었다. 그러고는 은동을 내려다보더니 갑자기 손을 뻗어 은동의 머리를 쓰다듬었다.

은동이 말을 시키자 조금 제정신이 돌아오는 것 같았는데, 여인의 의외의 행동에 은동이나 태을 사자는 어안이 벙벙했다. 여인이 엉뚱한 말을 했다.

"귀엽구나. 나이가 꼭 내 동생뻘이야."

여인은 스무 살이 조금 안 되어 보였는데, 은동 나이 또래의 동생이 있는지 아닌지는 은동으로선 관심 밖의 일이었다. 그저 여인이 딴소리를 하는 통에 애가 탔다.

"그러지 말고 말 좀 해주어요. 아까 판관이 그 노인을 없애버리는 걸 같이 숨어서 봤잖아요?"

"날 누나라고 부르려무나. 그래주지 않겠니?"

"그럴게요, 누님. 봤지요? 저와 같이 보았지요?"

그러자 그 여인은 처음으로 웃는 얼굴을 하더니 태을 사자에게 말했다.

"봤습니다."

태을 사자는 시큰둥한 표정을 지었다.

"뭘 보았나?"

"이 아이가 말한 대로입니다."

"이 아이가 말한 게 사실이라고?"

"그렇습니다."

"이 아이가 말한 것을 너도 본 것이 맞느냐?"

"맞습니다."

앞에 가던 승아가 끼어들어 한마디 했다.

"이 아이가 거짓말한 게 맞지요?"

여인은 약간 정신을 차리기는 했지만 아직도 얼떨떨한 듯이 대답했다.

"맞습니다."

태을 사자는 어이가 없다는 듯 혀를 끌끌 찼다.

"정신이 나가서 헛소리를 하는 여인에게 말을 시켜서 무엇하느냐? 너 자꾸 쓸데없는 소리를 지껄이면 혼을 돌려주지 않고 지옥에 놔두고 가겠다!"

그러자 은동은 찔끔하여 입을 다물었다. 노 서기를 이 판관이 없애건 말건 상관없는 일이었지만, 아까 노 서기의 울부짖음을 생각하니 불쌍하다는 마음을 접을 수가 없었다. 그렇지만 태을 사자가 저렇게까지 말하니 입을 다물 도리밖에는 없었다.

은동이 입을 다물자 이번에는 승아가 태을 사자에게 이 둘은 어떻게 같이 오게 된 것이냐고 꼬치꼬치 캐물었다. 태을 사자는 대답하지 않았다. 그러는 동안 여인은 멍한 얼굴로 은동에게 말을 건넸다. 여인도 은동처럼 말문이 열린 것 같았으나 여전히 제정신인 것 같지는 않았다.

"이름이 뭐니?"

은동은 여인이 제대로 이야기를 하지 않아 태을 사자에게 구박을 받기는 했으나, 그 때문에 가엾은 여인을 원망할 만큼 속이 좁지는 않았다. 여인이 말을 걸자 은동이 선선히 대답했다.

"원래 이름은 강은호라 하는데 그냥 은동이라고 부른답니다."

"그렇구나. 은동아, 귀엽기도 하지. 난 금옥金玉이라 한단다."

"……."

"아까 누나도 네가 말한 걸 다 봤는데……. 안타깝구나. 아아, 그런데 신 장군은 어찌되셨을까. 은동아, 내가 한 일이 정말 잘못이라고 생각하니?"

"무슨 일요?"

"난 신 장군을 뵙고 싶어서…… 풍생수의 말을 들었는데……."

은동은 아까 태을 사자와 흑호의 이야기도 들었고, 태을 사자가 이 판관에게 경과를 아뢰는 말도 들은 까닭에 여인의 일에 대해 대강은 짐작하고 있었다. 그래서 고심하며 대답했다.

"누나를 이해할 수는 있을 것 같아요. 그러나 잘하신 것 같지는 않네요."

"그래……. 그렇구나. 내가 왜 그랬을까? 이제 조금씩 정신이 드는 것 같아……. 이상해. 내가 왜 그랬을까? 도대체 왜……. 신 장군에게 무슨 일이 생기면 어떻게 해……."

금옥은 다시 흐느끼기 시작했다. 그 모습을 보고 은동은 마음이 무거워졌다.

'그리도 멍하고 아무 말도 하지 못했던 금옥 누나가 어째서 제정신이 든 것일까? 모르는 일이야.'

은동은 특별하게 기대하는 마음 없이 금옥에게 물었다.

"누나는 어떻게 해서 그런 일을 하게 되었나요?"

"나는…… 나는 신 장군이 야속해서 집에 불을 지르고 자살을 했단다. 그러나 죽고 나서 금방 후회했지……."

금옥은 신립이 야속하여 세상을 도저히 살아갈 수 있을 것 같지 않아 자살을 하였다. 하지만 죽어서 저승사자에게 인도되어 가는 동안 몹시 후회스러웠고 상심하여 미칠 지경이었다. 그러다가 차츰 정신이 희미해졌다고 하는데, 그다음의 일은 잘 기억이 나지 않았다. 은동은 퍼뜩 의아심이 일었다.

'가만있자. 금옥 누나의 말이 사실이라면…… 이 누나는 저승사자의 손에 의해 저승으로 갔다는 것 아닌가? 그런데 어떻게 풍생수의 꼬임을 받고 세상에 나와 호리병에 들어가게 되었지?'

은동은 궁금함을 참지 못하고 다시 태을 사자를 불렀다. 태을 사자는 귀찮은 표정이었으나 옆에서 재잘거리는 승아가 더욱 귀찮았던 듯 은동에게로 가까이 다가왔다.

"또 무엇을 말하려고 그러느냐?"

"사자님, 일단 저승에 온 영혼이 이승의 사람이나 마수에 의해 저승 밖으로 나갈 수 있습니까?"

"어허, 그런 일이 어찌 있을 수 있겠느냐?"

"그러면 이상합니다. 금옥 누나의 말을 한번 들어보세요."

그러고 보니 금옥이 어떻게 해서 이승에 남게 되었는가는 태을 사자 역시 생각해보지 않았던 일이었다. 태을 사자도 의아해져서 금옥에게 물어보았다. 그 말을 다 듣고 나자 태을 사자는 놀라움을 금치 못했다.

'이거 이상한 일이구나. 나는 이 여인이 생계에 원귀가 되어 남아 있다가 풍생수를 만나 꼬임에 넘어간 것이라 믿고 있었는데 그것이 아니구나. 저승으로 올라온 영혼이 어찌 다시 하계로 내려갔을까?'

그러나 다음 순간, 금옥의 입에서 놀라운 말이 나왔다.

"그래, 기억이 납니다. 그 판관……."

"이 판관님을 말하는 것이냐? 그분이 어쨌기에?"

"그분은…… 나쁩니다. 전에도 한 번 본 일이 있어요. 그렇습니다. 저를 저승에서 빼내어 풍생수에게 넘겨준 자가 그 사람입니다!"

신립의 최후

조선군은 전멸 직전이었다. 목숨을 건 전군의 포위망 돌파 작전에도 불구하고 왜병들의 포위망은 더욱더 조여들었다.

고니시의 신중한 지휘로 왜군은 두 번에 걸쳐 감행된 조선군의 최후의 필사적인 돌격을 조총의 사격으로 막아냈다. 그리고 조선군이 후퇴하도록 내버려둔 뒤, 조선군의 사기가 떨어지고 절망적인 분위기에 휩싸이기를 기다렸다가 서서히 전군을 밀고 들어가는 작전을 구사했다.

두 번에 걸친 돌격으로 조선군의 기마 부대는 말과 사람이 모두 지친데다가 전원이 크고 작은 상처를 입고 있어 더이상 싸울 여력이 없었다. 신립마저도 어깨의 갑주 틈으로 조총알이 파고들어 부상을 입은 상태였다. 시시각각으로 밀려오는 패전의 기운을 조선군은 감당할 길이 없었다.

수십 년에 걸친 장기간의 내란으로 실전 경험이 많았던 왜장들과 왜병들의 전투력은 조선군을 훨씬 능가했다. 특히 조총의 위력을 간과한 조선군의 패배가 거의 굳어지는 위기의 상황이었다.

부상당한 신립은 비통함을 이기지 못하고 가쁜 숨을 몰아쉬었다.

그의 주위를 이일과 김여물, 강효식 등의 휘하 장수들이 둘러싸고 있었다.

'이제 틀렸구나. 전멸하고야 마는가? 아아…….'

신립은 고통 속에서 한숨을 내쉬었다. 최후의 보루인 이곳이 함락당하면 한양까지의 길목을 지키는 조선군 부대는 없었다.

'결국 한양은 짓밟히고 말 것이구나……. 아아, 내 잘못이다.'

신립은 절로 눈물이 솟구쳤다. 새재를 버리고 탄금대에 진을 친 데에 대한 회의감도 들었다.

강효식 또한 이제 끝이라는 것을 알았지만, 지난 일을 후회한들 무슨 소용이 있겠나 싶어 입술을 깨문 채 눈물을 흘렸다.

이렇게 된 마당에 목숨을 아까워할 필요는 없다고 신립은 생각했다. 오로지 걱정스러운 것은 조선의 안위였다.

'한양이 짓밟히게 되었으니 조선은 끝일런가…….'

당시의 일반적인 전사를 볼 때, 도성이 짓밟히면 전쟁은 그것으로 끝이 났다. 과거 백제나 고구려가 망할 때에도 그랬고 고려가 망하고 조선이 건국될 때에도 그러하였다. 그러나 신립은 그리되어서는 안 된다고 마음을 추슬렀다.

'도성이 짓밟히더라도…… 상감께서 옥체를 보존하신다면 희망이 있다. 상감께서 급히 피란을 가신다면……. 그리하려면…….'

신립은 눈을 감았다. 왕을 일단 한양에서 피신케 하여 후일의 기회를 노리는 것이 과연 가능할까? 지금 쳐들어온 적들은 말도 통하지 않으며 직접 국경을 맞대고 있지도 않은 왜병들이었다. 도읍이 점령되더라도 조선 백성들은 그들에게 복속하지 않고 저항할 것이 분명했다.

신립은 지금의 상감을 암군暗君이라 여겼지만, 그래도 조선의 정신적인 지주이다. 도읍이 점령되어도 상감이 무사하기만 하다면 아직 전쟁에 완전히 진 것은 아니라는 생각이 들었다.

'그래……. 다른 자가 나설 것이다. 틀림없이……. 내가 졌다고 해서 조선은 그리 쉽게 끝나지 않을 것이야. 반드시…… 반드시 누가…….'

생각에 잠겨 있던 신립은 한줄기 눈물을 주르륵 흘렸다. 최후의 순간까지 싸워야 했으며 마지막 한 사람의 부하까지도 죽을 각오를 하여야 했다. 그리하면 시간을 벌 수 있다.

만약 여기서 별로 타격을 입지 않은 왜군 부대가 그대로 달려 북상한다면 상감의 어가를 포획할 수도 있어 그야말로 조선은 끝장날 것이다. 그러나 최후의 한 사람까지 결사 항전을 하여 죽는다는 것은 너무도 참혹한 일이었다. 신립은 빙 둘러싸고 있는 장수들을 향해 비통한 마음으로 입을 열었다.

"제장들…… 나를 용서하여주오."

장수들이 슬픈 얼굴로 신립을 쳐다보았다.

"명을 내린다. 이일은 무슨 수를 써서라도 단기單騎로 포위망을 뚫고 한양으로 달려가 어서 상감께 피란하시도록 전하라."

"피란이라니요? 그러면 한양을 버린다는……."

"속히 서둘라. 이일 자네는 이미 죽을죄를 한 번 지었다. 그 목숨, 누구보다도 먼저 이 급보를 알리는 데 쓰라. 자네의 용맹을 알기에 특별히 명하는 것이니라."

"소인도 싸우게 해주시옵소서! 잘 싸우지 못한 죄를 죽음으로 갚고 싶사옵니다!"

신립이 무슨 뜻으로 그런 말을 하는지 이일을 비롯한 뭇 장수들은 모두 짐작했다. 옥쇄玉碎. 옥처럼 아름답게 깨어져 부서진다는, 즉 명예와 충절을 위하여 깨끗이 죽음을 각오하겠다는 뜻이었다. 이일이 황소처럼 커다랗게 울부짖으며 자신도 싸우다 죽고 싶다고 말했으나 신립은 묵묵히 고개를 저었다.

"군명이다. 죽는 것보다 힘든 일인 줄 알고 있다. 그러기에 자네에게 명하는 것이다. 꼭…… 꼭 전해주기 바라네. 도순변사 신립, 어명을 받들고 나갔으나 적을 이기지 못해 죽음으로 속죄한다고……"

이일은 대답도 하지 못하고 눈물을 흘리며 푹 고개를 숙였다.

"그리고 나머지 제장들은……"

신립은 눈을 들어 장수들을 쳐다보며 잠시 말을 잇지 못하다가 이윽고 입술을 떼었다.

"나에게 목숨을 맡겨라. 우리가 일각이라도 더 버틸수록 상감께서는 멀리 피란하실 수 있다. 한 명의 왜병이라도 더 죽일수록 한양은 그만큼 덜 피해를 받는다. 최후의 일인까지……"

그 말에 장수들은 슬픔과 알 수 없는 감회에 마음속이 끓어오르는 것 같았다. 그리고 그다음 신립의 한마디에 모든 장수들은 눈물을 흘렸다.

"미안하다. 그러나 헛된 공이나 이름을 위해서가 아니다. 조선 백성들을 위해…… 조선을 위해서다……"

"힘이 다하여 공을 세우지 못하니 이 한목숨 무엇이 아까우리까."

"최후까지 한 놈의 왜병이라도 더 베고 죽으리다."

장수들은 한결같이 죽음을 두려워하지 않고 대답했다. 눈물이 글썽한 눈에 호기를 보이며 웃으면서 답하는 자들도 있었다. 신립이 감격하여 장수들의 손을 잡자 김여물과 강효식 등의 장수들도 손을 맞잡았다.

곧이어, 부상을 입었거나 지쳤거나 가리지 않고 장수들은 모두 병기를 들며 호기롭게 장막 밖으로 나섰다. 그중에는 강효식도 있었다. 잠시 강효식의 뇌리에 부인 엄씨의 얼굴과 은동의 얼굴이 떠올랐다.

'이제 다시는 못 볼 것 같소, 부인. 부디…… 부디 살아 있어주기를…….'

강효식은 검자루를 잡은 손에 힘을 주면서 다시 한번 속으로 중얼거렸다.

'은동아, 은동아. 무슨 일이 있어도 살아야 한다. 너는 무슨 일이 있어도 살아서 조선을 다시 세우는 데 힘을 다하거라. 이 못난 아비는 이제 간다.'

탄금대 벌의 저쪽에서는 왜병들이 서두르지 않고 포위망을 좁혀 들어왔다. 서서히 조선군의 숨통이 조여들고 있었다.

'어허……. 이제 정말 끝장이로구먼.'

흑호는 자신도 모르게 마음속으로 탄식 섞인 소리를 중얼거렸다.

탄금대 밑으로 돌아 강을 헤엄쳐 조선군의 배후로 돌아서 물 밖으로 나온 다음 다시 벼랑을 기어올라가 중턱쯤에서 토둔술로 조선군의 진지 내부에 들어갔다.

다행히 마수들의 기척은 느껴지지 않았다. 살짝 고개를 내밀고 전장의 정황을 살피니, 조선군은 전멸 직전에 있었다. 조선군은 두려워하는 기색도 없이 용감하게 목책으로 두른 진을 지키며 필사적으로 싸우고 있었지만 승패는 이미 결정난 것 같아 보였다.

왜병들은 조총을 빗발치듯 쏘아대고 있었지만, 조선군은 이미 첫 번째 돌격 때에 보유했던 화약이 바닥난 듯했다. 때문에 총포도 쏘지 못했고, 엎친 데 덮친 격으로 화살조차 다한 것 같았다. 그래도 조선군은 죽기를 무릅쓰고 육박전으로 달려들고 있었다. 피비린내 나는 참상에 흑호는 눈살을 찌푸렸다.

'왜들 죽기를 무릅쓰는 것일까? 왜들 하나밖에 없는 목숨들을 버리려고 하는 것이여? 차라리 저럴 기운으로 도망치면 절반은 살아날 수 있을 터인데……'

도망치는 것이 힘들다면 항복하는 방법도 있었다. 그러나 조선군은 왜병들에게 죽기 살기로 항전을 했다. 한 조선 병사는 비 오듯이 퍼붓는 조총에 온몸이 벌집이 되었지만 손에 든 창을 끝까지 놓지 않고 몇 걸음을 더 가다가 쓰러졌다. 쓰러지면서도 그는 안간힘을 다해 창을 왜병들 쪽으로 집어던진 후에 숨을 거두었다.

또 다른 병사는 한쪽 팔이 잘린 몸이었지만 칼을 휘두르면서 왜병 진지로 달려들다가 왜병들의 장창에 찔려 어육이 되고 말았다.

무장도 갖추지 않은 기마병 하나는 빗발치는 조총탄을 뚫고 무작정 말을 몰았다. 달려드는 왜병을 깔아뭉개고 자신도 말과 함께 동시에 숨을 거두었다.

인간 세상의 전쟁 이야기를 그리 많이 알지 못하는 흑호는 이토록 처절한 전멸전을 본 적도 들은 적도 없었다.

'조선군이 이 싸움에서는 졌지만 조선은 망하지 않을 것이여. ……백성들이 이리 죽기를 무릅쓰고 싸우는데 어찌 망하겠누.'

흑호는 처절한 싸움에 마음이 숙연해져서 속으로 되뇌었다.

'도대체 조선이 어떤 나라이기에 병졸 하나까지도 이리 죽음을 두려워하지 않고 싸울 수 있는 것일까?'

숙연해지다 못해 아연하기까지 했다. 그러나 상황은 절망적이었다.

처연한 저녁노을이 점점 하늘을 물들이고 있었다. 살아남은 조선군의 수효는 처음의 절반에도 미치지 못했다. 부상도 돌보지 않고,

제대로 먹지도 마시지도 못한 피곤한 상황에서도 조선군은 결코 뒤로 물러서지 않았다. 왜병들의 피로도 그만큼 극심할 터였다.

조선군이 열세에 몰려 섬멸당하고 있는 상황이었지만 조선군 열 명이 쓰러지면 왜병도 한두 명은 죽거나 상처를 입곤 했다. 붉은 꽃잎처럼 쓰러지는 피아의 병사들을 보며 흑호는 속으로 혀를 찼다.

'이래서 조선군은 하루를 버는구먼. 조선군이 몰살당한다 할지라도 왜군들도 당장에는 진군할 수 없을 거여. 조선군이 항복하거나 흩어졌다면 왜병들은 오늘 훨씬 더 멀리 진격한 후에 쉬었을 텐데……. 왜병도 승전은 했다지만 적어도 천여 명은 죽거나 다쳤을 테고 저렇듯 총을 쏘아대니 화약도 바닥이 났겠지. 그러나…… 이건 너무 처참해. 쯧쯧.'

흑호는 잠시 중얼거리다가 더는 지체할 수 없다는 생각이 들었다.

이곳에 온 목적이 새삼 떠올랐다. 강효식이라는 은동의 아버지를 구하고, 가능하다면 신립도 목숨을 살려 정신 나간 여인과 대면하도록 하려는 것이 아니었던가?

흑호는 주변을 살펴보다가 저만치에서 몇몇 병사들이 마지막 보루로 에워싸고 지키는 진채를 발견하였다.

'옳거니, 저기가 신립이 있는 곳인가 보다. 그러면 강효식도 있으려나?'

흑호는 다시 토둔술을 써서 땅속으로 들어가 진채로 향했다.

귀를 기울이니 패전을 슬퍼하는 장수들의 목소리가 들려왔다. 그 가운데 특히 신립의 중상을 애도하는 목소리가 들려왔다.

'어이쿠, 신립이 많이 다친 모양이구나.'

흑호는 장막 한 모퉁이에서 슬그머니 눈만 밖으로 내놓고 조심스럽게 주위를 살폈다. 모두가 싸우러 나갔는지 장막 안에는 몇 안 되는 장수들만이 눈에 띄었다. 흑호는 그들 면면을 전혀 알지 못했다. 그들은 신립과 김여물, 강효식과 그 외 몇몇 군관들이었다.

이일은 신립의 명을 받아 죽기 살기로 포위망을 뚫고 단기로 탈출한 다음이었고, 배윤기는 왜병들과 싸우다 전사한 뒤였다.

문득 그중 한 사람의 얼굴을 본 순간 퍼뜩 흑호의 눈이 뜨이는 것 같았다. 나이를 먹기는 했지만 눈매나 콧날이 우뚝한 모습이 은동과 아주 흡사한 군관이었다. 아까 언뜻 보았던 군관, 강효식이 분명했다.

그는 부상은 입은 것 같지 않았으나 온몸에 피칠갑을 하고 있었다. 바닥에 누워 있는 신립의 갑옷과 전포가 피로 젖어 있는 것으로 보아 그가 부상당한 신립을 이리로 데리고 온 듯싶었다. 흑호는 그 군관에게 정신이 팔려 신립이 힘겹게 중얼거리는 것을 듣지 못하였다.

"이제 왜병을 더 벨 수도 없고 상처도 심하니 끝인가 보네. …… 허나 싸우다 죽었으면 몰라도 그렇지 않았고 왜병에게 욕을 보기 싫으니…… 나를 부축해주게."

"장군!"

"으으, 절벽으로…… 나를……."

어차피 살아날 가망이 없었고 기운이 쇠진하여 더이상 왜병과 싸울 수 없을 바에야 차라리 자결하겠다는 힘겨운 결의였다. 이에 김여물과 같이 있던 군관들은 모두 신립과 최후를 함께하겠다고 굳게 결심했다. 김여물과 강효식 등은 신립을 부축하여 장막 뒤쪽으로 천천히 걸어나갔다.

흑호는 그들이 무슨 생각을 하고 있는지 알지 못했다. 은동의 아비인 강효식의 소재를 확인한 후 혹시라도 마수가 나타나지 않을까 잠깐 딴 데 신경을 쓰는 통에 신립이 중얼거리는 말을 듣지 못했던 것이다.

흑호는 신립과 강효식이 밖으로 나가는 것을 보고 얼른 토둔법으로 땅속으로 들어가 그들의 뒤를 따라갔다.

절벽으로 향하는 그들 뒤로 하늘이 핏빛으로 붉게 타올랐다. 드디어 절벽에 우뚝 선 그들은 옷깃을 가다듬고서 한양을 향하여 비장하게 절을 올렸다. 가늘게 흐느끼는 소리가 바람에 실려 허공으로 흩어졌다. 그리고 그들은 절벽 아래의 강물로 차례차례 몸을 던지기 시작했다.

'아이쿠야! 자살을 하는 거로구먼!'

흑호는 놀라서 급히 절벽에서 튀어나와 아래로 떨어지는 사람들을 낚아채려 했으나 한발 늦고야 말았다. 이미 그들은 물에 빠져버린 뒤였다. 흑호는 할 수 없이 물속으로 뛰어들었다.

아직 해가 지지 않아 도력을 제대로 쓸 수 없는 상황이었다.

게다가 흑호는 토둔술과 목둔술에는 제법 능했지만, 물을 별로 좋아하지 않는지라 수둔법에는 능하지 못했다. 또한 유정 스님이 상처를 치료해주었다고 하나 완치가 되지 않은 상태였다.

간신히 물속으로 자맥질을 하자 강효식의 몸이 보였다. 조선의 장수들은 죽기를 각오한데다가 온종일 힘겹게 전투를 치렀고, 갑주를 입은 상태여서 돌덩어리처럼 강물 속으로 스르르 가라앉았다.

흑호는 물속에서 힘을 제대로 쓸 수 없는 터라 여럿을 건사하지 못하고 은동과 닮은 강효식의 몸을 낚아채어 갑옷 자락을 입에 물었다. 그사이 신립을 비롯한 다른 장수들의 몸은 강바닥을 향해 치닫고 있었다.

흑호는 물 위로 떠오르려고 애를 썼지만, 물속이라 힘을 마음대로 쓸 수 없었고 갑옷을 입은 강효식의 몸이 의외로 무겁기까지 해서 떠오르기조차 힘에 겨웠다.

'아이구……. 이러다간 나까지 물귀신이 되겠다. 아이구구…….'

흑호는 마침내 최후의 기력을 모아 물을 박차면서 머리를 솟구쳐 올렸다. 그다음 앞발에 있는 힘을 모아서 물을 박차니 몸이 위로 솟구쳐 올랐다. 물속보다는 허공에서 몸을 놀리기가 차라리 편했다.

흑호가 공중에서 얼른 몸을 돌리면서 마지막으로 뒷발과 꼬리까지 동원하여 다시 물을 박차자 물기둥이 솟구쳤다. 순식간에 흑호의 몸이 벼랑까지 닿았다.

강효식의 몸을 물고 있던 참이라 토둔술은 쓸 수가 없어서 벼랑을 박차고 강 건너편으로 몸을 날렸다. 절반가량 가자 기운이 다하여 강물로 떨어지려 했지만 한 번 더 물을 서너 번 박차 올랐다. 흑호는 헐떡거리며 건너편 뭍으로 강효식의 몸을 물고 올라갔다.

'에휴, 힘들구먼. 그런데 신립도 구해야 할까?'

흑호는 강효식을 내려놓고 다시 물로 뛰어들까 말까 고민했다. 바로 그때 저편에서 요기가 다가오는 것이 느껴졌다.

아마도 조선군이 죽어나가자 마수들이 영혼을 회수하려고 다가오고 있는 것 같았다.

'이번에 마수에게 걸리면 영락없이 독 안에 든 쥐의 꼴로 헤어나지 못할 거여.'

흑호는 하는 수 없이 황급히 도력을 거두고 강효식의 몸을 물고 달렸다. 호랑이가 물고 달리는데도 강효식은 물로 뛰어들면서 기절했는지 송장처럼 아무 반응도 보이지 않았다.

'은동이에게 데리고 가야지. 은동이가 깨어나면 아주 기뻐하겠구먼. 흐흐…….'

조선군이 전멸당한 것은 애석한 일이었지만, 은동에게 좋은 일을 했다는 생각에 흑호는 달리면서도 히죽거리며 미소를 지었다.

"다시 말하여보아라. 뭣이라구?"

태을 사자는 도무지 자신의 귀를 믿을 수 없어서 금옥을 다그쳤다. 금옥은 꿈을 꾸는 것 같은 몽롱한 목소리로 중얼거리듯 말했다.

"그분을 뵙고 싶었습니다. 딱 한 번만이라도…… 제 속 좁은 것에 대해 용서를 빌고 싶었고…… 다시 한번 얼굴만이라도 뵙고 싶었어요."

"어허, 알겠느니라. 내 약조하지 않았느냐? 방법을 강구해보겠다고 말이다."

"그런데 저승사자가…… 어디로 가서 물을 마시게 될 것이라 했어요. …… 그 물을 마시면 전생의 기억이 없어진다면서요."

"그래, 그것이 저승의 세심천이다. 그런데 그 물은 심판을 받은 연후에 마시게 될 터인데?"

어느새 태을 사자는 금옥의 이야기에 온 신경을 집중하고 있었다.

무슨 연유인지 몰라도 전에 받았던 충격이 조금씩 가시게 되어 금옥은 이지理智를 회복하는 듯이 보였다. 결코 헛소리를 하고 있는 것 같지 않았다. 은동도 놀라 숨을 죽이고 금옥의 이야기에 귀를 기울이고 있었다.

"저는 싫다고…… 싫다고 했습니다. 그리고 마구…… 마구 울었어요. 그대로 그분과의 추억을 잊기는 싫었답니다. ……그래요, 무엇이든 할 테니 제발 그러지 말아달라고 했어요. ……신 장군을 다시 한번 뵙게 해달라고 했어요. ……그런데…… 그분이…… 그분이……."

"누가 말이냐? 이 판관께서?"

"맞습니다."

"무어라 하셨느냐?"

"정말 그러겠느냐고…… 정말 무엇이든 하겠느냐고……. 그런데 그 말을 하는 그분은 몹시 슬퍼 보였습니다."

"슬퍼 보였다구?"

"예……."

태을 사자는 안색이 어두워졌다. 아무리 판관일지라도 어찌 그런 말을 할 수 있단 말인가? 윤회의 과정을 밟도록 되어 있는 영혼을 자의로 빼돌린다는 것은 있을 수 없는 일이었다. 그리고 슬픈 표정을 짓다니! 태을 사자를 비롯한 저승의 존재들은 기뻐하고 노여워하고 괴로워하는 감정은 느끼지만 슬픔이라는 감정은 느끼지 않는 법이었다.

그 또한 기이한 일을 겪으면서 이상하게 그런 감정이 생겨나서 부끄러워하던 참이었는데, 이 판관이 그런 감정을 가지고 있었다니! 도대체 믿을 수 없는 이야기였다.

"그래서?"

"그러고 나서…… 저는 어디에 갇히게 되었습니다. 좁고…… 어두운 곳…… 거기서 얼마나 있었는지도 몰라요."

금옥은 조금씩 떠듬거리며 이야기를 이어나갔다. 점점 이야기에 익숙해지는지 소상하게 설명을 붙여나가고 있었다.

어딘가 좁고 어두운 곳에 갇혀 있던 금옥은 다시 나오게 되었다.

그곳은 무시무시한 곳이었다. 추악하고 무서운 형상의 괴수들이 득시글거려 소름이 오싹 돋았다.

동물의 형상을 한 것도 많았지만 인간의 형상을 한 것도 간혹 있었다. 하지만 그 모습은 흉측스럽기 짝이 없었다. 그러던 중 풍생수라는 괴수가 나타나서 말을 걸었다. 다른 괴수들 사이에서 불사의 괴수라고 불리는 괴수였다. 그 괴수는 금옥에게 신립이 그토록 보고 싶다면 신립의 몸으로 들어가서 조종하라고 했다. 결국 금옥은 풍생수에 의해 어딘가로 갇혀 생계, 즉 인간 세계로 이동하게 되었다.

"그런데…… 풍생수가 말했습니다. ……신립에게 들어간다고 약속하기 전에는 내어줄 수 없다구요. 그래서 약조를 하고 말았습니다. 그런데…… 저는…… 저는 생각했어요. 그런 짓이 무슨 소용이 있겠는가 하고요. 꼭두각시로 만들면 그건 이미 신 장군이라 할 수가 없으니까요. ……풍생수는 저를 다그쳤습니다. 그리고 신 장군을 해하라고 시켰어요. 신 장군이…… 신 장군이 돌아가시면 영혼을 거두어 영겁토록 같이 있게 해주겠다고 했습니다."

"그런데?"

"그때 저는 알았답니다. ……신 장군의 씨가…… 자라고 있었어요. ……그래서 차마…… 차마……."

금옥은 신립의 집까지 갔으나 그곳에서 신립의 부인이 잉태했다는 것을 알게 되었다. 부러움과 질투심이 일었지만 신립이 잉태한 자식에게 살가운 정을 느끼는 것 같아, 풍생수의 말대로 차마 신립을 해칠 용기가 나지 않았다. 그래서 풍생수의 말을 어기고 시일을 미루던 중 누군가의 법력에 의해 어딘가에 가두어지게 되었다.

"권율 대장이었을 것이다. 권 대장이 네 기운을 눈치채고 도력으로 너를 잡아 가둔 것일 게야."

"그것은…… 그것은 쇤네도 모르겠습니다. ……그러나 그 후에도…… 풍생수는 계속 저를 유혹했습니다. ……자기 말만 들으면 내보내주겠다고 말입니다. ……그러나 저는 넘어가지 않았답니다."

"어째서?"

"저는…… 느낄 수는 없었지만 신 장군의 주변에 있었지요. …… 그것만으로도 만족할 수 있다고 여겼습니다. ……그러다가…… 그러다가……."

"그러다가?"

풍생수는 화가 치밀었는지 금옥에게 무슨 술법을 가했다. 금옥은 영혼의 몸이었지만 충격을 받고 의지를 상실하게 되었다. 때문에 금옥은 그간 있었던 일은 기억하지 못하였고, 그러는 사이에 서서히 풍생수에게 세뇌당하게 된 것이었다.

그러다가 풍생수는 무슨 술수를 부려서 병을 깨뜨리고, 결정을 내리지 못하고 있는 신립에게 계시가 내린 것처럼 일을 꾸몄다. 그런 연유로 신립이 진을 칠 위치를 바꾸게 된 것은 태을 사자로서도 쉽게 짐작할 수 있었다.

"그런데…… 왜 풍생수는 신립을 직접 해하지 않은 것인가? 그놈의 도력으로 볼 때 그 정도는 쉬울 것인데?"

"그런 것은 모르옵니다. ……좌우간 쇤네는 죽어 마땅합니다. 지옥에 떨어져 영원히 있어 마땅합니다. ……이곳에 당도하면서부터 조금씩 정신이 들어 지난 일을 제대로 생각할 수 있게 되었습니다. 제가…… 제가 신 장군에게 무슨 짓을 한 것인가요?"

여인이 흐느끼기 시작하자 태을 사자는 한숨을 내쉬었다. 사실이 그렇다면 이 여인에게 신립의 패전을 책임지우는 것은 옳지 않았다. 진정한 흉수는 풍생수와 마계의 존재들이라 해야 옳을 것이었다.

태을 사자는 다시 이 판관에 대해 물었다.

"그런데…… 너를 풍생수에게 넘긴 것이 이 판관이 확실하냐?"

"틀림없사옵니다. 쇤네가 무엇 때문에 거짓을 아뢰오리까."

"너는 아까 제정신이 아니었는데 어찌 이 판관을 알아보았지?"

"사실 호랑이의 꼬리에 들었을 때부터 조금씩 정신이 돌아왔사옵니다. 그리고 저승으로 와서 이 판관을 보게 되어 깜짝 놀랐지요. 그런데 그러자마자 정신이 몽롱해져서 예전처럼 되었던 것입니다. 이리로 도착하고서야 다시 정신이 맑아지기 시작하였구요……."

곁에서 이야기를 듣고 있던 승아가 끼어들었다.

"백망섭혼술百忘攝魂術이라는 술법을 써서 그래요."

"백망섭혼술?"

은동이 희한하여 되묻자 승아는 은동에게 눈을 껌벅해 보이더니 물이 쏟아지듯 줄줄이 유창하게 설명을 해주었다.

"상대방의 심지에 충격을 주어 아무것도 생각 못 하는 바보로 만드는 술법이죠. 워낙 악독한 것이라 마계에서나 사용하는 방법인데 사계의 판관이 그런 수법을 쓴다니 묘하군요."

태을 사자는 충격을 받은 듯 아무런 말도 하지 못했다.

'그렇다면 이 판관이 마계의 존재와 소통하고 있었다는 뜻인가? 이 판관이 노 서기를 소멸시키고 손바닥으로 흡수했다는 이야기도 사실이란 말인가?'

태을 사자는 머리가 혼란스러워 고개를 설레설레 저었다.

'그러면 나를 이리로 보낸 것도 계략이 있어서였다는 말인가? 대체 무슨 계략을 꾸민 것인가? 지금 여기 이렇게 있는 것도 어쩌면 이 판관의 술수에 놀아나 시간만 낭비하고 있는 꼴은 아닐까?'

갑자기 불안감이 엄습하여 마음이 초조해졌다. 태을 사자는 떨리는 목소리로 말했다.

"그 말이 사실이라면…… 예삿일이 아니다. 어서 돌아가야겠다."

"호유화는 만나지 않고요?"

"이 판관님이 만약 뭔가를 꾸며서 우리를 이곳으로 보낸 것이라면 그대로 따를 수 없다. 일단 전후 사정을 알아본 후에 다시 오더라도 와야 하느니."

은동 역시 무언가 잘못되어간다는 것을 어렴풋이 깨달았는지 별안간 소리쳤다.

"그러면 우리는 어떻게 하죠? 우리 아버지는요? 조선군은요!"

"가만있거라."

"여기까지 왔는데…… 그게 전부 속임수였다면 어떻게 해요! 호유화를 불러 도움을 청하는 게 유일한 방법이라면서요!"

"너와 금옥의 말이 사실이라면 그대로 행할 수는 없는 법."

"아이구, 안 돼요! 안 돼!"

은동은 발을 동동 굴렀으나 실상 엄청난 혼란을 느끼고 있는 것은 태을 사자 쪽이었다. 태을 사자는 그 와중에도 침착하게 머릿속을 정리하려고 했으나 역시 결정을 내리기가 힘이 들었다.

'만일 금옥과 은동의 말이 사실이라면, 분명 이 판관은 무엇인가를 꾸미고 있을 것이다. 나를 이리 보낸 것도 목적이 있었을 것이야.'

애당초 태을 사자는 환수를 불러 도움을 청한다는 발상은 하지도 못했다. 이 판관이 적극적으로 권유하여 여기까지 오게 된 것이다. 그렇다면 이 판관은 마계와 결탁하여 뭔가 좋지 않은 음모를 꾸며 자신을 보낸 것이 틀림없었다. 일이 그렇게 되었으니 그 술수에 놀아날 필요는 없지 않은가.

그러나 금옥과 은동의 말이 사실이 아니거나, 이들이 뭔가를 오해하고 있다면 여기까지 와놓고 되돌아가는 것은 시간 낭비였다. 게다가 신립은 십중팔구 패할 것이고 탄금대에 진쳤던 수많은 영혼들은 또다시 마수들에게 잡혀갈 것이 분명하였다.

결국 둘 중의 한쪽을 선택해야 할 상황이었다. 이 판관이 설마 그럴 리가 하는 마음도 없잖아 있었지만, 금옥과 은동이 거짓말을 하고 있다고는 보이지 않았다.

아무튼 만에 하나라도 일이 잘못 틀어지면 생계뿐 아니라 사계도 큰일이 나는 판이었다. 태을 사자는 돌아가서 사정을 확인해보는 편이 좋겠다고 마음을 고쳐먹었다. 그때였다. 느닷없이 승아가 날카롭게 소리를 질렀다.

"위험해요!"

승아는 몸을 던져 은동을 밀어낸 다음 금옥의 옷자락을 잡고 땅바닥을 굴렀다. 태을 사자도 반사적으로 얼른 몸을 피하였는데 그들이 몸을 피하자마자 날카로운 여러 줄기의 영력이 스치고 지나갔다.

누군가가 공격을 한 것인데, 요기가 느껴지지 않는 영력으로 보아 마수의 공격은 아니었다. 태을 사자가 놀라 영력이 날아온 쪽을 돌아다보았다.

두 명의 저승사자와 두 명의 신장이 살기등등하게 달려오고 있었다. 그런데 저승사자 둘은 태을 사자가 아는 자들이었다.

"아니, 암류 사자! 명옥冥沃 사자! 이게 무슨 짓이오? 그리고 여기는 어찌하여 온 것이오?"

그들은 대꾸도 하지 않고 다시 법기를 들어 공격할 채비를 갖추었다. 그 모양새를 보고 태을 사자는 놀라서 소리쳤다.

"무슨 짓이오? 어째서 나를 공격하려는 것이오?"

암류라고 불린 저승사자가 크게 소리를 쳤다.

"죄인 태을! 어떻게 감히 상관인 이 판관을 살해하고 신물을 훔쳐 일을 꾸미느냐? 우리는 죄인인 너를 처단하러 왔다. 당장 법기를 버리고 투항하라!"

태을 사자는 그 말을 듣자 갑자기 머리끝에서 발끝까지 찌르르 하고 전기가 도는 듯한 충격을 받았다. 온몸에서 힘이 주욱 빠져나가는 것 같았다. 도대체 이 무슨 일이란 말인가?

'지금 내가 처해 있는 문제만도 머리가 터질 지경인데 이 판관이 소멸되었다고? 게다가 내가 죄인으로 몰려 추격을 받다니, 이 무슨 날벼락인가.'

태을 사자는 놀라서 혼절할 지경이었지만 간신히 정신을 수습하였다. 해쓱하게 질린 얼굴을 서서히 돌려 네 명의 살기등등한 사자와 신장에게 무슨 말이든 하려고 했다. 그러나 신장들과 저승사자들은 태을 사자의 말을 들을 필요도 없다는 듯이 그대로 짓쳐들어왔다.

은동은 신장들과 다른 저승사자들의 무지막지한 공격에 질려 도망치고 싶었으나, 그 자리에서 돌이 되어 굳어버린 듯 몸이 움직이지 않았다.

흑호가 힘들게 은동이 있는 동굴 옆에다 물어다 놓을 때까지도 강효식은 여전히 정신을 잃은 상태였다. 흑호는 기분이 좋아서 강효식이 깨어날 때까지 기다리려고 했으나 조금 시간이 지나자 지루해졌다. 게다가 생각해보니 강효식이 깨어나면 일이 더 이상해질 것 같았다.

강효식은 살아 있는 사람이고 도력 같은 것은 없을 터이니 전심법으로 대화를 할 수도 없었다. 게다가 자신은 아직 해가 완전히 떨어지지 않아 둔갑도 할 수 없는 호랑이의 몸 그대로가 아닌가.

강효식이 호랑이가 자신과 은동을 물어 왔다고 생각하고 죽기를 무릅쓰고 덤벼들면 어찌하겠는가? 그렇다고 강효식의 영혼을 빼내어두는 것도 마음에 걸렸다. 이전에 은동의 영혼을 빼내었다가 이 고생에 말려들지 않았던가.

'제기, 태을 사자가 올 때까지 기다려보자. 그러면 어떻게든 의사 소통이 되겠지.'

흑호는 강효식이 혹시라도 정신을 차리면 자신을 보고 놀랄 테니 일단 밖으로 나가서 기다리기로 했다. 그러나 강효식이 행여 밖으로 은동의 몸을 안고 나가면 그것도 큰일이었다. 흑호는 바닥에 발톱으로 안심하고 기다리고 있으라는 간단한 글귀를 서툰 필적으로 남겼다.

그러고 나서 동굴 밖으로 나온 뒤 커다란 바위를 밀어다가 동굴의 입구를 막고 그 바위에 떡하니 드러누웠다. 바위는 약간 틈을 두어 공기가 드나들고 날이 저물긴 해도 빛이 들어오게끔 했다. 강효식이 깨어나 글자를 보아야 안심할 것이라 생각하고 세세하게 신경을 썼다.

흑호는 문득 신립이나 다른 조선군들의 영은 어찌되었는지 궁금증이 일었다. 하지만 마수들이 설치기 시작한 지금 혼자의 힘으로는 용을 써볼 도리가 없었다.

마냥 기다리고 있자니 어제부터 눈 한번 붙이지 못하고 쉬지도 못했을뿐더러, 도력을 소모하며 꼬박 돌아다닌 탓에 피곤이 한꺼번에 몰려왔다. 배도 고프고 솔솔 졸음이 왔다. 도를 닦은 호랑이라고는 하나 몸을 지니고 있었으므로 배고프고 목마른 것은 참을 수 없는 생리적인 현상이었다. 흑호는 자신도 모르는 사이 꾸벅꾸벅 졸다가 스르르 잠에 빠지고 말았다.

• • •

강효식이 동굴 안에서 정신을 차리고 문득 눈을 뜬 것은 흑호가 막 잠에 빠져들 때였다. 눈을 뜨는 순간 어안이 벙벙했다.

'내 분명 신 장군과 함께 탄금대에 몸을 던졌건만 어두운 동굴이라니, 이 무슨 해괴한 일인가? 내가 죽은 겐가, 아니면 살아 있는 겐가.'

시간이 지나고 눈이 어둠에 익숙해지자 곁에 누가 누워 있음을 알았다. 다만 누워 있는 사람의 몸이 조그마한 아이라는 것밖에는 식별할 수 없었다.

은동이 전쟁터 부근까지 찾아와 혼이 빠져나간 채 동굴 안에 누워 있다고는 상상도 하지 못하는 것이 당연했다.

'내가 왜 이곳에 있는 것일까? 누가 나를 이리로 옮겨놓았을까?'

강효식이 무심코 손을 더듬거리는데 뭔가 옆의 땅바닥에 자국이 느껴졌다. 눈에 힘을 주고 조심스럽게 더듬어보기까지 해서야 간신히 읽을 수 있었다. 어린아이가 쓴 것처럼 서툴기 짝이 없는 필체로 안심하고 여기서 기다리라는 내용의 글이었다.

'누가 나를 구해주었나 보구나. 그러나 정녕 나 혼자만 살아남았단 말인가?'

강효식은 의아한 마음에 동굴 안을 돌아보았으나 자신과 자그마한 아이 말고는 아무것도 보이지 않았다. 동굴 안이 아직 어두운 탓에 아들을 알아보지는 못했다. 불을 켜고 싶었으나 물에 빠졌던지라 불통과 화섭자가 모두 젖어 불을 켤 수가 없었다.

일단 동굴 입구를 찾기는 했지만 동굴 입구도 집채만 한 바위가 막고 있어서 아무리 애를 써서 밀어보아도 꼼짝하지 않았다.

'바위로 출구를 이렇게 막은 것은 왜병들이 나를 보지 못하도록 해준 것인가, 아니면 내가 도망치지 못하도록 가두어둔 것일까?'

강효식은 거기까지 생각이 미치자 서글퍼졌다. 아무래도 감금된 것 같았다. 약간의 영력이 있다고는 하나 평범한 사람에 불과한 강효식은 사람이 아닌 그 무엇인가가 물에 빠진 자신을 건져주었다고는 애당초 상상도 하지 못했다.

조선군은 전멸되었으니 조선군 중 누가 자신을 건졌을 리는 만무했고, 혹여 지나가던 어부나 백성이 자신을 건졌다기에는 어딘지 석연치 못한 구석이 있었다. 백성이 자신을 건져내었다면 일단 집에 데리고 갔을 것이며 이렇게 동굴에 넣어 감금하는 것은 있을 수 없는 일 같았다.

그리고 자신을 위해 누군가가 힘을 썼다면 응당 찬물이라도 먹이고 간호를 해주는 것이 인지상정이었다. 그런데 물에 젖은 옷을 그대로 놔둔 채 차가운 동굴 바닥에 눕혀놓다니. 더구나 동굴을 막고 있는 바위는 한 사람의 힘으로는 도저히 움직이지 않을 만큼 거대했다. 그렇다면 한 사람이 아니란 결론인데…….

'왜병들이 물에 빠져 의식을 잃은 나를 건져 올린 것은 아닐까? 아이쿠, 그러면 이제 욕을 보겠구나.'

강효식은 섬뜩한 느낌에 몸을 살펴보았다. 몸에 지닌 패검과 투구 등은 기실 모두 물에 휩쓸려간 것이었지만, 강효식은 그리 여기지 않았다. 왜병들의 포로가 된 것은 아닐까 하는 의구심에 무장해제당했다고 믿었다.

'놈들에게 심한 고문을 받겠구나. 포로가 되어 왜국으로 팔려 갈지도 모른다. 아, 이 일을 어찌하랴. 어떻게 욕을 당하지 않을 수 있을까? 아……. 여보, 은동아……. 이제 영영 보지 못하나?'

가슴이 저미는 고통이 한없이 파고들었다. 불현듯 은동이와 아내 엄씨 생각이 났다. 특히 어린 은동이가 말할 수 없이 보고 싶었다. 군관 생활 때문에 변방을 돌아다니느라 집에는 거의 들르지 못하고,

은동과 변변히 놀아주지 못한 것이 후회스럽고 아쉽기만 했다.

외동아들의 원래 이름은 은호였지만 어린아이들을 부르는 아명이 은동이라 강효식도 그리 부르고 있었다. 금동이야 은동이야 하고 이미 돌아가신 할머님이 은동이를 무척이나 귀여워하셔서 붙였던 이름이었다. 은동이의 해맑게 웃는 얼굴이 자꾸 떠오르자 마음이 찢어지는 것 같아 괴롭기가 한량없었다.

'은동이를 마지막으로 한 번만이라도 보고 싶구나. …… 그러면 죽어도 여한이 없을 터인데…….'

핏줄에 대한 회한이 밀려오자 은동과 아내 엄씨의 뒤를 이어 이미 죽었을 신립과 김여물, 배윤기 등등의 상사들과 전우들의 얼굴이 떠올랐다. 죽으려고 마음먹었다가 죽지도 못했다고 생각하니, 앞서간 전우들에게 부끄러웠다.

자신과 아이 하나만 감금되어 있는 것을 보니 함께 물에 뛰어든 다른 장수들은 모두 죽은 것이 분명했다. 강효식은 저만치에 누워 있는 아이가 도대체 누구일까 궁금했다. 바닥을 더듬어 가까이 가서 아이의 얼굴을 살펴보았다. 그 순간…….

"은동아!"

강효식은 너무도 놀라고 어이가 없어서 소리조차 지르지 못하고 망연하게 중얼거렸다. 그곳에 의식을 잃고 누워 있는 아이는 아들 은동이가 분명하였다. 뜻밖의 상봉에 기쁘고 놀라워서 소리조차 제대로 나오지 않았다.

흑호가 곯아떨어지지만 않았어도 강효식이 내는 소리를 듣고 눈을 떴을 터였다. 그러나 강효식의 목소리는 바위에 막혀 밖으로 나가지 못했다.

"은동아……. 은동아……."

강효식은 너무도 기뻐 눈물을 펑펑 흘리면서 은동의 몸을 부여안고 얼굴을 마구 비볐다.

'아, 나의 소원이 이루어진 것일까? 신령이 감응하여 은동을 이리로 보내주신 것일까?'

그러다가 느닷없이 떠오르는 생각에 강효식은 덜컥 가슴이 내려앉는 것 같았다.

'혹시나…… 왜병들이 이 아이를 이용하려고…….'

순간 온몸이 부르르 떨려왔다. 야만스러운 왜구들이 전쟁에 앞서 아이를 제물로 제를 올린다는 이야기가 퍼뜩 떠올랐다.

조선을 건국한 태조 이성계가 아직은 고려의 무관으로 있을 때의 일이었다. 그가 왜구들과 싸울 때에 그러한 일을 숱하게 목도하였는데 심지어 갓난아기의 배를 갈라 승리를 기원하는 제사를 지내며 혹은 점을 치기도 하였다는 소리도 있었다. 태조가 그 일에 분격하여 신궁神弓의 솜씨로 부장 퉁지란과 함께 왜장 아지발도를 쏘아 죽였다는 이야기가 민간에 전해지고 있었다.

'그런 몹쓸 짓을 하려는 것은 아닐까? 아니, 또 다른 가능성이 있을지도 모른다.'

은동의 외가는 상주에 있었으며, 상주는 바로 왜병들이 유린한 곳이었다(상주를 짓밟은 것은 고니시 부대가 아니라 가토 부대였다. 도요토미 히데요시는 왜란을 일으키기 전 이상한 군령을 내렸는데, 그것은 가토와 고니시가 하루씩 번갈아가며 선봉군을 맡으라는 내용이었다. 그러나 강효식은 그런 부분까지는 알지 못했다).

그렇다면 왜병들이 우연히 은동을 잡게 되었다는 것도 충분히 가능한 일이었다. 게다가 은동에게서 아비가 신립 밑에 있는 군관이라는 것을 알아낼 수도 있을 법했다. 은동이 강효식보다 훨씬 얼굴이 수려하기는 했지만 부자는 서로 많이 닮았다.

'혹여 왜병들이 나에게서 군사기밀을 캐내는 데에 은동을 이용하려고 우리 부자를 한꺼번에 잡은 것은 아닐까?'

그렇게 생각하자 강효식은 가슴이 쿵쾅거리며 뛰었다.

'안 돼! 그럴 수는 없어!'

온몸이 사시나무 떨리듯 부들부들 떨렸다. 만약 자신만이 왜병에게 잡힌 것이라면 놈들이 어떠한 고문을 가하더라도 목숨을 부지하려고 기밀을 누설하는 일은 결코 없을 것이었다. 특히 이일이 상감을 피란하시도록 한 신립의 마지막 기별을 지니고 갔다는 것은 중요한 기밀이라 할 수 있었다. 자신은 목숨이 아깝지 않으니 상관없으나, 이들이 은동을 고문하면서 자신에게 기밀을 누설하라고 다그친다면…….

'아……. 안 돼……. 안 돼……. 그럴 수는 없어…….'

강효식은 눈물을 흘리면서 눈을 질끈 감았다. 고개를 세차게 흔들었다가 눈을 떴다. 그러고는 은동의 몸을 흔들었다. 은동은 깨어나지 않았다. 혼이 빠져나간 상태여서 눈을 뜨지 못한 것이지만, 어둠 속이라 정황을 알지 못하는 강효식은 은동이 왜병들의 심한 고문으로 정신을 잃은 것이라고 믿었다.

'짐승 같은 놈들……. 아이를…… 어린아이를 이렇게…….'

강효식은 자신들 부자를 잡은 것은 틀림없이 왜병들이라고 마음속으로 확신하게 되었다. 동굴 속에 가둔 것, 은동이 정신을 차리지 못하고 혼절해 있는 것 등등이 강효식에게는 명백한 증거처럼 보였다. 강효식은 길게 한숨을 내쉬며 탄식하다가 마침내 입술을 깨물었다.

'내 이렇게 된 바에 더 살아서 무엇하랴. 욕을 당하느니 차라리

자진하여 몸을 지키리라.'

비장한 각오로 자신의 품을 더듬었다. 늘 지니고 다니던 짧은 단검 한 자루가 용케 물살에 빠지지 않고 그대로 남아 손에 잡혔다. 단검을 쥐자 용기가 났으나 슬픈 마음 또한 감당할 수 없으리만치 밀려들었다. 강효식은 정신을 잃은 은동의 얼굴을 보며 처절하게 눈물을 흘렸다.

'은동아……. 은동아……. 우리 부자가 살아서 욕을 당하느니 함께 죽자꾸나. …… 은동아. 이 아비를 용서해라. 용서해…….'

떨리는 강효식의 단검이 은동의 가슴을 향해 점차 가까워졌다.

호유화의 등장

"이러지 마시오!"

태을 사자는 오른손에서 묵학선을 떨쳐 짓쳐들어오는 암류 사자의 공격을 튕겨내었다. 그리고 몸을 날려 명옥 사자의 공격을 피하자마자 이번에는 장창을 든 신장이 달려들었다. 태을 사자는 급한 마음에 왼손에서 백아검을 떨쳐 신장의 장창을 막았다.

장창을 막아내자 손에 찌르르하고 고통스런 느낌이 전해졌다.

뒤를 이어 화극을 든 신장이 덮쳐 들어왔다.

태을 사자는 간신히 묵학선을 날려 화극의 자루를 쳐내어 신장의 공격을 가까스로 비켜내었다. 그리고 몸을 날려서 뒤로 멀찍이 물러섰다. 그러자 묵학선에 되튕긴 법기를 회수하며 암류 사자가 버럭 소리쳤다.

"태을! 과연 요사한 수법으로 법력을 크게 증진시켰구나!"

암류 사자가 사용하던 법기는 자그마한 수레바퀴 모양이었다. 그의 이름을 그대로 따서 암류환暗流環이라 이름을 붙인 물건이었다.

그런데 불과 이틀 전만 해도 태을 사자의 법력은 암류 사자보다 약간 낮기는 했지만, 이렇듯 암류환이 단 한 방에 묵학선에 가볍게 튕겨 나가버릴 정도는 아니었던 것이다.

태을 사자는 암류 사자가 의심을 하는 것이 당연하다고 생각했지만 그렇다고 흑풍 사자의 법력까지 얻게 되어 법력이 두 배 이상으로 증가했다는 것을 말할 틈은 없었다. 법력이 두 배 증가되었다는 것은 자신의 예전 법력과 같은 실력자 둘을 상대할 수 있다는 의미 이상의 것이 있었다.

예를 들어 체중이나 힘이 어린이의 두 배가 되는 어른이 있다면, 그 어른은 어린이 두 명이 아니라 대여섯 명까지도 상대할 수 있는 것과 같은 이치이다. 그런데 그 예는 태을 사자의 묵학선만을 말할 때의 이야기이지, 백아검까지 합한다면 이야기는 또 달라진다.

그런 사정을 알 길 없으니 두 명의 저승사자들보다 두 명의 신장이 믿지 못하겠다며 더 길길이 날뛰었다. 원래 신장은 저승사자보다 훨씬 강한 법력을 지녔다. 그런데 한 번도 아니고 두 번씩이나, 그것도 두 신장의 공격을 태을 사자가 별로 타격도 입지 않고 막아내다니.

태을 사자는 자신은 무고하다고 주장하고 싶었지만 그들은 그럴 틈을 주지 않았다. 화극을 든 신장이 화극으로 태을 사자를 가리키면서 말했다.

"나는 유진충劉眞忠이라고 한다. 너의 손에 든 검, 보통 것이 아닌 듯싶구나."

장창을 든 신장이 유진충 신장에게 말했다.

"놈의 실력이 보통이 아니오. 과연 판관을 해칠 정도의 법력이 있는 듯하오."

그러고는 자신의 신분을 밝혔다. 그 둘은 충忠 자 돌림의 신장인 모양이었다.

"나는 고영충高永忠이라 부른다. 네 수단이 악랄하고 법력이 높으니 손에 사정을 두지 않겠다. 각오하라."

"가…… 가만…… 내 이야기를 들어보시오. 나는 결코……."

신장 고영충은 태을 사자가 말할 틈을 주지 않고 장창을 수없이 공중에 찌르더니 허공에 꽃 모양을 만들어 태을 사자에게로 몸을 날렸다. 그 뒤로 유진충도 화극을 휘둘러 둥근 원을 만들면서 달려들었다.

그 뒤에 있던 명옥 사자와 암류 사자는 두 신장에게 태을 사자를 맡겨두고, 태을 사자의 일행으로 보이는 은동과 금옥에게 달려들었다. 금옥은 아직 정신이 완전히 들지 않은 상태라 맥없이 명옥 사자에게 잡혀버렸다. 그러나 은동은 암류 사자가 자신을 잡으러 다가오자 깜짝 놀라면서 뒤로 물러나 암류 사자의 손을 피했다.

암류 사자는 감히 인간의 영혼 주제에 은동이 자신의 손을 피하리라고는 상상도 하지 못했다. 이에 암류 사자는 화를 이기지 못해 노기를 띠며 호통을 쳤다.

"이놈! 순순히 있지 못할까?"

"왜 날 잡으려는 겁니까? 왜 태을 사자님을 잡으려는 거예요?"

"이놈! 듣지도 못하였느냐? 태을 사자는 상관인 이 판관을 살해한 중죄인이다!"

"거짓말이에요! 태을 사자님은 계속 나하고 같이 있었다구요! 오히려 나쁜 것은 이 판관이에요!"

"어허! 이놈이 발칙하게 거짓말을!"

암류 사자는 더욱더 살기등등하게 은동을 맨손으로 잡으려 하였으나 은동은 또 아슬아슬하게 암류 사자의 손을 비껴나갔다. 암류 사자는 화가 머리끝까지 치밀어 올랐다.

"네 이노옴! 함부로 거짓말을 지껄이더니 감히 저승에서 사자의 처분을 거역해?"

은동도 화가 나서 계속 소리를 질렀다. 물론 전심법으로 내지르는 소리였지만 묘하게도 생시에 소리 지르는 것과 같은 기분이었다.

"이 판관이 나빠요! 이 판관이 나쁘다구요! 이 판관이 노 서기라는 영감님을 죽이는 걸 봤어요! 바로 이 판관이 저기 금옥 누나도 풍생수라는 마계 괴물에게 팔아먹었다구요!"

"태을 사자가 이 판관을 소멸시키고 노 서기의 입을 막으려고 같이 소멸시킨 것이 분명하다! 허황되이 입을 놀리지 마라!"

"거짓말도 구별하지 못하는군요! 그러면서 무슨 인간을 심판한다는 거예요! 바보들!"

그 말에 암류 사자는 화가 치밀어 올라 더이상 참을 수 없는 지경에 이르렀다. 자신도 모르는 사이에 법기 암류환을 은동에게 던졌다.

암류 사자는 은동을 정말로 맞혀 소멸시켜버릴 뜻은 없었다. 다만 정신을 잃는 정도의 타격을 주어 나중에 지옥에 몰아넣고 거짓말한 자들이 받는 혀를 잡아 빼는 고통을 줄 작정이었다. 그러한 요량으로 암류환에 원래의 법력의 십분의 일 정도만 힘을 실었다.

은동은 암류환이 날아오는 것을 보고 기겁을 했다. 저승사자의 법기는 경천동지할 무기이니 그것에 맞으면 그대로 박살이 날 것 같았다. 너무도 끔찍하여 몸을 피할 생각도 하지 못하고 반사적으로 손을 들어 얼굴만을 가렸다. 그다음 순간이었다.

암류 사자는 깜짝 놀라 눈을 휘둥그레 떴다.

'아니, 내 법기가 어디로…….'

은동 역시 자신이 죽었나 살았나 싶었지만 몸에 별다른 충격이 없었다. 무서워서 얼굴을 가렸던 손을 풀고 바라보니 손에 뭔가가 쥐어져 있었다.

은동의 손에는 태을 사자의 소매 속에 들어 있을 때 엉겁결에 쥐었던 화수대가 그대로 있었다. 비록 자신의 사념에 의해 옷을 입은 모습으로 있었지만, 그 옷은 실제의 옷이 아니었으므로 소맷자락 같은 것도 없었다.

약간의 영력만 있어도 소맷자락에 기운을 넣어 물건을 넣을 수 있었을 테지만, 은동은 그런 부분까지는 알지 못했다. 그래서 내내 손에 들고 다녔던 것이었다.

화수대는 영적인 물건이라면 무한정 집어넣을 수 있는 물건이었다. 암류 사자의 법기인 암류환은 은동에게 날아들다가 공교롭게도 화수대의 주머니 부분을 건드리게 되어 그 속으로 들어간 것이었다. 만약 암류 사자가 자신이 지닌 법력의 삼분의 일이라도 가해서 던졌더라면 단순한 주머니인 화수대 속으로 들어가더라도 주머니를 밀어붙여 은동을 쳤을 것이다. 그러나 암류 사자는 은동이 어리고 힘이 없으리라 여기고 다치지 않게 하기 위해 최대한 힘을 줄여 던졌던 것인데, 법력을 거의 싣지 않은 암류환은 일단 화수대에 들어가자 곧 힘을 잃어버리고 말았다. 암류환에 법력을 가해서 던졌으면 도로 거두어들였을 것이나, 이제는 법력조차 떨어져 평범한 물건처럼 화수대에 들어가 은동의 차지가 되어버렸다. 법기는 원래 주인의 힘을 그대로 지니는 것이기는 하나 형체를 이루는 데 대부분의 법력이 들었다. 여기에 던지거나 도로 돌아오게 하는 데에는 여분의 법력이 소모되는데 암류 사자는 그 여분의 법력을 거의 넣지 않았던 것이다.

그토록 애지중지하던 법기가 은동의 손에 들어가자 암류 사자는 얼굴빛이 벌겋게 변할 정도로 분노가 치밀었다.

"이…… 이 녀석! 그 물건을 냉큼 내놓지 못하겠느냐!"

은동은 천우신조로 암류환이 자신의 손에 들어오자 기쁘기도 하고 호기도 일어 대뜸 되받아 소리쳤다.

"그럼 태을 사자님을 놓아줘요! 급한 일이 있단 말이에요!"

"입 닥치지 못할까!"

암류 사자는 화를 이기지 못해 은동에게 달려들려 했다. 그때 금옥을 잡아 막 소맷자락에 넣으려던 명옥 사자가 미소를 지으며 암류 사자에게 말했다.

"저까짓 꼬마에게 어찌 화를 내고 그러나? 자네가 부주의해서 그런 일이 벌어진 것이잖나."

"아니, 자네는 지금 저 꼬맹이 편을 드는 겐가?"

"아니네. 화내지 말고 그냥 잡아 법기를 되찾으면 될 것 아닌가?"

명옥 사자는 싱글거리면서 이번에는 조용히 서 있는 승아에게로 손을 뻗었다. 은동은 운이 좋아 암류 사자의 법기를 빼앗아서 의기양양했지만, 이미 금옥이 명옥 사자에게 잡히고 승아까지 잡힐 듯 보이자 커다랗게 외쳤다.

"손대지 말아요! 그 애는 관계가 없다구요!"

명옥 사자는 능청스럽게 대꾸하면서 승아를 잡으려고 했다.

"네가 날뛰는 것을 보니 더욱더 잡아야겠구나."

"놓아주라구요!"

은동은 외치면서 무심결에 명옥 사자에게 뛰어들어 명옥 사자의 손을 쳐냈다. 그리고 승아를 잡아 뒤로 물러서게 하려고 하였으나 어느 틈엔가 암류 사자의 손에 잡힌 꼴이 되고 말았다.

"요 버르장머리 없는 녀석!"

암류 사자는 인정사정없이 은동의 따귀를 철썩철썩 때렸다. 은동은 눈에서 불똥이 튀는 것 같았다. 영의 몸이라 생계의 사람들은 은동을 만질 수 없겠지만, 이곳은 저승이며 저승사자들도 같은 영적인 존재라 때릴 수 있었다. 더구나 맞는 것만이 아니고 맞는 아픔까지도 생계의 것과 비슷했다. 그러나 은동은 얻어맞으면서도 굴하지 않고 힘껏 외쳤다.

"힘없는 아이나 괴롭히다니! 이 나쁜 놈들아!"

더 심한 욕설을 퍼붓고 싶었지만 모친 엄씨의 엄한 교육 밑에서 점잖게 자란 은동이었다. 알고 있는 상소리가 그 정도뿐이라 더 심한 욕은 하지도 못했다. 그러다가 따귀만 두어 대 더 얻어맞자 말도 제대로 잇지 못하고 씨근거리기만 했다.

태을 사자는 한창 유진충과 고영충 두 명의 신장과 엄청난 싸움을 벌이고 있는 중이었다. 은동의 눈에는 그들의 몸놀림이 거의 보이지도 않을 정도였다.

태을 사자의 묵학선은 흑풍 사자의 법력을 합쳐 두 배의 위력으로 강해져 있었다. 백아검도 그 자체로 영성을 지닌 명검인데다가 윤걸의 영이 봉인되어 있으니, 이 또한 두 명의 저승사자의 힘에 해당되었다.

윤걸은 근위 무사였던 만큼 저승사자보다는 조금 더 영력이 있었지만 백아검은 법기가 아닌지라 그만큼의 영력은 없었다. 태을 사자가 백아검과 묵학선을 동시에 사용한다면 원래의 네 배 정도에 해당되는 법력을 부릴 수 있으며, 이는 신장 하나의 힘을 넘을 정도였다.

그 덕에 태을 사자는 간신히 신장들의 공격에서 자신의 몸을 지킬 수 있었다. 하지만 두 명의 신장이 동시에 전력을 다하여 공격한다면 그리 오래 버티지 못했을 것이다.

그러나 두 명의 신장은 태을 사자를 생포하기 위해 모든 힘을 다하지 않고 공격을 가했다. 또 태을 사자가 아무리 판관을 해칠 능력이 있다 해도 두 명의 신장을 당할 리는 없다고 보았다. 그래서 태을의 법력이 어느 정도인지 시험해보려는 뜻도 있었다. 그로 인해 태을 사자는 그나마 겨우 버틸 수 있었다.

이렇게 태을 사자가 도와줄 수 없는 형편이니 은동과 금옥은 두 저승사자에게 잡혀갈 도리밖에 없었다. 절망적인 기분이 된 은동은 다시 암류 사자에게 악을 썼다. 태을 사자가 의심을 받고 있으니 자신과 금옥은 어쩔 수 없더라도 승아는 관련이 없으니 놓아주어야 한다고 생각했다.

"그 아이만이라도 놓아줘! 그 아이는 우리와 같이 오지 않았단 말야! 어서!"

별안간 간드러진 웃음소리가 들려오자 은동은 말을 멈추고 눈을 크게 떴다. 난데없는 웃음소리에 암류 사자와 명옥 사자도 동작을 멈추고 웃음소리가 들려오는 곳을 살폈다. 놀랍게도, 승아가 소리 내어 웃고 있는 것이 아닌가?

"꼬마가 제법 의기가 있네. 저 저승사자는 봐줄 필요가 없지만 너는 봐줄 만하구나."

암류 사자와 명옥 사자는 은동보다 더 작아 보이는, 그것도 하찮은 계집아이인 승아가 그런 소리를 하자 기가 막혔다. 이어 더욱 기가 막힌 일이 일어났다. 두 저승사자에게 승아가 거만하게 코끝으로 명을 내리는 모습이라니!

"그 아해들을 내려놓아라. 법기를 내놓고 절을 아홉 번 올린 다음에 네발로 기어서 썩 꺼져라."

암류 사자와 명옥 사자는 기가 막혀서 잠시 할 말을 잃다가 이윽고 껄껄 소리 내어 웃었다. 암류 사자는 은동의 덜미를 잡아 흔들면서 승아의 머리를 쓰다듬으려고 손을 내밀며 말했다.

"하하……. 너 제정신이냐? 감히 어찌……."

암류 사자의 손이 승아의 머리에 닿는 순간, 퍽 하는 소리와 함께 암류 사자의 몸이 폭풍에 밀린 가랑잎처럼 뒤로 날아갔다. 저승사자는 영체로 이루어져 있어 꼴사납게 땅에 뒹굴지는 않았지만 암류 사자는 흐윽 하는 소리를 내면서 기절한 듯 몸이 축 늘어졌다.

은동이 승아가 도대체 무엇을 어떻게 했는지 볼 수조차 없을 정도로 순식간에 벌어진 일이었다. 그런데 이 무슨 일인가? 원래대로라면 암류 사자와 함께 날아갔어야 할 은동은 어느 틈엔가 땅에 내려와 있었다. 그 광경을 보고 명옥 사자는 깜짝 놀라 법기를 꺼내려 하였으나 으악 하는 소리를 내면서 금옥을 잡고 있던 손을 떨구었다.

은동이 언뜻 보니 흰빛이 쉬익 명옥 사자를 스치고 지나간 것 같았다. 그 뒤로 명옥 사자의 팔이 비틀어져 있었다! 그리고 또 한 번의 흰빛이 힐끗 비치더니 이번에는 명옥 사자도 법기를 떨구면서 아까의 암류 사자처럼 퍽 소리를 내며 저쪽으로 밀려가버렸다.

은동은 삽시간에 정신을 잃어버린 두 저승사자를 보다가 승아를 돌아보고는 놀라서 소리를 질렀다.

"호유화!"

승아 곁에는 어느 틈에 나타났는지, 한 마리의 커다란 흰 여우가 마치 사람처럼 두 발로 서서 한들한들 복슬복슬한 꼬리들을 살랑거리고 있었다. 여우의 털빛은 환하게 빛나는 탐스러운 흰빛이었는데, 크기는 보통 여우보다는 훨씬 커서 거의 사람만 했다.

어떻게 보면 귀여운 모습이었고, 어떻게 보면 요사스러운 면도 있었으며 교태가 자연스럽게 넘쳐흘렀다. 몸놀림마저 하늘하늘한 것이 사람을 홀릴 정도의 모습이었다.

여우는 아무 일도 없었다는 듯 은동을 보고 살짝 한쪽 눈을 감았다 떴다. 은동은 그 눈짓이 무슨 뜻인지 몰랐다. 다만 하얀 광채를 뿜는 호유화의 털을 홀린 듯이 바라보고만 있었다. 여우는 명옥 사자가 놓쳐서 허공에 둥둥 떠 있는 명옥 사자의 단검 모양의 법기를 집어 들고는 중얼거렸다.

"청정검淸靜劍이라구? 아이들이나 희롱할 줄 아는 놈들이 법기 이름은 그럴듯하게 지었네."

여우는 중얼거리고는 은동에게 말했다.

"정신 차리려무나, 꼬마야."

은동은 고개를 마구 흔들며 정신을 추슬렀다. 그러고는 놀라움에 가득찬 목소리로 말했다.

"당신이 호유화 님인가요?"

"네가 보는 대로, 그리고 생각하는 대로."

여우가 알 듯 말 듯하게 중얼거리면서 명옥 사자의 청정검을 집어 건네주자 은동은 얼떨결에 그것을 받았다. 여우는 살랑살랑 가볍게 뛰어 정신을 잃은 두 명의 저승사자에게로 갔다. 은동은 고개를 돌려 허공에서 무섭게 격돌하고 있는 태을 사자와 신장들을 바라보았다.

그들은 여전히 보이지 않을 정도로 빠르게 움직이며 맹렬하게 격돌하고 있었는데 묵학선과 화극, 장창과 백아검이 부딪칠 때마다 불똥이 번쩍번쩍 튀었다. 자세히 보니 태을 사자가 점점 밀리는 것 같았다.

태을 사자는 신장들의 거센 공격을 막아내는 데 급급하여 호유화가 나타났는지조차 모르고 있었다. 본디 심계가 깊은 태을 사자라 정신력이 강하고 집중력이 뛰어나 하나에 몰입하면 다른 것에 영향을 받지 않는 까닭이기도 했다.

또한 난데없이 흰 여우 한 마리가 나타나 두 저승사자를 삽시간에 때려눕히고 법기를 빼앗는 것을 본 신장들이 다급해져서 전력을 다하고 있었던 탓이기도 했다.

은동은 태을 사자가 밀리는 것을 보고 초조해졌지만, 도울 만한 힘이 눈곱만큼도 없어 바라볼 도리밖에 없었다.

그래서 은동은 승아를 쳐다보며 머뭇거렸다.

"저…… 저……."

"뭐니?"

"호유화 님께 말해서, 태을 사자님을 도와달라고 할 수는 없을까?"

"왜?"

"아이구, 나는 저 저승사자와 함께 가야 한다구. 안 그러면 내가 죽고, 아버지도 구할 수 없게 돼! 그리고 조선군……."

"가만가만……. 차근차근 이야기하라구."

"사정이 길어! 어쨌든 말 좀 해주란 말야!"

하지만 은동은 사정이 길어서라기보다는, 태을 사자가 호유화에게 금제를 가하여 굴복하게 만들 계획임을 떠올린 것이다. 길게 이야기하다 보면 그 말을 내뱉을지도 모르고, 자칫하여 호유화의 기분을 틀어지게 만들지도 모른다.

비록 두 저승사자가 실신했다고 하나 더욱 무서운 두 신장이 남아 있는 터였다. 만일 호유화가 자칫 토라지기라도 하고 태을 사자가 패하기라도 한다면 자신은 그대로 지옥에 남는 수밖에 없었다. 승아는 흥 하면서 조금은 속이 보이게 삐치는 척하더니 은동에게 말했다.

"그러면 나에게 한 가지 약속해줘."

"뭔데?"

승아가 배시시 웃었다.

'저 모습이 꼭 뒷집에 살던 행희와 닮았구나.'

은동은 행희 생각에 기분이 잠시 울적해졌다.

"나하고 내내 놀아줘. 여기 있으니까 심심해서 죽을 지경이야."

뭔가 엄청나고 굉장한 부탁이 나올 것으로 생각했던 은동은 예상외로 쉬운 답이 나오자 얼른 그러마 하고 대답할 뻔했다. 그러나 어리기는 했지만 신중하고 속이 깊은 은동이었다. 전에 유정이 자신을 따르라고 했을 적에도 깊이 숙고해보고 대답했을 정도였으니.

잠시 생각해보자 큰일날 뻔했다 싶었다. 이곳은 생시가 아니라 지옥 중에서도 가장 깊다는 십팔층의 뇌옥이 아닌가? 그런데 여기서 승아와 내내 논다는 것은 다시 살아나는 것을 포기하고 지옥에 계속 있는 것을 의미하였다. 승아는 은동이 망설이는 눈치를 보이자 입술을 뾰로통하게 내밀었다.

"싫어? 내가 마음에 안 드는가 보지?"

"아…… 아니야. 그런 게 아니고……."

"아니면 도대체 뭐야?"

"나는 이 일…… 일이 끝나면 도로 가야 해. 사실 난 아직 죽은 게 아니거든."

"죽지도 않았는데 어떻게 여길 왔니?"

"으음……. 이야기하자면 길어. 좌우간 지금은 힘들다구."

승아는 잠깐 생각해보더니 다시 배시시 웃었다.

"그러면 나중에라도 우리가 만나게 되면 꼭 같이 놀아줘야 해. 어때?"

그건 어려운 일이 아닌 듯했다. 여기서 일단 나갈 수만 있다면, 그들이 다시 만날 기회가 있을까? 필경 은동이 죽어서 지옥에 오지 않는 이상 그런 일은 없을 터였다.

신중하게 고심한 끝에 은동은 그리되면 허튼 약속을 하는 것 같아 승아에게 솔직히 털어놓았다.

"내가 나가게 된다면 우리 다시 만나기 어렵지 않겠니?"

"그거야 운수소관이지, 뭐. 좌우간 그럴지 안 그럴지만 대답해."

그제야 은동은 고개를 끄덕였다. 승아는 또다시 배시시 웃음을 흘리더니 은동을 잡아끌고 여우가 있는 쪽으로 갔다. 여우는 쓰러져 있는 명옥 사자와 암류 사자의 머리를 꼬리로 눌러 땅에 찧는 중이었다.

"뭘 하는 거죠?"

승아가 묻자 여우가 호호 웃으며 대답했다.

"아홉 번 절을 하라고 명령했으니 절을 시켜야지."

은동은 어이가 없었다.

'저게 무슨 절을 시키는 거야? 하긴…… 저승사자들이 순순히 절을 할 리 없으니 자기가 한 말을 지키려면 그럴 수밖에 없을지도 모르지만…….'

여우는 은동이 기가 막힌다는 표정을 짓는 것도 개의치 않고 여전히 웃으며 말했다.

"그럼 이번에는 기어가게 만들어야겠지?"

여우는 두 저승사자를 꼬리로 누른 상태에서 휙 걷어차 둘의 몸을 납작하게 눕혔다. 그러고는 마치 기어가는 것처럼 멀찌감치 밀어버렸다. 비록 땅에 몸이 닿지는 않았으나 기어가는 것과 흡사해 보였다.

그러자 승아가 여우에게 말했다.

"이 꼬마가 저승사자를 도와달라고 말하는데요?"

여우가 웃으며 고개를 설레설레 저었다.

"나는 이 꼬마가 위험한 지경에 빠져서도 맹랑하게 너를 도우려 하기에 도와준 것뿐이야. 저자에게는 볼일이 없어."

은동이 다급해져서 말했다.

"하지만 저승사자가 지는 것을 그대로 두면 저는 영영 나가지 못하고 말아요!"

"그러면 어떠냐? 여기서 우리랑 놀면서 지내는 것도 괜찮지 않아?"

여우는 교태를 부리며 딴전을 피웠지만 은동은 그 말에 울상을 지었다. 곁에 있던 승아가 귀찮다는 시늉을 하며 말했다.

"됐어요. 이 아이는 나중에 나랑 놀아주기로 약속을 했어요."

"그 약속을 믿을 수 있을까?"

"난 믿어요. 그러니 어서 도와주세요."

여우는 여전히 빙글빙글 웃으며 요염한 눈매로 은동을 바라보면서 말했다.

"너는 내가 왜 여기 들어오게 되었는지 알고 있니?"

"성계에 가서 시투력주를 삼켰기 때문에…… 들어오게 되었다고 들었습니다만……."

"그래, 알고 있었구나. 시투력주라는 것은 미래의 천기를 읽을 수 있는 보물이지. 그것 때문에 이곳으로 들어온 거야. 그러나 난 감금된 게 아니란다."

호유화가 감금된 것이 아니라는 말에 은동은 흠칫 놀랐다.

"그러면요?"

"난 내 발로 들어온 거야. 미래의 천기를 읽는다는 것은 자칫하면 미래의 역사에 지장을 줄 수 있거든. 그래서 그것을 막으려 한 거야. 그런데 파리 떼들이 계속 나를 귀찮게 하지 뭐니."

"파리 떼라뇨?"

"마계의 잡것들하고 사계의 놈들까지도 자꾸 그걸 찾으러 온단 말이야. 벌써 대여섯 번이나 왔었지."

은동은 천기가 어떻고 시투력주가 어떻고 하는 것에는 관심이 없었다. 하지만 태을 사자가 계속 밀려서 금방이라도 위험해질 판이라 다급했다.

태을 사자는 장창이 몇 번이나 스치고 지나가서 소맷자락이 터져 나가는 상황이었다. 소매 속에 들어 있던 쇠고리며 노 서기가 준 두루마리 같은 것들이 허공에 흩어졌다.

"아이구, 일단 태을 사자님부터 구해주세요. 어서요!"

"가만있어봐. 좌우간 놈들은 내 상대가 되지 못해 이제껏 모두 물리쳤단다. 박살을 내서 소멸시켜버렸지. 여태까지 놓친 놈은 단 한 놈뿐이었는데……."

승아도 맞장구를 쳤다.

"잘하셨어요. 감히 호유화 님을 건드린 놈은 죽어도 싸지요."

은동은 참지 못하고 여우에게 고개를 숙여 절을 하였다.

"제발…… 제발 도와주세요."

그러자 승아가 눈짓을 하면서 은동의 옆구리를 살짝 꼬집으며 귀에 대고 속삭였다.

"어서 호유화 님의 말씀이 맞다고 해."

은동은 더 생각할 겨를도 없이 맞다고 맞장구를 치면서 계속 여우에게 간청을 했다. 그러자 여우는 씨익 웃고는 은동에게 말했다.

"좋아. 저 신장 놈들도 날 성가시게 만들었으니 혼을 내주어야지. 하지만 내가 손쓸 필요까진 없어. 꼬마야, 너 저승사자들의 법기를 가지고 있지?"

"예? 아, 예……."

"그것을 태을이라던가? 저승사자 쪽으로 던져라."

"예? 어째서……."

여우가 짜증난다는 듯이 내뱉었다.

"시키는 대로나 해!"

은동은 황급히 화수대에 손을 넣어 암류환을 꺼낸 뒤 암류환과 청정검을 태을 사자에게 던졌다. 어린 은동이 던진지라 가속이 별로 붙지 않았다. 여우가 한 번 꼬리를 부채 모양으로 펼치며 훅 하고 숨을 내뿜었다. 암류환과 청정검은 흰 불꽃 같은 것에 휩싸이면서 갑자기 속도를 얻어 태을 사자를 향해 쏜살같이 날아들었다.

태을 사자는 막 신장의 화극에 찔릴 뻔하다가 아슬아슬하게 뒤로 물러섰던 참이었다. 다급한 마음에 날아드는 것이 무엇인지 확인조차 하지 못하고서 묵학선을 들어 앞을 막았다. 그런데 날아들던 암류환과 청정검이 묵학선에 부딪히지 않고 묵학선 안으로 빨려 들어가는 것이 아닌가?

은동은 그 모습을 보고 태을 사자도 화수대를 가지고 법기를 거둔 것이 아닌가 생각했는데 옆에서 승아가 말했다.

"저 법기들은 법력을 지니고 태을 사자에게 흡수된 거야. 전이도력轉移道力이란 거지."

태을 사자는 갑자기 손에 들고 있는 묵학선에서 커다란 힘이 흘러나와 몸에 퍼져나가는 것이 느껴졌다.

무슨 연유인지 판단할 겨를도 없었다. 급하게 고영충의 화극을 묵학선으로 밀어내자, 별안간 고영충이 으윽 하고 신음성을 내뱉더니 뒤로 두어 자나 물러섰다.

그것을 본 유진충이 놀라 장창을 곧추세워 날카롭게 찔러 들어왔으나 태을 사자는 이를 백아검으로 막았다. 그러다가 가슴이 답답해지는 충격에 주춤거리며 뒤로 한 걸음 물러섰다. 태을 사자의 묵학선은 이제 두 저승사자의 법력을 합치게 되었으니 도합 네 명의 저승사자만큼 힘이 있는 셈이었다.

신장들은 보통 저승사자의 세 배 정도의 신력을 지니고 있어 묵학선이 고영충의 공격을 일격에 물리친 것도 당연했다. 그에 비해 백아검은 저승사자의 두 배 정도의 힘이었으니 유진충의 강한 공격에 조금 밀리는 상황이었다.

심기가 깊은 태을 사자는 백아검이 밀리는 것을 금세 알아차리고는 백아검을 오른손에 옮겨 쥐었다가 천천히 휘둘렀다.

이제껏 쓰지 않았던 생계에서의 무술인 만검법慢劍法을 사용하기 시작한 것이다. 과거 태을 사자는 윤걸 및 흑풍 사자와 함께 사계를 나서면서 백아검이 일반 법기가 아닌 것을 알아보지 않았던가. 설령 법력이 뒤지더라도 백아검의 법기로서가 아닌 병기로서의 특징을 활용하면 보다 강한 자와도 대적할 수 있을 것이라고 판단했다.

윤걸도 그러한 태을 사자의 심중을 알고 있었다. 검에 봉인된 윤걸이 그 점을 깨달아 태을 사자에게 무형의 신호를 보내는 것인지는 알 수 없었다. 좌우간 태을 사자가 오른손으로 백아검을 쥐고 만검법을 발휘하자 유진충의 공격을 그럭저럭 방어할 수 있었다.

유진충의 장창법은 빠르고 쾌속하였다. 그러나 물샐틈없이 찔러 들어가도 이상하게 태을 사자의 느릿느릿 움직이는 검에 휘말려 법력이 자꾸 빗나가버렸다.

한편 태을 사자는 왼손에 든 묵학선으로 고진충의 화극과 상대하고 있었다. 고진충은 묵학선에 담긴 네 사람 분의 법력을 당해낼 수 없는지라 조금씩 밀리고 있었다. 밀리던 태을 사자가 수세에서 공세로 바뀌어 조금씩 앞으로 밀고 나가자 은동은 기뻐서 손뼉을 쳤다.

"고맙습니다! 정말……."

여우에게 눈길이 머물자 은동은 깜짝 놀랐다. 여우의 얼굴이 갑자기 험상궂어졌기 때문이었다. 은동은 급히 고개를 돌려 승아를 보았는데 승아의 얼굴빛도 곱지 않았다.

'도대체 왜 저러는 것일까?'

은동은 고개를 갸웃하며 다시 여우를 자세히 보았다. 순간 가슴이 덜컹 내려앉는 것 같았다. 여우는 태을 사자의 소매에서 떨어진 쇠고리, 그러니까 호유화를 금제하려고 울달과 불솔이 변한 고리를 손에 들고 찬찬히 살펴보고 있었다.

'우와, 이거 야단이네. 저 여우는 분명 저게 뭔지 알 거야. 우리도 자기를 잡으러 온 것이라는 걸 알면 가만있지 않을 텐데…….'

자신을 찾아와 성가시게 군 놈들은 모두 박살을 내버렸다는 여우의 말이 뜨끔하게 은동의 뇌리를 뚫고 지나갔다. 그때였다. 여우가 은동을 날카롭게 째려보며 말했다.

"이건 대체 무엇이지?"

흑호는 화들짝 놀라 잠에서 깨어나 벌떡 몸을 일으켰다. 참으로 이상한 꿈이다. 꿈속에서 느닷없이 참혹한 죽음을 당했던 증조부 호군이 나타나서 흑호를 호되게 꾸짖었던 것이다. 꿈에서 호군이 무어라 말하며 꾸짖었는지는 잘 기억이 나지 않았다. 좌우간 흑호는 섬찟한 기분에 황급히 눈을 뜬 터였다.

서둘러 주변을 살폈다. 주변에는 별 이상한 것이 없었다. 풀숲에는 마수들의 기척도 느껴지지 않았고, 바위로 막아놓은 동굴 입구도 그대로였다. 바로 그때, 야릇한 기운이 느껴졌다. 피비린내였다!

그리고 그 냄새는 바위로 막아놓은 동굴 입구의 좁은 틈바구니에서 흘러나왔다.

'어쿠쿠, 이게 어찌된 일이냐?'

어느 사이에 이미 해는 저물어 주위는 어둠에 잠겨 있었다. 둔갑도 되고 도력도 그럭저럭 사용할 수 있을 듯했다. 둔갑한 모습이 바위를 치우기가 훨씬 편할 듯싶어 흑호는 재주를 넘어 일단 반사람 모습으로 변신을 하였다. 반사람 모습으로 변신하면 전에 태을 사자와 모르고 겨루었을 때의 형상이 되어 비록 얼굴과 몸의 무늬는 호랑이지만 두 발로 서고 두 앞다리를 손처럼 쓸 수 있게 되는 것이다.

흑호는 집채만 한 바위를 무쇠 같은 두 팔로 번쩍 들어 옆으로 치워놓고 안으로 달려 들어갔다.

"으앗!"

무심결에 입에서 놀라움의 소리가 터져 나왔다. 동굴 안은 온통 피바다였고, 강효식이 은동의 옆에 쓰러져 있는 것이 아닌가. 언뜻 보아도 스스로 배를 단검으로 찌른 것이 분명하였다.

'이…… 이 사람이 왜 죽었지? 아이구야, 기껏 살려놓았더니만 자진을 했네그려!'

흑호는 놀라움과 더불어 안타까움이 일었다. 얼른 강효식의 몸을 옆으로 밀어내고 은동의 몸을 살폈다. 떨리는 손으로 피에 젖은 옷자락을 헤치자 은동의 가슴에 기다랗게 나 있는 상처가 눈에 들어왔다.

'어이구, 이거 야단일세. 이 아이마저도 죽어버린다면 나는…… 나

는……'

자세히 살펴보니 은동의 상처는 그리 대수로워 보이지 않았다. 출혈이 심한 것이 걱정스러웠으나 상처 자체로 인한 생명의 지장은 없을 것 같았다. 흑호는 약간은 안심하였으나 그래도 걱정스러워서 견딜 수가 없었다. 흑호는 강효식을 원망스럽게 쳐다보면서 생각했다.

'뭐 이런 화상이 다 있나. 세상에, 목숨을 살려주었더니 자기 자식마저도 죽여? 내가 혹시 사람을 잘못 찾은 것은 아닐까?'

그러다가 문득, 강효식이 죽기 전에 단검으로 바닥에 새겨놓은 듯한 글자가 보였다. 흑호는 몸을 떨면서 그 글자를 보았다.

치욕을 당하느니 차라리 죽음을 택하노라. 이 아이 대신 죽는 것이라 여겨도 좋다. 아이는 아는 것이 없으니 반드시 놓아주기 바란다. 강효식.

글자들을 보자 흑호는 강효식이 무엇 때문에 자진을 하였는지 이해할 수 있었다.

'어이쿠, 자기가 왜병에게 잡혀온 줄 알았나 보구나. 이런 가여울 데가 다 있나, 쯧쯧.'

흑호는 결국 강효식을 두 번 죽인 셈이었다. 죽으려고 물에 뛰어든 강효식을 건져내어 또다시 죽게 만들었으니…….

안쓰러운 마음에 강효식의 몸을 슬쩍 건드려보니 뜻밖에도 온기가 남아 있었다.

'어라? 아직 숨이 끊어지지 않았구먼!'

흑호는 인간의 의술을 발휘할 능력이 없어 도대체 어떻게 해야 할지 갈팡질팡했다. 하는 수 없이 상처를 몇 번 핥아 깨끗이 한 후 밖으로 나가 주변의 풀 중 냄새가 좋은 것들을 급히 따다가 흙과 뭉쳐서 강효식의 상처에 발라주었다. 호랑이인 자신이 다쳤을 때 쓰는 임시 처방이었지만 지금은 별 도리가 없었다.

그렇게 하자 일단 피는 멎었다. 아무래도 강효식은 너무 피를 흘린 데다가 배를 깊이 찔러서 살아나기가 어려울 것 같았다. 은동의 상처도 문제였다. 상처는 깊지 않지만 피를 많이 흘린 탓에 맥이 희미해져가고 있었다.

'내 피라도 넣어줄까? 아니여, 나는 호랑이고 은동은 사람이니 잘못하다가는 더 위험해질지도 모르지.'

은동 역시 자신이 만든 흙덩어리로 대강 지혈을 할 수밖에 없었다. 그리고 약간의 도력을 불어넣자 은동의 맥이 제법 살아나는 것 같았다. 그 방법이 효험이 있는 것 같아서 강효식에게도 도력을 조금씩 주입해주었다. 그러자 혼수상태에 있던 강효식이 쿨룩거리면서 약간의 피를 입으로 토해내었다.

'잘하면 정신을 차리게 할 수 있겠구먼. 그런데 이 빌어먹을 저승사자는 왜 아직도 안 오는 거여? 빨리 와야 마지막으로 부자 상봉이라도 시켜줄 터인데…….'

흑호는 투덜거리면서 계속 강효식과 은동의 몸에 번갈아 도력을 불어넣었다.

뇌옥에서의 싸움

여우는 은동이 제대로 대답을 하지 못하자 흥 하며 손에 들고 있던 쇠고리를 내팽개쳐버렸다. 그러고는 날카로운 목소리로 다그쳤다.

"이건 금제를 가하는 고리 아니니? 이걸로 뭘 하려고 했지? 결국 너희 놈들도 마계 놈들과 똑같구나."

은동은 변명할 말이 당장 떠오르지 않아 우물쭈물했다. 사실 그 쇠고리를 가지고 금제를 가하라 시킨 것은 이 판관이었다. 하지만 태을 사자가 호유화에게 금제를 가하여 복종하게 하려 한 것도 분명한 사실이다. 그리고 자신도 태을 사자와 같이 왔으니 일당이라 할 수 있었다.

여우가 표독스러운 표정을 지으며 은동에게 천천히 다가왔다. 그때 금옥이 앞을 막아섰다.

"잠깐만요."

"너는 또 뭐야?"

"안…… 안 돼요. 은동이는 죄가 없습니다. 그리고 이건 나라의 대사가 달린 일입니다."

여우가 코웃음을 치며 휙 돌아섰다. 순간 은동은 스치듯 보았지만 여우의 꼬리가 일곱 개밖에 되지 않음을 알아차렸다.

'구미호의 꼬리가 일곱 개라니? 흠, 어딘가 이상한 것 같다.'

은동은 미심쩍었지만 지금 그것은 중요한 문제가 아니었다.

"나라의 대사고 뭐고 나와는 상관없는 일이다."

"수천 명의 조선군의 생명이 달려 있는 일이어요. 그리고…… 그리고……."

금옥은 숨가쁘게 이야기를 하다가 갑자기 신립이 떠올랐는지 얼굴에 홍조를 띠었다.

'흠, 이런 판국에서도 부끄러운 마음이 들다니, 여자란 정말 알다가도 모를 존재야.'

은동이 어이가 없어 고개를 갸우뚱거렸다. 여우는 미적미적하는 금옥을 보며 성질이 난다는 듯 외쳤다.

"그리고 뭐가 중요하단 말이냐? 너희는 이미 죽은 몸인데, 죽고 사는 것이 아직도 그리 큰일이냐?"

여우는 날카로운 소리를 지르며 휙 하니 달려들어 금옥의 어깨를 낚아챘다. 금옥은 고통스러운 비명을 지르며 몸을 가누지 못하고 쓰러졌다. 물론 금옥은 죽은 영혼이었으므로 땅에 털썩 엎어진 것은 아니었다. 약간 공중에 뜬 상태였지만 그래도 엎어진 것이나 다를 바가 없었다. 그러자 은동은 금옥에게 뛰어들면서 냅다 소리를 질렀다.

"그러지 마요! 안 돼요!"

"요 버르장머리 없는 녀석! 깜찍하게 나를 속이려고 해?"

여우는 금옥에게 뛰어들려는 은동을 꼬리로 철썩 소리가 나게 후려쳤다. 은동은 눈앞이 캄캄해질 정도의 고통을 느끼며 암류 사자와 명옥 사자처럼 데굴데굴 굴러서 땅에 처박혔다. 구르던 은동을 승아가 멈춰 일으켜주었다.

여우는 금옥을 다시 한번 후려갈겨 쓰러뜨리고는 노한 듯이 날카롭게 소리를 쳤다.

"이놈들을 한데 묶어서 잡아먹어버리리라!"

여우는 도무지 화를 이기지 못하겠는지 휙 몸을 날렸다. 허공에 떠오른 여우의 몸이 번뜩하는 빛과 함께 셋으로 나뉘었다. 그러고는 태을 사자와 각각의 신장들에게 일제히 달려들었다.

놀란 것은 신장들과 태을 사자였다. 싸우는 도중에 느닷없이 세 마리의 흰 여우가 달려들자 싸움은 뒤죽박죽이 되었고, 누가 누구를 공격하는지 알 수 없어졌다.

유진충이 태을 사자를 공격하다가 여우의 꼬리에 얻어맞기도 했고 태을 사자가 고영충을 치려다가 여우가 뿜어내는 기운에 스치기도 했다. 한동안 그렇듯 뒤죽박죽으로 싸우고 나자 신장들과 태을 사자는 가뜩이나 지친데다가 사방에서 공격을 받아 만신창이가 되었다. 그때 태을 사자가 소리를 쳤다.

"우리의 잘잘못은 뒤에 가리고 일단 이 요물을 물리칩시다!"

막다른 궁지에 몰린 태을 사자는 이판사판으로 소리를 쳤다. 어차피 자신은 사계에서 쫓기고 있는 판이었으나 시비는 나중에 자연히 가려질 터이고, 우선은 호유화를 잡는 것이 더 큰 문제였다.

비록 자신과 신장들이 지루한 싸움으로 다소 지쳤다고는 하나, 호유화의 법력은 가공할 만한 위력을 발휘했다. 금제의 고리마저도 놓쳐버린 마당에, 아무리 자신의 법력이 예전보다 불어났다고는 해도 호유화의 상대가 될 것 같지 않았다.

지금 호유화를 잡지 못한다면 다시는 잡을 수 없을 것만 같았다.

'나의 안위는 상관없다. 흑풍 사자와 윤걸 무사의 법력을 헛되이 하는 꼴이 돼서는 안 된다.'

그래서 태을 사자는 신장들에게 힘을 합쳐 호유화와 싸우자고 제안한 것이다. 신장들은 처음에는 멈칫했으나 그 말을 듣고 솔깃하는 눈치였다. 이대로 싸우다가는 태을 사자를 잡기는 고사하고 여우에게 죽을 판이 아닌가? 유진충이 화극을 휘둘러 여우의 공격을 막으면서 소리를 질렀다.

"거짓으로 하는 말은 아니겠지?"

"저승사자는 거짓을 모르오! 나도 염왕께 아뢸 말이 있으니 우리의 시비는 뒤에 가리고 이 미친 요물부터 잡읍시다!"

그러자 여우는 더욱 펄펄 날뛰었다.

"미친 요물? 이것들이 정말!"

화가 난 여우는 세 마리가 동시에 태을 사자를 노리고 달려들었다. 세 마리 모두 꼬리가 솟구쳐 오르며 흰 바늘 같은 기운을 내뿜었다. 호유화의 미모침이었다!

태을 사자는 얼른 묵학선을 휘둘러 한 무더기의 미모침을 옆으로 튕겨냈지만 미모침은 사방팔방에서 걷잡을 수 없이 닥쳐들었다.

그때 유진충의 화극과 고영충의 장창이 태을 사자의 옆을 방어하여 미모침을 도로 튕겨냈다.

태을 사자가 방금 한 약속은 인간 세계에서라면 언제든지 거짓으로 돌아버리는 경우가 허다하지만, 태을 사자나 신장들은 저승의 존재들이라 그럴 염려는 없었다. 저승의 존재는 본디 거짓말을 하지 않기 때문에 그들은 태을 사자를 의심하지 않고 힘을 합해 이 위기를 뚫고 나가기로 마음을 모았던 것이다.

"좋소, 대장부의 약속을 믿겠소! 이놈을 먼저 잡고 다시 겨룹시다!"

유진충이 소리치자 태을 사자는 크게 기운을 얻어 큰 소리로 되받았다.

"좋소이다!"

태을 사자는 소리침과 동시에 묵학선을 허공에 뿌렸다. 묵학선은 네 명의 법력이 뭉쳐 있어 전보다 훨씬 커다란 검은 학의 모습으로 변했다. 학이 날개를 한 번 휘두르자 세 마리 여우의 몸이 휘청거렸다. 곧바로 태을 사자는 백아검을 꺼내 양손으로 쥔 다음 남은 법력을 모두 몰아넣었다.

그러자 윤걸의 법력이 우르르하면서 전해져오는 것이 느껴졌다.

검 속에 봉인되어 있는 윤걸도 위기를 깨닫고는 힘을 보내기 시작한 것이다. 유진충과 고영충, 두 명의 신장은 좌우로 갈라져서 각기 화극과 장창을 들고 여우의 옆을 노리고 들어갔다. 그러자 세 마리의 여우가 빙그르르 뭉쳐 하나로 변했다.

"이것들이 정말? 봐주면 안 되겠군!"

한 마리로 변한 여우가 크게 노하며 몸에 달려 있는 아름다운 꼬리들을 곤두세웠다.

그때였다. 아래쪽에서 고통에 시달리며 몸을 일으키던 은동은 여우를 보고 놀라움을 금치 못했다. 호유화는 구미호라고 했으니 꼬리가 아홉 개여야 하는데, 아까 본 바로는 꼬리가 일곱 개였으되 어느 틈엔가 여덟 개로 변해 있었다.

'어? 저게 어떻게 된 것이지? 어째서 꼬리가 하나 더 늘었을까?'

태을 사자와 신장들은 싸우는 데 정신이 팔려서 그런 것에는 신경조차 쓰지 못했다. 여우가 세 마리로 나뉘어 있을 때에는 도력도 삼분의 일씩이라 비교적 상대하기 쉬웠지만, 한 마리로 합쳐지자 도력이 세 배가 되어 그야말로 힘이 막강했다.

하지만 호유화가 미처 짐작하지 못한 한 가지 사실이 있었다. 태을 사자의 법력이 그렇게 높을 것이라고는 예상하지 못했다는 점이다.

태을 사자가 흑풍 사자와 윤걸의 법력을 지니고 있다는 것을 호유화가 알 턱이 없었다. 그러니 태을 사자가 센들 일반 저승사자보다 조금 나은 정도라고 여길 밖에…….

게다가 저승사자 하나를 상대로 둘이 덤벼도 쉽게 이기지 못하는 신장들을 보고 별것 아니라고 생각했다. 그래서 그 신장들을 어서 빨리 물리치라고 두 명의 저승사자의 법력을 태을 사자에게 보태어 주었던 것인데, 막상 부딪치고 보니 그런 것이 아니었다.

즉 한 명의 저승사자의 힘을 하나라 하였을 때 호유화의 계산으로는 태을 사자가 두 명의 저승사자의 힘을 더했으니 셋이고, 나머지 두 명의 신장들의 힘을 합해도 하나 정도였다. 그러면 합이 다섯, 조금 더 잡아도 여섯 정도가 되는 것이라 여겼다.

이제 태을 사자의 법력은 백아검 자체의 힘까지를 합하여 여섯이었고, 두 명의 신장들은 호유화가 생각하는 것보다 무려 세 배나 강하여 각각이 셋 정도였다. 따라서 도합 열둘이 되어 호유화의 예측보다 두 배 이상의 차이가 나는 것이다.

셋이 합세하니 호유화의 도력에 비해 손색이 없을 정도가 되었고 호유화로서도 바짝 긴장하지 않을 수 없었다. 물론 도력이 셋으로 분산되어 있으니 호유화가 아직도 강하기는 했지만 그 셋은 아주 싸움에 능하여 분산 공격을 펼치자 호유화에게 크게 밀리지 않았다.

'내 이럴 줄 알았으면 신장과 태을 사자가 싸워서 승패가 난 뒤에 나머지 놈들을 해치우는 것인데……. 그랬으면 간단하게 끝낼 일인데 괜한 고생이네.'

하지만 화가 머리끝까지 치민 상태였고, 은동 앞에서 호기를 부리느라 뛰어들었으니, 이제는 돌이킬 방법도 없었다.

허공에서 일전이 벌어지는 와중에 금옥은 비틀거리면서 일어나 땅 위에 둥둥 떠 있는 쇠고리를 집어 들었다. 어쨌거나 지금 조선군을 구해낼 수 있는 것은 태을 사자밖에 없었고, 금옥이 믿고 의지할 자도 태을 사자뿐이었다. 금옥이 쇠고리를 집어 드는 것을 본 태을 사자가 소리를 쳤다.

"그것을 여우에게 던져라! 어서!"

그러나 금옥은 쇠고리를 집어 들고 망설이고 있었다. 아까 울달과 불솔이 태을 사자에게 금제의 주문을 말해주는 것을 듣기는 했지만 기억이 나지를 않았다. 그때는 정신이 몽롱한 상태였기 때문에 주문이 무엇인지 도무지 기억해낼 수가 없었다.

'그…… 금제 무엇이라고 했는데……. 아휴, 왜 이렇게 기억이 안 날까!'

은동은 망설이는 금옥을 보며 서둘러 주위를 둘러보았다. 승아가 있었다면 분명히 자신이나 금옥을 방해할 것이기 때문이었다. 그런데 신기하게도 어느 틈에 없어졌는지 승아는 보이지 않았다.

은동은 괴이하게 여겼지만 안심을 했다. 그 주문을 기억하고 있던 터라 금옥에게 소리쳐 가르쳐주었다.

"복마! 금제복마예요! 손가락으로 가리키고……."

그러나 허공에서 싸우고 있던 여우가 일순간 은동의 소리를 알아차리고 입으로 후욱 입김을 불었다. 바로 그때 유진충의 화극이 여우의 갈기를 스치고 지나갔으나, 그 바람은 마치 폭풍우처럼 우르릉거리며 금옥과 은동이 있는 곳을 휩쓸었다.

은동의 말은 영력이 깃든 바람 소리에 묻혀서 금옥에게까지 전달되지 않았다. 말만 전달되지 않은 것이 아니라 은동과 금옥은 그 영력이 섞인 폭풍에 휘말렸다. 몸이 바닥에 데굴데굴 구르자 극심한 통증이 느껴졌다. 태을 사자는 그것을 보고 더더욱 마음이 급해져서 더이상 만검법을 쓰지 못하게 되었다. 만검법은 마음을 비우고 차분하게 그리고 느리게 검을 움직여서 적의 공격을 원천적으로 차단하는 검법이었다. 마음이 조급해지니 만검법을 쓸 수 없는 상태가 되어버린 것이다.

만검법이 허물어지자 호유화는 집중적으로 태을 사자를 공격해 들어왔고 태을 사자는 조금씩 밀리기 시작했다.

그것을 보고 유진충과 고영충은 아까의 일을 잊고 힘을 다해 화극과 장창을 휘둘렀으나 호유화는 되받아쳐 공격하지 않았다. 그저 최소한의 힘으로 방어만 하면서 모든 공격을 태을 사자에게 집중시켰다.

태을 사자는 묵학선까지 거두어들여 양손에 백아검과 묵학선을 들고 결사적으로 방어했으나 조금씩 밀리는 것은 어찌할 수가 없었다. 두 신장은 그 모습을 보며 초조해졌다. 태을 사자와 이 대 일로 싸웠어도 이기지 못했던 참이라, 태을 사자가 쓰러진다면 자신들도 속절없이 요물에게 당할 수밖에 없다는 위기감을 느꼈다. 유진충은 싸우다가 갑자기 무언가 결심을 한 듯 눈빛을 번쩍이며 태을 사자에게 소리쳤다.

"조심하시오!"

그러고는 별안간 화극을 허공에 던져버리고 양손을 가슴 앞에 모았다. 던져진 화극은 흰 안개처럼 변하여 유진충의 몸에 솨악 스며들었다. 그러자 고영충이 낯빛을 바꾸며 소리쳤다.

"유 공! 안 되오!"

순간, 유진충의 몸이 환하게 빛나면서 유진충의 창에서 벼락같은 광채가 뿜어져 나왔다. 그러자 기세등등하던 호유화마저도 몸을 멈칫하더니 재빨리 몸을 뒤로 돌렸다.

"아니, 광천멸사光天滅邪? 저 녀석이!"

삽시간에 꼬리들이 부채처럼 퍼져나가면서 호유화의 주위를 에워쌌다. 그다음 순간, 유진충의 몸에서 뻗어나간 광채는 마치 번갯불처럼 호유화에게로 쏘아져나갔고, 호유화의 꼬리에 부딪혀 굉장한 폭발을 일으켰다.

태을 사자와 고영충의 몸도 공중에서 서너 장이나 뒤로 튕겨 날았고 땅바닥에 처박혀 있던 금옥과 은동도 가랑잎처럼 날아갔다. 몸이 가벼운 은동이 더 멀리 날아가려는 찰나, 금옥이 손을 잡아주어 간신히 모면했다.

유진충의 몸에서 쏟아져 나오는 번개 같은 광휘는 끊이지를 않고 호유화의 꼬리막을 지져대고 있었으며, 무시무시한 불꽃과 폭풍이 꼬리막에서부터 퍼져나가고 있었다. 그러나 호유화는 조금도 밀리는 기색을 보이지 않았고 오히려 유진충의 몸이 비틀거렸다.

"유 공!"

고영충이 소리를 지르면서 유진충에게로 달려들었다. 그리고 대뜸 법기를 허공에 던지더니 유진충의 어깨에 손을 얹었다. 고영충의 장창마저 고영충의 몸으로 스며들자 번갯불 같은 것이 더욱더 강렬해졌고 불꽃들과 폭풍도 더욱 강해졌다. 그들이 쓴 술수는 성계의 강력한 술법인 광천멸사법으로, 자신의 법기의 힘과 자신의 힘까지 모두 더하여 대단히 뜨거운 빛을 뿜어 적을 태워버리는 술수였다. 그러나 법력의 소모가 극심하였기 때문에 동귀어진의 술수라고도 할 수 있었다.

금옥은 은동의 손을 꼬옥 잡고 있었으나 폭풍이 더 거세어지자 은동과 함께 날아갔다. 태을 사자가 가지고 왔다가 떨어뜨린 두루마리도 너풀거리며 찢어지려 하였다. 오로지 그 자리에서 움직이지 않는 것은 울달과 불솔이 변한 쇠고리뿐이었다.

고영충이 유진충에게 합세하자 공격력은 더 강해졌지만 그래도 호유화는 끄떡없이 버텨내었다. 태을 사자는 할 수 없이 묵학선과 백아검을 회수하면서 그 안의 법력까지 끌어모아 다시 고영충의 어깨에 손을 짚고 법력을 가했다. 태을 사자는 사계의 사자이고, 유진충과 고영충은 신장들인 만큼 양쪽의 도력은 다른 면이 있었지만 지금은 그런 것을 따질 계제가 아니었다.

세 명의 도력이 합해지자 불꽃은 백열하는 광채를 내면서 무시무시하게 강해졌다. 그러자 호유화의 꼬리막이 떨리면서 뒤로 밀려나기 시작했다. 그렇지만 호유화는 아직도 버티고 있었다.

어느덧 폭풍은 소용돌이로 변하여 회오리처럼 맴돌았고, 그 주변의 모든 것들이 불꽃에 휩싸여 소용돌이에 빨려 들어갔다. 맞잡고 있던 금옥과 은동의 손이 풀어졌다. 은동은 금옥을 소리쳐 불렀으나 금옥은 이미 소용돌이 속으로 빨려 들어가고 있었다. 이번에는 승아를 불렀다. 그때 갑자기 묘한 생각이 떠올랐다.

'승아는 아까 없어지지 않았던가? 도대체 어떻게……'

소용돌이치는 아수라장 속에서 무엇인가가 은동의 어깨에 덜컥 걸렸다. 굵직한 나뭇가지에 끼인 것이다. 이곳은 저승의 뇌옥이라, 모든 자연의 존재 또한 영체로 된 것이었다. 그리고 나름대로 생명을 지니고 있는 것들이라 나뭇가지도 부러지지 않으려 안간힘을 쓰는 중이었다. 쭉 뻗은 나뭇가지가 꿈틀거리며 안으로 오그라들려고 애쓰고 있었다.

은동은 나뭇가지를 꽉 끌어안고 무시무시한 바람에 저항하려 했다. 그런데 나뭇가지는 은동이 무거운지 움찔거리며 떨쳐내려고 기를 쓰는 것이 아닌가? 은동은 깜짝 놀라 그만 손을 놓을 뻔했다. 이곳이 저승인 줄은 알고 있지만 나뭇가지가 움직이는 것은 익숙하지 않은 일이라 몹시 놀랐다. 아까 자비전 뜰에서 움직이는 나무들과 놀지 않았더라면 놀라서 손을 놓쳤으리라.

지금은 위험한 판이라, 죽을힘을 다해 나뭇가지를 잡고 늘어지는 수밖에 없었다. 느닷없이 무엇인가가 철썩하며 은동의 얼굴을 내리쳤다. 그 바람에 은동은 놀라 얼떨결에 나뭇가지를 놓고 얼굴에 붙은 것을 손으로 잡았다.

나뭇가지를 놓친 은동의 몸이 다시 회오리바람 속으로 빨려들었다. 은동은 빨려들면서 얼굴에 붙은 것을 잡아떼었는데 그것은 노서기가 태을 사자에게 주었던 두루마리였다.

'왜 재수없게 이게 얼굴을 쳐?'

은동은 씨근거리면서 두루마리를 손에 쥐었다.

은동과 금옥이 회오리바람에 빨려 들어가려는 순간, 귀를 먹먹하게 만드는 엄청난 폭발이 일어났다. 회오리바람은 중심부에서부터 터져나가면서 굉장한 힘을 뿜어냈다. 은동은 무시무시한 폭발음과 압력에 정신을 잃을 것 같았지만 이를 악물고 정신을 집중했다.

한차례 거센 폭풍과 회오리바람이 휩쓸고 지나가자 곧이어 모든 것이 거짓말처럼 말끔히 가셨다. 폭풍이 가신 후 은동은 기운이 없어 몸이 축 처졌고 사지가 쑤셔와서 고개조차 제대로 들 수가 없었다.

간신히 고개를 드니 저만치에 나뒹굴고 있는 금옥이 보였다. 그녀 또한 상당한 타격에 정신을 잃은 것 같았다. 힘겹게 얼굴을 돌린 은동의 눈에 회오리바람의 중심부였던 곳에 아직까지도 서 있는 여우가 보였다. 비틀거리면서 공중에 떠 있는 태을 사자도 있었다.

여우는 흰털이 마구 그슬리고 털이 뒤엉켜 볼썽사나운 꼴이었지만 큰 상처는 없는 듯했다. 태을 사자는 그야말로 금방이라도 없어질 것처럼 안색이 창백해진 상태였다. 장포와 갓이 다 찢어져 처참한 몰골이었고, 몸조차 반쯤 투명해져 있었는데 그래도 여전히 백아검만은 양손으로 쥐고 있었다. 유진충과 고영충 두 명의 신장은 정신을 잃고 저만치에 둥둥 떠 있었다.

은동은 주위를 둘러보다가 여우가 아직도 멀쩡한 것을 보고 놀라움에 겨운 신음을 토했다.

'아이구, 원 세상에……. 그렇게 싸우고도 아직도 멀쩡하다니! 저 구미호는 정말로 지독하기 이를 데가 없구나!'

은동이 보기에 태을 사자는 아직 검을 쥐고는 있었지만 금방이라도 툭 떨어뜨리고 사라져버릴 것만 같았다. 그러나 여우는 비록 흉한 몰골이기는 하나, 특별히 다친 데가 있는 것 같지는 않았다.

태을 사자는 울분을 참지 못해 소리라도 지르고 싶은 심정이었다. 유진충과 고영충이 썼던 술법은 광계의 주술로서, 자기 몸의 법력을 소진하여 빛으로 공격하는 것이었다. 대단히 위험한 술법이라 목숨을 걸고 사용해야만 했다.

그렇듯 목숨을 걸고 술법을 사용했건만 호유화는 막아내었던 것이다. 그리고 아직도 멀쩡했으니, 이제 더이상 태을 사자에게는 승산이 없어 보였다.

'아니다. 포기해서는 아니 된다.'

태을 사자는 흑풍 사자와 윤걸을 떠올렸다. 그들을 위해서라도 여기서 쓰러지면 안 되었다. 그들의 원수를 갚고 일을 해결하기 위해서는, 그리고 자신이 덮어쓴 누명을 벗기 위해서라도 호유화를 굴복시켜야만 했다.

그때 문득 뇌리에 한 가지 생각이 떠올랐다. 마지막으로 사용할 수 있는 방법. 태을 사자는 급히 백아검으로 자신의 남은 법력을 모조리 몰아넣었다.

그리고 긴 기합과 함께 백아검을 휘두르며 여우에게 달려들었다.

여우는 태을 사자나 백아검 모두 법력이 거의 빠져나간 상태인 것을 보고 백아검의 날을 가볍게 손으로 잡았다. 그러고 나서 음산한 목소리로 말했다.

"너는 정말 보통이 아니구나. 내 수천 년 동안 이런 낭패스러운 일은 처음 겪었다. 하지만 이제는 끝이야."

바로 그때였다. 갑자기 백아검의 안쪽에서 붉은빛이 확 하고 튀어나와 여우를 쳤다. 여우는 반사적으로 몸을 움츠려 피하려 했지만 그럴 수 없다. 거리가 너무나 가까웠고 칼에서 무엇이 튀어나온다고는 꿈에도 생각지 못했던 터라 그만 어깨를 적중당하고 말았다. 튀어나온 붉은빛은 호유화의 어깨를 뚫더니 더이상의 법력이 남지 않았는지 털썩 떨어졌다.

그 물체는 바로 윤걸의 법기였던 육척홍창이었다. 윤걸은 백아검에 봉인되어 검과 하나의 몸이 되었지만 소멸된 것은 아니었다. 윤걸의 법기였던 육척홍창도 백아검 속에 들어 있었던 것이다.

칼날 속에 그보다 더 큰 창이 들어간다는 것은 보통의 경우에서는 있을 수 없는 일이었지만, 육척홍창은 법기였고 윤걸의 심령에 의한 물건이라 그런 공격이 가능했다. 단, 이제 육척홍창은 다시 백아검 안으로 들어갈 수가 없었다.

어깨를 맞은 여우는 타격이 컸는지 몸을 뒤로 물렸다. 그때 은동은 여우의 꼬리가 여전히 여덟 개임을 보았다. 여우는 크게 타격을 입은 것 같았지만 쓰러질 기미는 보이지 않았다. 오히려 노기 서린 목소리로 무섭게 외쳤다.

"이…… 이놈! 가만두지 않겠다!"

소리와 함께 여우는 태을 사자에게로 몸을 날려 무시무시하게 달려들었다. 태을 사자조차 여우의 지독함에 몸이 떨렸다. 도대체 이놈의 여우는 어떻게 이토록 끈질긴 것일까?

태을 사자는 마음이 불안했지만 법력을 그다지 필요로 하지 않는 만검법을 써서 여우의 찔러 들어오는 꼬리 공격을 간신히 막았다. 삼 합, 사 합…….

여우의 공격은 점점 기세를 더해갔고 태을 사자는 공격을 막느라 급급하면서 점차 패색이 완연해졌다. 이제는 금방이라도 검을 손에서 떨어뜨릴 지경이 되었다.

태을 사자의 만검법은 천천히 움직이면서 적이 공격하는 진로를 차단하는 것이었다. 그러나 태을 사자는 몹시 지치고 법력이 고갈된 터라 검이 자꾸 비뚤어져 제대로 진로를 차단하지 못했다.

은동은 공포에 몸을 떨었다. 태을 사자가 쓰러지면 만사가 끝장이었다. 은동은 안절부절못하며 울달과 불솔이 변한 쇠고리를 찾았으나 눈에 띄지 않았다.

순간 자신이 쥐고 있던 이상한 두루마리에 무엇인가 그려져 있는 것이 힐끗 보였다. 아까 회오리바람이 몰아치자 얼굴을 내리쳤던 그 두루마리는 노 서기가 태을 사자에게 준 것이었다. 두루마리 속의 그림은 바로 꼬리가 아홉 달린 여우의 그림이었다.

'구미호! 여기 혹시 무엇이라도 적혀 있지 않을까?'

은동은 혹시라도 도움이 될 내용은 없을까 하며 그림을 훑어보았다. 그림 아래로 이상한 글자로 씌어 있었는데, 사계의 글자였다. 다행히 영혼의 상태인 은동은 자연스럽게 그 글자를 읽어 내려갔다. 그곳에는 다음과 같은 말이 씌어 있었다.

구미호. 환계의 환수. 반정반사로 제멋대로의 성격이다. 아홉 개의 꼬리를 이용하여 분신을 할 수 있으며 그 각각이 변해 싸울 수 있다. 둔갑에 매우 능하고 허상을 만들어 상대를 지치게 하는 술법에 능하다.

그 대목을 읽는 순간, 은동은 다른 글자는 하나도 눈에 들어오지 않았다. 꼬리를 이용하여 분신하고 그 각각이 변해 싸운다는 글자가 확대되어 은동의 마음을 파고들었다.

'그래, 틀림없다! 승아는 호유화의 꼬리 분신이었어!'

아까 승아는 태을 사자에게 의심을 받자 절대 호유화가 아니라고 맹세를 했다. 은동도 처음에는 그 말을 믿었었으나 승아는 여우가 본격적으로 싸움을 시작할 적에 감쪽같이 사라졌다. 그리고 그때 여우의 꼬리가 일곱 개에서 여덟 개로 늘어났다.

그러한 정황으로 보건대, 승아는 꼬리의 일부로 여우에게 합쳐져 있다고 볼 수 있었다. 그리고 승아의 맹세도 생각났다. 자신은 호유화에게 딸린 몸이고 호유화를 섬기는 몸, 날 때부터 그리되었다고 맹세했다.

승아의 정체가 호유화의 꼬리라면, 승아가 이야기한 부분은 사실이라고 할 수 있으며 맹세를 어긴 것이 되지 않는 셈이었다.

'틀림없어! 호유화는 정말 교활하구나! 그런데 호유화의 나머지 꼬리 하나는 어디로 갔을까?'

은동은 불안해졌다. 여우는 내내 꼬리 여덟 개를 달고 태을 사자, 신장들과 대적했다. 그러나 아직도 꼬리 하나가 모자란다는 것은 어딘가에 분신 하나가 숨겨져 있다는 이야기가 아닐까?

은동은 불안해져서 서둘러 주위를 둘러보았으나 나머지 분신 하나가 보이지 않았다.

은동은 다시 쇠고리를 찾았다. 지금 이렇게까지 된 마당에, 단 한 가지 남은 방법은 쇠고리로 금제를 가하는 방법뿐이었다.

사방을 주의 깊게 둘러보자 저만치에 쇠고리가 떨어져 있는 것이 보였다. 은동은 두루마리를 버리고 엉금엉금 기고 구르다시피 하여 그쪽으로 몸을 옮겼다.

공격과 수비를 거듭하던 여우와 태을 사자 역시 은동의 움직임과 쇠고리를 보았다. 여우는 놀라 몸을 빼려 했으나 태을 사자가 죽을 힘을 짜내어 백아검을 휘둘렀다.

"으아아!"

태을 사자는 울부짖듯 고함을 치며 방어는 할 생각도 않고 숫제 마구잡이로 검을 휘둘러대었다. 법력이 고갈되어 만검법을 제대로 쓸 수도 없는 지경이라 닥치는 대로 할 수밖에 없었다.

미친 사람 같은 태을 사자의 광기 서린 공격에 여우는 놀랐는지 간신히 막아내었다. 그사이 은동은 마침내 쇠고리를 간신히 손에 넣었다. 그리고 쇠고리를 공중에 던지면서 큰 소리로 외쳤다.

"금제복마! 금제복마……."

두 번 주문을 외치면서 은동은 손가락으로 여우를 가리키려고 하였다. 바로 그때 어디에서 튀어나왔는지도 모를 무엇인가가 무서운 속도로 은동에게 덮쳐들었다.

'아이구! 호유화의 마지막 남은 분신이구나! 이제 나는 죽었다.'

아찔한 순간이었다. 은동은 공포에 질려서 마지막 주문을 크게 외우며 자신도 모르게 손을 뻗었다.

"금제복……마!"

주문은 은동의 입을 떠났으나, 여우를 가리키려 했던 손가락이 엉겁결에 덮쳐 들어오는 분신을 가리켰다. 방향이 어긋나 은동은 크게 당황했지만 이미 주문은 입을 떠나고 난 다음이었다.

태을 사자가 놓친 백아검이 막 여우의 꼬리에 적중되려던 참이었다.

별안간 쇠고리가 공중에서 크게 팽창하더니 휙 하고 날아가 은동에게 달려들던 물체와 부딪혔다. 그 뒤를 이어 길고 날카로운 비명 소리가 났다.

"아아아아!"

백아검을 놓친 태을 사자는 자신도 모르게 눈을 질끈 감았으나 여우의 공격은 없었다. 하늘을 가르는 듯한 째지는 비명 소리에 태을 사자는 눈을 떴다. 그러자 기이한 광경이 보였다.

저만치에 금옥과 두 명의 신장, 두 명의 저승사자가 혼절한 채 뒹굴고 있었고 은동은 얼이 빠진 듯한 얼굴로 서 있었다.

그 앞에 흰옷을 입은 웬 여인이 목을 움켜쥐고 몸을 수그리며 비명을 질러댔다.

그 여인이 고통에 겨운 듯 고개를 숙이고 비명을 지르고 있어 얼굴은 볼 수 없었지만, 몸 전체에서 요염함이 물씬 풍겨나고 있었다.

그녀가 입고 있는 옷은 약간은 고풍스러운 흰옷이었는데 마치 소복 같았다. 흰옷이 몸에 착 달라붙은지라 몸의 굴곡이 그대로 드러나 보였고, 묘한 요염함이 풍겨 나왔다.

신을 신지 않아 그대로 드러난 뽀얀 맨발 또한 묘한 느낌을 안겨

주었다. 가장 특이한 부분은 머리카락이었다.

여인의 머리카락은 눈이 부실 정도로 하얬다. 백발은 댕기로 땋은 것도 아닌데 아홉 가닥으로 가지런히 갈라져 길게 땅에 늘어져 있었다.

"여우는 어찌되었느냐?"

태을 사자는 간신히 입을 열어 은동에게 물었으나 은동은 넋이 나간 듯 여인만 바라보고 있었다.

은동은 도대체 무엇이 어떻게 돌아가는지 알 수 없었다. 분명 여우에게 금제를 가하려 했는데, 자신에게 덮쳐들던 그림자에게 얼떨결에 가하고 말았다. 그런데 금제를 하고 보니, 여우가 아니라 여자 아닌가?

"내…… 내가 잘못한 것 아닌가요?"

태을 사자도 이상하다는 듯 주위를 둘러보았다. 은동이 여우에게 금제를 가하지 않은 것만은 분명했다. 그렇다면 여우는 어디로 간 것일까? 그 순간 여인이 고개를 번쩍 들었다.

여인의 얼굴은 무어라 말할 수 없는 생김새였다. 갸름한 얼굴에 이목구비가 뚜렷하며 눈이 매우 초롱초롱 빛나는 것이 그야말로 미인이었다. 치켜 올라간 눈꼬리가 매서워 예사롭게 보이지 않았다.

여인이 눈물을 글썽거리면서 은동에게 외쳤다.

"왜! 도대체 어떻게 이런 일이……!"

은동은 그 여인이 측은하기 이를 데 없었다. 자신의 실수로 여우를 금제하지 못하고, 엉뚱하게 낯모르는 여인을 못살게 굴고 있는 것이 아닐까 싶었다. 은동은 뜨끔한 마음에 놀란 얼굴로 태을 사자를 쳐다보았다.

태을 사자는 은동이 들고 있다가 떨어뜨린 노 서기의 두루마리를 보는 중이었다. 그러다가 일순 얼굴빛이 환해지면서 은동에게 다가와 은동의 어깨를 철썩 쳤다.

"잘했다, 꼬마야! 정말 잘했어!"

"네? 아……. 나는…… 실…… 실수로……."

"아니다. 네가 아니었다면 큰일날 뻔했구나. 이 여인이 바로 호유화가 틀림없다!"

"네? 어…… 어떻게……."

그러자 여인은 슬픈 얼굴빛을 지우고 표독스럽게 인상을 쓰면서 소리를 질렀다. 흰 머리카락이 솟구쳐 올라 마치 살아 있는 뱀처럼 꿈틀거렸다.

세심히 살펴보니, 호유화의 길고 치렁치렁한 머리칼이 불에 탄 것처럼 그슬려 있었다. 그 모양새와 노 서기의 두루마리를 보고 태을 사자는 진상을 파악한 것이다.

"이…… 이놈! 당장 이걸 풀지 못하겠니?"

은동은 겁에 질려 주춤거리며 뒤로 물러서려 했지만 태을 사자가 은동의 어깨를 잡았다.

"겁먹지 마라. 그리고 조이라고 해라."

"조이라고요?"

이상하다는 듯이 은동이 중얼거리자 그다음 순간, 여인은 다시 으아악 하는 소리를 내며 목을 움켜잡고 신음성을 토해냈다. 솟구쳤던 머리카락도 기운을 잃고 어지럽게 흩어졌고…….

은동은 놀라 움찔거리며 멀거니 서 있었다.

태을 사자가 대견하다는 듯이 은동에게 물었다.

"대단하구나. 어떻게 호유화의 진신眞身을 알아보았지?"

"이상해요. 나는 누가 갑자기 덮치기에 엉겁결에 그쪽으로 쇠고리를 날린 것뿐인데요……. 큰 실수했다고 생각했는데……."

호유화가 고통과 울분을 참지 못해 악을 썼다.

"하늘의 뜻이구나! 하늘의 뜻! 저 꼬마가 내 본색을 알았을 리가 없어! 아……. 내가…… 내가 잡히다니!"

은동은 여우의 꼬리가 여덟 개인 것을 보고 분신 하나가 숨겨져 있었다고 생각했지만, 그것은 잘못 판단한 것이었다.

그 여우도 호유화의 꼬리가 변한 분신이었으며, 그 때문에 꼬리가 하나 부족했던 것이다. 그로 인해 여우는 은동이 호유화냐고 물었을 때도 애매하게 대답을 했다.

호유화는 처음에 태을 사자와 신장들을 우습게 보았지만, 태을 사자와 신장들의 목숨을 건 공격을 받자 전력을 다하지 않을 수 없었다.

그러면서도 진짜 모습을 드러내었다가는 혹여 금제구에 걸릴지도 모른다고 신중을 기했다. 금제구가 해결되기까지는 진짜 모습을 드러내지 않으려 했다.

하지만 호유화는 신장들과 태을 사자의 전력을 다한 광천멸사의 공격에 크게 혼쭐이 났다. 그러다가 태을 사자가 내지른 육척홍창에 상처를 입고는 마음이 다급해지고 성질이 뻗쳐올랐다.

때마침 은동이 금제구를 던지는 것을 보고서 이제야 되었구나 싶어 몸을 드러내었는데……. 꼬리가 둔갑한 여우가 금제를 당할지라도 진짜 호유화의 몸이 금제를 당하는 것은 아니다. 그저 꼬리만 묶이는 것이니 진짜 몸으로 태을 사자 일행을 해치울 요량이었다.

그래서 가장 먼저 은동을 덮치려고 했다. 하지만 어린아이라 겁이 많은 은동이 얼결에 자신에게 덮쳐드는 물체를 가리키면서 그런 일이 벌어진 것이다.

결과적으로 은동의 실수가 태을 사자 혼자 힘으로는 절대 잡을 수 없었을 호유화의 진신을 잡은 것이다. 그야말로 은동은 크나큰 공을 세운 것이나 다름없었다.

은동은 고통받는 호유화의 모습을 숨죽여 보고 있다가 말했다.

"풀어."

호유화의 고통은 순식간에 없어졌다. 목에 걸린 금제구가 주문을 외운 은동의 말을 듣다니!

고통이 없어지자 호유화는 이때다 싶어 순식간에 몸을 솟구치며 재주를 넘더니 사라지고 말았다.

은동은 크게 놀라 큰 소리로 외쳤다.

"아이구! 도망을……? 조여! 조여! 조여!"

그러자 갑자기 허공에서 으윽 하는 소리가 나더니 뭔가 털썩 떨어져 내렸다. 호유화였다.

은동이 다급한 끝에 여러 번 조이라는 말을 한 탓에 호유화의 고통은 상상할 수도 없을 정도로 대단했다. 고통받는 호유화를 보며 은동은 또 놀랍기도 하고 미안하기도 하여 말했다.

"풀어."

호유화는 여전히 고통스러운 듯 몸을 뒤틀었다.

"두 번……. 두 번 더 외쳐! 아이구!"

은동이 다시 말했다.

"풀어, 풀어."

그러자 호유화는 후우 한숨을 내쉬면서 간신히 몸을 일으켰다. 지금 당장은 고통이 사라졌지만, 이 작은 꼬마 녀석이 자기를 마음대로 다룰 수 있다고 생각하니 속이 부글부글 끓어올랐다.

은동은 그런 기색도 모르고 천진하게 물었다.

"많이 아프세요?"

"이놈! 확 죽여……."

은동이 정색을 하면서 말했다.

"조……."

호유화는 단번에 인상을 바꾸어 태평한 표정으로 은동에게 살살 거렸다.

"아냐, 아냐. 내가 장난친 거야. 내가 너를 왜 죽이겠니? 그런데 은동이 너 참 귀엽구나."

호유화는 생글생글 웃으며 은동에게 다가가려 했다. 그러나 은동은 호유화의 속셈을 모를 정도로 멍청한 아이가 아니었다. 대뜸 뒤로 물러서며 말했다.

"미안해요. 하지만 나로서도 어쩔 수 없었어요."

"그러면 어서 이걸 풀어줘."

"난 풀 줄 몰라요. 나중에 저승의 이 판관을 만나게 되면 풀 수 있을지 몰라도……."

은동은 말끝을 흐리다가 그만 가슴이 철렁 내려앉았다. 아까 신장들과 저승사자들이 태을 사자가 이 판관을 살해했다고 하면서 자신들을 잡으러 오지 않았던가?

그렇다면 이 판관은 소멸되어 없어진 셈인데, 누가 호유화의 금제를 벗겨줄 수 있을 것인가? 호유화도 거기에 생각이 미쳤는지 갑자기 안색이 변했다.

"야! 너……! 너……!"

치미는 화를 이기지 못해 호유화가 손톱을 바짝 세우며 은동에게 달려들었다. 곱고 가느다란 손가락이었지만 손톱을 뻗치자 마치 고양이가 발톱을 펴는 것처럼 다섯 치는 됨 직한 날카로운 손톱이 쭉 쭉 뻗어 나왔다. 은동은 등골이 오싹하여 몸서리를 치면서 외쳤다.

"조여조여조여조여……."

순간 호유화는 숨이 끊어질 듯이 몸을 부르르 떨더니 그 자리에 풀썩 쓰러졌다. 움직이지도 못하고 기절한 것 같았다. 은동은 그 모습을 보며 몇 번 풀라고 말하여 숨은 통하게 해주었으나 완전히 풀어주지는 않았다.

"이…… 이 녀석……. 아이구, 여자를 이렇게 괴롭혀도 되는 거야? 아이구구……. 나 죽네……."

그 광경을 보고 있던 태을 사자가 빙긋 웃으며 말했다.

"여자도 여자 나름이지. 너처럼 무서운 여자를 어찌 다루겠느냐? 그런데 네 말투는 좀 이상하구나. 어찌 그런 말을 쓰는가?"

그러나 호유화는 태을 사자를 매서운 눈매로 노려볼 뿐 대답하지 않았다. 은동은 그런 호유화가 측은해서 호유화에게 말했다.

"자꾸 무섭게 달려드니까 고통을 줄 수밖에 없지 않아요? 그러니 맹세를 하나 하세요."

호유화의 눈이 번쩍이며 빛났다.

"무슨 맹세? 어서 한 번 더 풀어주라고나 해."

"안 돼요. 당신은 너무 몸놀림이 빨라서 자칫하면 조이라는 소리도 하기 전에 우리를 죽이고 말 거예요. 그러니 더이상 풀라는 소리는 안 할래요."

끊임없는 고통에 호유화의 얼굴빛이 해쓱해졌다. 아직 은동이 풀라는 주문을 한 번 덜한 상태여서 고통이 계속 이어졌던 것이다. 참으로 안쓰러운 모습이었다.

"아니, 그러면 내가 계속 고통받도록 그냥 놔두겠다는 말이냐?"

"아뇨. 그러니까 맹세를 하세요. 나나 우리 일행을 절대 죽이거나 해치지 않겠다구요. 그러면 바로 풀어주고 함부로 조이라는 주문도 외우지 않을게요."

호유화가 성질이 난다는 듯 목청을 높였다.

"내가 왜 너 같은 꼬맹이 말을 들어!"

"당신은 아까 나를 구해주지 않았나요? 당신은 내 은인인 셈인데, 나도 이런 짓을 하는 게 마음이 아파요. 그러니 그것만 약속해주면 절대 조이라고 하지 않을게요. 만약 당신이 끝까지 싫다고 한다면 나는 조이라고 수십 번 외칠 거예요."

호유화가 화를 내며 고함을 질렀다.

"네 노예가 되란 말이냐? 내가 평생 고통을 받는 한이 있더라도 너를 반드시 죽여버리고 말 거야!"

"마음대로 하세요. 하지만 죽을 때까지 나 역시 계속 조이라고 말할 테니까요. 조여조여조여……."

호유화는 극심한 고통에 몸부림쳤다. 은동은 그 모습을 보며 다시 풀어풀어를 반복하여 호유화를 풀어주었다.

"어때요? 사실 난 당신에게 무리한 일을 시키고 싶지 않아요. 나하고 우리 일행을 해치지 않겠다고만 맹세해주세요, 네?"

느닷없이 호유호가 눈물을 주르륵 흘렸다.

"수천 년을 살면서 누구의 명령도 들어본 적이 없는데……. 결국 어쩔 수 없는 건가……."

호유화는 혼잣말로 중얼거리더니 한숨을 내쉬며 말했다.

"좋다, 내 맹세하마. 어떻게 하면 되지?"

"나 호유화는 여기 은동과 태을 사자와 금옥을 절대 해치지 않을 것이고……."

"나 호유화는 여기 은동과 금옥을 절대……."

은동이 호유화의 술수에 휘말리지 않고 외쳤다.

“태을 사자가 빠졌잖아요!”

“아이쿠, 미안. 나 호유화는 여기 태을 사자와 금옥을 절대 해치지 않……”

은동이 호유화를 째려보며 말했다.

“자꾸 그러면 조여를 스무 번 외치고 나서 가버릴 거예요.”

“아이구, 아이구, 잘못했어. 나 호유화는 여기 은동과 태을 사자와 금옥을 절대 해치지 않고……”

“힘이 닿는 한 그들의 안전을 책임지며……”

“안전까지 책임져야 한단 말이야?”

호유화는 볼멘소리로 항의했으나 은동이 날카로운 빛을 번뜩이자 얼른 목소리를 바꿔 기어들어가는 것처럼 말했다.

“힘이 닿는 한 그들의 안전을 책임지며……”

“장차 어떤 것이라도 은동의 소원 세 가지를 들어줄 것이다!”

태을 사자가 의아한 듯 은동에게 물었다.

“소원 세 가지? 그건 왜?”

은동은 빙그레 웃을 뿐이었다.

“제게 맡겨주세요.”

호유화는 은동에게 잡혀 금제를 받고 있으니 소원을 백 가지 아니 천 가지라도 들어주어야 할 처지였다. 그런데 고작 세 가지 소원이라니? 그 정도 들어주는 것은 문제가 아닌지라 재빠르게 말했다.

“장차 어떤 것이라도 너의 소원 세 가지를 들어줄 것이다. 이젠 됐니?”

“예.”

“좋아. 나 호유화는 여기 은동과 태을 사자와 금옥을 절대 해치지 않을 것이고 힘이 닿는 한 그들의 안전을 책임지며, 장차 어떤 것이라도 은동의 소원 세 가지를 들어줄 것이다. 내가 이것을 어긴다면 호유화가 아니라 유곽의 창부가 될 것이고 온몸이 썩어 없어지고……."

은동은 유곽이 무엇을 뜻하는지 몰라 호유화의 말을 잘랐다.

"그런 걸로 맹세하지 말아요."

"그러면 뭘로 하지?"

"법력을 모조리 잃을 것이라고만 맹세해요."

호유화의 얼굴이 해쓱해졌다. 사실 맹세를 하자면야 그 부분이 가장 큰 맹세라고 할 수 있었다. 법력이 없어진다면 아무런 힘도 발휘할 수 없으니 죽는 것보다도 더 무서운 일이었다.

호유화는 숨을 한 번 몰아쉬고는 교태 섞인 어조로 나직하게 중얼거렸다.

"정말 그런 것으로 맹세해야겠니?"

은동은 단호했다.

"당신은 분신을 만들 수 있으니 그중의 하나가 유곽의 뭐…… 뭐가 됐든 몸이 썩어 없어지든 내가 알게 뭐예요. 반드시 그것으로 맹세해야 해요."

태을 사자는 내심 은동에게 감탄했다. 만약 자신이었다면 그런 맹세를 시키다가 호유화에게 속았을지도 몰랐다.

'이 꼬마가 보기보다 훨씬 영악하니, 내 비록 직접 호유화를 금제하지는 못했지만 나름대로 잘해나갈 수 있겠구나.'

호유화는 별수 없다는 듯이 비참한 표정으로 맹세를 마쳤다. 그러자 은동이 말했다.

"이제 풀어줄게요."

"뭐?"

호유화와 태을 사자 둘 모두 깜짝 놀랐다. 겨우 맹세 하나만 시키고 풀어준다니 그게 무슨 소리란 말인가?

"은동아, 너 제정신이냐? 아무리 맹세를 받았다고는 하나, 애써서 잡은 자를 그리 쉽게 풀어주다니. 그리고 너는 금제를 푸는 방법도 모르지 않느냐?"

"한번 해볼게요."

은동은 눈을 감고 빠르게 말했다.

"풀어풀어풀어풀어풀어……."

은동이 수십 번을 풀라는 소리를 계속하자 호유화의 목에 감겨 있던 쇠고리가 점점 커지며 느슨해졌다.

그러자 호유화는 좋아서 야아 소리를 지르더니 고리를 목에서 빼내어 집어던졌다.

태을 사자는 그 광경을 보고 어이가 없었다. 금제구가 조이라면 조이고 풀어지라면 풀어지는 것이기는 했지만, 저렇듯 간단하게 풀 수 있으리라고는 미처 생각하지 못했던 것이다.

은동의 생각은 정말 어린아이다운 발상이었다.

'흐음, 만약 나였다면 절대 알지 못했을 것이야.'

생각에 빠진 태을 사자를 보며 은동은 씨익 웃으면서 말했다.

"될지 안 될지 몰랐는데 생각보다 잘되네요."

고통에서 해방되어 기쁘다는 듯이 껑충껑충 뛰며 좋아하는 호유화의 모습은 마치 그 행동이 여우와 비슷해 보였다.

어느새 정신을 차렸는지 금옥은 그런 호유화를 눈살을 찌푸리며 바라보았다.

'여자로서 몸가짐이 너무 경망스럽구나.'

금옥의 마음을 알 리 없는 호유화는 좋아서 펄펄 뛰더니 은동에게 말했다.

"너, 어째서 나를 순순히 풀어주었지? 내가 맹세를 안 지키면 어쩌려구?"

그 말을 들은 태을 사자는 안색이 변하여 다시 법기를 손에 쥐려고 하였다. 그런데 은동이 그 자리에 꿇어앉아 호유화에게 큰절을 올리는 것이 아닌가.

뜻밖의 광경에 태을 사자와 호유화는 모두 놀랐다.

"왜 이러는 거야?"

"죄송합니다, 호유화 님. 죽을죄를 지었답니다."

"왜 절을 하는 거니?"

"당신은 나를 아까 저승사자들에게서 구해주었으니 은인이라 할 수 있지요. 하지만 나는 당신을 금제하여 고통을 주고 협박했어요. 이 모두 사람이 할 짓이 아니지만 반드시 부탁할 것이 있어서 할 수 없이 그랬습니다. 용서해주세요."

입에 발린 말이 아니라 은동이 진심으로 하는 말이었다. 그 말을 듣자 호유화는 크게 감탄했다. 은동은 어리기는 했지만 마음씀씀이가 깊고 솔직한 것이 정말 대단하다고 느껴졌던 것이다.

수천 년 동안 방종하게 살아온 호유화였지만 이제껏 자신을 이렇듯 생각해주는 자를 알지 못했다. 과거 자신이 도를 닦는 것을 도와주었던 그 사람은…….

갑자기 과거의 일이 떠오르자 호유화는 고개를 저어 상념을 떨쳐버렸다.

은동이 계속 말을 이어나갔다.

"저도 맹세합니다. 제가 사리사욕을 위해서 당신에게 무리한 일을 시키면 죽어서 지옥에 떨어질 거예요. 세 가지 일만 들어주신다면 자유롭게 해드리겠습니다."

호유화는 그 말에도 감명을 받았다. 호유화의 재주 정도라면 어떤 일이라도 들어줄 수 있었다. 사실 좀전에 몸이 풀려나자마자 은동을 살살 꼬여 아무 소원이나 빌게 만들려는 생각도 했었다.

그러나 은동이 이렇듯 솔직한 태도를 보이자 자신이 부끄러워졌다.

은동이 한마디 덧붙였다.

"아까 승아에게 우리가 다시 만난다면 반드시 같이 놀아주겠다고 맹세했는데 그것도 지키겠습니다. 승아는 당신의 분신이니 당신과 같이 있으면 되겠지요?"

어린 은동이 그렇게까지 말하자 호유화는 감동에 겨워 몸 둘 바를 몰랐다. 천성적으로 속임수에 능하고 간교한 면이 있는 호유화였다. 만약 태을 사자가 맹세를 시켰더라면 어떻게든 술수를 써서 빠져나갈 것만을 궁리했을 것이다.

그러나 이 순간만큼은 호유화도 순수하게 자신의 맹세를 지켜야겠다는 다짐을 했다. 물론 워낙 까다롭고 변덕이 심한 성격이라 언제 또 변할지는 스스로도 알 수 없었지만…….

"염려 말고 일어나라. 운수소관이지, 뭐."

호유화는 웃으면서 은동을 일으켰다. 그리고 은동에게 살짝 한쪽 눈을 감았다가 뜨면서 말했다.

"만약 네가 이렇게 진심으로 나를 대하지 않았다면 나는 기회를 봐서 널 없애버리고 말았을 거야. 그러나 네가 진심으로 대했으니 나도 진심으로 내 맹세를 지킬게."

옆에서 지켜보고 있던 태을 사자는 어안이 벙벙하여 아무 말도 하지 못했다.

'반로환동反老還童(노인이 다시 아이가 된다는 뜻)이라는 말이 있듯이, 저 여우는 수천 년을 살면서 다시 어린애가 된 것일까? 하는 행동거지가 은동이와 죽이 착착 맞는 것이 완전히 어린 계집아이 같구나.'

호유화는 자신이 은동에게 매인 몸이라는 생각에서 벗어나자 기분이 홀가분해졌다. 빙긋 웃으면서 은동을 그윽하게 바라보았다.

그것을 보고 있는 금옥이나 태을 사자 그리고 은동 본인마저도 호유화가 무슨 생각을 하고 있는지 알지 못했다.

금옥은 호유화가 얼굴에 다정한 빛을 띠우자 왠지 기분이 상하는 것 같았다. 무심결에 호유화가 벗어던진 쇠고리를 집어 들어 태을 사자에게 건네주었다. 그러자 호유화가 찔끔하는 표정을 지었다.

"그건 이제 부수는 게 어떻겠어?"

태을 사자는 고개를 저었다.

"이 고리는 내 동료이기도 한 울달과 불솔이 변하여 된 것이다. 내 절대 너를 다시 금제하지는 않을 것이니 안심하여라."

그렇게 말하고 태을 사자는 쇠고리를 소맷자락 속에 넣었다. 호유화는 여전히 쇠고리가 불안한 모양이었지만, 저승사자는 거짓을 말하지 않는 법이라 아무 대꾸도 하지 않았다.

태을 사자는 흩어진 물건들을 주워 모으려 했으나 법력이 극도로 쇠약해져 있어 섭물공攝物功조차 쓸 수 없었다.

곁에 금옥이 태을 사자를 도와 두루마리 두 개를 집어주었고 은동에게는 화수대를 건네주었다. 태을 사자가 금옥을 쳐다보며 고개를 까딱했다.

"고맙네."

"별말씀을……. 저는 전혀 도움이 되지 않네요."

그때까지도 두 명의 저승사자와 두 명의 신장은 깨어나지 못하고 의식을 잃은 상태였다.

암류 사자와 명옥 사자는 법기마저도 태을 사자에게 흡수당하고 호유화에게 강하게 맞은 터라 완전히 법력이 빠져나가버렸다. 유진충과 고영충 역시 광천멸사의 수법으로 모든 법력을 소진한 뒤라 혼절해 있었는데, 조만간 깨어날 가능성은 별로 없어 보였다.

주변이 대강 정리되자 호유화가 은동에게 말했다.

"자, 그러면 네 부탁을 들어줘볼까? 네 부탁이 뭐지?"

은동은 태을 사자에게 원하는 바를 대신 말하도록 부탁했다. 도무지 이 복잡하고도 얽힌 일을 정연하게 설명할 자신이 없었던 것이다.

태을 사자는 자신이 어째서 이 일에 말려들게 되었으며 마수들이 모종의 음모를 꾸미고 있는데 그것이 조선의 국운과도 연관이 있다는 것, 그리고 이 판관까지도 묘하게 그 일에 얽혔다는 것 등등을 설명해주었다.

전심법을 써서 설명했기 때문에 긴 이야기였지만 별로 시간이 걸리지 않았다.

이야기를 듣고 나자 호유화가 말했다.

"그러면 내가 뭘 해주어야 하지?"

"너는 생계의 양광 속에서라도 나다닐 수 있겠지? 그리고 법력도 그대로 사용할 수 있고?"

"물론. 그러나 법력은 반밖에 못 써. 나도 어둠 쪽에 속한 존재니까……."

태을 사자는 호유화의 말투가 괴이했고 너무 짧아 그 뜻을 헤아리기가 어려웠다. 전심법으로 하는 대화라 뜻만 간결하게 전달되어서 그나마 의사소통이 되는 것이었지, 어미나 말투가 너무도 달랐다.

호유화가 하는 말은 독자들이 하는 말투와 거의 비슷했으니, 사백 년 전인 조선 시대의 말투와는 많은 부분이 다를 밖에 없었다.

"그런데 너는 왜 그리 말을 하는 것이냐?"

"호호, 시투력주를 삼켰더니 습관이 되어서……. 그렇다고 이상한 건 아냐. 사백 년 후에는 모두 이렇게 말할 테니까."

"사백 년 후?"

"내가 삼킨 것은 당시에서 천팔백 년 후의 천기를 담은 시투력주였어. 내가 여기서 지낸 지 천사백 년이 지났으니 지금으로 치면 사백 년 후가 되겠지. 여기서 혼자 있다 보니 나도 점점 미래의 영향을 받았다고나 할까."

"잘 이해가 되지 않는데?"

"그래, 저승사자님. 내가 왜 여기 갇혔는지도 잘 모르겠지? 나는 장난을 좋아하긴 하지만 살생을 하거나 중죄를 짓지는 않았어. 바깥에서 떠도는 소문들은 꼬리에 꼬리를 물고 눈덩이처럼 부풀려진 헛소문이야."

그 점은 태을 사자도 알고 있는 사실이었다. 태을 사자는 호유화가 무서운 괴물로, 많은 죄를 지은 탓에 갇혀 있는 줄로만 알았다. 그러나 이 판관의 이야기를 듣고부터는 그것이 시투력주 때문임을 알고 있었다.

그런 것을 굳이 이야기할 필요는 없다고 생각되어 태을 사자는 가만히 고개를 끄덕여 보였다. 호유화가 수다스럽게 계속 자신의 과거를 이야기했다.

"실상 난 보통 당신네들이 생각하는 그런 죄를 지은 것이 아니야. 성계의 일월력실을 엿본 것이 실제의 죄였지. 일월력실은 천기를 조절하여 미래의 일을 예정 짓는 방이야. 장난삼아 그곳에 갔다가 예쁜 구슬 하나가 있기에 그걸 훔쳐 나왔는데, 그것이 앞날을 내다보는 시투력주일 줄이야 누가 알았겠어? 신장들이 그걸 되빼앗으려 나를 마구 쫓기에 빼앗기기 싫어서 겁결에 그것을 삼켜 몸과 일체화시켜버렸는데……. 그 때문에 나는 미래의 천기를 알 수 있거든. 그래서 여기에 갇힌 거라구."

"네가 천기를 알고 있다는 것은 이미 들은 바가 있다. 그런데 미래의 천기를 알다니?"

"시투력주는 미래의 천기가 기록되어 있는 구슬들이거든. 나는 그 중의 하나를 훔쳐 몸에 넣어서 미래의 천기를 짚을 수 있게 되었지만…… 천기란 밖으로 새어 나가면 안 되는 것이거든. 그래서 저승에서도 가장 깊은 곳인 이 뇌옥에 들어오게 된 거지, 뭐. 그래야 아무도 나와 만나거나 접촉하여 천기누설이 되지 않을 것 아니겠어? 나는 스스로 여기 들어온 거라구. 그리고 이 뇌옥은 계속 무너지며 경천동지를 반복하고 있지만 나는 하나도 고통을 받지 않아. 이건 다른 자들이 나를 건드리지 못하게 하려는 방편이거든. 나에게는 고통을 주지 않겠노라고 성계에서 약속했기 때문에……."

불현듯 태을 사자는 다급해졌다. 너무 오랜 시간 동안을 지체한 것 같아서였다.

"좌우간 너는 미래의 천기를 안다는 뜻이렷다? 그러면 대답을 해다오. 지금 조선에서 왜란이 일어났는데, 조선군의 신립이 왜군을 맞아 싸우다가 죽을 운명이냐, 아니냐?"

호유화가 고개를 약간 갸웃하더니 말했다.

"내가 그걸 어떻게 알아?"

"너는 미래의 천기를 읽을 수 있다면서?"

호유화가 팩 성질을 부렸다.

"내가 아는 일은 지금부터 사백 년 후의 천기일 뿐이야! 고작해야 팔 년이나 십 년 정도의 일밖에는 모른다구! 조선군 신 뭐라는 자가 싸우다가 죽는지 어쩌는지 모르지만, 그건 당장의 일인데 그걸 내가 어떻게 알아?"

"팔 년이나 십 년? 그건 또 무슨 소리인가?"

"시투력주는 수천 개가 넘어. 나는 그중 하나만을 집은 거구. 그 구슬은 사백 년 후의 천기만을 알 수 있는 거야. 음……. 그러니까 대략 사백 년 후부터 사백십 년 정도까지 말이야. 그러니 나는 그것밖에는 몰라. 이백 년 후도 모르고 삼백 년 후도 모르고 천 년 후도 몰라. 내가 아는 건 사백 년 후뿐이라구! 알았어?"

태을 사자는 기가 막혔다. 그렇다면 호유화가 지닌 시투력주의 능력이란 것은 전혀 쓸모가 없는 노릇 아닌가?

"그러면 네 능력은 무엇에 쓴다는 것이냐?"

"나도 몰라. 다만 천기가 새어 나가면 안 되니 여기 들어와 있었던 것뿐이었어. 몇 번이나 말해야 알아들어, 응?"

그 이야기를 듣고 태을 사자가 문득 한 가지 사실을 떠올렸다.

'지금도 조선의 대궐에서는 임금의 행적을 기록한 실록을 만들고 있으며, 사초史草를 매일매일 기록하고 있다. 그렇다면 그전의 내용을 알 수 있을지도 모른다.'

태을 사자는 곧 호유화에게 물었다.

"너는 사백 년 후의 일을 볼 수 있다고 이야기하였지?"

"그래."

"그러면 사백 년 후의 책도 읽을 수 있느냐?"

호유화가 간드러진 목소리로 웃었다.

"호호……. 천기를 읽을 수 있다는 것이지, 내가 그 시대로 간 것은 아니라구. 착각하지 마."

"그러면 천기를 읽어서 무엇을 알 수 있는 것이냐?"

"음……. 그러니까…… 말해줘도 이해할지 모르겠지만, 지금부터 사백육 년 후에는 조선의 지도자가 바뀌어."

"왕이 바뀐다는 것이냐?"

"왕이 아냐. 그러니까 그 시대에서는 음…… 대통령이라고 해. 백성들이 무슨 종이를 가지고 모아 뽑는 거야."

"뭐? 왕을 백성들이 뽑아? 그게 말이 되는 소리냐?"

태을 사자로서는 도저히 이해가 가지 않았다. 한 나라의 왕이라 함은 지고무상의 권력을 지닌 존재가 아니던가?

일반 백성들은 왕의 명에 따라 생사가 달린 존재들이다. 그런데 백성들이 무슨 종이를 가지고 왕을 뽑는다니, 그게 도대체 무슨 소리란 말인가?

"에이, 그러니 이해 못 할 거라고 했잖아? 그리고…… 보자……. 그 시대에는 백성들이 상당히 고통을 당하겠군."

"무엇 때문에? 전쟁이나 흉년이 드는가?"

"아니야, 경제적인 고통이라는데……. 이상한 글자를 써서 뭐라 하는데, 뭔지는 나도 읽을 수 없어. 으음, 외국 글자 같은데 처음 보는 거야. 외환이 부족하다는 것 같은데……."

"외환이라니? 그것이 무엇이냐?"

"외국의 돈일 거야. 좀 천천히 물어봐!"

"아니, 외국의 돈은 외국에서만 통용이 되는 것인데, 어찌 그것이 모자라 고통을 받지? 그것도 무역 상인이 고통을 받는다면 모를까 왜 백성들이 고통을 받는다는 말인가?"

태을 사자는 도무지 이해할 수 없었다. 명나라의 영락전 같은 것은 조선에서도 굴러다닌다. 하지만 그것이 없어서 일반 백성이 고통받는 일은 거의 없다.

시장에서 거래를 해도, 쌀이나 베로 바꾸는 거래를 하는 조선 백성들이었다. 엽전이 그리 필요하지 않았다. 견문이 넓은 태을 사자가 이해를 하지 못하는데, 은동이나 금옥이 이해할 리 만무했다.

둘은 그저 눈을 동그랗게 뜨고 호유화의 가느다랗고 고운 입술을 홀린 듯이 바라보며, 호유화의 이야기에 귀를 기울이고 있을 따름이었다.

"아이구, 너희는 이해 못 해. 천사백 년을 갇혀서 생각해왔지만 나도 모르겠는걸. 음……. 사백 년 후에는 말도 타지 않고 걸어다니지도 않아. 쇠로 만든 수레 같은 것을 타고 다니는데 굉장히 빨라. 말이 끌지도 않는데 말야. 한양에서 부산포까지 한나절밖에 안 걸려."

"어허……. 전부가 축지법을 쓴다는 것인가?"

태을 사자는 놀랐다. 생계의 존재들, 조선의 백성이 걸어서 한양에서 천 리 길인 부산포로 가려면 보통 보름이 걸린다. 말을 타고 죽기로 다하여 힘을 써서 달리면 하루 만에 갈 수도 있지만, 그것도 말을 여러 마리 바꾸어 타야만 하며 새벽 일찍 떠나야 간신히 밤에 도달한다. 축지법에 아주 능한 술법사가 달린다면 그보다도 조금 빨리 갈 수는 있지만 한나절 만에 간다는 것은 불가능하다. 더구나 축지법이 말도 아닌데 수레에 걸어 타고 달린다는 것은 들어본 적도 없었다.

"것 봐. 태을 사자 당신도 이해가 되지 않지? 미래는 무척 빨리 바뀌어. 기술이 발달하여 사람들도 그것이 어떤 원리로 되는 것인지 알지 못해. 그때 사람들은 바빠. 아주 바쁘게 산다구. 그리고 너무너무 많은 것들이 있어. 상상조차도 하지 못할 거야. 천 리 만 리가 떨어져 있어도 누구든지 무슨 조그마한 장치만 쓰면 즉각 이야기를 할 수 있고 멀리 떨어진 것들도 볼 수가 있어."

"그런 것들은 천리안千里眼, 순풍이順風耳의 술법이 아닌가?"

"술법이 아니라 기술이래두 그러네. 어휴, 답답하군. 그런 판인데 내가 그때로부터 사백 년 전의 일을 어떻게 판단한단 말야."

"사서를 읽으면 되지 않는가?"

"어이구. 사백 년 후에 책이 몇 종류나 나오는 줄 알아?"

태을 사자는 규장각이라는, 조선에서 책이 가장 많은 서고를 떠올렸다. 그리고 사백 년 후라면 지금보다도 훨씬 많은 책이 있을 것으로 보고 대답했다.

"한 십만 권 정도 있지 않을까? 너무 많이 잡았나?"

조금 다른 이야기지만 비슷한 시기에 서양 최고의 도서관이었다는 대영제국의 한 도서관에는 이만 오천 권의 서적이 있었다고 하며 조선은 출판이 발달한 나라여서 그보다 조금 많은 책이 규장각 서고에 보관되어 있었다. 그러니 십만 권이라도 태을 사자에게는 엄청 많은 수라고 여겨졌다.

"수천만 권이 훨씬 넘어. 어느 한 곳에만 일억 권도 넘게 있는 것을 느꼈어. 아마 하루에 나오는 책만 몇천 종류는 될 거야. 그것을 어떻게 일일이 판단한단 말야?"

그 말을 듣고 태을 사자는 놀라서 입을 딱 벌린 채 아무 말도 하지 못했다. 호유화가 쐐기를 박았다.

"그리고 그런 것을 보는 데에도 한나절 이상 집중하고 시간을 소비하여야 해. 내가 아까 이야기했지? 나는 천기만 읽을 수 있다고. 무엇이 어떻게 된다, 무엇이 어떻게 될 것이다 같은 흐름만 읽을 수 있을 뿐이야. 책 내용 같은 것을 일일이 알아내려면 그런 흐름을 얼마나 읽고 머리를 써야 하는지 알아? 하물며 책이 몇천만 종류가 있는데 말이야."

태을 사자는 잠시 고민했지만 도대체 어떻게 해야 할지 막막할 따름이었다. 그러나 일단 미래를 알려던 생각이 벽에 부딪히자 더이상 떠오르지 않았다. 그래서 일단 이곳에서 나가서 호유화의 협조를 받아 싸우기로 마음먹고 호유화에게 말했다.

"좋다. 그러면 우선 첫 번째 부탁을 하마. 일단 나와 함께 생계로 가자."

"그래서?"

"마수들과 맞서 싸우는 거다."

호유화가 피식 웃었다.

"마수라니? 마계 전체를 상대로 나보고 싸우라는 거야? 좀더 구체적으로 말할 수 없어?"

"좋다. 우선은 천기를 어그러뜨리고 조선군을 해치는 마수들과 싸우는 거다."

여전히 호유화는 고개를 저었다.

"밑도 끝도 없이? 마계 놈들이 계속 쏟아져 나와도? 그런 식으로 말하면 죽을 때까지 끝이 안 날 거야. 구체적으로 내가 해야 할 일을 일러달래두."

"좋다. 그러면 우리와 함께 가서 조선군을 위기에서 구해내자. 마수들이 인간들의 영혼을 훔쳐가지 못하도록 너는 마수들을 대적해 주기만 하면 된다."

호유화가 마음에 안 든다는 듯이 버들가지 같은 눈썹을 살짝 찌푸리더니 은동에게 물었다.

"은동아, 이 녀석 말을 들어야 하니?"

"들어주세요."

"좋아, 은동이가 들어달라고 하니 들어주지. 정 그렇다면 너는 별 볼 일 없지만 강력한 내가 널 도와 싸움에 나설게. 됐어?"

호유화는 태을 사자를 무시하는 듯 말했다. 이제는 같은 편이 되기로 했다 해도 아까 목숨을 걸고 싸웠던 일이 앙금처럼 남아 있었던 것이다.

'그런 면에서 보면 호유화는 역시 여자야.'

곁에서 지켜보던 금옥은 생각했다.

태을 사자는 호유화가 노골적으로 자신을 무시했지만 화를 내지 않았다. 워낙 사고방식이 공적이고 칼로 잰 듯하여, 그런 일을 따져봤자 시간 낭비일 뿐이라 생각하고 못 본 척하기로 했다.

그때였다. 호유화는 태을 사자에게 할말을 다했다는 듯이 그 자리에 가부좌를 틀고 앉았다. 그것을 보고 태을 사자가 다그쳤다.

"시간이 없다. 어서 가자."

호유화가 눈을 둥그렇게 떴다.

"뭐? 지금 가자구?"

"시간이 없다. 가자."

호유화는 어이없다는 듯 태을 사자를 째려보았다.

"원 참. 지금 죽기로 싸워 법력이 하나도 없는 판인데 어딜 가냐? 지금 나가면 귀졸 따위도 상대하기 어렵다구. 너도 마찬가지잖아."

"하지만 시간이 없단 말이다. 이곳의 시간은 생계와 비교하여 어떻게 흐르는지 아는가?"

"음, 거의 같아."

"그러면 생계 시간으로는 날이 저물었을 것이다. 어서 가서 은동이를 원래 몸에 넣어주어야 한다. 게다가 신럽도 구해야 하니 여기서 지체할 틈이 없다. 자, 어서 가자."

태을 사자가 재촉하자 호유화는 마지못해 몸을 일으켰다. 그 순간 은동이 물었다.

"그런데 호유화 님. 호유화 님의 꼬리는 어디로 갔나요?"

호유화가 생글 웃었다.

"달려 있잖아?"

"안 보이는데요?"

"이 녀석아. 내가 누구라고 꽁무니에 거추장스럽게 주렁주렁 꼬리를 달고 다니겠니? 내 머리카락이 바로 꼬리가 변한 거란다."

"아!"

그제야 은동은 치렁치렁한 호유화의 은발을 바라보았다. 그러자 호유화의 머리카락 한 무더기가 마치 손처럼 뭉쳐지더니 은동의 머리를 툭 하고 쳐서 알밤을 먹였다.

은동은 아이쿠 하면서 뒤로 한 걸음 물러섰지만 신기하여 아픈 것도 몰랐다.

"우와, 정말 신기하네요. 이 머리카락이…… 꼬리로 둔갑도 하고 변신도 하나요?"

"그래. 이 꼬리들은 자유자재로 변신할 수 있단다. 그런데……."

호유화는 무엇인가 이야기하려다가 잠시 말을 끊고, 잠깐 동안 무엇을 생각하는 듯하더니 말했다.

"이 꼬리들 하나하나가 살아 있는 것들이기도 하지. 각자 개성도 있고 모습도 있단다."

태을 사자가 듣기에, 제아무리 구미호라고 해도 꼬리들이 따로 살아 저마다의 개성을 갖는다는 이야기는 황당한 소리 같았다. 그러나 은동은 그 이야기를 곧이곧대로 믿는 눈치였다.

"그래요? 정말 신기하네요?"

"그래. 이 안에는 승아도 있단다. 제일 막내지."

"그럼 꼬리에 전부 이름이 있나요?"

"응. 맏이가 매랑梅娘, 둘째가 난향蘭香, 셋째가 국미菊美, 넷째가 죽희竹嬉, 다섯째가 춘영春英, 여섯째가 하기夏己, 일곱째가 추풍秋風, 여덟째가 동주冬珠. 그리고 막내가 바로 승아란다."

은동은 그저 그런가 보다 하면서 듣고 있었지만, 금옥은 이름들이 특이하다는 느낌을 받았다.

"매난국죽梅蘭菊竹, 춘하추동春夏秋冬의 이름이네요?"

금옥이 끼어들자 호유화가 성질을 부렸다.

"내가 내 꼬리에 이름을 붙이는데 뭐가 어때서 그래? 너는 끼어들지 마."

태을 사자가 가만히 들어보니 그 이름들은 분명 즉석에서 지어서 아무렇게나 갖다 붙인 이름 같았다. 까놓고 보면, 호유화는 수천 년간을 너무도 무료하게 보낸 끝에 그런대로 마음에 드는 은동을 만나 놀고 싶었던 것이다. 나이가 많이 들면 도로 아이가 된다는 말이 있는데 호유화의 나이는 사람으로 치면 수십 번 늙어 죽었을 만한 나이였고 혼자 워낙 오랜 세월을 있다 보니 괴팍해지고 다소 경망스러워져서 어린아이같이 되었다. 그래서 아까 꼬리 하나를 승아로 변신시켜서 은동에게 같이 놀아달라는 맹세를 시켰던 것인데 지금 이렇게 큰 어른의 모습으로 어린 은동과 논다는 것은 아무래도 좀 거북할 듯싶었다. 그래서 호유화는 어린 승아의 모습으로 은동과 놀 요량이었고, 그러려면 승아라는 분신이 호유화와 같은 존재가 아니라고 은동에게 생각하게 만들 필요가 있었다. 또 호유화는 역시 다소 간사한 구석이 있는 성격이라 그렇게 은동과 친해져야 지금 자신을 얽매고 있는 남은 두 가지 약속(호유화는 어지간한 마수 따위는 벌레 정도로밖에 여기지 않았다)을 수월하게 지킬 수 있지 않을까 하는 계산도 있었다. 아무튼 호유화가 신이 나서 은동과 수다를 떠는 것을 보자 태을 사자는 머리가 욱신거리는 것 같았다.

태을 사자는 본디 무뚝뚝하기 이를 데 없는 성격이어서 수다 떠는 것을 한동안 듣고 있자 지겨워졌다. 그래서 다시 한번 모두에게 재촉했다.

"그만, 그만. 어찌되었든 간에 여기서 나가자. 이러다가 신립 군대가 전멸하면 어찌하겠느냐?"

은동은 가슴이 철렁 내려앉았다. 아버지 생각이 주마등처럼 스치고 지나갔다. 신립 군대가 참패한다면 아버지도 위험해진다는 생각에 태을 사자보다 더 서둘러서 호유화와 금옥을 잡아끌었다.

"어서 가요, 어서."

떠나기 직전 태을 사자는 은동을 가까이 오라 일렀다. 그리고 은동의 손에 아까 백아검에서 빠져나온 윤걸의 법기인 육척홍창을 집어주었다.

"이걸 왜……?"

"이 창은 윤걸 공의 것으로 윤 공과 함께 백아검에 봉인되어 있었는데, 이렇게 밖으로 나오게 되니 다시 들어갈 수가 없구나. 그러니 네가 지니고 있다가 위급한 일이 생기면 사용해라. 윤걸 공은 비록 검에 봉인되어 있으나 소멸된 것은 아니니 홍창은 계속 창으로서의 기능을 할 수 있을 것이다."

"어? 원주인이 소멸되면 법기도 사라지나요?"

"그렇단다……."

태을 사자는 동료였던 흑풍 사자를 새삼 떠올리며 감회에 잠겼다. 불행하게도 자신은 슬픔이 무엇인지 몰랐다. 슬픔이…….

"나는 도력이라고는 하나도 없는데요?"

"맨손보다는 나을 것 아니냐? 내가 일러주는 대로 해보아라."

태을 사자는 약간의 도력을 홍창에 불어넣었다. 그러자 홍창은 붉은 기운으로 변하여 은동의 손바닥 안으로 빨려 들어가 순식간에 사라져버렸다.

지금 극도로 도력이 고갈되어 있는 상태인 태을 사자는 그런 간단한 법술을 쓰는데도 정신이 아득해지는 것 같았다. 그러나 그런 것도 모르고 은동은 마냥 놀랍고 재미있을 뿐이었다.

"어, 이러면 이제 나도 법기가 생긴 것인가요?"

"법기라고 부를 만한 것도 아니지만, 그래도 쓸 만은 할 것이다. 네가 나오라고 하면 나와서 손에 쥐어질 것이고, 들어가라고 하면 도로 들어갈 것이다. 한 서너 번 정도는 그렇게 사용할 수 있으니 나중에 내가 다시 도력을 넣어주마. 네 스스로 힘을 쌓아도 좋고."

은동은 신기하여 홍창을 뽑아서 손에 쥐었다가 다시 손바닥 안으로 집어넣었다. 아주 재미있고 신기했지만 태을 사자가 서너 번밖에 쓰지 못한다고 했던 말이 떠올라서 그 이상은 시험해보지 않기로 했다.

태을 사자는 은동이 홍창을 가지고 노느라 정신이 없자 곁에 있던 금옥에게 슬쩍 눈짓을 하여 가까이 오게 한 후 아주 작은 소리로 속삭였다.

"나는 아직 저 요물을 완전히 믿을 수 없구나. 네가 이것을 감추어 두고 있다가 무슨 일이 생기면 다시 한번 금제를 가해라."

그러면서 금옥에게 울달과 불솔이 변한 금제구를 호유화는 물론 은동조차 보지 못하게 슬쩍 건네주었다. 태을 사자는 천성이 세심하여 모든 것에 만전을 기했다.

지금은 호유화가 순순히 따라오고 있지만, 언제 변덕을 부릴지 모르는 일이었다. 그래서 은동에게 법기를 하나 주어 대비하게 한 것이고 금옥에게도 금제구를 준 것이다.

호유화는 금제구를 태을 사자가 가지고 있는 것으로 알 터였고 그러니 만약 무슨 일이 생기더라도 자신을 주목할 뿐, 금옥은 안중에도 두지 않을 것이다.

태을 사자는 그런 연유로 금옥에게 최후의 수단인 금제구를 맡긴 것이었다. 은동은 성격이 시원시원하고 영악하지만 어린 만큼 순진하였다. 그런 은동이 이 은밀한 일을 알고 있으면 안 될 것 같아 태을 사자는 은동에게도 그 사실은 비밀에 부쳤다.

왜란 종결자의 예언

어두운 동굴. 강효식에게 도력을 불어넣어 근근이 목숨을 이어가게 하던 흑호는 문득 느껴지는 요기에 고개를 번쩍 들었다.

멀지 않은 곳에서 심상치 않은 기운이 다가오고 있었던 것이다. 그 기운은 세 개로 이루어져 있었는데, 그중 둘에서 요사스러운 기운이 나오고 있었다.

'마수들이로구먼! 그런데 한 놈의 요기는 느껴지지 않는데……? 요상한 일이여. 대체 그놈은 누구일까?'

흑호는 마수들이 주변에 있다고 생각하자 일족과 호군의 처참한 죽음이 생각나서 눈에 불똥이 튀는 것 같았다. 하지만 지금은 은동과 강효식을 책임져야 하는 처지라 감히 나설 엄두를 낼 수 없었다.

흑호는 마수들에게 잡히지 않으려고 급히 도력을 지웠다.

그런데 도력을 몸에서 지우자, 강효식의 몸에 도력을 불어넣을 수가 없었다. 흑호가 밀어넣던 도력이 끊기자 강효식은 쿨럭거리면서 금방이라도 숨이 넘어갈 것처럼 신음 소리를 내지 않는가?

'아이구, 야단이네. 도력을 넣지 않으면 이 사람이 죽을 거고 도력을 넣으면 마수들이 기척을 알아차릴 텐데……'

흑호는 당황하여 몸 둘 바를 몰랐다.

'지금 내 몸 상태로 세 놈을 당해낼 재간도 없는데……'

들키면 셋이 죽고, 들키지 않으려면 하나가 죽는다는 생각이 스쳤다. 흑호는 애써 그런 유혹을 떨쳐버렸다.

'제기럴. 아무리 그래도 은동이 아버지가 죽는 것을 빤히 보고만 있을 수는 없는 법. 나중에 은동이를 무슨 낯으로 본단 말여? 내가 어려운 지경에 처했어도 끝까지 도와주는 게 진짜 도움을 주는 것이다. 하물며 내 몸을 사린다면 뭔 도움이겠어?'

흑호는 마음을 굳게 다잡고 아직 한 번도 행해보지 않은 수법을 사용하기 시작했다.

아까 마수들과 겨룰 때에는 허허벌판이고 인간들이 득시글거렸지만 여기는 흑호의 본거지인 숲속이었다. 흑호는 커다란 두 손을 땅바닥에 대고 마음속으로 외쳤다.

'풀들아, 나무들아, 바위들아, 숲의 모든 것들아. 내 말을 들어라.'

흑호는 조선 땅 금수의 왕인 호군의 증손자였다. 따라서 생계의 자연 속에 있는 생명력 있는 존재들에게 영향력을 끼칠 수 있었다. 단, 아직 정식으로 호군의 후계자가 된 것은 아니기 때문에 그러한 수법이 제대로 통용될지는 미지수였다.

다행히 흑호가 주문을 행하자 주변의 숲과 잔가지, 나무와 바위까지도 흑호의 기에 공명했다.

마수들은 뿜어나오는 기를 수상하게 느낀 듯, 흑호가 있는 쪽으로 다가오는 것 같았다.

흑호는 이마에 땀이 송골송골 맺혔으나 이래 죽으나 저래 죽으나 마찬가지라 생각하고는 계속 힘을 주었다. 주변의 숲과 나무가 점차 공명하는 기운이 퍼지며 잔잔한 울림이 숲에 가득차기 시작했다.

예로부터 밤에 깊은 숲이나 산에 들어가면 길을 잃거나 혼란에 빠지는 경우가 있다. 숲이 마치 생명체인 것처럼 바스락거리고, 산이 웅웅거리는 소리를 내기 때문이다.

그러한 것은 크고 작은 수많은 생명력의 기가 합쳐져 더해져서 생기는 것이다. 흑호는 지금 그런 현상을 자신의 도력을 사용하여 수십 배로 증폭시킨 것이었다.

흑호는 마수들과 한 차례, 그것도 간접적으로 겨루어본 일밖에 없었다. 하지만 이미 한 번의 경험으로 마수들에게는 생명력 자체가 큰 무기가 될 수 있다는 점을 깨닫고 있었다.

저승사자들의 법기도 통하지 않던 풍생수가 자신이 날린 돌에 의해 밀려났던 일이 증거였다.

밖에서는 웅웅거리는 소리와 함께 숲이 마치 살아 있는 것처럼 울었다. 그러한 현상은 깊은 밤중에 사람들이 흔히들 경험하여 소름이 끼쳐 되돌아 나오는 경지를 훨씬 넘은 것이었다. 만약 사람이 그 자리에 있었다면 혼이 빠져서 헤매다가 죽었을지도 모른다. 그런데도 세 놈이 점점 다가오는 것을 느끼자 흑호는 전력을 다하여 숲을 울렸다.

그러자 우르릉하는 소리가 숲을 돌면서 온갖 크고 작은 짐승들마저 정신이 혼란해져서 날뛰기 시작했다.

잠들었던 새들이 푸드덕거렸으며 토끼며 다람쥐 같은 것들이 어지럽게 뛰어다녔다. 멧돼지는 날뛰다가 나무를 들이받았고 뱀들은 마치 도랑처럼 떼를 지어 지나갔다.

숲이 일대 혼란을 일으키자 마수들 역시 혼란에 빠져 계속 돌아다니기가 어려운 것 같았다. 멈추어 서서 갈팡질팡하고 있음이 분명했다.

'이놈들, 숲속에서는 내가 왕이여.'

흑호는 남몰래 회심의 미소를 지었다. 귀를 곤두세우고 주위의 소리를 들었다. 마수들은 갖가지 동물들이며 자연물들이 난리를 쳐대는 속에 더 버티기가 어려운 듯, 어디론가 멀리 가버리는 것 같았다. 그러나 여전히 한 놈은 남아서 숲속을 돌아다니는 기운이 전해져왔다.

그놈은 마수의 요기가 느껴지지 않는 유일한 놈이었다. 흑호는 그놈이 도대체 누구일까 궁금증이 일었다.

'음……. 좌우간 한 놈뿐이니 정 들키면 사생결단을 내는 거지, 뭐.'

한 놈 정도라면 뒤지지 않을 자신이 있었다. 여기는 자신이 가장 자연력을 많이 받을 수 있는 숲속이었고, 아까 마수에게서 받은 상처는 유정이 몰아내준 뒤였다.

고니시에게 받은 상처는 외상外傷이었고 그 상처도 유정이 어느 정도 치료해준 터라 별로 문제가 되지 않았다. 그러다 보니 강효식의 상태가 악화되는 것 같아 흑호는 서둘러서 강효식에게 다시 도력을 주입해주었다.

'그나저나 밤이 깊어가는데 이놈의 저승사자는 어찌 아직도 오지 않는 거여?'

흑호는 답답하다는 듯이 얼굴을 찌푸렸다. 그때 갑자기 무엇인가가 흑호가 있는 동굴 안으로 들어서는 것이 느껴졌다. 흑호는 깜짝 놀라 강효식에게서 멈칫 물러나서 싸울 태세를 갖추었다.

그곳에는 태을 사자와 흡사한 모습의 검은 옷을 입은 존재가 서 있는 것이 아닌가!

태을 사자와 같은 사계의 존재가 틀림없었다. 그런데 태을 사자가 갓에 도포 차림인데 반하여, 그자는 머리에 건을 얹고 가슴에 흉배胸背(조선 시대에 관직의 고하를 나타내기 위하여 관복의 가슴과 등에 붙이던 수를 놓은 천)를 달고 손에는 판관필을 들고 있었다.

모양새로 보아 태을 사자보다는 상급 존재인 것 같았다.

흑호는 저승사자 말고 다른 사계의 존재를 본 적이 없었다. 죽어본 일이 없었으니까. 그자를 보자 흑호는 마수가 아닌 것 같아서 조금은 마음을 놓았으나 그래도 긴장을 풀지 않고 전심법으로 물었다.

"뉘시우?"

그자도 전심법으로 대답했다.

"자네가 흑호인가? 태을 사자를 도와주었다던?"

"그렇수만……."

"그렇군. 역시 용맹하게 생겼구먼. 호군이 돌아가신 일은 정말 안되었네."

흑호는 놀랐다. 도대체 이자는 누구이기에 호군의 일까지 알고 있는 것일까?

그자는 천천히 동굴 안을 훑어보고 흑호를 바라보며 말했다.

"나는 태을 사자의 상관인 이 판관이라 하네."

그 시각, 태을 사자를 필두로 일행은 부지런히 움직여서 아까 들어왔던 곳 부근으로 갔다. 태을 사자는 묘진령을 찾아 꺼내었다. 묘진령은 아까 소맷자락이 뜯어졌을 때에도 용케 떨어지지 않았던 것이다.

묘진령을 흔들어 신호를 하려 할 때 은동이 말했다.

"잠깐만요, 태을 사자님. 저기 있는 신장들하고 저승사자들은 어떻게 하죠?"

호유화가 킥킥거리며 말했다.

"아, 맞아. 전부 죽여 없애버릴까?"

은동이 정색을 하면서 목소리를 높였다.

"아니, 우리를 잡아가려고는 했지만 그렇다고 죽일 것까지야 있나요?"

"나를 공격하고 내 머리칼을 그슬었잖아!"

"그러나 그건 할 수 없어서……."

은동은 말을 하려다가 꿀꺽 삼켜버렸다. 지금에야 어떻든 신장들과 자신의 편인 태을 사자가 힘을 합쳐서 호유화를 제압한 것이나 다름없으니, 지금 상황에서 할 말이 아니라고 생각한 것이다.

그 말에 호유화는 다시 눈꼬리가 쭉 치켜 올라간 무서운 형상이 되었다. 은동이 보기에도 무서워 보였다. 은동은 암암리에 머릿속을 정리했다.

'호유화가 지금은 내 말을 잘 들어주지만 성격이 이렇듯 변덕스러우니 언제 또 변할지 모르겠구나. 조심해야겠다.'

생각을 거두고 은동은 못을 박듯이 말에 힘을 주었다.

"좌우간 해치지는 마요."

"뒤쫓아오면 귀찮잖아?"

"아무튼 그러지는 말라구요."

은동이 말을 듣지 않자 호유화는 기분이 상했는지 씩씩거렸다. 그러거나 말거나 태을 사자는 개의치 않고 다시 묘진령을 흔들려고 하다 문득 떠오르는 생각에 손을 멈추었다.

조금 아까 자신을 추적했던 명옥, 암류, 유진충, 고영충도 이 문으로 들어왔을 것이 아닌가? 그러면 십중팔구 그 귀졸 녀석도 태을 사자가 죄인이라는 것을 알고 있을 터였다.

'그렇게 알고 있다면 나를 순순히 나가게 해줄까? 으음, 걱정이로구나. 아니, 나가게 해주는 것이 문제가 아니라 입구에 군대가 지키고 서 있을지도 모른다. 그렇다면……'

태을 사자는 묘진령을 들고 울려야 하나 말아야 할지 한동안 고민에 잠겼다.

금옥이 묘진령을 든 태을 사자를 보고는 깜짝 놀라며 태을 사자에게 말했다.

"태을 사자님, 그것은 이 판관의 신물이자 법기가 아닌가요? 소리를 들은 기억이 나요."

"음? 그렇다. 이건 이 판관의 신물이다. 그런데 왜?"

금옥이 고개를 갸웃거렸다.

"아까 듣기로, 원주인이 소멸되면 법기도 사라진다고 들었습니다만……"

"그래. 법기는 원래 주인의 영력으로 이루어진 것이니 주인이 소멸되면 법기도 당연히……"

거기까지 말하다가 태을 사자는 앗 하며 짧게 비명을 질렀다.

'맞아. 아까 신장들과 암류, 명옥 사자는 분명 이 판관이 살해당하여 그 범인으로 나를 지목해 쫓고 있다고 말했다.'

그러나 이 판관이 주었던 신물인 묘진령은 아직까지도 멀쩡하게 태을 사자의 손에 남아 있었다. 그렇다면 이 판관은 소멸되지 않은 것이 분명했다. 거기까지 생각이 미치자 태을 사자의 얼굴빛이 환해졌다.

"잘되었구나. 오해를 풀고 누명을 벗을 수 있겠다. 이제는 사계의 추적도 없을 것이다."

은동은 태을 사자가 기뻐하는 것을 보고 되물었다.

"어째서 그렇지요?"

"보아라. 이 판관의 신물인 묘진령이 아직도 멀쩡히 있지 않느냐? 그러니 이는 이 판관이 죽지 않았다는 명백한 증거니라."

그 이야기를 듣자 은동도 기뻤다. 이제 싸움이라면 지긋지긋했다.

"아하, 그러면 앞으로는 신장들이나 저승사자들이 뒤쫓지 않겠군요. 그러면 어서 명부로 돌아가 높은 분께 아뢰지요."

"그래, 네 말이 맞다."

태을 사자는 묘진령을 울렸다. 짤랑거리는 맑은 소리가 울려 퍼졌다. 그러고 나서 한참을 기다렸으나 이상하게도 아무 반응이 없었다. 태을 사자는 다시 한번 묘진령을 울려보았으나 여전히 감감무소식이었다.

태을 사자가 걱정한 대로, 뇌옥 문을 관리하는 귀졸 녀석이 공포에 질려 문을 굳게 봉하고 절대로 열려고 하지 않았던 것이다. 두 명의 신장과 두 명의 사자가 들어간 뒤에 종적이 없어지고 아까 들어간 태을 사자의 묘진령만 울리고 있으니 놈이 공포에 떤 것은 당연한 일이었다. 뇌옥의 문이 열릴 기미가 보이지 않자 태을 사자는 발을 굴렀다.

"어허, 이것 큰일이로구나. 문을 열어주지 않으니 꼼짝없이 갇힌 셈이 되지 않는가?"

은동이 울상을 지으며 되물었다.

"어떡하죠?"

"이미 생계 시간으로 밤이 되었을 텐데……. 조선군의 안위도 그렇고 네 몸도 위태할지 모른다. 정말 야단났구나."

그 말을 듣자 은동은 울먹거리며 애가 타 가슴을 주먹으로 쾅쾅 쳤다. 금옥도 신립에게 변괴가 생길지도 모른다고 생각하자 몹시 초조한 빛을 띠었다.

옆에 있던 호유화가 고개를 갸웃하면서 말했다.

"은동의 몸이 위태롭다고? 은동이는 죽은 게 아니었니? 아까 아니라고 듣긴 했지만 믿을 수 없는데……."

태을 사자가 대신 대답하였다.

"아니다. 은동이는 혼만 빠져나와서 나와 같이 오게 된 것이야. 은동이의 몸은 흑호라는 호랑이가 지키고 있는데 그 사정은…… 이야기하자면 기니까 나중에 하자."

그 말을 듣고자 호유화는 눈을 치켜뜨더니 이죽거렸다.

"그러면 진작 이야기할 것이지. 조선군이 망하고 아니고는 알 바 아니지만 은동이가 위험해지면 안 되지. 은동이의 안전을 책임진다고 맹세했는데 그러면 나는 면목이 없어. 은동아, 다른 길로 가자꾸나."

호유화는 엉뚱하게 뒤로 돌아서 다른 방향으로 가기 시작했다. 그러자 태을 사자가 호유화를 불러 세웠다.

"이것 보아라. 어디로 가는 것이냐?"

"여기서 나가려고."

은동이 놀라 물었다.

"호유화 님, 여기서 어떻게 나간단 말이에요? 천사백 년을 갇혀 있었다면서요?"

걸음을 멈추고 호유화가 화를 내며 은동에게 말했다.

"다시 한번 말해봐! 갇혀 있었다구? 난 갇혀 있었던 게 아니야! 내가 자발적으로 들어와 있었던 거지! 똑바로 이야기하라구!"

"아……. 예……."

은동이 겁을 먹고 주춤거리자 호유화는 순식간에 상냥한 표정을 짓더니 말했다.

"내가 나가려고만 마음먹으면 언제든 나갈 수 있었어. 네가 나에게 금제를 했던 것도 하늘의 뜻. 그러니 내가 나가는 것도 하늘의 뜻이야. 이 호유화 님이 어떤 분인데 어디에 가두어둔들 못 나가겠니? 잠자코 따라와."

은동은 나갈 수 있다는 호유화의 말에는 기대가 되었다. 하지만 호유화의 성격이 변덕스럽기 이를 데 없음을 다시 한번 상기하고서 뒤를 따랐다.

태을 사자와 금옥은 마음에 들지 않았지만 별 뾰족한 수가 있는 것도 아니어서 뒤를 따랐다. 그러나 그 둘은 아무 생각 없는 은동과는 달리 호유화에 대해 긴장을 풀지 않았다.

금강산의 표훈사.

유정은 공손한 자세로 서산대사 앞에 무릎을 꿇고 앉아 있었다. 하루 종일 축지법을 사용하여 거의 천 리 길을 왕복하여 피곤하였으나 상당히 긴장된 상태였다.

서산대사는 계속하여 『해동감결』과 유정이 은동에게서 얻어 온 『녹도문해』를 뒤적였다. 이따금씩 앞에 놓인 지필묵에 무엇인가를 써 내려갔다. 길고 하얀 수염이 조금씩 떨리는 것으로 보아 크게 긴장하고 있는 것 같았다.

서산대사는 두 시각이 넘게 『해동감결』에 온 정신을 집중했다. 사실 서산대사도 녹도문을 해석할 줄은 몰랐다. 유정이 우연히 『녹도문해』를 얻어 오지 못했더라면 『해동감결』은 그림의 떡이 되었을 것이었다.

왜군이 충청도 북부까지 진군하여 길이 막힌 지금, 다시 해동밀교를 찾아가서 해석서를 얻어 올 수도 없었다. 더구나 해동밀교를 찾아갔던 무애의 말에 의하면 해동밀교에서는 『해동감결』을 번역하는 것을 극도로 꺼렸다고 하지 않았던가.

그 이유는 『해동감결』에 해동밀교의 최후에 대해서 적혀 있기 때문이라고 했다.

그러나 학식이 대단한 노승인 서산대사조차 『녹도문해』를 가지고서도 『해동감결』을 풀어 적기란 매우 힘든 작업이었다. 『해동감결』은 천기를 기록한 책이라 그 대부분이 파자破字로 기록되어 범인凡人이 알기 어렵게 되어 있었다.

한참이 지난 후에 서산대사는 『해동감결』을 처음부터 끝까지 다 넘겼다. 그리고 잠시 책을 물끄러미 바라보더니 다시 종이에 몇 글자를 적었다. 그러고는 길게 한숨을 쉬면서 소매를 들어 이마에 송골송골 솟은 땀방울을 닦았다. 유정이 그 모습을 보며 조심스럽게 말했다.

"어떤 내용이 적혀 있사옵니까?"

유정의 물음에 서산대사가 나지막이 불호를 읊조렸다.

"아미타불. 내 학식이 짧아 다 알아보지 못하는 것이 원망스럽구나. 그러나 이 책은 정녕 놀라운 것이다. 이것은 아무에게나 읽혀서는 안 돼……. 암, 절대로 안 돼……."

"그렇듯 놀라운 책이옵니까?"

유정이 눈을 크게 뜨며 묻자 서산대사는 조금 팔이 아픈 듯, 붓을 내려놓으며 말했다.

"이것을 읽으면 미래까지도 알 수 있을 것이야. 그러나 천기를 거스르는 일이 될지도 모르지. 나는 이 책의 내용 중 지금의 난리에 관련된 것만을 골라내었다. 그 이외의 것은 읽어서도 아니 되고 발설해서도 아니 될 것이야. 천기를 누설하는 것은 함부로 해서는 안 되기 때문이다."

유정은 서산대사의 말에 합장을 해 보이며 말했다.

"삼가, 가르침을 명심하겠습니다."

서산대사도 합장을 하더니 자신이 적은 종이를 유정에게 내밀었다.

"여기에는 대략 천오백 수 정도의 시가 있는데 하나하나 천기를 간직하지 않은 것이 없으며, 놀랍지 않은 내용이 없구나. 나는 그중 다섯 수만을 골라내었고 나머지는 잊으려 한다. 난리와 직접 관계가 없어 보이는 것들은 내 옮겨 적지 않았느니라. 설혹 빠지는 것이 있다 할지라도 전부를 뒤적이는 것은 크게 천기를 누설하는 일이니, 어찌 그리할 수 있겠느냐? 너는 일단 이 종이만 볼 것이며, 이 책을 보존하되 때가 되어 쓰임이 생길 때까지는 절대 아무나 이 책을 보게 하면 안 되느니라. 알겠느냐?"

유정은 떨리는 손으로 서산대사가 적은 종이를 받아들었다. 서산대사는 글을 다시 한문으로 번역하여 적었으나 한문은 시 형태가 아니었으며 부분부분 언문으로 적혀 있었다.

녹도문은 조선의 고문자이니만큼 현재의 조선말을 발음대로 적어야 하는 부분도 있기에 그렇게 한 모양이었다. 거기에 적힌 내용은 다섯 개의 문장이었는데 대략 다음과 같았다.

바다 건너에서부터 장차 난리가 날 것인데 아무도 원하지 않는 것이다. 그러나 난리는 반드시 난다. 용이 난리를 일으키면 피가 갑자기 솟고 오래 끌지만, 이는 죽을병은 아니다. 뱀이 난리를 일으키면 피는 적게 흐르지만 반드시 죽는 역병이 되리라.

"이것은 남……."

"그래, 남사고南師古의 말과 유사한 글이로구나."

유정도 남사고에 대하여는 잘 알고 있었다. 남사고는 울진 사람으로 대단히 유명한 역술가이자 점쟁이였다. 그는 주역에 능통하고 학문이 깊어 미래를 예언하기를 잘하였는데, 하나도 틀리는 법이 없었다. 다만 자기 자신에 대하여 그 예언의 능력을 발휘할 때는 하나도 맞지 않았다.

남사고가 한 예언 중에 다음과 같은 것이 있었다.

머지않아 반드시 난리가 일어날 것인데 진년辰年에 일어난다면 오히려 바로잡을 수 있거늘, 만약 사년巳年에 일어난다면 바로잡지 못할 것이다.

"그렇다면 용이 난리를 일으킨다는 말은 진년에 난리가 일어난다는 것을 뜻합니까?"

"그렇다고 할 수 있지. 지금은 임진년이 아니냐? 이것을 볼 때에는 남사고의 말과도 일치하며, 조선에도 어느 정도의 희망이 있는 것 같구나."

유정은 어려서부터 신동으로 소문날 만큼 두뇌가 명석하였다. 그러한 까닭에 단서를 잡자 글의 나머지 부분을 해독하기가 그리 어렵지 않았다.

피가 갑자기 솟는다는 것은 피해가 크다는 말이요, 오래 끈다는 것은 전쟁이 장기화된다는 소리일 것이다. 그러나 죽을병은 아니라 하였으니 조선의 국운 자체가 불안하지 않다는 것 같았다.

그러나 이듬해인 사년에 전쟁이 벌어지면 피는 적게 흐르지만 역병이 된다고 한 말이 섬뜩하였다. 역병은 돌림병으로 전염이 되는 병이라는 뜻과 같으니, 자신도 죽을뿐더러 남도 죽이는 것을 뜻할 수 있다. 그렇다면 조선만 망하는 것이 아니라 다른 나라들도 한꺼번에 무너질 수도 있다는 말이 아닌가?

유정은 자신도 모르게 이마에 식은땀이 솟아나는 것을 느꼈으나 닦을 생각도 하지 못하고 다음 글을 보았다.

이루어질 것을 이루지 못하게 하려고 애를 쓰면, 이루어질 것이 이루어지지 않겠으나 결국에는 이루어진다. 우주의 인과와 섭리는 무한하니 나온 곳으로 돌아가고 시작한 자가 끝을 낸다. 대란大亂을 막기 위해 소란小亂이 이어지니 왜란倭亂도, 호란胡亂도 그중의 하나……. 무릇 생명 가진 것들이라면 그 고통이 끝이 없구나.

이 글에 대해서는 서산대사도 유정도 별다른 해석을 내릴 수가 없었다. 다만 '왜란'이라는 글자가 나와서 서산대사는 해석한 듯한데 그 뒤에 '호란'이라는 글자가 나온 것에 유정은 조금 찔끔한 생각이 들었다.

'호胡'는 북방 오랑캐인 거란과 여진을 말하는바, 그들은 별반 강하지 못하고 세력도 미미한 미개 부족이었다. 조선 변방에서는 그들로 인해 고통을 받았지만 그렇게 큰 난리가 조만간 일어나리라고는 유정도 짐작하지 못하였다. 그러나 그 여진에 누르하치라는 걸출한 지도자가 나와 민족을 단합시키고 후에 청나라의 기초가 되는 금나라를 건설해 결국 명나라를 무너뜨리고 중원의 지배자가 되었던 것이다. 유정은 다음으로 넘어갔다.

죽지 않아야 할 자 셋이 죽고, 죽어야 할 자 셋이 죽지 않아야만 이 난리가 끝날 수 있다. 죽지도 않았고 살지도 않은 자 셋이, 죽지도 못하고 살지도 못하는 자 셋을 이겨야 난리가 끝날 것이다.

"이것은 무엇을 뜻하는 것이옵니까?"

"글쎄……. 그것 또한 도무지 종잡을 수가 없구나. 허나 앞의 두 개의 시 사이에 끼어 있는 것이라 분명 왜란과 관련이 있을 것으로 보고 적은 것이다. 『해동감결』은 시기순으로 글이 배열되어 있었으니까."

유정은 또 다음의 구절로 눈을 돌렸다.

슬프도다, 슬프도다. 죽은 임금의 탄식이 하늘을 찌르고 바다의 우두머리는 재가 되리라. 눈물이 비 오듯 쏟아지는데 산 임금은 북으로, 북으로 달리는구나. 북을 믿지 말고 남에 속지 말라. 남에서 일어난 것은 남에서 풀어지리라.

다른 구절보다 북과 남에 대한 구절이 유정의 눈길을 끌었다. 특히 산 임금이 북으로, 북으로 달린다는 구절이…….

"이것은 혹시……?"

"그래. 아마도 상감께서 북으로 피란하시는 것을 의미한 것 같다."

"상감께서 한양을 버린단 말이옵니까? 그러면 도읍을 왜군에게 내어준다는……."

유정은 놀라 소리쳤으나 서산대사는 침착했다.

"그것이 오히려 나을 것이니라. 조정에 현명한 신하가 있으면 그리 할 것이오, 보좌하는 신하가 명석하지 못하면 일을 그르칠 것이야."

"한양을 버리고 나라가 보존되겠사옵니까?"

유정은 아무래도 그 점이 석연치 않은 것 같았으나 서산대사는 고개를 저었다.

"그보다 마지막 글을 보아라. 뭔가 중요한 내용이 담겨 있는 듯한데 나로서는 잘 알 수가 없느니."

그러나 유정은 이미 서산대사의 말을 듣고 있지 않았다. 아까 참에 흑호의 다리에 적힌 녹두문을 풀었던 다섯 개의 글자와 같은 글자가 크게 확대되어 유정의 시야를 가득 메웠다. 우연히 보았던, 아니 우연이라 하기에는 너무도 기묘한 일치였다.

왜란 종결자는 신씨申氏가 아니 되면 이씨李氏가 되고, 이씨가 아니 되면 김씨金氏가 된다. 신씨가 되면 금방 되찾고, 이씨가 되면 삼백 년을 지키며, 김씨가 되면 반의반도 살아남지 못하리라.

이 판관의 정체

한동안 일행을 이끌고 이동하던 호유화는 널찍한 바위 비슷한 것이 놓여 있는 곳으로 갔다. 태을 사자는 바위 밑에 무슨 통로가 있나 했으나 호유화는 바위 위에 냉큼 올라갔다. 태을 사자는 그 모양새를 보며 호유화가 엄청난 주문을 외우려고 하나 보다 생각했지만, 호유화는 그곳에 앉지 않고 휙 드러누웠다.

태을 사자는 누워서 외우는 주문도 있나 하고 잠시 어안이 벙벙해졌다. 금옥은 아무리 호유화가 여우라지만 여자의 모습을 하고 있는데 아무데서나 드러눕는 것이 남사스러워서 얼굴을 붉혔다. 그러나 호유화는 대뜸 머리카락을 모아 베개처럼 둥글게 말더니 기지개를 쫙 펴는 것이 아닌가?

"너희들도 좀 쉬어둬. 난 지쳐서 한숨 자련다."

태을 사자는 호유화가 안하무인이고 버르장머리가 없다는 것은 진즉에 알았지만 이런 태도에는 몹시 화가 났다.

"아니, 지금 무엇하는 것이냐? 시간이 급하다는데 여기서 잠을 잔다구?"

"내가 자겠다는데 왜 성질을 내? 네가 자장가라도 불러줄 거냐?"

"뭐…… 뭐라구?"

"나가려면 여기서 기다려야 된단 말야. 못 알아듣겠어?"

"여기서 잠이나 자고 있으면 저절로 나가게 된단 말이냐? 그런 허황된 소리, 썩 그만두지 못할까?"

그러자 호유화도 성질이 나는 듯 몸을 벌떡 일으키더니 날카롭게 외쳤다.

"도대체 날 뭘로 보고 그러는 거야? 조금 있어야 나갈 수 있는 시간이 된단 말야!"

"나갈 수 있는 시간?"

호유화가 흥 하고 코웃음을 치더니 말했다.

"저승사자 양반, 너 여기가 어딘지 알지?"

"여기가 뇌옥이지, 어디겠느냐?"

"그러면 뇌옥이 어떤 곳인지도 알겠지?"

"흠……. 뇌옥은 죄인들을 가두어두는 곳으로…… 귀졸의 말을 들으니 무슨 동물의 몸속에 있는 세계라고 들었다만, 그것이 무슨 상관이란 말이냐?"

호유화는 다시 한번 흥 하고 코웃음을 치더니 태을 사자에게 손가락질을 하며 말했다.

"맞아. 그런데 동물은 어디에 살지?"

"생계에 있겠지. 그런데…… 아…… 그러면……."

"그래. 아마 그 귀졸 녀석은 뇌옥을 이루고 있는 동물이 죽을 때에는 천지가 무너지는 소동이 있다고 네게 말했겠지? 우주가 망하는 아수라장이 된다고 말야. 그때가 바로 기회야."

호유화는 태을 사자에게 장황한 수다를 섞어서 말했다. 뇌옥은 생계에 살고 있는 동물의 몸속이며 영혼들은 그 안에 말할 수 없을 정도의 크기로 축소되어 들어간다는 것이었다.

실제로 들어간다기보다는 동물의 기억이나 의식에 의해 보이고 마음속에 각인된 세계 속에 존재하게 된다고 할까? 그러나 동물이 죽으면 그것은 결국 자신이 살고 있는 세계가 망하는 순간이 된다. 그 때문에 사악한 자일수록 보다 생명이 짧게 끝나는 동물의 몸속에 들어가게 되는 것이다.

거기까지 듣고서야 태을 사자는 뭔가 알 수 있을 것 같았다.

"그렇다면 너는 그 짐승이 죽어서 대혼란이 일어나는 시각, 그러니까 우리가 다른 동물의 몸속으로 옮겨지는 시각을 노리고 있는 것이란 말이냐?"

"바로 맞혔어. 똑똑하신 사자님이시군."

"그것이 가능하냐? 그리고 너는 어찌 그런 사실을 알면서도 여기서 나가지 않았느냐?"

"내가 말하지 않았어? 나는 여기 갇힌 것이 아니라 스스로 네가 그렇게 주장하는 천기를 지키기 위해서 이 속에서 기다리기로 한 거야! 제발 날 힘없이 갇힌 죄인 취급을 하지 말아주었으면 고맙겠어!"

"허어……. 알았으니 그만두어라. 그런데 어떤 방법으로 나가는 것이냐?"

"사실 나도 정확한지 아닌지는 장담 못 해. 그러나 십중팔구는 될 거야."

호유화는 자신의 계획을 말해주었다. 역시 미래의 말투라고 하는, 태을 사자가 알아듣기에는 쉽지 않은 이상한 말투로…….

호유화의 말에는 여자들 특유의 장황하고 수다스러운 묘사가 많아서 태을 사자는 답답했지만 그래도 참고 설명을 들었다.

호유화의 설명에 따르면 그런 식으로 뇌옥이 다른 동물의 몸으로 옮겨지게 되면 그때 뇌옥은 일종의 차원공간(물론 이것도 미래의 말이라 태을 사자는 정확히 알아듣지 못했다)을 통과하게 된다. 그 차원공간 통로는 생계의 동물에서 생계의 동물 사이를 잇는 것이기 때문에 그 자체가 분명 생계와 연결되어 있을 것이라는 것이다.

그때가 되면 이 뇌옥을 이루는 동물의 의식이 극도로 혼란되고 어지러워져 있어서 이 세계가 부서져 나간다. 그로 인해 이 세계를 이루는 장벽도 약해진다는 것이다.

천사백 년 동안의 경험으로 볼 때, 지금 이 뇌옥을 이루는 동물의 수명은 얼마 남지 않았다. 그때를 기해 차원이동(이 역시 태을 사자는 제대로 이해하지는 못했으나 대략 번뇌연 같은 통로로 해석했다)이 되는 도중에 법력을 한데 모아 차원의 벽을 뚫고 나오면 틀림없이 생계로 나가게 될 것이라는 이야기였다.

은동이 끼어들었다.

"그런데 저승사자들과 신장들은 어떻게 되죠? 그들은 마냥 정신을 잃고 있으니 그대로 두었다가는 봉변을 당할 것인데요."

"뭐, 혼 좀 나면 어때. 어차피 너하고 태을 사자를 뒤쫓는 자들이니 이 김에 혼 좀 나라지 뭐. 죽지는 않을 테니까 염려 마."

"그래도……."

호유화는 은동에게 대답을 하지 않고 태을 사자를 쏘아보면서 성질을 부렸다. 얼굴 표정이 금세 온화해졌다가 날카로워졌다 하는 것이 은동에게는 신기해 보일 정도로 빨랐다.

"그러니까 지친 상태로는 나가기 어렵단 말야. 그러니 쉬자는 건데 꼭 그렇게 신경질을 부려야겠어? 엉?"

"사정이 그렇다면 처음부터 자세히 설명하였으면 될 것 아닌가? 밑도 끝도 없이 잠을 자려 하니 그런 말을 하는 것 아니겠느냐?"

태을 사자와 호유화는 입씨름을 하기 시작했다. 옆에서 은동이 조용히 지켜보니 둘 다 화가 많이 나서 금방 끝날 것 같지 않았다.

'휴, 아무래도 저 둘은 성격이 안 맞아도 너무 안 맞는 것 같아.'

은동은 속으로 한숨을 길게 쉬었다.

나이가 삼천 살이 넘은 환수와 사계의 지긋한 저승사자가 시정잡배처럼 말다툼을 하는 것이 이상하기도 했고 안쓰럽기도 했다.

은동은 태을 사자와 호유화가 벌이는 말다툼을 듣고 있기도 뭐했다. 하는 수 없이 옆에 있던 금옥에게 지난 과거 이야기를 들으면서 시간을 보냈다.

금옥은 정신을 차리게 된 지금, 신립의 안위를 걱정하고 있었다. 그리고 어떤 일이 있어도 신립에게 누를 끼친 죄를 속죄하겠다고 몇 번이나 다짐하였다.

은동은 그것은 금옥의 잘못이라기보다 마수들의 농간에 의한 것이니 상심하지 말라고 말했으나, 금옥은 자기 뜻을 굽히지 않았다. 겉보기에는 여리여리하고 소심해 보였으나 금옥 자신의 이야기대로 스스로 자기 집에 불을 지르고 타 죽을 수도 있을 만큼 모진 면도 있는 듯싶었다.

그럭저럭 시간이 지나자, 땅이 조금 흔들리는 것 같은 느낌이 은동에게 전해져왔다. 은동은 처음에는 그저 지나쳐버렸으나 잠시 후 다시 우르릉하는 울림이 조금 더 강하게 전해졌다.

그러자 그때까지도 입씨름을 하고 있던 호유화가 별안간 말을 중단하더니 주위를 번뜩이는 눈초리로 살펴보았다.

태을 사자도 느낌이 이상했던 터라 입씨름을 중단했다.

잠시 지나자 주변의 사물들이 춤을 추는 듯 흔들거렸다. 그리고 우르릉거리는 소리가 보다 더 강해지면서 주변이 밝아졌다 어두워지기를 반복했다.

호유화가 바위를 툭 치면서 말했다.

"시작된다. 자, 어서 이 바위를 치우자구."

호유화가 나서서 바위를 밀었다. 그러나 바위는 꿈쩍도 하지 않았다. 호유화가 당황한 표정을 짓자 이번에는 태을 사자도 붙어서 바위를 치우려 했다. 그래도 바위는 꿈쩍도 하지 않았다.

"이게 어떻게 된 일인가?"

태을 사자가 묻자 호유화가 발을 동동 구르더니 갑자기 꼬리를 솟구쳐 태을 사자를 때리려 했다. 태을 사자는 놀라서 뒤로 한 걸음 물러나 피하며 노기 띤 목소리로 호통을 쳤다.

"이게 무슨 짓이냐!"

"에그, 그러니 법력을 회복해야 한댔잖아! 이 바위는 비록 영체지만 상당한 힘으로 밀어야 열린다구! 둘 다 법력이 쥐뿔만큼도 안 남았으니 원……. 법력이 없으면 결계도 치지 못하니 뇌옥의 전이 과정에서 무진장 고생할 텐데……."

그 말에 태을 사자가 놀랐는지 눈을 번쩍 떴다.

"아니, 이 바위가 그토록 무겁단 말이냐?"

"내 법력이 반, 아니 반의반만 회복되었어도 그냥 여는 건데……. 네놈이 말씨름을 걸어오니 못 들게 됐잖아! 어떻게 해! 책임지라구!"

"이거야 원……. 그러면 진작 이야기를 했으면 될 것 아닌가! 어째서 내게만 책임을 돌리는 거냐! 그리고 또 뭐, 네놈?"

태을 사자가 다시 화를 내자 할 수 없이 은동이 말렸다.

"그만들 하세요, 제발. 어서 이걸 치우기나 해봐요!"

태을 사자는 간신히 이성을 되찾고 바위를 밀기 시작했다. 힘이 달리니 은동과 금옥까지 같이 합세하여 바위를 밀어댔다. 호유화는 그 와중에도 떠들기를 그치지 않았다.

"아까 싸울 때는 힘만 좋더니만……. 아니 고명하신 저승사자가 이것 하나 못 밀고 뭐해! 아까 내가 저승사자 두 명분의 영력까지 줬는데 전부 날 공격하는 데 써버리고 말야!"

태을 사자는 이제 지긋지긋해졌다. 도대체 무슨 놈의 환수가 삼천 년이나 도를 닦았다면서 이렇듯 말이 많단 말인가? 조용하고 냉정한 성품의 태을 사자는 호유화의 잔소리 때문에 다혈질이고 거친 성품으로 바뀌어버린 것 같아 보였다. 조금만 더 하면 손찌검을 할 기세였다.

"제발 입 좀 못 닥치겠느냐!"

은동이 울상을 지었다.

"아이고, 제발 이것 좀 밀어요!"

은동의 소리를 듣자 뭔가 떠올랐는지 태을 사자는 바위를 밀던 것을 멈추고 잠시 뭔가 생각하더니 소매 속에서 백아검을 꺼냈다.

"전부 물러서라."

태을 사자의 말에 은동과 금옥은 바위에서 조금 물러섰고 호유화도 물러서면서 고개를 끄덕였다.

"맞아. 바위를 부숴버리면 치울 수 있겠지. 어서 치라구."

그 와중에도 우르릉거리는 소리는 더욱더 심해졌고, 땅은 마치 지진이 난 것처럼 파도치듯 흔들렸다.

은동과 금옥이 영혼인 몸이라 발이 땅에 닿지 않아서 망정이지 그렇지 않았으면 땅바닥을 데굴데굴 굴러다녔을 것이다.

그러나 이제는 지진뿐만 아니라 허공도 요동을 치면서 여기저기 작은 영력의 회오리바람(이곳은 비록 공기는 없지만 영력의 줄기들이 바람처럼 날아다니는데, 은동이 느끼기에는 바람과 감촉이 같았다)이 날아다녔고, 하늘이 어두컴컴하게 바뀌었다. 하늘에서 형형색색의 번갯불이 무섭게 번쩍거리고 있었다.

태을 사자는 백아검을 휘둘러 바위를 반으로 쪼갰다. 호유화는 그 틈을 타 반쪽 중의 하나를 아홉 개의 꼬리로 두들겨서 다시 박살을 내었다.

태을 사자와 호유화는 둘 다 보기 드물게 법력이 강한 자들이었지만 워낙 법력이 고갈된 상태였다. 그래서인지 바위 하나 부수는 것도 힘들어했다.

다시 태을 사자가 검을 내리쳐서 바위의 반 조각을 여러 조각으로 부수자 모두들 달려들어서 바위덩이를 밀어내기 시작했다.

그러는 사이 사방은 캄캄해졌고 회오리바람이 미친듯 심해져서 은동은 바위를 치우기는커녕 바위에 매달리는 꼴이 되었다.

회오리바람도 영력을 지니고 있는 터라 이제는 전심법에 의한 대화도 들리지 않았다. 급기야 주변의 모든 것들이 부서지며 무너져 내렸다. 산이 무너지고 나무들이 찢겨 사라지고…….

순간 검은색 하늘이 무너져서 쏟아져 내리기 시작하자 은동은 혼절하리만치 기겁을 했다.

호유화가 날카롭게 큰 소리를 치는데도 은동의 귀에는 몇 마디만 들렸다.

"뇌옥이 무너진다. 기억이 깨진다!"

어떤 동물인지는 모르지만 뇌옥을 이루고 있던 동물이 지금 죽음을 맞이하는 것이었다. 동물이 지니고 있던 의식의 세계도 무너지는 순간이었다.

이 동물은 생계의 경치 좋은 곳에서 살던 동물인 것 같았다.

그래서 이 뇌옥의 내부도 경치 좋은 풍광을 그대로 지니고 있었으리라. 그러나 동물의 기억은 동물의 죽음과 함께 사라지며, 인간의 관점으로 볼 때 기억은 형체가 없는 것에 불과했다. 다만 영혼들의 의식 속에서는 실제의 사물들처럼 작용하는 것이다. 그 때문에 하늘이 박살이 나서 무너지는 광경도 연출될 수 있었다. 하늘이 무너진 조각들은 어마어마한 크기로 쏟아져 일행을 납작하게 깔아버릴 것 같았다. 그 순간 마지막 바위덩이가 치워졌다.

마침내 바위가 치워지자 그 밑에는 아무 색깔도 없는, 그렇다고 어두운 것도 아니고 밝은 것도 아닌 공간이 펼쳐졌다. 글자 그대로 무無의 공간이었다.

호유화가 제일 먼저 구멍으로 뛰어들었고, 태을 사자가 금옥을 구멍에 넣고 바람에 날아가려는 은동을 잡아 넣어주었다.

은동은 마지막으로 본 장면을 결코 잊을 수가 없었다. 구멍 너머로 무너지는 거대한 하늘과 산 그리고 지각과 그 밖의 모든 것들이 박살이 나며 회오리쳐서 알 수 없는 무의 공간으로 빨려 들어가는 모습을…….

무시무시하고 장대한 모습에 은동은 기가 질려, 자신 또한 무의 공간으로 들어가고 있다는 것조차 인식하지 못했다. 호유화는 공간 속을 떨어져 내리면서 금옥과 은동을 양손에 각각 잡았다.

마지막으로 태을 사자가 구멍으로 뛰어들면서 호유화의 머리칼 한 가닥을 잡았다. 호유화는 잠시 눈을 감고 의식을 집중하여 무의 공간을 비행했다.

그러면서 호유화는 태을 사자가 매달려 있는 머리카락(꼬리)를 움직여 태을 사자를 앞장세웠다.

"의식을 집중해! 가야 할 곳으로! 잡생각을 하면 안 돼! 빨리! 휩쓸리기 전에!"

태을 사자는 흑호를 생각하며 의식을 집중했다. 태을 사자는 냉정하고 정신력이 강하여서 여럿을 인도하게 되자 당장에 무서운 속도가 났다. 까마득한 속도로 구멍에서 멀어져가는 동안, 은동은 넋을 잃은 채 무너져가는 세계를 바라보았다.

그들이 빠져나온 구멍도 잠시 후 무너지기 시작했다. 곧이어 무화無化된 구멍 부근 전체가 소용돌이치며 무너져 점점 사라져갔다. 태을 사자는 무서운 속도로 날아가고 있었으나 그들 뒤를 쫓아 맹렬한 속도로 무화의 소용돌이가 퍼져오고 있었다.

처음에는 집채만 하게……. 그러다가 산만 하게……. 결국에는 까마득하고 크기를 알 수 없을 만큼, 우주 전체가 무너져 내리는 것처럼 의식의 세계는 무화되어 녹아 없어지고 있었다.

'하나의 동물에 불과한 것의 의식 세계가 이토록 넓다니……. 그러면 내 속에도 이만한 세계가 있을까? 아니, 살아 있는 것들은 전부 이런 세계를 가지고 있다는 뜻인가?'

어마어마한 규모에 질린 은동은 앞으로는 미물이라도 함부로 해치지 못할 것 같았다.

'생명은 정말 작으면서도 큰 것이구나.'

어느 순간 뒤에 보이는 모든 것이 무화되어 사라지고, 갑자기 다른 것들이 보였다. 어지러운 꿈속과 같은, 오만 가지 사물들의 형체와 빛과 그림자가 끝이 보이지 않을 만큼 어지럽게 얽혀 흘러가고 있는 어떤 속이었다.

은동이 알고 있는 거의 모든 것의 형상이 얽혀 있었으며, 알 수 없는 형상이 그보다도 훨씬 많이 얽혀 있었다.

호유화가 태을 사자에게 크게 소리를 질렀다.

"차원공간이다! 네가 가고 싶은 곳의 영상을 놓치지 마!"

태을 사자는 눈을 감고 있다가 호유화의 말에 눈을 떴다. 은동이나 금옥은 어지러운 주변의 형상에 정신을 거의 잃을 지경이었다.

호유화나 태을 사자는 도력이 깊은 기본이 있는지라, 주변의 어지러운 정황 속에서도 주의를 잃지 않고 도착점을 찾아 신경을 곤두세웠다.

은동으로서는 충격적인 여행이었다. 수도 없이 많은 사물들이 얽혀 있는 허상과 같은 세계 속을 지나가면서 정신을 잃고 까무라칠 지경이었다. 금옥도 마찬가지로 정신이 없었다. 영의 몸인데도 멀미가 났다.

그 순간 태을 사자는 저만치서 나타나 무섭게 확대되며 다가오는 한 형체를 발견하고 정신을 모았다. 그것은 비록 다른 것들과 마구 얽히고 일그러져 있기는 했지만 분명 흑호의 영상이었다.

"저 영상이 있는 곳을 뚫고 나가면 돼! 놓치면 안 돼!"

호유화는 다급하게 외치고는 온몸의 법력을 한데 모으는 듯 날카로운 일갈성을 질렀다. 호유화의 아홉 가닥의 머리칼 중 태을 사자를 붙잡고 있는 것을 제외한 여덟 개의 머리칼이 빳빳하게 곤두섰다.

태을 사자도 그나마 조금 휴식을 하면서 남았던 법력을 있는 대로 끌어모아 백아검과 묵학선에 모았다. 일순간, 일그러진 영상이 번개같이 확대되어 다가왔다.

"지금!"

커다랗게 외치면서 호유화는 여덟 개의 머리카락을 번개같이 곤두세웠다. 여덟 개의 머리카락이 서로 댕기처럼 꼬고 나무를 다듬는 끌처럼 영상을 파고들어갔다.

영상의 공간에 파문 같은 것이 크게 울렁이며 번져갔다. 차원의 벽에 호유화가 머리카락을 박은 것이다. 호유화의 머리칼이 당겨지자 무서운 속도로 멀어지던 일행의 몸이 덜컹하고 정지했다.

호유화가 큭 하고 신음소리를 내뱉었다. 호유화는 양손으로 각각 금옥과 은동을 잡고 있었고, 머리칼 한쪽으로 태을 사자를 잡고 있어 모든 충격을 혼자 받은 셈이었다. 그 탓에 고통이 극심한 것 같았다.

태을 사자는 기합을 넣으면서 백아검을 휘둘러서 영상의 공간을 쳤다. 순간 공간이 휘청하고 굽으면서 백아검이 그 안으로 파고들어가기는 했지만 깨어지지는 않았다.

조금만 더 법력을 밀어넣으면 되었을 법도 했다. 그러나 아쉽게도 태을 사자나 호유화는 둘 다 법력이 고갈되어 있었다.

호유화가 눈을 치켜뜨고 입술을 꽉 깨물면서 법력을 불어넣었다. 그러자 호유화의 머리카락들이 드릴처럼 회전하여 꼬이면서 공간 속으로 파고들었다. 하지만 공간의 탄력이 엄청난 듯, 움푹하게 들어가면서도 뚫어지거나 찢어지는 기미조차 보이지 않았다.

태을 사자도 법력을 일으켜 두어 번 더 백아검으로 공간을 후려쳤다. 백아검은 공간의 허공에 퍽퍽 박혔지만 공간을 깨뜨리지 못했다. 백아검으로 그어진 공간은 살아 있는 것처럼 순식간에 아물어들었다.

다급해진 태을 사자는 호유화의 머리칼 한 가닥이 자신을 잡고 있는 것을 깨닫고 비장한 각오를 했다.

"나를 놓아라! 그리고 전력을 다해라!"

호유화가 되받아 소리를 쳤다.

"여기서 잘못 빨려 들어가면 다른 공간으로 떨어져! 영원히 미아가 되려구?"

"그렇게는 안 된다!"

태을 사자는 기합을 지르면서 오른손으로 백아검을 들었다. 그리고 왼손을 공간에 댄 뒤 이야앗 하는 소리와 함께 백아검으로 왼손을 꿰뚫으며 공간에 박아 넣었다.

호유화는 깜짝 놀랐으나 태을 사자는 고통스러운 비명을 지르면서도 오른손으로 은동과 금옥을 함께 잡았다.

"꽉 매달려라!"

은동과 금옥은 겁에 질려 부들부들 떨면서 태을 사자의 팔에 필사적으로 매달렸다. 그러자 호유화는 다시 한번 기를 고르고는 아홉 가닥의 머리칼을 한데 합쳐서 무섭게 공간을 몰아쳤다.

그동안 은동과 금옥은 거센 폭풍 같은 기류에 밀려 점차 태을 사자의 팔에서 미끄러져나갔다. 태을 사자는 안간힘을 다해 은동의 옷자락을 잡고 발로 은동의 몸을 한 번 걷어차 받쳤다. 그러자 이번에는 금옥의 손이 점점 미끄러져갔다.

그것을 본 호유화는 짐승 같은 소리를 내지르면서 갑자기 눈동자가 불길처럼 시뻘겋게 변하여 흉흉한 모습으로 바뀌었다.

그리고 꼬인 머리를 풀고 뾰족한 끌처럼 뭉쳐서 공간의 벽을 후려쳤다. 두 번. 세 번.

금옥의 손이 미끄러져 막 떨어지려 할 찰나, 공간의 벽이 퍽 소리와 함께 꿰뚫렸다. 그 순간 금옥의 손이 미끄러지는 것을 호유화의 머리칼 한 가닥이 재빨리 날아와 감았다.

공간의 벽은 깨어지기는 했지만, 금방 다시 아물려는 듯 뚫린 구멍이 좁아지기 시작했다. 호유화는 여섯 가닥의 머리칼을 둥글게 사방으로 뻗어서 공간의 벽이 오므라드는 것을 막았다.

"어서!"

태을 사자도 마지막 기력을 모아 은동을 안으로 집어던졌다.

그리고 백아검을 뽑아 호유화의 머리칼 틈바구니로 가까스로 몸을 날렸다. 호유화는 용을 쓰면서 금옥을 구멍 저편으로 던져 넣었다. 금옥을 집어넣고 난 후에는 기운이 다하는 것 같았다.

강철같이 뻗어 있던 호유화의 머리카락들에서 스르르 기운이 빠져나가자 공간의 벽이 급속하게 아물어들었다.

그것을 본 태을 사자는 황급히 호유화의 머리카락을 잡고 있는 힘을 다해 안으로 끌어당겼다.

그토록 힘을 썼으나 태을 사자는 호유화를 허리춤 정도까지밖에 끌어들이지 못했다. 공간의 벽은 버티고 있던 저항력이 사라지자 마치 괴수의 입처럼 다물렸다. 위기의 순간이었다. 그대로 두면 호유화를 허리부터 두 동강 낼 것 같았다.

이번에는 은동과 금옥이 재빨리 호유화의 양팔을 잡고 힘껏 안으로 끌어당겼다. 바로 직후에 벌어졌던 공간의 벽이 별안간 투퉁 하는 금속성의 굉음을 내며 닫히더니 이내 사라져버렸다.

태을 사자는 법력이 완전히 고갈된 것을 느끼며 힘을 잃고 쓰러졌다. 쓰러진 태을 사자는 마치 줄에서 풀린 빨래처럼 공중에 반쯤 떠서 허공을 부유했다. 은동과 금옥도 영의 상태였으므로 몸이 허공에 떠 있었다.

호유화는 구멍에서 나오자 휴우 하고 한숨을 쉬면서 털썩 주저앉았다. 호유화의 몸은 정말 기이해서 생계로 돌아오자마자 영의 상태에서 벗어나 곧바로 실체화된 것이다.

은동은 둥둥 떠도는 태을 사자를 얼른 붙잡아 끌어당기고는 주변을 살폈다. 이곳은 틀림없이 저승이 아닌 생계, 즉 인간 세상임이 분명했다. 어느 곳인지는 알 수 없었으나 낯익은 소나무며 떡갈나무 같은 것이 보였다. 우거진 숲하며, 졸졸거리며 시냇물이 흐르는 소리도 들려왔다.

은동은 영혼의 몸이어서 바람이 불어오는 것을 느끼지 못하였으나 호유화의 백발이 바람에 어지러이 나부끼는 모습을 볼 수 있었다.

호유화의 앉은 자세가 단정하지 못하기는 했지만, 어둠 속에서 달빛을 받으며 은빛 백발을 나부끼는 모습은 그야말로 환상적이었다. 또한 지친 듯 눈을 감고 있는 자태가 요염하고 아름답기 이를 데 없었다.

은동은 어린 나이라 음심이 동하는 것은 아니었지만, 오싹한 느낌마저 들 정도로 아찔한 모습이었다. 은동은 금옥이 말을 걸어오자 움찔하면서 그런 생각에서 벗어났다.

"우리가 제대로 온 것일까?"

호유화가 감았던 눈을 번쩍 뜨면서 말했다.

"냄새가 나."

은동은 호유화의 말을 듣고 코를 쫑긋거려보았으나 아무런 냄새를 맡을 수가 없었다. 물론 은동은 영이었으므로 직접적으로 냄새를 맡을 수도 없었고, 냄새에 해당하는 기운을 느끼기에는 아직 법력이 너무 부족했다.

"무슨……?"

호유화가 경멸스럽다는 표정을 지으며 짧게 대답했다.

"호랑이 냄새. 오긴 제대로 온 것 같군그래."

호랑이라는 말을 듣자 은동은 흑호를 떠올렸다. 아직까지도 흑호의 모습은 무섭게만 느껴지는 큰 호랑이로 각인되어 있었지만 그래도 흑호가 부근에 있다니 반가운 마음이 앞섰다.

'흑호가 내 몸을 도로 찾았으면 좋겠는데……. 그리고 유정 큰스님도 혹여 근처에 계신 것은 아닐까?'

그런데 은동의 바람과는 달리 호유화가 한 말은 뜻밖이었다.

"그 호랑이…… 죽어가고 있군그래."

"네?"

은동은 깜짝 놀랐다. 놀란 낯빛으로 태을 사자를 얼른 흔들어보았으나 이제 완전히 법력이 고갈된 태을 사자는 꿈쩍도 하지 않았다. 법력으로 움직이는 저승사자에게 법력이 고갈된 것은 사람이 식물인간 상태나 혼수상태에 빠진 것과 마찬가지였다.

놀라움을 이기지 못해 은동은 뭔가 말하려 했지만 호유화는 은동이 말을 하지 못하도록 손짓을 했다. 그러고는 다시 한동안 눈을 감고 주의를 기울이더니 말했다.

"호랑이가 하나. 그리고 사람 피 냄새……. 두 사람이 죽어가고 있어. 피 냄새가 물씬 나. 가만가만……. 사람 중 하나는 너와 느낌이 비슷해. 호랑이가 네 몸을 지키고 있니?"

은동은 두려움에 떨며 고개를 끄덕였다. 흑호가 분명한 것 같았다. 그런데 호랑이가 죽어가고 있다니, 그건 또 무슨 소리일까?

"어서 그리로 가요!"

놀랍게도 호유화는 당혹스러운 기색을 보였다.

"그런데…… 또 뭔가가 있어……. 상당히 강한데……."

그러다가 용기를 낸 듯 몸을 일으키며 말했다.

"좋다. 어서 가자. 시간이 없을 것 같아."

호유화는 머리카락 세 가닥을 풀어 은동과 금옥, 태을 사자를 잡고 나는 듯이 달렸다.

호유화는 몸이 실체화된 뒤여서인지 저승에서처럼 공중에 떠서 이동하는 것이 아니라 날렵하게 달렸다. 나뭇가지를 거침없이 옮겨 뛰고 재주를 넘으며 아찔할 정도로 빠르게 달렸다.

호유화의 머리카락에 감긴 셋 중 태을 사자는 의식을 잃었으므로 알지 못했지만 은동이나 금옥은 나무에 몇 번이나 부딪혔다. 신기하게도 나무에 직접 부딪혔으나 타격은 오지 않았다. 오히려 그들의 몸은 나무를 뚫고 지나가는 것이 아닌가.

하지만 둘 다 생계에서의 기억 때문에 부딪히려 할 때마다 놀라고 가슴이 섬뜩섬뜩했다. 금옥이 어지럼증을 느끼는 듯 소리를 쳤다.

"꼭 이렇게 가야 하나요?"

호유화는 흥 하고 코웃음을 치더니 달리는 것을 멈추지 않았다.

"나는 환수라서 있는 곳에 맞추어 몸이 저절로 변해. 여기는 생계니까 육신이 생길 수밖에. 그러니 이 수밖에 없어!"

조금 더 달려간 끝에 그들은 어느 산등성이의 조그마한 동굴 앞에 도달했다. 동굴은 잘 보이지 않는 우묵한 곳에 있었으나 옆에 커다란 바위가 하나 굴러다니고 있어서 눈에 쉽게 띄었다.

은동은 동굴에 다가갈수록 묘한 느낌이 들었다. 무엇이라고 설명할 수는 없는 기묘한 느낌이었다. 그리고 동굴 안에 누군가가, 그것도 자신에게 친숙한 누군가가 있는 것만 같았다.

호유화는 마지막으로 몸을 날려 공중에서 세 번 공중제비를 넘은 다음 사뿐 땅에 내려섰는데, 나뭇가지 밟는 소리 하나 들리지 않았다.

그러고는 세 명을 내려놓는 호유화의 얼굴은 몹시 긴장한 것 같았다. 호유화는 조용히 은동과 금옥에게 물러서 있으라는 듯이 손짓을 했다.

은동은 당장이라도 뛰어들어가고 싶었다. 하지만 호유화의 얼굴이 심각해 보이자 태을 사자의 몸을 끌고 금옥과 함께 뒤로 물러섰다. 그들의 모습을 확인한 뒤에 호유화는 조용히 동굴 안을 향하여 말했다.

"자, 모습을 드러내시지."

그러자 안에서 무엇인가 커다란 형체가 휙 하고 튀어나왔다. 은동은 깜짝 놀라 몸을 움츠렸다. 동굴 안에서 튀어나온 것은 쿵 소리를 내며 땅에 떨어지더니 움직이지를 않았다.

그것은 온통 만신창이가 되어 정신을 잃은 커다란 호랑이였다. 완전한 호랑이도 아니고 반인반수의 모습을 지닌 호랑이! 흑호였다. 그 모습을 보고 은동은 깜짝 놀라 앞으로 뛰어나가려 했으나 금옥이 떨리는 손으로 은동의 손목을 잡았다. 은동은 섬찍한 가슴을 쓸어내리며 멈칫하고 섰다.

그다음 순간, 누가 서서히 동굴 안에서 모습을 드러냈다. 그자는 인간의 모습이었지만, 몸이 조금 허공에 떠 있는 것이 인간은 아닌 것 같았다. 그자가 나타나자 은동의 손목을 잡고 있던 금옥의 손이 갑자기 파르르 떨렸다.

은동도 몸을 부르르 떨었다. 태을 사자가 정신을 차리고 있었다면 아마 가장 놀랐으리라.

"이 판관!"

은동은 경악하여 소리쳤다.

태을 사자의 상관으로 태을 사자에게 살해의 누명을 씌웠던 이 판관. 노 서기를 죽인 이 판관. 태을 사자를 꼬드겨 호유화를 뇌옥에서 빼내게 한 이 판관이 생계에 와 있었단 말인가?

호유화는 조금도 움직이지 않고 타는 듯한 눈길로 이 판관을 쏘아

보고 있었다.

이 판관은 미소를 지으며 조금도 서두르지 않고 유유히 은동과 금옥, 태을 사자와 호유화를 번갈아 바라보았다. 그러다가 이 판관의 눈길은 호유화의 앞에서 멎었다. 호유화의 목을 살피는 것 같았는데 호유화의 목에 금제구가 없는 것을 보자 놀라는 것 같았다.

"허허……. 용케도 데리고 왔군그래. 그런데 금제구를 하지 않았군? 그건 조금 뜻밖인걸……?"

호유화는 아무 말도 하지 않고 입술을 깨물고 이 판관을 쏘아보았다. 이글이글 타오르는 눈빛이었으나 이 판관은 호유화의 눈길에도 눈 하나 깜짝하지 않고 태연했다.

"기운이 빠져 있군. 나에게는 다행이야. 성계, 사계, 생계, 환계 네 우주를 주름잡던 호유화 님도 지금은 내 상대가 되지 못할 것 같군그래……."

호유화는 조용히 이 판관을 쏘아보다가 중얼거리듯 말했다.

"당신이군……. 전에 마계의 존재들과 함께 나를 찾아왔던 것이 바로 당신이었군."

이 판관이 껄껄 웃으며 말했다.

"호유화, 너는 정말 대단하구나. 시투력주도 시투력주이지만 네 법력이나 재주, 인물 모두가 정말 빼어나구나. 없애버리기가 정말로 아까운걸……?"

은동이 참지 못하고 소리를 질렀다.

"이 악당! 나쁜 놈!"

그러나 이 판관은 은동의 존재는 완전히 무시했다. 오히려 호유화가 뒤를 돌아보며 은동에게 미소를 지어 보였다.

"염려 마라. 아무리 법력이 빠졌어도 저 따위 놈에게 이 누님은 절대 지지 않는단다."

"그럴까? 그러면 이것은 어떠한가? 내게도 친구가 와 있거든."

이 판관이 능글능글하게 말하자마자 그와 동시에 갑자기 땅이 우르릉거리며 울리는 소리가 났다. 나무들이 흔들리고 잔돌이며 바위가 땅바닥에 마구 굴렀다.

호유화는 그래도 눈 하나 깜짝하지 않고 버티고 서 있었으나 은동과 금옥은 놀라서 몸을 떨었다. 그리고 잠시 후 땅이 좌악 갈라지더니 시커멓고 거대한 형체가 땅에서 솟구쳐 올라왔다. 길이가 다섯 길(10미터 정도)은 넘는 것 같았으며, 몸에 수많은 마디가 있었고 마디마다 갈고리처럼 날카로운 발톱을 지닌 다리가 한 쌍씩 달려 있었다.

대가리에는 타는 듯한 붉은 구슬 같은 눈이 네 개나 박혀 있었다. 그 눈에서 기분 나쁜 붉은 광채가 솟구치고 있어서 대가리 전체가 붉은 것 같았다. 거대한 지네였다.

태을 사자가 전에 흑풍 사자와 이야기했던, 한때 조선 북부 일대를 공포에 빠뜨렸던 괴수…….

"홍두오공!"

호유화는 몸을 움츠리며 바싹 긴장했다. 은동과 금옥은 너무나도 무서워서 공포감에 넋을 잃을 정도였다.

이 판관이 다시 한번 껄껄 웃었다. 그러고는 소매를 스윽 휘두르자 동굴 속에서 두 사람이 허공에 뜬 채 끌려나왔다. 두 사람을 섭물공을 응용하여 소맷자락 한 번 휘두르는 것으로 끌어낼 정도이니, 이 판관의 법력은 실로 대단하였다.

호유화는 자신도 모르게 땀이 한 방울 흐르는 것을 느꼈다. 두 사람의 몸이 밖으로 끌려나와 허공에 둥둥 떠 있었다. 은동이 얼굴을 알아보는 순간 별안간 울음을 터뜨리며 소리를 질렀다.

"아버님!"

호유화 역시 은동만큼이나 놀라기는 마찬가지였다. 두 사람 중 하나는 장년의 남자로 중상을 입은 듯, 아직도 상체에서 피를 흘리고 있었다.

나머지 하나는 조그마한 몸집의 아이였는데, 바로 은동의 몸이었다. 그런데 저 중년의 남자가 은동의 아버지란 말인가?

은동은 앞으로 튀어 나가려고 용을 썼으나 금옥이 필사적으로 은동을 붙잡아 뛰쳐나가는 것을 막았다.

이 판관의 주위로 거대한 홍두오공이 기분 나쁘게 스르릉거리는 소리를 내며 똬리를 틀자 이 판관이 다시 껄껄 웃었다.

"자, 어찌할 테냐? 항복하고 시투력주를 내놓지 않으면 너는 물론, 이 둘의 육신도 바스러뜨릴 테다. 그리고 네 뒤에 있는 세 놈을 이 홍두오공에게 먹이로 주는 것도 괜찮겠지. 어떠하냐?"

"이…… 이놈……."

항상 자신만만했던 호유화마저도 조금씩 몸을 떨고 있었다.

이 판관의 법력은 전에 한 번 겨루어보았지만 상당한 경지에 있었다. 호유화가 법력이 충만해 있는 상태라 하더라도 금세 이긴다고는 보장할 수 없을 정도였다. 그런데다가 지금은 법력이 고갈되어 있으니…….

더군다나 홍두오공이라는 무서운 마계의 괴수가 옆에 있고, 협조자인 태을 사자나 흑호는 모두 의식을 잃은 상태였다. 거기에 은동의 아버지와 은동의 몸까지도 인질로 잡혀 있어, 가히 절체절명의 위기라고 할 수 있었다.

그러나 호유화에게 미처 생각할 시간도 주지 않고 이 판관은 능글

맞게 웃으며 손짓을 했다. 그러자 홍두오공이 지각을 뒤흔드는 굉음과 함께 호유화와 태을 사자, 금옥과 은동을 향하여 덮쳐들었다.

(2권에 계속)

주

1. 도요토미 히데요시에 의해 코 베기가 대대적으로 행해진 것은 정유재란 이후의 일이다. 병사 한 명당 코 3개씩이라는 의무량이 정해지기도 했다. 베인 코의 개수는 수십만 개에 달하였는데, 그 모두가 병사의 것만은 아니었을 것이며 일반 백성의 코도 많이 베였다고 한다. 그러나 은동이 겪고 있는 당시의 상황은 임진왜란 때이므로 코 베기의 명령이 왜군에게 정식 하달되지는 않았다. 다만 코 베기로 전공을 보고하는 것은 전국시대를 막 벗어난 당시의 일본에서는 일상적인 일이라 할 수 있다. 따라서 그런 사정을 잘 알지 못하는 왜병이 코를 베었다가 다시 버린 것으로 설정한 것이다. 실제의 고증에 어긋나는 것이라 오해하거나 잘못된 상식으로 받아들일 분이 계시지 않을까 염려되지만, 당시 상황에서는 얼마든지 있을 수 있는 일이라 생각한다.

왜란 종결자 1

1판 1쇄 2015년 3월 31일 | 1판 7쇄 2023년 11월 29일

지은이 이우혁

책임편집 임지호 | 편집 지혜림 | 외주편집 이경민
디자인 이현정 | 캘리그래피 강병인 | 저작권 박지영 형소진 최은진 서연주 오서영
마케팅 정민호 서지화 한민아 이민경 안남영 왕지경 황승현 김혜원 김하연 김예진
브랜딩 함유지 함근아 고보미 박민재 김희숙 박다솔 조다현 정승민 배진성
제작 강신은 김동욱 이순호 | 제작처 영신사

펴낸곳 (주)문학동네
펴낸이 김소영
출판등록 1993년 10월 22일 제2003-000045호

주소 10881 경기도 파주시 회동길 210
문의 031-955-8892(편집) 031-955-2696(마케팅) 031-955-8855(팩스)
전자우편 editor@elmys.co.kr | 홈페이지 www.elmys.co.kr
인스타그램 @elixir_mystery | 트위터 @elixir_mystery

ISBN 978-89-546-3566-0 (04810)
978-89-546-3563-9 (SET)